कौटिल्य (चाणक्य)

कौटिल्य (चाणक्य)

एम॰ कुमार
दीप्ति शर्मा

अर्जुन पब्लिशिंग हाउस

कौटिल्य (चाणक्य)

संस्करण, 2026

ISBN 978-81-8330-254-8

प्रकाशक :

अर्जुन पब्लिशिंग हाउस

4831/24, गोविन्द लेन,

अंसारी रोड, दरियागंज,

नई दिल्ली—110002

फोन : 23272541, 23242541

e-mail : arjunbooks2001@gmail.com

टाइपसेटिंग :

डिम्पल कम्प्यूटर्स

दिल्ली

प्रिन्टर्स :

मिलन इंटरप्राइजेस

दिल्ली

भूमिका

एक दृढ़ निश्चयी और अक्षुण्य इच्छा शक्ति से युक्त विद्वान के रूप में कौटिल्य की ख्याति के साथ एक घटना जुड़ी हुई है। कहा जाता है कि महानंद का महामंत्री शटकार राजा महानन्द से किसी कारण से रुष्ट था, तथा वह किसी ऐसे व्यक्ति की खोज में था जो नन्द वंश का नाश कर सके। उसी समय शटकार की भेंट मगध में भ्रमण कर रहे कौटिल्य से हुई। शटकार को आचार्य को दृढ़ निश्चय, उत्कट विद्वत्ता तथा राज्य की सैद्धान्तिक और व्यावहारिक पक्षों में अभूतपूर्व ज्ञान आदि गुणों के आधार पर यह विश्वास हो गया कि यह क्रोधी ब्राह्मण यदि नन्द वंश के नाम का बीड़ा उठा ले तो नन्द वंश का अन्त अवश्यम्भावी है। शटकार को राजा ने किसी समारोह के लिए कुछ ब्राह्मणों को आमन्त्रित करने का काम सौंपा था। उसने राजा की ओर से कौटिल्य को, उक्त समारोह के लिए आमंत्रित किया और उस समारोह में कौटिल्य के लिए एक उच्च आसन की व्यवस्था की। ब्राह्मणों के दर्शनार्थ उपस्थित होने पर राजा महानन्द की दृष्टि कृष्ण-वर्ण कौटिल्य पर पड़ी। राजा ने क्रुद्ध होकर कहा, 'यह चाण्डाल यहाँ क्यों बुलाया गया'। कौटिल्य इस अपमान को सहन न कर सका और उसने आसन से उठ कर सभा में ही अपनी चोटी खोलते हुए यह प्रतिज्ञा की कि 'अब मैं तब तक शिखा नहीं बाधूँगा, जब तक नन्द वंश को समूल नष्ट न कर दूँ'। फलतः कौटिल्य ने अनेक उपायों से नन्द वंश का विनाश किया, और चन्द्रगुप्त को मगध के सम्राट पर आरूढ़ किया। चन्द्रगुप्त ने कौटिल्य को अपना प्रधानमंत्री बनाया और उसकी सहायता से अपने राज्य को व्यवस्थित ढंग से शासित करने के साथ-साथ उसकी सीमाओं में विस्तार भी किया। कौटिल्य के चिन्तन को इस तथ्य ने भी प्रभावित किया कि उस समय सिकन्दर का भारत पर आक्रमण हो चुका था, तथा भारतीय राजा किसी एक केन्द्रीयकृत शक्ति के अभाव में सिकन्दर के आक्रमण का समक्ष

प्रतिकार नहीं कर सके थे। कौटिल्य ने स्वाभाविक रूप से यह अनुभव किया कि बाहरी आक्रमणों से राज्य की सुरक्षा के लिए राज्य का शक्तिशाली होना अत्यंत आवश्यक है। कौटिल्य को इस बात का भी व्यावहारिक अनुभव था कि आन्तरिक दृष्टि से प्रजा को सन्तुष्ट न रख पाने के कारण, तथा शासक के अनाचारी अथवा निरंकुश हो जाने पर राज्य के समक्ष आन्तरिक विद्रोहों का संकट उपस्थित हो जाता है। अपने जीवन के अनुभवों के आधार पर ही कौटिल्य ने अपने ग्रंथ में आन्तरिक व बाह्य दोनों प्रकार के संकटों से राज्य की सुरक्षा को, अपने चिन्तन में सर्वोच्च महत्त्व प्रदान किया।

इस प्रकार कौटिल्य का जीवन विश्व के अर्थशास्त्रियों में प्रथम स्थान दिया जाता है।

प्रस्तुत पुस्तक की विषय-वस्तु छात्रों एवं प्राध्यापकों के लिए अत्यन्त ही उपयोगी सिद्ध होगी। पुस्तक की भाषा अत्यन्त सरल है जो पढ़ने में रोचकता प्रदान करती है।

एम. कुमार
दीप्ति शर्मा

अनुक्रमणिका

*****

1

कौटिल्य का जीवन दर्शन

कौटिल्य का पूरा नाम विष्णुगुप्त कौटिल्य था। विद्वानों में कौटिल्य के नाम से लेकर मतभेद हैं। कुछ विद्वान कौटिल्य का पूरा नाम विष्णुगुप्त कौटिल्य भी बताते हैं। किन्तु स्वयं कौटिल्य ने अपने अर्थशास्त्र के प्रत्येक अध्याय के प्रारंभ और अंत में, ग्रंथ के अन्त में विष्णुगुप्त का लिखा है। अर्थशास्त्र में राज्य की सुरक्षा के उपायों के विवेचन के क्रम में कौटिल्य ने अनेक ऐसे उपसों का चित्रण किया हैं जिन्हें सामान्यत: नैतिक नहीं माना जा सकता। संभवत: इसी कारण कुटिलता या धूर्तता के अर्थ में भी कौटिल्य शब्द का उल्लेख किया जाने लगा। अल्तेयर का मानना है कि कौटिल्य शब्द कोई आदर-सूचक शब्द नहीं है, तथापित आचार्य कौटिल्य द्वारा इसका अपने नाम के साथ उल्लेख में यह व्यक्त करता है कि यह अर्थशास्त्र की विषयवस्तु की आलोचना के रूप में लोगों द्वारा दिया गया नाम न होकर, संभवत उनका गोत्र या कुल से सम्बन्धित नाम था।

किसी भी व्यक्ति के चरित्र का पता करना हो कि इस व्यक्ति का चरित्र कैसा है तो उसका पता करने के तीन प्रकार हैं (1) उस व्यक्ति ने पात्ररूप में आत्माभिव्यक्ति कैसी की है? इस प्रकार के विचारों की अभिव्यक्ति दृश्य काव्यों का स्वागतम् के द्वारा होती है (2) उस पात्र के विषय में दूसरे पात्रों का क्या सम्मति है और (3) नाटक के अन्दर नाटककार के स्थान-स्थान पर आये हुये अपने विचार। इन्हीं तीन प्रकारों से हम किसी व्यक्ति के चरित्र का अवगहन कर सकते हैं और उसके चरित्र के विषय में किसी निष्कर्ष पर पहुँच सकते हैं। मुद्राराक्षस नाटक के अन्दर हम प्रत्यक्ष रूप से रंगमंच पर कौटिल्य को तीन अंको में देखते हैं। पहले अंक में जिसमें सर्वात्मना कौटिल्य की राजनीति की बीजान्यास हुआ है। तृतीय अंक में, जिसमें उसने राक्षस को धोखा देने के लिए चन्द्रगुप्त के साथ कृतह-कलह का आयोजन किया है और अंतिम सप्तम अंक में जहाँ राक्षस के

आत्मसपर्णण के उपरान्त वह राक्षस को सम्राट चन्द्रगुप्त का मन्त्रित्व स्वीकार कराता है। इस प्रकार हम देखते हैं कि मेरा सर्वस्व चला जावे किन्तु सैकड़ों सेनाओं को अपने कौशल से परास्त करने वाली एकमात्र मेरी बुद्धि न जावे।

"एका केवलमेव साधनविधौसेनाशतेभ्योऽधिकका
नन्दोन्मूलनदृष्टवीर्यंमहिमा बुद्धिरतु मा गान्मम"

उसको अपनी बुद्धि और नीति पर भरोसा है, उसने अपनी बुद्धि से ही मलयकेतु की सेनाओं को जीत लिया है। उसने अपनी अद्‌भुत बुद्धि की प्रखरता से नन्दवंश के वध दुस्तर चन्द्रगुप्त का गुरु, मन्त्री और पथ-प्रदर्शक सभी कुछ है। एक मात्र उसी की कृपा से वृषल चन्द्रगुप्त नन्द के सिंहासन पर बैठ सका है। तभी तो राक्षस दूसरे अंक में कहता है कि कौटिल्य को इस पर गर्व है कि-

"कौटिल्योऽपि मदाश्रयादमयभूद्राजेति जातस्मयः"(२-२३)

मौर्य साम्राज्य के मन्त्रित्व का उपभोग करते हुए कौटिल्य राजसी भोग विलास के केन्द्र राजभवन से दूर नगर के बाहर एक सामान्य सी कुटी में रहता है। इस सामान्य सी कुटी को भी चन्द्रगुप्त के कुञ्चकी ने एक असाधरण विभूति के रूप में देखा है, वह कहता है "अहो राजाधिराज मन्त्रिणो विभूतिः। तथाहि "उपलशकल......... (३-१५)

कहाँ राजाधिराज चन्द्रगुप्त का मन्त्रित्व और कहाँ यह साधारण रहन-सहन इस प्रकार का चित्रण करके विशाखादत्त ने आजकल के राजनैतिक नेताओं को यह सन्देश दिया है कि राज्यों का निर्माण, संचालन और उत्थान केवल बिजली के बल्बों से प्रकाशित बड़ी-बड़ी अट्टालिकाओं में रहकर ही नहीं होता है बल्कि सामान्य से स्थान में रहकर भी हो सकता हैं। दैव के ऊपर विश्वास करना तो कौटिल्य जानता ही नहीं है उसे पुरुषार्थ पर अटल विश्वास है। वह मानने के लिए तैयार नहीं है कि कार्यों का फल भाग्यायत्त है उसकी सम्मति से मूर्ख व्यक्ति ही दैव में विश्वास करते हैं।

"दैवमविद्वसः प्रमाणयन्तिः"

कौटिल्य का स्वभाव क्रोधी है "कौटिल्यः र्कापनोऽपि"। किन्तु उसको क्रोध तब आता है जब उसके आत्मसम्मान को ठेस पहुँचती है अथवा उसकी किसी योजना को असफल बनाने की चेष्टा की जाती है। कौटिल्य की क्रोध-मुद्रा की गम्भीर वर्णन उसके स्वभाव का परिचायक है, यथा-

शिखां मोक्तु बद्धामपि पुनरयं धावति करः।(३-२३)

और राजा चन्द्रगुप्त इस क्रोध को देखकर यह कह उठता है कि "अये कथं सत्यवेवार्यः कुपितः"। यह तो उस क्रोध का वर्णन है, जो कृत्रिम है इसी से उसके

वास्तविक क्रोध के रूप का पता लगाया जा सकता है। कौटिल्य को विलम्ब एक मिनट भी सहन नहीं है। इसी विलम्ब के कारण वह अपने शिष्य शार्ङ्गरव पर झुंझला उठता है, परन्तु साथ ही कहता है "वत्स, कार्याभियोग एवास्मानाकुलयति न पुनरूपाध्यायसहभूः शिष्जने दुःशीलता"। वह इस बात को भलिभाँति समझता है कि अध्यापकों का यह स्वभाव होता है कि वे अपने शिष्यों पर यदा-कदा झुंझलाया करता है। वह लोकोत्तर चरित्र है। अर्थशास्त्र के प्रणेता और मुद्राराक्षस में निस्वार्थ, निरीह एवं लोक भावना के प्रतीक रूप में चित्रित किया गया है। "निरीहाणमीशस्तृणमिवतिरस्कार विषयः" (३-१६) ऐसा कहकर कचुकी ने कौटिल्य के प्रति एक महान् सम्मान प्रकट किया है। इससे बढ़कर और अलौकिकता क्या होगी? वह आत्मविश्वासी है। नन्दवंश को समूल नष्ट करने ब्राहाण वंश में उत्पन्न हुआ है असाधरण मेधा संपन्न है, साथ ही धूर्तता में भी अग्रणी है। राक्षस के गुणों को जितना वह समझता और सम्मान करता है उतना सम्भवतः राक्षस स्वयं भी अपने गुणों को नहीं जानता। कौटिल्य ने अपने पुरुषार्थ नन्दवंश को ध्वस्त करके चन्द्रगुप्त को राज्यसिंहासन पर बैठा दिया और स्वयं कमल पत्रमिवाभ्यासा निर्लिप्त रहा।

उसको अपने इस महान् कार्य के ऊपर हर्ष है पर वह मदान्ध नहीं है। एक नवीन साम्राज्य का प्रतिष्पाठक मदान्ध कैसे हो सकता है। वह सतत् जागरूक है जागर्ति खलु कौटिल्य (३-१३३)। कौमुदी महोत्सव की रङ्गरेलियाँ एक नवीन प्रौढ़ अवस्था के राजा को तो आकृष्ट कर सकती हैं परन्तु भविष्य पर निरन्तर दृष्टि रखने वाले व्यक्ति को इन भोग लिप्साओं से क्या? वह तो स्पष्ट कहता है कि "सोडयं व्यायामकालो नोत्सवकाल" इति दुर्ग संस्कारे प्रारब्धव्ये किं कोमुदी महोत्सवेनेति। वह अपने शत्रुओं को एक क्षण के लिए पसन्द नहीं करता। उनकी चर्चा भी उसको अच्छी नहीं लगती है। उनके नाम की चर्चा आते ही वह तिलमिला उठता है। इसके साथ ही वह शत्रुओं के प्रति यमराज के समान क्रूर होता हुआ भी राक्षस के गुणों की प्रशंसा करता है। जिसको वह बुद्धिमान, योग्यतम व्यक्ति, साहसिक योद्धा और योग्य अमात्य समझता है। कौटिल्य अविश्वासी है, अविश्वास का पुतला है, उसको न अपने गुप्तचरों पर विश्वास है और न ही चन्दगुप्त पर। क्योंकि हम सम्पूर्ण नाटक में देखते हैं, कि कौटिल्य की योजनाओं का स्रोत वह स्वयं ही है किसी अन्य व्यक्ति के साथ किसी भी योजना पर मन्त्रणा करते हुए हम उनको नहीं पाते हैं यदि किसी पर उसको विश्वास है तो उसको अपने पर, अपनी बुद्धि पर। उसका यही अविश्वास उसको ह्दय की भावनाओं से दूर करता है। कौटिल्य के ह्रदय मे भावुकता नाम की वस्तु का सर्वथा अभाव है और यही अभाव उसकी विजय का कारण है। मनुष्यों पर अविश्वास के समान उसको सिद्धान्तों पर कोई विश्वास नहीं है। कौटिल्य

का एकमात्र उद्देश्य है राक्षस को वश में करना। वह चाहता है कि राक्षस की शक्ति मौर्य चन्द्रगुप्त के प्रति हो जावे। कौटिल्य का पर्याप्त संगठन है। उसकी कूटनीति की यह विशेषता है कि उसके गुप्तचर अपने आपमें एक दूसरे को नहीं जानते वे एक उद्देश्य को लेकर कार्य वाले कौटिल्य के व्यक्ति हैं वह अपने अनुयायियों में प्रेरणा फूँकने में समर्थ है जो उसकी दक्षता, कठोरता, जागरूकता और लक्ष्य से प्रभावित है। उसके जितने सहायक हैं, ऐसा मालूम पड़ता है कि उनकी कोई भी अभिलाषा नहीं, उच्चकांक्षा नहीं और स्वार्थ सिद्धि नहीं। कौटिल्य की महत्त्वकांक्षा की उनकी महत्त्वाकाक्षां है। कौटिल्य की कार्य सिद्धि ही उनकी कार्य सिद्धि है। कौटिल्य के अन्छर वह शक्ति है कि वह अस्त और उदय युगपत् कर सके और इसलिए वह ''धाम्यनातिशययति धाम सहम्र धाम्न:।''

कौटिल्य प्रतिहिंसा और प्रतिशोध का अवतार है। वह ही इस नाटक के घटनाचक्र का एकमात्र नियन्ता है। वह जो कुछ करता है अपने लिए नहीं, अपने स्वार्थ भाव से नहीं अपितु चन्द्रगुप्त के लिए और मौर्यसाम्राज्य को बद्धमूल करने के लिए करता है। इसको अपने यश की, अपने नाम की चिन्ता नहीं है। कौटिल्य अमात्यराक्षस की प्रज्ञा, पराक्रमशक्ति और राजभक्ति की महत्ता को स्वीकार करता हुआ भी उसको अपना प्रतिस्पर्धी मानने के लिए तैयार नहीं। वह कहता है कि ''कौटिल्यस्त्वमपि च नैव केवलं ते साधर्म्य मदनुकृतै: प्रधानवैरम्'' (३/१२)। कौटिल्य के अपने व्यक्तित्व की चरम परिणति ही इसमें है कि वह अपनी दूरदर्शिनी बुद्धि के द्वारा अपने शत्रु राक्षस को अपना मित्र और अपने आदर्शों का पालक बना देता है।

कौटिल्य अथवा कौटल्य–मुद्राराक्षस नाटक के ऐतिहासिक पात्रों में प्रमुखतम पात्र कौटिल्य है। यह चणक का पुत्र है। उसके पूर्ववर्तियों में एक 'कुटिल' हुआ था, जिसके आधार पर उसका नाम कौटिल्य हुआ। ऐसे कुछ विद्वानों के द्वारा व्याख्या की जा सकती है। ऐसा प्रतीत होता है कि कौटिल्य की कुटिल नीति के कारण और नंदवंश की बड़ी क्रूरता से समूल विनष्ट करने के कारण विद्वानों ने उसके नाम की व्याख्या कुटिल से कौटिल्य की है। वस्तुत: उसका नाम कौटिल्य था। उसके पिता का नाम 'कुटिल न होकर कुटल' था अर्थात् कुट-कुट पूर्ण धान्य लाति-गुहति इति कुट: अर्थात् कुट का अर्थ घड़ा जो घट परिमित धान्य का संग्रह करता है अथवा कुट का अर्थ परिवार भी होता है। इस परिवार के अर्थ में ऋग्वेद १-४३-४ में यह कुट शब्द का प्रयोग हुआ है। अर्थात् जो केवल परिवार की आजीविका चलाने मात्र धन का संचय करता है। इस प्रकार की व्याख्या करने पर कौटिल्य के पिता की त्याग भावना व्यक्त होती है। अत: उसके पिता का नाम 'कुटल' हुआ। अपत्य अर्थ में कौटल्य बना, कौटल्य ही कौटिल्य में परिणत हो गया। इस प्रकार कौटिल्य और कौटिल्य उसके पैत्तृक नाम है। उसका वास्तविक नाम विष्णुगुप्त

है, वह यज्ञ में की जाने वाली बलिदान सम्बन्धी क्रियाओं के रहस्यों के ज्ञान में परम प्रवीण था।

इस प्रकार हम देखते हैं कि कौटिल्य स्पष्ट मस्तिष्क वाला; आत्मविश्वासी, कूटनीतिज्ञ, षडयंत्र करने वाला, कठोर राजनीतिज्ञ, अपनी इच्छा की पूर्ति को सर्वात्मना दृढ़ निश्चय के साथ पूर्ण करने वाला और अपनी कूटनीतिज्ञ योजनाओं का अंत तक निर्वाह करने वाला चित्रित किया गया है।

अन्य पात्रों की दृष्टि में कौटिल्य–भागुरायण को कौटिल्य की राजनीति निर्यात की तरह चित्र विचित्र रूप वाली दिखाई देती है।

मुहुर्लक्ष्योद्भेदा मुहुरधिगमा भावगहना
मुहुः सम्पूर्णाङ्गी मुहुरतिकृशा कार्यवशतः।
मुहुर्नश्यद्‌बीजा मुहुरपि बहुप्रापित फले
त्यहो चित्रकारा निर्यतिखित नीतिर्नयविरः। (५-३)

कौटिल्य के सम्बन्ध में चन्दनदास की यह उक्ति का फलेन विंसवादितमस्थ विकत्थितम्" उसके व्यक्तित्व की महता को और अधिक अभिव्यक्त करती है। कौटिल्य की राजनीति इतनी संश्लिष्ट है कि राक्षस के लिए भी उसको समझ पाना एक कठिन कार्य है। षष्ठ अंक में सिद्धार्थक कहता है कि,

"जयति जयनकार्यं यावत्कृत्वाच सर्वं
प्रतिहतपरपक्षा आर्यकौटिल्य नीतिः।"

यही बात वह अपने मित्र सांतद्धाथक से कहता है कि जिस आर्य कौटिल्य की नीति का अवगाहन राक्षस भी नहीं कर सका, उसी को तुम जानना चाहते हो।

अतिमुग्धोऽसीदानीं त्वं यतोऽमात्यराक्षसेनाप्ययनव गाहितपूर्वं कौटिल्यस्य चरितमवगहितुमिच्छसि"। राक्षस ने कौटिल्य को देखकर अपनी भावना इन शब्दों में व्यक्त की है–"अयं दुरात्मा अथवा महात्मा कौटिल्यः"।

और इसी प्रकार हम देखते है कि नाटककार विशाखदत्त ने उसको स्वयं महात्मा कहकर अपनी उसके प्रति श्रद्धाञ्जलि अर्पित की है।

कौटिल्य और राजनीति–यदि कौटिल्य की नीति को हम एक शब्द में कहना चाहें तो कह सकते है कि "दैव की गति के समान कौटिल्य की नीति भी अश्रुतगति है किन्तु जहाँ कौटिल्य की कूटनीति इस प्रकार की है वहाँ यह भी स्पष्ट है कि उसकी नीति कुछ अधिक उच्च नैतिक गुणों पर आधारित नहीं है। सामान्य से सामान्य धोखा देने से लेकर जालसाजी और हत्या करने तक प्रत्येक योजना कौटिल्य के उस निश्चय को पूर्ण

करने में योग देती प्रतीत होती है जिस लक्ष्य का निर्धारण कौटिल्य ने स्वयं किया है। कौटिल्य की यह अन्ति इच्छा है कि वह अपने आश्रित चन्द्रगुप्त को राजगद्दी पर स्थिर कर दे और राक्षस को पुनः लाकर उसकी सेवा में नियुक्त कर दे, जिसकी नन्दों के प्रति भक्ति विख्यात है। कौटिल्य समझता है कि बिना राक्षस को चन्द्रगुप्त के पक्ष में किये मौर्य साम्राज्य स्थिर नहीं हो सकता। यदि साध्य, साधन के भले या बुरे का निर्णायक है तो उसका निर्णय इस स्थान पर किया जा सकता है, साथ ही यहाँ यह भी ध्यान में रखना चाहिए कि कुटनीति और राजनीति का खेल कम या अधिक संदिग्ध नैतिकता का खेल होता है। राजनीति में नैतिक मापदण्ड सामाजिक या धार्मिक मापदण्ड से सर्वथा भिन्न होते है। महान् राजनीतिज्ञ कौटिल्य मौर्य साम्राज्य का प्रिंस बिस्मार्क कहलाता है। साध्य साधन के श्रेष्ठता को प्रतिपादित करते है और साध्य यहाँ पर सुन्दर और महान् है। कौटिल्य ने कोई बुरा काम नहीं किया था। उसको तो राजनीतिक आवश्यकता के रूप में स्वीकार करना पड़ा। जनता के लिए नन्द अभिशाप के रूप में थे। अतः जनता विपल्व करने के लिए तैयार थी। इस जनता का उद्धारक चन्द्रगुप्त था और इसकी सहायता करने में कौटिल्य एक उचित व्यक्ति की सहायता कर रहा था। राक्षस नन्दों का अर्गणी था, उनका सहायक था। यदि कौटिल्य उसको अपने मार्ग पर चलने देता तो यह निश्चय था कि जनता में एक क्रान्ति, एक विद्रोह एवं विपल्व खड़ा हो जाता, जिससे देश के अन्दर रक्त की नदियाँ बह जातीं। इस प्रकार कौटिल्य को प्रजा में होने वाली रक्तपात परिपूर्ण क्रान्ति और चन्द्रगुप्त इन दोनों बुराइयों में से किसी एक को चुनना था, कौटिल्य ने इनमें से किसी एक को चुना और आचारशास्त्र के नियमों से थोड़ा हटकर उसने धोखा, कपट और हत्या का आश्रय लिया। इस अवस्था में इसको एक बार के लिए क्षम्यू माना जा सकता है क्योंकि उद्‌देश्य महान् और सुन्दार था। पर्वतक, स्वार्थसिद्धि और मलयकेतु को कैद करके केवल छोड़ ही नहीं दिया अपितु उसको साम्राज्य भी वापिस कर दिया। शकटदास और चन्दनदास को फाँसी की सजा से भयभीत करना वास्तविकता की अपेक्षा ''राजनैतिक बहाना मात्र था।''कौटिल्य की राजनीति की सबसे बड़ी विशेषता क्षपणक जीवसिद्ध है जिसको राक्षस अपना सबसे घनिष्ठ मित्र समझता है। राक्षस ने इसके द्वारा चन्द्रगुप्त पर विषकन्या का प्रयोग किया था। दूसरा पात्र जो कौटिल्य की कूटनीति को क्रियात्मक रूप देना वाला है, भागुरायण है। जिस भेद में राक्षस असफल हो गया उसी भेद को करने में कौटिल्य सफल हो गया। कौटिल्य की कूटनीति का केन्द्रबिन्दु वह कपट पत्र है जिससे उसने राक्षस और मलयकुेतु में भेद डाला है। जिस पत्र के परिणामस्वरूप राक्षस के ५ परम् विश्वस्त म्लेच्छ राजागण मृत्यु के घाट उतार दिये गये। राक्षस को निशस्त्र वध्यस्थान पर भेजने वाला वह विष्णुदास का कपट मित्र कौटिल्य की कूटनीति का अंतिम प्रयोग है। कौटिल्य ने अपनी कूटनीति को राक्षस के सामने इस प्रकार व्यक्त किया है।

"भृत्या भद्रमहादयः स च तया लेखः स सिद्धार्थकः:" (७-६)

अर्थशास्त्र के लेखक कामन्दक ने कौटिल्य को अपने आध्यात्मिक गुरु के रूप में देखा है। उसने उसको प्रसिद्ध वंश उत्पन्न वेदों में प्रकाण्ड विद्वान और अर्थशास्त्र के प्रणेता के रूप में वर्णित किया है। आर्यशूर की जातकमाला कौटिल्य को अर्थशास्त्र का प्रणेता मानती है। वह महान् राजनीतिक विचारक अपने साधारण और सुन्दर उपदेश देने वाले नीतिवाक्यों के लिए भी प्रसिद्ध है। क्रियात्मक रूप से उसकी राजनीतिक सफलता का रहस्य उसकी उस नीति का यथार्थ रूप से पालन करना था जिसके विषय में उसकी अपनी मान्यता सर्वसिद्ध थी।

सुकृत्य विष्णुगुप्तस्य मित्राप्तिर्भार्गवस्य च
बृहस्पतेरविश्वासों नीतिसन्धिस्त्रिधा मतः।"

इस प्रकार हम देखते हैं कि राजनैतिक क्षेत्र में कौटिल्य की प्रमाणिकता सर्वोपरि है उसकी प्रसिद्धि प्रमुख रूप से अर्थशास्त्र पर प्रतिष्ठित है।

(१) नाटक का नायक कौटिल्य-नाटक का नायक कौन है? चन्द्रगुप्त या कौटिल्य? इस प्रश्न का समाधान भी आवश्यक है। कुछ चन्द्रगुप्त को नायक मानते है और कुछ आचार्य कौटिल्य को। इसमें कोई सन्देह नही है कि इस सम्पूर्ण नाटक में सम्भवतः चन्द्रगुप्त को नायक मानना चाहिए, पर विशाखदत्त स्वयं कौटिल्य के पक्ष में प्रतीत होते है। नाटक में स्थान-स्थान पर ऐसे संकेत मिलते हैं कि जो कौटिल्य को नायक मानने के पक्ष में हैं 'यथा' जयति जयनकार्य यावत्कृत्वा च सर्वप्रतिहतपर रक्षा आचार्यणक्यनीतिः "यद्यपि राक्षस को वश में कर लेने से चन्द्रगुप्त को आमात्य लाभ हुआ है। पर कौटिल्य को भी फलागम का विशेष लाभ हुआ है वस्तुतः कौटिल्य की वास्तविक प्रतिज्ञा की पूर्ति तो इसी स्थान पर आकर होती है। उसका लक्ष्य था चन्द्रगुप्त के लिए निष्कंटक राज्य की स्थापना और राक्षस को मंत्री बनाना, वह अपने इस उद्देश्य में सर्वात्मना सफल हुआ। विशाखदत्त ने किसी प्रख्यातवंश में उत्पन्न व्यक्ति अथवा सम्राट को प्राचीन नाट्य परम्परा के अनुसार नाटक का नायक न बनाकर राजनीति में अन्य अत्यन्त कुशाग्रबुद्धि प्रसिद्ध सम्राट चन्द्रगुप्त मौर्य के गुरु कौटिल्य को अपनी रचना का नायक बनाकर एक दिव्य प्रतिभा का उदाहरण प्रस्तुत किया है- "मुद्रया ग्रहीतो राक्षसो यस्मिन् तन्मुद्राराक्षसं नाम नाटकम्"। इस मुद्रा में अपनी राजनीति का प्रवर्तन करने वाला कौटिल्य ही है। अतः उसी का नायकत्व उचित प्रतीत होता है इससे बढ़कर कौटिल्य नाटक की समाप्ति पर स्वयं उपदेश देता है कि-

''बिना वाहनहस्तिभ्यो मुच्यंता सर्वबन्धन्
पूर्ण प्रतिज्ञेन मया केवलं बध्यते शिखा''।

नाट्य शास्त्र की परिभाषा के अनुसार यह कौटिल्य धीरप्रेशान्त और धीरोदात्त इन दो नायकों का मिश्रण प्रतीत होता है क्योंकि कौटिल्य में इन दोनों नायको के गुणों का समावेश देखने में मिलता है।

अन्त में हम देखते है कि नाटककार ने कौटिल्य को नन्द साम्राज्य के संहारक और मौर्य साम्राज्य के प्रतिष्ठापरक के रूप में चित्रित किया है। उसने कौटिल्य के चरित्र का जो चित्रण किया है वह उसी नाट्य साहित्य को एक बहुत बड़ी देन है।

राक्षस का चरित्र चित्रण-सम्पूर्ण 'मुद्राराक्षस' नाटक विरोधी चरित्रों के मध्य विकसित हुआ है। कौटिल्य और राक्षस परस्पर विरोधी रूप में चित्रित है। एक के चरित्र को हृदयंगम करने के लिए दूसरे चरित्र की पृष्ठभूमि अत्यंत आवश्यक है। यहाँ यह ध्यान देने की बात है कि चरित्रों का चरित्र विकास भी अंकों में क्रमश: हुआ है। प्रथम अंक में कौटिल्य, द्वितीय अंक में राक्षस, तृतीय अंक में चन्द्रगुप्त और चतुर्थ अंक में मलयकेतु के चरित्र का विकास हुआ है।

इस नाटक के अन्दर हम प्रथम और द्वितीय अंक को छोड़कर सभी अंकों में राक्षस को रंगमंच पर उपस्थित पाते है। द्वितीय अंक में राक्षस के चरित्र का विकास राजनीति की पृष्ठभूमि में हुआ है। चतुर्थ अंक में राक्षस को कौटिल्य के विरोध में, कूटनीतिक योजनाओं के निर्माण में और चन्द्रगुप्त पर आक्रमण करने की तैयारी में व्यवस्थित देखते है। पंचम अंक के अन्दर राक्षस एक अभियुक्त रूप में हमारे सम्मुख आता है। षष्ठ अंक में राक्षस अपने मित्रों और सहायकों से दूर। उद्देश्य के प्रति सर्वथा निराश, अतीत काल की स्मृतियों में डूबा हुआ कुसुमपुर के एक जीर्णाद्यान में दिखायी देता है और अंतिम अंक में राक्षस के भाग्य का सहसा परिवर्तन होता है और उसे हम मौर्य साम्राज्य के सम्राट चन्द्रगुप्त के अमात्य पद पर प्रतिष्ठित देखते है। इस प्रकार नाटक की सम्पूर्ण कथावस्तु राक्षस के दुर्भाग्य की कहानी है। उसके चरित्र जो आशा-निराशा, घात-प्रतिघात आदि द्वन्द्वों का चित्र खींचा गया है, उससे मानव जीवन की स्थिरता का सहज ज्ञान हो जाता है।

राक्षस के चरित्र में कुछ ऐसे गुण विद्यमान है, जो उसको राजनीतिक बुद्धि की कठोरता की भूमि से भावुक हृदय के कोमल तल पर खड़ा कर देते है। उसके हृदय के कौने में छिपकर बैठी हुई भावुकता ही उसकी पराजय का कारण है। यह ब्राह्मण वंश का भूषण नन्दों का अमात्य हौ। नन्द साम्राज्य का संचालन करने वाला है। इसकी नन्दवंश के प्रति अनन्य भक्ति है। नाटककार ने राक्षस को अपने स्वामी नन्दराजाओं के प्रति प्रगाढ़ भक्ति भावना से ओत-प्रोत चित्रित किया है। नन्द भक्ति और राक्षस की महत्वाकांक्षा इन

दोनों को एक ही माना जा सकता है। कूटनीति का मर्मज्ञ है। मेधावी है। राक्षस शस्त्र विद्या में निपुण है। सैन्य का संचालन करने की योग्यता रखता है। राक्षस की शूरवीरता इस प्रकार हुई है।

"यत्रैषा मेघनीला चरत्रि गजघटा राक्षसस्तत्र यायात्
एतत्पारिप्लवाम्भः प्लुति तुरगबलं वार्यतां राक्षसेन।
पत्तीनां राक्षसोऽन्तं नयतु बलमिति प्रेषयन्मह्यमाज्ञा
मज्ञासी प्रीति योगात्स्थितमिव नगरे राक्षसानां सहस्त्रम ॥२-१४॥

खड्ग उसका प्रिय सुहृत् और प्रधानतम् शस्त्र है। वह अपने मित्र चन्दनदास को फाँसी के तख्ते से छुड़ा लाने के लिए अपनी तलवार पर विश्वास रखता है। यथा

"निस्त्रिंशऽयं सजलजलदव्योमसंकाशमूर्ति
र्युद्धश्रद्धा पुलकित इव प्राप्तसख्यः करेण।
सत्वोत्कर्षत्समरनिकषे दृष्टसार परैर्ष।
मित्रस्नेहाद्विवशमधुना साहसे मां नियुङ्क्ते ॥६-१८॥

नाटक के अन्दर जहाँ राक्षस के गुणों का विकास हुआ है, वहाँ उसकी मैत्री भावना, मित्र के प्रति कर्त्तव्य भावना प्रखररूप से हमारे सामने आती है। वह सच्चा मित्र है। राक्षस में जिस मैत्री भावना का कवि ने चित्रण किया है वह भारतीय संस्कृति की अपूर्व देन है। सामान्य मित्र नहीं अपितु कौटिल्य के गुप्तचर निपुणक की सम्मति में "द्वितीयमिव हृदयम्"।

दूसरे अंक में राक्षस स्वयं अपनी मित्रता के विषय में विरोधगुप्त से कहता है कि-

"तत्किं परितुष्टः कथयसि अपवाहित राक्षसफलत्रमिति।
ननु वक्तव्यं संयमितः सुपुत्रकलत्रो राक्षस इति॥"

राक्षस अपने में और चन्दनदास में कोई भेद नहीं देखता है। एक प्राण और दो शरीर है। इसलिए अपने मित्र के लिए, मित्र की मैत्री को अमर बनाने के लिय सप्तम अंक में चन्दनदास से कहता है कि तुम्हारे प्राणों के लिए समर्पण करके मैंने "स्वार्थ एवानुष्ठति" अर्थात् अपना स्वार्थ सिद्ध किया है। अपने मित्र के प्राणों की रक्षा के लिये अपने उद्देश्य को, जिसके लिए उसने जीवन-पर्यन्त श्रम किया-तिलाञ्जलि देकर आत्मसमर्पण कर देता है और सचमुच राक्षस अपनी कसौटी पर महान् है। राक्षस की पराजय का एक प्रमुख कारण चन्दनदास को स्नेह का निर्वाह भी है। वह सिद्धार्थक की भी अपना हितैषी और मित्र समझता है। शकटदास पर उसे सर्वात्सना विश्वास है कि-"यदि शकटदार्सेन लिखितिस्ततो मयैव" उसकों उसकी मैत्री भक्ति और नन्द के प्रति स्वामीभक्ति का पता

है। परन्तु जब उसके प्रति राक्षस के हृदय में संदेह का अंकुर उत्पन्न होता है तो यह कहकर-

''स्मृतं स्यात्पुत्रदासस्य विस्मृतस्वामिभक्तिना।
चलेष्वर्थेषु लुब्धेन न यशः स्वनपायिषु ॥५-१४॥''

अपना समाधान कर लेता है। राक्षस का स्वभसव है सब पर विश्वास कर लेना। इसे चारित्रिक देष और गुण किसी भी रूप में देखा जा सकता है। इसी अपने विश्वास कर लेने वाले स्वभाव के कारण किसी भी अनजान व्यक्ति पर विश्वास कर लेता है। यथा-सिद्धार्थक, उसने जीवसिद्धि और सिद्धार्थक इन दो ऐसे प्राणियों पर विश्वास किया है जो घटनाचक्र को बदल देने की सामर्थ्य रखते है। इन्होंने केवल घटनाचक्र को ही प्रभावित नही है अपितु राक्षस के भाग्य के साथ खिलवाड़ किया है। यह प्रत्येक पर विश्वास कर लेना भी उसके पतन का कारण है। राक्षस का अपना कोई स्वार्थ नहीं, वह निस्वार्थ है। उसकी एक मात्र प्रबल इच्छा है कि चाणक्य व चन्द्रगुप्त से अपने स्वामी नन्दों का बदला ले सके और इसलिए उसने मलयकेतु का आश्रय लियस है। इसलिए वह राजनीति में सतत् प्रयत्नशील है। वह कहता है कि-

''नेदं विस्मृतभक्तिना न विषयव्यासङ्गमूढात्मना
प्राणप्रच्युति भीरुणा न च मया नात्मप्रतिष्ठार्थिना।
अत्यर्थं परदास्यमेत्यनिपुणं नीतौ मनो दीयते
देवः स्वर्गगतोऽपि शात्रववनाराधितः स्वादिति ॥२-५॥

उसको अहर्निश एकमात्र यही चिन्ता सताये रखती थी कि नन्दवंश की पुनः राज्य पर प्रतिष्ठा कैसे हो? इसी चिन्ता में उसने शरीर की स्वाभाविक साज-सज्जा भी छोड़ी दी थी।

राक्षस शकुनों पर विश्वास करतस है। वह सर्पदर्शन और क्षपणक के दर्शन दोनों को अपशकुन का प्रतीक समझता है। उसे ज्योतिषियों पर विश्वास है। आक्रमण के अवसर पर शुभ दिन की उसको प्रतीक्षा है। वह पूछता है-

'निरुप्यतां तावदस्मत्प्रस्थानदिवसः'। भाग्य पर उसको अटल विश्वास है। सम्पूर्ण नाटक में उसकी भाग्यवत्ता प्रकट होती है। वह तो नन्दवंश का शुत्र ही देव को मानता है। कौटिल्य को नहीं-

''देवं हि नन्दकुलशत्रुरसौ न विप्र ''यदा कदा भविष्य काल की घटना को सूचित करने वाली दैवीय वाणियों पर भी विश्वास करता है।

राक्षस के अन्दर उतावलापन भी अधिक है। अतीतकाल की घटना को सुनते-सुनते वर्तमान काल में आ जाता है। उसे आत्मविस्मृति हो जाती है और वह कह उठता है।

"प्राकारं परितः शरासनधरैः क्षिप्रं परिक्रम्यतां
द्वारेषु द्विरदैः प्रतिद्विपघटाभेदक्षमैः स्थीयताम्।
त्यक्तवा मृत्युभयं प्रहर्तुमनसः शत्रोर्बले दुर्बले
ते नियन्तु मया सहैकमनसो येषामभीष्टं यशः ॥२-१३॥

राक्षस को अपने ऊपर विश्वास नहीं है। उसमें इच्छा-शक्ति की कमी है और पराजय की भावना से भरा हुआ है।

राक्षस पहले अपने एक निश्चित लक्ष्य को निर्धारित कर लेता है और फिर बाद में उसके प्रति अपनी नैतिक भावना को विकसित करता है। ऐसा व्यक्ति अपनी सफलता या असफलता को अपने जीवन में अपने उद्देश्य से आँकता है। असफलता को वह सहन नहीं कर सकता है और इसलिये वह साधनों के प्रति उदासीन हो जाता है। कौटिल्य के समान इसने भी कूटनीतिक षड्यन्त्रों का सहारा लिया है। विषकन्या, विषशस्त्र इत्यादि के द्वारा शुत्र की हत्या करने का प्रयत्न किया है। यद्यापि इसमें सफलता नहीं मिली है। राक्षस अपने उद्देश्य की प्राप्ति में इतना डूब जाता है कि वह अज्ञान में ही षड्यन्त्र करने वाला सिद्ध हो जाता हे। वह यह अनुभव करने लगता है कि उसके लिए कौटिल्य के जाल से बाहर निकलना कठिन ही नहीं अपितु असम्भव है। वह मलयकेतु के व्यवहार के कारण निराश हो जाता है और मलयकेतु इतना मूर्ख है कि वह समझने लगता है कि राक्षस ने चन्द्रगुप्त के साथ सन्धि कर ली जबकि इसके विपरीति राक्षस की यह विचारधारा है कि-

"इदानीमपि तावदराति हस्तगतो विनश्येन्न तु राक्षसश्चन्द्रगुप्तेन सह संदधीत" मलयकेतु की विश्वास का कारण वह पत्र है जो कौटिल्य ने प्रथम अंक में सिद्धार्थक के द्वारा शकटदास से लिखवाया है और जिस पर राक्षस की मुद्रा अंकित है और हम देखते है कि नाटक की समाप्ति में आकर राक्षस निःसहाय और निराश्रित हो जाता है। उसकी अतीत और वर्तमान काल की अवस्था की एक मात्र सूचना देने वाला यह श्लोक कितना सुन्दर है-

पौरैरङ्गुलिभिर्नवेन्दुवदहं निर्दिश्यमानः शनैः
यो राजेव पुरा पुरान्निरगमं राज्ञां सहस्रैर्वृतः।
भूयः सम्प्रति सोऽहमेव नगरे तत्रेव बन्ध्यश्रमो
जीर्णोद्यानकमेष तस्कर इव त्रासाद्विशामि द्रुतम्॥ ६-१०॥

षष्ठ अंक में राक्षस के लम्बे स्वागत भाषण में हम इसके चरित्र का समीप से अध्ययन कर सकते है, जिसमें उसका मानसिक ऊहापोह के संघर्ष का चित्र हमारे सामने

आता है। यहाँ पर वह अपने जीवन के प्रमुख उद्देश्य को महती निराश में छोड़ देता है। इस प्रकार हम देखते है कि राक्षस एक शूरवीर योद्धा, परन्तु भूल करने वाला, भावना प्रधान-अनुभूति के साथ राजनीतिज्ञ के रूप में चित्रित किया गया है।

अन्य पात्रों की दृष्टि में राक्षस-(१) कौटिल्य राक्षस के गुणों की प्रशंसा करता हुआ कहता है-

''ऐश्वर्यादनपेतमीश्वरमयं लोकोऽर्थतः सेवते
तं गच्छन्त्युन ते विपत्तिषु पुनस्ते तत्प्रेतिष्ठाशया।
भर्तुर्यें प्रलेयऽपि पूर्व सुकृतासङ्गेन निः सङ्ग्या
भक्तया कार्यधुरां बहन्ति वहवस्ते दुर्लभास्त्वादृशाः॥

राक्षस का अपना व्यक्तित्व, अपनी महत्ता कितनी है। इसका पता इससे अधिक कौटिल्य को है। तभी तो वह राक्षस को जीवित पकड़ना चाहता है, उसको मरवाना नहीं चाहता है।

(२) तीसरे अंक में चन्द्रगुप्त ने कौटिल्य से प्रश्न किया है कि तुमने राक्षस को कैद क्यों नहीं कर लिया तो कौटिल्य कहता है।

''स हि भृशमभियुक्तो यद्युपेयाद्विनाशं।
ननु वृषल वियोगस्तादृशेनापि पुंसा॥३-२५॥

कौटिल्य किसी भी प्रकार से राक्षस को अपने हाथ से जाने नहीं देना चाहता है। वह यह भी नहीं चाहता कि राक्षस जीवित रहता हुआ चन्द्रगुप्त के विनाश की योजना बनावे। वह यह भी नही चाहता कि राक्षस मारा जाये।

(३) शकटदास राक्षस को देखकर कहता है-

''अक्षीणभक्तिः क्षीणेऽपि नन्दे स्वाम्यर्थद्वहन्।
पृथिव्यां स्वामिभक्तानां प्रमाणे परमे स्थितः॥२-२२॥''

राक्षस की राजनीति-इस नाटक में राक्षस की राजनीति का कुछ इस प्रकार प्रयोग हुआ है कि जिसमें वह अपने शस्त्र के प्रयोग में स्वयं ही पराजित हुआ है। राक्षस कुसुमपुर में अपने पीछे अपने परिवार को यह समझकर छोड़ आया है कि इस प्रकार कुसुमपुर में रहने वाले उसके अनुयायियों का उत्साह क्षीण होगा परन्तु पाटलिपुत्र में उसकी पत्नी की उपस्थिति अभिन्न मित्र चन्दनदास के लिए आपत्ति का कारण है। इस कारण उसे कुछ क्षणों के लिए मृत्यु की घड़ियों का भी दर्शन होता है। साथ ही उसकी पत्नी का पाटलिपुत्र में रहना ही निपुणक को उस राक्षस की मुद्रा की प्राप्ति करा देता है जिसे चााणक्य ने एक कूटलेख लिखा है और प्रयोग उसने राक्षस ओर मलयकेतु में भेद

डालने के लिए किया है। कौटिल्य उसमे सफल होता है और यह राक्षस की मुद्रा ही उसके पराजय का कारण बनती है। चन्द्रगुप्त को मारने के लिए बड़ी संभाल कर रखी हुए विषकन्या से चन्द्रगुप्त तो नहीं मरता, परन्तु उसके पर्वतक की मृत्यु हो जाती है जो चन्द्रगुप्त के आधे राज्य का अधिकारी है। राक्षस ने अपनी जिन गुप्तचरों ो विष और शस्त्रों के द्वारा चन्द्रगुप्त को मारने के लिए नियुक्त किया था, वे उसके गुप्तचर कौटिल्य की चतुराई और सतत् जागरूकता के कारण उन्ही विष और शास्त्रों से मारे गये। यथा-

''कन्या तस्य वधाय या विषमयी गूढं प्रयुक्ता मया
दैवात्पर्वतकस्तया स निहतो यस्तस्य राज्यार्धहृत्।
ये शस्त्रेषु रसेषु च प्रणिहितास्तैरेव तेघातिता:
मौर्यस्यैव फलन्ति पश्य विविधश्रेयांसि मन्नीतय: ॥२-१६॥''

मलयकेतु ने जो आभूषण कञ्चुकी के द्वारा राक्षस को पहनने के लिए भिजवाये थे, राक्षस उसमें से एक आभूषण चन्द्रगुप्त सिद्धार्थक को शकटदास के प्राण बचाने के बदले में पारितोषिक के रूप में देता है। इसी प्रकार पर्वतेश्वर के आभूषण उसी की आज्ञा से शकटदास को खरीदाता है, जिनका प्रयोग कौटिल्य ने बड़ी निपुणता से अपने कूटपत्र के विरोध में किया है। राक्षस ने अपने गुप्तचर वैतालिक वेषधारी स्तनकलश से चन्द्रगुप्त और कौटिल्य में भेद डालने का प्रयास किया है। परन्तु वह इसमे सर्वथा असफल होता है। वह किंकर्त्तव्यविमूढ़ है क्योंकि उसके पास इसके विरोध में ठोस प्रमाण नहीं है और अन्त में हम देखते है कि मलयकेतु अपने उन्हीं मित्रों से कैद कर लिया जाता है। राक्षस के मुख के लिए अनायास निकल जाता है कि

''एकमपि नीतिबीजं बहुफलतामेति यस्य तव''

राक्षस की सबसे बड़ी निर्बलता यह है कि उसकी योजनायें इतनी विशाल हैं कि उसको यह स्मरण ही नहीं रहता है कि उसने किसी गुप्तचर को किस कार्य के लिए नियुक्त किया है। वह उन गुप्तचरों के नाम भी भूल जाता है और अन्त में हम देखते है कि राक्षस अपने ही कूटनीतिक षड्यंत्रों के परिणामस्वरूप सर्वथा एकाकी, निराश्रित और निराशाजनक स्थिति में पुन: कुसुमपुर लौटता है। इस बार वह अपने मित्र चन्दन दास के प्राणों की रक्षा के निमित्त लौटता है। इस प्रकार राजनीति में निष्णात होते हुए भी राक्षस की पराजय हुई किन्तु पराजित राक्षस भी हमारे सामने महान् है। इस प्रकार हम देखते है कि नाटककार ने राक्षस को साम्राज्य का शत्रु और नन्द साम्राज्य के पुनरुद्धारक के रूप में चित्रित किया है। सप्तम अंक में जाकर सहसा राक्षस के भाग्य में परिवर्तन हो जाता है और वह मौर्य साम्राज्य के प्रधानमंत्री के रूप में रंगमंच से विदा लेता है। उसकी दु:खद महत्ता सभी सामाजिकों के आकर्षण का केन्द्र बनती है।

चन्द्रगुप्त का चरित्र चित्रण –मुदाराक्षस नाटक के अन्दर चन्द्रगुप्त के चरित्र का विकास उस रूप में नहीं हुआ है जिस रूप में एक मौर्य साम्राज्य का होना चाहिए। सम्भवत: इसका कारण विशाखदत्त की यह दृष्टि रही हो कि वह सर्वात्मना अपने इस नाटक के नायक कौटिल्य के चरित्र को ही सबके सामने लाना चाहता था। चन्द्रगुप्त तो केवल मात्र कौटिल्य के हाथ की कठपुतली है। हम देखते है कि सम्पर्णू नाटक में चन्द्रगुप्त का प्रभाव नगण्य-सा है। उसे इस बात का दु:ख है कि आर्य कौटिल्य की कुटिल नीति के परिणामस्वरूप उसको अपने पौरुष को दिखाने का अवसर ही नहीं है। वह सप्तम अंक में कहता है कि-

''विनैव युद्धादार्येणषितं दुर्जयं परबलमिति लज्जित एवास्मि॥''

चन्द्रगुप्त नाटक के अन्दर हमारे सामने प्रमुख रूप से तृतीय अंक में आता है। सप्तम अंक में भी आता है, किन्तु यहाँ केवल नाटक के पटाक्षेप के समय ही आया है। चन्द्रगुप्त एक योग्य और विचारशील शासक है। उसमें विचारों की प्रौढ़ता और यौवन की अवस्था का उत्साह है। कञ्चुकी ने गुप्तचर का वर्णन इस प्रकार किया है।

सुविश्रब्धैरङ्गैः पथिषु विवमेष्वप्यचलता
चिरं थुर्येणोढा गुरुरपि भुवो यास्य गुरुणा।
धुरं तामेवोच्चैर्नववयसि वोढुं व्यवसितो
मनस्वी दम्यत्वात् स्खलति च न दुःखं वहति च ॥३-३॥

अर्थात् वह मनस्वी है, दम्य है। राज्य के भार को वहन करने लिए तत्पर है। उसकी नवीन अवस्था है। यह सब कुछ होते हुए भी वह किसी प्रकार के दु:ख का अनुभव नहीं करता है। वह लोक व्यवहार को जानने वाला है। उसके राज्य में किसी प्रकार के छल के लिए अवसर नहीं है। वह विद्रोहियों के प्रति कठोर है। उनको कठोर से कठोर दंड देने वाला। वह प्रकृति प्रेमी है। तभी तो कौमुदी महोत्सव के अवसर पर दिशाओं के सौन्दर्य को देखकर उसके हृदय में उल्लास की एक लहर उठ गई है। वही व्यक्त मानावलये है।

शिष्य चन्द्रगुप्त का अपने गुरु कौटिल्य में विश्वास पूर्ण और सर्वात्मना है। सारे नाटक के अन्दर चन्द्रगुप्त के लिए 'वृषल' शब्द का प्रयोग हुआ है, जिसके आधार पर कतिपय विद्वानों ने उसे शूद्र कुलोत्पन्न माना है। राक्षस भी उसको कुछ इसी प्रकार समझता है क्योंकि वह कहता है कि-

''पतिं त्यक्त्वा देवं भुवनपतिमुच्चैरभिजनं
गता छिद्रेण श्रीवृर्षल मविनीतेव वृषली ॥६-६॥''

यह भी संभव हो सकता है। राक्षस का चन्द्रगुप्त को ऐसा कहना केवल मात्र आक्रोश हो। वृषल का अर्थ ऐसा भी प्रतीत होता है कि कौटिल्य अपने प्रिय शिष्य युवक राजा चन्द्रगुप्त को अपने प्रिय नाम 'वृषल' ही कहकर बुलाता है-जिसका अर्थ होता है प्रौढ़ बैल। हम देखते है कि सम्पूर्ण नाटक में कौटिल्य ने चन्द्रगुप्त को 'वृषल' शब्द से ही अभिहित किया है। केवल नाटक की समाप्ति पर सप्तम अंक में कौटिल्य ने वृषल न कहकर 'भो राजन् चन्द्रगुप्त , ऐसा ''राजन्'' कहकर सम्बोधित किया है। चन्द्रगुप्त का कौटिल्य के प्रति अटूट विश्वास है और इसलिए वह स्तनलश के समान किसी भी गुप्तचर से ठगा या धोखा नहीं खा सका। चन्द्रगुप्त पूर्ण रूप से अपने गुरु के संरक्षण में है। वह राज्य के उत्तरदायित्व को भी लेने के लिए तैयार नही है। वह कौटिल्य पर इतना अधिक निर्भर है कि वह किसी भी कार्य को स्वतत्र रूप से करने में सर्वथा असमर्थ है। चन्द्रगुप्त के विषय में राक्षस की धारणा है कि किसी और राजा के लिए तो अमात्यव्यसन नहीं हो सकता है, किन्तु चन्द्रगुप्त के लिए तो अमात्यव्यसन सबसे बड़ा व्यसन है। क्योंकि वह सचिवायत्तसिद्धि है। राक्षस को तो यह भी विश्वास है कि चन्द्रगुप्त न तो स्वयं ही राज्य कार्य संभालकर हमारी सेना के आक्रमण का प्रतिकार कर सकता है और न ही किसी दूसरे पर अपने राज्य भार को डाल सकता है। राक्षस की दृष्टि से वह ''अदृष्टलोकव्यवहार मन्दधी:'' है।

''नृपोऽपकृष्ट: सचिवात्तदर्पण: स्तनन्धयोऽत्यन्त शिशु स्तनादिव।
अदृष्टलोकव्यवहार मन्द धीमुहूर्तमप्युत्सहते न वर्तितुम॥४-१४॥

क्योंकि उसके लिए राज्य भोग विलास के लिए है, कर्त्तव्य पालन के लिए नही कौटिल्य स्वयं इस बात की पुष्टि करता है कि वह सचिवायत्तसिद्धि है। गुप्तचर पूछता है कि मैं जानना चाहता हूँ कि आपने ''कौमुदी महोत्सव'' का मनाया जाना क्यों रोक दिया? कौटिल्य उत्तर देता है कि-

''सचिवायत्त सिद्धेस्तव किं प्रयोजनान्वेषणेन'' अर्थात् तुमको इससे क्या तात्पर्य है। इस विषय में हम ही जानेंगे यह हमारे अधिकार क्षेत्र की बात है। एक स्थल पर कौटिल्य कहता है-''वृषल एव केवलं प्रधानप्रकृतिरस्मा स्वारोपितराज्य तन्त्र भार: सततमुद्रास्ते''

चन्द्रगुप्त कौटिल्य पर सब कुछ छोड़कर निश्चिन्त है, किन्तु वह क्यों निश्चिन्त है, इसका उत्तर उसने सप्तम अंक में दिया है।

''जगत: किं न विजितं मयेति प्रविचिन्त्यताम्।
गुरौ षाड्गुण्यचिन्तायामार्ये चार्ये च जाग्रति॥७-१३॥''

और ठीक है। जिसके गुरु निरन्तर जागरूक है, वह निश्चिन्त होकर राज्य का उपभोग क्यों न करे, चन्द्रगुप्त की सम्मति है।

विगुणीकृतकार्मुकोऽपि जेतुं भुवि जेतव्यमतौ समर्थ एव।

स्वपतोऽपि मभेव तस्य यन्त्रे गुरवो जागृति कार्यजागरूकाः ॥७-११॥

यही वे कारण है कि जिनसे वह स्वाभाविक रूप से नाटक की पृष्ठिभूमि में पड़ जाता है और इसीजिए उसको नाटक का नायक स्वीकार नहीं किया जा सकता। चन्द्रगुप्त के चरित्र पर प्रकाश डालने वाली उसकी यह स्वगत उक्ति है-

इह विरचयन् साध्वीं शिष्यः क्रियां न निवार्यते
त्यजति तु यदा मार्गं मोहात्तदा गुरुङ्कुशेः।
विनयरुचयस्तस्मात्सन्तः सदैव निरंकुशाः।
परतरमतः स्वातन्त्रेभ्यो वयं हि पराङ्मुखाः ॥३-६॥

इससे मालूम पड़ता है कि वह एक सुयोग्य गुरु का सुयोग्य शिष्य है। वह गुरु के नियंत्रण में रहना चाहता है। इस नियंत्रण में रहते हुए वह प्रत्येक कार्य को सहर्ष अङ्गीकार कर सकता है। वह अपने व्यक्तित्व को उभारने वाली स्वतंत्रता नही चाहता। आर्य कौटिल्य के तृक-कलह के आदेश को उसने शिष्य के समान स्वीकार किया है।

चन्द्रगुप्त एक क्षण के लिए भी कौटिल्य को क्रोध की मुद्रा में नहीं देखना चाहता। कौटिल्य का क्रोध भी उसको वास्तविक प्रतीत होता है। कौटिल्य ने अपने श्लोक ‥ . द में चन्द्रगुप्त की तुलना करते हुए कहा है कि

''उत्सिक्तः कुसचिवदृष्टराज्यभारो
नन्दोऽसौ न भवति चन्द्रगुप्त एषः ॥३-१२॥''

अर्थात् नन्द के समान चन्द्रगुप्त न तो उत्सिक्त है और नहीं कुसचिवदृष्ट राज्यभार नन्द के समान धन का लोभी नहीं है। प्रजा का अनुरञ्जन ही उसका एकमात्र लक्ष्य है।

राज्य के विषय में चन्द्रगुप्त का विचार-राज्य के विषय में चन्द्रगुप्त का यह विचार है कि ''राज्यं हि नाम राज धर्मानुवृतिपरस्य नृपतेर्महदप्रीतिस्थानाम्'' अर्थात् यदि कोई राजा राज्यधर्मों का पालन करना चाहता है तो राज्य उसके लिये सुख के स्थान पर दुःख की सृष्टि करने वाला है। क्योंकि

''परार्थानुष्ठाने रहयति नृपं स्वार्थपरता
परित्यक्त स्वार्थो नियतमयथार्थो क्षितिपतिः।
परार्थश्चेत्स्वार्थादभिमततरो हन्त परवान्
परायत्तः प्रीतेः कथमिव रसं वेत्ति पुरुषः ॥३-४॥''

चन्द्रगुप्त की दृष्टि में राज्य लक्ष्मी दुराराध्या है और यही कारण है कि वह इतना अधिक कौटिल्य पर निर्भर करता है कि उसके स्वतंत्र चरित्र का विकास नाटक के अन्दर

कहीं भी देखने में नहीं आता। कृतक-कलह के अनन्तर कुछ काल तक उसने स्वतंत्र रूप से राजकार्य का संचालन किया है किन्तु उस समय में भी कौटिल्य का निर्देशन अवश्य रहा होगा, ऐसा सहज ही अनुमान लगाया जा सकता है। नाटक की समाप्ति पर चन्द्रगुप्त को देखकर राक्षस के मुख से अनायास निकल पड़ता है।

''बाल एव हि लोकेऽस्मिन संभावित महोदयः।
क्रमेणारूढ़वान राज्यं यूथैश्वर्यमिवः द्विपः ॥७-१२॥''

सिंहासन पर अधिष्ठित चन्द्रगुप्त को देखकर कौटिल्य की यह अनुभूति है।

''नन्दैर्वियुक्त मनपेक्षितराजराजै रध्यासिंत च वृषलेन राज्ञाम्।
सिंहासनं सदृश पार्थिवसंगतं च प्रीतिं परां प्रगुणयन्ति गुण ममैते ॥३-१८॥''

अर्थात् नन्द से वियुक्त, चन्द्रगुप्त से अध्यासित और योग्य राजा से युक्त ये सभी गुण मिलकर कौटिल्य के हृदय में एक अनुपम आह्वलाद और सन्तोष को उत्पन्न कर रहे है।

इस प्रकार हम देखते है कि चन्द्रगुप्त मौर्य सम्राट के रूप में और अपनी प्रभुशक्ति को अपने प्रधानमंत्री की मन्त्रीशक्ति की संरक्षकता में छोड़कर निश्चिन्त होकर रहने वाले के रूप में चित्रित किया गया है। कौटिल्य के प्रति उसकी अगाध श्रद्धा, भक्ति और विश्वास है। नाटक की समाप्ति पर राक्षस के साथ मैत्री हो जाने पर वह अत्यंन्त प्रसन्न है। कौटिल्य चन्द्रगुप्त को पाकर गर्वित है और चन्द्रगुप्त कौटिल्य को पाकर निश्चिन्त है।

वर्णन उनकी विशेषता है। उन्होनें अपनी कला का प्रदर्शन उस रूप में नहीं किया है कि वह नाटक के बोक्ष,एक भार बनकर रह जावे। उनकी शैली स्पष्ट, प्रभावशाली और प्रवाहमयी है। उनके शब्दों का विन्यास पश्रिमपूर्वक संजोया हुआ प्रतीत नहीं होता है, वे व्यर्थ के शब्दाउम्बर से दूर है। उनकी शैली नाटक के विषय के अनुरूप बदलती है। क्रोध को व्यक्त करने के लिए उनके शब्दों का चयन सुन्दर है। जहाँ व्यक्ति क्रोध की मुद्रा में आता है, उसके मुख से उसी प्रकार की शब्दावली निकलती है। राजनीतिक षड्यन्त्रों का उद्घाटन कौटिल्य और निपुणक के कथोपकथन में तथा राक्षस और विराधगुप्त के कथोपकथन में देखा जा सकता है। ऐसे स्थलों पर भाषा सरल, प्रवाहमयी और प्रकृत विषय के अनुकूल है। नाटक की शैली गम्भीर, सशक्त और लक्ष्यता लिये हुये है। वस्तु का निर्वाह उचित ढंग से हुआ है। मुद्राराक्षस एक कुशल कलाकार की कृति है। नाटके के निर्माण में नाटककार को किन कठिनाइयों में से गुजरना पड़ता है, यह उन्हें मालूम है अपनी नाटकीय कठिनाई के विषय में स्वयं कहते हैं-

कार्योपक्षेपमादौ तनुमपि रचयंस्तस्य विस्तारमिच्छन्
बीजानां गर्भतानां फलमतिगहनं गूढमुद्भेदयंश्च।
कुर्वन् बुद्धया विमर्श प्रसृतमपि पुनः संहरन्कार्यजातं
कर्ता वा नाटकानाभिममनुभवति क्लेशमस्मद्विधो वा॥

व्यापारान्विति का जो सुगठित रूप इसमें दिखाई पड़ता है वह अन्यत्र दुर्लभ है। औचित्य का सर्वत्र ध्यान रखा गया है। राजनीति जैसे नीरस विषय को भी काव्य एवं नाटक का विषय बना देना, उसमें सरलता और मनोरन्जकता का समावेश कर देना, अभिनय के गुणों से भरपूर निराश महान् व्यक्तित्व की प्रकृति के साथ एकमयता और एकलयता का जैसे चित्रण है। पर भावाभिव्यक्ति में बेजोड़ है। शैली में प्रशंसनीय शक्ति, ऋजुता और प्रभावोत्पकदता है। शब्दविन्यास प्रभावशाली है। मानवीय भावों के विश्लेषण में वे सिद्धहस्त हैं। राक्षस के विरोध में मलयकेतु के ऊहापोह का चित्रण सुन्दर हुआ है।

विशाखदत्त की शैली की विशेषता है उनका श्लेष। व्यंग्यार्थ के प्रकाशन के लिये भी उन्होंने श्लेष का आश्रय लिया है। सभी पताकास्थानक इसी श्लेष पर आश्रित है। बाण के अनुसार यह भी अपने भावों को व्यक्त करने का एक प्रकार है–

श्लेषप्रायमुदीच्येषु प्रतीच्येष्वर्थमात्रकम्।
उत्प्रेक्षा दाक्षिणत्येषु गौडेष्वक्षरडम्बरः॥

मुद्राराक्षस में दो अर्थों की प्रतीति लाक्षणिक रूप से हुई है। कवि की दूसरी विशेषता बिम्ब-प्रतिबिम्ब भाव पर आश्रित उपमा है। उनकी तीसरी विशेषता है "भंग्यन्तरकथन" अर्थात् कवि एक बात को गद्य में कहता है और उसी बात को ठीक उसके पश्चात् पद्य में कह देता है। यथा–

आहितुण्डिकः (स्वगतम्। संस्कृतमाश्रित्य। अहो आश्चर्यम्। कौटिल्य मतिपरिगृहीतं चन्द्रगुप्तमवलोक्य विफलमिव राक्षसप्रयत्नगच्छामि। राक्षसमतिपरिगृहीतं मलयकेतुमवलोक्य चलितमिवाधिराज्याच्चन्द्रगुप्तमवगच्छामि। कुतः

कौटिल्यधरीरज्जुनिबद्धमूर्तिं
मन्ये स्थिरां मौर्यनृपस्य लक्ष्मीम्।
उपायहस्तैरपि राक्षसेन
निकृष्यमाणमिव लक्षयामि॥

तदेवमयनयोर्बुद्धिशालिनो सुसचिवयोर्विरोधे संशेयितेव नन्दकुललक्ष्मीः।
विरुद्धयोर्भृशमिह मन्त्रिमुख्ययोर्महावने व नगज्योरिवान्तरे।
अनिश्चयाद् गजवशयेव भीतया गतागतैर्ध्रुवमिव खिद्यते श्रिया॥

इस प्रकार एक ही बात को भिन्न-भिन्न शब्दों में व्यक्त करना शुद्ध और स्पष्ट है। किन्तु इस प्रकार भंग्यन्तरकथन का अधिक प्रयोग नहीं हुआ है।

नाटकीय सौष्ठव को दूषित करने वाली क्लिष्ट कल्पना, लम्बे-लम्बे समास और वर्णनों के आधिक्य से वह दूर है। धारावहिनी गति है। बीच-बीच में आनुषंगिक बातों में रुकना उनकी प्रकृति के प्रतिकूल है और राजनीति के क्षेत्र में इधर-उधर की बातों में समय नष्ट किया भी नहीं जा सकता। ह्रासशील शक्तियों का वर्णन कन्चुकी जिस ढंग से करता है, उसमें अपूर्व आकर्षण है-

अपने मित्र को बचाने के लिए राक्षस ने जो निश्चय किया है, उससे भी प्रभाव टपकता है (6-21)। राक्षस का आशावाद, उस पर नन्द का विश्वास, कर्त्तव्य की अनिवार्यतादि के चित्र में कवि की शक्ति पूर्ण रूप से स्फुट हुई हैं। कुशल राजनीतिज्ञ की राजनीति का (5-3) बड़ा मनोरम और सजीव चित्र खींचा गया है।

कौटिल्य के काल में विषय में विद्वानों में मतैक्य नहीं है। द कैम्ब्रिज हिस्ट्री ऑफ इण्डिया में अर्थशास्त्र की रचना का समय ३०० वर्ष ईसा पूर्व माना गया।

बी.ए. सालेटोर ने कौटिल्य के काल और अर्थशास्त्र के रचनाकाल का व्यवस्थित विवरण देने का प्रयत्न किया है तथा कौटिल्य का काल ४०० से ३०० वर्ष ईसा पूर्व निर्धारित किया है।

कौटिल्य के जन्म स्थान के विषय में मतैक्य नहीं है। उन्होंने नालन्दा के विश्वविद्यालय में पहले अध्ययन, तथा बाद में अध्यापन किया। सम्भवत: यहीं एक शिष्य के रूप में उनका परिचय चंद्रगुप्त से हुआ। चन्द्रगुप्त आचार्य की विद्वता में अभिभूत हुआ और आचार्य कौटिल्य चन्द्रगुप्त की योग्यता से प्रभावित हुए।

मगध में इस समय नन्द वंश के महानन्द का राज्य था। यह स्पष्ट नहीं है कि कौटिल्य ने मगध की और प्रस्थान, अपने प्राकाण्ड ज्ञान का प्रसार करने के लिये किया। यह संभावना तार्किक लगती है कि मगध में आचार्य का स्वयं चन्द्रगुप्त ने आमंत्रित किया, क्योंकि चन्द्रगुप्त अपने पितृ-राज्य में युवराज पद अधिकारी होते हुए भी, अनेक राजनैतिक कारणों से इस अधिकार को प्राप्त करने से वंचित हो गया था।

एक दृढ़ निश्चयी और अक्षुण्य इच्छा शक्ति से युक्त विद्वान के रूप में कौटिल्य की ख्याति के साथ एक घटना जुड़ी हुई है। कहा जाता है कि महानन्द का महामंत्री शटकार राजा महानन्द से किसी कारण से रुष्ट था, तथा वह किसी ऐसे व्यक्ति की खोज में था जो नन्द वंश का नाश कर सके। उसी समय शटकार की भेंट मगध में भ्रमण कर रहे कौटिल्य से हुई। शटकार को आचार्य के दृढ़ निश्चय, उत्कट विद्वता तथा राज्य के

सैद्धान्तिक और व्यावारिक पक्षों में अभूतपूर्व ज्ञान आदि गुणों के आधार पर यह विश्वास हो गया कि यह क्रोधी ब्राह्मण यदि नन्द वंश के नाम का बीड़ा उठा ले तो नन्द वंश का अन्त अवश्यम्भावी है। शटकार को राजा ने किसी समाोह के लिए कुछ ब्राह्मणों को आमन्त्रित करने का काम सौंपा था। उसने राजा की ओर से कौटिल्य को, उक्त समारोह के लिए आमंत्रित किया और उस समारोह में कौटिल्य के लिए एक उच्च आसन की व्यवस्था की। ब्राह्मणें के दर्शनार्थ उपस्थित हाने पर राजा महानन्द की दृष्टि कृष्ण-वर्ण कौटिल्य पर पड़ी। राजा ने कुद्ध होरक कहा 'यह चाण्डाल यहाँ क्यों बुलाया गया'। कौटिल्य इस अपमान को सहन न कर सका और उसने आसान से उठ कर सभा में ही अपनी चोटी खोलते हुए यह प्रतिज्ञा की की 'अब में तब तक शिखा नहीं बाधूँगा, जब तक नन्द वंश को समूल नष्ट न कर दूँ।' फलत: कौटिल्य ने अनेक उपायों से नन्द वंश का विनाश किया, और चन्द्रगुप्त को मगध के सम्राट पर पर आरूढ़ किया। चन्द्रगुप्त ने कौटिल्य को अपना प्रधानमंत्री बनाया और उसकी सहायता से अपने राज्य को व्यवस्थित ढंग से शासित करने के साथ-साथ उसकी सीमाओं में विस्तार भी किया। कौटिल्य के चिन्तन को इस तथ्य ने भी प्रभावित किया कि उस समय सिकन्दर का भारत पर आक्रमण हो चुका था, तथा भारतीय राजा किसी एक केन्द्रीयकृत शक्ति के अभाव में सिकन्दर के आक्रमण का समक्ष प्रतिकार नहीं कर सके थे। कौटिल्य ने स्वाभाविक रूप से यह अनुीाव किया कि बाहरी आक्रमणों से राज्य की सुरक्षा के लिए राज्य का शक्तिशाली होना अत्यंत आवश्यक है। कोटिल्य को इस बात का भी व्यावहारिक अनुभव था कि आन्तरिक दृष्टि से प्रजा को सन्तु न रख न पाने के कारण, तथा शासक के अनाचारी अथवा निरंकुश हो जाने पर राज्य के समक्ष आन्तरिक विद्रोहों का संकट उपस्थित हो जाता है। अपने जीवन के अनुभवों के आधार पर ही कौटिल्य ने अपने ग्रंथ में आन्तरिक व बाह्य दोनों प्रकार के संकटों से राज्य की सुरक्षा को, अपने चिन्तन में सर्वोच्च महत्त्व प्रदान किया।

अर्थशास्त्र

अर्थशास्त्र प्राचीन भारतीय चिन्तन की नीति-शारत्र परम्परा का प्रतिनिधि ग्रंथ है। भारतीय चिन्तन परम्परा के अन्य स्रोतों यथा स्मृतियों व महाकाव्य आदि से अर्थशास्त्र की भिन्नता इस सम्बन्ध में स्पष्ट है कि अर्थशास्त्र में राजनीतिक ज्ञान, मनुष्य के जीवन के उद्देश्यपूर्ण नियमन, तथा मानवीय आचरण के समुचित नियंत्रण के लौकिक उद्देश्यों को स्वतंत्र महत्त्व प्रदान किया गया है।

कौटिल्य का अर्थशास्त्र, अंग्रेजी के शब्द 'इकोनोमिक्स' का पर्यायवाची नहीं हैं। कौटिल्य के अनुसार अर्थशास्त्र की विषय वस्तु में व्यक्ति के लौकिक आचरण और उसकी उन्नति के सारे संदर्भ अनिवार्य रूप से सम्मिलित हैं। कौटिल्य ने मानवीय वृत्तियों को अर्थ

की संज्ञा दी है, तथा मनुष्यों से युक्त भूमि को भी अर्थ की परिधि में सम्मिलित किया है। इस प्रकार मानवीय आचरण और वृत्तियों तथा लौकिक समृद्धि की प्राप्ति, संरक्षण और उसके पालन के उपायों से सम्बन्धित शास्त्र को अर्थशास्त्र की संज्ञा दी जा सकती है। स्पष्ट है कि अर्थशास्त्र राज्य की सैद्धान्तिक और व्यावहारिक, दोनों प्रकार की समस्याओं से सम्बन्धित है। कौटिल्य ने अर्थशास्त्र की रचना गद्य और पद्य दोनों में की है। संभवत: व्याख्या की अस्पष्टता के निराकरण के लिए कोटिल्य ने ग्रंथ के अंत में एक पारिभाषिक परिशिष्ट जोड़ा है, तथा इसके साथ ही कतिपय सूत्रों को प्रस्तुत कर, ग्रंथ में विवेचित सामग्री का सार पुन: प्रस्तु कर दिया है।

ग्रंथ में कुल 15 अधिकरण हैं। प्रथम अधिकरण में राज्य से सम्बन्धित समस्याओं, ज्ञान की शाखाओं का सैद्धान्तिक विवेचन किया गया है। दूसरे अभिकरण में राज्य के प्रशासनिक विभागों या संगठनों और पदाधिकारियों का विवेचन किया गया है। तीसरे व चौथे अधिकरण में क्रमश: राज्य की दीवानी और फौजदारी न्यायिक प्रणाली का विवेचन है। पाँचवे अधिकरण में राजकीय कर्मचारियों के अनुशासन, अधिकारों और दायित्वों का वर्णन किया गया है। छठे अधिकरण में युद्ध, विजय, पराज्य तथा सेना सम्बधी व्यवस्थाओं का चित्रण है। आठवें अधिकरण में युद्ध, विजय, पराज्य तथा सेना सम्बन्धी व्यवस्थओं का चित्रण है। नवें अधिकरण में विभिन्न आपत्तियों से राज्य के बचाव की सामान्य नीति और तात्कालिक उपायों का विवरण दिया गया है दसवाँ अधिकरण युद्ध-नीति से सम्बन्धित है। 11वें अधिकरण में आपातकालीन स्थिति में शत्रु के नाश अथवा उसको वश में करने के उपायों, साथ ही विजेता द्वारा विजित के प्रति किये जाने वाले व्यवहार का वर्णन किया गया है। 12 वें और 13 वे अधिकरण में विशिष्ट परिस्थितियों में राजा के द्वारा अपनाये जाने वाले रक्षा सम्बन्धी उपायों का विवेचन है। 14 वें अधिकरण में शत्रु-नाश के लिए विषैली औषधियों, मंत्रों आदि का वर्णन है। 15 वां अधिकरण मुख्यत: पारिभाषिक है, तथा उसमें, विभिन्न प्रसंगों में ग्रंथ में प्रतिपादित विचारों के अर्थान्वयन के लिए सूत्र प्रस्तुत किए गये हैं।

अर्थशास्त्र में राजनीतिक ज्ञान का महत्त्व

प्राचीन भारतीय ग्रंथों में राजनीतिक ज्ञान को दण्ड-नीति की संज्ञा दी ग है। कौटिल्य के अर्थशास्त्र में दण्ड-नीति को ज्ञान की स्वतंत्र व स्वायत्त शाखा के रूप में महत्त्व प्रदान किया गया है। इस अर्थ में अर्थशास्त्र स्मृतियों की तुलना में एक भिन्न दृष्टिकोण प्रस्तुत करता है। मनुस्मृति में दण्ड-नीति शब्द का प्रयोग प्रमुखता से नहीं हुआ, अपितु राजकीय दायित्वों और अधिकारों, तथा राज्य व प्रजा के सम्बन्धों के निरूपण के प्रकरण को 'राजधर्म' की संज्ञा दी गई है। इस प्रकार जहाँ मनुस्मृति संपूर्ण समाज के लिए

एक आचारा संहिता प्रस्तुत करते हुए, राजनीतिक व्यवस्था को पूर्ण सामाजिक व्यवस्था का एक भाग मान कर चित्रित करती है, कौटिल्य ने ज्ञान की चार शाखाओं का चित्रण किया है–त्रयी, वार्ता आन्वींक्षिकी व दण्ड नीति। ज्ञान की शाखाओं को कौटिल्य ने विद्या का नाम दिया है तथा यह स्पष्ट किया है कि जिससे किसी विशेष संदर्भ में उचित-अनुचित व कर्तव्य-अकर्तव्य का ज्ञान होता हो, उसे विद्या कहते हैं।

त्रयी के अन्तर्गत कौटिल्य ने वेद व वेदांगों के ज्ञान, नैतिक और आध्यात्मिक विषयों को सम्मिलित किया है। सामाजिक विषयों को भी त्रयी के अन्तर्गत सम्मिलित किया गया है।

इस प्रकार त्रयी का सम्बन्ध नैतिक, आध्यात्मिक और पारलौकिक विषयों से माना गया है।

कौटिल्य ने वार्ता में कृषि, पशुपालन, उद्योगों तथा ऐसे विषयों को सम्मिलित किया है, जो भौतिक उपलब्धियों और सम्पत्ति आदि के अर्जन से सम्बन्धित है।

त्रयी और वार्ता के प्रति किये जाने वाले प्रयत्नों में तर्क, विवेक और न्याय की प्रयुक्ति को कौटिल्य ने आन्वीक्षिकी की संज्ञा दी है। इस प्रकार कौटिल्य के अनुसार अन्वीक्षिकी वह मापदण्ड है जिसके द्वारा व्यक्ति के नैतिक और भौतिक उद्देश्यों के लिये किये जाने वाले प्रयत्नों को संतुलित किया जा सकता है। इसके अतिरिक्त आन्वीक्षिकी की सहायता से त्रयी और वार्ता द्वारा अर्जित लाभों, तथा नैतिक और भौतिक उपलब्धियों के, समुदाय में न्याय-सम्मत वितरण को सुनिश्चित किया जा सकता है।

कौटिल्य ने दण्ड-नीति को त्रयी, वार्ता और आन्वीक्षिकी के भली-भाँति क्रियान्वयन के लिए उत्तरदायी माना है।

इस प्रकार कौटिल्य के अनुसार त्रयी और वार्ता मनुष्य के जीवन के क्रमशः नैतिक व भौतिक प्रयोजनों, आन्वीक्षिकी इन प्रयोजनों में तर्क, विवेक और न्याय के प्रयोग, तथा दण्ड नीति मनुष्य के जीवन में लौकिक और पारलौकिक उद्‌देश्यों को आन्वीक्षिकी के अनुसार घटित करने के दायित्व की पूर्ति के द्वारा, परिवर्तन की संस्थागत व्यवस्था को व्यक्त करती है।

कौटिल्य के लिए यद्यपि ज्ञान की चारों शाखाएँ महत्वपूर्ण हैं, तथापि दण्ड-नीति का महत्व सर्वाधिक है। क्योंकि वस्तुतः दण्ड नीति ही त्रयी व वार्ता और, उनके आन्वीक्षिकी के अनुसार नियमन के लिये अन्तिम रूप से उत्तरदायी है। कौटिल्य का मत है कि यदि दण्ड नीति न हो तो त्रयी, वार्ता या आन्वींक्षिकी का सुनिश्चित होना ही असंभव हो जायेगा। किन्तु कौटिल्य दण्डनीति को अकेले ही महत्त्वपूर्ण नहीं मानते।

उनके अनुसार दण्ड–नीति का कार्य तो आन्वीक्षिकी के मापदण्ड के अनुशासित व निर्देशित रहते हुए, व्यक्ति के जीवन के भौतिक (वार्ता के माध्यम से) और नैतिक (त्रयी के माध्यम से) उद्‌देश्यों के मध्य संतुलन बनाए रखना है। इस प्रकार कौटिल्य ने ज्ञान की विभिन्न शाखाओं के मध्य सम्बन्धों का प्रतिपादन कर, राजनीतिक ज्ञान को स्वतंत्र स्तर प्रदान करते हुए भी, राजनीतिक सत्ता के उपयोग पर नियंत्रण की आवश्यकता को भी स्पष्ट कर दिया है। राज्य सत्ता की प्रकृति पर, कौटिल्य के ज्ञान सम्बन्धी विचारों के प्रभाव का विश्लेषण आगे के प्रसंगों में विस्तार से किया जाना उपयुक्त होगा।

राज्य की उत्पत्ति

कौटिल्य ने राज्य की उत्पत्ति के समझौतावादी सिद्धान्त का संकेत दिया है। अर्थशास्त्र में उपलब्ध वर्णन के अनुसार संसार में अराजकता विद्यमान रहने की स्थिति में, भयंकर दु:खों और निरन्तर असुरक्षा की भावन से पीड़ित होकर जन समुदाय ने मनु के समक्ष उपस्थित होकर उनसे राज–पद को धारण करने, तथ सम्प्रभु शक्ति के उपयोग के माध्यम से प्रजा के आचरण को नियंत्रित और नियमित करने की प्रार्थना की। प्रजा ने मनु को आश्वासन दिया कि इसके प्रतिफल में जनता शासन के प्रति सदैव आज्ञाकारिता का भाव धारण करेगी, तथा निश्चित सिद्धान्तों के अनुसार अपनी आय और अर्जित सम्पदाओं में से निश्चित भाग 'कर' के रूप में राजा को प्रदान करेगी, ताकि उसे राजकीय दायित्वों को पूरा करने के लिए साधन उपलब्ध हो सकें।

उपर्युक्त विवरण से यह स्पष्ट होता है कि कौटिल्य राज्य को एक प्राकृतिक संस्था, या दैवीय उत्पत्ति का परिणाम नहीं मानते। राज्य की उत्पत्ति के कौटिल्य अपनी सुरक्षा द्वारा किये विवेचन में दो तथ्य अन्तर्निहित हैं–

(1) राज्य मानवीय प्रयत्नों का परिणाम हैं, तथा मनुष्यों ने स्वयं राज्य की सत्ता को अपनी सुरक्षा और कल्याण के लिये स्वीकार किया गया है।

(2) लोगों द्वारा राज्य के बाध्यकारी नियंत्रण को, अपनी सुरक्षा और कल्याण के हित में स्वीकार करने के प्रस्ताव, तथा 'मनु' द्वारा प्रथम शासक के रूप में एक प्रस्ताव को स्वीकार कर लेने के परिणाम स्वरूप राज्य की उत्पत्ति हुई है।

स्पष्ट है कि कौटिल्य ने आधुनिक अनुबंधवादी विचारकों (हॉब्स, लॉक व रूसो) की भाँति ही राज्य को अनुबंध का परिणाम माना है।

कौटिल्य ने राज्य से पूर्व की अवस्था का जो चित्रण किया है वह हॉब्स की प्राकृतिक अवस्था से मिलता–जुलता है। कौटिल्य ने कहा कि उस अवस्था में 'मत्स्य न्याय' प्रचलित था। इस स्थिति में औचितय का नहीं, अपितु भौतिक शक्ति का बोलबाला

था। ऐसी किसी संस्था के अभाव में जो दुर्बलों की रक्षा कर सके, दुर्बलों को बलवानों द्वारा पीढ़ित किया जाता था। किन्तु राज्य की उत्पत्ति के विषय में हॉब्स और कौटिल्य के विवेचन में महत्त्वपूर्ण अन्तर भी विद्यमान हैं। हॉब्स ने राज्य से पूर्व की अवस्था को प्राकृतिक अवस्था माना है, जिसमें न राज्य था, न समाज, और न ही उचित-अनुचित में भेद करने के लिये कोई मापदण्ड ही थे। कौटिल्य ने राज्य से पूर्व की अवस्था को प्राकृतिक अवस्था नहीं, 'अराजक' अवस्था में समाज का भी अस्तित्व नहीं था। कौटिल्य ने यह नहीं माना कि उस अवस्था में समाज का भी अस्तित्व नहीं था। कौटिल्य और हॉब्स् के दृष्टिकोण के मध्य अन्तर का महत्व राज्य की प्रकृति के विवेचन में परिलक्षित होता है।

हॉब्स की प्राकृतिक अवस्था में समाज, या औचित्य के मापदण्डों का भी अस्तित्व न होने का परिणाम यह हुआ कि समाज की उत्पत्ति भी उसी समझौते के द्वारा हुई जिसके द्वारा राज्य उत्पन्न हुआ। इस प्रकार राज्य अपने अस्तित्व में आने से पूर्व ही विद्यमान किन्हीं मापदण्डों को लागू करने के लिए नहीं उत्पन्न हुआ, अपितु औचित्य के मापदण्ड पहली बार राज्य द्वारा ही निर्धारित किये गये। इस प्रकार हॉब्स के अनुसार राज्य की शक्ति अनियंत्रित हैं, क्योंकि राज्य के बिना हॉब्स के अनुसार राज्य की शक्ति अनियंत्रित है, क्योंकि राज्य के बिना कोई मापदण्ड हो ही नहीं सकते थे। इसके विपरीत कौटिल्य ने स्पष्टत: प्रतिपादित किया है कि राज्य 'धर्म' के द्वारा प्रजा के व्यवहार को नियन्त्रित करता है। इस प्रकार 'धर्म' राजकीय शक्ति के प्रजा पर प्रयोग की स्वाभाविक मर्यादा है। यह महत्त्वपूर्ण है कि कौटिल्य राज्य को 'धर्म' का सृजनकर्ता नहीं, अपितु धर्म का सरंक्षक मानते हैं। इसका स्पष्ट अर्थ यह है कि राज्य के एक संस्था के रूप में उत्पन्न होने से पहले भी, धर्म नैतिक मूल्यों, औचित्य के मापदण्डों तथा मानवीय आचरण के उपयोगी सिद्धान्तों के रूप में अस्तित्व में था। उस समय केवल यह थी कि धर्म को लागू करने वाली कोई संस्था नहीं थी। इस स्थिति के कारण मत्स्य न्याय प्रचलित हो गया था, तथा धर्म-बल की अपेक्षा, भौतिक बल लोगों के जीवन को प्रभावित करने लगा था। लोगों ने एक अनुबंध द्वारा राज्य की रचना करके धर्म की नैतिक शक्ति को ऐसा भौतिक अवलम्ब प्रदान कर दिया कि उसे दुष्ट, आततायी व समाज-कंटक चुनौती नहीं दे सकें।

राजनीतिक व्यवस्था

आधुनिक दृष्टिकोण के अनुसार राजनीति विज्ञान की परिभाषा, उसके अध्ययन के क्षेत्र व उसके स्वरूप के विवेचन के प्रकरण में जैसा हमने देखा, आधुनिक व्यवहारवादी राजनीतिवैज्ञानिक राजनीति विज्ञान को केवल राज्य, सरकार जैसी राजनीतिक संस्थाओं व उनसे सम्बन्धित मनुष्य के क्रिया कलाप का ही अध्ययन नहीं मानते, वरन् वे उसे

उस सम्पूर्ण परिवेश का अध्ययन मानते हैं, जिनमें मनुष्य की राजनीतिक अर्थात् राज्य, सरकार, ... अन्य राजनीतिक संस्थाओं व राजनीतिक प्रक्रियाओं आदि से सम्बन्धित गतिविधियाँ, उसकी सामाजिक, आर्थिक, धार्मिक व नैतिक आदि गतिविधियों को प्रभावित करते हुये और उनसे स्वयं प्रभावित होते हुये संचालित होती है। व्यवहारवादियों द्वारा प्रतिपादित राजनीति विज्ञान की क्षेत्र सम्बन्धी इस धारणा में निहित मुख्य विचार उस व्यापक परिवेश से सम्बन्धित विचार है जिसके विभिन्न अंगों के रूप में विद्यमान अनेक संगठनों के माध्यम से व्यक्ति की गतिविधियाँ चालित होती हैं तथा जो राज्य व सरकार के क्षेत्र से निश्चय रूप से व्यापक होता है तथा जिसे समष्टि रूप से राजनीतिक व्यवस्था कहा जाता है।

राजनीतिक व्यवस्था की अवधारणा

राजनीतिक व्यवस्था से क्या तात्पर्य है तथा उसकी परिधि में कौन-कौन से संगठन आते हैं, इसके सम्बन्ध में विभिन्न विचारकों ने विभिन्न प्रकार के विचार व्यक्त किये हैं। उदाहरणार्थ, **पिनॉक व स्मिथ** ने लिखा है कि "राज्य राजनीतिक व्यवस्था या राजव्यवस्था नामक बड़े संगठन का एक अंग है। राजनीतिक व्यवस्था समाज की एक उप-व्यवस्था या उसका एक पहलू है। इसमें किसी समाज-विशेष के सब सदस्य सम्मिलित होते हैं, पर उनके सभी पारस्परिक सम्बन्ध या उनके आचरण को प्रभावित करने वाले सभी तत्त्व इसमें सम्मिलित नहीं होते ।" डेविड ईस्टन ने राजनीतिक व्यवस्था को दो भागों-मुख्य राजनीतिक व्यवस्था व सह राजनीतिक व्यवस्थाओं में विभाजित किया है और कहा है कि "समूहों व संगठनों की आन्तरिक राजनीतिक व्यवस्थाओं को मैं सह राजनीतिक व्यवस्थायें कहूँगा और राजनीतिक व्यवस्था की धारणा को विश्लेषण किये जाने वाले समाज में समाहित राजनीतिक जीवन की सबसे अधिक समावेशी इकाई (राज्य) के लिये सुरक्षित रखूँगा।" ब्लौण्डेल ने राजनीतिक व्यवस्था के विषय में कहा है कि "राजनीतिक व्यवस्था का निर्धारण इस आधार पर होता है कि कौन शासन करता है, किस रूप में शासन करता है और किस उद्देश्य से शासन करता है।" आमण्ड व कोलमैन ने लिखा है कि, "राजनीतिक व्यवस्था समाज में वैध व्यवस्था बनाये रखने वाली अथवा परिवर्तन लाने वाली पद्धति है।" कार्ल डब्ल्यू. डायस ने राजनीति व्यवस्था को कुछ निश्चयात्मक ढंग से परिभाषित किया है और कहा है कि, "राजनीतिक व्यवस्था स्पष्ट रूप से पहचानी जाने योग्य उन इकाइयों की समष्टि होती है जो परस्पर अभिन्न व भिन्न होते हुये भी सुसम्बद्ध होती हैं।"

राजनीतिक व्यवस्था के विषय में भिन्न-भिन्न विचारकों के उक्त विचारों को यदि देखा जाय तो सबका निष्कर्ष यह निकलता है कि राजनीतिक व्यवस्था का तात्पर्य राजनीतिक क्षेत्र में कार्यरत विविध समुदायों और संगठनों से होता है, जो राजनीतिक निर्णयों में प्रत्यक्ष या अप्रत्यक्ष रूप से भाग लेते हैं।

राजनीतिक व्यवस्था का स्वरूप व उसका क्षेत्र

राजनीतिक व्यवस्था का स्वरूप व क्षेत्र वस्तुत: सदा एक-सा नहीं रहा है। नगर राज्यों के समय में राजनीतिक व्यवस्था का क्षेत्र नगर राज्य व उसका स्वरूप उसके संगठन में आने वाली संस्थाओं- राज्य, सरकार- आदि से मिलकर बनता था। उस समय राज कार्य में जनता का एक भाग ही सक्रिय रहता था। अत: जनता के उसी भाग की गतिविधियाँ राजनीतिक व्यवस्था को प्रभावित करती थी। नगर राज्य की राजनीतिक व्यवस्था में परिवर्तन हुआ और उसका स्थान जब राष्ट्रीय राज्यों ने लिया, तो राजनीतिक व्यवस्था का क्षेत्र व्यापक हुआ। लोकतन्त्रीय राज्यों के उदय के साथ राजकाज में भाग लेने वाली जनता का आकार बढ़ा, राजनीतिक दल अस्तित्व में आये तथा राजनीति व राजनीतिक व्यवस्था का क्षेत्र राज्य, सरकार, आधुनिक ढंग के उसके विविध अंग, राजनीतिक दल आदि तक व्यापक हो गया। यहाँ यह ध्यान देने की बात है कि परिवर्तन के इस चरण तक राजनीतिक व्यवस्था के परिवेश में केवल वे ही संगठन आये, जिनका सम्बन्ध मनुष्य के परम्परागत एवं विशुद्ध रूप से राजनीतिक समझे जाने वाले कार्यकलापों से था तथा जिनंका कोई सम्बन्ध मनुष्य के आर्थिक व सामाजिक आदि कार्यकलापों से नहीं था। पर अब राज्य के समाजवादी रूप की अवधारणा के विकास के साथ राजनीति व राजनीतिक व्यवस्था के रूप व क्षेत्र सम्बन्धी धारणा में पुन: परिवर्तन आया है तथा वह और अधिक व्यापकतर हो गया है।

आधुनिक युग में राजनीति हमारे जीवन को पूरी तरह घेरे हुए है। हमारा जीवन अब इतना अधिक राजनीतिमय हो गया है कि अनेक वे विषय, भूतकाल में जिनका राजनीति से कोई सम्बन्ध नहीं होता था अथवा प्रत्यक्ष रूप से जिनमें राजनीति की कोई बात नहीं होती थी, अब राजनीतिक प्रश्न माने जाते हैं और उनसे सम्बन्धित निर्णय अब जन संगठनों के माध्यम से व उनके द्वारा राजनीतिक प्रक्रिया के रूप में होते हैं। हमारे जीवनयापन की छोटी से छोटी बातों से लेकर बड़ी से बड़ी बातों तक सब राजनीतिक परिवेश के भीतर आ गई हैं।

हम कैसा पानी पियें, कैसी हवा में सांस लें, कैसे मकानों में रहें, हमारी सड़कों की चौड़ाई कितनी व गलियों की सुरक्षा व सफाई कैसी हो, हमारे समाज के पिछड़े अंगों को समाज का उपयोगी अंग कैसे बनाया जाय, हमारे बालकों का लालन-पालन

कैसे हो, हमारे युवकों की शिक्षा-दीक्षा कैसी हो, हमारे वृद्धों के स्वास्थ्य की रक्षा कैसे हो, हमारे स्थानीय, क्षेत्रीय व केन्द्रीय स्तर के विविध राजनीतिक व प्रशासनिक निकायों का संगठन कैसे किया जाय, उनके लिये मताधिकार कैसा व मतदान किस प्रकार हो, उनकी कार्य विधि क्या हो, मजदूरी की दर क्या हो, सार्वजनिक उपयोग की वस्तुओं के मूल्य, उनके उत्पादन का ढंग व उनके वितरण की व्यवस्था क्या हो, रोजगार व व्यवसायों की व्यवस्था को किस प्रकार समाज की दृष्टि से उपयोगी बनाया जाय, उत्पादन के किन साधनों को वैयक्तिक क्षेत्र और किन-किन को सार्वजनिक क्षेत्र में रखा जाय तथा जनता के स्तर पर व देश के स्तर पर किस राज्य की जनता व किस देश से कैसे सम्बन्ध रखे जायँ, आदि वे सब बातें हैं, जिन से सम्बन्धित निश्चय राजनीतिक निर्णयों के परिणाम होते हैं। इसके अतिरिक्त इन निर्णयों को शासन के लिये उत्तरदायी व्यक्ति स्वतन्त्र रूप से ही नहीं करते, वरन् उन्हें सामाजिक, आर्थिक, धार्मिक व अन्य अनेक प्रकार के हितों के प्रतिनिधि समूहों के निरन्तर चलने वाले दबाव में रहते हुये करना पड़ता है।

इस प्रकार अब जब राजनीति का क्षेत्र इतना व्यापक हो गया है, राजनीति व्यवस्था का रूप उतना ही व्यापक व उसका क्षेत्र उतना ही विस्तृत हो गया है तथा संगठन की वे सब इकाइयाँ- व्यक्ति, परिवार, ग्राम सभा, ग्राम पंचायत, क्षेत्र समितियाँ, नगर पालिकायें, क्षेत्रीय स्तरके राजकीय व प्रशासकीय संगठन व केन्द्रीय स्तर के राजकीय व प्रशासकीय संगठन, राजनीतिक दल व उनके विविध स्तरों के संगठन, आर्थिक उत्पादन व वितरण का सम्पूर्ण ढाँचा, विविध व्यावसायिक व उपभोक्ता संघ, श्रमिक संघ तथा आर्थिक, सामाजिक, व धार्मिक क्षेत्र में कार्यरत अनेक दबाव समूह, विविध राष्ट्र, राष्ट्र समूह तथा अन्तर्राष्ट्रीय संगठन आदि- जिनकी गतिविधियाँ प्रत्यक्ष या अप्रत्यक्ष रूप से किसी देश की राजनीति को प्रभावित करती है, राजनीतिक व्यवस्था के अंग माने जाते हैं। इस सम्बन्ध में स्मरणीय है कि उपर्युक्त अनेक संगठन ऐसे हैं, जिनके सब कार्य सामान्यतः राजनीतिक नहीं होते और राजनीतिक व्यवस्था से उनका कोई सम्बन्ध व उस पर उनका कोई प्रभाव नहीं होता। ऐसी दशा में ऐसे संगठन केवल उसी सीमा तक राजनीतिक व्यवस्था के अंग होते हैं, जिस सीमा तक उनके कार्यों के प्रभाव का सम्बन्ध राजनीति से होता है।

राजनीतिक व्यवस्था व समाज व्यवस्था

राजनीतिक व्यवस्था के रूप को समझने के लिये हमें यह समझना भी आवश्यक है कि राजनीतिक व्यवस्था बहुत हद तक सामाजिक व्यवस्था को और सामाजिक व्यवस्था बहुत हद तक राजनीतिक व्यवस्था को निर्धारित व प्रभावित करती है,

तथापि वे दोनों अलग-अलग होती हैं। उदाहरणार्थ समाज में विद्यमान अनेक सम्बन्ध जैसे विवाह सम्बन्ध-ऐसे हैं जिनका रूप पूर्णत: वैयक्तिक होता है। पर उन सम्बन्धों के विषय में जब स्थिति ऐसी हो जाती है कि उनका नियमन राज्य द्वारा किया जाना आवश्यक होता है, तो उनका रूप राजनीतिक हो जाता है और वे राजनीतिक व्यवस्था का अंग बन जाते हैं। इसी प्रकार अनेक सामाजिक व्यवस्थायें व प्रथायें ऐसी होती हैं जिनके अनुसार राज्य को अपनी व्यवस्था बनानी पड़ती है।

राजनीतिक व्यवस्था व आर्थिक व्यवस्था

राजनीतिक व्यवस्था व आर्थिक व्यवस्था का सम्बन्ध भी पारस्परिक सम्बद्धता का होते हुये भी पारस्परिक भिन्नता का है। यह ठीक है कि राजनीतिक व्यवस्था बहुत हद तक समाज की आर्थिक व्यवस्था का नियमन करती है, तथा आर्थिक व्यवस्था से भी बहुत हद तक राजनीतिक व्यवस्था के रूप का निर्धारण होता है, परन्तु वे दोनों ही व्यवस्थायें सामान्यत: अलग-अलग हैं। आर्थिक व्यवस्था के संगठनों का रूप राजनीतिक तभी होता है जब उनके कार्यों का नियमन राज्य द्वारा किया जाना आवश्यक हो जाता है तथा उसी हद तक उनका रूप राजनीतिक व्यवस्था के अंग का होता है। उदाहरणार्थ, श्रमिक अपने कारखाने के मालिक का कार्य करते हैं, वे उसके लिये वेतन, भत्ते व बोनस लेते हैं। इस प्रकार जब तक यह कार्य उन दोनों पक्षों के बीच तक सीमित रहता है, उसका राजनीति व राजनीतिक व्यवस्था से कोई सम्बन्ध नहीं होता, परन्तु जब श्रमिक संगठित होकर मालिक से अपनी मांगों को मनवाने के लिये आन्दोलन या हड़ताल करने लगते हैं, तो उनका यह कार्य राजनीतिक हो जाता है और राज्य द्वारा उसके नियमन की आवश्यकता स्पष्ट हो जाने के कारण उस हद तक श्रमिक संगठन राजनीतिक व्यवस्था के अंग बन जाते हैं।

राजनीतिक व्यवस्था व राज्य

राजनीतिक व्यवस्था के रूप को समझने के लिये यह भी आवश्यक है कि हम राजनीतिक व्यवस्था व राज्य के अन्तर व उनके पारस्परिक सम्बन्ध को समझ लें। बहुत समय से राज्य, शासन अथवा राष्ट्र शब्दों का प्रयोग राजनीतिक व्यवस्था के समानार्थी के रूप में किया जाता रहा है। पर अब यदि राजनीतिक ढाँचे के व्यापक रूप के लिये राजनीतिक व्यवस्था शब्द का प्रयोग किये जाने पर जोर दिया जाता है, तो इसका कारण यह है कि प्राचीन शब्दों व आधुनिक शब्दों में नाम के भेद के अतिरिक्त कुछ अर्थ का भेद भी है।

राजनीतिक व्यवस्था का रूप व्यापक व राज्य का रूप सीमित होता है। राज्य या शासन या राष्ट्र की व्यवस्था का अर्थ सामान्यतः उसके संस्थात्मक रूप में सीमित होता है। राज्य की बात करते समय हमारा ध्यान अमूर्त रूप से राज्य संस्था के अस्तित्व व मूर्तरूप में उनके शासन की व्यवस्था की ओर जाता है, जिसमें किसी समाज के राजनीतिक जीवन के क्षेत्र में कार्यरत शासकीय रूप से मान्य संस्थाओं का एक समूह सम्मिलित होता है। पर जब हम राजनीतिक व्यवस्था की चर्चा करते हैं, तो हमारा तात्पर्य राज्य व शासन तथा राजकीय रूप से मान्य राजनीतिक संस्थाओं के क्षेत्र से व्यापकतर उस क्षेत्र से होता है जिसमें राज्य, शासन, औपचारिक रूप से शासन द्वारा मान्य अन्य राजनीतिक संस्थाओं के अतिरिक्त राजनीतिक क्षेत्र की औपचारिक संस्थायें तथा सामाजिक, आर्थिक व धार्मिक एवं अन्तर्राष्ट्रीय आदि क्षेत्रों की वे संस्थायें भी सम्मिलित होती हैं, जिनके कार्य प्रत्यक्ष या परोक्ष रूप से राजनीति को प्रभावित करते हैं। **आमण्ड व पावेल** ने कहा है कि ''राजनीतिक व्यवस्था के अन्तर्गत व्यवस्थापिका, न्यायालय और शासन के अभिकरण जैसे सरकारी संस्थायें ही सम्मिलित नहीं होतीं, वरन् अपने राजनीतिक पहलू की दृष्टि से सभी संगठन सम्मिलित होते हैं। उसमें रक्त सम्बन्ध और जाति समूह जैसे पारम्परिक संगठन भी होते हैं और हत्या, दगें, उपद्रव और प्रदर्शनों से सम्बन्धित तत्त्व तथा दलों, हित-समूहों व संचार साधनों जैसे औपचारिक संगठन भी सम्मिलित होते हैं।'' इस प्रकार यह स्पष्ट है कि राजनीतिक व्यवस्था की धारणा राज्य और जो कुछ राजकीय है उससे व्यापकतर है।

राजनीतिक व्यवस्था की धारणा राज्य की धारणा से अधिक गतिशील भी है- राज्य की धारणा में राजनीतिक जीवन में जो कुछ है, यदि वह निहित है, तो राजनीतिक व्यवस्था की धारणा में इसके अतिरिक्त उसमें जो हो सकता है, वह भी सम्मिलित होता है। राजनीतिक व्यवस्था का सम्बन्ध विविध राजनीतिक व सम्बन्धित गैर-राजनीतिक संगठनों संघटकों, समुदायों आदि की निरन्तर परिवर्तनीय स्थिति से भी होता है। उसके अध्ययन में राजनीतिक जीवन में परिवर्तनों को सम्भव बनाने वाले तत्त्वों को भी सम्मिलित माना जाता है तथा उनसे सम्बन्धित अध्ययन का विचारणीय विषय यदि यह भी होता है कि वांछित दिशा में होने वाले परिवर्तनों को किस प्रकार सम्भव बनाया जाये, तो यह भी होता है कि अवांछित दिशा में होने वाले परिवर्तनों को कैसे रोका जाय। इस प्रकार हम देखते हैं कि राज्य की धारणा की तुलना में राजनीतिक व्यवस्था की धारणा एक स्थिर धारणा न होकर एक गतिशील धारणा है।

राजनीतिक व्यवस्था में विभिन्न संगठनों का अध्ययन

कार्ल डब्ल्यू. डायस ने कहा है कि, ''कोई व्यवस्था उस सामान्य समूह के विपरीत जिसे किसी बाहरी साधनों में एक बनाये जा सकता है, अपने भीतर से ही एक बनी रहती है।'' किसी व्यवस्था का निर्माण पारस्परिक पर निर्भरता से होता है, **आमण्ड व पावेल** ने भी व्यवस्था के इसी लक्षण पर बल दिया है और कहा है कि ,''व्यवस्था में व्यवस्था के अंगों की पारस्परिक पर निर्भरता का भाव निहित होता है।'' यह बात राजनीतिक व्यवस्था के विषय में भी पूर्णतया सत्य है। ऐसी दशा में राजनीतिक व्यवस्था में सम्मिलित विविध अंगों का अध्ययन पूर्णतः अलग अस्तित्व वाले घटकों के रूप में नहीं किया जा सकता, वरन् सही रूप में उनका अध्ययन परस्पर घनिष्टतया सम्बद्ध अनेक किन्तु एकता में बंधे संघटनों से बनी व्यवस्था के रूप में ही किया जा सकता है। राजनीतिक व्यवस्था में विविध संघटकों की स्थिति शरीर के विविध अंगों की तरह पारस्परिक पर निर्भरता की होती है तथा शरीर के विविध अंगों की स्थिति की तरह ही राजनीतिक व्यवस्था के विविध संघटकों में से किसी एक में हुये परिवर्तनों का प्रभाव दूसरे संघटकों पर अवश्य पड़ता है। अतः किन्हीं भी सार्वजनिक रूप से प्रभावकारी परिवर्तनों के प्रभाव को पूरी तरह समझने के लिये यह आवश्यक है कि राजनीतिक व्यवस्था के उन सभी संगठनों का अध्ययन सम्बद्ध रूप में एक व्यवस्था के रूप में किया जाय, जिन पर उस परिवर्तन का प्रभाव परिलक्षित होता हो।

उदाहरणार्थ, यदि किन्हीं दबाव गुटों की स्थिति में अन्तर होता है तो उसका प्रभाव सम्पूर्ण राजनीतिक व्यवस्था पर होता है। इसके विपरीत अनेक राजनीतिक निर्णयों का प्रभाव व्यवस्था में विद्यमान सभी प्रकार के दबाव समूहों व हित समूहों पर पड़ता है। सामाजिक व आर्थिक व्यवस्था के संघठनों में होने वलो परिवर्तनों के साथ राजनीतिक व्यवस्था के संघटकों में तथा राजनीतिक व्यवस्था के संघठनों में होने वाले परिवर्तनों के साथ सामाजिक व आर्थिक व्यवस्था के संघठनों में परिवर्तन होता है। उदाहरणार्थ, अमेरिका व इंग्लैण्ड सदियों से द्विदल प्रणाली वाले देश रहे हैं तथा उनकी राजनीतिक व्यवस्था का रूप उस प्रणाली के अनुसार रहा है। पर यदि वहाँ की दलीय व्यवस्था में कोई परिवर्तन आये और वहाँ बहुदल व्यवस्था पनप जाये, तो वहाँ की राजनीतिक व्यवस्था में पाया जाने वाला स्थायित्व का तत्त्व अवश्य कम होगा। इसी प्रकार भारत में विद्यमान रक्त व जाति सम्बन्धी बन्धनों में यदि कोई परिवर्तन आये तो उसका प्रभाव निश्चय ही भारतीय राजनीतिक व्यवस्था में परिवर्तन लायेगा।

राजनीतिक व्यवस्थाओं की सामान्य विशेषतायें

विश्व में समय-समय पर जो भी राजनीतिक व्यवस्थायें होती हैं, वे अनेक प्रकार से भिन्न व अनेक प्रकार से अभिन्न होती हैं। फिर भी उनकी कुछ सामान्य विशेषतायें होती हैं, जिन्हें हम निम्न प्रकार रख सकते हैं:

1. राजनीतिक व्यवस्थायें परिवर्तनशील होती हैं-परिवर्तनशीलता सभी राजनीतिक व्यवस्थाओं की एक प्रमुख विशेषता होती है। सभी राजनीतिक व्यवस्थायें निरन्तर होने वाले परिवर्तनों के दौर से गुजरती रहती हैं। अनेक बार वे परिवर्तन स्पष्ट और अनेक बार वे अस्पष्ट होते हैं। परिवर्तन की प्रक्रिया में भी राजनीतिक व्यवस्थाओं के रूप पूरी तरह बदल जाते हैं। यही कारण है कि अब तक विश्व के सामने अनके प्रकार की राजनीतिक व्यवस्थायें आ चुकी हैं।

2. राजनीतिक व्यवस्थाओं में राजनीतिक साधनों का वितरण प्राय: असमान होता है-व्यक्ति व व्यक्तियों के वर्ग अपने समाज की राजनीति में भाग कुछ साधनों के आधार पर लेते हैं। वे साधन जिनके आधार पर लोग राजनीति में भाग लेते हैं- अर्थात् जिनसे सम्पन्न होने पर वे राजनीति में अपने को प्रभावी बनाते हैं- उनमें शक्ति, धन, सामाजिक स्तर, शिक्षा, जन बल, वैचारिक श्रेष्ठता, कूट बुद्धि आदि अनेक वस्तुयें आती हैं। यही कारण है कि यह कहा जाता है कि राजनीति धनवानों की है, वह शक्तिशालियों की है, वह बड़े लोगों की है, वह बहुसंख्यकों की है, वह कुटिल लोगों की है अथवा वह बुद्धि वालों की है। वास्तविकता इस सम्बन्ध में यह है कि ये संसाधन सब लोगों को समान रूप से प्राप्त नहीं होते। उदाहरणार्थ, आर्थिक आधार पर सभी समाजों में प्राय: उच्च वर्ग, मध्ययम वर्ग (उच्च मध्यम वर्ग व निम्न मध्यम वर्ग) तथा निम्न वर्ग नामक तीन वर्ग होते हैं तथा राजनीति पर उन तीन वर्गों का प्रभाव उनकी आर्थिक स्थिति के अनुसार होता है।

राजनीतिक संसाधनों की इस प्रकार की असमान प्राप्ति के अनेक कारण होते हैं। यह असमानता जन्म के कारण, उत्तराधिकार के कारण, योग्यता व क्षमता के कारण, शिक्षा के कारण, पर्यावरण आदि के कारण होती है। हितों की समानता के कारण, अनेक लोग जब एकताबद्ध हो जाते हैं, तो उन्हें जन समर्थन का एक राजनीतिक संसाधन प्राप्त हो जाता है। राजनीतिक व्यवस्थाओं का राजतन्त्रीय होना, कुलीन तन्त्रीय होना, जन तन्त्रीय होना, अधिनायकतन्त्रीय होना, पूँजीवादी होना तथा समाजवादी होना, राजनीतिक संसाधनों के असमान वितरण के ही परिणाम का परिचायक है।

3. राजनीतिक व्यवस्थाओं में काफी लोग राजनीतिक रूप से प्रभावी होने के लिए सचेष्ट रहते हैं-यद्यपि सब लोग राजनीति में प्रत्यक्ष भाग नहीं लेते और बहुत

से लोग राजनीति के प्रति उदासीन रहते हैं, फिर भी एक बड़ी संख्या में लोग, विशेषत: आधुनिक व्यवस्थाओं में, राजनीति में अपने को प्रभावी बनाने के लिये सचेष्ट रहते हैं, जिससे राजनीतिक व प्रशासकीय निर्णय उनके हितों के अनुकूल हों तथा राजनीतिक व्यवस्था से प्राप्त होने वाले लाभ उन्हें अधिक से अधिक मिल सकें।

4. राजनीतिक व्यवस्थाओं में राजनीतिक प्रभाव सबको समान रूप से प्राप्त नहीं होता-जो लोग राजनीति में प्रभावी होने के लिये सचेष्ट होते हैं, वे उसमें समान रूप से सफल नहीं होते। इसका परिणाम यह होता है कि सभी राजनीतिक व्यवस्थाओं में राजनीतिक प्रभाव का वितरण असमान रूप से रहता है। राजनीतिक प्रभाव की यही असमानता राजनीतिक रूप से प्रभावशाली लोगों को शासक व अप्रभावशाली लोगों को शासित बना देती है। इस बात को मानवीय जीवन में प्रारम्भ से अब तक के काल के इतिहास में लगातार देखा जा सकता है।

5. राजनीतिक व्यवस्थाओं में संघर्षों के समाधान की एक प्रक्रिया चलती रहती है-राजनीतिक संसाधनों की प्राप्ति के लिये प्रयत्नरत लोगों में एक प्रतियोगिता सदा चलते रहने के कारण अनेक वैचारिक व व्यवहारिक संघर्ष चलते रहते हैं। राजनी. व्यवस्था में इन सघर्षों के समाधान की एक प्रक्रिया सदा चलती रहती है। इन द्वन्द्वों के समाधान अनेक बार मध्यस्थता से, अनेक बार पंच निर्णय से अनेक बार आपसी वार्ता से, अनेक बार आन्दोलनों से तथा अनेक बार आन्तरिक गृह-युद्धों तथा अन्तर्राष्ट्रीय युद्धों से होते हैं। इन द्वन्द्वों के समाधान अनेक बार केवल राज्येत्तर संस्थाओं के बीच में हो जाते हैं, तो अनेक बार वह राजकीय व्यवस्था के माध्यम से होते हैं।

6. राजनीतिक व्यवस्थाओं के विविध अंग अपनी-अपनी दृष्टि से औचित्यपूर्ण ढंग से कार्य करते हैं-राजनीतिक व्यवस्था के सभी अंग अपने-अपने उद्देश्यों को औचित्यपूर्ण समझते हुये उन्हें अपनी-अपनी दृष्टि से औचित्यपूर्ण ढंगों से सिद्ध करने का प्रयत्न करते हैं। व्यवस्था के सभी अंग चाहें वे कितने ही अधिक शक्तिशाली क्यों न हों, अपने उद्देश्यों की सिद्धि बलपूर्वक ही नहीं कर सकते। राज्य स्वयं राजनीतिक व्यवस्था का सबसे अधिक शक्तिशाली अंग होता है, व्यवस्थापिका उसके उद्देश्यों की सिद्धि के अनुकूल निर्णयों के अनुसार विधियों का निर्माण करतो है तथा शासन उसके निर्णयों का क्रियान्वय करने वाला अभिकरण होता है। पर सामान्यत: राज्य की विधियों के निर्माण के ऐसे कोई उद्देश्य नहीं हो सकते जो औचित्यपूर्ण न हों, उसकी ओर से व्यवस्थापिका कोई ऐसी विधियाँ नहीं बना सकती जिनका आधार औचित्यपूर्ण न हो तथा शासन उन्हें ऐसे ढंगों से क्रियान्वित नहीं कर सकता जो उचित न हों। यही कारण है कि राज्य जब ऐसे किसी कार्य को अपना उद्देश्य बना लेता है जिसका

कोई सामाजिक औचित्य न हो, या व्यवस्थापिका ऐसी कोई विधि बना देती है जो सामाजिक नैतिकता व विश्वास के प्रतिकूल हो, अथवा शासन की ओर से कोई ऐसे आदेश जारी कर दिये जाते हैं, जो सामान्य औचित्य पर आधारित न हों, तो राजनीतिक व्यवस्था के अन्य अंगों की ओर से उन सबका विरोध होता है, जो वैधानिकता व शान्तिप्रियता की सीमा को पार करके कभी-कभी अवैधानिक व हिंसापूर्ण भी हो जाता है।

7. प्रत्येक राजनीतिक व्यवस्था का कोई सामान्य दर्शन होता है -राजनीतिक दृष्टि से प्रभावशाली राजनीतिक व्यवस्था के अंग अपने कार्यों की औचित्यपूर्णता सिद्ध करने के लिये किसी एक सामान्य दर्शन का प्रतिपादन किया करते हैं। सामान्यत: जन कल्याण प्रत्येक राजनीतिक व्यवस्था का उद्देश्य होता है। पर जिस प्रकार के दर्शन को आधार बनाकर चलने से जन कल्याण के उद्देश्य की साधना हो सकती है, प्रत्येक राजनीतिक व्यवस्था के प्रभावशाली अंग उसका प्रतिपादन व प्रचार करते हैं, जिससे जन-साधारण का सहयोग व समर्थन उन्हें प्राप्त होता रहे। इन दर्शनों का रूप बदलता रहता है तथा यही कारण है कि राजनीतिक व्यवस्था को 'बहुजन हिताय व बहुजन सुखाय' बनाने के लिये राजनीति में अब तक अनेक वादों का प्रतिपादन हो चुका है। ये दर्शन अलग-अलग राजनीतिक व्यवस्थाओं में अलग-अलग भी होते हैं। उदाहरणार्थ पश्चिम के देशों की लोकतन्त्रीय राजनीतिक व्यवस्थाओं के दर्शन को यदि 'विकासवादी समाजवाद' का दर्शन कहा जाता है, तो साम्यवादी राजनीतिक व्यवस्थाओं के दर्शन को 'क्रान्तिवादी समाजवादी' कहा जाता है। एक ही राजनीतिक व्यवस्था में किन्हीं क्षेत्रों में एक ही समय पर दर्शनों के किसी विशुद्ध रूप के स्थान पर एक से अधिक दर्शनों की बातें मान्य हो सकती हैं। जैसे भारत में आर्थिक क्षेत्र में एक ऐसे दर्शन को मान्यता प्रदान की जाती रही है जिसमें छोटे उद्योगों के संचालन के लिये वैयक्तिक क्षेत्र तथा बड़े उद्योगों के संचालन के लिये सरकारी क्षेत्र की व्यवस्था को उचित माना गया है और इस कारण जिसे मिश्रित व्यवस्था का दर्शन कहा ज़ाता है।

8. राजनीतिक व्यवस्थायें एक दूसरे को प्रभावित करती रहती हैं:

कोई भी राजनीतिक व्यवस्था अन्य राजनीतिक व्यवस्थाओं से अलग एकाकी स्थिति में नहीं रह सकती। सभी राजनीतिक व्यवस्थायें एक दूसरे को अनेक दृष्टियों से प्रभावित करती रहती हैं। उदाहरणार्थ पश्चिमी ढंग के एक समय के पूँजीवादी लोकतन्त्रों को यदि समाजवादी लोकतन्त्रों के अस्तित्व के कारण अनेक समाजवादी आर्थिक कार्यक्रमों को अपनाकर यदि विकासवादी समाजवाद को अपनाना पड़ा है, तो पूर्व के क्रान्तिकारी

लोकतन्त्रों को भी अपने यहाँ अब तक प्रचलित सैन्यीकृत (regimented) जीवन में ढील देकर और लोगों को वैयक्तिक स्वतन्त्रतायें प्रदान करके अपने लोकतंत्रों को राजनीतिक लोकतन्त्र भी बनाने के लिए बाध्य होना पड़ा है। राजनीतिक व्यवस्थायें अन्य व्यवस्थाओं को पूर्वापरिरूप में भी प्रभावित करती हैं। एक व्यवस्था समाप्त होकर दूसरी व्यवस्था प्रचलन में आ जाती है, पर बाद की व्यवस्था में पहली व्यवस्था के कुछ तत्त्व बने रह जाते हैं। उदाहरणार्थ, इंग्लैण्ड में राजतन्त्रीय राजनीतिक व्यवस्था समाप्त होकर वहाँ अब लोकतन्त्रीय व्यवस्था का प्रचलन हो गया है, परन्तु फिर भी राजतन्त्रीय व्यवस्था का एक प्रतीक सम्राट्-पद वहाँ अब भी बना हुआ है।

राज्य के अस्तित्व का प्रयोजन और सम्प्रभुता

कौटिल्य ने राज्य की उत्पत्ति के प्रसंग में यह स्पष्ट कर दिया है कि राज्य एक निश्चत प्रयोजन को पूर करने के लिए अस्तित्व में है। अत: वह प्राकृतिक संस्था नहीं है। कौटिल्य ने ज्ञान या विद्या की विभिन्न शाखाओं के विवेचन के प्रसंग में यह स्पष्ट किया है कि राज्य-संस्था का उद्देश्य, व्यक्तियों के लौकिक और पारलौकिक, नैतिक व भौतिक उद्देश्यों की पूर्ति तथा उनके मध्य न्याय-सम्मत संतुलन को बनाए रखना है। इन प्रयोजनों की पूर्ति सही ढंग से, अन्वीक्षिकी से निर्देशित होकर ही की जा सकती है। इस प्रकार कौटिल्य जनता के सर्वांगीण कल्याण, तथा समाज में न्याय वे सिद्धान्तों को लागू करने को राज्य के अस्तित्व का मुख्य आधार मानते हैं।

कौटिल्य ने ज्ञान की शाखाओं के विवेचन, तथा उनके मध्य पारस्परिक सम्बन्धों के निरूपरण के माध्यम से वस्तुत: राज्य के अस्तित्व के प्रयोजन को स्पष्ट करने का प्रयास किया है। ज्ञान की चार शाखाओं त्रयी, वार्ता, आन्वीक्षिकी व दण्ड-नीति को कौटिल्य ने क्रमश: मानव जीवन के नैतिक व भौतिक प्रयोजनों, प्रयोजनों के प्रति व्यक्ति के संतुलित दृष्टिकोण तथा इन प्रयोजनों को व्यक्ति के जीवन में घटित करने के लिए उत्तरदायी संस्थागत व्यवस्था के रूप में चित्रित किया है। कौटिल्य ने त्रयी का सम्बन्ध नैतिक और पारलौकिक उपलब्धियों से माना है। वार्ता को कौटिल्य लौकिक उपलब्धियों, और भौतिक सम्पदा तथा उसके अर्जन के लिये किये जाने वाले मानवीय क्रियाकलाप से सम्बन्धित मानते हैं। कौटिल्य के अनुसार आन्वीक्षिकी त्रयी क्रियाकलाप से सम्बन्धित मानते हैं। कौटिल्य के अनुसार आन्वीक्षिकी त्रयी और वार्ता के प्रति व्यक्ति के प्रयत्नों में संतुलन, तर्क, विवेक व न्याय की प्रयुक्ति को सुनिश्चित करती है। कौटिल्य के मत में आन्वीक्षिकी से निर्दिष्ट हाने पर व्यक्ति के आचरण में नैतिक और भौतिक कल्याण के प्रति प्रयत्नों का न्यायसम्मत संतुलन बना रहता है। दण्ड-नीति, अर्थात् राजनीतिक

संस्थाओं को कौटिल्य ने त्रयी और वार्ता के लिये किये जाने वाले प्रयत्नों के निर्देशन व अधीक्षण, और आन्वीक्षिकी द्वारा सुनिश्चित किये गये मापदण्डों की क्रियान्विति के लिए उत्तरादायी माना है। कौटिल्य का मत है कि आन्वीक्षिकी से दिशा प्राप्त करते हुए दण्ड-नीति, व्यक्ति के जीवन में नैतिक और भौतिक उपलब्धियों के प्रति संतुलन को सुनिश्चित करेगी, वहीं यह भी सुनिश्चित करेगी कि समुदाय में अर्जित की गई भौतिक व नैतिक उपलब्धियों का समुदाय के विभिन्न सदस्यों के मध्य तर्कसम्मत व न्यायसम्मत वितरण हो। **दण्ड नीति के प्रयोजन के विषय में कौटिल्य ने यह अप्राप्त को प्राप्त कराने, प्राप्त को संरक्षित कराने, संरक्षित का सवर्द्धन कराने, संवद्धित को सुयोग्य व्यक्तियों के मध्य वितरित कराने के उद्देश्य से क्रियाशील होती है। कौटिल्य के अनुसार राज्य वस्तुतः दण्ड-नीति को व्यवहार में संचालित करने का संस्थागत माध्यम है।** इस प्रकार ज्ञान की शाखाओं और दण्ड नीति के प्रयोजन को स्पष्ट करके कौटिल्य ने राज्य के अस्तित्व के मूल प्रयोजन के विषय में एक स्पष्ट दृष्टिकोण का प्रतिपादन किया है।

उपर्युक्त विवेचन से स्पष्ट है कि कौटिल्य के अनुसार जनता की नैतिक और भौतिक समृद्धि को, लौकि और पारलौकिक कल्याण को, तथा साथ ही वितरणात्मक न्याय को सुनिश्चित करना राज्य के अस्तित्व का मूल प्रयोजन है।

कौटिल्य ने दण्ड को ऐसी शक्ति के रूप में व्यक्त किया है जि धर्म की सुरक्षा के लिए प्रयुक्त किया जाता है। उल्लेखनीय है कि मत्स्य न्याय की अवस्था में भी कुछ शक्तिशाली लोगों द्वारा भौतिक बल का प्रयोग किया जाता था, किन्तु बल का वह प्रयोग धर्म के नैतिक प्रयोजनो के लिए नहीं, अपितु स्वार्थ की पूर्ति के लिये होता था। कौटिल्य दण्ड को केवल शक्ति का पर्यायवाची नहीं मानते। कौटिल्य के अनुसार तीन तत्व भौतिक शक्ति के साथ जुड़कर ही उसे दण्ड का रूप प्रदान करते हैं:

प्रथम-शक्ति का प्रयोग धर्म की सुरक्षा के लिये ही हो, अन्य किसी स्वार्थ-पूर्ण उद्देश्य के लिये नहीं,

द्वितीय-यह शक्ति मात्रा में इतनी अधिक हो, तथा प्रकृति में ऐस्री हो, जिसे कि लोग अलग-अलग या संगठित होकर भी अपनी शक्ति के बल पर चुनौती नहीं दे सकें,

तृतीय-इस शक्ति का प्रयोग किसी अधिकृत संस्था द्वारा किया जाए।

कौटिल्य ने राज्य को एक ऐसी अधिकृत संस्था द्वारा माना है जो धर्म के संरक्षण के लिये भौतिक शक्ति का प्रयोग करती है, उसके वैध नियन्त्रण को लोगों द्वारा चुनौती नहीं दी जा सकती। अतः राज्य द्वारा प्रयुक्त शक्ति को कौटिल्य ने दण्ड की संज्ञा दी है। इस प्रकार दण्ड की अनुल्लंघनीयता तथा धर्म की नैतिक शक्ति, संयुक्त रूप से राज्य

की सम्प्रभुता का आधार हैं। इस दृष्टि से कौटिल्य ने राजनीतिक दर्शन में 'धर्म' का बहुत महत्त्वपूर्ण स्थान है।

धर्म को कौटिल्य ने मनुष्य के जीवन के सार्थक और उद्देश्यपूर्ण निर्वाह के लिये आवश्यक नियमों की संहिता, नैतिक मूल्यों, तथा राज्य सत्ता पर नियंन्त्रण के साधन के रूप में चित्रित किया है।

कौटिल्य ने सुख का आधार धर्म को बताया है। उसके अनुसार धर्म 'अर्थ' पर आधारित है। अर्थ उनके मत में राज्य पर निर्भर है। उपर्युक्त तीन वाक्यों से अर्थशास्त्र में प्रतिपादित राज्य की प्रकृति का आभास हो जाता है। कौटिल्य के अनुसार जहाँ धर्म मनुष्य के नैतिक और पारलौकिक कल्याण की ओर संकेत करता है, वहीं धर्म मनुष्य के नैतिक और पारलौकिक कल्याण की ओर संकेत करता हैं, वहीं अर्थ पर उसकी निर्भरता उसे मनुष्य के लौकिक व्यवहार से जोड़ देती है। अर्थ की राज्य पर निर्भरता यह स्पष्ट कर देती है कि मनुष्यों के व्यवहार का धर्म के अनुसार नियमन राज्य का दायित्व है। कौटिल्य का स्पष्ट मन है कि धर्म मनुष्य के लौकिक जीवन, और पारलौकिक कल्याण दोनों दृष्टियों से उपयोगी है।

अर्थशास्त्र में धर्म और राज्य के व्यावहारिक सम्बन्धों, व सार्वजनिक नियमों के निर्देशक सिद्धान्तों के रूपमें धर्म में महत्व पर प्रकाश डाला यगा है। कौटिल्य ने 'धर्म' शब्द का प्रयोग व्यापक अर्थ में किया है, किन्तु मोटे तौर पर कौटिल्य द्वारा प्रतिपादित धर्म को तीन संदर्भों में समझा जा सकता है:

1. सामाजिक व्यवहार के सिद्धान्तों की संहिता के रूप में।
2. सत्य, दया, दान अहिंसा आदि सार्वभौमिक नैतिक नियमों के रूप में।
3. राज्य द्वारा निर्धारित कानून के रूप में।

कौटिल्य का मत है कि राज्य अपनी विधायी शक्ति द्वारा जिस 'धर्म' को निर्धारित करता है अर्थात प्रजा के व्यवहार पर नियंत्रण के लिये कानून बनाता है, उसे धर्म के रूप में व्यक्त किये गये सार्वभौमिक नैतिक मूल्यों और आचरण के सर्वमान्य सिद्धान्तों के अनुरूप होना चाहिए।

कौटिल्य शासक को सम्प्रभु नहीं मानते। कौटिल्य के अनुसार शासक तो सम्प्रभु 'राज्य' के आदेशों को क्रियान्वित करने वाला माध्यम है। कौटिल्य की मान्यता है कि राज्य की सम्प्रभुता अवधारणात्मक रूप से 'धर्म' व 'दण्ड' में निहित है। राजा सम्प्रभु के द्वारा परिभाषित उद्देश्यों के लिए ही शक्ति का प्रयोग करता है।

निर्धारित नैतिक उद्देश्यों के लिए ही राज्य द्वारा धर्म के अनुकूल किये गये शक्ति के प्रयोग को कौटिल्य दण्ड की संज्ञा देते हैं। यदि राजा स्वार्थवश या धर्म-विरुद्ध शक्ति का प्रयोग करे तो कौटिल्य इस शक्ति के प्रयोग को न तो दण्ड की संज्ञा देंगे, और न हीं उसे वैध मानेंगे। उनके अनुसार केवल वही बल-प्रयोग वैध हो सकता है जो धर्म के सिद्धान्तों को क्रियान्वित करने के लिए किया गया हो। यदि ऐसा नहीं हो तो राजा द्वारा किये गये न्याय, और राज्य के अस्तित्व में आने से पहले समाज में प्रचलित 'मत्स्य न्याय' में कोई अन्तर ही नहीं रहेगा। कौटिल्य के मत में शासक द्वारा मनमाने ढंग से किये गये शक्ति के प्रयोग की तुलना में शासक का न होना अधिक उचित है।

❑❑❑

2

कौटिल्य का सप्तांग सिद्धान्त

कौटिल्य ने मनु की भाँति ही राज्य के सावयव स्वरूप का चित्रण किया है, तथा राज्य की सात प्रकृतियों या अंगों का विवेचन यिका है। कौटिल्य ने इन सातों अंगों में स्वामी, अमात्य, जन, दुर्ग, कोष, दण्ड और मित्र को सम्मिलित किया है।

(1) स्वामी-कौटिल्य ने राजा या स्वामी को राज्य का शीर्षस्थ अंग माना है। कौटिल्य के अनुसार राजकीय शक्ति का उपयोग राजा द्वारा ही किया जाता है। अत: राजा ही राज्य के दायित्वों की पूर्ति के लिये अन्तिम रूप से उत्तरदायी है। कौटिल्य ने जटिल दायित्वों की पूर्ति करने में समर्थ हो पाने के लिए राजा की समुचित शिक्षा और प्रशिक्षण पर बल दिया है, तथा यह अपेक्षा की है कि राजा उच्च चरित्र वाला और सद्‌गुण-सम्पन्न हो।

(2) अमात्य-कौटिल्य ने अमात्य या मंत्री को राज्य का अनिवार्य अंग माना है, और कहा है कि आमात्य राज्य रूपी रथ के दूसरे पहिये की भाँति ही है। अमात्य को राज्य का आवश्यक अंग मानकर कौटिल्य ने मनु की भाँति ही यह स्पष्ट कर दिया है कि शासन की शक्ति राजा में निजी रूप से निहित नहीं है, अपितु राजा उस शक्ति का सामूहिक रूप से उपयोग करने के लिए बाध्य है।

कौटिल्य ने राजा को स्पष्ट निर्देश दिया है कि वह महत्त्वपूर्ण राजकीय निर्णय अनिवार्य रूप से अमात्यों के परामर्श से ही करे। राजकीय कार्यों में अमात्यों के महत्त्व को देखते हुए कौटिल्य ने उचित परीक्षण के बाद, अत्यंत सुयोग्य अमात्यों की नियुक्ति को आवश्यक माना है।

कौटिल्य ने राजा को स्पष्ट निर्देश दिया है कि वह महत्त्वपूर्ण राजकीय निर्णय अनिवार्य रूप से अमात्यों के परामर्श से ही करे। राजकीय कार्यों में अमात्यों के महत्त्व को देखते हुए कौटिल्य ने उचित परीक्षण के बाद, अत्यंत सुयोग्य अमात्यों की नियुक्ति को आवश्यक माना है।

कौटिल्य ने अमात्यों की निश्चित संख्या का निर्धारण नहीं किया है, तथा यह माना है कि राजकीय कार्यों हेतु राजा आवश्यकता के अनुरूप संख्या में अमात्यों की नियुक्ति करे।

(3)जनपद-कौटिल्य ने जनपद शब्द में राज्य की सीमाओं, और उनके अन्तर्गत निवास करने वाले लोगों को सम्मिलित किया है। कौटिल्य ने प्लेटों की भाँति राज्य की जनसंख्या अथवा भौगोलिक क्षेत्र की कोई सीमा निर्धारित नहीं की है। कौटिल्य ने अर्थशास्त्र में कई प्रसंगों में जनपद शब्द को राज्य के प्रशासन के लिए भौगोलिक आधार पर संगठित एक इकाई के रूप में भी प्रयुक्त किया है7 इस अर्थ में जनपद को आधुनिक जिला के पर्यायवाची के रूप में समझा जा कसता है7 कौटिल्य ने अपेक्षा की है कि जनपद की भौगोलिक परिस्थितियाँ होनी चाहिये। जिनके कारण उसकी रक्षा करना सुगम हो। कौटिल्य ने जनपद की भूमि को उपजाऊ जोने को आवश्यक माना है, ताकि थोड़े परिश्रम से ही अन्न उत्पन्न किया जा सके। जनपद में सरोवरों, नदियों, पर्वतों और वनों के भी प्रचुर मात्रा में होने को कौटिल्य ने श्रेष्ठ माना है। उनकी भान्यता है कि जनपद का स्थल और जल मार्गों से जुड़ा होना उचित है। उनकी मान्यता है कि जनपद में रहने वाली जनता में देशभक्ति, परिश्रम, बुद्धिमता और पवित्र आचार-व्यवहार की अपेक्षा की है।

(4) दुर्ग-कौटिल्य ने दुर्ग को राज्य का एक आवश्यक अंग मानकर यह अपेक्षा की है कि राज्य अपनी सीमाओं का सुरक्षित रखने के लिए उपयुक्त दुर्ग का निर्माण करे। उनके अनुसार राज्य की सीमाओं पर चारों ओर, तथा उपयुक्त स्थानों पर सीमाओं के मध्य दुर्ग बनाए जाने चाहिए। कौटिल्य ने चार प्रकार के दुर्गों का उल्लेख किया है।

औदक दुर्ग-ऐसा दुर्ग जिसके चारो ओर पानी भरा हुआ हो,

पार्वत दुर्ग-ऐसा दुर्ग जो बड़े-बड़े पत्थरों से बना हुआ हो, पर्वतों और कंदराओं में व्याप्त हो,

धान्वन दुर्ग-ऐसा दुर्ग जो मैदान में बना हुआ हो और जल एवं घास से रहित हो,

वन दुर्ग-ऐसा दुर्ग जो चारों ओर से दलदल और वृक्षों व झाड़ियों आदि से घिरा हुआ हो।

कौटिल्य ने राजा को, प्राकृतिक दृष्टि से उपयुक्त स्थानों जैसे-पहाड़ आदि पर दुर्ग बनाने का परामर्श दिया है जिनका युद्ध के लिए उपयोग किया जा सके।

कौटिल्य का मत है कि औदक दुर्ग और पार्वत दुर्ग राज्य की रक्षा की दृष्ट से उपयोगी होते हैं। धान्वन दुर्ग और वन दुर्ग वनों में बनाए जाते हैं तथा राजा आपत्ति के समय उनमें छिपकर अपनी रक्षा कर सकता है।

(5) कोष-कौटिल्य ने कोष को राजकीय कार्यों को सम्पन्न करने के लिए आवश्यक माना है। कौटिल्य ने राजा से समुचित साधनों के अपने कोष में वृद्धि करने की अपेक्षा की है।

कोष-संग्रह के कार्य को कौटिल्य ने व्यवस्थित ढंग से पूरा किया जाने पर बल दिया है तथा इसके लिए उपयुक्त संख्या में विश्वासपात्र कर्मचारियों और अधिकारियों की नियुक्ति का सुझाव दिया है। कौटिल्य ने राजा को परामर्श दिया है कि वह कोष-संग्रह के कार्य में लगे हुए कर्मचारियों और अधिकारियों पर पूरी तरह निगरानी और नियंत्रण रखे। कौटिल्य ने अपेक्षा की है कि कोषाध्यक्ष को कोष की स्थिति की पूर्ण जानकारी सदैव रखनी चाहिए ताकि राजा द्वारा सूचना माँगे जाने पर वह तत्काल सूचना दे सके।

(6) दण्ड-दण्ड या सेना को राज्य का आवश्यक अंग मानते हुए कौटिल्य ने इसे प्रजा की आंतरिक और बाह्य शत्रुओं से रक्षा के लिये आवश्यक माना है। कौटिल्य ने शौर्य आदि गुणों की परीक्षा के उपरांत सैनिको की नियुक्ति का पारामर्श दिया है तथा सैनिकों को युद्ध कार्य में कठोर प्रशिक्षण दिये जाने तथा सेना को अनुशासित रखे जाने पर बल दिया है।

कौटिल्य ने सेना में सामान्यत चारों वर्णों के सैनिकों को उचित माना है। फिर भी कौटिल्य सेना में भर्ती के लिये क्रमशः क्षत्रिय, वैश्य व शूद्रों को प्राथमिकता दिया जाना उचित मानते हैं। कौटिल्य ने यथासंभव ब्राह्मणों को सेना में भर्ती न किये जाने का परामर्श किया है, क्योंकि उनहें आशंका है कि यदि बाह्मण सेना में नियुक्त किए तो वे शत्रु द्वारा नमस्कार या आदर सत्कार व्यक्त करने पर उन्हें क्षमा कर सकते हैं।

(7) मित्र-कौटिल्य ने मित्र को राज्य के आवश्यक अंग के रूप मे मान्यता दी है। कौटिल्य का स्पष्ट मत है कि राज्य अपनी प्रजा के कल्याण के कार्यों में तभी लगा रह सकता है जब उसे बाहरी आक्रमणों आशंका कम से कम हो। इसलिये कौटिल्य मित्र-संग्रह को राज्य के लिए अत्यंत आवश्यक मानते हैं। क्योंकि अन्य राज्यों में मैत्रीपूर्ण सम्बन्ध होने पर राज्य अपनी सीमाओं की सुरक्षा के प्रति आश्वस्त रह सकता है। मित्र को राज्य का आवश्यक अंग मानकर कौटिल्य ने यह स्पष्ट कर दिया कि वह राज्य के साम्राज्यवादी स्वरूप के पक्ष में नहीं है।

कौटिल्य ने राज्य की प्रकृतियों की तुलनात्मक वरीयता के विषय में विवेचन नहीं किया है। अर्थशास्त्र में विभिन्न प्रसंगों में यह स्पष्ट किया गया है कि राज्य के कार्यों की सिद्धि के लिए प्रकृति को महत्त्व दिया जाना आवश्यक है, उस समय उसी प्रकृति

को महत्वपूर्ण माना जाना चाहिए। यह स्पष्टीकरण आवश्यक है कि राज्य के अंगों के रूप में सात प्रकृतियों का विवेचन कौटिल्य द्वारा प्रतिपादित राज्य की प्रकृति का पूर्णत: स्पष्टीकरण नहीं करता। कौटिल्य ने सात अंगों या प्रकृति के माध्यम से शासन के संस्थागत स्वरूप, और राज्य के आवश्यक साधनों का स्पष्टीकरण किया है।

'सप्तांग सिद्धान्त' में पूरे अंगों का विवेचन भी नहीं किया गया है आधुनिक समय में राज्य के अनिवार्य माने जाने वाले तत्व 'संप्रभुता' का चित्रण कौटिल्य ने राज्य की सप्तांग प्रकृतियों में नहीं किया है। राज्य की संप्रभु शक्ति को कौटिल्य ने 'दण्ड' और 'धर्म' की अवधारणात्मक व्याख्या द्वारा स्पष्ट किया है। वस्तुत: राज्य के जिन सात अंगो का कौटिल्य ने सप्तांग सिद्धान्त में उल्लेख किया है । वस्तुत: राज्य के जिन सात अंगों का कौटिल्य ने सप्तांग सिद्धान्त का उल्लेख किया है वे राज्य की आधुनिक धारणा में सम्मिलित तीन तत्वों भू भाग, जनसंख्या तथा शासन को व्यक्त करते हैं। 'जनपद' में भू भाग, और जनसंख्या दोनों तत्व समिमलित है। 'स्वामी' व 'अमात्य' शासन के संस्थागत पक्षों को, तथा 'कोष' 'दुर्ग' व 'मित्र' शासन के कार्यों को चलाने के लिए आवश्यक साधनों को, तथा शासक द्वारा दूसरे राज्यों के साथ सम्बन्ध स्थापित करने की आवश्यकता को प्रकट करते हैं। स्वामी, अमात्य, दुर्ग कोष व मित्र सम्मिलित रूप से राज्य के अंग के रूप में आधुनिक धारणा में प्रयुक्त राज्य के आवश्यक अंग 'सरकार' को व्यक्त करते हैं।

राज्य का कार्य-क्षेत्र

कौटिल्य ने लोक कल्याणकारी राज्य कीधारणा प्रस्तुत की है। अर्थशास्त्र में राज्य के कार्य-क्षेत्र को अतयंत विस्तृत माना गया है, तथा प्रजा की भौतिक सुरक्षा व उसके लौकिक व पारलौकिक कल्याण के लिये विभिन्न गतिविधियाँ सम्पन्न कने को राज्य के आवश्यक कार्यों में स्वीकार किया गया है। इस प्रकार कौटिल्य द्वारा प्रतिपादित राज्य के कार्यों के आयाम सामाजिक, नैतिक व आर्थिक सभी प्रकार के हैं। कौटिल्य द्वारा परिभाषित राज्य के कार्य-क्षेत्र के विभिन्नन पक्षों को निम्नलिखित रूप में वर्गीकृत किया जा सकता है-

1. प्रजा-रक्षण

प्रजा की रक्षा को कौटिल्य ने राज्य के प्राथमिक दायित्वों में स्वीकार किया है। कौटिल्य का मत है कि राज्य के अस्तित्व के अभाव में प्रजा में अशांति व असुरक्षा की आशंका विद्यमान थी, तथा मात्स्य न्याय का प्रचलन हो गया था। इस प्रकार राज्य की उत्पत्ति मात्स्य न्याय की दारुण अवस्था से प्रजा को मुक्ति दिलाने के लिये ही हुई है। कौटिल्य ने सभी प्रकार के आन्तरिक व बाह्य संकटों से प्रजा की रक्षा को राज्य का दायित्व

माना है। कौटिल्य ने प्रजा-रक्षण के राज्य के दायित्व के तीन संदर्भों का विवेचन किया है-

(1) राज्य में समाज कंटकों और अपराधियों को समुचित दंड देकर प्रजा को विभिनन प्रकार के अपराधों और हिंसा से बचाना, तथा प्रजा के जीवन, सम्पत्ति व सदाचार की रक्षा करना,

(2) बाह्य आक्रमणों से प्रजा का बचाव करना, इस उद्देश्य की पूर्ति के लिये राज्य की सुरक्षा व्यवस्था इतना सक्षम बनाना कि शत्रु आक्रमण करके प्रजा को प्राणों या सम्पत्ति की क्षति न पहुँचा सके। राज्य से ऐसी परिस्थितियाँ उत्पन्न करने की अपेक्षा की गई है कि बाहरी आक्रमणों का खतरा कम से कम उपस्थित हो,

(3) प्राकृतिक आपदाओं जैसे अकाल, बाढ़ आदि से प्रजा को उत्पन्न हुए खतरों का सामना करने के लिए स्थायी व तात्कालिक उपाय करना।

कौटिल्य ने प्रजा-रक्षण के दायित्वों को महत्वपूर्ण मानते हुए ही शासन को यह परामर्श दिया है कि वह यथा-संभव युद्धों से बचने का प्रयत्न करे, तथा आवश्यक होने पर दूसरे राज्यों से युद्ध तभी करे जब कि प्रजा की न्यूनतम हानिक होने की आशंका हो।

2. जन-कल्याण

कौटिल्य ने राज्य से जनता के कल्याण के विभिन्न पक्षों से सम्बन्धित गतिविधियों को निरन्तर संचालित करने की अपेक्षा की है। कौटिल्य ने जहाँ राज्य के सैद्धान्तिक व्याख्या में यह स्पष्ट किया है कि राज्य जनता के लौकि और पारलौकिक कल्याण में ही अस्तित्व में हैं, वहीं उसने राज्य द्वारा किये जाने योग्य कार्यों की एक विस्तृत सूची प्रस्तुत करके राज्य के लोक-कल्याणकारी स्वरूप को भली-भाँति स्पष्ट कर दिया है।

कौटिल्य ने वृद्धों, महिलाओं, बालकों और अनाथों की हर-संभव सहायता रकने को राज्य का दायित्व माना है। राज्य की लोक कल्याणकारी गतिविधियों की विस्तृत सूची में कौटिल्य जन-साधारण के लिये मनोरंजन आदि की व्यवस्था, वनों को साफ कर कृषि के लिये उपयोगी भूमि के विस्तार, राज्य में समुचित सिंचाई की व्यवस्था, अकाल, बाढ़ व महामारी की स्थितियों में जनता की सहायता के लिये आवश्यक उपाय करने, जनता के नैतिक उत्थान के लिए मद्य-निषेध लागू करने आदि को सम्मिलित किया है।

कौटिल्य ने विद्वानों और बौद्धिक कार्यों में लगे हुए व्यक्तियों के जीवन-निर्वाह की व्यवस्था करने के लिये राज्य को उत्तरदायी माना है। उन्होंने राज्य से यह अपेक्षा की है कि वह ऐसे लोगों के भरण-पोषण की उपयुक्ता व्यवस्था करे जिनके पास जीवन-निर्वाह के साधन उपलब्ध नहीं हैं। कौटिल्य ने प्रजा के स्वास्थ्य की रक्षा के लिए राज्य

से औषधालयों के संचालन, तथा सफाई की उपयुक्त व्यवस्था बनाये रखने की अपेक्षा की है।

कौटिल्य ने पर्यावरण की रक्षा के लिए राज्य को वन उगाने, उद्यान विकसित करने तथा जलाश्यों की स्वच्छता की व्यवस्था करने का परामर्श दिया है। उद्यान व वनों के विस्तार में कौटिल्य ने जनता से सहयोग लिया जाना भी उचित माना है, कहा गया है कि वन एवं उद्यान लगाने के लिये यदि कोई व्यक्ति इच्छुक हो तो उसे राज्य द्वारा भूमि आवंटित की जानी चाहिये, तथा वृक्ष उपलब्ध कराये जाने चाहिए।

कौटिल्य ने जनता के आवागमन को सुविधाजनक बनाने के लिये सड़कों, जलमार्गों आदि का निर्माण तथा नदियों पर पुल बनवाना राज्य का दायित्व माना है।

प्रजा के लिये आवसास की व्यवस्था करने को भी कौटिल्य ने राज्य का दायित्व माा है तथा कहा है कि राज्य शिक्षकों, राज्य-कर्मचारियों, चिकित्सकों तथा प्रजा के अन्य वर्गों को भूमि आंविटिक करनी चाहिए।

कौटिल्य द्वारा प्रस्तुत राज्य की गतिविधियों की विस्तृत सूची से यह स्पष्ट है कि वह मनु की भाँति राज्य को प्रता के कल्याण के प्रति केवल सैद्धान्तिक रूप से ही निर्देश नहीं देता, अपितु शासक से यह अपेक्षा करता है कि वह विभिनन विभागों का गठन प्रजा के कल्याण की गतिविधियों को नियमित रूप से संचालित करे।

कौटिल्य ने अरस्तु की भाँति ही वितरणात्मक न्याय को राज्य का दायित्व बनाकर राज्य की लोक-कल्याणकारी प्रकृति को भली-भाँति स्पष्ट किया है। कौटिल्य के अनुसार अप्राप्त की प्राप्ति, प्राप्त का संरक्षण, संरक्षित का संवर्द्धन तथा संवद्धित का उचित प्रक्रिया से सुयोग्य व्यक्तियों में वितरण ही राज्य का प्रमुख कार्य है।

कौटिल्य की स्पष्ट मान्यता है कि राज्य जनता में समृद्धि और कल्याण के प्रसार के अपने दायित्व की पूर्ति करने के पश्चात् ही उससे कर प्राप्त करने का अधिकारी होता है।

3. राज्य के आर्थिक दायित्व

कौटिल्य ने आर्थिक क्षेत्र में राज्य के अहस्तक्षेपवादी सिद्धान्त का समर्थन नहीं किया है। कौटिल्य ने राज्य से यह अपेक्षा वह अर्थव्यवस्था को इस प्रकार नियंत्रित और संचालित करे कि समाज में साधनों का अत्यधिक केन्द्रीकरण न हो और जनता के सभी वर्गों के आर्थिक हित सुरक्षित रहे।

कौटिल्य ने राज्य को विभिन्न व्यवसायों, और व्यावसायों में लगे हुए लोगों की गतिविधियों पर नियंत्रण करने, उत्पादित वस्तुओं का मूल्य निर्धारण करने, किसी विशेष

वाणिज्य या व्यवसाय में किसी व्यापारी के एकाधिकार को समाप्त करने आदि के माध्यम से अर्थव्यवस्था प्र प्रभावशाली नियंत्रण रखने का परामर्श दिया है। कौटिल्य ने राज्य से एक ऐसी वाणिज्यिक नीति अपनाने की अपेक्षा की है जिसके द्वारा राज्य में व्यापार और वाणिज्य का प्रसार हो, तथा जनता की आवश्यकता की वस्तुएँ प्रचुर मात्रा में उपलब्ध हो सकें, ताकि जनता को किसी भी वस्तु के अभाव में सामना न करना पड़े।

कौटिल्य ने राजा से ऐसी कर-व्यवस्था को अपनाने की अपेक्षा की है जिससे कि व्यापारियों में उत्पादन की प्रेरणा भी बनी रहे तथा वे अनुचित लाभ भी प्राप्त न कर सकें। इसी प्रकार कौटिल्य ने राजा को यह परामर्श दिया है कि वह समुचित उपायों के द्वारा यह निरन्तर देखता रहे कि व्यापारियों और व्यावसायियों द्वारा प्रजा का किसी भी प्रकार से शोषण नहीं किया जा सके।

कौटिल्य ने कृषि की उन्नति और कृषकों की दशा में सुधार को राज्य का दायित्व माना है। कौटिल्य के अनुसार राज्य को सिंचाई की समुचित व्यवस्था करनी चाहिए तथा कृषकों की आवश्यकता के अनुसार उन्हें पशु, बीज, धन, आदि की सहायता प्रदान करने के लिये प्रयत्न करना चाहिए।

कृषि भूमि पर स्वामित्व के सम्बन्ध में कौटिल्य का दृष्टिकोण प्रगतिशील है। कौटिल्य की मान्यता है कि कृषि भूमि पर स्वामित्व उस व्यक्ति का होना चाहिए हो स्वयं खेती करता है। कौटिल्य ने कहा है कि जो व्यक्ति स्वयं खेती न करे या अन्य किसी से खेती कराये, उससे राज्य को भूमि छीनकर ऐसे भूमि-हीनों में बाँट देनी चाहिए, जो स्वयं खेती कर सकते हों।

सत्ता का हस्तान्तरण

किसी भी संगठन के लिये कुछ महत्त्वपूर्ण तथ्यों की अति आवश्यकता होती है। इनमें शक्ति, प्रभाव, वैधता, सत्ता, आदेश की एकता एवं पद सोपान व्यवस्थायें आदि प्रमुख हैं। सत्ता किसी भी संगठन के लिये एक अनिवार्य तत्त्व माना जा सकता है। इसका संगठन में वही स्थान होता है जो मानव शरीर में आत्मा का होता है। इसीलिये इसे संगठन की आत्मा कहा जा सकता है। जैसे आत्मा के बिना शरीर निष्क्रिय होता है उसी तरह सत्ता के बिना संगठन की व्यवस्था अव्यवस्थित हो जाती है। चाहे किसी भी प्रकार का संगठन हो सत्ता तो प्रत्येक संगठन के लिये जरूरी है। सत्ता, शक्ति, प्रभाव एवं नेतृत्व आदि का आधार कही जा सकती है साथ ही नीति निर्माण, समन्वय, अनुशासन तथा प्रत्यायोजन आदि राजनीतिक प्रक्रियायें सत्ता के आधार पर ही सम्भव होती हैं। औपचारिक तथा अनौपचारिक दोनों प्रकार के संगठनों में

सत्ता महत्त्वपूर्ण होती है। लोकतान्त्रिक देशों में सत्ता का अधीनस्थों द्वारा स्वीकृत किया जाना जरूरी होता है। राजनीति में सत्ता को अधिक बढ़ावा दिया जाता है। यही राजनीतिक लक्ष्यों की सिद्धि करती है।

सत्ता का अर्थ

सत्ता शब्द अंग्रेजी भाषा के शब्द Authority का हिन्दी रूपान्तरित है। अंग्रेजी भाषा के Authority (अथॉरिटी) शब्द की उत्पत्ति लैटिन भाषा के शब्द 'ऑक्टोरिटास' शब्द से मानी जाती है। इस शब्द का अर्थ होता है बढ़ाना अर्थात् सत्ता वह गुण है जो इच्छा, संकल्प अथवा पसन्द को विवेक के साथ जोड़कर उसका विस्तार करती है।

सत्ता का प्रयोग रोम में भी किया जाता था। इसका प्रयोग वहाँ सीनेट करती थी। रोम में जब सीनेट सार्वजनिक सभाओं में कानूनों को अपनी स्वीकृति देती थी तो यह माना जाता था कि वहाँ कानूनों को ऑक्टोरिटास प्राप्त हो गया अर्थात् उन्हें सत्ता मिल गयी। अर्थात् इन्हें रोम में परम्पराओं के अनुरूप मान्यता मिल जाती थी।

अरस्तू ने सत्ता को रेटॉरिक (Rhetoric) के रूप में प्रयोग किया। उन्होंने तर्कों को सत्ता पर आधारित करने का कार्य किया। रेटॉरिक किसी भी विषय पर अनुनय के साधनों को ढूँढ़ने की भी क्षमता माना जाता है। सामान्यतया सत्ता को शक्ति से सम्बन्धित माना गया ह। उसे आदेश देने तथा उसके पालन करवाने के अधिकार का नाम भी दिया गया है। कुछ विचारकों ने इसे संगठन की तरफ से किसी व्यक्ति को कुछ करने के लिये दी गयी आज्ञायें माना है।

सत्ता की परिभाषा

सत्ता को विभिन्न विद्वानों ने निम्न प्रकार से परिभाषित किया है-

बायर्सटेड के अनुसार, " सत्ता शक्ति के प्रयोग का संस्थात्मक अधिकार है, वह स्वयं शक्ति नहीं है।"

यूनेस्को के मतानुसार, "सत्ता वह शक्ति है जो कि स्वीकृत, सम्मानित, ज्ञात और औचित्यपूर्ण हो।"

बट्रेण्ड डी. जुवैनेल के शब्दों में, "सत्ता, व्यक्ति की वह योग्यता है जिसके द्वारा वह अपने प्रस्तावों को स्वीकार कराता है।"

हेनरी फेयोल के शब्दों में ,"सत्ता आदेश देने का अधिकार है तथा उसके पालन करवाने की शक्ति है।"[1]

कार्ल जे. फ्रेडरिक के अनुसार, ''सत्ता वह क्षमता है जिसे संकल्प, इच्छा अथवा प्राथमिकता के आधार पर स्वीकार किया जाता है उसके औचित्य को तार्किक प्रक्रिया द्वारा सिद्ध किया जाता है।''

डेविस के अनुसार, ''सत्ता निर्णय लेने तथा आदेशित करने का अधिकार है।''

पेटरसन के मतानुसार, ''आदेश देने तथा उसके पालन की आज्ञा का अधिकार सत्ता के नाम से जाना जाता है।''

ऐलेन के शब्दों में,''सत्ता शक्तियों तथा अधिकारों द्वारा सौंपी गयी कार्योंको निष्पादन करने की शक्ति का नाम है।''

हरबर्ट साइमन ने कहा है कि, ''सत्ता निर्णय लेने की शक्ति है जो दूसरे कार्यों का पथ प्रदर्शंन करती है। अर्थात् यह उच्च तथा अधीनस्थों में सम्बन्ध है।''

बीच के अनुसार, '' ... दूसरे के कार्यों के निष्पादन को निर्देशित करने का औचित्यपूर्ण अधिकार सत्ता है।''

थियोहैमेन के मतानुसार, ''सत्ता वह वैधानिक शक्ति है जिसके आधार पर अधीनस्थों को काम करने के लिये आदेशित किया जाता है और उन्हें बाध्य किया जाता है तथा आदेश के उल्लघंन पर आवश्यकतानुसार प्रबन्धक उनके विरुद्ध अनुशासनात्मक कार्यवाही कर सकता है।..... कार्य से पृथक भी कर सकता है।''

उपर्युक्त परिभाषाओं के आधार पर कहा जा सकता है कि अधिकार सत्ता, आदेश देने, निर्णय करने तथा उनके पालन करवाने की वह शक्ति अथवा अधिकार है जो अधीनस्थों द्वारा स्वीकार करने पर अर्थपूर्ण बन जाती है। संगठन के उद्देश्यों की पूर्ति के लिये अधीनस्थों द्वारा जिसका पालन करना जरूरी होता है।

सत्ता की विशेषतायें-सत्ता के अर्थ और परिभाषाओं के आधार पर निम्नलिखित प्रमुख विशेषतायें स्पष्ट होती हैं:-

1. सत्ता शीर्षस्थ स्थान पर होती है,
2. सत्ता राज व्यवस्था का (शासन) अनिवार्य और आवश्यक तत्त्व है,
3. सत्ता शक्ति से भिन्न होती है जिसमें शक्ति के साथ वैधता भी होती है,
4. सत्ता कानून होती है,
5. सत्ता उच्चस्थ तथा अधीनस्थ अधिकारियों एवं कर्मचारियों में सम्बन्ध स्थापित करती है,

6. सत्ता मूल्य सापेक्ष मानी जाती है,
7. सत्ता का आधार स्वीकृति और सहमति होता है,
8. सत्ता में मूल्यात्मकता, औचित्यपूर्णता तथा स्वीकृति के गुण पाये जाते हैं जो इसका प्रभाव बढ़ाते हैं,
9. सत्ता नेतृत्व के बिना कोई कार्य नहीं कर सकती है,
10. सत्ता मानवीय व्यवहारों को मनोवैज्ञानिक रूप से बदलने, अनुकूलन करने में सक्षम होती है,
11. सत्ता नियन्त्रण तथा समन्वय का काम करती है,
12. सत्ता राजनीतिक शक्ति होती है,
13. सत्ता संगठनात्मक एवं प्रशासनिक व्यवस्था स्थापित करती है,
14. सत्ता करिश्मा करने की शक्ति रखती है,
15. सत्ता आदेश देने तथा पालन कराने का प्रतीक है, एवं
16. सत्ता सार्वजनिक जनकल्याण के कार्यों को सम्पन्न करती है।

सत्ता के प्रकारः- सत्ता के अनेक प्रकार या स्वरूप विभिन्न विद्वानों ने माने हैं। जैसे

(1) मैक्सवेबर ने सत्ता के तीन रूप बताये हैं-

(1) परम्परागत सत्ता,

(2) वैधानिक सत्ता, एवं

(3) करिश्माई सत्ता।

(2) प्रशासनिक आधार पर सत्ता-

(1) रेखा अधिकार-सत्ता,

(2) स्टॉफ अधिकार-सत्ता, एवं

(3) क्रियात्मक अधिकार-सत्ता।

(3) संख्यात्मक दृष्टि से सत्ता-

(1) एकल सत्ता,

(2) बहुल सत्ता, एवं

(3) आयोगात्मक सत्ता।

(4) संवैधानिक दृष्टि से सत्ता-

(1) संविधान से प्राप्त सत्ता एवं

(2) साधारण कानूनों से प्राप्त सत्ता।

(5) क्षेत्रीयता के आधार पर सत्ता-

(1) केन्द्रीय सत्ता,

(2) प्रान्तीय सत्ता, एवं

(3) स्थानीय सत्ता।

(6) सरकार के अंगों के आधार पर सत्ता।

(1) व्यवस्थापिका सत्ता,

(2) कार्यपालिका सत्ता, एवं

(3) न्यायपालिका सत्ता।

(7) विभिन्न दृष्टियों से सत्ता-

(1) सामाजिक सत्ता,

(2) आर्थिक सत्ता,

(3) धार्मिक सत्ता, एवं

(4) तकनीकी सत्ता।

संक्षेप में सत्ता के मुख्य रूप निम्नलिखित हैं-

(1) परम्परागत सत्ता:-यह सत्ता का वह रूप होता है जिसमें सत्ता किसी व्यक्ति अथवा समूह को परम्परागत रूप में प्राप्त होती है। इस सत्ता में अधीनस्थ अपने उच्च अधिकारियों की आज्ञाओं का पालन परम्परागत आधार पर करते हैं। इसके आदेश पालन के पीछे स्वेच्छा अधिक कार्य करती है। इस प्रकार की सत्ता का उदाहरण ब्रिटिश राजपद माना जाता है जिसे सत्ता परम्परागत रूप में प्राप्त होती है।

(2) वैधानिक सत्ता:-यह सत्ता का सबसे प्रभावी आधार है। सत्ता को कानूनी रूप में स्वीकार किया जाता है। इसका पालन अधीनस्थ वैधानिकता के आधार पर करते हैं। यह सत्ता संवैधानिक नियमों के आधार पर किसी अधिकारी को प्राप्त होती है। यह सत्ता संवैधानिक आधार पर पद प्राप्त करने के कारण किसी व्यक्ति या अधिकारी को प्राप्त होती है। वैधानिक सत्ता के अधीन लोक सेवक औचित्यपूर्णता के

आधार पर आज्ञा पालन कराते हैं। इस सत्ता के आधार पर लोक सेवक जनता से भी आज्ञा पालन कराने में सफल होते हैं।

(3) करिश्माई सत्ता-सत्ता का यह स्वरूप सत्ताधीश के करिश्माई व्यक्तित्व पर निर्भर करता है। जब किसी नेता को अपने प्रभावी व्यवितत्व के कारण लगातार सफलतायें प्राप्त होती रहती हैं तो जनता उसे अपना नेता मान लेती है और उसके आदेशों का पालन करने लगती है। इस सत्ता में नेता का व्यक्तित्व ही वास्तव में प्रभावी होता है। जैसे द्वितीय विश्वयुद्ध से पूर्व जर्मनी के हिटलर को चमत्कारी सत्ता प्राप्त थी। भारत में इन्दिरा गाँधी को अपने समय में यह सत्ता प्राप्त थी।

(4) रेखा अधिकार सत्ताः-यह निर्णय लेने की अधिकार सत्ता मानी जाती है जो सभी उच्चाधिकारियों तथा सभी अधीनस्थों के बीच पायी जाती है। यदि आदेश की एकता के सिद्धान्त का अतिक्रमण नहीं किया जाय तो रेखा अधिकार सत्ता सम्बन्ध संगठन को उच्च स्तर से नीचे स्तर तक के प्रत्येक व्यक्ति तक पहुँचते हैं। थियोहैमन ने रेखा अधिकार सत्ता, को आदेश देने की अधिकार सत्ता माना है। यह वह अन्तिम सत्ता होती है जो अन्य लोगों को निर्देशित करती है और उन्हें निर्णयों, योजनाओं, नीतियों तथा लक्ष्यों के अनुरूप कार्य करने के लिये आदेशित करती है।

(5) स्टॉफ अधिकार सत्ताः- यह सत्ता का रूप ब्रेसी तथा सेनफोर्ड द्वारा समर्थित है। स्टॉफ अधिकार-सत्ता सेवा करने वाली अधिकार सत्ता है। यह अधिकार सत्ता अन्य लोगों को परामर्श देने तथा सहायता देने का अधिकार है। रेखा अधिकार सत्ता लम्बवत् चलती है और अधिकारी अधीनस्थ सम्बन्ध स्थापित करते हैं। लेकिन स्टॉफ अधिकार सत्ता परामर्शात्मक सम्बन्धों की स्थापना करती है तथा किसी भी दिशा में प्रवाहित हो सकती है।

(6) क्रियात्मक अधिकार सत्ता-क्रियात्मक अधिकार सत्ता निर्णय लेने की अधिकार सत्ता है। यद्यपि ऐसा अधिकार किसी क्रिया तक ही सीमित होता है। यह अधिकार सत्ता द्वितीयक स्तर के अधिकारी के अधीनस्थ सम्बन्धों को जन्म देती है। इस अधिकार सत्ता में आदेश की एकता जरूरी नहीं है। यह अधिकार सत्ता आसानी के साथ किसी भीसंचालनात्मक अधिशासी के कार्यभार को बढ़ा सकती है तथा रेखा अधिकार सत्ता को कम कर सकती है। थियोहैमन ने लिखा है कि इस सत्ता का प्रयोग सावधानी से करना चाहिये।

सत्ता की प्रकृति

सत्ता की प्रकृति निम्नलिखित प्रकार की मानी जाती है-

(1) सत्ता सम्बन्धात्मक

(2) सत्ता प्रभुत्वपूर्ण

(3) सत्ता औचित्यपूर्ण एवं मर्यादित

(4) सत्ता उत्तरदायित्वपूर्ण

(1) सत्ता सम्बन्धात्मक-सत्ता सम्बन्धात्मक मानी जाती है। यह दो पक्षों को स्वीकार करती है। एक पक्ष आदेश देने वाला तथा दूसरा पक्ष आदेश का अनुकरण करने वाला होता है। इस आधार पर सत्ता के औपचारिक तथा अनौपचारिक सिद्धान्तों की चर्चा प्रो. बीच ने की है। सत्ता का औपचारिक सिद्धान्त सत्ता के कानूनी रूप में विश्वास करता है। यह सत्ता के आधार पर दो लोगों में सम्बन्ध बताती है। अधीनस्थ इसमें अनिवार्यतः आदेशों का पालन करते हैं। औपचारिक सत्ता में शिखर पर सत्ता होती है इसमें पद सोपान व्यवस्था पायी जाती है जिसमें ऊपर से नीचे की ओर शक्तियों का विभाजन होता है। अनौपचारिक सत्ता में आदेशों का पालन अधीनस्थों की सहमति पर आधारित होता है। सत्ताधीश तथा अधीनस्थों के मध्य सम्बन्धों की व्याख्या कानून के आधार पर नहीं वरन् सत्ताधीश के आदेशों के प्रति अधीनस्थों की सहमति के आधार पर की जाती है।

(2) सत्ता प्रभुत्वपूर्ण-सत्ता की प्रकृति प्रभुत्वपूर्ण होती है अर्थात् सत्ता प्राप्ति के साथ ही व्यक्ति को अधीनस्थों पर प्रभुत्व भी प्राप्त हो जाता है इस तरह की सत्ता में प्रभुत्व भी पाया जाता है।

(3) सत्ता औचित्यपूर्ण एवं मर्यादित-औचित्यपूर्णता सत्ता का मुख्य लक्षण है जिसके कारण ही सत्ता और सत्ताधीश को ठीक माना जाता है। उसका सम्मान किया जाता है। औचित्यता के अभाव में सत्ता न्याययुक्त नहीं रहती है। जिसका जनता विरोध भी करती है। औचित्यता ही मर्यादायें तय करती हैं।

(4) सत्ता उत्तरदायित्वपूर्ण-प्रत्येक सत्ताधीश अपने अधीनस्थों को देने वाले आदेशों तथा आज्ञाओं के लिये अपने से उच्च सत्ता के प्रति उत्तरदायी होता है। इसी कारण शासक वर्ग अपनी सत्ता के लिये जनता की सत्ता के प्रति उत्तरदायी होता है।

इस प्रकार सत्ता की प्रकृति की विवेचना की जाती है।

सत्ता के स्रोत

सत्ता के प्रमुख स्रोत निम्नलिखित माने जाते हैं:-

(1) औपचारिक सत्ता सिद्धान्त-यह एक विधि सम्मत सिद्धान्त है। यह सत्ता का स्रोत. राज्य के कानून अथवा संविधान के रूप में होता है। बर्नाड ने लिखा है कि अधिकार सत्ता की वह अवधारणा है जिसमें अधिकारों का प्रेषण सामाजिक संस्थाओं से वैयक्तिक प्रबन्धको को होता है जो औपचारिक सत्ता कहलाती है। इसका स्रोत संविधान होता है। कानूनों को प्रभावी बनाये रखने का तथा संविधान को गत्यात्मक बनाये रखने का अधिकार सामाजिक संस्थाओं में निहित होता है। इसी कारण लोकतन्त्रीय देशों में सर्वोच्च सत्ता जनता में निहित होती है।

(2) स्वीकृति विचारधारा-यह सत्ता का स्रोत अधीनस्थों को मानता है। इस सत्ता के समर्थक मानते हैं कि वास्तव में सत्ता तभी प्रभावी होती है जब अधीनस्थ उस सत्ता को मान्यता दे दें। प्रशासन के क्षेत्र में अधीनस्थ कर्मचारियों की सहमति को ही सत्ता का मूल स्रोत माना जाता है। अर्थात् जब एक अधीनस्थ कर्मचारी अपने अधिकारी के आदेशों को स्वीकार करना चाहे तो वह सत्ता श्रेष्ठ कहलाती है। रेमन बोन ने लिखा है कि,''किसी व्यक्ति के पास औपचारिक सत्ता तो हो सकती है लेकिन यह सत्ता तब तक बेकार होती है जब तक कि उसका प्रभावशाली प्रयोग नहीं किया जा सके। इसके प्रभावशाली प्रयोग के लिये अधीनस्थों की स्वीकृति जरूरी है।''

(3) सक्षमता विचारधारा-इस विचारधारा की मान्यता के अनुसार सत्ता का स्रोत व्यक्ति की योग्यता एवं सक्षमता का गुण होता है जिनके आधार पर कोई व्यक्ति स्वयं सत्ता का केन्द्र बन जाता है तथा अन्य लोग उसके नेतृत्व को स्वीकार कर लेते हैं। चाहे उक्त व्यक्तियों को कोई पद प्राप्त हो अथवा नहीं। राजनीतिक, सामाजिक तथा धार्मिक क्षेत्र में करिश्माई व्यक्तित्व सता का स्रोत होता है तथा व्यावसायिक क्षेत्र में व्यक्ति की शैक्षणिक तथा तकनीकी योग्यता, क्षमता तथा उपयोगिता सत्ता का स्रोत होती है। यथा डॉक्टर, इंजीनीयर, वकील आदि अपने क्षेत्र में विशिष्ट होते हैं, जिनकी सक्षमता के कारण अन्य लोग उनकी सत्ता को स्वीकार कर लेते हैं।

(4) सत्ता के अन्य स्रोत-सत्ता के अन्य स्रोत निम्नलिखित हैं:-

(1) औचित्यपूर्णता,

(2) अधीनस्थों की प्रकृति,

(3) पर्यावरण का दबाव,

(4) विभिन्न दण्ड विधान,

(5) संविधान,

(6) प्रत्यायोजित अधिकार,

(7) जनमत, एवं

(8) सत्ताधीश की विशेषता।

सत्ता के प्रति दृष्टिकोण:- सत्ता का निवास अन्तिम रूप से जनता में माना जाता है जबकि सत्ता का प्रयोग शासक वर्ग द्वारा किया जाता है। सत्ताधारी शासक वर्ग आदेश देता है तथा शासित वर्ग उसका अनुकरण करता है। जनता सत्ता का अनुकरण निम्न रूपों या दृष्टिकोणों के साथ करती है:-

- सत्ता के प्रति सकारात्मक दृष्टिकोण,
- सत्ता के प्रति नकारात्मक दृष्टिकोण, एवं
- सत्ता के प्रतिबुद्धि संगत दृष्टिकोण।

जब जनता सत्ता के आदेशों का अनुकरण विश्वास तथा कर्त्तव्य के रूप में करती है तो इसे सत्ता के प्रति जनता का सकारात्मक दृष्टिकोण माना जाता है।

जब जनता सत्ता के दण्ड के भय के कारण सत्ता के आदेशों का पालन करती है तो इसे सत्ता के प्रति जनता का नकारात्मक दृष्टिकोण कहते हैं।

जब जनतासत्ता के आदेशोंकी पालना इनके बुद्धिसंगत होने पर करती है तो इसे सत्ता के प्रति जनता का बुद्धि संगत दृष्टिकोण कहते हैं।

सत्ता के इन सभी दृष्टिकोणों में बुद्धिसंगत दृष्टिकोण अपेक्षाकृत अधिक सजग तथा श्रेष्ठ माना जाता है। क्योंकि यह दृष्टिकोण आदेशों को सार्वजनिक हितों की रक्षा तथा उपयोगिता के आधार पर देखता है।

सत्ता की सीमायें

सत्ता शासन की दृष्टि से एक महत्त्वपूर्ण तथ्य है लेकिन प्रकृति से असीमित नहीं होती है अर्थात् इसका प्रयोग स्वेच्छाचारी रूप में नहीं किया जा सकता है। इसी कारण सत्ता को नियन्त्रित बनाये रखने के लिये इस पर पहले से ही अनेक नियन्त्रण लगाये जाते हैं। अर्थात् सत्ता का प्रयोग सत्ताधीश द्वारा सीमा में रहकर ही किया जाता है। सत्ता के स्रोत तथा आधार भी सत्ता के प्रयोग को मर्यादित तथा नियन्त्रित करते हैं। फिर भी सत्ता के प्रयोग की निम्नलिखित सीमायें हैं-

(1) सत्ता का प्रयोग औचित्यपूर्ण रूप में ही किया जाता है,

(2) सत्ता का प्रयोग निश्चित उद्देश्य तथा जनहित की रक्षार्थ ही किया जाता है,

(3) सत्ता का प्रयोग अधीनस्थों की सहमति तक ही होना चाहिये,

(4) सत्ता का प्रयोग नैतिक मूल्यों के अनुरूप ही होना चाहिये,

(5) सत्ताधीश के गुण तथा अधीनस्थों का दृष्टिकोण भी सत्ता की सीमा होती है,

(6) सत्ता का प्रयोग संवैधानिक सीमाओं में होना चाहिये,

(7) सत्ता के प्रयोग पर सामाजिक, आर्थिक, राजनीतिक तथा धार्मिक सीमायें भी होती हैं,

(8) सत्ता पर मौलिक अधिकारों की भी सीमा कार्य करती है,

(9) सत्ता पर राष्ट्रीय एवं अन्तर्राष्ट्रीय जनमत तथा कानून भी सीमा रखते हैं, एवं

(10) सत्ता के प्रयोग की सीमा औचित्यपूर्णता भी है।

इस प्रकार सत्ता असीमित रूप में किसी भी अधिकारी को प्रदान नहीं की जाती है। इस का प्रयोग करते समय बड़ी सावधानी रखने की जरूरत होती है। सत्ता का ठीक प्रकार से यदि प्रयोग नहींकिया जायेगा तो सत्ता जनता के लिये समस्यायें उत्पन्न कर सकती है। इसलिये सत्ता की सीमायें तय करना जनकल्याण के लिये आवश्यक है।

सत्ता : मेरी पार्कर फॉलेट–सत्ता के सन्दर्भ में मेरी पार्कर फॉलेट ने अलग से विचार किया है। उन्होंने संगठन में उच्च पदस्थ अधिकारियों द्वारा अधीनस्थों को दिये जाने वाले आदेशों के मनोवैज्ञानिक पहलुओं का विश्लेषण किया तथा बताया कि एक व्यक्ति द्वारा दूसरे व्यक्ति को दिया गया आदेश दूसरे व्यक्ति को अप्रतिष्ठित कर देता है। उनकी मान्यता थी कि कुछ लोग अन्य लोगों के साथ अपनी इच्छा से तो काम करना चाहते हैं किन्तु अपने ऊपर लोगों के होने (अधिकार) की भावना को वे स्वीकार नहीं करते हैं। इसी तथ्य पर विचार कर मेरी पार्कर फॉलेट ने सत्ता की अवधारणा पर मनोवैज्ञानिक तरीके से विचार किया है। मेरी पार्कर फॉलेट ने स्थिति के नियम का प्रतिपादन किया। उन्होंने बताया कि संगठन में आदेश देने तथा उन्हें मानने के सन्दर्भ में अनेक समस्यायें आती हैं। कई बार कर्मचारी आदेशों का विरोध करते हैं अथवा आदेशों की अवहेलना कर देते हैं। कई बार अधिकारीगण आदेशों की

शक्ति के घमण्ड में आकर अपने कर्मचारियों और अधीनस्थों को अपमानित कर देते हैं। परिणामस्वरूप अधीनस्थों में बड़ी खिन्न भावना तथा हीन भावनाओं का संचार हो जाता है। इसी कारण फॉलेट आदेशों को निर्वैयक्तिक बनाना चाहते थे। इसलिये उनकी मान्यता थी कि अधिकारियों तथा उनके अधीनस्थों को स्थिति की तर्क संगतता का ध्यान रखना चाहिये और स्थिति के अनुसार अपेक्षित व्यवहार करना चाहिये। स्थिति से ही आदेश लेने चाहिये। लोगों को आदेश लेने-देने के स्थान पर परिस्थिति से आदेश लेने और देने की आदत डालनी चाहिये। यदि आदेश परिस्थिति का भाग है तो किसी के द्वारा आदेश देने या किसी के द्वारा आदेश लेने की स्थिति ही पैदा नहीं होगी।

मेरी पार्कर फॉलेट किसी संगठन में सत्ता को शीर्ष पर केन्द्रित करने के भी समर्थक नहीं थे। वे अन्तिम सत्ता तथा सर्वोच्च नियन्त्रण जैसे शब्दों को उपयुक्त नहीं मानते थे। क्योंकि अन्तिम सत्ता और आदेश उनकी नजर में एक भ्रम है। क्योंकि मानव के अधीन मानव व्यवस्था की मानवीय मनोभावों को ठेस पहुँचाती है। प्रभुत्व अधिकारी में अन्तिम सत्ता के निहित होने की अवधारणा के स्थान पर कार्य से उत्पन्न अधिकार की प्रतिस्थापना होनी चाहिये। वे सभी लोगों को कार्य सत्ता देना चाहते थे। प्रत्येक व्यक्ति जिसे जो कार्य सौंपा जाय वह उस कार्य के लिये अन्तिम रूप से उत्तरदायी होना चाहिये। उसे अपने कार्य के क्षेत्र के बारे में अधिकार प्राप्त होना चाहिये। इसी कारण वे मानते थे कि अधिकार कार्य क्षेत्र से सम्बन्धित है तथा कार्य के साथ ही रहते हैं।

मेरी पार्कर फॉलेट प्रत्येक व्यक्ति की सत्ता को प्रत्यायोजित सत्ता न मानकर कार्यों से जुड़ी सत्ता मानते थे जो स्वयं उसकेसाथ अन्तिम रूप से जुड़ी हो। उन्होंने लिखा है कि प्रत्यायोजित सत्ता का आशय तो यह होगा कि आपका मुख्य अधिकारी सम्पूर्ण सत्ता पर अधिकार रखता है। यद्यपि वे कुछ भाग पर प्रत्यायोजन को ठीक मानती हैं। वे किसी भी संगठन के अध्यक्ष को उसके कार्य से अधिक सत्ता रखने को उचित नहीं मानती थी। इसी तरह उन्होंने सत्ता प्रत्यायोजन को उचित नहीं माना है। सत्ता वास्तव में किसी की किसी को प्रदान की जा सकती है वरन् यह वह शक्ति है जो कार्य में अन्तर्निष्ठ है। इस प्रकार मेरी पार्कर फॉलेट ने अपने विचार मनोवैज्ञानिक आधार पर प्रदान किये हैं जो काफी प्रभावी एवं अनुभवपूर्ण प्रतीत होते हैं।

□□□

3

कौटिल्य के अनुसार न्याय व्यवस्था का संचालन

कौटिल्य ने न्याय को राज्य का अनिवार्य दायित्व माना है। कौटिल्य के अनुसार राज्य की उत्पत्ति ही मात्स्य न्याय के स्थान पर, औचित्य और नैतिकता के आधर पर न्याया की स्थापना के लिए हुई है। कौटिल्य ने अरस्तू की भाँति न्याय के दो पक्ष किये हैं- 1. वितरणात्मक न्याय, 2. सुधारात्मक न्याय।

वितरणात्मक न्याय कौटिल्य के मत में राज्य का सकारात्मक दायित्व माना है। इस दायित्व की पूर्ति के राज्य यह सुनिश्चित करता है कि प्रजा का कोई भी वर्ग अभावग्रस्त नहीं हो तथा समाज में साधनों का वितरण न्याय और औचित्य के सिद्धान्तों के अनुसार हो।

सुधारात्मक न्याय के अन्तर्गत कौटिल्य ने राज्य पर यह दायित्व डाला है कि वह कानूनों के उल्लंघन द्वारा प्रजा के अधिकारों को अतिक्रमण करने वाले व्यतियों को समुचित दंड देकर, तथा प्रजा के विभिन्न वर्गों के मध्य, किसी अधिकार के प्रश्न पर मतभेद या विवाद हो जाने पर उसका समुचित निपटारा करके प्रजा के अधिकारों का सुरक्षा प्रदान करे।

कौटिल्य ने राज्य से न्यायपालिका को संगठित स्वरूप प्रदान करने की अपेक्षा की है, तथा यह व्यक्त किया है कि न्यायिक कार्य का सम्पादन, स्थापित विधि और प्रक्रिया के अनुसार किया जाना उचित है। कौटिल्य के अनुसर राज्य न्याय को सुनिश्चित करने क अपने दायित्व की पूर्ति नहीं करता तो समाज में असुरक्षा और आशंका का बोलबाता हो जाता है।

कौटिल्य ने शासक को न्यायिक शक्ति का अत्यंत सतर्कतापूर्वक प्रयोग करने का परामर्श दिया है तथा चेतावनी दी है कि न्यायिक शक्ति का दुरुपयोग करने के गंभीर परिणाम हो सकते हैं। कौटिल्य ने सामाजिक व्यवस्था के निर्वाह के लिये राज्य के उत्तरदायी माना है। कौटिल्य सामाजिक संगठन के सिद्धान्तों तथा समाज के विभिन्न वर्गों के मध्य सम्बन्धों के संचालन में राज्य की भूमिका को विनियमनकारी मानते हैं। कौटिल्य ने राज्य पर यह सुनिश्चित करने का दायित्व डाला है कि सामाजिक व्यवस्था का निर्वाह वेदों और शास्त्रों में स्वीकृत वर्ण व आरम व्यवस्था के अनुरूप हो। किन्तु कौटिल्य ने राज्य को सामाजिक व्यवस्था के सम्बन्ध में नियमों का प्रतिपादन करने, अथवा विभिन्न वर्गों के कर्तव्यों की इपनी इच्छा से व्याख्या करने की शक्ति प्रदान नहीं की है कि वह व्यक्तियों द्वारा उनके कर्तव्यपालन, और अपने धर्मों के निर्वाह में अनावश्यक हस्तक्षेप न करें।

सामाजिक जीवन के विभिन्न पक्षों, तथा विभिन्न वर्गों के आपसी सम्बन्धों तथा विवाह आदि को कौटिल्य ने राज्य की विधि द्वारा विनियमित और संचालित किया किया जाना आवश्यक माना है। यही कारण है कि कौटिल्य ने अर्थशास्त्र में विवाह-धर्म स्त्री और पुरुषों के पारस्परिक कर्तव्यों आदि पर विस्तार से प्रकाश डाला है।

कौटिल्य ने यह सुनिश्चित करने को राज्य का दायित्व माना है कि व्यक्ति अपने पारिवारिक दायित्वों का पालन भली-भाँति करता रहे। कौटिल्य के अनुसार यदि कोई व्यक्ति समर्थ होते हुए भी अपनी संतान, पत्नी, बहन, माता-पिता का भरणपोषण नहीं करता है, तो उसे राज्य द्वारा दण्डित किया जाना चाहिए। इसी प्रकार यदि कोई अपने पुत्र व पत्नी के जीवन निर्वाह की उचित व्यवस्था किये बिना ही सन्यास ग्रहण करना चाहे, तो कौटिल्य उसे राज्य द्वारा दण्डित किया जाना उचित मानते हैं।

प्रशासनिक प्रणाली का निर्वाह

कौटिल्य की मान्यता है कि राज्य अपने व्यापक दायित्वों की पूर्ति तभी कर सकता है जबकि वह एक सक्षम प्रशासनिक प्रणली की स्थापना करे। कौटिल्य ने राज्य से, विवेकसम्मत और व्यावहारिक आधारों पर विभिन्न विभागों का संगठन करने, तथा उचित संख्या में सुयोग्य अधिकारियों व कर्मचारियों की नियुक्ति करने की अपेक्षा की है।

कौटिल्य का मत है कि समुचित नियंत्रण के बिना कर्मचारी व अधिकारी अपनी शक्तियों का दुरुपयोग कर सकते हैं और प्रजा को पीड़ित कर सकते हैं। इसलिए कौटिल्य ने राज्य को राजकीय कर्मचारियों पर भली-भाँति नियंत्रण रखने, तथा सुनिश्चित करने के लिए उत्तरदायी माना है कि अधिकारियों व कर्मचारियों द्वारा प्रजा का शोषण नहीं किया जा सके।

7. पर-राष्ट्र सम्बन्धों का संचालन

कौटिल्य ने पर राष्ट्र सम्बन्धों के कुशल संचालन को राज्य के प्रमुख दायित्वों में माना है। कौटिल्य के अनुसार यदि अन्तर्राज्यीय सम्बन्धों के संचालन में शासक कुशलता और दूरदर्शिता का परिचय नहीं देता तो राज्य की सुरक्षा के समक्ष गंभीर खतरे उपस्थिति होगें। कौटिल्य ने शासक को परामर्श दिया है क वह अन्तर्राज्य सम्बन्धों में युद्ध या शांति का निर्णय सदैव इस बात को ध्यान में रखते हुए करे कि प्रजा का कल्याण और उसकी सुरक्षा ही सर्वोपरि है। इसी कारण कौटिल्य ने राजा को परामर्श दिया है कि अनावश्यक युद्धों से बचने का प्रयत्न करें, क्योंकि में प्रजा को हानि की आशंका होती है। राज्य के कार्यक्षेत्र के सम्बन्ध में किये गये विवेचन से स्पष्ट है कि कौटिल्य का राज्य एक अहस्तक्षेपवादी राज्य नहीं है। कौटिल्य का राज्य अनिवार्य रूप से एक लोक कल्याणकारी राज्य है जो सैद्धान्तिक रूप से प्रजा के कल्याण के प्रति समपिर्तत है, तथा व्यावहारिक दृष्टि से वह ऐसी अनेक गतिविधियों को सम्पन्न करने के दायित्वों का निर्वाह करता है, जो प्रजा के नैतिक, आर्थिक व सामाजिक उत्थान से सम्बन्धित हैं।

शासक के व्यक्तिगत गुण

कौटिल्य ने शासके से व्यापक दायित्वों की पूर्ति की अपेक्षा की है। इन जटिल शासकीय दायित्वों की पूर्ति के लिये कौटिल्य ने शासक की मान्यता है की राजा को कर्तव्य-पालन में समक्ष बनाने के लिये उसकी शिक्षा-दीक्षा और समुचित प्रशिक्षण बहुत आवश्यक होते है।

कौटिल्य ने मनु की भाँति ही राजा में तीन प्रकार के गुणों की अपेक्षा की है।

प्रथम-ऐसे गुण जो राजा के उत्तम नैतिक चरित्र को व्यक्त करते हैं।

द्वितीय-ऐसे कार्य-साधक गुण जो राजा को उसके शासकीय दायित्वों के निर्वाह में सक्षम बनाते हैं।

तृतीय-ऐसे गुण, जो शासके सकारात्मक दायित्वों के प्रति उसकी निष्ठा को, तथा शक्ति के उपयोग के संयम की आवश्यकता को प्रतिपादित करते हैं।

राजा के नैतिक गुणों में कौटिल्य के इन्द्रिय नियंत्रण और विनम्रता को अतयंत महत्वपूर्ण माना है। कौटिल्य ने राजा को काम, क्रोध, लोभ, मोह, मद और हर्ष आदि वृत्तियों के वश में न रहने का परामर्श दिया है। कौटिल्य ने चेतावनी दी है कि राजा काम, क्रोध आदि के वश में हो जाएगा तो वह शासन करने और राज्य की रक्षा करने में असमर्थ हो जायेगा। कौटिल्य ने ऐसे अनेक राजाओं के उदाहरण दिये हैं जो काम या क्रोध जैसे दुर्गुणों के वश में हो जाने के कारण नष्ट हो गए। दूसरी और कौटिल्य ने ऐसे राजाओं

के उदाहरण दिये हैं जिन्होंने कामादि शत्रुओं से बचे रहकर, तथा जितेन्द्रय रहकर चिरकाल तक कीर्ति का अर्जन किया।

कौटिल्य का मत है कि शासकीय कार्यों को कुशलता पूर्वक सम्पन्न करने के लिए राजा को भली भाँति शिक्षित और प्रशिक्षित होना चाहिए। राजकीय कार्यों को कुशलतापूर्वक सम्पन्न करने के लिए कौटिल्य ने राजा में बुद्धिमता, दूसरों के गुणों को ग्रहण करन करने में तत्परता, तथा संतुलित व्यवहार कर दूसरों को प्रसन्न करने के इच्छा पर बल दिया है। कौटिल्य ने राजा को दूसरों मनोरंजन और आमोद-प्रमोद में संतुलित रुचि रखने का परामर्श दिया है, किन्तु इन संदर्भों में भी उसके लिए संयम से काम लेना आवश्यक माना है।

कौटिल्य ने शासक से राजकीय दायित्वों का निष्ठापूर्वक पालन करने की अपेक्षा की है तथा इसके लिये राजा में धर्म के प्रति अडिग निष्ठा, दायित्वों के पालन में तत्परता, प्रजा के हित को सर्वोपरि मानने की इच्छा, राजकीय शक्ति तथा अमात्यों के सहयोग से ही प्रयेाग करने को आवश्यक माना है। कौटिल्य ने शासक को शक्ति के उपयोग में संयम बरतने, तथा कभी भी मर्यादा का उल्लंघन न करने का परामर्श दिया है।

शासक की दिनचर्या

कौटिल्य ने राजकीय कार्यों को सुचारू रूप से चलाने के लिए राजा को यह परामर्श दिया है कि वह प्रतिदिन उसके द्वारा किये जाने वाले कार्यों का भली-भाँति वर्गीकरण और विभाजन कर ले। कौटिल्य ने राजा की दिनचर्या को दिवस के 8, और रात्रि के 8 भागों का कार्यक्रम निम्नलिखित रूप से निर्धारित किया है-

प्रथम भाग-प्रजा की रक्षा के उपायों, और राजकीय आय और व्यय का निरीक्षण,

द्वितीय भाग- प्रजा के अभियोगों और परेशानियों को सुनना,

तृतीय भाग-स्नान, भोजन और स्वाध्याय,

चतुर्थ-कर विभाग का निरीक्षण, तथा अधिकारियों की नियुक्ति, स्थानान्तरण आदि प्रश्नों का निर्णय,

पंचम भाग-मन्त्रिपरिषद् से विचार-विमर्श तथा गुप्तचरों से सूचनाएँ प्राप्त करना,

छठा भाग-राजा द्वारा अपनी इच्छानुसार व्यतीत करना अथवा तात्कालिक आवश्यकतानुसार कोई भी कार्य समपन्न करना,

सातवाँ भाग- सेना सम्बन्धी कार्यों का निरीक्षण,

आठवाँ भाग-सेनापति के साथ युद्ध आदि विषयों पर विचार-विमर्श।

कौटिल्य ने राजा की से अपेक्षा की है कि दिवस के आठवें भाग के लिये निर्धारित

कार्यों को पूरा कर लेने के बाद वह कुछ समय संध्या-उपासना आदि में व्यतीत करे।

कौटिल्य ने रात्रि के 8 भगों के लिये राजा का कार्यक्रम निम्नलिखित रूप से निर्धारित किया है:

प्रथम भाग-गुप्तचरों से परामर्श

द्वितीय भाग-स्नान, भोजन और स्वाध्याय,

तृतीय भाग-पत्नी व अन्य परिवारजनों के साथ व्यतीत किया जाना,

चतुर्थ, पंचम और **छठा** भाग-शयन व विश्राम,

सात्तवाँ भाग-गुप्तचरों से मंत्रणा तथा उन्हें विभिन्न स्थानों पर कार्यों के लिये नियुक्त करना,

आठवाँ भाग-पुरोहितों आदि से धर्म विषयक चर्चा, चिकित्सक, रसोइये और ज्योतिषी आदि से अपने भोजन, स्वाध्यया और अन्य व्यक्तिगत प्रश्नों पर विचार-विमर्श।

कौटिल्य ने राजा की दिनचर्या के विषय में व्यावहारिक दृष्टिकोण अपनाते हुए यह स्पष्ट किया है कि दिवस और रात्रि के विभिन्न भागों में राजा द्वारा किये जाने वाले कार्यों की प्रस्तावित रूपरेखा, सामान्य निर्देशक सिद्धान्तों की प्रकृति की है। कौटिल्य का स्पष्ट मत है कि राजा परिस्थितियों, और अवसर क`अनुसार इस कार्यक्रम में व्यावहारिक परिवर्तनों का परामर्श देते हुए यह अपेक्षा की है कि राजा आलस्यवश अपने कार्यों को किसी दूसरे व्यक्ति को न सौंप दे।

मंत्रिपरिषद्

कौटिल्य ने शासन की शक्ति को संस्थागत शक्ति माना है तथा राजा के अपेक्षा की है कि वह अपने समस्त राजकीय कार्य मंत्रिपरिषद् की सहायता से पूर्ण करे। कौटिल्य ने मंत्रियों को राज्य रूपी गाड़ी का दूसरा पहिया बताते हुए, शासकीय कार्यों में मंत्रियों के महत्व को स्पष्ट किया है।

1. मंत्रिपरिषद् की संरचना

कौटिल्य ने राजा को परामर्श देने के लिये एक संस्था के रूप में मंत्रिपरिषद् के सदस्यों की संख्या के विषय में एक निश्चित व व्यावहारिक दृष्टिकोण का प्रतिपादन किया है। कौटिल्य का मत है कि मंत्रिपरिषद् की सदस्य संख्या को चार तक सीमित रखने का तार्किक औचित्य स्पष्ट करते हुए कहा है कि एक ही मंत्री होने पर, राजा मंत्री से मतभेद होने पर ठीक-ठाक निश्चय नहीं कर पाता है, तथा ऐसी स्थिति में वह उच्छृंखल हो सकता है। दोनों मंत्री आपस में मिल जाएँ और राजा को अनुचित परामर्श

देनें लगें तो राजकीय कार्य की गंभीर हानि हो सकती है। कौटिल्य व आशंका व्यक्त करते है कि दो मंत्री परस्पर दुरभिसंधि करके राजा के विरुद्ध षड्यंत्र कर सकते हैं। यदि दो मंत्री षड्यंत्र न भी करें, तो भी दो मंत्रियों का रखा जाना कौटिल्य के अनुसार उचित नहीं है, क्योंकि उन दोनों में मतभेद हो जाने पर राजा के निर्णय करने में जटिल समस्या उत्पन्न हो सकती है। कौटिल्य की यह मान्यता है कियदि तीन या चार मंत्री नियुक्त किये जाएँगे तो इस प्रकार की कठिनाइयों के उत्पन्न होने की आशंका कम होगी, तथा राजकीय कार्य ठीक ढंग से संचालित किये जा सकेंगे। कौटिल्य मंत्रिपरिषद् में चार से अधिक मंत्री रखे जाने के पक्ष में नहीं है, क्योंकि मंत्रियों की संख्या अधिक रहने पर मंत्र (परामर्श व विचार-विमर्श) की गोपनीयता भंग होने का खतरा हो जायेगा।

कौटिल्य ने राजा को मंत्रिपरिषद् में लगभग चार मंत्री नियुक्त करने का सामान्य परामर्श देते हुए भी, मंत्रिपरिषद् के सदस्यों की संख्या के विषय में राजा को परिस्थिति और आवश्यकतानुसार व्यावहारिक दृष्टिकोण अपनाने की सलाह दी है, तथा सुझाव दिया है कि अवसर और कार्य की आवश्यकता के अनुरूप राजा द्वारा मंत्रियों की संख्या में कमी या वृद्धि कर लिया जाना उचित है। कौटिल्य ने राजा को सलाह देने के लिये मंत्रियों की दो संस्थाओं का उल्लेख किया है-मंत्रियों की सभा या राज सभा, तथा मंत्रिपरिषद्।

कौटिल्य ने योग्यता के आधार पर मंत्रियों की तीन श्रेणियाँ स्वीकार की हैं-उत्तम, मध्यम और क्षुद्र। मंत्रियों के लिये अपेक्षित सारी योग्यताओं से युक्त व्यक्तियों को कौटिल्य ने उत्तम मंत्री, उनमें से तीन चौथाई गुणों से युक्त व्यक्तियों के मध्यम मंत्री, और आधे गुणों से युक्त व्यक्तियों को क्षुद्र मंत्री की श्रेणी में रखा है।

मंत्रियों के उपर्युक्त वर्गीकरण से यह संकेत मिलता है कि 'मंत्रियों की सभा' में कौटिल्य के अनुसार तीन श्रेणियों के मंत्री सम्मिलित होते थे। राजा नीति के व्यापक प्रश्नों पर, अथवा सामान्य कार्यों में 'मंत्रियों की सभा' से परामर्श कर सकता था, वहीं जटिल कार्यों के संदर्भ में, या कोई कठिन समस्या उत्पन्न हो जाने पर वह 'उत्तम श्रेणी' के मंत्रियों से गठित 'मंत्रिपरिषद्' को परामर्श के लिये आमन्त्रित कर सकता था।

कौटिल्य ने मंत्रियों की सभा में, मंत्रियों की निश्चित संख्या निर्धारित करने की अपेक्षा, शासक को परामर्श दिया है कि वह कार्यकुशलता और गोपनीयता की अपेक्षाओं को ध्यान में रखते हुए, जितनी संख्या को आवश्यक हो, विभिन्न श्रेणियों के मंत्रियों की नियुक्ति करे। इस सम्बन्ध में कौटिल्य ने मनु, बृहस्पति व शुक्राचार्य के मतों का उदाहरण देकर यह स्पष्ट किया है कि यद्यपि ये आचार्य मंत्रिसभा में क्रमशः 12, 16, 20 मंत्रियों की नियुक्ति को उचित मानते हैं, किन्तु कौटिल्य का मत है कि समय और परिस्थितियों के अनुरूप राजा को मंत्रियों की संख्या निर्धारित करनी चाहिए।

2. मंत्रियों से परामर्श का क्षेत्र व प्रक्रिया

कौटिल्य ने पाँच प्रकार के विषयों में राजा को मंत्रियों से आवश्यक रूप से परामर्श करने का निर्देश दिया है-

1. राजकीय कार्यक्रमों की रूपरेखा का निर्धारण तथा उन्हें प्रारंभ करने के उपाय
2. उच्च पदों पर नियुक्ति क्व कर आरोपित करने के सिद्धान्त,
3. राज्य में पड़ौसी राज्यों से विद्यमान स्थितियों व परिस्थितियों का मूल्यांकन,
4. राज्य के समक्ष संकट उपस्थित हो जाने पर संकट से निकलने के उपाय,
5. राजकीय प्रयोजनों की पूर्ति के लिये सामान्यत: अपनाई जाने वाली नीति।

मंत्रियों के परामर्श देने के क्षेत्र में उपर्युक्त पाँच आयामों को कौटिल्य ने मंत्र के अंगों की संज्ञा दी है। मंत्र के इन पाँचों अंगों की अवलोकन से यह स्पष्ट है कि कौटिल्य शासन के समस्त महत्त्वपूर्ण कार्यों-यथा नीति-निर्धारण, योजना-निर्माण, कर-व्यवस्था, नियुक्तियों, शांति व युद्ध आदि से मंत्रियों के परामर्श को आवश्यक मानते हैं।

कौटिल्य ने राजा को विषय के महत्व के अनुसार मंत्रियों से अलग-अलग या सामूहिक रूप से परामर्श लेने का सुझाव दिया है। किन्तु कौटिल्य यथा-संभव राजा को मंत्रियों से सामूहिक परामर्श का ही सुझाव देते हैं। कौटिल्य का सुझाव है कि यदि कोई मंत्रि अनुपस्थित हो, या राजधानी से बाहर हो, तो राजा पत्र के माध्यम से उससे उचित परामर्श प्राप्त कर सकता है। कौटिल्य का मत है कि राजा को मंत्रियों द्वारा कहे गए कथनों का विवेकपूर्ण विवेचन कर लेना चाहिए, तथा न तो मंत्रणा को ज्यादा लम्बा खींचना चाहिए, और न ही निर्णय में अनावश्यक विलम्ब करना चाहिए।

कौटिल्य का मत है कि यदि मंत्रिपरिषद् में किसी प्रश्न पर सर्वसम्मति न हो तो राजा को बहुमत के आधार पर निर्णय करना चाहिए। इस प्रकार यह स्पष्ट है कि कौटिल्य निर्णय-प्रकिया का पूर्णत: लोकतांत्रिक बनाने के पक्ष में हैं। कौटिल्य ने राजा को स्पष्ट परामर्श दिया है कि वह किसी मंत्री से अपनी निकटता के आधार पर उसके परामर्श को स्वीकार न करे, अपितु मंत्री के परामर्श के गुण-दोष का विवेचन कर उपयुक्त निर्णय करे।

3. मंत्रियों के दायित्व

कौटिल्य ने शासन के लिये 'मंत्र' या उत्तम परामर्श को सफलता का सबसे महत्वपूर्ण आधार माना है। शासक को मंत्र के महत्व के सम्बन्ध में सचेत करते हुए

कौटिल्य ने कहा है कि मंत्रियों के परामर्श से विमुख रहने वाला राजा शत्रु के चंगुल में फँस जाता है, तथा मंत्रियों के परामर्श से चलने वाला शसक अपने राज्य में वृद्धि करता है। निर्भीक होकर सभी विषयों में शासक को उचित परामर्श देना, कौटिल्य मंत्रियों का प्रमुख दायित्व मानते हैं। कौटिल्य की मान्यता है कि यदि मंत्री निर्भीकतापूर्वक राज्य के हित मे निजी हानि–लाभ पर विचार किये बिना, शासक को उचित परामर्श नहीं देगा तो राज्य के नष्ट होने की आशंका उत्पन्न हो जायेगी। कौटिल्य ने कहा है कि जब शासक उचित या अनुचित का निर्णय लेने में स्वयं समर्थ नहीं होता, या भ्रम में फँस जाता है तो मंत्रियों का उचित परामर्श ही उसे दीपक के समान प्रकाश दिखाता है।

कौटिल्य ने राजकीय कार्यों में मंत्रियों की भूमिका को पाँच सन्दर्भों को स्पष्ट किया है।

1. राजा द्वारा निर्णय लिये जाने के लिये, विषयों को पूर्णता के साथ और सही सन्दर्भ में प्रस्तुत करना,
2. विचारों के लिये उपस्थित हुए विषय में निर्णय करने में राजा की सहायता करना,
3. राजा द्वारा यदि कोई निर्णय कर लिया गया हो, तो उनका मूल्यांकन करके उस निर्णय की पुष्टि करना, अविा खण्डन करना, ताकि मंत्री के परामर्श से आश्वस्त होकर राजा दृढ़तापूर्वक निश्चय कर सकें।
4. यदि किसी बिन्दु पर मतभेद हो, तो इस प्रकार का परामर्श देना कि कोई संशय न रह पाए,
5. राजकीय निर्णयों को क्रियान्वित करना।

उपर्युक्त विवेचन से स्पष्ट है कि कौटिल्य राजकीय कार्यों में मंत्रियों की महत्वपूर्ण व निर्णायक भूमिका को स्वीकार करते हैं। मंत्रियों के दायित्वों की परिधि शासके समक्ष निर्णय के लिये सूचनाएँ प्रस्तुत करने, समुचित परामर्श देने तथा अन्ततः राजकीय निर्णयों को क्रियान्वित करवाने तक विस्तृत है।

4. मन्त्रियों की योग्यताएँ

कौटिल्य ने मंत्रियों के कार्यों के महत्व के अनुरूप उनके लिये आवश्यक योग्यताओं का विवेचन किया है। मंत्रियों के लिये कौटिल्य ने निम्नलिखित योग्यताओं को आवश्यक माना है।

1. स्वदेश में जन्म, 2. विद्वता एवं गंभीरता, 3. कार्यकुशलता, 4. ओजस्वी वक्तव्य देने की क्षमता, 5. उत्साह व प्रभावशीलता, 6. अविलम्ब निर्णय ले सकने की

क्षमता, 7. पवित्र आचरण, 8. स्नेह की प्रवृत्ति, 9. राजभक्ति, 10. शारीरिक व मानसिक क्षमताओं से सम्पन्न होना, 11. लोकप्रियता, 12. जड़ता एवं चपलता का अभाव, 13. अकारण लोगों से बैर मोल लेने की प्रवृत्ति का अभाव।

कौटिल्य ने उपर्युक्त समस्त गुणों से युक्त मंत्रियों को उत्तम, इनमें से तीन चौथाई गुणो को धारण करने वाले मंत्रियों को मध्यम, तथा तथा इनमें से आधे गुणों को धारण करने वाले मंत्रियों को शुद्र मंत्री की संज्ञा दी है। उन्होंने राजा को परामर्श दिया है कि मंत्रियों की नियुक्ति में वह स्नेह, राग-द्वेष या अन्य किसी कारण से प्रीाावित होने की अपेक्षा, केवल योग्यता को सर्वोपरि माने। कौटिल्य ने राजा को स्पष्ट निर्देश दिया है कि स्नह के कारण राजा किसी अशिक्षित, उदण्ड या असदाचारी, अपने सम्बन्धी को भी मंत्री के पद पर नियुक्त न करे, और ऐसे व्यक्तियों को ही मंत्री पद पर नियुक्ति दे, जो शास्त्रों के विद्वान हों तथा जिनका पवित्र आचरण संदेह से परे हो।

कौटिल्य ने मंत्रियों को, उनकी योग्यता, राजभक्ति व जनता के कल्याण के प्रति निष्ठा का भली-भाँति परीक्षण करने के उपरांत ही नियुक्त करना उचित माना है। कौटिल्य के अनुसर राजा के मंत्रियों को स्थायी रूप से नियुक्त कने से पहले किन्हीं राजकीय कार्यों में नियुक्त कर उनकी बुद्धि, स्मरणशक्ति और कुशलता की परीक्षा लेनी चाहिए। उनके साथ शास्त्रों पर चर्चा कर के उनके बोलने, व्याख्यान करने और शीघ्र उत्तर देने की शक्ति का परीक्षाण करना चाहिए, उनके समक्ष कोई परिस्थिति प्रस्तुत कर उनके उत्साह, प्रभाव और सहनशक्ति आदि का परीक्षण करना चाहिए, तथा उनके साथ भांति-भांति का व्यवहार करके उनके हृदय की पवित्रता, मित्रता और निष्ठा की परीक्षा लेनी चाहिए।

यह उल्लेखनीय है कि कौटिल्य ने मंत्रियों की योग्यताएँ निर्धारित करते समय मनु की भाँति मंत्रियों के किसी वर्ण-विशेष का सदस्य होना आवश्यक नहीं माना हैं। जहाँ मनु ने शूद्रों को मंत्री नहीं बनाए जाने का स्पष्ट निर्देश दिया है, कौटिल्य ने मंत्री पर पर केवल ऐसे व्यक्तियों को नियुक्त नहीं किये जाने का निर्देश दियाहै, जिन्हें राजनीति व अन्य शास्त्रों का समुचित ज्ञान नहीं हो।

5. मन्त्रणा की गोपनीयता

कौटिल्य ने मन्त्रणा की गोपनीयता को अत्यंत आवश्यक माना है। मन्त्रणा गोपनीय रहे, इस दृष्टि से कौटिल्य के ने मन्त्रणा के लिए उपयुक्त समय का चयन आवश्यक माना है। कौटिल्य के अनुसार मन्त्रणा का स्थान इतना सुरक्षित हेाना चाहिए कि वहाँ होने वाली कोई बात नहीं सुन सके। कौटिल्य की मान्यता है कि मन्त्रणा के स्थान पर पशु-

पक्षी भी उपस्थित नहीं होने चाहिए। कौटिल्य ने राजा को सेचे किया है कि उसकी भावभंगिमाओं आदि से भी मन्त्रण की गोपनीयता प्रकट हो सकती है, अतः राजा को मंत्रिपरिषद् से परामर्श करने के उपरांत लिये गए निर्णयों की क्रियान्विति से पूर्व अपनी भाव भंगिमाओं के माध्यम से भी यह प्रकट नहीं होने देना चाहिए कि क्या निर्णय लिया गया। कौटिल्य ने राजा को सतर्क किया है कि कई बार मंत्री भी अपने विश्वास के अन्य लोगों को मंत्रण के बारे में बता सकते हैं, अतः राजा को मंत्रियों पर भी निगाह रखनी चाहिए, ताकि वे मंत्रणा की गोपनीयता को भंग नहीं कर सकें।

मन्त्रणा की गोपनीयता को कौटिल्य राज्य की सुरक्षा व हितों से जुड़ा हुआ बहुत महत्वपूर्ण प्रश्न मानते हैं। अतः वे मन्त्रणा की गोपनीयता को भंग करने को कठोर दण्डनीय अपराध मानते हैं। मन्त्रणा की गोपनीयता को भंग करने के अपराध के लिये कौटिल्य ने देश से निकाला व मृत्यु-दण्ड जैसे कठोर दण्डों की व्यवस्था की है।

6. मंत्रियों पर नियंत्रण

कौटिल्य की मान्यता है कि यदि मंत्री स्वार्थ से मुक्त रहकर राजा को उसके हित के लिए परामर्श नहीं दे तो राज्य के हितों के समक्ष गंभीर संकट उत्पन्न हो सकता है। अतः कौटिल्य ने राजा को भली-भाँति सुनिश्चित कने का परामर्श दिया है कि ... मंत्री राज्य के विरुद्ध कोई षड्यंत्र तो नहीं कर रहे हैं, अथवा किसी प्रकार के भ्रष्टाचार में तो लिप्त नहीं है। कौटिल्य ने गुप्त उपायों द्वारा अमात्य और मंत्रियों के आचरण का परीक्षण करते रहने का परामर्श दिया है। कौटिल्य ने गुप्तचरों के माध्यम से समय-समय पर अमात्यों की चार प्रकार की परीक्षाओं का उल्लेख किया है-

1. **धर्मोपधा**-अर्थात् धर्म के द्वारा अमात्य के हृदय की पवित्रता का परीक्षण,
2. **कामोपधा**-अर्थात् स्त्री समागम के अवसर उपस्थित करने के द्वारा उसके चाल चलन का परीक्षण,
3. **अर्थोपधा**-अर्थात् गुप्त उपायों द्वारा मंत्री को धन का लोभ दिखाकर उसके आचरण का परीक्षण,
4. **भयोपधा**-अर्थात् भयभीत करके शासन के विरुद्ध आचरण करने के लिए प्रेरित करने के द्वारा मंत्री की निष्ठा का परीक्षण।

कौटिल्य ने राजा को परामर्श दिया है कि वह धर्म, अर्थ, काम और भय द्वारा परीक्षित पवित्र आचरण वाले मंत्रियों को ही उनकी क्षमताओं के अनुसार विभिन्न कार्यों में नियुक्त करें। किन्तु कौटिल्य ने मंत्रियों पर निगरानी रखने के कार्य को अत्यंत सतर्कतापूर्ण किये जाने पर बल दिया है। उनकी मान्यता है कि यदि मंत्रियों को पता चले कि उनके आचरण पर निगरानी रखी जा रही है, तो वे राजा से अप्रसन्न हो सकते हैं।

कौटिल्य ने राजा को यह भी परामर्श दिया है कि वह अपने अन्तरंग मंत्रियों की इस प्रकार से परीक्षा न ले, अपितु निम्न श्रेणी के मंत्रियों को ही परीक्षा लें। उनका मत है कि राजा को अपने अन्तरंग मंत्रियों की नियुक्ति तो पहले से ही भली-भाँति परीक्षा करके करनी चाहिए, तथा एक बार नियुक्ति कर दिये जाने के पश्चात् राजा को उन पर अपने विश्वास का निर्वाह करना चाहिए।

शासक पर नियंत्रण

कौटिल्य ने राज्यतन्त्रीय व्यवस्था का समर्थन किया है। उन्होंने राजा को व्यापक शक्तियाँ प्रदान की हैं, किन्तु राजा की निरंकुश सत्ता का समर्थन नहीं किया। कौटिल्य की स्पष्ट मान्यता है कि राता का अनुशासित रहना राज्य और प्रजा दोनों के लिए हित के लिए आवश्यक है। राजा द्वारा शक्ति के प्रयोग को नियंत्रित और मर्यादित करने के लिए कौटिल्य ने अनेक प्रकार के नीतिगत, संस्थागत, प्रक्रियात्मक व व्यावहारिक उपायों का सुझाव दिया है।

1. नीति व धर्म का सैद्धान्तिक नियंत्रण

कौटिल्य ने शासक को धर्म के अधीन रहने का परामर्श दिया है। कौटिल्य के अनुसार धर्म-सत्य, अहिंसा, दया, अक्रूीरता आदि सार्वभौम नैतिक नियमों का संग्रह है। साथ ही धर्म में राजा के कर्तव्य तथा उनके निष्ठापूर्वक निर्वाह का दायित्व भी निहित है। कौटिल्य शासक को राजकीय कार्यों को सम्पन्न करने के क्रम में एक ओर उसके दायित्वों के प्रति सचेत करते हैं, वहीं उसे सावधान करते हैं कि प्रत्येक राजकीय आदेश को, धर्म के रूप में व्यक्त किये गये सार्वभौमिक और शाश्वत नैतिक नियमों के अधीन होना चाहिए।

कौटिल्य ने स्पष्ट कर दिया है कि शासक का मर्यादित व अनुशासित रहना राज्य-सत्ता का आधार है। कौटिल्य ने यह स्पष्ट किया है कि राजा धर्म, विधि और चरित्र के अनुसार संचालन करके ही योग्य शासक सिद्ध हो सकता है। कौटिल्य ने यह भी स्पष्ट किया है कि यदि शासक दण्ड की शक्ति का दुरुपयोग करता है, तथा अपने दायित्वों का पालन नहीं करता है तो वह स्वयं भी दण्डनीय होता है।

2. राजा की शिक्षा व प्रशिक्षण

कौटिल्य ने राजा में अनेक गुणों की अपेक्षा की हैं। कौटिल्य का स्पष्ट मत है कि इन गुणों को व्यवहार में लाने के लिए उपयुक्त शिक्षा व प्रशिक्षण अत्यंत आवश्यक है। कौटिल्य ने भली-भाँति शिक्षित और प्रशिक्षित व्यक्ति को ही राजा के पद पर नियुक्त किये जाने का समर्थ किया है। यह स्पष्ट है कि यदि समुचित शिक्षा के द्वारा नैतिक गुणों

को राजा के आचरण और स्वभाव का सामानय हिस्सा बना दिया जायेगा तो वह राजकीय कार्यों को सम्पन्न करने समय उन गुणों से सदैव अनशासित रहेगा। इस प्रकार कौटिल्य ने संस्कारों, शिक्षा व प्रशिक्षण के माध्यम से राजा की शक्ति को नियंत्रित किया जाना आवश्यक माना है।

3. परामर्शदात्री संस्थाओं का नियंत्रण

कौटिल्य के अनुसार शासन की शक्ति अकेले राजा में निहित नहीं है। कौटिल्य का स्पष्ट मत है कि राजा को अपनी शक्ति का प्रयोग मंत्रियों के परामर्श से ही करना चाहिए। वे राजा को मंत्रियों के परामर्श की अवहेलना करने के गंभीर दुष्परिणामों के प्रति सचेत करते हैं। कौटिल्य ने शासक को परामर्श दिया है कि वह स्वयं की इच्छा के विपरीत होने पर भी, मंत्रियों के विवेक-सम्मत परामर्श को स्वीकार करे।

4. जनता व जनमत का नियंत्रण

कौटिल्य ने शासक को जनमत के महत्व के प्रति सचेत किया है। उनकी यह स्पष्ट मान्यता है कि यदि जनमत की अवहेलना करता है, अथवा जनता के विरुद्ध दण्ड की शक्ति दुरुपयोग का करता है तो प्रजा उसके असंतुष्ट हो जाती है मनु के विपरीत कौटिल्य ने तो राजा द्वारा अपने दायित्वों का पालन न किये जाने पर, अथवा उसके द्वारा शक्ति का दुरुपयोग किये जाने पर, प्रजा को राजा का परित्याग कर देने का अधिकार भी प्रदान किया है। कौटिल्य की स्पष्ट मान्यता है कि 'निरंकुश राजा की अपेक्षा राजा का आश्रय नहीं प्राप्त होना ही अच्छा है।' कौटिल्य ने जनता के लिये राजा के धर्म-विरुद्ध कार्यों का अनुमोदन करना, या उसके धर्म-विरुद्ध आदेशों का पालन करना आवश्यक नहीं माना है। राजकीय आदेशों की तुलना में धर्म के महत्व को स्पष्ट करते हुए कौटिल्य ने व्यवस्था की है कि यदि राजकीय आदेशों और धर्म के बीच टकराव हो तो राजकीय आदेशों की तुलना में धर्म का ही पालन किया जाना चाहिए।

उपर्युक्त विवेचन से स्पष्ट है कि कौटिल्य ने शासक की शक्ति को नियंत्रित करने पर बल दिया है तथा ऐसे मर्यादित शासक की आवश्यकता प्रतिपादित की है जिस पर नैतिक और संस्थागत नियंत्रणों के साथ-साथ जनता का भी नियंत्रण हो।

प्रशासनिक व्यवस्था

कौटिल्य ने शासक से अपेक्षा क है कि वह राज्य के कार्यों के संचालन के लिये प्रशासनिक व्यवस्था को सुदृढ़ बनाए। कौटिल्य ने अर्थशास्त्र में एक सुसंगठित प्रशासनिक व्यवस्था का चित्रण मिलता है।

राजा को कौटिल्य ने प्रशासनिक व्यवस्था का शीर्षस्थ बिन्दु स्वीकार किया है। प्रशासनिक व्यवस्था में राजा के पश्चात अमात्यों और विभिनन श्रेणियों के मंत्रियों को सम्मिलित किया गया है। प्रशासनिक पद सोपान में राजा, अमात्य व मंत्री को सम्मिलित रूप से नीति-निर्धारण तथा नीतियों के क्रियान्वयन पर निगरानी रखने के लिये उत्तरदायी माना गया है। प्रशासन के इस उच्च स्तर के अतिरिक्त कौटिल्य ने प्रशासनिक व्यवस्था का एक पद-सोपान प्रस्तुत किया है। इस पद-सोपान में विभिनन विभागों के अध्यक्ष को उनके अधीन कार्य करने वाले कर्मचारी सम्मिलित हैं।

विभिन्न प्रकार के राज्याधिकारियों को कौटिल्य ने तीन श्रेणियों में विभिक्त किया है, और श्रेणी के अनुसार ही उनका वेतन निर्धारित किया है-

प्रथम श्रेणी-मंत्री, पुरोहित, सेनापति और युवराज।

द्वितीय श्रेणी- दौवारिक, अन्तर्वेशिक, प्रशास्ता, समाहर्ता, सन्निधाता व विभिन्न विभागों के अध्यक्ष।

तृतीय श्रेणी-प्रदेष्टा, नायक, पौर, व्यावहारिक, कर्मान्तिक, सभ्य, दण्ड-पालक, दुर्गपाल तथा अन्तपाल।

कौटिल्य ने उपर्युक्त तीनों श्रेणियों के अधिकारियों का वार्षिक वेतन क्रमश: 48,000 पण, 24,000 पण व 12,000 पण निर्धारित किया है। यह उल्लेखनीय है कि उपर्युक्त तीनों श्रेणियाँ प्रशासनिक अधिकारियों की श्रेणियाँ हैं, प्रशासन के निम्नस्थ कर्मचारियों को इन श्रेणियों में सम्मिलित नहीं किया गया है। कौटिल्य ने प्रशासन के विभिन्न विभागों में अधिकारियों के अधीन कार्य करने वाले कर्मचारियों को आवश्यकता के अनुरूप नियुक्त किया जाना, और उनके और योग्यताओं के आधार पर उनका वेतन निर्धारित किया जाना उचित माना है।

कौटिल्य ने प्रशासन के उच्चस्थ अधिकारियों के दायित्वों और योग्यताओं का भी विवेचन किया है। प्रशासन के तीन शीर्षस्थ पदाधिकारियों के लिये कौटिल्य ने निम्नलिखित योग्यताएँ और दायित्व निर्धारित किये हैं-

पुरोहित-पुरोहित के लिये कौटिल्य ने उच्च कुल में जन्म, शील और आचरण से सम्पन्न होना, वेद और व्याकरण आदि का ज्ञान, दण्ड-नीति में कुशलता तथा दैवीय और मानुषी आपत्तियों का निवारण करने की योग्यता आदि गुणों को आवश्यक माना है।

कौटिल्य ने अपेक्षा की है कि पुरोहित सदैव यह सुनिश्चित करे कि राजा नीि और धर्म के अधीन रहते हुए ही अपनी शक्तियों को प्रयोग करे। पुरोहित का यह दायित्व माना गया है कि समय-समय पर राजा को नीति और धर्म के विषया में उपदेश देता रहे।

कौटिल्य ने राजा से अपेक्षा की है कि वह पुरोहित का उसी प्रकार सम्मान करे, जिस प्रकार पिता का, शिष्य गुरु का और सेवक स्वामी का करता है।

सेनापति-कौटिल्य ने सेनापति के सारे अंगों के मध्य समन्वय, तथा सेना की समस्त गतिविधियों पर नियंत्रण के लिये अन्तिम रूप से उत्तरदायी माना है। कौटिल्य के अनुसार राज्य की रक्षा सम्बन्धी नीति की सफलता प्रत्येक प्रकार के युद्ध की कला में पारंगत होना, युद्ध में काम आने वाले समस्त प्रकार के शस्त्रों के चलाने की क्षमता तथा हाथी, रथ, अश्व आदि को संचालित करने की योग्यता को आवश्यक माना है। कौटिल्य के अनुसार सेनापति में उच्च स्तर की नेतृत्व क्षमता, सेना का मनोबल बढ़ाने की सामर्थ्य, शत्रु सेना में फूट डलवाने तथा उसका मनोबल गिराने के लिये आवश्यक उपायों का ज्ञान, सेना के कर्तव्यों और मर्यादाओं का ज्ञान भी आवश्यक रूप से होना चाहिए।

युवराज-कौटिल्य ने युवराज के लिये विशिष्ट कर्तव्य निर्धारित नहीं किये हैं। कौटिल्य के अनुसार युवराज प्रशिक्षणाधीन भावी राजा होता था शासन के महत्वपूर्ण पदों में युवराज को सम्मिलित करके कौटिल्य ने राजा का दायित्व संभालने से पूर्व युवराज को शासन के कार्यों के व्यावहारिक अनुभव और प्रशिक्षण की आवश्यकता का प्रतिपादन किया है।

राजतन्त्रीय व्यवस्था का समर्थन करते हुए कौटिल्य ने माना है कि सामान्यत: राजा के ज्येष्ठ पुत्र को युवराज बनाया जाना चाहिए, किन्तु कौटिल्य की स्पष्ट मान्यता है कि यदि शिक्षा एवं प्रशिक्षण के दौरान राजा का ज्येष्ठ पुत्र राज्य-पद के दायित्वों के निर्वाह के अनुरूप क्षमताओं को संकेत नहीं दे सके, तो किसी अन्य योग्य राज-पुत्र को युवराज बनाया जाना चाहिए।

अन्य महत्वपूर्ण अधिकारियों और विभिन्न विभागों के अध्यक्षों की योग्यताएँ और दायित्व

कौटिल्य ने प्रशासन के उच्च स्तरीय अधिकारियों के अतिरिक्त विभिन्न श्रेणियों में नियुक्त पदाधिकारियों की योग्यताओं और दायित्वों का भी विवेचन किया है। उनमें प्रमुख निम्नांकित हैं-

दौवारिक-दौवारिक राजमहल के संरक्षण के लिये उत्तरदायी होता था। राज-प्रसाद की आन्तरिक व्यवस्था भी यही करता था।

अन्वेंशिक-कौटिल्य ने इस पदाधिकारी को राजा का प्रधान अंगरक्षक माना है, तथा इसके अधीन एक सेना की व्यवस्था करने का परामर्श दिया हैं जो अन्त:पुर की रक्षा के लिए प्रयुक्त की जाए।

समाहर्ता-कौटिल्य ने समाहर्ता की भूमिका आधुनिक राज्य के वित्त विभाग के शीर्षस्थ अधिकारी के समतुल्य निर्धारित की है। इसका मुख्य कार्य करारोपण तथा राज्य के आय-व्यय का हिसाब-किताब रखना और बजट बनाना माना गया है। कौटिल्य ने समाहर्ता से अपेक्षा की है वह दुर्ग, खनिज, सेतु, वन और व्यापार सम्बन्धी कार्यों का निरीक्षण करता रहे तथा राज्य के समस्त वित्तीय मामलों पर सतर्क नियंत्रण रखे। कौटिल्य ने राज्य के व्यय को देखते हुए, आय के अतिरिक्त साधन जुटाने के लिए राजा के विचारार्थ योजना प्रस्तुत करना भी समाहर्ता का दायित्व माना है।

सन्निधाता-सन्निधाता राज्य के भण्डार गृहों का प्रभारी माना गया है। कौटिल्य ने सन्निधाता के प्रमुख कार्यों में भण्डार व कोषागार के रख रखाव और व्यवस्था को सम्मिलत किया है। कौटिल्य ने सन्निधाता से अपेक्षा की है कि वह आवश्यकता के अनुरूप कोष-गृहों कुप्य गृहों शास्त्रागार व कारागार का निर्माण कराए। कौटिल्य ने सन्निधाता से राज्य के आय-व्यय के विषय में पूरी जानकारी रखने की अपेक्षा की है ताकि राजा द्वारा राज्य में कोष, अनाज तथा अन्य वस्तुओं के भण्डारों की स्थिति के बारे में जानकारी माँगे जाने पर वह तत्काल सूचना दे सके।

प्रदेष्टा-फौजदारी मुकदमों का निर्णय करने वाले न्यायधीश को कौटिल्य ने प्रदेष्टा की संज्ञा दी है। अपनी न्यायिक भूमिका के अतिरिक्त प्रदेष्टा, आधुनिक राज्यों में प्रशासनिक अधिकारियों द्वारा पद के दुरुपयोग या भ्रष्टाचार पर नियंत्रण रखने के लिए नियुक्त किये जाने वाले अधिकारी 'लोकपाल' या 'लोकयुक्त' की भाँति ही राज्य कर्मचारियों के आचार पर नियंत्रण के लिये उत्तरदायी होता था।

व्यावहारिक-धर्मस्थीय (दीवानी मामलों से सम्बन्धित) न्यायालयों के मुख्य न्यायाधीश को कौटिल्य ने व्यावहारिक की संज्ञा दी है।

कर्मान्तिक-कौटिल्य ने कर्मान्तिक को राज्य में चल रहे कारखानों और खदानों की देखभाल के लिए उत्तरदायी माना है।

दुर्गपाल-राज्य में स्थित किलो के प्रभारी को कौटिल्य ने दुर्गपाल की संज्ञा दी है।

पण्याध्यक्ष-कौटिल्य ने पण्याध्यक्ष को, राज्य में वस्तुओं के क्रय-विक्रय और आयात निर्यात पर नियंत्रण के लिए उत्तरदायी माना है।

कुप्याध्यक्ष-कौटिल्य ने चन्दन, बांस, पलाश, शाल, ताड़, आम, शाक आदि लकड़ियों को कुप्य कहा है। कुप्याध्यक्ष को कौटिल्य ने जंगल की रक्षा करने के लिये नियुक्त कर्मचारियों के अध्यक्ष से इमारती कामों के योग्य लकड़ी मंगवाकर उनका संग्रह

करने के लिए उत्तरदायी माना है।

पौतवाध्यक्ष-राज्य में वाणिज्यिक गतिविधियों में तौल-माप को नियंत्रित करने के लिए नियुक्त अधिकारी को कौटिल्य ने पौतवाध्यक्ष कहा है। कौटिल्य ने पौतवाध्यक्ष को नाप तौल के लिये बाट बनाने, तथा व्यापारियों द्वारा काम के लिये जा रहे नाप और बाटों का प्रमापीकरण करने के लिए उत्तरदायी माना है।

शुल्काध्यक्ष-नगरो की सीमाओं में लायी जाने वाली वाणिज्यिक वस्तुओं पर चुंगी वसूल करने के लिये कौटिल्य ने शुल्काध्यक्ष को उत्तरदायी माना है।

सूत्राध्यक्ष-राज्य में वस्त्रों के उत्पादन तथा वस्त्र उत्पादन के विभिन्न चरणों, जैसे सूत कातना व बुना आदि में लगे लोगों की गतिविधियों का नियमन करने के लिए कौटिल्य ने सूत्राध्यक्ष को उत्तरदायी माना है।

सीताध्यक्ष-सीताध्यक्ष कौटिल्य के अनुसार राज्य में कृषि विभाग का प्रभारी है। कौटिल्य ने सीताध्यक्ष को राज्य में कृषि उत्पादन में वृद्धि, कृषि के योग्य भूमि के विस्तार, कृषि में प्राकृतिक आपदाओं से होने वाली क्षति से सुरक्षा तथा कृषि कार्य के विभिनन पक्षों पर किसानों को उचित परामर्श देने के लिए उत्तरदायी माना है। कृषि कार्यों में लगे हुए मजदूरों के हितों की सुरक्षा के लिये भी कौटिल्य ने सीताध्यक्ष को उत्तरदायी माना है।

सुराध्यक्ष-कौटिल्य के अनुसा सुराध्यक्ष राज्य के आवकारी विभाग का अध्यक्ष होता था। राज्य में शराब के उत्पादन, उसकी गुणवत्ता पर नियंत्रण तथा शराब के क्रय-विक्रय पर राज्य द्वारा लिये जाने वाले शुल्क की दरों के निर्धारण के लिए सुराध्यक्ष को उत्तरदायी माना है। कौटिल्य सुराध्यक्ष ये यह भी अपेक्षा की है कि वह राज्य में मदिरालयों पर समुचित नियंत्रण रखे ताकि मदिरालयों में उपयुक्त सफाई की व्यवस्था हो, तथा अपराधी प्रवृत्ति के लोग एकत्रित न हों। कौटिल्य ने जनता द्वारा शराब के अत्यधिक सेवन के नियंत्रित करने पर बल दिया है, तथा इस कार्य के लिये भी सुराध्यक्ष को उत्तरदायी माना है।

सूनाध्यक्ष-कौटिल्य ने राज्य द्वारा पशु-पक्षियों को संरक्षण किये जाने की आवश्यकता प्रतिपादित की है। कौटिल्य ने ऐसे पशु-पक्षियों की सुरक्षा का दायित्व सूनाध्यक्ष पर डाला है, जिनका वध राज्य द्वारा प्रतिबंधित कर दिया गया हो। राज्य में मांस के क्रय-विक्रय को नियंत्रित करने के लिय भी कौटिल्य ने सूनाध्यक्ष कों उत्तरदायी माना है।

गणिकाध्यक्ष-कौटिल्य ने राज्य में वेश्याओं पर नियंत्रण के लिये गणिकाध्यक्ष को उत्तरदायी माना है।

नावाध्यक्ष-राज्य के जल मार्गों में नौकाओं और जलयानों के आवागमन को नियंत्रित करने के लिये उत्तरदायी अधिकारी को कौटिल्य ने नावाध्यक्ष कहा है। इसे बंदरगाहों, नदियो, घाटों, तालाबों, बांधों और सरोवरों के प्रबंध के लिए भी उत्तरदायी माना गया है। जल-मार्गों से क्रय-विक्रय के लिए लाई गई वस्तुओं पर शुल्क वसूल करना भी इसका दायित्व माना गया है।

गौ-अध्यक्ष-सेना में काम आने वाले पशुओं (हाथी व घोड़े) के अतिरिक्त, अन्य ऐसे पशुओं जिनका उपयोग कृषि कार्यों में, अथवा अन्य गतिविधियों में होता हो (गाय, भैंस, बकरी आदि), की देखभाल और सुरखा के लिए उपाय करना कौटिल्य ने गौ-अध्यक्ष का दायित्व माना है।

अश्वाध्यक्ष-राज्य में सैनिक कार्यों के लिए उपयोग के लिए अश्वों की अच्दी नस्ल तैयार करने, अश्वों की देखभाल और उनके स्वास्थ्य का ध्यान रखने, तथा उनहें युद्ध आदि विभिनन कार्यों के लिए भली-भाँति प्रशिक्षित करने के लिए कौटिल्य ने अश्वाध्यक्ष को उत्तरदायी माना है।

मुद्राध्यक्ष-राज्य में विदेशियों को आवागमन की अनुमति देने, और विदेशी व्यापारियों को व्यापार के लिए लाइसेंस देने के लिए कौटिल्य ने मुद्राध्यक्ष को उत्तरदायी माना है। मुद्राध्यक्ष के लिए कौटिल्य ने जो कार्य निर्धारित किये हैं, वे आधुनिक समय में राज्यों द्वारा अपने नागरिकों को विदेश यात्रा की अनुमति देने के लिा प्रदान किये जाने वाले 'पासपोर्ट' जारी करने और राज्य में विदेशियों के प्रवेश को विनियमित करने के लिए 'वीजा' जारी करने के कार्य के समतुल्य हैं।

हस्ति अध्यक्ष-कौटिल्य ने सैनिक कार्यों में उपयोग में आने वाले हाथियों की पहचान, उनके विकास और उन्हें प्रशिक्षण प्रदान करने के लिये हस्ति-अध्यक्ष को उत्तरदायी माना है।

विवीताध्यक्ष-विवीताध्यक्ष कौटिल्य के अनुसार राज्य के वन विभाग का प्रभारी है। राज्य में वनों के विस्तार, विकास और सुरक्षा के लिए इस अधिकारी को उत्तरदायी माना गया है। कौटिल्य के अनुसार वनों में निवास करने वाले पशुओं के अवैध शिकार को रोकना, वन्य उपज के अवैध निर्यात को रोकना तथा वनों में अन्य आपराधिक गतिविधियों को न होने देना विवीताध्यक्ष के दायित्वों में सम्मिलित है।

आकाराध्यक्ष-आकाराध्यक्ष को कौटिल्य ने राज्य के खनिज विभाग का प्रभारी माना है। राज्य में विभिन्न प्रकार के खनिज पदार्थों के उत्पादन और उनकी गुणवत्ता पर नियंत्रण के लिये कौटिल्य ने आकाराध्यक्ष को उत्तरदायी माना है। कौटिल्य ने आकाराध्यक्ष

के पद पर नियुक्ति के लिए धातु-शास्त्र और मणिराग आदि विषयों में निपुणता की अपेक्षा की है। खनिज पदार्थों के क्रय-विक्रय को निर्यंत्रित करने के लिए भी कौटिल्य आकाराध्यक्ष को उत्तरदायी मानते हैं।

स्थानीय प्रशासन

कौटिल्य ने राज्य की प्रशासनिक व्यवस्था में विकेन्द्रीकरण की आवश्यकता पर बल दिया है तथा राज्य को स्थानीय और प्रादेशिक इकाइयों के संगठन का परामर्श दिया है। इन स्थानीय इकाइयों के प्रशासन को कौटिल्य ने क्षेत्रीय अधिकारियों के नियंत्रण में रखा जाना उचित माना है। कौटिल्य ने मुख्यत: दो प्रकार की स्थानीय संस्थाओं को संकेत दिया है-

1. पुर-पुर कौटिल्य के अनुसार नगर का पर्यायवाची है। नगर को कौटिल्य ने कई भागों में विभक्त कर, उसके प्रत्येक भाग को स्थानिक नाम से अधिकारी के अधीन रखा है। स्थानकि के अधीन कौटिल्य ने गोप नामक अधीनस्थ अधिकारी की नियुक्ति की अपेक्षा की है, तथा प्रतिपादित किया है कि २० कुटुम्बों के ऊपर एक गोप की नियुक्ति की जानी चाहिए। पुर के प्रधान अधिकारी को कौटिल्य ने नागरिक की संज्ञा दी है। नागरिक को नगर के संपूर्ण प्रशासनिक कार्यों, नगर में कानून-व्यवस्था के निर्वाह, तथा राजकीय कार्यों के लिए व्यवस्थाएँ करने के लिए उत्तरदायी माना गया है।

2. **स्थानीय प्रशासन की ग्रामीण इकाई**-कौटिल्य ने प्रशासन और राजस्व के संग्रहण की दृष्टि से शासन को ग्रामीण इकाइयों की एक शृंखला के रूप में संगठित कने पर बल दिया है। कौटिल्य के अनुसार १०० ग्रामों के बीच एक स्थानीय, दो सौ ग्रामों के समूह में एक कार्वटिक, ४०० ग्रामों के समूह में एक द्रोणमुख, और ८०० ग्रामों के समूह में संग्रहण नामक इकाइयों की स्थापना की जानी चाहिए।

स्थानीय प्रशासन के विषय में कौटिल्य के विचार मनु की भाँति व्यवस्थित और स्पष्ट नहीं है। मनु ने स्थानीय प्रशासन की एक क्रमबद्ध शृंखला का संकेत देकर, प्रत्येक इकाई का एक-दूसरे से स्पष्ट सम्बन्ध प्रतिपादित किया है, तथा इन इकाइयों के प्रशासन की व्यवस्था व इनके पारस्परिक सम्बन्धों का विवेचन नहीं किया है।

राज्य के अधिकारियों पर नियंत्रण

कौटिल्य ने प्रशासनिक अधिकारियों पर समुचित नियंत्रण रखे जाने को प्रशासनिक व्यवस्था के सुचारु संचालन के लिए आवश्यक माना है। कौटिल्य ने स्पष्ट किया है कि राजकीय कर्मचारियों में पद व शक्तियों के दुरुपयोग और भ्रष्टाचार की प्रवृत्तियाँ सहज ही

होती हैं, अतः यदि उन पर समुचित व निरन्तर नियंत्रण नहीं रखा गया हो तो भ्रष्ट हो जाएँगे तथा शक्तियों के दुरुपयोग द्वारा जनता को पीड़ित करने लगेंगे।

कौटिल्य ने प्रशासनिक अधिकारियों व कर्मचारियों पर तीन प्रकार के नियंत्रणों की व्यवस्था की है-

1. समस्त कर्मचारियों के आचरण की गुप्तचरों द्वारा परीक्षा,

2. अधीनस्थ कर्मचारियों पर उच्चस्थ कर्मचारियों द्वारा नियंत्रण,

3. शासक द्वारा ऐसी संस्थाओं का गठन जो कर्मचारियों द्वारा किये गये कार्यों की जाँच करती रहें, तथा उनके व्यवहार के प्रति जनता की प्रतिक्रिया का पता लगाती रहें।

कौटिल्य ने प्रशासनिक शक्तियों के दुरुपयोग को अत्यंत गंभीर अपराध माना है तथा ऐसे अपराधों के लिए कम्रचारी या अधिकारी को कठारे दण्ड देने की व्यवस्था की है। प्रशासनिक अपराधों या भ्रष्टाचार के लिये कौटिल्य ने अपराध की गंभीरता के अनुसार अथ्र दण्ड, कारावास तथा प्राण दण्ड दिये जाने की व्यवस्था की है।

कौटिल्य ने राजा से अपेक्षा की है कि वह स्वयं भी प्रशासन के समस्त विभागों के कार्यों की समय-समय पर जाँच करता रहे तथा यह जानकारी प्राप्त करता रहे कि कर्मचारी अपने दायित्वों का पालन सहीं ढंग से कर रहे हैं या नहीं। अधिकारियों व कर्मचारियों पर नियंत्रध को सुनिश्चित करने के लिए कौटिल्य ने एक ही पद, और एक ही विभाग में किसी अधिकारी या कर्मचारी को लम्बे समय तक रखने का निषेध किया है तथा उनके समयबद्ध स्थानान्तरण की नीति अपनाने की सलाह दी है।

कौटिल्य ने प्रशासनिक अधिकारियों पर नियंत्रण की आवश्यकता को प्रतिपादित करते हुए भी इस सम्बन्ध में राजा को व्यावहारिक नीति अपनाने का सुझाव दिया है। कौटिल्य का मत है कि पद और शक्ति के साथ उसके थोड़े बहुत दुरूपयोग की संभावना सदैव बनी रहती है, अतः राजा को चाहिए कि वह प्रशासन पर निगरानी रखे, तथा कर्मचारियों के छोटे-मोटे अपराधों को अधिक तूल न दे। किन्तु जब ऐसा प्रतीत हो कि भ्रष्टाचार या पद का दुरुपयोग किसी अधिकारी या कर्मचारी के व्यवहार का सामानय अंग बन गया है, तब राजा उसकी उपेखा नहीं करे तथा ऐसे कर्मचारी को पद से हटाने के अतिरिक्त उसे कठोर दण्ड भी प्रदान करें।

प्रशासन में कार्मिक व्यवस्था

कौटिल्य ने प्रशासनिक व्यवस्था के सुचारु संचालन के लिए कार्मिक व्यवस्था अर्थात् कर्मचारियों का चयन, प्रशिक्षण, वेतनमान, पदोन्नति आदि विषयों पर समुचित ध्यान दिया जाना आवश्यक माना है।

1. चयन का वर्गीकरण–

कौटिल्य ने राज्य कर्मचारियों को दो वर्गों में वर्गीकृत किया है– 1. युक्त, 2. उपुयक्त। कौटिल्य ने प्रशासनिक अधिकारियों को उपयुक्त की संज्ञा दी है, तथा अधीनस्थ कर्मचारियों को युक्त माना है।

कौटिल्य का मत है कि युक्त व उपयुक्त दोनों श्रेणियों के राज्य कर्मचारियों को नियुक्ति प्रदान करने समय उनके पद के दायित्वों और कार्य–क्षेत्र को भली–भाँति निर्धारित कर दिया जाना चाहिए, ताकि उनहें अपने दायित्वों के विषय में कोई भ्रम न रहे तथा विभिन्न अधिकारी व कर्मचारी एक–दूसरे के कार्य–क्षेत्र में अनावश्यक हस्तक्षेप न कर सके।

कौटिल्य ने कर्मचारियों व अधिकारियों की नियुक्ति के लिए चयन की विवेक सम्मत प्रणाली को आवश्यक माना है तथा यह मत व्यक्त किया है कि कर्मचारियों की नियुक्ति में पक्षपात या भेदभाव को स्थान नहीं दिया जाना चाहिए तथा योग्यता और निपुणता के आधार पर ही नियुक्तियाँ की जानी चाहिए। कौटिल्य ने नियुक्ति से पूर्व राज्य कर्मचारियों की योग्यताओं और आचरण की पूरी जाँच कर लिये जाने को आवश्यक माना है।

2. कर्मचारियों के लिए आधार संहिता–

कौटिल्य ने राजकीय कर्मचारियों के लिए एक विस्तृत आचार संहिता का प्रतिपादन किया है। इस आचार संहिता में कौटिल्य ने सारतः कर्मचारियों से निम्नलिखित अपेक्षाएँ की हैं–

1. अपने निर्धारित अधिकार क्षेत्र के अनुरूप ही कार्य करना,
2. सत्य–भाषण,
3. व्यवहार में शिष्टाचार और शालीनता का निर्वाह,
4. कर्मचारियों में पारस्परिक गुटबन्दी न करना,
5. सदैव राजा का हित चिंतक रहना,
6. शासकीय हित की बात को निर्भिकतापूर्वक उच्चस्थ अधिकारियों से कहना,
7. राज्य से द्वेष न रखना।

3. वेतन, वेतनमान व वेतन–वृद्धि

कौटिल्य ने प्रशासनिक अधिकारियों व कर्मचारियों को उनके पद के अनुसार वेतन देने का समर्थन किया है कौटिल्य का मत है कि कर्मचारियों को पर्याप्त वेतन दिया जाना

चाहिए जिससे कि वे अपने परिवार का अच्छी तरह भरण पोषण कर सकें। उनका मत है कि कम वेतन प्राप्त होने से अधिकारी असंतुष्ट हो जाते हैं तथा वे रिश्वत लेने और गबन आदि कार्यों में लिप्त हो जाते हैं। कौटिल्य ने विभिन्न वर्गों के अधिकारियों और कर्मचारियों के लिए उनके कार्यों और योग्यताओं, तथा उसकी योग्यताओं को ध्यान में रखते हुए वेतन-निर्धारण के लिए एक संतुलित नीति अपनाई जानी चाहिए।

प्रशासनिक अधिकारियों के वेतनमानों की कौटिल्य ने सामान्यत तीन शृंखलाएँ स्वीकार की हैं।

आचार्य, मंत्री, पुरोहित, सेनापति व युवराज आदि को कौटिल्य ने एक ही श्रेणी का पदाधिकारी मानकर इनके लिए 48,००० पण वार्षिक वेतन निर्धारित किया है।

वेतनमानों की द्वितीय शृंखला में कौटिल्य ने द्वारपाल, अर्न्वेशिक आयुगधाराध्यक्ष, समाहर्ता और सन्निधाता को सम्मिलित किया है और इनका वेतन 24,००० पण वार्षिक निर्धारित किया है।

नाहर, पौर, व्यावहारिक, कर्मान्तिक, राष्ट्रपाल, अन्तपाल व निम्रस्थ श्रेणी के मंत्रियों को तृतीय श्रेणी का वेतनमान प्रदान करते हुए इन्हें 12००० पण वार्षिक निर्धारित किया है।

वेतनमान की चतुर्थ श्रेणी में कौटिल्य ने सेना के विभिनन अंगों के अध्यक्षों तथा प्रशासन के कतिपय महत्त्वपूर्ण विभागों के अध्यक्षों को सम्मिलत किया है तथा उनहें 4००० पण वार्षिक वेतन देना उचित माना है।

वेतनमान की पाँचवी शृंखला मे कौटिल्य ने शिक्षकों, पशुओं के प्रशिक्षकों चिकित्सकों तथा प्रशासन के कतिपय कम महत्वपूर्ण विभागाध्यक्षों को सम्मिलित किया है तथा उन्हें 2००० पण वार्षिक वेतन देना उचित माना है।

अन्य कर्मचारियों, शिल्पकारों आदि को कौटिल्य ने वेतन की छठी श्रेणी में माना है तथा उनके लिए निश्चित वेतनमान का प्रतिपादन करने की अपेक्षा यह व्यक्त किया है कि उनकी योग्यताओं, तथा उनसे लिये जाने वाले कार्यों की मात्रा के अनुरूप उन्हें 5०० पण वार्षिक से 1००० पण वार्षिक वेतन दिया जाना उचित माना है।

वेतनमानों के निर्धारण में कौटिल्य ने समुचित वर्गीकरण, आवश्यश्कता और कार्य के अनुरूप वेतन के निर्धारण, तथा न्यूनतम वेतन की आवश्यकता के सिद्धान्त को ध्यान में रखा है।

कौटिल्य द्वारा वेतनमानों की छः श्रेणियों को स्वीकार करने, तथा वेतनमानों की प्रथम श्रेणी व अंतिम श्रेणी के वेतन के मध्य गंभीर अंतराल रखने से यह स्पष्ट है कि

कौटिल्य ने राजकीय कर्मचारियों के वेतन के मध्य लगभग समरूपता के सिद्धान्त का प्रतिपादन नहीं किया है, अपितु वेतनमानों की दृष्टि से विभिन्न स्तर के कर्मचारियों के मध्य गंभीर विषमता का समर्थन किया है।

कौटिल्य ने वेतनमान के निर्धारण के अलावा कर्मचारियों को समयबद्ध वेतन प्रदान करना भी उचित माना है। कौटिल्य का मत है कि इससे कर्मचारियों व अधिकारियों को अपने कार्य के प्रति आकर्षण बना रहता है।

4. पदोन्नति-

कौटिल्य ने कर्मचारियों की पदोन्नति के विषय में एक निश्चित नीति का प्रतिपादन करते हुए शासक को परामर्श दिया है कि वह कर्मचारियों व अधिकारियों को, उनके द्वारा कर्तव्यों के निष्ठापूर्वक पालन के आधार पर पदोन्नति देकर प्रोत्साहित करता रहे। पदोन्नति के लिए कौटिल्य ने कर्मचारी या अधिकारी के कार्य के समुचित मूल्यांकन को आवश्यक माना है।

कौटिल्य जहाँ निष्ठापूर्वक कर्तव्यों के पालन के लिए कर्मचारी को पदोन्नत करके पुरस्कृत करने पर बल देते हैं वहीं उन्होंने यह भी स्पष्ट किया है कि यदि कर्मचारियों के कार्यों के मूल्यांकन के दौरान यह लगे कि वे अपने कर्तव्यों का पालन नहीं कर रहे हैं तो उन्हें पदों से गिरा कर निम्न पदों पर नियुक्त कर दिया जाना चाहिए।

5. अवकाश

कौटिल्य ने कर्मचारियों को आकस्मिक अवकाश, अस्वस्थता की स्थिति में चिकित्सा अवकाश, तथा विशेष अवसरों पर पर्व-अवकाश प्राप्त करने के अधिकार का समर्थन किया है। कौटिल्य का मत है कि कर्मचारियों को दिये जाने वाले ऐसे अवकाश सवैतनिक होने चाहिए। कौटिल्य की मान्यता है कि यदि किसी अवकाश के दिन भी कर्मचारी से कार्य कराना आवश्यक प्रतीत हो तो उसे अतिरिक्त वेतन प्रदान किया जाना चाहिए।

6. सेवानिवृत्ति लाभ

कौटिल्य ने कर्मचारियों की आयु अधिक हो जाने पर, तथा उनकी कार्य की क्षमता कम हो जाने पर उन्हें सेवा से निवृत्त कर दिये जाने की व्यवस्था की है। उनहोंने शासक को परामर्श दिया है कि वह कर्मचारी की सेवा निवृत्ति के पश्चात् उनके भरण-पोषण के लिए पेंशन की व्यवस्था करे।

राजकीय सेवा के अधीन किसी कम्रचारी की मृत्यु हो जाने पर कौटिल्य ने उसे मिलने वाला वेतन उसकी पत्नी व पुत्र को प्रदान कया जाना उचित माना है। कौटिल्य

का मत है कि मृत राजकीय कर्मचारी के बालकों, वृद्धों और परिजनों पर राजा को अपनी कृपा बनाये रखने चाहि और उनके घर में मृत्यु, अस्वस्थता या अन्य कोई अवसर उपस्थित होने पर राजकोष से उनहें सहायता प्रदान करनी चाहिए।

उपर्युक्त विवेचन से स्पष्ट है कि कौटिल्य ने कार्मिक प्रशासन के विभिनन पक्षों पर स्पष्ट दृष्टिकोण का प्रतिपादन किया है, तथा एक ऐसी कार्मिक नीति प्रस्तुत की है, जिनमें कर्मचारियों की दक्षता, उनके मनोबल को बनाए रखने तथा उनकी आर्थिक सुरक्षा तीनों पर समान रूप से बल दिया गया है।

❑❑❑

4

कौटिल्य की सामाजिक व्यवस्था

कौटिल्य ने सामाजिक व्यवस्था को अत्यंत महत्वपूर्ण माना है तथा नैतिक मूल्यों, सामाजिक संगठन, विभिन्न वर्णों के मध्य सम्बन्ध तथा सामाजिक व्यवस्था के निर्वाह में राज्य की भूमिका आदि प्रश्रों पर स्पष्ट विचारों का प्रतिपादन किया है। किन्तु कौटिल्य तथा सामाजिक व्यवस्था के सम्बन्ध में हुआ विवेचन मनुस्मृति की भाँमि विस्तृत नहीं है-

1. सामाजिक व्यवस्था के नैतिक आधार-

कौटिल्य के अनुसार सामाजिक जीवन को धर्म पर आधारित होना चाहिए। कौटिल्य ने धर्म के कुछ शाश्वत लक्षणों को मान्यता दी है तथा इन लक्षणों में सत्य, अहिंया, दया, परोपकार, दान, अक्रोध आदि को सम्मिलित किया है। कौटिल्य ने अपेखा की है कि राजा प्रजा के व्यवहार में इन नैतिक मूल्यों को सुनिश्चित करे तथा इस प्रकार धर्म का प्रवर्तन करें।

2. वर्ण व्यवस्था

कौटिल्य ने भी मनु की भाँमि ही समाज को चार वर्णों -ब्राह्मण, क्षत्रिय, वैश्य व शूद्र में विभाजित किया है।

ब्राह्मण के कर्तव्यों में कौटिल्य ने अध्ययन व अध्यापन, यज्ञ करना व यज्ञ कराना, दान देना व दान लेना, तथा अपने आचरण से समाज के समक्ष धर्म का आदर्श प्रस्तुत करने आदि को सम्मिलित किया है।

कौटिल्य के अनुसार **क्षत्रियों** का प्रमुख कर्तव्य शस्त्र से जीविका प्राप्त करके प्रजा की रक्षा करना है। क्षत्रिय के कर्तव्यों में कौटिल्य ने अध्ययन, यज्ञ कराने और दान को भी सम्मिलित किया है।

कौटिल्य के अनुसार वैश्य का प्रमुख कर्तवय कृषि, पशुपालन और वाणिज्य है। इनके अतिरिक्त अध्ययन, यज्ञ कराना और दान देना भी वैश्य का कर्तव्य माना गया है।

कौटिल्य ने शूद्र को ब्राह्मणों, क्षत्रियों व वैश्यों की सेवा करने के लिए मुख्य रूप से उत्तरदायी माना है तथा यह स्वीकार किया है कि शूद्रों द्वारा कृषि, पशुपालन तथा शिल्प आदि से सम्बन्धित व्यवसाय भी किये जा सकते हैं।

कौटिल्य ने वर्ण व्यवस्था को सामाजिक संगठन के सिद्धान्त तक सीमित रखा है। मनु के दृष्टिकोण के विपरीत अर्थशास्त्र में वर्णों पर आधारित भेदभाव का प्रतिपादन नहीं किया गया है। विभिनन राजकीय, प्रशासनिक व सामाजिक गतिविधियों में कौटिल्य सामानयतः चारों वर्णों के सदयों को उनकी योग्यता के लिये अध्ययन आदि की स्पष्ट वर्जना की है, कौटिल्य शूद्रों को, उनके योग्य होने पर मंत्री या न्यायाधीश के रूप में नियुक्त किये जाने का भी समर्थन करते हैं।

3. आश्रम व्यवस्था

कौटिल्य ने मनु की भाँति ही व्यक्ति के जीवन को चार भागों में सार्थक रूप से विभाजित किये जाने को आवश्यक माना है, तथा जीवन के इन चार भागों को चार आश्रमों की संज्ञा दी है-

ब्रह्मचर्य-ब्रह्मचर्य आश्रम में स्थित व्यक्ति के लिए कोटिल्य ने स्वाध्याय, हवन, स्नान, भिक्षावृति तथा गुरु के पास निवास करते हुए विद्या अध्ययन को सम्मिलित किया है।

गृहस्थ-गृहस्थ आश्रम में स्थित व्यक्ति के लिये कौटिल्य ने धर्मपूर्वक जीविका अपनाने, विवाह करने तथा वैवाहित दायित्वों की पूर्ति करने, अतिथियों का सत्ककार करने तथा भृतकों का भरण-पोषण करने को आवश्यक माना है।

वानप्रस्थ-वानप्रस्थ आश्रम में स्थित व्यक्ति के लिए कौटिल्य के अनुसार, इन्द्रियों का संयम भूमि पर शयन, सादा वस्त्रों को धारण्सा करना, यज्ञ तथ पूजा-पाठ में संलग्न रहना तथा सादा भोजन करना आवश्यक है।

सन्यास-सन्यास आश्रम में स्थित व्यक्ति के लिए कौटिल्य ने वासना से मुक्ति, संग्रह की वृत्ति का त्याग, स्त्री के संसर्ग का त्याग तथा शरीर और मन की सादगी को आवश्यक माना है। कौटिल्य ने सन्यासी के लिये नगरों में तथा किसी एक स्थान पर निवास करने का निषेध किया है तथा उनके लिये वनों में विचरण करना आवश्यक्र माना है। सन्यासी के लिए कौटिल्य हिंसा, ईर्ष्या द्वेष आदि को स्थाई रूप से त्याग देने, तथा सत्य, पवित्रता, क्षमा और त्याग आदि को स्थाई रूप से अपना लेने को उचित मानते हैं।

4. सामाजिक सम्बन्धों की व्याख्या

कौटिल्य मनु की तरह सामाजिक सम्बन्धों में भेदभाव के विचार का समर्थन नहीं करते। जहाँ मनु ने समाज में शूद्रों और स्त्रियों की अत्यंत हीन स्थिति का समर्थन किया है, कौटिल्य ने शूद्रों और स्त्रियों के अधिकारों की रक्षा किये जाने का समर्थन किया है। मनु के विपरीत कौटिल्य ने स्त्रियों और शूद्रों के सम्पत्ति के अधिकार को मान्यता दी है, तथा उन्हें समाज का एक सामान्य सदस्य माना है। न्यायिक व्यवस्था के सम्बन्ध में भी कौटिल्य ने स्त्रियों के प्रति किसी भेदभाव का समर्थन नहीं किया है। ऐसा प्रतीत होता है कि जहाँ मनु ने वर्ण व्यवसथा को, विभिन्न वर्णों के मध्य हीनता या श्रेष्ठता के निर्धारण के आधार के रूप में परिवर्तित कर दिया है, कौटिल्य वर्ण-व्यवस्था को समाज में श्रम-विभाजन के व्यावहारिक सिद्धान्त के रूप में ही मान्यता देते हैं।

न्याय, न्यायपालिका व दण्ड

1. शासक की न्यायिक और उसकी मर्यादाएँ

अर्थशास्त्र में राजा को सर्वोच्त्त न्यायिक प्राधिकारी के रूप में चित्रित किया गया है, तथा राज्य को न्याय का स्रोत बताया गया है। कौटिल्य ने राजा को सर्वोच्च न्या।यक प्राधिकारी मानते हुए भी, उसकी न्यायिक शक्ति को विधि के अधीन माना है। कौटिल्य ने राजा को स्पष्ट परामर्श दिया है कि वह न्यायिक शक्ति का कठोरतापूर्वक, धर्म के अनुसार उपयोग करे। कौटिल्य के अनुसार यदि राजा ऐसार करने में सक्षम नहीं होता है, तो वह स्वयं भी दण्ड का पात्र होगा।

कौटिल्य ने न्यायिक निर्णय के चार सम्भावित आधारों-धर्म, व्यवहार, चरित्र तथा राजकीय विधि में से राजकीय विधि को, अन्य स्रोंों की तुलना में अधिक महत्वपूर्ण माना है। किन्तु कौटिल्य ने यह स्पष्ट कर दिया है कि न्यायिक शक्ति राजा की निजी शक्ति नहीं है, अपितु संस्थागत शक्ति है, अत: राजा को इसका उपयोग संस्थागत रूप से, तथा विधि द्वारा स्थापित प्रक्रिया के अनुसार ही करना चाहिए।

2. न्यायालयों का संगठन

कौटिल्य ने व्यवस्थित व संगठित न्यायालयों पर बल दिया है। कौटिल्य के अनुसार न्यायालयों के प्रमुख दायित्व निम्नलिखित है-

(1) जनता की, तथा उसके अधिकारो की सुरक्षा,

(2) श्रेष्ठ शासन के लाभों को सुनिश्चित करना,

(3) व्यक्तियों द्वारा उनकी व्यक्तिगत, अधिकारिक अथवा व्यावसायिक स्थिति में किये गये अपराधों के लिए उन्हें सुरक्षित दण्ड देना।

3. न्यायालयों के प्रकार

कौटिल्य ने दो प्रकार के न्यायालयों-धर्मस्थीय व कण्टक शोधन का उल्लेख किया है-

धर्मस्थीय न्यायालय

कौटिल्य ने धर्मस्थीय न्यायालयों की अवहेलना के कारण उत्पन्न हुआ हो। कौटिल्य द्वारा धर्मस्थीय न्यायालयों के क्षेत्राधिकार में सम्मिलित विषयों को निम्नलितित रूप से वर्गीकृत किया जा सकता है-

(1) संविदाएँ तथा संविदात्मक दायित्वों को सम्मिलित करने वाले कार्य,

(2) चोरी

(3) विवाह और उससे सम्बन्धित दायित्व और कर्तव्य,

(4) आश्रमवासी, वानप्रस्थियों के वेश में जासूसी कर रहे व्यक्तियों से सम्बन्धित विषय,

(5) जारकर्म,

(6) सम्पत्ति और उत्तराधिकार,

(7) सामान और सम्पत्ति का क्रय-विक्रय,

(8) कृषि भूमि से सम्बन्धित विवाद,

(9) ऋण,

(10) व्यावसायिक मामले और श्रमिकों का वेतन,

(11) डकैती, धोखाधड़ी, अवैध निरोध, अवकीर्ति, प्रहार इत्यादि।

(12) सार्वजनिक सम्पत्ति को क्षति पहुँचाना,

(13) जुआ तथा उससे सम्बन्धित अपराध।

कौटिल्य ने कण्टक-शोधन न्यायालयों का क्षेत्राधिकार समस्त फोजदारी मामलों, विशेषत: उन अपराधों के विषय में स्वीकार किया है कि जो राज्य के अधिकारियों अथवा किसी व्यवसाय से सम्बन्धित व्यक्तियों द्वारा किये गये हों। ऐसे प्रमुख मामलों की सूची निम्नवत प्रस्तुत की जा सकती है।

(1) किसी विशिष्ट व्यवसाय में संलग्न व्यक्ति द्वारा किये गऐ अपराध,

(2) व्यापारियों द्वारा किए गए अपराध,

(3) राजकीय दायित्वों की अवहेलना करने के द्वारा किए गए अपराध,

(4) हत्या,

(5) राजकीय अधिकारियों द्वारा शासन के प्रति या प्रजा के प्रति किये गए अपराध

4. न्यायाधीशों की नियुक्ति और उनकी योग्यताएँ

कौटिल्य ने क्षेत्रीय आधार पर संगठित व्यवस्थित न्यायिक प्रणाली पर बल दिया है। उन्होंने न्यायाधीशों के लिये विशिष्ट योग्यताओं का निर्धारण किया है, तथा उनकी नियुक्ति की सुनिश्चित प्रक्रिया प्रतिपादित की है।

अर्थशास्त्र में कहा गया है कि निम्नलिखित स्थानों पर अमात्य के स्तर के तीन-तीन न्यायाधीशों की नियुक्ति की जानी चाहिए-

(1) जनपद सन्धि,

(2) संग्रहण (अर्थात् ८०० ग्रामों का मुख्यालय)

(3) द्रोणमुख (अर्थात् 4०० ग्रामों का मुख्यालय)

(4) स्थानीय (अर्थात् 1०० ग्रामों का मुख्यालय)

कौटिल्य ने न्यायाधीशों की नियुक्ति राजा द्वारा किये जाने की अपेक्षा की है। उन्होंने प्रतिपादित किया है कि धमस्थों अर्थात न्यायाधीशों में धर्म के मर्म को पूरी तरह समझने की क्षमता होनी चाहिए।

कौटिल्य के अनुसार कन्टक शोधन न्यायालयों में न्यायाधीशों के पदों पर राज्य के उच्चस्तरीय प्रशासनिक अधिकारियों को भी नियुक्त किया जा सकता है, किन्तु ऐसे व्यक्तियों की नियुक्ति तभी की जा सकती है जबकि वे धर्म, विधि और न्याय में पारंगत हों।

कौटिल्य ने न्यायाधीशों के वर्गीकरण व स्तर का कोई उल्लेख नहीं किया है। इससे स्पष्ट होता है कि उन्होंने समस्त न्यायाधीशों को समान स्तर का माना है।

कौटिल्य ने न्यायिक कार्यों को किसी एक न्यायाधीश द्वारा सम्पन्न किये ाने की अपेक्षा एक से अधिक उचित माना है। कौटिल्य के अनुसार किसी भी न्यायालय द्वारा किये गये निर्णय की अपील राजा को ही की जा सकती है, जिसका आदेश अन्तिम होगा, किन्तु राजा द्वारा न्यायिक कार्य सम्पन्न किये जाने की स्थिति में न्यायिक कार्य सम्पनन किये जाने की स्थिति में न्याय कार्य पारंगत व धर्म के मर्मज्ञ व्यक्तियों से परामर्श को कौटिल्य ने अपरिहार्य माना है।

कौटिल्य ने अधीनस्थ न्यायाधीशों की योग्यताओं का विस्तार से उल्लेख नहीं किया है, किन्तु अमात्य के स्तर के न्यायाधीशों के पदों पर नियुक्त के विषय में कौटिल्य का स्पष्ट मत है कि उन पर ऐसे व्यक्ति ही नियुक्त के पात्र होंगे जिनका समस्त प्रकार के प्रलोभनों से अप्रभावित रहना प्रमाणित हो चुका है।

5. स्थानोय और क्षेत्रीय न्यायालय

अर्थशास्त्र में कण्टक शोधन और धर्मस्थीय न्यायालयों के अतिरिक्त अन्य स्थानीय व क्षेत्रीय न्यायालयों का भी वर्णन किया गया है। स्थानीय वादों के निपटारें के लिए अर्थशास्त्र में अनौपचारिक न्यायालयों का भी उल्लेख किया गया है। उदाहरणार्थ सीमा सम्बन्धी विवादों के लिए कौटिल्य का परामर्श है कि ऐसे विवादो ं का निपटारा गाँव के वयोवृद्ध लोगों की एक न्यायिक सभा में बैठकर कर लेना चाहिए। यह स्पष्ट है कि इस प्रकार की न्यायिक सभा न तो स्थायी प्रकृति की संस्था होती है, न ही इसे राज्य की विधि या आदेश द्वारा स्थापित किया जा सकता है। कौटिल्य ने जाति और धर्म से सम्बन्धित वादों का निपटारा भी इसी प्रकार के न्यायालयों के अधीन माना है।

कौटिल्य ने राज्य के विभिन्न हिस्सों को भौगोलिक और प्रशासनिक आधारों पर खण्डों और उपखण्डों के रूप में विभक्त करने पर बल दिया है। संभागीय स्तर पर कौटिल्य ने 'आयुक्त', 'गोप', और 'स्थानिक' नामधारी पदाधिकारियों की नियुक्ति की व्यवस्था की है जो कि बाहरी चारों और दस्युओं की खोज निकालने का कार्य करे। इसी प्रकार कौटिल्य ने नगर के प्रीारी से यह अपेक्षा की है कि वह नगर के आन्तरिक हिस्सों में आंतरिक चोरों का पता लगाये। कौटिल्य ने गाँवों तथा राजमार्गों पर होने वाली चोरियों के अन्वेषण के सम्बन्ध में विभिनन अधिकारियों की नियुक्ति की व्यवस्था की है।

स्थानीय न्यायिक संस्थाओं के संदर्भ में कौटिल्य की व्यवस्थाओं से यह आभास होता है कि कौटिल्य स्थानीय स्तर पर न्यायिक कार्यों को कानून व व्यवस्था स्थापित करने के लिए उत्तरदायी सामान्य अभिकरणों को ही सौंप देना उचित मानते हैं। इस दृष्टि ने न्यायिक निकायों और प्रशासनिक प्राधिकारियों के मध्य स्थानीय स्तर पर कोई भेद नहीं किया है।

6. न्यायाधीशों पर नियंत्रण

कौटिल्य ने न्यायिक अधिकारियों द्वारा न्यायिक शक्ति के समुचित प्रयोग तथा निष्पक्ष आचरण को सुनिश्चित करने के लिए प्रावधान किये है। यद्यपि कौटिल्य ने न्यायाधीशों को व्यापा शक्तियाँ प्रदान की है, किन्तु उनहोंने यह भी अपेक्षा की है कि न्यायाधीशों द्वारा इन शक्तियों का प्रयोग विधि के अनुयार ही किया जाए। कौटिल्य ने

न्यायिक अधिकारियों पर अनेक प्रकार के नियंत्रणों की व्यवस्था की है। न्यायाधीशों द्वारा निष्पक्षता को सुनिश्चित करने के लिए कौटिल्य ने न्यायाधीशों को भी पक्षपात आदि का दोषी पाये जाने पर, अथवा अपने दायित्वों के प्रति उदासीन व शिथिल होने पर दण्ड का पात्र माना है।

कौटिल्य ने स्वीकार किया है कि न्यायिक कार्यों को सम्पन्न करने के दौरान न्यायाधीश अनेक प्रकार की त्रुटियाँ कर सकते हैं। जैसे-जैसे साक्षियों से प्रश्न पूछा जाना है, उनसे न पूछकर किसी अन्य साक्षी से पूछना, किसी साक्षी द्वारा किसी प्रश्न के उत्तर में कही जा रही बात को ध्यानपूर्वक सुनने के स्थान पर उसकी अपेक्षा करना। ऐसे अपराधों के लिए कौटिल्य ने न्यायाधीशों के विरुद्ध 'मध्यम साहस' दण्ड की व्यवस्था की है।

कौटिल्य के अनुसार यदि कोई न्यायालय किसी वाद के पक्षकारों में से किसी को भी धमकी दे या प्रताड़ित करे, न्यायालय से निकाल दे, अविा किसी एक पक्षकार को अनुचित रीति से परेशान करे तो उस पर सर्वप्रामि 'प्रथम साहस' दण्ड पारित किया जाना चाहिए, यदि वह उनमें से सिकी को भी अपशब्द कहे, अथवा गाली दे तो दण्ड को दुगुना कर दिया जाना चाहिए। इसी प्रकार यदि कोई न्यायाधीश मुकदमे के आवश्यक परिस्थिति-जन्य साक्ष्यों की जाँच नहीं करे, अपने कर्तव्यों के निष्पादन में अनावश्यक विलम्ब करे, साथियों से बयानों की उपेक्षा करे, साथियों को संकेत देकर उनके साक्ष्यों को साथियों के बयानों की उपेक्षा करे अथवा पूर्णतः निर्णीत वादों को निर्णय हेतु पुनः ग्रहण कर लें, तो कौटिल्य के मन में उसे उत्तम साहस दण्ड दिया जाना चाहिए।

कौटिल्य के अनुसार यदि न्यायाधीश इन दोषों को दोहराये तो उसे दंडित करने के साथ-साथ पदच्युत भी कर दिया जाना चाहिए।

कौटिल्य के अनुसार यदि कोई न्यायाधीश किसी पर अनुचित अर्थदण्ड आरोपित करे तो उस पर अर्थदण्ड की तुलना में दुगुना दण्ड आरोपित किया जाना चाहिए।

7. न्यायपालिका की स्वतंत्रता

अर्थ शास्त्र में न्यायपालिका को कार्यपालिका से पृथक रखे जाने का समर्थन किया गया है। जहाँ न्यायाधीशों से पक्षपात मुक्त रहने की अपेक्षा की गयी है, वहीं शासक से यह अपेक्षा की गई हैं कि वह न्यायिक कार्यों के लिए ऐसे सुयोग्य न्यायधीशों की नियुक्ति करें, जिनकी न्याय में निष्ठा असंदिग्ध हो और जो किसी भी प्रकार के भय व प्रलोभन से मुक्त होकर न्यायिक कर्तव्यों का पालन कर सकें। कौटिल्य ने कार्यपालिका और न्यायपालिका से पृथक्करण को वांछनीय माना है, तथापित उनके पूर्ण पूथक्करण की व्यवस्था नहीं की है। जहाँ ऐ और उसने धर्मस्थीय न्यायालयों में न्यायाधीशों के पद पर

ऐसे स्वतंत्र व्यक्तियों की नियुक्ति की अनुशंसा की है, जो न्याय में पारंगत हों, वहीं कण्टकशोधन न्यायालयों के न्यायाधीशों के रू में राज्य के ऐसे उच्चस्थ अधिकारियों को भी नियुक्त करने को उचित मानते हैं जो धर्म में पारंगत हो। वस्तुतः कौटिल्य इस बात को अत्यधिक महत्वपूर्ण मानते हैं कि न्यायाधीशों की न्याय में निष्ठा और क्षमता असंदिग्ध, पूर्णतः परीक्षित और अडिग होनी चाहिए।

कौटिल्य ने न्यायिक शक्ति को राज्य की सामान्य कार्यपालिका व विधायी शक्ति से ऊपर का स्तर प्रदान किया है, और न्यायाधीशों को राजकीय विधि की न्यायिक समीक्षा का अधिकार भी प्रदान यिका है। अर्थशास्त्र में स्पष्टतः कहा गया है कि यदि राज्य-निर्मित विधि और धर्म के मध्य कोई टकराव हो, तो धर्म को प्राथमिकता दी जानी चाहिए। यह प्रावधान राज्य विधि की तुलना में धर्म की सर्वोपरिता को व्यक्त करता है, साथ ही इस तथ्य की ओर भी संकेत करता है कि न्यायालय राज्य के आदेशों तथा विधियों से केवल तीभी तक बंधे हुए थे, जब तक कि ऐसे निर्देश धर्म से असंगत न हों। कौटिल्य ने यह स्पष्ट कर दिया है कि न्यायधीश अपनी न्यायिक शक्ति का उपयोग करने में राज्य के प्रभाव के अधीन नहीं, अपितु धर्म के नैतिक नियंत्रण द्वारा निर्दिष्ट होते हैं।

अर्थशास्त्र की मान्यता है कि न्यायिक प्रशासन का मुख्य उद्देश्य विधि के शासन को सुनिश्चित करना है। न्यायाधीश जहाँ एक ओर राज्य की विधायी शक्ति को धर्म के नियंत्रण में रखते थे, वहीं दूसरी ओर वे स्वयं भी विधि के नियंत्रण से परे नहीं माने गये थे। इस प्रकार 'धर्म' राज्य की विधायी, कार्यपालिका और न्यायिक शक्तियों को एक साथ मर्यादित रखने का माध्यम था।

8. अपराधों का वर्गीकरण और दण्ड का सिद्धान्त

अर्थशास्त्र में अपराध को ऐसे पापपूर्ण कृत्य के रूप में परिभाषित किया गया है जिसके द्वारा राज्य की विधि और सामाजिक नियमों का उल्लंघन किया गया हो। कौटिल्य ने जानबूझ कर किसी दूसरे को क्षति पहुँचाने के उद्देश्य से कए गए कृत्य को भी अपराध की संज्ञा दी है। कौटिल्य ने राज्य द्वारा अपराधी को समुचित दण्ड देकर अपराध का प्रतिकार किया जाना आवश्यक माना है।

दण्ड के सम्बन्ध में कौटिल्य ने एक विवेकसम्मत नीति का प्रतिपादन किया है-

कौटिल्य ने अपने दण्ड सिद्धान्त में जिन नियमों का प्रतिपादन किया है, उनकी व्याख्या निम्नलिखित रूप में की जा सकती है-

1. दण्ड अत्यधिक तीक्ष्ण या अत्यधिक मृदु नहीं होना चाहिए। दण्ड मी मात्रा और प्रकृति अपराधों की गंभीरता और परिस्थिति के आधार पर निर्धारित होनी चाहिए।

2. केवल अपराधी को ही दण्डित किया जाना चाहिए। दण्ड देने से पूर्व यह भली-भाँति निश्चित कर लिया जना चाहिए कि अभियुक्त के विरुद्ध आरोप पूरी तरह सिद्ध हो गया है, अभियुक्त को केवल सन्देह के आधार पर दण्डित नहीं किया जाना चाहिए।

3. दण्ड के विषय में समानता का दृष्टिकोण रखा जाना चाहिए। राजा को औपचारिक रूप से राजा ही राज्य की कार्यपालिका का शीर्ष अधिकारी है। यह सुनिश्चित करना चाहिए कि दण्ड देने के विषय में मित्र या शत्रु का, प्रिय या अप्रिय का भेद नहीं किया जाए।

4. अपराधी का विनिश्चय, और दण्ड का निर्धारण एक निर्धारित प्रक्रिया द्वारा ही किया जाना चाहिए, और ऐसी प्रक्रिया में, सम्बन्धित सभी पक्षों तथा वादी के अधिकारों और मर्यादाओं की स्पष्ट परिभाषा की जानी चाहिए।

कौटिल्य ने दण्ड के **प्रतिकात्मक** (अर्थात् दण्ड के द्वारा अपराधी द्वारा किये गये कृत्य का प्रतिशोध लेना।) **निवारक** (अर्थात दण्ड के माध्यम से लोगों के समक्ष ऐसा उदाहरण प्रस्तुत करना कि लोग अपराध में लिप्त होने का साहस की नहीं करें) तथा **सुधारक** (अर्थात्, दण्ड के माध्यम से अपराधी को उसके आचरण में सुधार का अवसर प्रदान करना) तीनों ही दृष्टिकोणों को महत्त्व दिया है। कौटिल्य ने मनु की भांति दण्ड के आध्यात्मिक व नैतिक प्रयोजनों पर स्पष्ट दृष्टिकोण व्यक्त नहीं किया है। विभिन्न प्रकार के अपराधों और उनके लिए निर्धारित दण्ड के सम्बन्ध में कौटिल्य द्वारा किये गये विवेचन को निम्नलिखित रूप में वर्गीकृत किया जा सकता है

दण्ड तालिका

उपर्युक्त वर्गीकरण में दी गई अपराधों पूर्ण सूची नहीं है, अपितु इनमें कौटिल्य द्वारा गिनाए गये अपराधों में से कतिपय प्रमुख अपराधों और उनके लिए निर्धारित दण्ड का वर्गीकरण किया गया है। उपर्युक्त वर्गीकरण से यह स्पष्ट है क कौटिल्य ने मुख्यतः पाँच प्रकार के अपराध माने हैं।

(1) व्यक्तियों के शरीर अथवा सम्पत्ति को नुकसान पहुँचाने से सम्बन्धित अपराध

(2) आर्थिक अपराध

(3) सामाजिक अपराध

(4) राज्य कर्मचारियों द्वारा किये गये अपराध

(5) राज्यद्रोह

कौटिल्य ने इन पाँच प्रकारों में से प्रथम चार प्रकारों के लिए मुकदमें की कार्यवाही के द्वारा ही अपराध का निर्धारण किये जाने पर बल दिया है। किन्तु पांचवी श्रेणी के अपराध 'राज्यद्रोह' के लिए कौटिल्य किसी औपचारिक मुकदमें के द्वारा व्यक्ति के अपराध का निर्धारण करने को उचित नहीं मानते, अतः उनमें अपराधी को दण्डित करने में विलम्ब को कौटिल्य किसी भी भाँति उचित नहीं ठहराते।

9. न्यायिक वादों की प्रक्रिया

कौटिल्य ने दीवानी और फौजदारी दोनों प्रकार के वादों की एक निश्चित प्रक्रिया निर्धारित की है। कौटिल्य के अनुसार मुकदमा दायर करते समय, वादी की प्रार्थना में वर्ष, माह, पखवाड़े और तिथि का उल्लेख होना चाहिए। साथ ही उसमें विवाद की प्रकृति और विवाद घटित होने के स्थान का भी उल्लख होना चाहिए। कौटिल्य के अनुसार वाद पत्र में पूरी सूचनाएँ अंकित की जानी चाहिए। कौटिल्य की मान्यता है कि वाद के दायर का दिये जाने के पश्चात् एक व्यावहारिक क्रम में वादी और प्रतिवादी दोनों द्वारा प्रस्तुत साक्ष्यों को, एक-दूसरे पक्ष के साथियों जिरह की भली-भाँति समीक्षा के उपरान्त ही न्यायाधीश को साक्ष्य की विश्वसनीयता का आकलन करना चाहिए। कौटिल्य ने न्यायाधीश को परामर्श दिया है कि केवल निष्पक्ष साथियों को साक्ष्य को ही प्रमाणित माना जाना चाहिए। तथा किसी व्यक्ति के निकट सम्बन्धियों, शत्रुओं अथवा राज्य द्वारा पहले किसी अपराध में दण्ड प्राप्त कर चुके व्यक्तियों आदि का सामान्यतः साक्ष्य देने के लिए सक्षम नहीं मानना चाहिए।

कौटिल्य ने न्यायधीशों को परामर्श दिया है कि उन्हें साक्ष्य के दौरान साथियों के मौखिक वचन के अलावा, साक्षी की भाव-भंगिमाओं, मुख-मुद्रा तथा चेष्टाओं को भी सतर्कतापूर्वक परीक्षण करना चाहिए, क्योंकि उनके आधार पर वह यह निश्चय कर सकता है कि वह किसी सीमा तक सत्य बोल रहा है। किसी दीवानी या फौजदारी वाद में, वादी, प्रतिवादी, अभियुक्त या साक्षी के वचन को न्यायालय में अंकित किये जाने से पूर्व कौटिल्य ने इन सभी को ईश्वर व सत्यनिष्ठा की शपथ दिलाए जाने को आवश्यक माना है।

कौटिल्य ने न्यायाधीशों को स्पष्ट निर्देश दिया है कि वे मुकदमों का निर्णय साक्ष्य के आधार पर ही करें। मुकदमें में निर्णय के लिये आधार के रूप में कौटिल्य ने परिस्थितिजन्य, लिखित व मौखिक तीनों प्रकार की साक्ष्यों को स्वीकार करने का परामर्श दिया है।

10. मुकदमें में पक्षकारों, अभियुक्तों व साथियों के अधिकार

कौटिल्य ने वाद से सम्बन्धित सभी पक्षों के अधिकारों को समुचित मान्यता दिये जाने पर बल दिया है। इस सम्बन्ध में कौटिल्य ने न्यायाधीशों और न्यायालय के कर्मचारियों पर पर्याप्त नियंत्रण लगाए है। अर्थशास्त्र में न्यायाधीशों से अपेक्षा की गई है कि वे न्याय दान के कार्य को एक निर्धारित प्रक्रिया के अनुसार ही सम्पन्न करें, तथामनमाने ढंग से कार्य न करें।

अभियुक्तों के कतिपय अधिकारों को मान्यता देते हुए कौटिल्य ने स्पष्ट किया है कि यदि किसी अभियुक्त द्वारा अपने बचाव में कहे गये कथन की पुष्टि अन्य साथियों के बयान से होती है तो उसे छोड़ दिया जाना चाहिए। कौटिल्य का य भी मत है कि किसी व्यक्ति को केवल संदेह के आधार पर दण्डित नहीं किया जाना चाहिए। कौटिल्य ने कहा है कि यदि वह प्रमाणित हो जाए कि किसी व्यक्ति ने किसी अन्य व्यक्ति को झूँठे मुकदमें में फँसाया, तो उसे चोरी के अपराध जितना ही दंड दिया जाना चाहिए। कौटिल्य ने न्यायाधीश से यह भी अपेक्षा की है कि उसे न्यायालय में अभियुक्त को अनावश्यक डराने-धमकाने का प्रयत्न नहीं करना चाहिए, तथा उसे स्वतंत्रतापूर्वक अपने बचाव में कथन करने तथा अपने पक्ष में साक्ष्यों को प्रस्तुत करने का अवसर प्रदान करना चाहिए। कौटिल्य ने अभियुक्त के अधिकारों को संरक्षण देते हुए यहाँ तक प्रतिपादित किया है यदि अभियुक्त न्यायालय में अपना अपराध स्वीकार भी कर ले, तो भी उसे तब तक दण्डित नहीं किया जाना चाहिए, जब तक कि उसके अपराध की पुष्टि अन्य साक्ष्यों से न हो जाए, क्योंकि हो सकता है कि अभियुक्त किसी अन्य दबाव या प्रभाव के अधीन अपराध को स्वीकार कर रहा हो, तथा वस्तुत वह अपराधी न हो।

कौटिल्य ने साथियों के अधिकारों को न्यायालय द्वारा सुरक्षित किये जाने का निर्देश किया है। उन्होंने न्यायधीशों से अपेक्षा की है कि वे न्यायालय में साथियों को अपमानित करने और उन्हें डराने या प्रभातिव करने का प्रयत्न नहीं करे। कौटिल्य के अनुसार साक्ष्य और जिरह के दौरान, साथियों से सम्मानपूर्ण व्यवहार किया जाना चाहिए तथा किसी विशेष प्रकार का उत्तर देने के लिये उन पर दबाव नहीं डाला जाना चाहिए। किन्तु कौटिल्य ने यह भी किसी प्रश्न का उत्तर नहीं दे रहा है, अथवा न्यायालय के प्रति अवमाननापूर्ण व्यवहार कर रहा है तो उसे पहले चेतावनी दी जानी चाहिए, तथा चेतावनी के पश्चात् भी यदि साक्षी न्यायालय से सहयोग न करे तो उसे दण्डित किया जाना चाहिए।

कर व्यवस्था

कौटिल्य ने राज्य की आवश्यकताओं की पूर्ति के लिए समुचित कोष-संग्रह को आवश्यक माना है। कौटिल्य के अनुसार राजकीय कोष में वृद्धि राज्य द्वारा उपहार, कर, शुल्क व जुर्माने के रूप में राजा से प्राप्त हुई राशि, तथा राज्य के खनिज, वन्य व अन्य संसाधनों से होने वाले उत्पादन से होने वाली आय, तथा दूसरे राजाओं को वश में होने वाले उत्पादन से होने वाली आय, तथा दूसरे राजाओं को वश में करके उनके द्वारा जुर्माने, दण्ड अथवा उपहार के रूप में दी गई राशि से होती है।

राजकीय आय की भाँति ही कौटिल्य ने राजकीय व्यय को भी वर्गीकृत किया है। कौटिल्य ने राज्य के नियमित कार्यों को सम्पन्न करने के लिए कर्मचारियों के वेतन, सम्पत्ति के रख-रखाव आदि पर किये गए व्यय, तथा प्रजा की सुरक्षा और लोक कल्याण कारी कार्यों पर किये गये व्यय को अलग-अलग प्रकार का व्यय माना है।

कौटिल्य ने यह स्पष्ट किया है कि शासन प्रजा की सुरक्षा के दायित्व के निर्वाह तथा प्रजा के हित के अनेक कार्यों को सम्पन्न करने के दायित्व का वहन करने के उद्देश्य से ही प्रजा से कर प्राप्ति का अधिकारी होता है।

करारोपण की नीति व कर व्यवस्था के विभिन्न पक्षों के विवेचन के क्रम में कौटिल्य के विचार लोक-कल्याणकारी राज्य की धारणा का संकेत देते हैं। कौटिल्य ने शासक को करारोपण और कर की वसूली के सम्बन्ध में एक विवेकसम्मत नीति अपनाने का सुझाव दिया है। उनकी मान्यता है कि वस्तुओं के उत्पादन व आयात-निर्यात पर करों की दर वस्तु की प्रकृति, उत्पादन लागत, उत्पादित वस्तु की माँग इतयादि बातों को दृष्टि में रखते हुए निर्धारित की जानी चाहिए। करों की दारों के निर्धारण के लिये कौटिल्य ने वस्तुओं को तीन श्रेणियों-बाह्य, आभ्यान्तर व आतिथ्य में वर्गीकृत किया है, तथा प्रत्येक श्रेणी के लिए कर की अलग-अलग दरें निर्धारित की हैं।

कौटिल्य ने राज्य में विभिन्न वस्तुओं के उत्पादन की संभावनाओं और आवश्यकताओं को देखते हुए राज्य से वस्तुओं के आयात और निर्यात को नियंत्रित करने की भीअपेक्षा की है। इस उद्‌देश्य से कौटिल्य ने राज्य को एक सुनिश्चित नीति के अनुरूप आयात व निर्यात पर कर लगाने का परामर्श दिया है। कौटिल्य ने आयात-कर को 'प्रवेश' और निर्यात कर को 'निष्क्राम्य' की संज्ञा दी है।

उत्पादित वस्तुओं पर करों के निर्धारण में कौटिल्य ने उत्पादन की प्रक्रिया व उत्पादित वस्तुओं के मूल्य को आधार बनाने पर बल दिया है। कृषि उत्पादनों पर कौटिल्य ने उनके मूल्य का 5वाँ या छठा भाग कर के रूप में लिया जाना उचित माना है। बहुमूल्य

खनिज पदार्थों, तथा किसी कच्चे माल पर मानवीय श्रम और पूँजी के विनियोग के द्वारा उत्पादित वस्तुओं जैसे-रेशमी कपड़ा, मिश्रित धातुएँ, चमड़े से बने पदार्थ पर कौटिल्य ने उनके मूल्य का 1०वां या 15वाँ भाग कर के रूप में लिया जाना उचित माना है।

पशुओं के क्रय-विक्रय, इत्र औषधियों, खाद्य तेल व घी आदि पर कौटिल्य ने उनके मूल्य के 2० वें से 25 वें भाग की राशि कर के रूप में आरोपित किया जाना उचित बताया है।

करों की दरों के निर्धारण के लिये कौटिल्य द्वारा वस्तुओं के वर्गीकरण के उपर्युक्त उदाहरण यह स्पष्ट करते हैं कि कौटिल्य वस्तुओं पर करों की दरों को व्यावहारिक और विवेकसम्मत बनाए जाने पर बल देते हैं।

कौटिल्य ने शासक को सामानय नीति-निर्देशों के अधीन ही अपनी करारोपण की शक्ति का प्रयोग करने पर बल दिया है। कौटिल्य का स्पष्ट मत है कि राजा को प्रजा पर करों के आरोपण में मनमानापन नहीं करना चाहिए। कौटिल्य ने प्रजा से अनुचित कर संग्रह का स्पष्ट निषेध किया है। उनकी मान्यता है कि राजो को प्रजा पर करों की दर अनुचित रूप से बढ़ाने की अपेक्षा करों की वसूली की व्यवस्था को, तथा करों की वसूली के दौरान राजकीय कर्मचारियों द्वारा किये जाने वाले भ्रष्टाचार को नियंत्रित करके राजकीय आय में वृद्धि को सुनिश्चित करना चाहिए।

कौटिल्य ने राजा को यह भी परामर्श दिया है कि उसे अकाल, महामारी जैसी विशेष स्थितियों में प्रजा को करों से राहत देनी चाहिए। किन्तु उन्होंने यह भी स्पष्ट यिका है कि जब राज्य बाहरी आक्रमण या युद्ध जैसी स्थिति के कारण संकट ग्रस्त हो, तो शासक को प्रजा से निर्धारित दर से अधिक मात्रा में कर प्राप्त करने का अधिकार है।

सारांशत: कौटिल्य ने करारोपण की निश्चित नीति प्रतिपादित की है, तथा कर वसूल करने के प्रक्रियागत व संस्थागत पक्षों के सम्बन्ध में समुचित व्यवस्था को आवश्यक माना है। कौटिल्य ने कर-व्यवस्था को जन-कल्याणकारी उद्‌देश्यों से निर्दिष्ट करने की आवश्यकता पर बल दिया है।

पर राष्ट्र नीति

कौटिल्य ने अन्तर्राज्य सम्बन्धों को अत्यधिक महत्व प्रदान किया है। कौटिल्य के अनुसार राज्य की सुरक्षा तथा प्रजा का सुख व शांति तभी संभव है जबकि राज्य दूसरे राज्यों से इस प्रकार सम्बन्ध निर्धारित करे के या तो किसी प्रकार के आक्रमण की आशंका ही न रहे, तथा यदि राज्य को युद्ध में उलझना ही पड़े तो उसकी सुरक्षा को किसी प्रकार की आँच न आए।

कौटिल्य ने अन्तर्राज्य सम्बन्धों के सैद्धान्तिक और व्यावहारिक पक्षों पर विस्तार से प्रकाश डाला है। अन्तर्राज्य सम्बन्धों के सैद्धान्तिक प्रारूप में कौटिल्य ने सामादि चार उपायों, मण्डल सिद्धान्त व षड्गुण नीति को सम्मिलित किया है।

अन्तर्राज्य सम्बन्धों का सैद्धान्ति स्वरूप

उपाय

कौटिल्य के अनुसार उपाय, राज्य के समक्ष अन्तर्राज्य सम्बन्धों में दूसरे राज्यों के प्रति अपनाई जा सकने वाली नीति के चार सामानय प्रारूपों को प्रस्तुत करते हैं। कौटिल्य ने चार उपायों का उल्लेख किया है: साम, दाम, दण्ड व भेद। कौटिल्य ने अपेक्षा की है कि राज्य को परिस्थिति के अनुरूप इन उपायों में से एक या अधिक उपायों का चयन करके उन्हें प्रयोग में लेना चाहिए।

(1) **साम**- कौटिल्य ने सम्मान या सद्वचनों के प्रयोग द्वारा दूसरे पक्ष को अपने अनुकूल करने के उपाय को साम की संज्ञा दी है। कौटिल्य राजा को साम उपाय को निरन्तर अपनाने का परामर्श देते हैं, क्योंकि उनकी मान्यता है कि यदि सम्मान से ही किसी को वश में कर लिया जा सके तो बिना अन्य साधनों के प्रयोग के भी राजा अपने उद्देश्य की पूर्ति कर सकता है।

(2) **दान**-दान को परिभाषित करते हुए कौटिल्य ने प्रतिपादित किया है कि वह धन देना, ऋण तथा कर आदि से मुक्त कर देना एंव विशेष कार्यों में प्राप्त सम्पूर्ण फल को दे देना दान कहलाता है। इस तरह धन आदि के द्वारा उपकार करना दान है।

(3) **भेद**-शत्रु के हृदय में शंका पैदा कर देना कौटिल्य के अनुसार भेद है। कौटिल्य ने भेद उत्पन्न करने की विधियों का वर्णन करते हुए प्रतिपादित किया है कि गूढ़ पुरुषों द्वारा मिथ्या प्रचार एवं कपट लेख आदि के प्रयोग से शत्रु एवं उसके अनुयायियों के मध्य भेद किया जा सकता है।

(4) **दण्ड**-प्राचीन भारतीय आचार्यों ने शत्रु का दमन करने के लिये दण्ड को अन्तिम विकल्प व उपाय के रूप में माना है। कौटिल्य ने दण्ड को परिभाषित करते हुए कहा है कि, 'शत्रु को मार देना, उसको पीड़ा पहुँचाना या उसके धन का अपहरण करना दण्ड कहलाता है।'

कौटिल्य ने उपायो का संयुक्त रूप से, अथवा पृथक्-पृथक् प्रयोग करने को अभीष्ट बताया है और प्रतिपादित किया है कि छोटी-छोटी बड़ी आपत्तियों के अनुसार ही उपायों को नियोग, विकल्प और समुच्च हुआ करते हैं।

कौटिल्य के अनुसार उपर्युक्त उपायों में से एक ही उपाय द्वारा जो कार्यसिद्ध होती है उसे सिद्धि दो उपायों से हुई सिद्धि को द्विसिद्धि, तीन उपायों से हुई सिद्धि को त्रिसिद्धि तथा चार उपायों से हुई सिद्धि को चतु: सिद्धि कहते हैं।

कौटिल्य इन चारों उपायों का अवसर के अनुरूप ही उपयोग करने का निर्देश देते हैं। उपायों के तुलनात्मक महत्व के विषय में आचार्य कौटिल्य की नीति अत्यंत युक्ति-युक्त व व्यावहारिक प्रतीत होती है। उनके अनुसार, दान से पूर्व, साम, भेद से पूर्व साम और दान, तथा दण्ड से पूर्व अन्य तीन उपायों का प्रयोग करना चाहिए

षड्गुण नीति

षड्गुण नीति, अन्तर्राज्य सम्बन्धें के निर्धारण में दूसरे राज्यों के प्रति परिस्थिति विशेष के संदर्भ में एक विशिष्ट दृष्टिकोण अपनाने हेतु विवेक सम्मत विकल्प प्रस्तुत करती है। कौटिल्य के अनुसार इस नीति में छ: पक्ष है-

संधि, विग्रह, आसन, यान, संश्रय एवं द्वैधीभाव।

कौटिल्य षड्गुण को राज्य का मूलमंत्र मानते हैं। उनका मत है कि राजाओं की जय-पराज्य इसी पर निर्भर है। कौटिल्य विजिणीषु राजा को परामर्श देते हैं कि वह अपनी सामर्थ्य के अनुसार संधि आदि छ: गुणों में, जिसको उचित समझे उसी को व्यवहार में लाए।

1. सन्धि-कौटिल्य के अनुसार दो राजाओं में कुछ शर्तों पर मेंल हो जाना संधि कहा जाता है।

2. विग्रह-कौटिल्य के अनुसार 'शत्रु का कोई अपकार करना विग्रह है।'

3. आसन-आसन वस्तुत: उस स्थिति को परिलक्षित करता है जब दोनों शत्रु पूर्णत: सन्नद्ध होकर युद्ध की प्रतीक्षा करते हैं। इस स्थित में दोनों ही पक्ष आक्रमण करना नहीं चाहते, परन्तु आत्मरक्षा हेतु पूर्णतया तैयार रहते हैं। राजा इस अवस्था में आक्रमण करना उचित व सुरक्षित नहीं समझता, परन्तु वह आत्मरक्षा में समर्थ होता है।

कौटिल्य के मतानुसार 'युद्ध की प्रतीक्षा में शांत बैठे रहना आसन कहलाता है।'

आसन के भेद-कौटिल्य ने आसन के दो भेद माने हैं-

विग्रह आसन तथा संधाय आसान।

कौटिल्य प्रतिपादित किया है कि जब राजा पूर्णतः शक्ति सम्पन्न हो तभी उसे युद्ध की घोषणा करके, आसन नीति का अवलम्बन करना चाहिए, परन्तु जब ऐसा प्रतीत हो कि युद्ध की घोषणा करने के पश्चात् 'विग्रह आसन' नीति सफल नहीं हो सकती, तब उसे 'संधाय आसन' नीति का ही अनुसरण करना चाहिए।

4. यान-विजिणीषु राजा शत्रु पर जो आक्रमण करता है उसे षड्गुण के अन्तर्गत 'यान' की संज्ञा दी गयी है। कौटिल्य ने 'चढ़ाई करने' को यान बताया है।

5. संश्रय-संश्रय गुण का तात्पर्य है कि निर्बल राजा आत्मरक्षा के लिीए अपनी अपेक्षा अधिक शक्तिशाली राजा कें प्रति आत्म-समर्पण करे।

संश्रय का लक्षण निर्दिष्ट करते हुए कौटिल्य ने बताया है कि जब किसी बलवान शत्रु द्वारा राज्य को चुनौती दी जाये, तथा उसके प्रतिकार का अन्य कोई उपाय न दिखाई पड़े तो अन्य बलवान, कुलीन, सत्य-प्रतिज्ञा वाले एवे श्रेष्ठ आचरण से युक्त किसी राजा का आश्रय लेकर शत्रु को परास्त करना चाहिए।

कौटिल्य ने प्रतिपादित किया है कि यदि निर्बल राजा दो बलवान राजाओं के मध्य में स्थिति हो तब उसे उन दों में से ऐसे राजा की शरण लेनी चाहिए जो उसकी रक्षा करने में समर्थ हो, अथवा समीप हो। यदि दोनों ही समीप हो तो 'कपाल-संधि' नीति अपनाकर दोनों का ही आश्रय लेना चाहिए। अथवा उन दोनों में से जिसकी ओर से शीघ्र भय की आंशका हो उसका आश्रय लेकर भावी विपत्ति का प्रतीकार करना चाहिए। कौटिल्य के अनुसार वह मध्यम तथा उदासीन राजाओं का भी आश्रय ले सकता है, अथवा किसी भी ऐसे राजा की शरण ले सकता है जिसके साथ परम्परागत सम्बन्ध रहा हो, अथवा जो उसका प्रिय हो।

6. द्वैधी भाव-कौटिल्य द्वैधी भाव को एक ऐसी नीति के रूप में परिभाषित किया है जिसमें शासक द्वारा एक साथ दो विपरीत प्रवृत्तियों को अपनाया जाए, ताकि विरोधी उसके वास्तविक मन्तव्य के विषय में भ्रम में पड़ जाये। कौटिल्य के अनुसार सन्धि एवं विग्रह दोनों को एक साथ काम लेना दैधी भाव की परिभाशा के विषय में कौटिल्य का मत मनु और शुक्र से भिन्न है। मनु शुक्र से भिन्न है। मनु और शुक्र द्वैधी भाव को, ऐसी नीति के रूप में परिभाषित करते हैं जिसमें शासक अपनी सेना को दो टुकड़ों में विभाजित कर उन्हें अलग-अलग स्थानों पर नियोजित करे।

षड्गुण नीति के अन्तर्गत सभी गुणों की तुलना वरीयता निर्धारित करते हुए कौटिल्य ने निर्देश दिया है कि राजा को अपनी शक्ति और सामर्थ्य के अनुसार इन छः

गुणों को अपनाना चाहिए उनका मत है कि जब संधि एवं विग्रह दोनों को अपनाने से एक ही प्रकार के लाभ की आशा हो, तब संधि गुण का ही अवलम्बन करना चाहिए। इसी प्रकार आसन और यान से, तथा संश्रय एवं द्वैधीभाव से समान लाभ होने की संभावना हो तो आसन एवं द्वैधीभाव नीति को अपनाना ही श्रेयस्कर है। कौटिल्य का मत है कि संधि, आसन और दैधीभाव की नीति ग्रहण करने से विग्रह यान और संश्रय की अपेक्षा कम क्षय व्यय की आशंका होती है।

❑❑❑

5

कौटिल्य का मण्डल सिद्धान्त

मण्डल सिद्धान्त के अन्तर्गत कौटिल्य ने राज्यों को एक विवेक सम्मत वर्गीकरण प्रस्तुत किया है। अन्तर्राष्ट्रीय सम्बन्धों में एक राज्य की विजिगीषु से मित्रता या शत्रुता को कौटिल्य मुख्यत: उनकी भौगोलिक अवस्थिति के आधार पर स्वीकार करते हैं।

कौटिल्य ने मण्डल सिद्धान्त के अन्तर्गत कुल 72 प्रकृतियों का उल्लेख किया है। इसके केन्द्र बिन्दु को, जिसके सम्बन्ध में अन्य राजाओं का वर्गीकरण किया गया है, कौटिल्य ने विजिगीणु कहा है।

कौटिल्य के अनुसार विजिगीषु के अग्रभाग में स्थिति जिस राजा की सीमा उसके राज्य से मिलती है उसे अरि कहा जाता है। तत्पश्चात क्रमश: मित्र, अरिमित्र, मित्र-मित्र और अरिमित्र-मित्र ये 5 राजा आते हैं। उसी प्रकार उसके पीछे क्रमश पार्ष्णिग्राह, आक्रन्द, पार्ष्णिग्राहसार और आक्रन्दसार स्थित होते हैं।

इसी प्रकार कौटिल्य के मत में विजिगीषु के अग्रभाग की भाँति ही पृष्ठ भाग में क्रमश शत्रु तथा मित्र राजाओं की परम्परा होती है। इस तरह कौटिल्य ने विजिगीषु तथा उसके अग्रभाग के 5 तथा पृष्ठभाग के 4 राज्यों को मण्डल तथा उदासीन की ही गणना की है। इस तरह कौटिल्य के अनुसार राज्य मण्डल के राज्यों की संख्या 12 होती है।

कौटिल्य के अनुसार उपर्युक्त 12 राज्यों में प्रत्येक की 5-5 द्रव्य प्रकृतियाँ होती हैं-अमात्य, कोष, दुर्ग, बल और राष्ट्र । अत: कौटिल्य के अनुसार मण्डल के मूल राज्य, और उनकी प्रकृतियों की संख्या का कुल योग 72 होता है।

राज्य मण्डल की उपर्युक्त 72 प्रकृतियों का उल्लेख महाभारत एवं मनुस्मृति में भी किया गया है।

कौटिल्य ने राज्य मण्डल की तुलना चक्र से की है और प्रतिपादित किया है कि, नेता विजिगीषु को चाहिए कि वह राज्य मण्डल रूपी चक्र में अपने मित्र राजाओं

को नरेमि, पास के राजाओं को अरा और स्वयं को नाभिस्थान में समझे।

राज्य मण्डल के घटक

1. विजिगीषु–राज्य मण्डल में केन्द्रस्थ राजा को कौटिल्य ने विजिगीषु की संज्ञा दी है। वस्तुत राज्य मण्डल के अन्य राज्यों का नामकरण उसी के संदर्भ में किया गया है। कौटिल्य ने प्रतिपादित किया है कि जो राजा आत्मसम्पन्न, अमात्य आदि प्रव्य प्रकृति दृष्टि से संपन्न और नीति का आश्रय लेने वाला हो, उसको विजिगीषु कहते हैं।

2. अरि–मण्डल के प्रसंग में कौटिल्य ने अरि ऐसे राजा को कहा है जिसके राज्य की सीमा विजिगीषु के राज्य से मिलती हो। सीमा सम्बन्धी विवादों के अग्रभा एवं पृष्ठभाग दोनों ही तरफ होते हैं। दोनों में भिन्नता व्यक्त करने के लिए कौटिल्य ने विजिगीषु के अग्र भाग में अवस्थित राज्य को अरि एवं पृष्ठभाग में स्थित राज्य को पाष्णिग्राह कहा है। कौटिल्य ने शत्रु को तीन वर्गों में बाँटा है–1. स्वाभाविक, 2. दायभागी, 3. सहज शत्रु।

3. मित्र–कौटिल्य के अनुसार राज्य मण्डल का अन्य महत्वपूर्ण अवयव मि॰ ॰। सामरिक दृष्टि से भी इसी स्थिति अत्यंत महत्वपूर्ण इसलिए हौत है कि, अरि विजिगीषु एंव मित्र के मध्य अवस्थित होता है। कौटिल्य ने मित्र का राज्य की प्रकृतियों में महत्वपूर्ण रूप से उल्लेख किया है, तथा अन्तर्राज्य सम्बन्धों में मित्र-राष्ट्र को महत्वपूर्ण स्थान दिया है।

कौटिल्य ने मित्र में अपेक्षित गुणों का उल्लेख करते हुए प्रतिपादित किया है कि मित्र ऐसे होने चाहिए जो स्वाभाविक हों, स्थायी हों, अपने वश में रह सकें, जिनसे विरोध की संभावनाएं नहीं हों, तो मंत्र, उत्साह आदि शक्तियों से युक्त ाहे, तथा जो समय आने पर सहायता कर सकें।

4. मध्यम और उदासीन–कौटिल्य ने विजिगीषु, अरि एवं मित्र के अतिरिक्त राज्य मण्डल में दो अन्य प्रकार के राज्यों मध्यम एवं उदासीन को भी स्थान दिया है। मध्यम तथा उदासीन राज्यों की भूमिका अन्तर्राज्य सम्बन्धों को निर्णायक रूप से प्रभावित करती है।

पर राष्ट्र नीति एवं राजनय के प्रक्रियात्मक पक्ष

कौटिल्य ने पर-राष्ट्र नीति के संचालन के लिये जिस सैद्धान्ति प्रारूप को प्रतिपादन किय है, वह सक्षम संस्थाओं व उचित प्रक्रियाओं के अभाव में व्यवहार में क्रियान्वित नहीं किया जा सकता। कौटिल्य ने पर-राष्ट्र सम्बन्धों के संचालन के लिये राजनयिक संस्थाओं और समुचित प्रक्रियाओं को महत्व के साथ चित्रित किया है।

दूत व्यवस्था

कौटिल्य ने दूतों की नियुक्ति, उनके सामान्य और विशिष्ट कार्यों, तथा दूतों को प्राप्त विशेषाधिकारों और उन्मुक्तियों का विस्तृत विवेचन किया है। कौटिल्य ने दूतों को राजा का मुख माना है तथा उनकी नियुक्ति, प्रस्थान की रीति और आचरण के विभिन्न पक्षों के सम्बन्ध में सूक्ष्मता से विवेचन किया है। कौटिल्य की मान्यता है कि यदि दूत के समक्ष प्राणों का संकट भी उपस्थित हो जाये तो भी उसे राजा के संदेश को यथार्थ रूप में दूसरे राजा के समक्ष प्रस्तुत करना चाहिए। कौटिल्य ने राजा को परामर्श दिया है कि उसे दूत की नियुक्ति अत्यंत सतर्कतापूर्वक करनी चाहिए। उनका मत है कि नियुक्त किये जाने वाले व्यक्ति की योग्यता और निष्ठा का भली-भाँति परीक्षण कर लेने के उपरांत, तथा मंत्रियों से मंत्रणा कर, उनकी सहमति प्राप्त कर लेने के पश्चात ही राजा को दूता की नियुक्ति करनी चाहिए।

क. दूतों की श्रेणियाँ

कौटिल्य ने दूतों की तीन श्रेणियां बताई है-1. निसृष्टार्थ, 2. परिमितार्थ, तथा 3. शासनहार।

1. निस्सृष्टार्थ-ऐसा दूता जिसमें अमात्य के सब गुण विद्यमान हों, और जो अमात्य की स्थिति रखता हो। इसे विदेशी राजा से संधि आदि करने के पूर्ण अधिकार प्रापत रहते थे।

2. परिमितार्थ में अमात्य के लिए आवश्यक गुणों का एक चौथाई भाग होता था। इस दूत को किसी निश्चित मामले में समझौता करने का अधिकार प्रदान किया जाता था, और वह ऐसा ही समझौता कर सकता था जिसका उसे आदेश दिया गया हो।

3. शासनहार-कौटिल्य ने इस श्रेणी के दूत की स्थिति हीन मानी है। यह केवल शासकीय सन्देश को पहुँचाने का ही कार्य करता था। उसे स्वयं कोई समझौतो या संधि करने का अधिकार प्राप्त नहीं होता था।

ख. दूतों की योग्यताएँ

कौटिल्य ने दूतों की योग्यताओं के विषय में विस्तृत विवेचन तो नहीं किया है, किन्तु यथा प्रसंग दूतों के लिए आवश्यक कतिपय गुणों का उल्लेख किया है। कौटिल्य ने निसृष्टार्थ दूत के लिए वही गुण आवश्यक माने हैं जो अमात्य से अपेक्षित है।

कौटिल्य ने दूत में साहस, निर्भिकता, अहंकार रहित व्यवहा, स्त्री प्रसंग तथा मधपान जैसे व्यसनों के प्रति अनासक्ति, परिस्थितियों को पहचानने की क्षमता आदि गुणों का होना आवश्यक माना है।

ग. दूतों के कार्य

अर्थशास्त्र में दूत का प्रमुख कार्य संधि विग्रह से सम्बन्धित माना गया है। दूत के कार्यों में कौटिल्य ने प्रमुखतः निम्नलिखित की व्याख्या की है-

1. शत्रु देश से वन रक्षक, सीमा रक्षक, नगर निवासियों तथा जनपदवासियों से सम्बन्ध स्थापित करना।

2. सेनाओं के ठहरने योग्य युद्ध भूमि और अवसर आने पर अपनी सेना के भाग सकने योग्य उपयुक्त स्थानों तथा रास्तों का पता लगाना।

3. शत्रु राजा के दुर्ग, उसके राज्य की सीमाओं, आमदनी, उपज, आजीविका के साधनों, राष्ट्र रक्षा के तरीकों, वहां के गुप्त भेदों एवं वहाँ की बुराइयों का पता लगाना।

4. शत्रु पक्ष के कर्मचारियों को अपने पक्ष में मोड़ लेने के कार्य, तथा विरोधी पक्ष को वश में कर देने के कार्यों को गुप्तचरों द्वारा जानना।

उपर्युक्त कार्यों के अतिरिक्त कौटिल्य ने दूतों के मुख्य कार्य निम्नलिखित बताए है-

1. **प्रेषण**-अपने राजा के संदेश को पहुँचाना।

2. **संधिपालत्व**-संधियाँ करना, और यह ध्यान रखना कि उनका यथोचित रूप से पालन किया जाए।

3. **प्रताप**-अवसर के अनुसार विदेशी राजा को चुनौती देना।

4. **मित्र संग्रह**-अन्य राज्यों से मैत्रीपूर्ण सम्बन्ध बनाना।

5. **सुहृद भेद**-जिन दो राज्यों में मैत्रीपूर्ण सम्बन्ध हों, उनमें परस्पर विग्रह करवाना।

6. **उपजाप**-विदेशी राज्यों में षड्यंत्र कराना।

7. **चार ज्ञान**- विदेशरी राज्यों के गुप्तचरों की गतिविधियों का पता रखना।

8. **पराक्रम**-आवश्यकता पड़ने पर पराक्रम प्रदर्शित करना।

9. समाधिमोक्ष-जिस विदेशी राज्य के साथ जो सम्बन्ध विद्यमान हों, उनहें भंग कर नए सम्बन्ध स्थापित करना।

घ. दूतों की कार्य पद्धति

कौटिल्य की मान्यता है कि दूतों को गुढ़ पुरुषों की भाँति गुप्त रूप से नीं वरन, जिस राज्य में भेजा गया है उसके शासन की अनुमति प्राप्त करने के पश्चात ही उसकी सीमा में प्रवेश करना चाहिए। कौटिल्य का मत है कि दूसरे राजो के सम्मुख उपस्थित होकर दूत को उसके अन्तर्भाव को समझने की चेष्टा करनी चाहिए, क्योंकि दृष्टि और चेष्टा ही उसकी प्रसन्नता व अप्रसन्नता का आभास मिल जाता है।

कौटिल्य के अनुसर यदि दूसरे राजा की वाणी में, दृष्टि में, मुद्रा में, प्रसन्नता झलकती हो, वह दूत की बातों को आदरपूर्वक सुन रहा हो, दूत को प्रश्न कने या अभीष्ट को प्रकट करने की स्वतंत्रता दे रहा हो, दूत के स्वामी राजा के कुशल क्षेम तथा गुणों के प्रति उसकी उत्सुकता हो, दूत को वह आदरपूर्वक समीप ही बैठाता हो, राजकीय उतसवों पर दूत को भी स्मरण करे और दूत के प्रत्येक कार्य पर उसे विश्वास हो, तो समझना चाहिए कि वह उस पर प्रसन्न है। कौटिल्य के मत में यदि दूत इसके विपरीत आचरण देखे तो उसे समझ लेना चाहिए कि दूसरा राजा उस पर रुष्ट है। कौटिल्य ने दूत को परामर्श दिया है कि वह रुष्ट राजा को यह कह कर उसके क्रोध को शांत करने का प्रयास करे, 'स्वामिन् आप हों, अथवा दूसरे कोई भी राजा हो, दूत सभी का मुख होता है। उसी के माध्यम से राजा पारस्परिक वार्ता विनिमय करते हैं। दूसरे की कही हुई बात को दुहरा देना मात्र दू का कार्य होता है।'

च. दूतों के विशेषाधिकार एवं उनमुक्तियाँ

कौटिल्य की मान्यता है कि दूत पर राष्ट्र में अपने राज्य का प्रतिनिधित्व करता है, अत: जब राजा पर राष्ट्र में अपने दूत को भेजे, तब उसके लिए धन, वाहन, भृत्य आदि का समुचित प्रबंध करना चाहिए।

कौटिल्य के अनुसार शासनहार दूत से न तो नदी पार करने का शुल्क लिया जाना चाहिए और न उसे और उसके अनुयाइयों को असमय में अथवा घाट के अतिरिक्त अन्य स्थानों से नदी पान करने के लिए दण्डित किया जाना चाहिए।

गुप्तचर व्यवस्था

कौटिल्य ने दूतों की गतिविधियों तथा दूसरे राज्य की नीतियों व कार्यों की निरन्तर जानकारी रखने के लिए गुप्तचर व्यवस्था का उल्लेख किया है।

1. गुप्तचरों के प्रकार

कौटिल्य ने गुप्तचरों की विभिनन श्रेणियों की व्याख्या की है।

क. एक स्थान पर स्थिर गुप्तचर

1. कापटिक-दूसरे के रहस्यों के जाने वाला, दबंग औ विद्यार्थी की वेशभूषा में रहने वाला गुप्तचर।

2. उदास्थित गुप्तचर-संन्यासी वेशधारी, अपने शिष्यों सहित कृषि, पशुपालन तथा व्यापार के नियत स्थानों में रहकर अपना कार्य करने वाला गुप्तचर।

3. गृहपतिक-बुद्धिमान, पवित्र हृदय, और गरीब किसान के वेश में रहने वाला गुप्तचर।

4. वैदेहिक-बुद्धिमान, पवित्र, हृदय, और गरीब किसान के वेष में रने वाला गुप्तचर।

5. तापस-जीवितका के लिए सिर मुंढाए या जटा धारण किए, राजा का कार्य करने वाला गुप्तचर।

ख. भ्रमणशील गुप्तचर

कौटिल्य ने ऐसे गुप्तचरों को संचार की संज्ञा दी है, जा घूम-धूम कर कार्य करते हैं। कौटिल्य के अनुसार ये भ्रमणशील गुप्तचर निम्नलिर्खित है-

1. सत्री-ऐसे गुप्तचरों को जो राजा के सम्बन्धी न हों, किन्तु जिनका पालन पोषण करना राजा के लिए आवश्यक हो, जो सामुद्रिक विद्या, ज्योतिष व्याकरण आदि विद्या, वशीकरण, इन्द्रजाल, धर्मशास्त्र, शकुन शास्त्र, पक्षिशास्त्र कामशास्त्र तथा नाचने गाने की कला में निपुण को कौटिल्य ने सत्री की संज्ञा दी है।

2. तीक्ष्ण देश में रहने वाले ऐसे व्यक्तियों को जो धन के लिये अपने प्राणों की भी परवाह न करके हाथी, बाघ और सांप से भी भिड़ जाते हैं, कौटिल्य ने तीक्ष्ण कहा है।

3. रसद-अपने बन्धुओं से भी स्नेह न रखने वाले क्रूर, प्रकृति के आलसी स्वभाव वाले व्यक्ति को कौटिल्य ने रसद 'जहर देने वाला' कहा है।

4. परिव्राजिक-आजीविका की इच्छुक, दरिद्र, प्रौढ़, विधवा, दबंग, ब्राह्मणी, रनिवास में सम्मानित, प्रधान अमात्यों के घर में प्रदेश करने वाली, संन्यासिनी के वेश में गुप्तचर का काम करने वाली स्त्री को कौटिल्य ने परिव्राजिका का नाम दिया है।

इसी प्रकार 'मुण्डा'अर्थात मुण्डित बौद्ध भिक्षुणी और वृषली आदि नारी गुप्तचरों के उपर्युक्त वर्गों के अतिरिक्त कौटिल्य ने उनकी अन्य श्रेणियों का भी वर्णन किया है। उन्होंने कहा है कि 'राजा को शत्रु, मित्र, मध्यम आदि राजाओं के घरों तथा उनके मंत्री, पुरोहित आदि के घरों में काम़ करने वाले कुबड़े, बौने, नपुसंक, कारीगर, स्त्रियों, गुंगे तथा अन्य प्रकार के मलेच्छ जाति के पुरुषों को गुप्तचर के रूप में नियुक्त करना चाहिए।'

कौटिल्य के अनुसार किलों में व्यापार करने वाले लोगों को किले की सीमा पर, सिद्ध तपस्वियों को राज्य के अन्तर्गत अन्य स्थानों पर, कृषक तथा उदास्थित पुरुषों को ग्रामों व नगरों में और राज्य की सीमा पर, गुपतचर के वेश में नियुक्त करना चाहिए। उनका

मत है कि वनों में शत्रु की प्रत्येक गतिविधि का पता लगाने के लिए वानप्रस्थी और वनवासी को गुप्तचर नियुक्त किया जाना चाहिए।

2. गुप्तचरों से प्राप्त सूचनाओं का सत्यापन

कौटिल्य ने शासक को गुप्तचरों से प्राप्त सूचनाओं की सत्यता की जाँच करने के पश्चात् ही उनके अनुरूप निर्णय लिये जाने पर बल दिया है। उनके अनुसार जब तीन गूढ़ पुरुष, जो दूसरे को न जानते हों, एक ही प्रकार का प्रतिवेदन प्रस्तुत करें तभी उसे यथार्थ मानना चाहिए। उनका मत है कि बारम्बार परस्पर विरोधी प्रतिवदेन देने पर गुप्तचरों को दण्ड दिया जाना चाहिए।

युद्ध

कौटिल्य ने महाभारत तथा मनुस्मृति के समान युद्ध सम्बन्धी विषयों का विवेचन किया है। कौटिल्य ने युद्ध के अवसर, युद्ध के औचितय, युद्ध के नियमों व युद्ध क्रिया आदि सभी पक्षों पर प्रकाश डाला है। अर्थशास्त्र में युद्ध सम्बन्धी प्रसंगों के अध्ययन से यह भ्रम हो सकता हें कि कौटिल्य युद्ध की नीति को समर्थन प्रदान करते हैं। किन्तु वस्तुस्थित इससे भिन्न है। कौटिल्य राजा से अपेक्षा करते हैं कि वह पले अन्य समस्त प्रकार के साधनों का प्रयोग करके, समस्या के समाधान तथा राज्य के हितों की पूर्ति का प्रयत्न करे। युद्ध को कौटिल्य ने अन्तिम विकल्प माना है।

क. युद्ध प्रवृत्ति को प्रोत्साहन

कौटिल्य ने साहसपूर्वक युद्ध करना क्षत्रिय का आवश्यक कर्तव्य माना है। कौटिल्य ने राजा को ।अवश्यकता पड़ने पर युद्ध करने से संकोच नहीं करने का परामर्श देते हैं, किन्तु वह राजा से यह अपेक्षा अवश्य करते हैं कि युद्ध का परामर्श करने से पूर्व वह सारी स्थितियों को भली-भाँति आकलन कर ले तथा सारी परिस्थितियाँ अनुकूल होने पर ही युद्ध करें।

ख. युद्ध के प्रकार

कौटिल्य ने चार प्रकार के युद्धों का उल्लेख किया है-

1. प्रकाश युद्ध-कौटिल्य के अनुसार देश काल और पराक्रम को निर्दिष्ट करके जो युद्ध किया जाता है, वह प्रकाश युद्ध है।

2. कूट युद्ध-छल कपट द्वारा भय उत्पन्न करना, दुर्गों को ध्वस्त करना, लूटमार, अग्नि दाह, अस्वस्थ एवं व्यसन ग्रस्त शत्रु पर आक्रमण, अथवा एक स्थान पर युद्ध स्थगित कर, अन्य स्थान पर छल से प्रहार करना कौटिल्य के मत में कूटयुद्ध है।

3. तृष्णी युद्ध-विष, औषधि आदि के प्रयोग, एवं गुढ़-पुरुषों द्वारा शत्रु का वध करना तथा उसके पक्ष को उपजापित करना कौटिल्य के अनुसार तूष्णी युद्ध के लक्षण हैं।

4. माया युद्ध-माया युद्ध के अन्तर्गत कौटिल्य ने मुख्यत: छल-कपट द्वारा शत्रु की पराज्य के लिये किये जाने वाले कार्यों का उल्लेख किया है।

ग. युद्धरत पक्षों की मर्यादाएँ

यद्यपि कौटिल्य ने युद्ध के नियमों का व्यवस्थित व विस्तृत विवेचन नहीं किया है, तथापित उन्होंने युद्ध के दौरान युद्धरत पक्षों द्वारा मर्यादित व्यवहार किये जाने पर बल दिया है।

घ. असैनिक और युद्ध

कौटिल्य ने राजा से अपेक्षा की है कि युद्ध में असैनिकों को पीड़ित न किया जाये। वे विजित राज्य में अत्यधिक लूटमार व विध्वंस के विरुद्ध भी हैं। उनका मत है कि विजिगीषु राजा को विजित राज्य में उन धर्मयुक्त आचार व्यवहारों का प्रचार करना चाहिए जिनका अब तक वहाँ अभाव था। कौटिल्य के मत में विजेता राजा को विजित राज्य में रह रहे घर्मनिष्ठ लोगों को प्रोत्साहित करना चाहिए तथा धर्मयुक्त आचार व्यवहारों व अधर्म में प्रवृत्त लोगों पर नियंत्रण के लिए यत्नपूर्वक प्रयत्न करना चाहिए।

च. आहत सैनिक

कौटिल्य ने युद्ध के दौरान घायल सैनिकों पर प्रहार न किये जाने तथा उन्हें चिकित्सा सुविधाएँ करवाने को आवश्यक माना है।

छ. विजेता राष्ट्र का विजित राष्ट्र के प्रति दृष्टिकोण

कौटिल्य ने युद्ध के पश्चात विजित राज्य कें प्रति व्यवहार के सम्बन्ध में विजेता राजा को महत्वपूर्ण निर्देश दिये हैं। उनके अनुसार विजेता को सर्वप्रथम विजित राज्य को अपने अनुकूल बनाने का प्रयत्न करना चाहिए।

1. विजेता को पराजित शत्रु के दोषों को अपने गुणों से, और उसके गुणों को पेक्षाकृत अधिक गुणों से ढक देना चाहिए। साथ ही उसके गुढ़ पुरुषों को इस प्रकार प्रचार करना चाहिए जिससे प्रजा वर्ग की निष्ठा अपने भूतपूर्व शासक से हटकर, विजेता के प्रति हो जाये। इस उद्देश्य की पूर्ति हेतु देश, ग्राम, जाति तथा संघ मुख्यों में पराजित राजा के दुर्गुणों तथा अपने स्वामी की उदारता एवं शील स्वभाव का प्रचार किया जाना चाहिए।

2. विजित देश की प्रजा को स्वधर्म पालन करने की पूर्व सुविधा प्रदान की जानी चाहिए।

3. विजित राज्य की जनता के आचार-संहिता, सामाजिक व सांस्कृतिक मान्यताओं व रीति-रिवाजों को आदर प्रदान किया जाना चाहिए।

4. विजित राज्य के उत्सवों, वरन पूर्वरूपेण अपना लिया जाना चाहिए।

5. करों में छूट, अनुग्रह तथा धन-सम्मान आदि प्रदान करके वहाँ की जनता को सम्मानित और पुरस्कृत किया जाना चाहिए।

6. दीन व अनाथ व्यक्तियों को अनुग्रहीत किया जाना चाहिए।

कौटिल्य ने विजेता राज्य को विजित राज्य के प्रति व्यवहार करने में सावधानी व सर्तर्कता बरतने का परामर्श देते हुए कहा है कि उसे-

1. शत्रु के कर्मचारियों को प्रतिज्ञानुसार, धन, मान सम्मान आदि देकर संतुष्ट करना चाहिए।

2. शत्रु के उपकृत मंत्री पुरोहित, सेना मुख्य आदि, तथ चोर प्रकृति के लोगों को एक सथ नहीं रहने देना चाहिए।

3. शत्रु पक्षीय व्यक्तियों को जिनसे विरोध का भय या आशंका हो, समुचित दंउ दिया जाना चाहिए।

4. स्वदेश के नागरिकों एव शत्रु द्वारा अवरुद्ध पुरुषों को महत्वपूर्ण पदों पर नियुक्त करना चाहिए।

राजनीतिक चिंतन को कौटिल्य की देन एवं महत्व

राजनीतिक चिन्तन में कौटिल्य की देन का वर्णन निम्नलिखित बिन्दुओं के अन्तर्गत किया जा सकता है-

1. भारतीय विचारकों का स्रोत-भारतीय राजनीतिक चिन्तन के इतिहास में कौटिल्य का उच्च स्थान है। वह उसी प्रकार भारतीय राजनीतिक चिन्तन का पिता माना जाता है, जिस प्रकार प्लेटो और अरस्तू पाश्चात्य जगत के राजनीतिक चिन्तन के पिता माने जाते हैं। लगभग प्रत्येक भारतीय राजनीतिक विचाारक पर कौटिल्य का प्रभाव पड़ा है। उदाहरणार्थ-कामन्दक अपने आपको कौटिल्य का शिष्य स्वीकार करता है, सोमदेव सूरी की रचना उसके विचारों पर आधारित तथा कालिदास और कात्यायन के राजनीतिक विचारों पर कौटिल्य को अर्थशास्त्र ही स्रोत है। इनके अतिरिक्त अन्य अनेक साहित्यकारों तथा राजनीतिक विचारकों की रचनाएँ व टीकाएँ उसके अवतरणों से भरपूर हैं।

2. भारतीय राजनीतिक साहित्य को विस्तृत होने से बचाना-कौटिल्य ने अपनी रचना अर्थशास्त्र द्वारा प्राचीन भारतीय राजनीतिक साहित्य को विस्मृत होने से बचा लिया।

अर्थशास्त्र मात्र कौटिल्य के विचारों का संग्रह ही नहीं है अपितु उसमें पहले के आचार्यों, विचारकों और सम्प्रदायाओं के विचारों को भी उल्लेख मिलता है। उदाहरणार्थ- अर्थशास्त्र में भारद्वाज, कणिङ्कभरद्वाज, विशालाक्ष, पाराशर, पिशन-कोणदन्त, वाता-व्याधि, बाह्यदन्तिपुत्र, कात्यायन, घोटमुख, दीर्घचारायध, पिशुनपुत्र , किनजल्क आदि तथा मनु, बृहस्पति, शुक्राचार्य, पाराशर आदि सम्प्रदायों के विचारों का उल्लेख मिलता है।

3. राजनीति शास्त्र को पृथक शास्त्र बनाना-अर्थशास्त्र में विभिन्न प्राचीन भारतीय आचार्यों एवं संप्रदायों के विचारों के उल्लेखों से स्पष्ट होता है कि कौटिल्य से पूर्व भी प्राचीन भारत में राजदर्शन पर्याप्त रूप से विकसित हो चुका था। कौटिल्य ने अपने पूर्व के आचार्यों व विचारकों का संकलन किया, उनका खण्डन किया अथवा समर्थन किया तथा तत्कालीन राजनीतिक संस्थाओं, विचारकों का पर्यवेक्षण व परीक्षण किया। उसने तत्कालीन राजनीतिक संस्थाओं, विचारों एवं घटनाओं का पर्यवेक्षण व परीखण किया। उसने अपने अनुभव और विश्लेषण के आधार पर उनका मूल्यांकन स्वयं के निष्कर्ष निकाले। कौटिल्य ने अपने स्थानाओं पर ऐतिहासिक उदाहरण भी प्रस्तुत किये हैं तथा उनकी तुलनाये भी दी है। इस प्रकार कौटिल्य ने राजनीति शास्त्र को पृथक शास्त्र बनाने का प्रयास किया। कौटिल्य ने राजनीति शास्त्र को एक क्रमबद्ध व्यापक तर्कसंगत शाखा बना दिया।

4. विचारकों तथा विचारधाराओं का पूर्वानुमान-कौटिल्य ने विचारधारा में अनेक विचारकों तथा विचारधाराओं का पूर्वानुमान मिलता है-उदाहरणार्थ अपने समकालीन अरस्तू की तरह कौटिल्य राज्य के आदर्श व नैतिक स्वरूप तथा विवेक की सर्वोच्चता को स्वीकार करता है। कौटिल्य शक्ति की राजनीतिक, धर्म व राजनीति के पृथक्करण, सभी प्रकार के उचित व अनुचित साधन के प्रयोग, शासनकला, कूटनीति के सिद्धान्त, व्यावहारिक राजनीति आदि के बाद में आने वाले राजनीतिक विचारकों का पूर्वानुमान करता है। इन बातों में उसके विचार मैकियावली के विचारों के काफी निकट है। सम्प्रभुता को स्वामी में निहित करके तथा राजााओं को सर्वव्यापी बनाकर वह ऑस्टिन का पूर्वानुमान करता है। अर्थनियोजित अर्थव्यवस्था तथा भौतिक आवश्यकताओं की पूर्ति पर बल देकर वह मार्क्स, राज्य समाजवाद तथा मिश्रित अर्थव्यवस्था का पुर्वानुमान करता है। राज्य विस्तार तथा युद्ध के औचित्य पर बल देकर वह साम्राज्यवाद-फासीवाद तथा नाजीवाद का पूर्वानुमान करता है। साधारण लोगों के हित एवं राज्य का सुख राजा का सुख बताकर कौटिल्य आधुनिक कल्याणकारी जनता का पूर्वानुमान करता है।

5. व्यावहारिक राजनीतिक का प्रतिपादन-कौटिल्य व्यावारिक राजनीति का प्रणेता माना जाता है और यही उसकी राजनीति को स्थाई देन है। कौटिल्य ने वास्तव में

शासन कला तथा कूटनीति की विस्तृत व्याख्या की है। अरस्तू ने यूनानी नगर-राज्य के सम्बन्धों से ही विवेचन किया, परन्तु कौटिल्य का विवेचन कहीं अधिक विस्तृत है। इस दृष्टि से 'अर्थशास्त्र' 'राजनीति' से श्रेष्ठ है। कौटिल्य राजनीतिक संस्थाओं तथा घटनाओं का विवेचन प्लेटों की आदर्शवादिता या कल्पना के आधार पर अथवा अरस्तू के प्रकृतिवाद व सिद्धान्वाद के आधार पर या रोमन विधिवेत्ताओं के विधिशास्त्रीय आधार पर अथवा चर्च के पादरियों के धर्मशास्त्रीय आधार पर नहीं करता। कौटिल्य के विवेचन का आधार तो व्यावहारिक है और वह पूर्णतया व्यावहारिक है।

6. समकालीन राजनीतिक स्थिति तथा राजनीतिक यथार्थवाद से निर्धारित विचार- प्रत्येक पुस्तक अपने समय का दर्पण होती है जिससे उस युग की विशेषताओं को देखा जा सकता है। कौटिल्य का अर्थशास्त्र उन परिस्थितियों के अनुभवों के आधार पर लिखा गया था, जिसमें कौटिल्य ने अपना संपूर्ण जीवन व्यतीत किया। राजा और राजा के राज्य को विस्तृत करने के लिए कुटिल एवं निपुण ज्ञान की आवश्यकता होती है। यह ज्ञान कौटिल्य के पास उपलब्ध था जो व्यावहारिक अनुभवों द्वारा और तीक्ष्ण एंव प्रखर होता गया। उन्होंने अपने पूर्ववर्ती आचार्यों के मतों एवं विचारों को भी अर्थशास्त्र में स्थान दिया है। यह उनकी विशालएवं समन्वयात्मक दृष्टिकोण की ओर संकेत करता है। श्री नीलकंठ शास्त्री के विचार में अर्थशास्त्र कौटिल्य के समय में प्रचलित सिद्धान्तों को सारांश रूप में व्यक्त करता है। कौटिल्य के विचार समकालीन राजनीतिक स्थिति एवं राजनीतिक यर्थाथवाद से निर्धारित हुए थे, इस तथ्य को निम्न बिन्दुओं के अन्तर्गत स्पष्ट किया गया है-

क. समकालीन राजनीतिक विचारों का समन्वय-कौटिल्य के अर्थशास्त्र में उस समय प्रचलित विद्वानों के समस्त राजनीतिक विचारों का उल्लिखित किया गया है। समस्त समकालीन आचार्यों के विचारों का निष्कर्ष हम कौटिल्य के अर्थशास्त्र में पाते हैं। इन्ही आचार्यों के विचारों ने संभवत: कौटिल्य को अर्थशास्त्र लिखने को प्रेरित किया होगा। कौटिल्य ने अपने अर्थशास्त्र में लगभग 19 अर्थशास्त्र सम्बन्धी आचार्यों की व्याख्या की है। कौटिल्य ने इन विद्वानों के विचारों को निष्पक्ष रूप से विवेचित किया है।

ख. शासन की व्यावहारिक समस्याओं की व्याख्या-इस पुस्तक में शासन की व्यावहारिक समस्याओं की व्याख्या की गई है तथा उसके समाधान के रास्ते भी बताए गए है। यथा-कौटिल्य के अर्थशास्त्र में संघ राज्यों द्वारा प्रजातंत्र की व्याख्या की गई है क्योंकि इस समय तक स्वतंत्र व्याख्या की है। इससे हमें तत्कालीन संघ के राज्यों के सगठन, उनकी साम्राज्य भावना, कार्य एवं रीति-नीति का ज्ञान मिलता है। हालाकि

सिकन्दर के आक्रमणों के अनेक छोटे-छोटे संघों को नष्ट कर दिया, पर इससे अनेक छोटे संघ टूटकर बड़े संघ बने। कौटिल्य ने अपने अर्थशास्त्र में जनपदों के शासन तथा राजा की अच्छाइयों एवं बुराइयों के वर्णन द्वारा यह बताया है कि किस राजा को किन उपायों के माध्यम से मिलाया या जीता जा सकता है। उसने उन नीतियों की विवेचना की है जिनके आधार पर विभिन्न जनपदों के मध्य कलह, द्वेष किस प्रकार फैलाया जाए, जिससे वे जनपद कमजोर हो सकें इनकी पृष्टभूमि में कौटिल्य का यह उद्देश्य था कि जनपदों को कमजोर बनाकर उन पर आक्रमण कर दिया जाए और उन पर विजय प्राप्त कर ली जाए। इन नीतियों के आधार पर वह साम्राज्यवाद की स्थापना करना चाहता था।

इस प्रकार कौटिल्य के अर्थशास्त्र में समकालीन राजनीतिक स्थिति से जन्य व्यावहारिक समस्याओं की व्याख्या की गई है, जिससे स्पष्ट होता है कि कौटिल्य क विचार समकालीन राजनीति से निर्धारित हुए है।

ग. कौटिल्य के विचारों पर तत्कालीन आर्थिक स्थिति का प्रभाव-कौटिल्य युगीन आर्थिक ढाँचा सामन्ती अर्थव्यवस्था के रूप में विकसित हो रहा था। समाज का संकुचित रूप जो कृषि समाज के बन्धनों से कठोर रूप से बंधा था, वे लचीले होकर टूट रहे थे। इनके स्थान पर उत्पादन एंव वितरण के नवीन नियमों का जन्म हो रहा था। ये नियम अपना स्थान समाज में बनाते जा रहे थे। यथा-अ. इस युग का समाज कृषि कार्य एवं कृषि व्यवसाय से सम्बन्धित था। यह व्यक्ति की जीविका का मुख्य साधन था। इसलिए कौटिल्य ने कृषि सम्बन्धी समस्याओं पर काफी गंभीरता से विचार किया है। ब. कौटिल्य युग में शूद्र के आर्थिक ढाँचे में प्रवेश कर लिया था। इसलिए कौटिल्य ने शूद्रों को द्विजों की केवल सेवा तक ही सीमित नहीं किया है, वरन् कार्यक्षेत्र के नवीन आधार भी उनके लिए प्रस्तुत किए है। कौटिल्य का मत है कि शूद्र अपनी जीविका केवल द्विजों की सेवा करके ही प्राप्त नहीं कर सकते हैं, वरन दस्तकारी, नृत्य, नाटक मण्डल एवं नृत्य के कार्यों को अपनाकर भी अपनी जिविका अर्जित कर सकते हैं। इसके अतिरिक्त अर्थशास्त्र में स्पष्ट रूप से यह व्याख्या की है कि नवीन भूमि को जब भी कृषि के अन्तर्गत लाया जाए उस समय शूद्रों को इस भूमि का आजीवन पट्टेदार कर दिया जाए। इसके साथ ही उन्हें अन्य सुविधाएँ भी प्रदान करता था जिनके बदले वह राज्य को लगान देता था। स. इस काल में शूद्रों व दस्तकारों ने कृषि व्यवसाय के साथ-साथ अपना महत्वपूर्ण स्थान बना लिया था। कुछ ऐसे दस्तकार थे जो शस्त्र का निर्माण, कताई, बुनाई खनन आदिक कार्य में लगे हुए थे। इससे स्पष्ट होता है कि कौटिल्य ने अपने पूर्ववर्ती शूद्रों की स्थिति को उसी रूप में स्वीकार नहीं किया, वरन उनकी स्थिति में मूल परिवर्तन लाने की चेष्टा की। इनका उद्देश्य राज्य के कार्य, व्यापार कृषि आदि में उन्नति लाना था।

7. धर्म और राजनीति को पृथक् करना-अधिकांश पाश्चात्य विद्वानों का मत है कि प्राचीन भारत के राजनीतिक साहितय में धर्म व राजनीति में कोई भेद नहीं कया गया। परन्तु यह मत सही नहीं है। कौटिल्य ने अपने अर्थशास्त्र में स्पष्ट रूप से धर्म व राजनीति में भेद किया है। इस प्रकार धर्म को राजनीति से पृथक कर कौटिल्य ने राजनीति शास्त्र के विकास में महान योगदान दिया है। इस संदर्भ में यह कहा जा सका है कि कौटिल्य भारतीय परम्परा के उस उज्ज्वल पक्ष से जुड़े हुए हैं जिसमें राज्य को धर्म से पृथक किया गया है लेकिन उसे अने में साध्य नहीं माना गया है। मनुष्य का साध्य है-सत्+चित+ आनन्द की प्राप्ति करना और राज्य का कार्य उन सभी कठिनाइयों को दूर करना है उसकी बाधाएँ हैं। इसीलिए कौटिल्य ने राजा को राजाध्यक्ष के रूप में कर्तव्यों, नैतिक दायित्वों एवं स्वस्थ परम्पराओं से बांध दिया है।

8. दण्डनीति की सर्वोच्चता-कौटिल्य ने राजनीति को धर्म से ही मुक्त नहीं किया, अपितु राजनीति को धर्म के ऊपर प्राथमिकता एवं प्रधानता दी है। कौटिल्य ने सभी विद्याओं की सिद्धि को दण्डनीति पर आधारित किया है। कौटिल्य के मतानुसार जब धर्म व राजनीति में विरोध हो, तो राजनीति को ही सर्वोच्च मानना चाहिए। इस प्रकार कौटिल्य ने धर्म को जनता का व्यक्तिगत मामला मानकर राजनीति को सर्वोच्च उच्च स्थान प्रदान किया।

9. नियोजित अर्थव्यवस्था-कौटिल्य की एक अन्य देन नियोजित अर्थव्यवस्था है। वह अर्थ की प्राप्ति, सुरक्षा और वृद्धि के सम्बन्ध में क्रमबद्ध विवेचन करता है। कौटिल्य का राज्य आर्थिक राज्य है, जो अर्थव्यवस्था को नियमित व नियंत्रित ही नहीं करता, वरन आर्थिक क्रियाओं में प्रत्यक्ष भाग भी लेता है। कौटिल्य ने राज्य के आर्थिक कार्य बताये हैं-सार्वजनिक व निजी क्षेत्र को निर्धारित करना, उद्योगों के विकास क्रम को निर्धारित करना, लाभ, मजदूरी तथा कीमतों को निर्धारित करना, मालिकों, उत्पादकों तथा उपभौक्ताओं के हितों की रक्षा करना, श्रम व फेक्ट्री कानून बनाना आदि। इस प्रकार कौटिल्य नियोज़ित अर्थव्यवस्था का प्रणेता है।

10. लोककल्याणकारी राज्य-कौटिल्य का राज्य लोककल्याणकारी राज्य है। वह परोपकार एवं पितृ-सत्तात्मक राज्य है, पुलिस राज्य नहीं। जनता का हित ही इसका प्रथम व अन्तिम लक्ष्य है। कौटिल्य का राज्य अपने नागरिकों को वहीं सेवाएँ प्रदान करता है, जो आधुनिक युग में लोकल्याणकारी राज्य प्रदान करता है, जैसे-व्यवसायों की व्यवस्था, चिकित्सालयों का निर्माण, विधवाओं, अनाथों, वृद्धों तथा अपाहिजों की सहायता, कृषि, पशुपालन, उद्योग वाणिज्य आदि का विकास, अनुसंधानों को प्रोत्साहन, विद्वानों का सम्मान आदि। इस प्रकार कौटिल्य लोककल्याणकारी एवं समाजवादी राज्य का पुर्वानुमान करता है।

11. धर्मनिरपेक्ष विचारों का प्रणेता-इसमें संदेह नहीं है कि कौटिल्य ने वर्ण व्यवस्था का समर्थन किया और उसका राजा धर्म प्रवर्तक है, परन्तु कौटिल्य न तो दासता और न धर्मान्धता का समर्थन करता है। भारतीय धर्म में कर्तव्यो का धार्मिक क्रियाओं के साथ-साथ ज्ञान कराया जाता है। कौटिल्य ने अपने राजनीतिक विवेचन का आधार धर्म का नहीं बनाया और राजनीतिक समस्याओं के समाधान में धर्म की सहायता नहीं ली। राज पुरोहित जैसे महत्वपूर्ण पद को भी उसने राज्य का अंग नहीं बनाया।

12. राज्य की उन्नति-कौटिल्य ने राज्य की उन्नति के लिए कूटनीतिक युद्ध गुप्तचर षड्यंत्र आदि साधनो को अपनाने पर बल दिया है। स्वयं उसी के शब्दों में, 'राज्य का विकास अवनति से स्थिरता की ओर तथा स्थिरता से प्रगति की ओर हो।' साथ ही कौटिल्य वह भी चेतावनी देता है कि शक्ति का प्रयोग संयम व समझदारी से करना चाहिए, जिससे वह आत्म विनाशी नहीं बने।

13. सभ्यता एवं संतुलित दृष्टिकोण-कौटिल्य का राजनीतिक चिन्तन सभ्यता और संतुलन का है, अतिवादिता और कठोरता का नहीं। अतिवादिता और कठोरता को वह राज्य के हितों के विरुद्ध मानता है। उदाहरणर्थ, शक्ति के संचयन के साथ-साथ वह इसका प्रयोग संयम व समझदारी के साथ करने पर बल देता है, वह राजतंत्र का समर्थक है, निरंकुशता का नहीं, वह भौतिकवादी है, किन्तु सुखवाद का समर्थक नहीं, उसकी वर्ण व्यवस्था उदारवादी है, अनुदारवादी नहीं। राज्य को अत्यधिक शक्तिशाली बताते हुए भी वह फासीवाद का समर्थक नहीं है।

इस प्रकार हम देखते हैं कि कौटिल्य का भारत के ही नहीं, अपितु विश्व की राजनीतिक के चिन्तकों में बहुत उच्च स्थान है। कौटिल्य ने राज्य, इसके अंग कार्य आदि तथा मंत्रियों, व्यापार-वाणिज्य, दूत, अन्तर्राज्यीय सम्बन्धों आदि के सम्बन्ध में जो कुछ लिखा है, उनकी अनेक बातें आज के युग में भी लागू की जा सकती है, और लागू हो रही है, वास्तव में कौटिल्य राजनीतिक चिन्तन के क्षेत्र में वही स्थान है, जो प्लेटों एवं अरस्तू का पश्चिम में है।

कौटिल्य का सप्तांग सिद्धान्त

कौटिल्य राज्य को अनिवार्य संस्था मानते हैं। उनका राज्य सम्बन्धी सिद्धान्त हॉब्स के सिद्धान्त के पर्याय निकट है कौटिल्य के अनुसार, राज्य की स्थापना से पूर्व एक समय ऐसा था, जिसमें मानव जीवन अधिकतर शक्ति पर आधारित थे। शक्तिशाली व्यक्ति दुर्बल व्यक्तियों को सताते तथा उनका शोषण करते थे। दुर्बल व्यक्तियों का अस्तित्व ही सबल व्यक्तियों के हाथ में था। यह अवस्था 'मत्स्य-न्याय' की अवस्था थी। जीवन रक्षा की तथा अन्य समस्याओं के समाधान हेतु, साधारण व्यक्तियों ने एक व्यक्ति को राजा

बनाया जिसे कृषि, व्यापार आदि से एक निश्चित भाग उसे कर के रूप में देना स्वीकार किया। इस प्रकार राज्य का उदय मनुष्यों की प्राकृतिक असह्य अवस्था की कठिनाइयों से मुक्ति प्राप्त करने के लिए अनिवार्य संस्था है। राज्य का कर्तव्य प्रजा की रक्षा करना तथा उसे सुखी बनाना है। राजा की निन्दा या अवज्ञा करना एक गंभीर अपराध है।

कौटिल्य ने राज्य के सात अंग बताये हैं, जो निम्नलिखित हैं-

1. स्वामी या राजा- कौटिल्य के अनुसार, स्वामी अथवा राजा को सर्वगुण सम्पन्न होना चाहिए तथा उसमें कोई भी अवगुण नहीं होना चाहिए। स्वामी के गुणों की गणना करते हुए कौटिल्य ने बाया कि वह उच्च कुल में उत्पन्न, धर्म में रुचि रखने वाला, दूरदर्शी, सत्यवादी, महत्वाकांक्षी, अथक परिश्रमी, गुणवानों की पहचान और आदर करने वाला, शिक्षा प्रेमी, योग्य मंत्रियों सेयुक्त तथा सामन्तगणों को में रखने वाला होना चाहिए। वह शास्त्रों को समझने, तीव्र स्मृति, तर्क शक्ति से सम्पन्न वीर, साहसी, अपराधियों को क्षमा करने की शक्ति, आत्म संयम, कुशल सेनापति, तेजस्वी तथा शत्रु की कमजोरी जानने वाला होना चाहिए। उसे काम, क्रोध, लोभ मोह सू दूर रहना चाहिए, हँसमुख व मीठे वचन बोलने वाला तथा दूसरों की बातों में न आने वाला होना चाहिए।

स्वामी ने इन गुणों को कौटिल्य चार भागों में बाँटते हैं। इनमं पहले वर्ग के गुण अभिगामिक प्रकार के हैं जिनके द्वारा लोग उसके स्वामिन के पास आते हैं और उसका नेतृत्व स्वीकार करते हैं। दूसरे वर्ग में प्रज्ञाविषयक गुण हैं और तीसरे वर्ग में उत्साह गुण हैं तथा चौथे वर्ग में व्यक्तिगत अनुशासन के गुण है।

यहाँ पर इन गुणों में से स्वामिन के निम्न तीन गुण विचारणीय है-

1. शाक्य सामन्त अर्थात वह जो पड़ौसी राज्यों को वश में रख सके।
2. अक्षुद्र परिषत्क अर्थात वह जिसकी मंत्रीपरिषद् छोटी न हो।
3. वह संधि या विग्रह के विभिन्न अवसरों में विवके कर सके।

इन गुणों से स्पष्ट होता है कि कौटिल्य का स्वामी कोई सामनत नहीं है, वह वास्तविक राजा है जो किसी के अधीन नहीं है। दूसरे शब्दों में, वह एक संपूर्ण राजनीतिक संगठन का शासक है, उसके किसी अंश का नहीं।

2. अमात्य राज्य का दूसरा अंग अमात्य है, जो राज्य संचालन के वास्तविक अंग होते हैं। बिना योग्य व गुणवान अमातयों के सर्वगुणसम्पन्न राजा भी शासन में सफल नहीं हो सकता। राजा को अमात्यों की नियुक्ति बहुत ही सोच समझ कर करनी चाहिए। ये अमात्य राज्य के कर्मचारी होते हैं और इन्हीं में से अधिक योग्य और गुणी व्यक्तियों की मंत्री के रूप में नियुक्ति की जाती है।

कौटिल्य के अनुसार, 'जिस प्रकार गाड़ी का एक पहिया दूसरे की सहायता के बिना प्रयोग में नहीं लाया जा सकता, उसी प्रकार राज्य चक्र भी अमात्य आदि की सहायता के बिना अकेले राजा द्वारा नहीं चलाया जा सकता।'

यद्यपि अमात्य शब्द से मंत्री शब्द का बोध होता है परन्तु कौटिल्य की अर्थशास्त्र में अमात्यों का कार्य बताया गया है स्वामी को राज कार्यों में उचित परामर्श देना। अन्य कार्यों को जानना तथा जाने हुए कार्यों ाक निश्चय करना। निश्चित कार्य को दृढ़ करना। किसी कार्य में संदेह होने पर संदेह दूर करना तथा कुछ जाने हुए कार्यों के शेष भाग को भी जनना आदि।

कौटिल्य एक अच्छे अमात्य के गुणों का भी उल्लेख किया है। इनमें दो प्रमुख ये हैं–1. वह उस राज्य का नागरिक जो तथा, 2. उसमें स्वामी के प्रति दृढ़ भक्ति हो।

3. जनपद–कौटिल्य का जनपद से अभिप्राय किसी प्रदेश की भूमि व जनता से है। उसके जनपद के गुण यूनानी दार्शनिकों प्लेटो व अरस्तू से काफी मिलते हुए हैं था भूमि एंव जनता की विवेचना में कौटिल्य तथा अरस्तू के 'मध्यम सिद्धान्त' में काफी साम्यता है। संक्षेप में, कौटिल्य के जनपद में निम्नलिखित गुण होने चाहिए।

1. उसकी सीमा तथा मध्य में दुर्ग होने चाहिए।

2. उसकी भूमि इतनी उपजाऊ होनी चाहिए कि थोड़े से ही परिरम से अधिक अन्न उत्पन्न हो सके और वह अन्न देशवासियों तथा देश में आये हुए विदेशियों की आवश्यकता को पूरा कर सके।

3. जनपद की पर्वतमालाये, नदियाँ तथा वन ऐसे होने चाहिए जो संकटकाल में सहायक हो सकें।

4. जनपद में खनिज साधन पर्याप्त होने चाहिए।

5. पशुओं के चरागाहों के लिए पर्याप्त भूमि होनी चाहिए।

6. जनपद के पड़ोसी राज्य निर्बल हों, उसकी भूमि में कीचड़, कंकड़ पत्थर हिसंक पशु, सघन वन तथा चोर और विद्रोही न हों।

7. जनपद की जलवायु स्वास्थ्यप्रद हो, नदियाँ झीले आदि उसे रमणीक बनाते हों, वहाँ क्रय विक्रय सुलभ हो तथा बहुमूल्य वस्तुओं का क्रय विक्रय होता है।

8. प्रजा में दण्ड व कर सहने की सामर्थ्य हो।

9. वहाँ किसान मेहनती हों तथा राजा के शत्रुओं के विरोधियों की संख्या अधिक हो।

10 प्रजा में अधिकांश नीच वर्ण के आज्ञापालक नागरिक हों।

4. दुर्ग-कौटिल्य के मतानुसार, राजा को जनपद की रक्षा करने के लिए राज्य के चारों ओर सीमान्त प्रदेशों पर दुर्ग बनवाने चाहिए। ये दुर्ग दुर्गम तथा बीहड़ प्रदेशों में निर्मित करवाने चाहिए और युद्ध के लिए उपयुक्त होने चाहिए। कौटिल्य के अनुसार जिनका दुर्ग सुदृढ़ है उन्हें आसानी से पराजित करना संभव नहीं है।

कौटिल्य ने चार प्रकार के दुर्ग बताये है-

1. **'औदक दुर्ग'** इसके चारों ओर जल होता है और दुर्ग जल के बीच में एक द्वीप के समान होता है।

2. **'पार्वत दुर्ग'** यह पर्वत श्रेणियों, चट्टानों आदि से घिरा हुआ अंधेरी गुफा के रूप में होता है।

3. **'धान्वन दुर्ग'** यह दुर्ग मरुस्थल में होता है, जिसके आस-पास जल, वृक्ष घास आदि बिल्कुल नहीं होते।

4. **'वन दुर्ग'** इस प्रकार के दुर्ग के चारों ओर दलदल या काँटेदार झाड़ियाँ होती है।

उपर्युक्त दुर्गों में 'औदक' एवं 'पार्वत' संकटकाल में जनपद की रक्षा करने में सहायक होते हैं। 'धान्वन' एवं 'वन दुर्ग' जंगलों की रक्षा करने वाले अपनी रक्षा करते हैं तथा विपत्ति के समय राजा भी अपनी रक्षा करता है।

यह सीमान्त प्रदेशों पर दुर्ग बनाने की बात हुई। लेकिन कौटिल्य यह भी कहते हैं कि राज्य में एक केन्द्रित स्थल को राजा अपनी राजधानी बनानी चाहिए जो उसकी समृद्धि का केन्द्र हो। इस सम्बन्ध में इसके लिए स्थान के चयन, चारों और खाई खोदे जाने, पानी की व्यवस्था, शहनपार की दीवार, कंगूरी किलेबन्दी आदि का वर्णन भी करते हैं।

इससे स्पष्ट होता है कि कौटिल्य ने दुर्ग का अर्थ किसी राज्य की राजधानी से है। इसी प्रकर मनु आदि लेखकों ने दुर्ग के स्थान पर पुर को राज्य कीसात प्रकृतियों में एक माना है। लेकिन कौटिल्य ने अपने राज्य के किले के साथ सीमान्तों पर अनेक दुर्गों की स्थापना को भी जोड़ दिया है।

5. प्रजा-प्रजा हित के कार्यों को सम्पन्न करने, नगरों की व्यवस्था करने तथा सेना, प्रशासन आदि पर व्यय करने के लिए राजा को कोष की आवश्यकता होती है। अत: राजा को एक उत्तम कोष का प्रबंध करना चाहिए। उसमें पहले के शासकों एवं अपने धर्म से कमाए गए मूल्यवान रत्न, सोना आदि होना चाहिए। प्रजा से कर के रूप में धन और

धान्य एकत्रित करने चाहिए। प्रजा राजा को अन्न का छठवां, व्यापार का दसवां और पशुओं का पचासवां भाग तथा सोना दे। यह कोष शान्तिकाल तथा संकटकाल में राजा के लिए उपयोगी सिद्ध होता है। कोष राज्य के आंतरिक क्रिया-कलापों के संचालन तथा बाह्य आक्रमण से प्रतिरक्षा दोनों के लिए महत्वपूर्ण है। परन्तु क्रिया कलापों के संचालन के संचालन तथा बाह्य आक्रमण से प्रतिरक्षा दोनों के लिए महत्वपूर्ण है। परन्तु ये उपाय तभी काम में लेने चाहिए जब राजा किसी बहुत बड़ी आर्थिक विपत्ति में हो और उसका कोष खाली हो गया हो। इसमें उसने प्रथम श्रेणी की उपजाऊ भूमि पर तथा धनी व्यापारियों के माल पर और अधिक कर लगाने की बात की है। इसी प्रकार उसने लोगों के अन्धविश्वास और धार्मिक मान्यताों का लाभ उठाकर धन प्राप्त करने के उपाय और दुष्ट लोगों की भूमि जब्त कर लेने की बात कही है। इन सब उपायों से स्पष्ट होता है कि राज्य की भीतरी और बाहरी ओर से सुरक्षा में कोष का अत्यधिक महत्व था।

6. दण्ड-राज्य की रक्षा के लिए राजा एक सुसंगठित व शक्ति सेना रखेगा, जो पूर्वजों की सैन्य परम्परा से चले आने वाले सैनिकों से बनेगी परम्परा से चले आने वाले सैनिक कुलवीर एवं उत्साही होते हैं। उन्हें सैन्य अनुशाससन और कयुद्ध कला में निपुण किया जाएगा। इनके परिवारों की देखभाल राज्य द्वारा की जायेगी जिससे पारिवारिक चिन्ता से वे मुक्त रहे। रण-क्षेत्र में गये या मारे गये सैनिकों के आश्रितों के भरण पोषण का दायित्व राजा का है। सैनिक अनुशासित, आााकारी व सहनशील हों, उनहें युद्धों के अनुभव हो, विभिन्न प्रकार के हथियारों के प्रयोग में निपुण हों, स्वामी भक्त हो तथा अपने राजा की हर समय सेवा करने के लिए तत्पर हो। सेना के प्रत्येक वीर को वीर साहसी और उत्साही होना चाहिए।

कौटिल्य ने सेना के छः प्रकार बतायें हैं-1. मौल या परम्परागत सैनिक, 2. भृतक या किराये के सैनिक, 3. श्रेणी अर्थात सैनिको के समुदाय 4. मित्र अर्थात किसी मित्र देश के सैनिक, 5. शत्रु अर्थात शत्रु की सेना का वह भाग जो टूटकर इस पक्ष में मिल गया है और, 6. अटवी अर्थात जंगली जातियों के सैनिक।

कौटिल्य के अनुसार आदर्श सेना वह है जो परम्परागत है, जिसने युद्ध किये हैं, जिसका सभी प्रकार के हथियारों को चलाने में अभ्यास है, जो सुख-दुख: दोनों के समय राजा के प्रति एकनिष्ठ है और क्षत्रिय सैनिकाके की बनी है।

7. मित्र-राज्य का अन्तिम अंग मित्र है। कौटिल्य के अनुसार 'ये वंश परम्परा से चले आने वाले राजा के हितैषी हों। ये राजा की शांतिकाल तथा संकटकाल दोनों में सहायता करते हों। ये मित्र स्थिर स्वभाव के हों, राजा के सच्चे सहायक तथा हृदय ऐ उसके हितैषी हों। कौटिल्य ने मित्र के दो प्रकार बताये हैं-1. कृत्रिम मित्र और, 2 सहज मित्र।

कृत्रिम मित्र ऐसा मित्र है जिसे धन अथवा जन की रक्षा हेतु प्राप्त किया जाता है सहज मित्र वह है मैत्री वंश परम्परागत चली आ रही है और जिसका राज्य अपने राज्य से सटे हुए शत्रु की सीमा से लगा हुआ हो। सहज मित्र कृत्रिम मित्र से कहीं अधिक महत्वपूर्ण होता है।

कौटिल्य के सप्तांग सिद्धान्त की विशेषताएँ

सप्तांग सिद्धान्त की विवेचना के आधार पर कौटिल्य ने सप्तांग सिद्धान्त की निम्नलिखित विशेषताएँ बतलाई है-

1. प्रकृतियाँ अन्त:निर्भर-कौटिल्य ने सप्तांग सिद्धान्त की यह विशेषता है कि वह राज्य की सातों प्रकृतियों को परस्पर अन्योन्याश्रित मानता है। इनका अस्तित्व प्राय: एक-दूसरे पर निर्भर करता है। राज्य की इन सातों प्रकृतियों में किसी का भी अस्तित्व स्वतंत्र नहीं है। कौटिल्य के अनुसार, 'राज्य की प्रकृतियाँ एक-दूसरे की सहायक होती है। इतना ही नहीं वे परस्पर अंगभूत भी होती है।' यह सिद्धान्त यह मानकर चलता है कि राज्यरूपी शरीर सही ढंग से कार्य तब ही कर सकता है जबकि राज्य की समस्त प्रकृतियाँ पूर्णत: स्वस्थ हों तथा सभी अपने-अपने को ठीक प्रकार से सम्पादित करती रहें।

2. एकता और सुदृढ़ता-कौटिल्य का सप्तांग सिद्धान्त का सम्बन्ध केवल राज्य और उसके संगठन से हैं। इनके अलावा उसका सम्बन्ध अन्य किसी से नहीं है। सप्तांग सिद्धान्त का सम्बन्ध राज्य की एकता तथा संगठन तथा सम्प्रभुता तथा सरकार के घटकों से ही है।

3. व्यसनों का प्रतिरोध-कौटिल्य प्राय: व्यसनो का प्रतिरोध करता है। कौटिल्य की मान्यता है कि किसी प्रकृति का एक अवयव यदि व्यसनग्रस्त हो तो भी उस प्रकृति का कार्य साधन संभव है यदि उस प्रकृति के अन्य साधन व्यसनग्रस्त नहीं है। उन अवयवों में प्रकृति का गुण विद्यमान हैं। अर्थात् उनमें अनुराग विद्यमान है। परन्तु यदि एक प्रकृति का व्यसन गंभीर है तथा वह सारे शरीर को प्रभावित करने की क्षमता रखता हैं तो ऐसे व्यसनग्रस्त अवयव बा सबसे पहले प्रतिकार या प्रतिरोध करना चाहिए। ऐसा न करने पर वह पूरे शरीर को ही नष्ट कर देगा। इस प्रकार कौटिल्य की यह धारणा अत्यंत ही महत्वपूर्ण है।

4.सप्तांगों में शीर्ष स्थान-कौटिल्य ने सप्तांग सिद्धान्त में स्वामी को शीर्ष स्थान प्रदान किया गया है। जिस प्रकार सौरमण्डल में सूर्य की स्थिति सर्वोच्च और केन्द्रीभूत है उसी प्रकार राज्य में भी स्वामी की स्थिति सर्वोच्च और केन्द्रीभूत है। कौटिल्य ने अन्य प्रकृतियों का उत्थान और पतन स्वामी के अधीन ही माना है। कौटिल्य के शब्दों में, 'आत्म

सम्पत्ति से युक्त राजा अपने-अपने गुणों से रहित प्रकृतियों को भी गुणों से सम्पनन बना लेता है तथा आत्म सम्पत्ति से रहित राजा गुण समृद्ध तथा अनुपयुक्त प्रकृतियों को भी नष्ट कर देता है।'

5. आंगिक एकता-कौटिल्य का सप्तांग सिद्धान्त प्राय: एकता को महत्व देता है। यह सिद्धान्त किसी भी ऐसी नैतिकता अथवा निजी स्वतंत्रता को स्वीकार नहीं करता है जिससे किसी अन्य या दूसरे के अहित का भाव निहित हो। सप्तांग सिवन्त की नैतिकता में सामाजिक पुट का समावेश है, परन्तु फिर भी वह राज्य को इस प्रकमार की चेतना या स्वतंत्र इच्छा से परिपूरित नहीं करता है जिस प्रकार से हीगल तथा उसके अनयायी आदर्शवादी और फासीवादी करते हैं, ऐसे राज्य में प्राय: व्यक्ति की इच्छा एवं चेतना लुप्तप्राय: हो जाती है। कौटिल्य प्राय: व्यक्ति को राज्य रूपी दैवी पर बलिदान करने के पक्ष में नहीं, यद्यपि कौटिल्य ने अर्थशास्त्र में व्यक्ति के अधिकारों का स्पष्ट उल्लेख नहीं किया है।कौटिल्य ने अपने सप्तांग सिद्धान्त में केवल राज्य के अंगों का परस्पर सम्बन्ध स्पष्ट किया है तथा साथ ही उन प्रभावों से भी सचेत करता है जो एक अंग के व्यसनग्रस्त होने से उत्पन्न हो सकते हैं।

6. प्रथम प्रकृति का अधिक महत्व-कौटिल्य ने राज्य के सप्तांग सिद्धान्त में अगली से पूर्व की प्रकृति को अधिक महत्वपूर्ण बताया है। अर्थात कौटिल्य ने सप्तांग सिद्धान्त में स्वामी अमात्य से, अमात्य जनपद से, जनपदस दुर्ग से, दुर्ग से कोष से, कोष से दण्ड से और दण्ड से मित्र से अधिक महत्पवूर्ण माने गये हैं। इसीलिए कौटिल्य के मतानुसार अगले की बजाय पहले पर पहले विपत्ति आना अधिक कष्टपूर्ण है।

7. राजा और राज्य प्रमुख प्रकृतियाँ-कौटिल्य ने राज्य के सप्तांग सिद्धान्तों को अंत में दो ही प्रकृतियों में स्पष्ट किया है 'राजा और राज्य'। कौटिल्य ने बताया कि राजा और मित्र ये प्रकृतियाँ प्राय: राजा में शामिल होती है, बाकी समस्त प्रकृतियाँ, यथा-अमात्य, जनपद, दुर्ग, कोष, दण्ड-ये पाँचों प्रकृतियाँ प्राय: राज्य में सम्मिलित होती है।

सप्तांग सिद्धान्त की आलोचना

कौटिल्य के सप्तांग सिद्धान्त की आलोचना निम्नलिखित आधारों पर की जाती है-

1. राज्य को आंगिक बताना अनुचित-राज्य को शरीर बताना उचित व सही नहीं है। सप्तांग सिद्धान्त में यह आभास पाया जाता है कि राज्य मानव शरीर की भांति है तथा वह गुणों से पूर्ण युक्त है। सत्य तो यह है कि आंगिक सिद्धान्त आंशिक रूप में ही लागू किया जा सकता है।

2. राज्य के आधुनिक तत्वों की अपेक्षा-कौटिल्य ने निश्चित भूभाग, जनसंख्या,

सरकार तथा सार्वभौमिकता का कही भी उल्लेख नहीं किया है, जो राज्यों के आधुनिक तत्व माने जाते हैं।

3. प्रजातंत्र की उपेक्षा–सप्तांग सिद्धान्त प्रजातंत्र की पूर्ण रूप से उपेक्षा की गई है। यह सिद्धान्त मात्र राजतंत्र से ही सम्बन्धित सिद्धान्त है।

4. सेना, कोष तथा दुर्ग का महत्व आवश्यकता से अधिक–राज्य सेना, कोष एंव दुर्ग के बिना भी अस्तित्व में रह सकता है। ये तत्व राज्य के लिए आवश्यकत तो अवश्य है, किन्तु इन्हें आधारभूत तत्वों की संज्ञा नहीं दी जा सकती। उदाहरणार्थ सेना, प्रत्यक राज्य में पायी जाती है, उसे आवश्यक व उपयोगी माना जाता है, किन्तु उसे राज्य को आवश्यक तत्व नहीं माना जा सकता।

आधुनिक युग में राज्य के चार तत्व बताये गये हैं–क. निश्चित भू भाग, ख. जनसंख्या, ग. सरकार तथा, घ. सम्प्रभुता। कौटिल्य ने इन चारों के अतिरिक्त, दण्ड, कोष एवं मित्र को और सम्मिलित कर दिया है उसके विचारों में इनके अतिरिक्त इन तीनों का होना स्वाभाविक ही था, क्योंकि उस समय राज्य के लिए सेना, कोष तथा मित्र आधुनिक चार बताए गए तत्वों से सम्बन्धित थे। कौटिल्य का सप्तांग सिद्धान्त आधुनिक युग में लागू नहीं किया जा सकता, किन्तु इसकी अनेक बातें अपनाई जा सकती है। तत्कालीन परिस्थितियों के लिए कौटिल्य का सप्तांग सिद्धान्त वास्तव में एक विद्वतापूर्ण विवेचन है।

कौटिल्य के अनुसार शासक के व्यक्तिगत गुण

राजपद का महत्त्व प्राचीन काल से ही रहा है। यही कारण है कि कौटिल्य ने शासक को सर्वोच्च मानते हुए राज्य के सप्तांगों में उसकी गणना प्रथम स्थान पर की है। ये सात अंग क्रमशः इस प्रकार से हैं :– (1) स्वामी (शासक), (2) अमात्य (3) जनपद या राष्ट्र, (4) दुर्ग, (5) कोष, (6) दण्ड (सेना) एवं (7) मित्र[1]। कौटिल्य ने तो राजा को संक्षिप्त राज्य के रूप में प्रतिपादित किया है। वैदिक साहित्य में राजा व उसके पद की महत्ता दर्शाते हुए उसके प्रति आदर-सम्मान प्रकट किया गया है। प्रजा पालन तथा उसकी रक्षार्थ राजा का होना आवश्यक माना गया है। मनु ने लिखा है कि ''जब सभी भयाकुल हो इधर-उधर दौड़ने लगे और विश्व में कोई स्वामी नहीं था, तब विधाता ने इस विश्व की रक्षा के लिए राजा का प्रणन किया। कौटिल्य के अनुसार जब दण्ड का प्रयोग नहीं होता, तब मत्स्य न्याय की दशा उत्पन्न हो जाती है क्योंकि दण्डधर (राजा) के अभाव में बलवान दुर्बल को खा जाता है। शान्ति पर्व में आया है कि सर्वप्रथम राजा की प्राप्ति करनी चाहिए, तब पत्नी और इसके उपरान्त धन का संचय करना चाहिए क्योंकि राजा के अभाव में न तो पत्नी रह सकेगी और न धन प्राप्त हो सकेगा। राजा की महत्ता तथा आवश्यकता

बताते हुए कात्यायन कहता है कि राजा असहायों का रक्षक, गृहहीनों का आश्रय, पुत्रहीनों का पुत्र एवं पिताहीनों का पिता है।[2]

कौटिल्य ने राजपूताने की साहित्यिक कृति समराइच्चकहा में राजा को नरपति कहा गया है। कन्नौज के राजा जयचन्द के अभिलेख में भी राजा के लिए नरपति शब्द का उल्लेख किया गया है। राजा-महाराजा अन्तःपुर, अमात्य, महासामन्त, सामन्त और नगरवासियों से घिरे रहते थे तथा समय-समय पर राजा को विभिन्न अवसरों पर सम्मानित भी किया जाता था जो राजा के प्रति आदर भावा का सूचक है। राजा की सुरक्षा में अंगरक्षक हमेशा तैनात रहते थे तथा प्रतिहारी सेवा में तत्पर रहते थे। राजा को किसी प्रकार की कठिनाई महसूस न हो, उसकी पूरी व्यवस्था रहती थी। राजा द्वारा प्रसारित आज्ञा का उल्लंघन करने की हिम्मत किसी में न थी। उसकी गरिमा तथा महत्त्व का आधार उसकी कार्यक्षमता थी।

उपमितिभवप्रपंचकछा में कहा गया है कि जिस प्रकार सूर्य अपनी किरणों से संसार तत्व को खींचकर अपने तेज से भूमण्डल पर व्याप्त होकर सबसे ऊपर रहता है, वैसे ही राजा भी कर द्वारा जगत के तत्व को खींचकर अपने प्रभाव में पृथ्वी तल पर व्याप्त होकर लोगों का सिरमौर बनता है। पृथ्वीराज विजय के अनुसार प्रजा एवं राज्य का जीवन भी राजा के रहने पर ही सम्भव है, जिसकी उपस्थिति से ही प्रजा तथा राज्य की सुरक्षा होती है। पृथ्वीराज तृतीय के जन्म से पृथ्वी को सनाथ समझकर भय से व्याकुल होते हुए वायु ने पृथ्वी की मिट्टी को भी छूने का साहस नहीं किया। इन विभिन्न तथ्यों, प्रमाणों तथा उदाहरणों के आधार पर राजा की श्रेष्ठता तथा उसकी महत्ता प्रकट होती है। सोमदेव सूरि ने तो नीति वाक्यामृत में यहाँ तक कहा है कि राजा ब्रह्मा, विष्णु और महेश की प्रतिमूर्ति है तथा उसके सदृश दूसरा कोई प्रत्यक्ष देवता नहीं है।

राजा की उपाधियाँ

राजा द्वारा धारण किये गये विभिन्न विरुद्धों की जानकारी साहित्यिक एवं अभिलेखीय साक्ष्यों से होती है, जिनमें उसके द्वारा धारण की गई विभिन्न उपाधियों का उल्लेख है। वैसे तो प्राचीन काल से ही अर्थात् गुप्तकाल से ही राजाओं द्वारा उपाधियाँ धारण करने की परम्परा का ज्ञान होता है। गुप्त शासकों द्वारा महाराजाधिराज, परमेश्वर, परमभट्टारक एवं परमदैव आदि उपाधियाँ धारण की गई थी। इसी परम्परा को आगे बढ़ाते हुए कौटिल्य ने राजपूताने के शासकों ने भी इसे जारी रखा।

प्रतिहार नरेशों ने स्वयं की राजा, भूप, नृप व महाराजा कहा है लेकिन उनके सामन्तों ने तो उन्हें परमभट्टारक, महाराजाधिराज, परमेश्वर आदि उपाधियों से

सम्बोधित किया है। वि.सं. 872 के बुचकला अभिलेख में वत्सराज को महाराजाधिराज और परमेश्वर आदि विरुद्धों से सम्मानित किया गया है। वत्सराज के पुत्र और उत्तराधिकारी नागभट्ट को परमट्टारक महाराजाधिराज परमेश्वर की उपाधि से विभूषित किया गया है। प्रतिहार शासक कक्क तथा बाउक के लिए भी भूपति और नृसिंह की उपाधियाँ प्राप्त होती हैं।[1] ये विभिन्न उपाधियाँ राजाओं के स्वतन्त्र शासक होने, उनकी प्रभुता तथा ऐश्वर्यता को दर्शाती है।

कई उपाधियाँ तो ऐसी भी थी जो राजाओं के पराक्रम की ओर संकेत करती हैं। प्रतिहार नागभट्ट प्रथम को साक्षात् नारायण कहा गया है।[2] वत्सराज स्वयं को रणहस्तिन कहता था।[3] राजशेखर ने महेन्द्रपाल को निर्भय नरेन्द्र कहा है।

राजाओं के धार्मिक उत्साह की ओर संकेत करने वाले कई विरुद उपलब्ध होते हैं। नागभट्ट द्वितीय के पौत्र भोज प्रथम ने आदिवराह की उपाधि धारण की थी। इसी सन्दर्भ में डॉ. शर्मा का कथन है कि यह उपाधि उसके धार्मिक उत्साह को स्पष्ट करने के साथ म्लेच्छों के आक्रमण से देश को बचाने के लिए उसके पास आवश्यक शक्ति एवं सामर्थ्य की ओर भी संकेत करती है। रामभद्र की परमादित्य, भोज की मिहिर व आदिवराह तथा देवशक्ति की परम वैष्णव उपाधि से ज्ञात होता है कि ये शासक क्रमशः सूर्य, विष्णु तथा विष्णु के उपासक थे। इस प्रकार राजाओं के इष्टदेवों का ज्ञान भी उपाधियों से सहज में ही हो जाता है।

चौहानों के साहित्यिक साक्ष्य पृथ्वीराज विजय में राजा दुर्लभराज द्वितीय के पुत्र गोविन्दराज तृतीय के लिए ''वेरिधभट्ट'' की उपाधि का उल्लेख मिलता है जिसका अर्थ शत्रुओं को चूर करने वाला होता है। पृथ्वीराज प्रथम[4] व उसके उत्तराधिकारियों ने अपनी शक्ति व वैभव को प्रकट करने के लिए परमभट्टारक महाराजाधिराज परमेश्वर जैसी उपाधियाँ धारण की थी। पृथ्वीराज तृतीय को भी नृपति तथा परमभट्टारक महाराजाधिराज परमेश्वर जैसे विरुदों से सम्बोधित किया गया है। पृथ्वीराज तृतीय को ही समस्त भारतवर्ष पर अधिकार रखने की इच्छा को व्यक्त करने वाली 'भारतेश्वर' की उपाधि प्रदान की गई थी। जालौर के शासक चाचिंगदेव ने महाराजाधिराज तथा महाराज कुल की उपाधि धारण की थी। विग्रहराज चतुर्थ को 'मधु' नामक दैत्य के संहारक का अंश बताया गया है।

चालुक्य शासकों के सामन्तों ने अपने स्वामियों को परमभट्टारक, महाराजा धिराज, परमेश्वर आदि उपाधियाँ प्रदान की हैं। सोमनाथ मन्दिर अभिलेख (वि.सं. 1209) से कुमारपाल चालुक्य के सामन्त बाहड़देव द्वारा उसे परमभट्टारक महाराजाधिराज परमेश्वर विरुद दिये जाने का उल्लेख मिलता है। इसी तरह भीमदेव द्वितीय के सामन्त

मदन ब्रह्मदेव ने अपने स्वामी को परमेश्वर तथा परमभट्टारक की उपाधि से अलंकृत किया था तथा गुहिलवंशी अमृतपाल देव के दानपत्र में राजा के लिए परमेश्वर परमभट्टारक की उपाधि का उल्लेख हुआ है। आरम्भिक काल में तो परमार शासकों द्वारा छोटी-मोटी उपाधियाँ, जैसे महाराज, नृप और भूप आदि धारण की गई, लेकिन समयान्तर उन्होंने भी महाराजाधिराज, परमभट्टारक आदि विरुद धारण किये। इसी वंश के शासक वाक्यपति द्वितीय के काल में परमभट्टारक महाराजाधिराज परमेश्वर जैसी गरिमामयी उपाधियाँ धारण करने का उल्लेख मिलता है।

कुल मिलाकर राजा अपनी स्थिति को उच्च व सम्मानीय बनाये रखने के लिए इन विभिन्न उपाधियों का इस्तेमाल करते थे, जिससे जनता (प्रजा) में उनका भय व्याप्त रहे। इन उपाधियों को धारण करने के पीछे मूल उद्देश्य मात्र जनता को अपने अस्तित्व तथा स्वाभिमान को दर्शाना ही नहीं, बल्कि पराक्रम, प्रभुत्व, धार्मिक, रुचि, दानशीलता तथा राजनीतिक प्रभाव पर प्रकाश डालना था।

राजा में देवत्व

इस काल में पाये गये साहित्यिक एवं अभिलेखीय साक्ष्यों के अध्ययन से पता चलता है कि राजपूत राजाओं में देवताओं के अंश मौजूद होने की परम्परा प्रचलित थी। प्रतिहार नरेश नागभट्ट प्रथम को साक्षात् नारायण कहना या मानना इसका प्रत्यक्ष उदाहरण है। इसी तरह भोज विनायक पाल को आदिवराह कहा गया है। महिपाल को कार्तिकेय कहा गया है। पृथ्वीराज द्वितीय को राम की उपाधि प्रदान की गई है। चौहान शासक वासुदेव को 'हम्मीर महाकाव्य' में विष्णु के समान बताया गया है। इसी तरह विग्रहराज द्वितीय को हर्ष अभिलेख में इन्द्र व राम के समान प्रस्तुत किया गया है। पृथ्वीराज विजय के अनुसार राजा विष्णु, इन्द्र तथा वरुण आदि देवताओं के समान होता है।

यही परम्परा अन्य राजपूत राजवंशों में भी देखने को मिलती है, जिसमें गुहिल शासक शुचि वर्मा को शिव के वुल्म शत्रु को नष्ट करने वाला कहा गया है। आबू के परमार शासक धारावर्ष के यश की तुलना देवताओं के राजा इन्द्र से की गई है। हरित कुण्डी-अभिलेख से ज्ञात होता है कि धवल शासक तेज में साक्षात् सूर्य है। बल में प्रलय काल की वायु के समान है व मंत्र में इन्द्र के दूसरे मन्त्री के समान है। वह गुणों में पृथु आदि के समान था। धवल का पुत्र मम्मट राठौड़ वंश के आकाश में चन्द्रमा के सदृश था। जालौर के चौहान शासक कान्हड़देव को कृष्ण का अवतार कहा है। गहड़वाल वंश के चन्द्र व गोविन्दचन्द्र राजा को ब्रह्मा व हरि का अवतार कहा गया है।[1]

राजपद की योग्यताएँ

प्राचीन भारतीय ग्रन्थों में राजा के लिए अनेक योग्यताओं का उल्लेख हुआ है। अथर्ववेद के भूमि सूक्त के अनुसार राजा में वृहत् सत्य, उग्रऋत (दृढ़ संकल्प) और यज्ञ (श्रेष्ठ कर्म) करने की योग्यता होनी चाहिए।[2] याज्ञवल्क्य और मनुस्मृति के अनुसार राजा को शक्तिमान, तपस्वी, दयालु, ज्ञानी, अनुभवी लोगों पर आश्रित, अनुशासित मन वाला, सत्यवादी, वचन एवं कर्म में मृदु, वर्णाश्रम धर्म के नियमों का पालक, शास्त्रों का ज्ञाता तथा प्रजा के प्रति पितृवत् व्यवहार करने वाला होना चाहिए। राजा से आशा की जाती थी कि वह प्रजा का रक्षण और पालन करेगा, धर्मानुसार आचरण करेगा, जनोपयोगी कार्यों में रुचि लेगा, सार्वजनिक उत्सवों में भाग लेगा, सार्वजनिक जीवन को सुखद बनाने हेतु हर प्रकार के साधन अपनायेगा तथा निरन्तर प्रयत्नशील रहेगा। नीति काव्यामृत के अनुसार, राजा उत्साही, नीतिशास्त्र का ज्ञाता, वीर, लोकायत को जानने वाला, सामदामादि उपायों में निपुण तथा धर्म, अर्थ व काम आदि पुरुषार्थों की वृद्धि करने वाला होना चाहिए।

राजा को प्रभुशक्ति, मंत्र शक्ति और उत्साह शक्ति, तीनों से ही सम्पन्न होना चाहिए। महाभारत के आश्रमवासिक पर्व में ये तीनों ही शक्तियाँ राजा के ऐश्वर्य के लिए अत्यन्त आवश्यक बतलाई गई हैं। कौटिल्य ने इनकी व्याख्या करते हुए लिखा है कि ज्ञान बल ही मंत्र शक्ति है, कोष, सेना बल ही प्रभु शक्ति है और विक्रम बल ही उत्साह शक्ति है।

राजा के गुणों के साथ--साथ राजा को सचेत करने के लिए प्राचीन साहित्य में कुछ अवगुणों का भी उल्लेख किया गया है। सोमदेव सूरि ने उन 18 व्यसनों की चर्चा की है, जिनमें फंसा हुआ राजा अवश्य नष्ट होता है। इन व्यसानों (बुराइयों) से बचने का सीधा और सरल तरीका शिष्ट, सभ्य, आचारणवान लोगों की संगति तथा दुष्टों की कुसंगति का त्याग है। दुष्टों से बचकर ही राजा अपने आपको नष्ट होने तथा बुराइयों से बचा सकता है।

उपरोक्त प्राचीन परम्परा का निर्वाह मध्य काल में भी होता था। अभिलेख और साहित्यिक साक्ष्य इस बात के गवाह हैं कि राजाओं में अनेक योग्यताएँ होती थीं। राजा मान को सद्गुण सम्पन्न, ईमानदार तथा सद्चरित्र कहा गया है।[1] कक्कुक के घटियाल अभिलेख में उसे सज्जनों के साथ रहने वाला, न्यायप्रिय, जनहित भावना वाला, दुष्ट दलन दीन-रक्षक, वीर, साहसी, पुत्र स्नेही, गुरुभक्त, कृतज्ञ आदि गुणों वाला कहा गया है। आहड़ के हस्तिमाला के खण्डित लेख में शुचिवर्मा को मर्यादा में रहने वाला, दानी और शत्रुओं को नष्ट करने वाला कहा गया है।[2] नाथ प्रशस्ति

(वि.सं. 1028) में अनेक राजाओं के गुणों का वर्णन है। मेवाड़ का राजा नरवाहन विद्वानों का संरक्षक था। उसकी सभाओं में बौद्धों, दिगम्बर जैनियों और शैवों में शास्त्रार्थ का आयोजन हुआ था। परमार भोज व्याकरण, इतिहास इत्यादि अनेक शास्त्रों का ज्ञाता था। आल्हण के गुणों का उल्लेख कीर्तिपाल के नाडौल ताम्रपत्र में हुआ है। इसमें लिखा है कि वह पवित्रता, आचार-विचार और दान का धाम था। यहीं पर उसके पुत्रों की प्रशंसा करते हुए लिखा है कि वे श्रेष्ठ बुद्धि वाले, रूप और सुन्दरता से युक्त, शस्त्र और शास्त्र में निपुण दानी और सुशील थे। पृथ्वीराज द्वितीय को मेनाल-दुर्ग स्तम्भ अभिलेख (वि.सं. 1226) में सत्या निष्ठ, मृदुभाषी, सुन्दर, धर्मपरायण कल्याणकर, धर्मज्ञ तथा विचारशील बताया गया है।[3]

समराइच्चकहा में उल्लेख हुआ है कि राजा को सुकृत (सत्कर्म करने वाला) तथा धर्म-अधर्म की व्यवस्था रखने में संलग्न रहना चाहिए। साथ ही उसे प्रजापालन, सामन्त मण्डल को वश में रखने वाला, दीन-अनाथों का उपकार करने वाला तथा कीर्तिपाल होना चाहिए। राजा को शरणागत वत्सल तथा धर्मार्थ साधना में लीन रहना चाहिए।

राजा दृढ़वर्मा के गुणों का वर्णन कुवलयमाला में कुछ इस प्रकार हुआ है कि वह राजा वीर अपने आश्रित वर्ग व समुदाय के लिए चन्द्र के समान, स्वयं के राज्य के लिए कृतयुग के समान और बैरी राजा के राज्य के लिए कलिकाल के समान था। वह सरल, मधुर, प्रिय बोलने वाला, आने वाले को 'आओ' कहकर प्रथम अभिवादन करने वाला था।

राजा के गुणों का उल्लेख उपमितिभवप्रपंचकथा में भी हुआ है। चित सौन्दर्य नामक नगर के राजा शुभपरिणाम के गुणों का उल्लेख कुछ इस प्रकार हुआ है कि इस नगर में सकल प्राणियों के हितकारक, दुष्टदलन में विशेष प्रयास करने वाला, सज्जन मनुष्यों के रक्षण में विशेष ध्यान देने वाला और कोष तथा दान देने की क्षमता से परिपूर्ण शुभपरिणाम नामक राजा राज्य करता था।

पृथ्वीराज तृतीय की वीरता का वर्णन खरतरगच्छ पट्टावली में हुआ है। गुजरात सेना का उग्र सेनापति जगदेव प्रतिहार भी चौहान पृथ्वीराज तृतीय से मैत्री के लिए इच्छुक रहता था। वह गम्भीरता में समुद्र के समान, धीरता में अचल (पहाड़) को भी मात करने वाला, चक्षु:षष्ठि कलाओं का जानकार व न्यायी तथा धर्मपरायण था।

राजा के अधिकार

इस काल में राजा को असीमित अधिकार प्राप्त थे, जिन्हें वह इच्छानुसार प्रयोग कर सकता था, परन्तु सामान्यत: वह उनका दुरुपयोग नहीं करता था। उसके अधिकारों को हम क्रमश: इस प्रकार रख सकते हैं–

1. वित्तीय अधिकार :– समस्त प्रकार के आर्थिक संसाधनों पर राजा का अधिकार रहता था। राज्य में सैनिक संगठन को सुरक्षित रखने, धार्मिक एवं सांस्कृतिक कार्यों को करने, राजप्रासाद का खर्च चलाने, अधिकारियों को वेतन देने, प्रजा पालन, देश की सुरक्षा व जनकल्याणकारी कार्यों आदि के लिए राजा को धन की अत्यन्त आवश्यकता होती थी। इसलिए राजा को कई वित्तीय अधिकार प्राप्त थे, जिनका प्रयोग वह समयानुसार व आवश्यकतानुसार करता था। उसके वित्तीय अधिकार में किसी की हस्तक्षेप करने की हिम्मत नहीं होती थी।

2. न्याय तथा दण्ड सम्बन्धी अधिकार :– चूँकि राजा राज्य में सर्वोच्च तथा अन्तिम न्यायालय था, अत: उसके द्वारा दिया गया निर्णय अन्तिम होता था। उपमितिभवप्रपंचकथा से स्पष्ट होता है कि राजा दस अपराध प्रभविष्णु थे। इस ग्रन्थ में हालाँकि दस अपराधों की गणना तो नहीं की गई, किन्तु नारद के अनुसार[1] दस अपराध ये थे–

''राजा की आज्ञा का उल्लंघन, स्त्रीवध, वर्णशंकर, परस्त्रीगमन, चौर्य, बिना पति के गर्भधारण, मानहानि, अश्लीलता, मारपीट एवं गर्भपात।'' शासक इन अपराधों के लिए आर्थिक दण्ड, जुर्माने लगा सकता था। कुछ शासक इन अपराधों का रोकने के लिए 'दस अपराधिक' नामक पदाधिकारी की भी नियुक्ति करते थे। प्रतिहार शासक देवपाल के नालन्दा ताम्रपत्र में ''दशापराधिक'' अधिकारी का उल्लेख हुआ है।[2]

3. युद्ध व शान्ति सम्बन्धी अधिकार :– युद्ध, शान्ति व सन्धि सम्बन्धी लगभग सारे अधिकार भी राजा के पास ही सुरक्षित थे। युद्ध व शान्ति के सम्बन्ध में अन्तिम निर्णय उसी का मान्य था। वह सैनिक और प्रशासनिक क्षेत्र में प्रदर्शित शौर्य, त्याग, साहस तथा साहित्यिक एवं कलात्मक कार्यों के लिए व्यक्तियों को पुरस्कार प्रदान करता था, उनका सम्मान करता था तथा विभिन्न पदवियों से अंलकृत करता था। इनके अलावा प्रशासनिक व सैनिक पदाधिकारियों की नियुक्ति की जिम्मेदारी भी राजा की ही थी। वह विभिन्न परीक्षाओं के बाद नियुक्ति प्रदान करता था।

इतने असीमित अधिकार होने के बावजूद भी वह मंत्रियों व मंत्रिमण्डल को नजर अन्दाज नहीं करता था, बल्कि अपने अधिकारों का प्रयोग अपने सहयोगियों

व मंत्रियों से सलाह मशविरा के बाद ही करता था। हालाँकि वह उनकी बात (सलाह) मानने को बाध्य नहीं था लेकिन फिर भी उनके सुझावों का सम्मान करता था। जब शहाबुद्दीन गौरी (मुहम्मद गौरी) ने धर्मायन कायस्थ के द्वारा पृथ्वीराज के पास प्रथम युद्ध का प्रस्ताव भेजा तो पृथ्वीराज ने मंत्री कयमास, काका कान्ह, मन्जूनराय, जैत्र परमार, जामराय यादव, प्रसंग राय, पुण्डीर चन्द्रसेन और लोहाना से सलाह ली थी।[1]

राजा और प्रजा के पारस्परिक सम्बन्ध

कौटिल्य के अनुसार प्रजा के सुख में राजा का सुख और प्रजा के हित में ही राजा का हित है। राजा का हित उन बातों व कार्य करने में नहीं है, जिससे उसको स्वयं को फायदा हो या स्वयं को अच्छा लगे बल्कि उसका हित तो प्रजाजनों के हितों को देखकर किये जाने वाले कार्यों के सम्पादन में है। राजा द्वारा विपरीत आचरण अर्थात् प्रजा के विपरीत कार्य करने पर राज्य में अनेक कठिनाइयाँ तथा विपदाएँ उत्पन्न होती हैं। बौद्ध ग्रन्थ 'स्वर्ण भासोत्तमसूत्र'[2] के अनुसार जब राजा अपने राज्य में होने वाली बुराइयों की उपेक्षा करता है, अपराधियों को दण्ड नहीं देता, तब अन्याय की वृद्धि होती है।......भूमि शत्रु की अधीनता में चली जाती है। सम्पत्ति व परिवार समाप्त हो जाते हैं।......भयंकर आँधिया आती है, वर्षा समय पर नहीं आती.....। ऐसे अन्यायी राज्य में ब्राह्मण अन्यायी हो जावेंगे तथा पूज्य व्यक्ति दण्डित किये जाएँगे।

राजा के कर्त्तव्य

मध्यकाल के साहित्यिक स्रोतों के अध्ययन से राजा के कर्त्तव्यों का बोध होता है जो उसके लिए आवश्यक बताये गये हैं। एकतंत्र शासन होते हुए भी राजा परोपकारी तथा प्रजा हितैषी (बनेवलेंट मॉनर्क) था। उस समय ब्राह्मणों तथा धर्म गुरुओं का प्रभाव राजा पर बहुत होता था। वह राज्य की सब प्रकार की क्रियाओं और चेष्टाओं (एक्टीविटिज) का उत्तरदाता था। वह केवल प्रजा के आर्थिक और राजनीतिक प्रश्नों की ओर ही ध्यान नहीं देता था बल्कि प्रजा की धार्मिक और शिक्षा सम्बन्धी अवस्था पर भी लक्ष्य रखता था। बहुत से राजाओं ने धार्मिक उन्नति में विशेष भाग लिया। राजाओं ने शिक्षा की उन्नति के लिए भी विशेष प्रयत्न किया, उनके दरबार में बड़े-बड़े कवियों और विद्वानों को आश्रय दिया जाता था। जब कभी कोई कवि एक उत्कृष्ट ग्रन्थ तैयार करता था तो राजा दूसरे नरेशों के दरबारों से भी उसे सुनने के लिए विद्वान प्रतिनिधि बुलाता था। प्राय: प्रत्येक दरबांर में कुछ कवि तथा विद्वान रहते थे, जहाँ उनका पूर्ण सम्मान होता था। राजा लोग उन्हें नए-नए ग्रन्थ लिखने के लिए उत्साहित करते थे। इनके अलावा भी राजा के कई महत्त्वपूर्ण कर्त्तव्य थे जो निम्नलिखित हैं :-

1. प्रजा की रक्षा :– राजा की सबसे महत्त्वपूर्ण तथा अहम जिम्मेदारी अपनी प्रजा की रक्षा करना थी। प्रजा की रक्षा का तात्पर्य चोरों, डाकुओं, लुटेरों के अतिरिक्त बाह्य शत्रुओं से प्रजा के प्राणों और सम्पत्ति की रक्षा करना है। राजा का पहला कर्त्तव्य अपनी प्रजा की जान, माल, इज्जत–आबरू तथा हितों की प्राथमिकता के साथ रक्षा होनी चाहिए। जो राजा बाह्य आक्रमणकारियों अर्थात् शत्रुओं से नहीं भिड़ता, उसे यह पृथ्वी उसी प्रकार निगल जाती है, जिस प्रकार बिल में घुसे चूहों को सर्प निगल जाता है। डॉ. दशरथ शर्मा के अनुसार धर्मशास्त्रों में राजा के प्रमुख कर्त्तव्यों में प्रजा रक्षण, वर्णाश्रम धर्म–नियम पालन, दुष्टों को दण्ड देना एवं न्याय करना आदि आते हैं।[1] मनु, याज्ञवल्क्य और शुक्रनीति के अनुसार भी प्रजा के हित में ही राजा का हित एवं प्रजा के सुख में ही राजा का सुख होने की बात कही गई है।

2. प्रजाहितकारी कार्य :– राजा का प्रमुख कर्त्तव्य अपनी प्रजा के हित और कल्याणार्थ विभिन्न कार्य करना भी था, यही कारण है कि मध्यकाल में भी नरेशों ने प्रजाहित में कुएँ, तालाब, सरोवर व झीलें खुदवाईं, विद्वानों को आश्रय दिया, कलाकारों का सम्मान किया, मन्दिरों का निर्माण तथा उद्यानों को बनवाया था। राजा लोग विभिन्न धार्मिक अवसरों पर मन्दिरों को दान दिया करते थे। गुहिल शासक शक्ति कुमार ने संक्रान्ति पर सूर्य मन्दिर को 14 द्रम्भ प्रति वर्ग दिये जाने की आज्ञा दी थी।[1] चालुक्य कुमारपाल के चित्तौड़ अभिलेख में कहा गया है कि जब कुमारपाल समृद्धिश्वर मन्दिर में गया तो भक्ति से शिव पूजा की तथा इस मन्दिर को एक गाँव भेंट में दिया। बसंतगढ़ की लाहण बावड़ी का निर्माण पूर्णपाल की बहिन रानी लाहणी ने लोक कल्याणार्थ किया था। राजा मानमोरी ने जनहितार्थ एक सरोवर का निर्माण करवाया था। अर्णोराज ने आनासागर झील बनवाई, बीसलदेव चौहान ने विशाल तालाब बनवाया था।[2]

3. विद्वानों व शिल्पियों को आश्रय :– राजाओं का कर्त्तव्य मात्र प्रजा की रक्षा या प्रजाहित कार्य ही नहीं बल्कि विद्वानों का आदर सम्मान व शिल्पियों को प्रोत्साहन देना भी था। राजाओं के दरबार हमेशा कवियों व साहित्यकारों से भरे रहते थे तथा निर्माण कार्यों के शौकीन शासक शिल्पियों को विशेष महत्त्व देते थे। सेवाड़ी शासक कटुकराज ने 'थल्लव' नामक शिल्पी को वार्षिक अनुदान दिया था। प्रतिहार वत्सराज विद्वानों का आश्रयदाता था।

4. धार्मिक कर्त्तव्य :– मध्यकालीन शासक धार्मिक कर्त्तव्यों से जी नहीं चुराते थे। मन्दिर की व्यवस्था के सम्बन्ध में सारणेश्वर प्रशस्ति से ज्ञात होता है कि गुहिल नरेश अल्लट ने वराह मन्दिर की व्यवस्था के लिए राज्य से गुजरने वाले हाथी, घोड़े

आदि सवारियों पर कर लगाया था।[3] इसी प्रकार अथूर्णा के शिव मन्दिर की प्रशस्ति से ज्ञात होता है कि मन्दिर के परिपालन के लिए कुछ व्यापारिक वस्तुओं पर कर लगाया गया था।

5. देश की सुरक्षा का दायित्व :–देश की सुरक्षा का दायित्व राजाओं पर ही था। ऐसी विपत्ति की स्थिति में राजा आपातकालीन मीटिंग बुलाकर अपने मंत्रिगणों से मंत्रणा करता था, परन्तु वह उनकी सलाह मानने को बाध्य नहीं था। उदाहरण के लिए राजा विग्रहराज चतुर्थ के मुख्यमंत्री श्रीधर ने तुर्क आक्रमणकारी (सम्भवत: वह गजनी का अमीर खुसरवशाह था) को कुछ धन देकर सन्तुष्ट करने का प्रस्ताव किया था, किन्तु राजा ने ऐसा करने से इन्कार कर दिया।[4]

6. सेना का नेतृत्व :– सेना का सर्वोच्च पदाधिकारी होने के नाते राजा युद्ध के समय सेना का नेतृत्व भी करता था। वे प्राय: अश्वारोहण तथा हाथियों पर बैठकर लड़ाई में भाग लेते थे एवं धनुर्विद्या तथा तलवार विद्या आदि में प्रवीण होते थे। मेवाड़ के गुहिल शासक शक्तिकुमार को तीनों शक्तियाँ–मंत्र शक्ति, उत्साह शक्ति एवं प्रभु शक्ति से सम्पन्न कहा गया है। परमार राजवंश की आबू शाखा का शासक धारावर्ष धनुर्विद्या में निपुणता के लिए विख्यात था। एक अवसर पर उसने सफलतापूर्वक एक ही बाण के प्रहार से तीन भैंसों को बींध दिया था। इसका उत्सव मनाने के लिए आबू पर्वत पर अचलेश्वर मन्दिर के बाहर मन्दाकिनी सागर के किनारे उसकी एक मूर्ति बनाई गई, जिसमें उसके हाथ में एक धनुष और उसके सामने फटे पेट वाले तीन भैंसे खड़े दिखाये गये हैं।[1] यह मूर्ति अब भी विद्यमान है।

7. साम्प्रदायिक सहिष्णुता बनाये रखना :– राजपूत शासक हिन्दू धर्मावलम्बी होने के बावजूद भी धर्मसहिष्णु थे। ये शासक प्राय: धर्म प्रतिपालक और धर्मपरायण होना भी अपना कर्त्तव्य मानते थे। वे स्वयं चाहे किसी भी धर्म के अनुयायी होते थे, परन्तु अन्य धर्मानुयायियों के प्रति सहिष्णुता का व्यवहार करते थे। वि.सं. 999 के प्रतापगढ़ अभिलेख में गुहिल शासक भर्तृभट्ट द्वितीय द्वारा उसके शैव होते हुए भी सूर्य मन्दिर के लिए भूमि दान दिये जाने का उल्लेख है। आहड़ के जैन मन्दिर के देवकुलिका अभिलेख में गुहिलवंशी शक्ति कुमार की जैन धर्म के प्रति उदारता का उल्लेख है।[2] अर्णोराज ने शैव मतावलम्बी होते हुए भी पुष्कर में वराह मन्दिर का निर्माण करवाया था। उसने खरतरगच्छ के जैनों को मन्दिर बनाने के लिए अजमेर में भूदान किया था तथा श्वेताम्बर जैन मुनि धर्मघोष सूरि को उनकी विद्वता के कारण सम्मानित किया था। प्रतिहार भोज यद्यपि भगवती का उपासक था, फिर भी उसने एक विष्णु मन्दिर का निर्माण करवाया था।

चौहान शासक अनेक देवताओं के उपासक होते हुए भी हर्षनाथ के मन्दिर में भेंट चढ़ाकर स्वयं को धन्य समझते थे। विग्रहराज चतुर्थ शैव होते हुए भी अन्य हिन्दू सम्प्रदायों को ही नहीं, वरन् जैनों को भी आदर और सहायता प्रदान करता था। उसने धर्मघोषसूरि नामक जैन आचार्य के कहने से एकादशी के दिन जीव हिंसा पर पूर्ण प्रतिबन्ध लगा दिया था। कुमारपाल चालुक्य के चित्तौड़ अभिलेख से ज्ञात होता है कि जैन धर्मानुयायी होते हुए भी उसने चित्तौड़-विजय के बाद भक्तिभाव से भगवान शिव की आराधना की थी और मन्दिर के निमित्त एक गाँव दान दिया था।[1]

अथूर्णा के शिव मन्दिर का निर्माण परमार चामुण्डराज ने अपने पिता की स्मृति में करवाया था और मन्दिर के परिपालन के लिए व्यापार की वस्तुओं पर कर लगाया था। हस्तिकुण्डी के राष्ट्रकूट राजा विदग्ध ने अपने गुरु वासुदेव की प्रेरणा से हस्तिकुण्डी में जैन देवालय का निर्माण करवाया था। धर्म में अत्यधिक तल्लीन होने के कारण उसे संसार के प्रति विरक्ति हो गई थी। इस प्रकार धार्मिक कार्यों में राजा सदैव बड़ी रुचि में भाग लेता था। जोत्रल्लदेव ने भगवान लक्ष्मणस्वामी की रथ यात्रा के अवसर पर सभी राज कर्मचारियों को उसमें सम्मिलित होने का आदेश दिया था। अत: कहा जा सकता है कि मध्ययुग में राजा के जीवन में धर्म का अत्यधिक महत्त्व था और राजा सामान्यत: सभी धर्मों के प्रति सहिष्णु थे।

8. वर्णाश्रम धर्म की रक्षा :- सोमदेव सूरि ने अपनी कृति "नीतिवाक्यामृत" में लिखा है कि वर्णाश्रम धर्म की रक्षा करने पर राजा को उस धर्म के छठे भाग का फल प्राप्त होता है।[2] पृथ्वीराज विजय से ज्ञात होता है कि वर्णाश्रम धर्म की रक्षा के लिए शासक प्रयास करते थे। पृथ्वीराज चौहान को इतने विशाल भूमण्डल पर चारों वर्णों की स्थिति सुरक्षित रखने वाला बताया गया है। इसी ग्रन्थ में पृथ्वीराज को चारों वर्णों का संरक्षक बताया गया है।

उत्तराधिकार नियम

सामान्यत: राजपद आनुवांशिक था अर्थात् राजा की मृत्यु पर उसका ज्येष्ठ पुत्र ही गद्दी सम्भालता था। यानि ज्येष्ठ पुत्र को ही उत्तराधिकारी बनाने की परम्परा प्रचलित थी। साँभर के चौहान चन्द्रगुप्त प्रथम (विग्रहराज प्रथम का पुत्र) वाक्यपतिराज प्रथम का पुत्र सिंहराज, सिंहराज का पुत्र विग्रहराज द्वितीय एवं चामुण्डराज का पुत्र सिहर[3] आदि शासकों ने अपने पिता के ज्येष्ठ पुत्र होने के नाते राजपद ग्रहण किया था। कभी-कभी राजा के आदेशानुसार बड़े भाई के होते हुए भी छोटे भाई को राज्याधिकार मिल जाता था। रणथम्भौर का हम्मीर[4] अपने पिता जैत्रसिंह का तृतीय पुत्र था। इसी प्रकार

जालौर का उदयसिंह अपने पिता समरसिंह का छोटे पुत्र था। सम्भवतः पिता योग्यतानुसार उत्तराधिकारी का चयन करता था। यहाँ यह तथ्य स्पष्ट होता है कि पिता अपने जीवनकाल में ही उत्तराधिकारी चुन लेता था।

उत्तराधिकारी सम्बन्धी बहुत से उदाहरण हमारे सामने आते हैं। बड़े पुत्र की मृत्यु या दीक्षा लेने पर छोटे पुत्र को राज्याधिकार प्राप्त होता था। उपमितिभव प्रपंच कथा के अनुसार वर्धमान नगर के धवल राजा तथा उसके बड़े पुत्र विमल द्वारा दीक्षा लेने पर छोटे भाई कमल का राज्याभिषेक हुआ था। पुत्र के अल्पवयस्क होने पर संरक्षक नियुक्त करने का भी नियम था। पृथ्वीराज तृतीय की संरक्षिका कर्पूरदेवी का उल्लेख मिलता है। रणथम्भौर के चौहान शासक वीर नारायण के अल्पवयस्क होने के कारण उसका चाचा वागभट्ट संरक्षक बना था व उसने शासन का संचालन किया था।

राजा के कोई पुत्र न होने पर या पुत्र के अल्पवयस्क होने पर राजा के छोटे भाई को उत्तराधिकारी बना दिया जाता था। वराह अभिलेख में उल्लेख है कि मण्डोर के प्रतिहार शासक कक्कुक का उत्तराधिकारी उसका छोटा भाई देवराज था। नाडौल के चौहान वंश में बालादित्य का छोटा भाई जेन्दराज, अपने बड़े भाई की मृत्यु के बाद शासक हुआ था। उपमितिभव प्रपंचकथा में लोलाक्ष की मृत्यु के बाद उसके छोटे भाई रिपुकम्पन के शासक होने का उल्लेख है।

युवराज

प्रशासन में राजा के पश्चात् राजकुमार या युवराज का स्थान होता था। कल्याणपुर के गुहिल शासकों द्वारा दिये गये दान पत्रों में राजा के बाद युवराज का उल्लेख किया गया है। सामान्यतः राजा के जीवन काल में ही ज्येष्ठ पुत्र को युवराज घोषित कर दिया जाता था। युवराज युद्ध व शान्ति के समय राजा की सहायता करता था। चौहान शासक केल्हणदेव अपने पिता के जीवन काल में युवराज था और उसे जागीर देने और अन्य अनुदान देने का अधिकार था। युवराज बनने की योग्यता के सन्दर्भ में तिलकमंजरी में उसकी आयु 16 वर्ष बताई गई है।

सिंहासन हस्तान्तरण के सन्दर्भ में उल्लेख आता है कि यदि राजा किसी बीमारी अथवा अन्य कारण से स्वयं को प्रशासन के लिए सक्षम नहीं समझता था तो वह युवराज के पक्ष में सिंहासन परित्याग कर देता था। शाकम्भरी का अजयराज अर्णोराज को राज्य भार सौंप कर पुष्कर के जंगलों में चला गया था। बापा का राजसिंहासन परित्याग कर संन्यास लेना और खुम्माण को राज्य कार्य सुपुर्द करना सुप्रसिद्ध है।

युवराज के अतिरिक्त अन्य राजकुमार भी प्रशासनिक कार्यों में सहयोग किया करते थे। आल्हण ने अपने दो पुत्रों केल्हण और गजसिंह को राज्य में महत्त्वपूर्ण पद दिये थे। केल्हण को बाद में युवराज भी घोषित किया गया था। प्राय: वे प्रान्तों के शासन भी नियुक्त किये जाते थे। मण्डोर पर रत्नपाल, सहजपाल और गजसिंह का शासन रहा। वे चामुण्डराज के पुत्र व निकट के सम्बन्धी थे। 12वीं शताब्दी में आल्हण के काल में बाड़मेर का शासक उसका पुत्र कुमार सिंह था। राजकुमारों को अपनी आजीविका के लिए जागीरें दिये जाने का भी उल्लेख मिलता है।

महादेवी या महारानी

प्रशासन कार्य में महारानियों का कितना योगदान था, यह कहना बड़ा कठिन है, किन्तु इतना कहा जा सकता है कि राज्य में महारानियों की स्थिति सम्मानजनक थी। रनिवास में महारानियों को विशेषाधिकार प्राप्त थे। प्रधान रानी को महारानी कहते थे और उसकी प्रतिष्ठा सभी रानियों से ऊँची थी। प्रतिहार शासकों की मुहरों पर उनकी महादेवी या महारानियों के नाम अंकित रहते थे। जैन ग्रन्थों में राजमहिषी या पटरानी शब्द का प्रयोग हुआ है। इसकी पुष्टि अभिलेखीय स्त्रोत से भी होती है। यथा बाउक के जोधपुर में प्राप्त वि.सं. 894 के अभिलेख में भाटी वंश की महारानी का उल्लेख हुआ है। अन्य रानियों का पद क्रमानुसार निर्धारित होता था, परन्तु राजा अपनी इच्छानुसार क्रम बदल सकता था।

कुछ महारानियाँ प्रशासन में बड़ी प्रभावशाली थीं, जैसे-अजयराज की रानी सोमलादेवी ने अपने नाम के सिक्के चलाये थे। धारावर्ष की रानी शृंगार देवी ने एक बावड़ी का निर्माण करवाया था। केल्हणदेव की रानी जाल्हणदेवी ने अनेक जैन मन्दिरों को अनुदान दिया था। गुहिल राजा अल्लट की रानी हरियादेवी ने हर्षपुर नामक गाँव बसाया था। यह रानी एक हूण राजा की पुत्री थी। अल्लट की माता रानी महालक्ष्मी वराह मन्दिर की व्यवस्था समिति की सदस्या थी। दान और अनुदान देने के सम्बन्ध में भी रानियों के नाम उपलब्ध होते हैं।

प्राय: कभी-कभी रानी के विधवा हो जाने पर उसके अल्पवयस्क पुत्र के स्थान पर राज कार्य का संचालन भी वह करती थी, यथा-सोमेश्वर की रानी कर्पूर देवी ने अपने पुत्र पृथ्वीराज तृतीय के अल्पवयस्क होने के कारण प्रशासन कार्य सम्भाला था। चौहान चन्दनराज की रानी रूद्राणी अथवा आत्मप्रभा का राज्य में प्रभाव और सम्मान था। लगता है राजकार्य के विशेष विषयों पर वह अपनी सलाह भी दिया करती थी। बहुत सम्भव है, रानी अपनी इच्छानुसार कार्य करवाने के लिए राजा को भी प्रभावित करती होगी। अत: कहा जा सकता है कि महारानियाँ प्रशासन में भाग अवश्य लेती थीं।

विशेष परिस्थितियों में राज्याधिकार राजाचिन्तकों (रीजेन्ट्स) के हाथों में भी आ जाता था। डॉ. दशरथ शर्मा के विचार से चौहान शासक समरसिंह का मामा जोजुल्ल, जिसे लेख में 'राजचिन्तक' कहा गया है, बहुत कुछ इसी प्रकार का अधिकारी ज्ञात होता है। इसी प्रकार से प्रहालादन के छोटे भाई वागभट्ट ने अपने भतीजे वीर नारायण के अल्पवयस्क होने के कारण शासन का दायित्व स्वयं ही सँभाला था।

बहिर-उपस्थान

यह वह स्थान था, जहाँ पर प्रभावशाली व्यक्तियों से मिला जाता था तथा न्याय किया जाता था। बहिर-उपस्थान (महास्थान) की बैठक में वे सभी लोग उपस्थित होते थे, जिनका राजा व राज्य के लिए महत्त्व था। मंत्रिमण्डल के सदस्य, सेनापति महाप्रतिहार, महामण्डलेश्वर, महासामन्त, महापुरोहित, धर्मस्थ, विद्वान ब्राह्मण कवि, वन्दकजन (चारण भाट), भाषाविद्, वैद्य, नाट्यशास्त्रज्ञ, ज्योतिषी, धातुविज्ञान, शकुन शास्त्र और स्वप्न शास्त्र के पण्डित, गणिकाएँ आदि यहाँ आमंत्रित किये जाते थे। वे उन सभी विषयों पर अपनी-अपनी सम्मति प्रकट करते थे, जिनका सम्बन्ध राज्य व प्रजा से होता था। यहाँ उन विषयों पर चर्चा होती थी, जिनको गोपनीय रखने की आवश्यकता नहीं समझी जाती थी।

आयान्तरोपस्थान

इसमें राजा कुछ विशिष्ट मंत्रियों से मंत्रणा किया करते थे। यहाँ रानी, राजकुमार, मित्र और राजा के निकट सम्बन्धी भी राजनीतिक विषयों पर अपनी-अपनी राय देते थे। धार्मिक विषयों पर राजा पण्डितों, कवियों और पुरोहितों से विचार-विमर्श किया करते थे। दरबार की व्यवस्था का नियमन करने में नायब पदाधिकारी की महत्त्वपूर्ण भूमिका रहती थी। दूसरा मत यह है कि इनमें जनता के द्वारा चुने हुए प्रतिनिधि आते थे जो शासक के पूर्ण विश्वासी और प्रशासन के कार्य में उसके सहयोगी थे।[2]

मंत्रिमण्डल

शासन को सुचारू तथा व्यवस्थित ढ़ंग से चलाने के लिए एक मंत्रिमण्डल भी होता था, जिसमें शासन संचालन के लिए राज्य के सभी उच्च अधिकारी मंत्रिवर्ग से आदेश प्राप्त करते थे। मंत्रिमण्डल व मंत्रियों का जिक्र व विस्तृत विवरण अलग से अगले अध्याय में किया जाएगा।

राजसभा के अन्य अधिकारी

मध्यकाल में केवल राजपूताने में ही नहीं, बल्कि सम्पूर्ण भारतीय राज्यों में राजा

ही राज्य होता था। उसकी भली प्रकार से सेवा करने का अर्थ ही राज्य की सेवा समझा जाता था। इसी सन्दर्भ में राजसभा में कुछ अन्य सदस्य भी होते थे, जिनका संक्षिप्त विवरण इस प्रकार है–

1. महावैद्य या भिषगाधिराज :– इसका मुख्य सम्बन्ध शासक के कौटुम्बिक और जिसे वह चाहता, उसी के स्वास्थ्य की देखभाल करने से था। हर्षचरित जो यद्यपि हमारे अध्ययन काल से थोड़े पहले का ग्रन्थ है, हमें सूचित करता है कि 'रसायन' नामक चिकित्सक प्रभाकरवर्धन का दरबारी चिकित्सक था। वह यह जानकर अपने आप ही जल मरा कि उसका स्वामी (राजा) बीमारी से नहीं बच सकेगा।[1]

2. नैमित्तिक :– यह राजकीय ज्योतिषाचार्य (नक्षत्र वेत्ता) था। ऐसा लगता है कि वह महासंवत्सर के रूप में भी जाना जाता था।

3. बन्दीपुत्र :– यह दरबारी भाट था। यह एक रोचक बात है कि 10वीं शताब्दी में भी भाट राजपूत दरबार में एक उच्च स्थान रखते थे। एक पूर्व भाट, जिसने अपने मालिक पर बड़ा प्रभाव जमा रखा था, वह पृथ्वीभट्ट था। वही चन्दरबरदाई के नाम से भी जाना जाता होगा।

4. अन्तर्वंशिक :– यह राजकीय अन्त:पुर का प्रमुख था। प्रतिहारी और रनिवास की प्रमुख महिलाएँ भी आभ्यान्तरोपस्थान में अपना स्थान रखती थीं। राजकीय दरबार के ये अन्य सदस्य सामन्तों को छोड़कर तुलनात्मक रूप से महत्त्वहीन थे, किन्तु वे सब राजदरबार में सम्मिलित अवश्य थे। इनके कर्त्तव्य सुविभाजित थे और ये राजदरबार का महत्त्व बढ़ाने में योगदान करते थे।

5. नियुक्तक और आनियुक्तक :– अभिलेखों में यत्र तत्र नियुक्तक और आनियुक्तक जैसे पदाधिकारियों के नाम मिलते हैं। मंथनदेव के राजौर अभिलेख (वि.सं. 1016) में नियुक्तक का उल्लेख है। पंचम विक्रमादित्य के कौथेय ताम्रपत्र तथा ककर्क सुवर्ण वर्ष की ब्राह्मण पल्ली दानपत्र में भी नियुक्तक का उल्लेख मिलता है, किन्तु इन साक्ष्यों से इस पदाधिकारी के कर्त्तव्यों पर प्रकाश नहीं पड़ता। उपमितिभव प्रपंच कथा में महानस नियुक्तक को राजकीय पाकशाला का पदाधिकारी बताया गया है। इससे यह अनुमान लगाया जा सकता है कि नियुक्तक विभिन्न विभागों के अध्यक्ष होते थे। इस ग्रन्थ में अनियुक्तक का उल्लेख भी है, सम्भवत: यह पदाधिकारी किसी मंत्री या उच्च पदाधिकारी के पास सहायक के रूप में कार्य करता था।

6. व्यवहारी :– भोजदेव के वराह ताम्रपत्र में 'व्यवहारी' नामक पदाधिकारी का उल्लेख हुआ है। सम्भवत: वह न्याय विभाग का पदाधिकारी था और सभी विषयों

के कानूनी दृष्टिकोण का विश्लेषण किया करता था दौलतपुरा दानपत्र को पुनरावर्तित करने के पूर्व उसकी व्यवहारी द्वारा जाँच किये जाने का उल्लेख है।

7. गमागमिक :– राजौर अभिलेख में गमागमिक पदाधिकारी का उल्लेख हुआ है। वृहत्कथा कोष में गमागम के स्थान पर 'गतागत' शब्द का प्रयोग है। डॉ. दशरथ शर्मा के अनुसार यह राजदूत या राजभृत्य था। उसका कार्य राजा के आदेश पत्रों को निर्धारित पदाधिकारियों के पास पहुँचाना था।

8. पारिग्राहि :– एक अन्य कनिष्ठ अधिकारी 'पारिग्राहि' का भी उल्लेख मिलता है। पारिग्राहि राजा के आदेश पत्रों की प्रतिमा तैयार किया करता था। बिजौलिया अभिलेख (वि.सं. 1226) से ज्ञात होता है कि यह दान पत्र आल्हण पारिग्राही द्वारा तैयार किया गया था।

राजसत्ता की सीमाएँ : राजसत्ता पर अंकुश

सर्वाधिकार सम्पन्न होने के पश्चात् भी राजा को अन्यायी एवं निरंकुश होने से रोकने के लिए अनेक मर्यादाएँ थीं जो निम्न हैं:–

1. धार्मिक और पारलौकिक दण्डों का भय :– इससे राजा नैतिक नियमों में बँधा रहता था। पृथ्वीराज विजय में उल्लेख आया है कि राजा देवतुल्य मात्र अपने देवोमय सत्कार्यों के कारण होते थे। लेकिन अपने प्रजापालन आदि कर्त्तव्यों से च्युत होने पर राजा होते हुए भी उनको नरक का भागी बताया गया है। प्रतिहार शासकों में यदि वत्सराज को सूर्य के समान भासत्व प्रताप वाला कहा गया है तो केवल उसके सद्गुणों एवं सुचरित के कारण ही कहा गया है, जिनमें उसकी कर्त्तव्यनिष्ठा प्रधान थी। लोकप्रिय राजाओं के शासन में प्रजा सुख का अनुभव करती थी। गुहिलवंशी शीलादित्य की लोकप्रियता से प्रभावित होकर देश के विभिन्न भागों के व्यापारी वर्ग उसके राज्य में निवास करने लगे थे। स्वच्छाचारी शासकों के राज्यों में भले मनुष्यों के निवास नहीं करने का निर्देश कथा कोष में दिया गया है।

2. जनमत का भय :– उपमितिभवप्रपंचकथा में लोलाक्ष, ललन, रिपुदारण आदि अधार्मिक व अत्याचारी शासकों का उल्लेख है, जिन्हें मंत्रियों, सेनापति, सामन्त व प्रजाजनों ने पदच्युत कर दिया। शुक्रनीति में भी अत्याचारी राजा को पदच्युत करने का समर्थन किया गया है।[1] राजा पर जनमत का भय हमेशा बना रहता था।

3. राजा की शिक्षा-व्यवस्था :– इस काल के ग्रन्थों में राजा की शिक्षा-दीक्षा का भी विस्तृत रूप से वर्णन मिलता है। डॉ. अल्तेकर के अनुसार शिक्षा और संस्कार

द्वारा राजोचितगुणों का बीजारोपण जिस राजा में किया जा चुका है, वह कदापि अपने कर्त्तव्य का उल्लंघन करने वाला और प्रजा को पीड़ित करने वाला नहीं हो सकता।

4. स्थानीय शासन द्वारा नियंत्रण :– मध्यकाल में स्थानीय संस्थाओं अर्थात् पंचकुल, मण्डपिका, ग्राम सभा को व्यापक अधिकार मिले हुए थे। इतना ही बताना पर्याप्त होगा कि राजा ग्राम सभा द्वारा स्वीकृत करों को ग्रहण कर सकता था। स्थानीय संस्थाएँ न्यायिक कार्यों में भी अपनी अहम भूमिका निभाती थी। उन्हें न्यायिक अधिकार मिले हुए थे, जिससे राजा के अधिकारों में कटौती हो जाती थी जो अत्याचार का प्रमुख साधन बन सकता था।

5. सामन्तों का प्रशासन में महत्त्वपूर्ण स्थान होना :– मध्यकाल में सामन्तों का प्रशासन के क्षेत्र में महत्त्वपूर्ण स्थान था तथा उन्हें कुछ अधिकार भी मिले हुए थे। यद्यपि राजाओं की पदवियों के सामने सामन्तों की वैभवपूर्ण पदवियाँ असंबद्ध एवं विचित्र जान पड़ती हैं, किन्तु सामन्तों की उच्च ध्वनि वाली पदवियों को महत्त्वहीन नहीं कहा जा सकता था। इसमें भी राजा के अधिकार में कटौती मानी जा सकती है।

6. मंत्रिपरिषद की व्यवस्था :– प्रशासनिक व्यवस्था में मंत्रिपरिषद का अपना एक अलग, अनूठा व महत्त्वपूर्ण स्थान रहा है। मध्यकाल में भी इसी तरह का नजारा देखने को मिलता है। सामान्यत: राजा मंत्रिपरिषद के निर्णय अनुसार ही कार्य करना उचित समझता था। पृथ्वीराज द्वितीय की मृत्यु के पश्चात् राजसिंहासन खाली होने पर मंत्रियों ने सोमेश्वर को गुजरात से लाकर अजमेर के राजसिंहासन पर बैठाया था।[1] सोमेश्वर की मृत्यु के पश्चात् साँभर साम्राज्य के चारों और शत्रु होने के बावजूद विधवा रानी कर्पूर देवी को मंत्रिमण्डल ने पृथ्वीराज का संरक्षक बनाया था। पृथ्वीराज तृतीय के मुख्य अमात्य दण्डनायक स्कन्द के बारे में उल्लेख है कि उसने राजकुमार हरिराज को शाकम्भरी के राज सिंहासन पर अपने प्रयास से बैठाया था। इस प्रकार ज्ञात होता है कि प्रशासन में मंत्रियों की सलाह से राजा नियंत्रित होते थे।

7. पुरोहितों का प्रभाव :– प्राचीन काल से ही पुरोहितों का राजनैतिक एवं धार्मिक प्रभाव रहा है। पुरोहित राजा का गुरु भी होता था, जिसका राजा पर नैतिक प्रभाव अवश्य रहता था। विभिन्न गुणों से सम्पन्न होने के कारण पुरोहित के प्रभाव से शासक अधार्मिक कृत्य नहीं कर सकता था।

उपर्युक्त विवेचन के आधार पर कहा जा सकता है कि मध्यकाल में राजा निरंकुश नहीं बन सकते थे। उस पर कई नियंत्रण थे। सबसे बड़ा अंकुश 'राजधर्म' का था। संक्षेप में अगर हम देखें तो राजदण्ड पर धर्मदण्ड काम करता था। अत: राजा के निरंकुश होने की कोई गुंजाइश ही नहीं रहती थी।

राजत्व में आदर्श

उपर्युक्त नियंत्रणों के अतिरिक्त राजा के लिए कई आदर्शों का उल्लेख मिलता है। प्रथम आदर्श यह था कि राजा प्रजा के हित को सर्वोच्च स्थान पर रखता था। अग्नि पुराण[2] में गर्भवती स्त्री का उदाहरण देते हुए उल्लेख किया गया है कि राजा को भी अपनी प्रजा के भले के सामने स्वयं के सुख और इच्छाओं की परवाह नहीं करनी चाहिए। कौटिल्य के अनुसार अपनी प्रजा के सुख में ही राजा का सुख तथा प्रजा के हित में ही राजा का हित होता है।

दूसरा आदर्श धर्म की सर्वोच्चता का था। इस आदर्श के अनुसार राजा भी धर्म के अधीन माना जाता था। राजा स्वयं भी धर्म का पालन करता था और प्रजा से भी धर्म का पालन करवाता था। धर्म से विचलित होने पर राजा के नाश की चेतावनी देते हुए कहा गया है कि जो राजा धर्म से विचलित होता है, दण्ड उसका बन्धु बान्धवों सहित नाश कर देता है। डॉ. काणे ने राजा पर धर्म के होने वाले प्रभाव के सन्दर्भ में लिखा है कि हमारे लेखकों ने राजा पर धर्म का इतना दबाव रख छोड़ा है कि उसका राजा पर मनोवैज्ञानिक प्रभाव पड़ता है। तीसरे, प्रजापालन के लिए दण्ड-विधान करने का आदर्श भी महत्त्वपूर्ण था। सोमदेवसूरि ने दण्ड विधान का ध्येय बताते हुए कहा है कि प्रजा पालन के लिए अपराधियों को दण्ड दिया जाता है, धन प्राप्ति के लिए नहीं।

राजसत्ता की प्रकृति

मध्यकालीन राजपूताने में राजा की स्थिति को आधुनिक राजनीति के मापदण्डों के आधार पर जाँचा जाए तो वह सैद्धान्तिक रूप से सर्वाधिकार सम्पन्न और पूरी तरह निरंकुश होता था, किन्तु यदि व्यवहार में देखा जाए तो राजा को अन्यायी एवं निरंकुश होने से रोकने के लिए अनेक धार्मिक एवं सामाजिक प्रतिबन्ध भी थे।

इससे स्पष्ट जान पड़ता है कि राजपूताने की प्रकृति सिद्धान्ततः असीमित, किन्तु व्यवहार में मर्यादित राजतंत्र के रूप में थी।

शासक या राजा के व्यक्तिगत गुण

1. राजा का व्यक्तिव-कौटिल्य ने राजा के व्यक्तित्व को अत्यधिक प्रखर रूप में प्रस्तुत किा है। उसने राजा में तीन प्रकार के गुणों की अपेक्षा की है-

1. नैतिक गुण, 2. शासकीय गुण और 3. निष्ठात्मक गुण।

1. नैतिक गुण-इसके अन्तर्गत कौटिल्य ने राजा को कुलीन, स्वस्थ शास्त्रसम्मत, सोलह अभिकामिक गुणों (धर्मात्मा, सत्यवादी, दृढ़ निश्चयी, विनयी, विवेकी, कृतज्ञ

आदि) आठ प्रज्ञा गुणों (सुश्रुषा, श्रवणा ग्रहण, धारणा आदि) चार उत्साह गुणों (निर्भिक, कार्य कें प्रति तत्परता, पापाचार के प्रति सहिष्णुता आदि) तथा आत्मसंयम गुणों से युक्त बताया है। एक जर्मन चिन्तक कांगले महोदय ने राजा के इन गुणों को रोमांसपूर्ण आदर्शवाद की संज्ञा दी है। ये गुण कुछ स्वभाव से होते हैं और कुद अभ्यास से प्राप्त किये जाते हैं।

2. शासकीय गुण-शासकीय कार्यों को कुशलतापूर्वक सम्पन्न करने की दृष्टि से कौटिल्य ने राज्य प्रणाली में राजा की पूर्ण शिक्षा-दीक्षा पर बल दिया है।

3. निष्ठात्मक गुण-कौटिल्य ने राजा के क्रयी (वर्णव्यवस्था, आश्रम व्यवस्था और धर्म का ज्ञान तथा आर्थिक ज्ञान), दण्डनीति (शान्ति एवं व्यवस्था से सम्बन्धित ज्ञान) तथा आन्वीक्षिकी (दार्शनिकता) विद्याओं से युक्त बताया है। उसने राजा को शासन के प्रधान के साथ-साथ राजर्षि की भी संज्ञा देकर इसकी पुष्टि की है। कौटिल्य का राजा चन्द्रगुप्त मौर्य एक ऐसा ही राजा था। विद्याओं को ग्रहा करने के साथ कौटिल्य उसे आत्म संयमी भी बनने पर जोर देते हैं। राजा को अपनी इन्द्रियों को अपने वश में करने का प्रयास करना चाहिए ताकि वह लोभ, मोह, क्रोध और अभिमान से वशीभूत हो। कौटिल्य की राजप्रणाली में राजा स्वाभाविक रूप से अपने व्यक्तितव के बल पर ही शासनतंत्र की धुरी बनने की क्षमता रखता है।

2. राजा की दिनचर्या-कौटिल्य ने राजा के व्यक्तित्व के विकास के साथ ही साथ राजा की दिनचर्या पर भी जोर दिया है। यह दिनचर्या राजा के मंत्री, नौकर से सम्बन्धित है। प्रशासन पर अनवरत नियंत्रण बनाये रखने की दृष्टि से कौटिल्य ने सका वर्णन किया है। इसके साथ ही कौटिल्य ने राजा की दिनचर्या को निश्चित समय तक निर्धारित किया है। कौटिल्य ने राजा के दिन और रात के समय को आठ-आठ भागों में बाँटा है। दिन के प्रथम भाग मे राजा राज्य की रक्षा तथा आय-व्यय सम्बन्धी बातों पर विचार करेंगा। द्वितीय भाग मे जनता के कार्यों का निरीक्षण एवं शासनाधिकारियों की नियुक्ति पर विचार,, पांचवे में-पत्र-व्यवहार तथा गुप्तचरों के कार्यों की समीक्षा का, छठे भाग में-स्वछंद विचार तथा नीतिगत मन्थन का, सातवे में-शास्त्रार्थ का निरीक्षण और आठवें में-सेनापति से विचार-विमर्श का विवेचन है। इसी प्रकार रात के प्रथम भाग में गुप्तचरों से मिलना, द्वितीय भाग में स्नान, भोजन और अध्ययन, तृतीय में मनोरंजन, चौथे और पांचवे भाग में-शयन, छठे में मधुर संगीत के साथ जगना, सातवें मे गुप्तचरों को आदेश, आठवें में आचार्य पुरोहित आदि से सलाह का विवेचन है।

इस प्रकार स्पष्ट है कि कौटिल्य ने राजा की दिनचर्या अत्यंत कठोर है, लेकिन इस दिनचर्या के कारण वह समूचे शासन की धुरी के कार्य को आसानी से निभा सकता है।

राजा की शक्तियाँ एवं अधिकार

कौटिल्य ने अपने अर्थशास्त्र में राजा के व्यक्तितव, दिनचर्या के साथ-साथ उसकी शक्तियों एवं अधिकारों की चर्चा भी की है जिसे इन बिन्दुओं के अन्तर्गत स्पष्ट किया गया है-

(1) राजतंत्र-

(2)कार्यपालिका एवं प्रशासनिक शक्तियाँ-

(3) वैधानिक शक्तियाँ-

(4) न्याय शक्तियाँ-

शासक या राजा की शक्तियों पर नियंत्रण की आवश्यकता तथा नियंत्रण के साधन

कौटिल्य ने राजतंत्रीय व्यवस्था का समर्थन किया है। उन्होंने राजा को व्यापक शक्तियाँ प्रदान की है, किन्तु राजा की निरंकुश सत्ता का समर्थन नहीं किया है।

कौटिल्य की स्पष्ट मान्यता है कि राजा को मर्यादित रहना राज्य सत्ता का आधार है राजा धर्म, विधि और चरित्र के अनुसार शासन का संचालन करके ही योग्य शासक बन सकता है। राजा द्वारा शक्ति के प्रयोग को नियंत्रित और मर्यादित करने के लिए कौटिल्य ने निम्न उपायों को अपनाने का सुझाव दिया है-

1. नीति व धर्म का सैद्धान्तिक नियंत्रण-कौटिल्य ने शासक को धर्म के अधीन रहने का परामर्श दिया है। कौटिल्य ने राजा को एक तरफ तो उसके दायित्वों से बाँध दिया है, दूसरी तरफ वे उसे यह भी निर्देशित करते हैं कि प्रत्येक राजकीय आदेश को, धर्म के रूप में व्यक्त किये गये सार्वभौमिक और शाश्वत नैतिक नियमों के अधीन होना चाहिए।

2. राजा की शिक्षा व प्रशिक्षण-कौटिल्य ने राजा में अनेक गुणों की अपेक्षा की है। इन गुणों को व्यवहार में लाने के लिए उपयुक्त शिक्षा व प्रशिक्षण आवश्यक है। शिक्षा व प्रशिक्षण से युक्त राजा राजकीय कार्यों को सम्पनन करते समय उन गुणों से सदैव अनुशासित रहेगा। इस प्रकार कौटिल्य ने संस्कारों, शिक्षा व प्रशिक्षण के माध्यम से राजा की शक्ति को नियंत्रित किया है।

3. परामर्शदात्री संस्थाओं का नियंत्रण-कौटिल्य के मतानुसार राजा को अपनी शक्तियों का प्रयोग मंत्रियों के परामर्श से ही करना चाहिए। उसने शासक को परामर्श दिया है कि वह स्वयं की इच्छा के विपरीत होने पर भी, मंत्रियों के विवेक सम्मत परामर्श को स्वीकार करे।

4. जनता व जनमत का नियंत्रण-कौटिल्य की मानयता है कि यदि शासक जनता की अवहेलना करता है या जनता के विरुद्ध दण्ड की शक्ति का दुरुपयोग करता है तो प्रजा उससे असंतुष्ट हो जाती है। कौटिल्य का मत है कि यदि राजा अपने दायित्व का पालन न करे या शक्ति का दुरुपयोग करे तो प्रजा को उस राजा का परित्याग करने का अधिकार है। उसके ही शब्दों में 'निरंकुश राजा की अपेक्षा राजा का आश्रय नहीं प्राप्त होना ही अच्छा है।' आगे इसी संदर्भ में कहा है कि यदि राजकीय आदेशों और धर्म के बीच टकराव हो तो राजकीय आदेशों की तुलना में धर्म का ही पालन किया जाना चाहिए।

5. अनुबंधात्मक प्रतिबंध-राजा की शक्ति पर एक अन्य प्रतिबंध अनुबंधातम्क है। कौटिल्य के अनुसार मनुष्यों ने राजाओं की आज्ञाओं के पालन की जो प्रतिज्ञा की उसके बदले में राजा ने अपने प्रजाजन के धन जन की रक्षा का वचन दिया था। इसका अभिप्राय यह है कि राजा प्रजा के धन जन को हानि पहुंचाने वाला कोई कार्य नहीं किया जा सकता।

एक अन्य स्थान पर कौटिल्य ने यह बताया है कि राजा की स्थिति वेतनभोगी सैनिकों के समान ही होती है। इसका तात्पर्य यह है कि राजा को मनमाने ढंग से राज्य की सम्पत्ति से भोग विलास के साधन प्राप्त करने का अधिकार नहीं था।

अत: स्पष्ट है कि कौटिल्य ने शासक की मर्यादित शक्ति पर ही अधिक जोर दिया है।

कौटिल्य के अनुसार लोक कल्याणकारी राज्य के कार्य

कौटिल्य के अनुसार राज्य के सम्बन्ध में 'अर्थशास्त्र' के विभिनन अधिकरणों में यत्र-तत्र कौटिल्य ने राज्य के कार्यों का उल्लेख किया है-

1. राज्य के वैदेशिक कार्य-राज्य के वैदेशिक कार्यों को निम्नलिखित बिन्दुओं के अन्तर्गत स्पष्ट किया गया है-

क. राज्य के वैदेशिक सम्बन्ध या मण्डल सिद्धान्त-कौटिल्य ने इस सम्बन्ध में अपने विचार व्यक्त किये है कि एक राज्य का अन्य राज्यों से कैसा सम्बन्ध हो? इस विषय पर कौटिल्य ने विजिगीषु राजा को अपना आधार बनाकर एक मण्उल की स्थापना की। तत्कालीन भारतवर्ष के 16 राज्यों को ध्यान में रखकर निम्नलिखित मण्डल सिद्धान्त का प्रतिपादन किया।

1. विजिगीषु-राज्य मण्डल का आधार विजिगीषु होता है। यह विजिगीषु जो अत्यंत महत्वाकांक्षी नृप होता है, साम, दाम, दण्ड, भेद नीति का आश्रय लेक सार्वभौमिक विजय के लिए प्रयत्नशील रहता है।

2. अरि-ये विजिगीषु के आस-पास शत्रुता का व्यवहार करने वाले शासक होते हैं।

3. मित्र-विजिगीषु का मित्र, जो संकटकाल में उसको सहायता देता है।

4. अरि-मित्र-ये विजिगीषु से शत्रुता रखने वाले पड़ोसी शासकों के मित्र होते हैं जो विजिगीषु के विरुद्ध अरि को सहायता देते हैं।

5. अरि मित्र मित्र-ये शासक विजिगीषु के शत्रु के मित्र के मित्र हाने के कारण अरि के लिए सहायक होते हैं।

6. पष्णिगृह-यह विजिगीषु के पीठ पीछे शत्रु का मित्र होता है।

7. आक्रान्दासार-यह विजिगीषु के पीठ पीछे मित्र का मित्र होता है।

8. मध्यम-विजीगीषु और उसके शत्रु के बीच स्थित राजा मध्यम होता है तथा दोनों के साथ समान मित्रता का व्यवहार करता है।

9. उदासीन-यह विजिगीषु तथा अरि दोनों से विग्रह और अनुग्रह में समर्थ दूर का राजा होता है।

ख. राजा की शक्ति बढ़ाने की व्यावहारिक नीति-कौटिल्य ने राजा का एक आवश्यक गुण विजय की लालसा बताया है तथा कूटनीति अपनाकर इसकी प्राप्ति का मार्ग भी बताया है। उसने बताया कि राजा को अपने पड़ोसी राजा से शत्रुता और उसके पड़ोसी राजा से मित्रता रखनी चाहिए। अपने मित्र के मित्रों से मित्रभाव बढ़ाना चाहिए। अपने पीठ के पीछे के शत्रु किसी अन्य राजा से युद्ध में संलग्न हो, तो उस पर तत्काल आक्रमण कर उसे परास्त कर देना चाहिए।

ग. षाड्गुण्य सिद्धान्त-कौटिल्य ने वैदेशिक सम्बन्ध निश्चित करने के लिए 6 आधार बताये हैं, जिन्हें षाड्गुण कहा गया है। ये आधार, संधि, विग्रह, यान संश्रय तथा द्वैधीभाव हैं। दो राजाओं के परस्पर मेंल संधि, उनमें एक-दूसरे का अपकार करने की प्रत्यक्ष प्रकृति विग्रह, एक-दूसरे की उपेक्षा आसन, दूसरे पर आक्रमण करना यान, दूसरे का आश्रय ग्रहण करना संश्रय तथा संधि व विग्रह दोनों का मिला-जुला प्रयोग द्वैधीभाव कहलाता है।

घ. कौनसी नीति का किस समय प्रयोग?-कौनसी नीति किस समय प्रयोग की जाए, इस सम्बनध में कौटिल्य ने कहा है कि जब विजिगीषु को यह आभास हो कि

अरि को पराजित करने की शक्ति उसमें नहीं है और उसे संचित करने के लिए कुछ समय चाहिए, तो उसे संधि कर लेनी चाहिए तथा जब शक्ति बढ़ जाए, तो अवसर मिलते ही उसे शत्रु का अपकार करने के लिए विग्रह कर देना चाहिए। परिस्थितियाँ इन दोनों के बीच की भी हो सकती है। यदि दोनों ही पक्ष शक्तिशाली हों, तो युत्र न कर आसन ग्रहण कर लेना चाहिए।

यदि विजिगीषु को यह आभास हो कि उसकी शक्ति इतनी कम है कि अपनी प्रजा की रक्षा करना और शत्रु को परास्त करना संभव नहीं है, तो ऐसी स्थिति में उसे किसी शक्तिशाली राजा का आश्रय ग्रहण करना चाहिए। एक राजा के प्रति शत्रुता का तथा दूसरे के प्रति मित्रता का भाव रखना द्वैधभाव कहलाता है। प्रत्येक राजा को सभी प्रकार की परिस्थितियों को ध्यान में रखते हुए उचित नीति अपनानी चाहिए।

ङ राज्य विस्तार एवं युद्ध–कौटिल्य ने राज्य की बाह्य आक्रमणों से रक्षा करना तथा अपने राज्य का विस्तार करना राजा का कर्तव्य बताया है। उसने अधिकाधिक प्रदेशों पर अपना अधिकार स्थापित करने का राजा को परामर्श दिया है। वह राजा को दुर्बल राज्यों को अपने पराक्रम से जीतकर, समस्त विश्व को अपने आधिपत्य में कर लेता है उसे जतुरान्त राजा कहते हैं।

साम्राज्य विस्तार के लिए युद्ध को आवश्यक बताते हुए कौटिल्य ने इसके निम्नलिखित दो प्रकार बताये है–

1. धर्म विजय–कौटिल्य ने धर्म युद्ध उस युद्ध को बताया है, जब पराजित राजा द्वारा अधीनता स्वीकार कर ली जाती है। उसने अन्तर्राष्ट्रीय नैतिक युद्ध विधि की ओर संकेत करते हुए कहा है कि दूत अवध्य होता है, संधि तका मैत्री के लिए प्रयुक्त व्यक्ति सम्मानित होते हैं, बगीचों, उपासना स्थलों, कृषकों आदि की रक्षा करनी चाहिए। पुरोहित, तपस्वी तथा मंत्र शक्ति सम्पन्न शास्त्र के बल से राज्य को विजयी बनाते हैं।

2. कूट युद्ध–दूसरे प्रकार का युद्ध नैतिकता के विपरीत षड्यंत्र, विपरीत प्रयोग भूत विद्या, जादू–टोना, इन्द्रजाल, छल कपट आदि तरीकों से लड़ा जाता है। कौटिल्य ने धूर्त व्यक्ति को परास्त करने के लिए धूर्त व घृणित तरीके अपनाने का परामर्श दिया है।

कौटिल्य ने युद्ध में प्रयोग लाये जाने वाले विभिन्न अस्त्र–शस्त्रों, आग्नेयास्त्रों, विषचूर्ण, रसायन चूर्ण आदि के प्रयोग के बारे में उल्लेख किया है। सेना चतुरंगी संगठन पैदल, हाथी, घोड़े तथा रथ व्यूह रचना, घायलों व बीमारों की देखभाल, शरणागत से व्यवहार, सेनापति के उत्तरदायित्व आदि पर भी 'अर्थशास्त्र' में पर्याप्त प्रकाश डाला गया है।

2. राज्य के आन्तरिक कार्य–राज्य को आन्तरिक शान्ति और सुरक्षा व व्यवस्था स्थापित करने की ओर पूरा ध्यान देना चाहिए। राज्य के आन्तरिक सुरक्षा व व्यवस्था को खतरा मंत्री, पुरोहित, अमात्य आदि की ओर से भी उपस्थित हो सकता है। ये लोग राजा की अवज्ञा करते हैं, विद्रोह व षड्यंत्र कर सकते हैं, भ्रष्टाचारी हो सकते हैं तथा अपने कर्तव्य की उपेक्षा कर सकते हैं। राजा को उन्हें प्रलोभन, सम्मान आदि द्वारा वश में करने का प्रयत्न करना चाहिए। यदि फिर भी वश में न आयें, तो राजा को उनके विरुद्ध षड्यंत्र रचकर उनका नाश कर देना चाएिह। आन्तरिक व्यवस्था सुचारु रूप से चलाने के लिए उच्चकोटि की न्याय व्यवस्था भी अत्यंत आवश्यक है। राजा को विभिन्न नियुक्तियाँ तथा अर्थव्यवस्था का भी संचालन ठीक प्रकार से करना चाहिए।

3. प्रजा रक्षण कार्य–कौटिल्य ने प्रजा रक्षण सम्बन्धी राज्य के कार्यों को निम्नलिखित तीन संदर्भों में विवेचित किया है–

(क) राज्य में समाजकंटकों और अपराधियों को दण्ड देकर प्रजा को अपराधों तथा हिंसा से बचाना, उनके जीवन, सम्पत्ति तथा सदाचार की रक्षा करना, (ख) बाह्य आक्रमण से प्रजा का बचाव करना तथा, (ग) प्राकृतिक आपदाओं में प्रजा की सहायता करना आदि।

4. लोक कल्याणकारी तथा आर्थिक कार्य–कौटिल्य के अनुसार, प्रजा के लिए कल्याणकारी कार्य करना तथा उसे सुखी बनाना राजा का कर्तव्य है इस सम्बन्ध में कौटिल्य के विचार आधुनिक लोक कल्याणकारी राज्य की अवधारणा के काफी निकट हैं। वास्तव में 'राजा' शब्द 'रंजन' से बना है। जिसका अर्थ होता है 'प्रसन्न करने वाला'। राजा का सुख, प्रजा के सुख में निहित होता है। राज्य की प्रजा का सुख व समृद्धि कृषि एवं व्यापार पर निर्भर करती है। अतः राजा को इसकी प्रगति की ओर पूरा ध्यान देना चाहिए।

कौटिल्य द्वारा प्रतिपादित राज्य के कल्याणकारी कार्य

कौटिल्य ने लोक कल्याणकारी कार्यों में राज्य के निम्नलिखित कर्तव्य बताये है–

(क) कृषि–कौटिल्य के अनुसार, राज्य की प्रजा की समृद्धि कृषि पर निर्भर करती है। कृषि विभाग के प्रबंध, देख–रेख और संचालन के लिए सीताध्यक्ष होता है, जो अपने विभाग के विभिन्न कर्मचारियों की सहायता से विभिन्न बीजों के संग्रह तथा उपयुक्त समय पर उनके बोने की व्यवस्था करता है। वह सिंचाई के लिए नहरों, तालाबों आदि की व्यवस्था करता है। कृषि को हानि पहुँचाने वाले को कठोर दण्ड देना तथा कृषकों के स्वास्थ्य की देखभाल करने के लिए चिकित्सा व व्यायामशालाओं की व्यवस्था करना भी राज्य का कार्य है।

इसके अतिरिक्त सीताध्यक्ष का एक अन्य विशेष कर्तव्य था-राजकीय भूमि में खेती करना। कौटिल्य ने लिखा है कि सीताध्यक्ष दास, श्रमिक और बंदियों को काम में लगाकर राजकीय भूमि में बोआई करायेगा। यह भूमि अनेक हलों द्वारा जुती हुई होगी। यह कार्य औजारों, हल के उपकरण, बैल आदि से न रुकेगा। इसी प्रकार इन लागों का कार्य लोहार, बढ़ई आदि के अभाव में भी नहीं रुकेगा। यदि किसी के कारण से ऐसी ानि होगी तो उस पर उक्त हानि के बराबर राशि का जुर्माना किया जायेगा।

इससे स्पष्ट होता है कि सीताध्यक्ष राजकीय भूमि में ऐसे मजदूरों तथा यंत्रों व जानवरों का उपयोग करता जो राजकीय सम्पत्ति थी और कृषि योग्य थी।

तीसरे, कौटिल्य ने यह भी स्पष्ट किया है कि राज्य नये गाँवों को तैयार कराता और बसाता। ऐसा करने के लिए धनी आबादी वाले क्षेत्रों से अतिरिक्त जनसंख्या को हटाया जाता। ऐसे उपनिवेशों में कृषि भूमि राज्य की सम्पत्ति थी जिसे राज्य करदाता को उसके जीवनकाल के लिए देता अथवा राज्य ऐसी भूमियों को बणिकों या निम्न श्रेणी के सरकारी कर्मचारियों को दे देता तथा उस पर खेती कराता। यदि कोई व्यक्ति इन भूमियों पर खेती नहीं करता तो उसे भूमि छीन ली जाती, लेकिन जो संतांषजनक रीति से खेती करते उन्हें अन्न, पशु आदि मिलता।

(ख) उद्योग-जो स्थिति कृषि के सम्बन्ध में थी, वही स्थिति उद्योग के विषय में भी थी। उदारहण के लिए खनन को लें। राजा में खन्यध्यक्ष के अधीन खनन का कार्य था। खानों का कार्य तीन रूपों में होता था, ऐसे खाने जिन्हें राज्य स्वंय खोदता था, ऐसी खाने जिन्हें राज्य और व्यापारिक संस्थान मिलकर खोदते थे तीसरे प्रकार की खाने व्यक्तिगत व्यापार के रूप में थी। प्रत्येक स्थिति में खानों पर राज्य का ही स्वामित्व माना जाता था।

खान अध्यक्ष राजा की ओर से शंख, हीरा, अन्य बहुमूल्य रत्न, मुक्ता, मूंगा और अनेक प्रकार के नमक आदि बटोरने और इनके व्यापार पर नियंत्रण रखता था। नमक पर सहकारी एकाधिकार था तथा अर्थशास्त्र में कथन है, जो नमक में मिलावट करेगा, उसे सबसे कठोर दण्ड दिया जायेगा। वेदज्ञ, तपस्वी तथा मजदूर अपने साथ खाने भर के लिए नमक बिना शुल्क के ले जा सकते थे, अन्य सीाी को नमक पर शुल्क देना पड़ता था। इसी प्रकार वन-सम्पत्ति भी राज्य के स्वामित्व में थी। कुशाध्यक्ष इसकी देखरेख करता था।

छोटे उद्योग में भी राज्य पूंजीपति के रूप में था। राज्य अनेक वस्तुओं को तैयार कराता था। इनमें से अनेक तैयार की हुई चीजों में राज्य का एकाधिकार होता, यदि कोई अन्य व्यक्ति दूसरे स्थान पर इनको तैयार करता तो उस पर जुर्माना होता। ये उद्योग थे-सोने, चाँदी तथा बहुमूल्य धातुओं के जेवर तथा सिक्के तैयार करना, सूत, कवच तथा रस्सी

तैयार करना, तौल के बांट उनके मानक तैयार कराना, शराब तथा अन्य प्रकार के खमीर तैयार कराना आदि।

(ग) व्यापार-व्यापार से व्यापारियों व जनता के अतिरिक्त राज्य को लाभ होता है। कौटिल्य ने राजा को व्यापार के विकास, नियमन तथा नियंत्रण का दायित्व सौंपा है। इसके लिए पण्याध्यक्ष होता है, जिसे अपने राज्य के उत्पादन के अतिरिक्त अन्या राज्यों के उत्पादन का भी ज्ञान होना चाहिए। उसे प्रजा की आवश्यकता की वस्तुओं के उत्पादन, विक्रय योग्य वस्तुओं के स्तर, मूल्य निर्धारण, बांटों का नियमन व नियंत्रण, आयात निर्यात, आवागमन के साधन आदि की ओर भी ध्यान देना चाहिए।

कौटिल्य ने अर्थशास्त्र में लिखा है कि 'पण्याध्यक्ष स्वभूमिज और परभूमिज दोनों ही प्रकार की वस्तुओं का लोगों मे विक्रय करे। वह इतना भारी लाभ न ले कि लोगों को नुकसान हो।' उसने यह भी कहा है कि वह व्यापारियों तथा कारीगरों पर भी नियंत्रण रखे।

कौटिल्य ने बहुत स्पष्ट रूप से लिखा है कि ऐसे व्यापारी जो आपस में मिलकर किसी माल की बिक्रो रोक दें अथवा इसी प्रकार मिलकर किसी वस्तु को ऊँचे दाम में बेचें या खरीदें तो उन पर 1000 पणों का जुर्माना होगा। राज्य की वस्तु के मूल्य पर नियंत्रण कर लाभ की सीमा लगा देता। सामान्यत: देशी बनी हुई चीजों पर केवल 5 प्रतिशत लाभ लेना संभव था और विदेशी वस्तुओं पर दस प्रतिशत। राज्य दलाल के लाभ को भी नियंत्रित करता।

स्पष्ट है कि व्यापार पर ये सभी नियंत्रण राज्य की ओर से लगाये गये थे। इनसे राज्य और जनता दोनों को लाभ होता। इससे स्पष्ट होता है कि कौटिल्य ने लोककल्याणकारी राज्य पर बल दिया।

(घ) श्रम के प्रति नीति- श्रम के प्रति भी कौटिल्य ने राज्य की नीति जन कल्याणकारी थी। कौटिल्य ने लिखा है कि जो लोग षड्यंत्र कर कारीगरों के काम का स्तर गिरायेंगे, उनकी आमदनी में बाधाा डालेंगे उन पर हजार पणों का जुर्माना होगा। आपस में तय की हुई मजदूरी मजदूरों को दी जायेगी। मजदूरी हजम करने वाले को दण्ड दिया जायेगा। जहाँ कोई अनुबंध न हो वहाँ कौटिल्य की नीति थी कि खेतीहर को फसल का पशुपालक को उसके घी का और व्यापारी को उसकी बिक्री का दसवां भाग मिलेगा। राजा दासों के श्रम पर भी नियंत्रण रखता कि दासों पर अत्याचार न हो।

(1) पशुधन संरक्षण का संवर्द्धन-दूध देने वाले पशुओं, खेती के काम में आने वाले पशुओं, घोड़े, हाथी आदि की रक्षा और देखभाल अलग-अलग पदाधिकारियों के

निर्देशन में होनी चाहिए। राज्य पशुओं की नस्ल सुधारने, उनके स्वास्थ्य की देखरेख तथा चिकित्सा करने, चरागों का प्रबंध करने, हिंसक पशुओं से रक्षा करना आदि का भी कार्य करेगा।

(2) प्राकृतिक विपत्तियों से रक्षा-कौटिल्य के अनुसार राज्य को प्रजा की रक्षा प्राकृतिक व आकस्मिक संकटों व दुर्घटनाओं से रक्षा करनी चाहिए। ये संकट आठ प्रकार के होते हैं-अग्नि, जल, व्याधि, दुर्भिक्ष, चूहे, हिंसक जन्तु, सर्प तथ राक्षस द्वारा किये गये प्रहार।

(3) अन्य जन कल्याणकारी कार्य-असहाय, अनाथो और वृद्धों की उचित देखरेख का निर्धन, गर्भवती स्त्रियों, उनके बच्चों के भरण-पोण और देखरेख राज्य के कार्य है। राजा को स्वयं प्रजा के साथ थोड़ा समय व्यतीत करके उनके कष्टों का पता लगाना चाहिए तथा उन्हें दूर करने के उपाय करने चाहिए। प्रजा को राजा से संपर्क स्थापित करने की सुविधा होनी चाहिए, जिससे अधिकारियों की शिकायतें उस पर पहुँच सकें। प्रजा के सुख में ही राजा को अपना सुख समझना चाहिए।

5. सामाजिक व्यवस्था सम्बन्धी कार्य-कौटिल्य ने राज्य पर यह दायित्व डाला है कि राजा यह देखे कि सामाजिक व्यवस्था का निर्वाह वेदों और शास्त्रों में स्वीकृत वर्ण व आश्रम व्यवस्था के अनुरूप हो।

कौटिल्य ने राज्य को सामाजिक व्यवस्था के सम्बनध में असीमित अधिकार प्रदान नहीं किए हैं। उसने र.ज्य को सामाजिक व्यवस्था के सम्बन्ध में नियमों का प्रतिपादन करने या वर्गों के कर्तव्यों के अपनी इच्छा से व्याख्या करने की शक्ति प्रदान नहीं की है। उसने शासकों को यह परामर्श दिया है कि वह व्यक्तियों द्वारा उनके कर्तव्यपालन और अपने धर्मों के निर्वाह में अनावश्यक हस्तक्षेप न करे, उसका कार्य केवल यह देखना है कि विभिन्न वर्णों के सदस्य और विभिन्न आश्रमों में स्थित व्यक्ति अपने कर्तव्यों और मर्यादाओं का पालन करते रहें। उदाहरण के लिए, यदि कोई व्यक्ति समर्थ होते हुए भी अपनी संतान, पत्नी, बहन, माता-पिता का भरण पोषण नहीं करता है तो उसे राज्य द्वारा दण्डित किया जाना चाहिए। इस प्रकार उसको यह देखना चाहिए कि प्रत्येक व्यक्ति अपने सामाजिक धर्म का पालन करे।

6. प्रशासनिक प्रणाली का निर्वाह-कौटिल्य का मत है कि राजय की एक सक्षम प्रणाली होनी चाहिए जिसके माध्यम से वह अपने व्यापक दायित्वों को कुशलतापूर्वक निभा सके। इस हेतु उसने राज्य से विवेकसम्मत और व्यावहारिक आधाराओं पर विभिन्न विभागों को संगठन करने तथा उचित संख्या में सुयोग्य अधिकारियों व कर्मचारियों की नियुक्ति करने की अपेक्षा की है। इसके साथ ही यह भी कहा है कि इन पर समुचित

नियंत्रण भी होना चाहिए क्योंकि समुचित नियंत्रण के बिना कर्मचारी व अधिकारी अपनी शक्तियों का दुरुपयोग कर सकते हैं।

उपर्युक्त विवेचन से स्पष्ट है कि कौटिल्य का राज्य एक लोक कल्याणकारी राज्य है जो सैद्धान्तिक तथा व्यावहारिक दोनों ही दृष्टियों से राष्ट्र को समृद्धि, प्रजा के कल्याण व उसी सुरक्षा के प्रति समर्पित है।

कौटिल्य की न्याय व्यवस्था

कौटिल्य ने अपनी पुस्तक 'अर्थशास्त्र' में न्याय एवं दण्ड विधान पर विस्तार से चर्चा की है। उसके अनुसार न्याय का स्रोत है और प्रजा के सभी वर्णों का रक्षक है। प्रजा को सताने वाले को राजा दण्ड देता है। प्रजा की रक्षा न करने तथा उसे पीड़ा पहुँचाने वाला राजा कभी सुखी नही रह सकता। राजा को न्याय करते समय शत्रु तथा पुत्र में भेद नहीं करना चाहिए। न्याय के चार आधार हैं-धर्म, व्यवहार, चरित्र तथा राजाज्ञा। धर्म सत्य में, व्यवहार साथियों मे चरित्र पुरुषों क जीवन के आचरणों में तथा राजाज्ञा शासन में होती है।

दण्ड नीति विषय कौटिल्य का दृष्टिकोण

मनु ने दण्डनीति के सम्बन्ध में निम्नलिखित चार बातों पर बल दिया है-

कौटिल्य ने लिखा है कि दण्डनीति का विषय उचित या अनुचित नीति है, धन की समृद्धि या असमृद्ध नहीं। इस प्रकर कौटिल्य के अनुसर वित्त से सम्बन्धित शास्त्र वार्ता था, दण्डनीति नहीं। इसलिये कौटिल्य के अर्थशास्त्र में दण्डनीति के उक्त चार अंगों में से केवल प्रथम दो अंगों का ही विवेचन हुआ है। लेकिन सार रूप में अर्थशास्त्र में अन्तिम दोनों को भी देखा जा सकता है यथा-

(अ) जो लब्ध नहीं है, उसे प्राप्त करना-

'जो लब्ध नहीं है, उसे प्राप्त करना' से आशय है-राज्य में नई भूमि को प्राप्त करना। कौटिल्य के अर्थशास्त्र के छठे अधिकरण से नई भूमि की प्राप्ति का विवेचन हुआ है। इसमें राज्य के सात तत्वों के साथ-साथ मित्र और अमित्र पड़ोसी देशों के मंडलों, परराष्ट्र नीति के छ: प्रकार सेना सम्बन्धी विवेचन यह विवेचन किया गया है कि एक अमित्र देश में स्थित शत्रु का किस प्रकार छिपे तोर पर नाश किया जाये।

(ब) जा प्राप्त हो चुका है, उसका संरक्षण करना-

कौटिल्य में अर्थशास्त्र में प्राप्त की गई भूमि के सरक्षण के सिद्धान्त को प्रारंभ में ही लिया गया है। यथा-

1. राजा और उसके परिवार सम्बन्धी विवेचन-अर्थशास्त्र के प्रारंभ में कुछ अध्यायों में राजा और उसके परिवार के विषय में यह कहा गया है कि राजा को अपने भावनाओं और इन्द्रियों को वश में रखना चाहिए। उसे दिन की किस-किस घड़ी में क्या-क्या काम करने चाहिए, अन्तपुर के घरों को किस प्रकार बनाना चाहिए । यह भी कहा गया है कि राजाओं को अपने कुमारों पर निगाह रखनी चाहिए तथा उन्हें उचित प्रकार की शिक्षा दी जानी चाहिए।

2. मंत्रिपरिषद् तथा अधिकारियों के सम्बन्ध में विवेचन-कुछ अध्यायों में यह बताया गया है कि उसे सावधानी से और सभी बातों पर विचार कर आने मंत्रियों और पुरोहित को चुनना चाहिए। इसी प्रकार एक पूरे अधिकरण में भिन्न-भिन्न अधिकारियों के भिन्न-भिन्न पदों के नाम और कार्य दिये गये हैं और राजा उनसे अधिक से अधिक क्या नाम किस प्रकार ले सकता है।

3. कानून व्यवस्था-मंत्रिपरिषद् तथा अधिकारियों के विवेचन के बाद कौटिल्य ने कानून-व्यवस्था का विवेचन किया है।

कौटिल्य ने अर्थशास्त्र में कानूनों का संहिताकरण किया है तथा साथ ही विविध अपराधों के लिए दण्ड भी सुनिश्चित किया है। कौटिल्य के अनुसार राज्य द्वारा कानूनों का निर्माण तो किया ही जाता है तथा साथ ही न्याय प्रदान करने वाली अर्थात कर्तव्य सुनिश्चित तथा उन्हें लागू कने वाली एक संस्था भी माना है।

कानून के आधार-अर्थशास्त्र में कानून के प्रमुख चार आधार बताये हैं जो कि कौटिल्य के अनुसार वही राष्ट्र के भी आधार है। ये हैं-धर्म, व्यवहार, चरित्र और राजाज्ञा। कौटिल्य ने अर्थशास्त्र में इन चारों आधारों की व्याख्या भी की गई है। कौटिल्य ने इनकी व्याख्या करते हुए लिखा है कि धर्म सत्य पर, व्यवहार साथियों, शासन राजाज्ञाओं पर, चरित्र मनुष्यों के समूहों में चली हा रही प्रथाओं पर आधारित होता है।

कानून सम्बन्धी चिन्तन की विशेषता-कौटिल्य धर्म को सही तथा समाज की आत्मा मानता है। वह राजाज्ञा अर्थात कानून या राज्य आदेश को धर्म से अधिक मान्यता देता है। अर्थात् कौटिल्य धर्मशास्त्र को राजशास्त्र के अधीन मानता है। कौटिल्य के अनुसार 'चरित्र तथा लोकाचार का धर्मशास्त्र के साथ जिस विषय में विरोध हो वहाँ धर्मशास्त्र को भी प्रमाण मानना चाहिए अर्थात ऐसे अवसर पर धर्म द्वारा ही निश्चय किया जाना चाहिए। परन्तु यदि कहीं धर्मशास्त्र का धर्मानुकूल राजकीय शासन के साथ विरोध हो तो वहाँ राजकीय शासन को ही प्रमाण मानना चाहिए।'

कौटिल्य के अनुसार कानून की रचना मानव द्वारा की गई है। कौटिल्य का मानना है कि कानूनों का निर्माण प्रायः राजा की इच्छा से नही होता बल्कि इनका निर्माण तो प्रायः व्यवहार में इनकी आवश्यकताओं पर निर्भर करता है। इसका निर्माण राजा द्वारा प्रायः अपने विवेक एवं समदृष्टि के आधार पर समाज के कल्याणार्थ किया जाता है। कानून को शक्ति प्रायः नैतिक अनुशास्तियों द्वारा प्राप्त होती है। विद्यमान सामाजिक और राजनीतिक संगठनों के स्वरूप पर कानून का विकास निर्भर करता है। इस प्रकार कौटिल्य के कानून के आधार विवेक, धर्म और रूढ़ियों को माना है।

4. न्याय व्यवस्था-कौटिल्य की न्याय व्यवस्था कुछ विषयों में आधुनिक न्याय व्यवस्था से मिलती है तथा अनेक विषयों में उससे अधिक श्रेष्ठ प्रतीत होती है।

क. न्यायालयों के प्रकार-आधुनिक न्याय व्यवस्था की तरह, कौटिल्य की न्याय व्यवस्था अपराधों की प्रकृति के आधार पर तीन भागों में विभक्त है- (1) धर्मस्थीय (दीवानी) (2) कटक शोधन (फौजदारी)(3) जन न्यायालय।

(1) धर्मस्थीय (दीवानी) न्यायाधिकार क्षेत्र-धर्मस्थीय न्यायालयों का कार्य दीवानी के मुकदमें सुनना और तद्नुसार निर्णय करना होता था। इसमें उन्हीं अभियोगों को सुना जाता था, जो व्यक्ति विशेष के विरुद्ध होते थे और उनका प्रभाव भी उस व्यक्ति के अतिरिक्त किसी अन्य व्यक्ति पर नहीं पड़ता था। इन न्यायालयों का अधिकार क्षेत्र निम्न प्रकार है-

अधिकार क्षेत्र-उपर्युक्त न्यायालयों का अधिकार क्षेत्र निम्नलिखित है-

1. समझोतों की वैधानिकता अथवा अवैधानिकता, विवाह एवं विाह विच्छेद। स्त्रियों पर अत्याचार, उत्तराधिकार सम्बन्धी विवाद, विभिन्न प्रकार से उत्पन्न पुत्रों में सम्पत्ति का विभाजन।

2. घर, खेत, तालाब, बाँध आदि से सम्बद्ध मुकदमे, जल बांध, चरागाह आदि के अधिकारों का हनन करने सम्बन्धी मुकदमें।

3. दास सम्बनधी मुकदमें, साझे में किये गये व्यापार, धोखे से वस्तुओं को बेचना, दान के धन को न देना आदि मुकदमे।

4. डाके या चोरी के लिए प्रलोभन देना, गाली तथा निन्दा, दूसरों की सम्पत्ति का क्षति पहुँचाना, उधार या किराये पर ली गई वस्तु को न लौटाना आदि से सम्बन्धित मुकदमे।

(2) कटक शोधन (फौजदारी)-कंटक शोधन न्यायाधिकार क्षेत्र उन अीयोगों से सम्बंधित था, जिन्हें आधुनिक युग में फौजदारी अभियोग कहा जाता है। इस श्रेणी में वे

ही अभियोग आते हैं, जिनमें किसी एक व्यक्ति को हानि पहुँचाने के साथ ही समस्त समाज को हानि पहुँचाने की संभावना होती है। अतः इसमें एक पक्ष राज्य होता है और दूसरा पक्ष अपराधी। इसमें निम्नलिखित अधिकार क्षेत्र सम्मिलित होते हैं-

1. शान्ति और व्यवस्था।

2. शिल्पियों से प्रजा की रक्षा तथा प्रजा से शिल्पियों की रक्षा।

3. व्यापारियों से प्रजा की रक्षा, बाजार, बाट, नाप आदि की अनियमिततायें।

4. दैवी विपत्तियों जैसे अग्नि, जल, रोग, अकाल चूहे, व्याघ्र सांप और राक्षस से प्रजा की रक्षा करना।

5. गुप्त अपराध, झूठे दस्तावेज, बेहोश करने की दवा, रिश्वत लेने आदि के सम्बन्ध में दण्ड।

6. व्यभिचार, बलात्कार, हत्या, अभक्ष्य वस्तु तथा अपेय वस्तु का खान-पान करने या कराने के मामले।

7. दुष्टों का प्रकाशन।

8. चोरों को पकड़वाना।

9. अचानक मृत्यु होने पर परीक्षा।

10 चोरी बलात्कार, हत्या आदि के लिए दण्ड देना।

11. युक्तिपूर्ण जिरह।

12. सब अधिकारियों एवं उनके कार्यों की देखरेख।

(3) जन न्यायालय-सामन्ती युग में कुछ विवाद का निपटारा ग्राम अथवा ग्रामों के मुखिया मिलकर अथवा धार्मिक पुरुष या वृद्ध अनुभवी मध्यस्थ करते थे। उन्हें ही जन न्यायालय के नाम से जाना जाता था। इन्हें गैर सरकारी न्यायालय भी कहा जाता था। इस प्रकार न्यायालयों द्वारा प्राय: निम्नलिखित प्रकार के विवादों का निपटारा किया जाता था-

1. तपोवन, बड़ी सड़कों, देवालय, चरागाह, पुण्यस्थान, यज्ञ स्थान, श्मशान आदि से सम्बंधित विवाद।

2. धर खेत सीमाबंध, तालाब, बाग आदि वस्तु विषयक विवाद।

ख. न्यायिक प्रक्रिया-अर्थशास्त्र में निम्नलिखित प्रकार से न्यायिक प्रक्रिया का उल्लेख किया गया है-

1. विवाद-विवाद के सम्बन्ध में निम्न तथ्यों का ध्यान रखना अवश्य रखना चाहिए।

सही-सही तिथि जिससे कि दिन, साल, पक्ष, महीना आदि का ज्ञान हो सके।

घटना स्थल।

अपराध का स्वरूप।

दोनों पक्षों की प्रयुक्तियों एवं युक्तियों का विवरण।

अभियोक्ता एवं अभियुक्त दोनों के देश, ग्राम, गोत्र, जाति, नाम एवं व्यवसाय आदि का विवरण।

2. न्यायाधीशों की नियुक्ति तथा योग्यताएँ-कौटिल्य ने न्यायाधीशों की नियुक्ति राजा द्वारा किये जाने की अपेक्षा की है। न्यायाधीशों में धर्म के मर्म को समझने की क्षमता होनी चाहिए। उनका अमात्य स्तर होना चाहिए जो प्रलोभनों से मुक्त रहने के लिए प्रमाणित हो चुका हो। जनपद संधि, संग्रहण, द्रोणमुख और स्थानीय न्यायालयों में तीन-तीन न्यायाधीश नियुक्त किये जाने चाहिए।

3. साक्षी नियम-न्यायालयों के समक्ष अपने पक्ष को पुष्ट करने वाले पक्ष साक्षी प्रस्तुत कर सकते हैं, जो चरित्रवान एवं विश्वसनीय होने चाहिए तथा जिन्हें दोनों पक्ष जानते हों। सामान्यत: ये व्यक्ति व्यवहार के अभियोग में साक्षी नहीं दे सकते-साला, सहायक, ऋणदाता, ऋण लेने वाला, शत्रु, अंगहीन तथा राज्य से दण्डित व्यक्ति। ये व्यक्ति अपने ही वर्ग में साक्षी दे सकते हैं- राजा, वेदिधाणा, ब्राह्मण, गाँव का मुखिया, कोढ़ी, पतित अंधे बहरे, गूँगे आदि।

साक्षी देने से पूर्व शपथ लेनी पड़ती है। ब्राह्मण से केवल सच बोलने के लिए कहा जाए तथा क्षत्रियों, वैश्यों और शूद्रों से शपथ लेने के लिए कहा जाए। जिन व्यक्तियों को साक्षी बनया जाये, वे दूर प्रदेशों के रहने वाले न हों, किन्तु न्यायाधीश की विशेष अनुमति प्रज्ञ प्राप्त कर उन्हें भी साक्षी देने के लिए बुलाया जा सकता है।

5. दण्ड व्यवस्था-अपराधों की रोकथाम तथा शांति व्यवस्था बनाये रखने की दृष्टि से कौटिल्य ने कठोर दण्ड विधान बनाया। उसने विभिन्न अपराधों की गुरुता के आधार पर अर्थदण्ड, अंगभंग या मृत्युदण्ड की व्यवस्था की। कौटिल्य द्वारा बताये गये कुछ अपराधों के दण्ड निम्न प्रकार है-

1. नकब लगाने, जेब काटने आदि पर उंगली काटने या 54 पण अर्थदण्ड।

2. धन, शस्त्र या यंत्र की चोरी करने पर अंगभंग।

3. राजकर्मचारियों के हाथ-पैर काट लिये जाये, यदि वे अपराधियों के साथ रियायात सा पक्षपात करें।

4. देवता की प्रतिमा, पशु, मनुष्य, खेती की उपज आदि की चोरी करने पर प्राणदण्ड।

5. धन, अपहरण, चौरी, डाके आदि पर प्राणदण्ड।

6. हत्यारों, चोरों आदि की सहायता देने वाले को उचित दण्ड।

7. राजद्रोही को सिर व हाथ में आग लगाकर मार दिया जाने का दण्ड।

8. जंगल, फसल, अनाज आदि को आग लगाने वाले को आग में ही भून दिया जाए।

6. अन्य प्रावधान-जो लब्ध है, उसके परिरक्षण के सम्बन्ध में कुछ अधिकरण ऐसे हैं जिनमे अनुचित उपायों से राजा अपने धोखेबाज मंत्रियों, देशद्रोहियों या राज्य के शत्रुओं के नाश की बात कहता है। साथ ही उसके अतिरिक्त रिक्त राजकोश को भरने, राज्य के आय के स्रोतों की विस्तृत करने का भी विवरण दिया है-

इस प्रकार कौटिल्य के अर्थशास्त्र के प्रथम पाँच अधिकरणों में लब्ध भूमि के रक्षण पर अधिक बल दिया गया है।

7. गुप्तचर व्यवस्था-चाहे हम अपना ध्यान नई भूमि की प्राप्ति पर दें अथवा प्राप्त भूमि के रखण पर, यह तो निश्चित है कि गुप्तचरों के बिना राजा का काम नहीं चल सकता। चाहे राजा किसी पड़ौसी से युद्ध कर रहा हो अथवा अपने राज्य में ही शांति व्यवस्था बनये रखने पर ध्यान दे रहा हो, उसे राज्य के भीतर तथा बाहर वाले शत्रुओं से दमन के लिए गुप्तचरों को रखना ही होगा। अर्थशास्त्र में भी भिन्न-भिन्न प्रकार के गुप्तचरों का विवरण दिया गया है। उनमें काम लेने के तरीके बताये गये हैं। गुप्तचर व्यवस्था के विवेचन से स्पष्ट होता है कि उस काल मे गुप्तचर प्रणाली प्रायः बिल्कुल पूर्ण थी।

ग. जो परिक्षित है, उसका संवर्द्धन

यद्यपि कौटिल्य ने अर्थशास्त्र में दण्डनीति के उपर्युक्त दो सिद्धान्तों का ही व्यापक विवेचन हुआ है, तथापित संक्षेप में उसके दो अन्य सिद्धान्तों का उल्लेख भी कौटिल्य ने किया है। जो परिरक्षित है, उसका संवर्द्धन से अभिप्राय है कि भूमि प्राप्त हो चुकी है और जिसकी रक्षा ठीक-ठाक हो चुकी है, उस भूमि का विकास करना तथा उससे लाभ प्राप्त करना।

इसका संकेत ऐसे उपायों को ग्रहण करना है, जिससे पहले से ही अपने अधिकार के अन्तर्गत राजा राज्य से और अधिक धन तथा अतिरिक्त कर प्राप्त कर सके।

कौटिल्य ने अर्थशास्त्र में स्पष्ट कहा गया है कि प्रकृति के सभी महत्वपूर्ण दामों, जैसे-कृषि योग्य भूमि, खाने तथा वन आदि पर राज्य द्वारा नई बस्तियाँ बसाता था। वह धनी आबादी वाले क्षेत्रों से लोगों को स्थानान्तरित कर या विदेशियों को वहाँ बसाने के लिए उत्साहित कर नए गाँव तथा नगर बसाता था। इन नई बस्तियों की कृषि योग्य भूमियों पर राज्य का अधिकार होता था जिसकी देखभाल सीताध्यक्ष करते थे। उसके साथ-साथ राज्य की स्वामित्व वाली कृषि भूमियों पर खेती कराने का काम भी विशेष रूप से उनके जिम्मे था। इसमें वे 'दासों, मजदूर और कैदियों' तथा सरकारी पशुओं व अन्य उपकरणों का प्रयोग करते थे।

घ. जो वृद्धि से प्राप्त है, उसका योग्य लोगों में वितरण

यह दण्डनीति का चौथा तथा अंतिम अंग है। वे कौनसे तीर्थ या उचित स्थान हैं जहाँ राजा को धन की वृद्धि को लगाना चाहिए। इस सम्बन्ध में प्रो. दत्तात्रेय रामकृष्ण भांडारकर ने लिखा है कि 'ये तीर्थ वे थे जो या तो विभिन्न विचारधाराओं और सम्प्रदायों के पवर्तक थे या उनके मुख्य व्याख्याता थे। सभी उन्हें श्रद्धा का पात्र मानते थे। राजा के लिए उनका सम्मान करना आवश्यक था। केवल सम्मान ही नहीं, राजा उन्हें दान भी दे ताकि वे मानव मात्र की भलाई और प्रगति के लिए किसी व्याघात के बिना अपने चिन्तन में लगे रहे।'

ऐसे व्यक्तियों को सुरक्षा देने, उन्हें आराम पहुंचाने के लिए ही अर्थशास्त्र में राजा को अपने राज्य की प्राकृतिक सम्पदा बढ़ाने और राजकीय कर बढ़ाने के लिए कहा है।

इस प्रकार हम देखते हैं कि कौटिल्य ने अर्थशास्त्र में कानूनों का संहिताकरण ही नहीं किया, अपितु विविध अपराधों के लिए दण्ड को भी सुनिश्चित किया। इस प्रकार कौटिल्य राज्य को कानून निर्मात्री संस्था ही नहीं माना, वरन न्याय वितरित करने वाली अर्थात कर्तव्यों को लागू करने वाली संस्था मानता है। वह धर्म को 'सही कानून' तथा 'समाज की आत्मा' मानते हुए भी राजाज्ञा को धर्म से प्राथमिकता देता है। कौटिल्य कानून को मानव की रचना मानता है, जिसका निर्माण राजा की इच्छा अथवा अनिच्छा पर निर्भर करता, अपितु व्यावहारिक आवश्यकताओं पर निर्भर करता है।

कौटिल्य के अन्तर्राज्य सम्बन्ध सम्बंधी विचार

प्राचीन भारत में अनेक छोटे-बड़े स्वतंत्र राज्य थे। इनके बीच शांतिकाल एंव युद्धकाल दोनों में पारस्परिक सम्बन्धों को ही अन्तर राज्य सम्बंध कहा जाता है। इन छोटे-

छोटे राज्यों के समक्ष अपनी प्रतिरक्षा और सुरक्षा की गंभीर समस्या थी, अत: अंतर्राज्जीय सम्बन्धों का विशेष महत्व था। कौटिल्य ने तीन प्रकार के राज्यों का निर्वचन किया है। ये थे-1. सम राज्य-वे राज्य जो स्वतंत्र थे तथा जिन्हें पूर्ण प्रभुसत्ता प्राप्त थी। 2. हीन राज्य-वे राज्य हो आंशिक प्रभुसत्ता का प्रयोग करते थे। सामन्त तथा कर देने वाले राजा इस श्रेणी में आते थे। वे सम्राट की अधीनता स्वीकार करते हुए उसे भेंट, उपहार आदि देते थे। 3. बलवान राज्य-वे राज्य जो पूर्ण प्रभुत्वसम्पन्न होते थे। उनके शासक सम्राट कहलाते थे। उक्त तीनों प्रकार के राज्यों के परस्पर सम्बन्धों को 'अंतर-राज्य सम्बन्ध' की संज्ञा दी गई है।

कौटिल्य के अन्तर्राज्य सम्बन्धी विचारों का विवेचन 'मण्डल सिद्धान्त' और 'षाड्गुण्य नीति' और 'नीति के चार उपाय' शीर्षकों के अन्तर्गत किया गया है। इन तीनों सिद्धान्तों का विवेचन निम्नलिखित है।

(1) **मण्डल सिद्धान्त अथवा राजमण्डल**-प्राचीन भारतीय विचारकों ने राज्यों के पारस्परिक सम्बन्धों के विषय में जिस सिद्धान्त का प्रतिपादन किया था उसे ही मण्डल सिद्धान्त के नाम से जाना जाता है। इस सिद्धान्त की विशद व्याख्या प्राय: कौटिल्य ने ही की थी यद्यपि इसका उल्लेख कौटिल्य के पूर्ववर्ती विचारकों ने भी किया था।

अर्थ-कौटिल्य ने मण्डल सिद्धान्त का अर्थ स्पष्ट करते हुए लिखा है कि राज्यों का वृत्त मण्डल कहलाता है। अत: इस पर आधारित सिद्धान्त मण्डल सिद्धान्त कहलाता है। इस सिद्धान्त से अन्तर्राष्ट्रीय सम्बन्धों की निरपेक्ष व्यवस्था व्यक्त होती है। राज्य का प्रभाव क्षेत्र भी इस सिद्धान्त से अभिव्यक्त होता है। इस सिद्धान्त से ही विदेश नीति की समस्याओं का भी विवेचन एवं विश्लेषण किया जाता है।

मान्यताएँ-मण्डल सिद्धान्त की प्रमुख मान्यताएँ निम्नलिखित हैं-

1. राजा की स्वभाव से ही राज्य विस्तार या विजय की अभिलाषा होती है। कौटिल्य के अनुसार ऐसार राजा विजिगीषु कहलाता है।

2. विजिगीषु के निकट उसक सीमा से लगने वाला अर्थात पड़ोसी राज्य उसका शत्रु होता है, जबकि उस राज्य से दूर अर्थात एक राज्य के व्यवधान से स्थित राज्य उसका मित्र होता है।

3. शक्ति ही गुरुत्वाकर्ष का केन्द्र होती है। अत: कूटनीतिक व्यवस्था पूर्णत: शक्ति पर ही निर्भर होती है। यदि शक्ति में थोड़ा भी परिवर्तन हो जाता है तो कूटनीतिक सम्बन्धों को भी बदलना पड़ता है।

4. शक्ति संतुलन पर ही राज्यों की शांति एवं सुरक्षा निर्भर करती है। युद्ध के भय से मुक्ति मिलने की संभावना प्राय: शक्ति संतुलन से ही संभव हीेत है7 यदि शक्ति एक पक्ष में ही निहित हो जाये और दूसरे पक्ष के पास इसका अभाव हो जाये तो सुरक्षा और शांति दोनों खतरे में पढ़ सकती हैं।

5. राज्य के हितों पर कूटनीतिक व्यवस्था निर्भर करती है।

6. साम्राज्य के विस्तार के लिए तथा राज्य की सुरक्षा एवं व्यवस्था बनाये रखने के लिए किस प्रकार के साधनों का प्रयोग उचित है।

7. किसी राज्य की विदेश नीति राज्य और शत्रु दोनों की उपलब्ध साधनों एवं समर्थन के विवेकपूर्ण मूल्यांकन पर आधारित होनी चाहिए।

(2) मण्डल सिद्धान्त- अपनी सुरक्षा की दृष्टि से प्रत्येक राजा अपना हित इसी बात में समझता था कि शक्ति संतुलन बना रहे अर्थात कोई राजा या राज्य इतना शक्तिशाली न हो जाए कि वह दूसरों की सुरक्षा के लिए खतरा बन जाये। कौटिल्य ने इस प्रकार से शक्ति संतुलन को बनाये रखने के लिए 'मण्डल सिद्धान्त' का प्रतिपादन किया है। कौटिल्य के अनुसार, एक मण्डल में 12 राज्य होते हैं। यथा-

(1) **विजिगीषु**-राज्य मण्डल का आधार विजीगीषु होता है। यह विजिगीषु जो अत्यंत महत्वाकांक्षी नृप होता है। साम, दाम, दण्ड भेद नीति का आश्रय लेकर सार्वभौमिक विजय के लिए प्रयत्नशील रहता है।

(2) **मित्र**-विजिगीषु का मित्र जो संकटकाल में उसको सहयोग देता है।

(3) **मित्र**-मित्र-विजिगीषु के मित्र राजा का मित्र। ये युद्ध के समय विजिगीषु को सहायता देते हैं।

(4) **अरि**-यह विजिगीषु का वह पड़ोसी शासक होता है जो विजिगीषु से शत्रुता का व्यवहार रखता है।

(5) **अरिमित्र**-ये विजिगीषु के शत्रु शासक के मित्र होते हैं, जो संकट के समय अरि को सहयोग करते हैं।

(6) **अरिमित्र**-मित्र-ये शासक विजिगीषु के शत्रु के मित्र होने के कारण अरि के लिए सहायक होते हैं।

(7) **पष्णिगृह** (पीछे का शत्रु)-यह विजिगीषु का पीठ पीछे का शत्रु होता है।

(8) **आक्रन्द**-यह विजिगीषु का पीठ पीछे का मित्र होता है।

(9) **पष्णि ग्राहासार**-यह पीठ पीछे के शत्रु का मित्र होता है।

(10) **आक्रान्दासार**-यह विजिगीषु के पीठ पीछे के मित्र का मित्र होता है।

(11) **मध्यम तटस्थ**-विजिगीषु और उसके शत्रु के बीच स्थित राजा मध्यम होता है और यह दोनों के साथ मित्रता का व्यवहार करता है।

(12) **उदासीन**-यह विजिगीषु तथा अरि दोनों से विग्रह और अनुग्रह मे समर्थ दूर का राजा होता है।

चार चक्र 12 राजा तथा 72 प्रकृतियाँ-प्रत्येक राजा इस प्रकार 12 राजाओं के मण्डल का विचार करके ही अपनी परराष्ट्र नीति का निर्धारण करता था। इसमें 12 से अधिक और कम राजा भी हो सकते थे। राज्य मण्डल के 12 मण्डल के 12 में से प्रत्येक राजा की पाँच-पाँच प्रकृतियों (मंत्री, राष्ट्र, दुर्ग, कोष और बल) और 12 राज्यों को मिलाकर 72 प्रकृतियाँ होती हैं। राजमण्डल के अन्तर्गत राज्यों के 4 चक्र इस प्रकार होते हैं-

पहला चक्र-इसमें विजिगीषु, उसका मित्र तथा मिच का मित्र होते हैं।

दूसरा चक्र-इसमे अरि, अरिमित्र तथा अरि मित्र होते हैं।

तीसरा चक्र-इसमें उदासीन राजा, उसका मित्र और मित्र का मित्र होते हैं।

इस प्रकार प्रत्येक चक्र में 3 राजा और 15 प्रकृतियाँ होंगी। इस प्रकार कुल 12 राजा और 60 प्रकृतियाँ या चारों चक्रों में कुल 72 प्रकृतियाँ होंगी। जब राजा पर राष्ट्र सम्बन्धों, संघर्ष अथवा विजय पर विचार करता था, तो उसे उस समय इन सभी 72 प्रकृतियों पर विचार करना आवश्यक होता था-

(3) षाड्गुण नीति-राज्यों के मध्य सम्बन्धों को निर्धारित करने वाली षाड्गुण्रू नीति थी। षाड्गुण्य नीति का स्रोत द्वादश राज्य मण्डली और उसकी प्रकृतियाँ थी। प्राचीन भारत में इस षाड्गुण नीति का अत्यधिक महत्व था। इसके निम्नलिखित छः अंग बतलाये हैं- (1) संधि, (2) विग्रह युद्ध (3) आसन (4) यान (5) संश्रय तथा (6) द्वैधीभाव। किसी परिस्थिति में इनमें से किस उपाय का अनुसरण करना चाहिए, इसका कौटिल्य ने विस्तारपूर्वक विवेचन किया है। यथा-

(1) संधि-प्रतिज्ञापूर्वक किसी अन्य राजा से सम्बन्ध स्थापित करना संधि है। कौटिल्य ने आमिष, पुरुषान्तर, अट्टष्ट पुरुष, दण्डोनपत, परिक्रम, उपग्रह, प्रव्यय, सुवर्ण, कपाल, सम और विषम आदि अनेक प्रकार की संधियों का विवेचन किया है।

क. आमिष–जब विजित राजा विजेता राजा के सामने धन लेकर आत्म समर्पण करता है, तो उस संधि को आमिष संधि कहते हैं।

ख. पुरुषान्तर–सेनापति और राजकुमार को शत्रु के सम्मुख उपस्थित कर जो संधि की जाती है, उसे पुरुषान्तर संधि कहते हैं। इससे विजित राजा शत्रु के आत्म सुरक्षा पार लेता है।

ग. अट्टष्ट पुरुष संधि–में दूसरे स्थान पर शत्रु के कार्य को सिद्ध करने के लिए अकेले ही जाऊँगा यामेरी सेना ही जायेगी, इस प्रकार के शतनामों को अट्टष्ट पुरुष संधि कहते हैं।

घ. दण्डोनपत संधि–जब आमिष, पुरुषान्तर या अट्टष्ट पुरुष संधियों में विश्वास के लिए विजेता राजा प्रमुख राज्य से व्यक्तियों की कन्याओं से विवाह करे तो ऐसी संधि को दण्डोपनत संधि कहा जाता है।

ड. परिक्रम–धन आदि देकर गिरफ्तार अमात्य आदि को जिस संधि द्वारा छुड़ाया जाये, उसे 'परिक्रम' संधि कहा जाता है।

च. उप्रग्रह संधि–परिक्रम संधि को सुविधापूर्वक निभाने के लिए जब किस्तों में धन दिया जाए तो उसे 'उपग्रह संधि' कहते हैं।

छ. प्रव्यय संधि–जब विशेष समय या विशेष स्थान से धन देने का वचन दिया जाये, तो उसे 'प्रव्यय' संधि कहते हैं।

ज. सुवर्ण संधि–ठहरे हुए धन का नियत समय पर देना और कनया आदि के दान से वचन को सुवर्ण संधि कहते हैं।

झ. कपाल संधि–जिस संधि के अनुसार मांगी हुई धनराशि तत्काल देनी पड़े, उसे 'कपाल' संधि कहते हैं।

ण. सम और विषम संधि–जो संधि बराबरी की शर्त पर हो उसे 'सम संधि और जो असमान शर्तों पर हो उसे विषम संधि कहते हैं।'

2. विग्रह–विग्रह से कौटिल्य का अभिप्राय 'युद्ध' से है। शक्तिशाली राजा को निर्बल राजा के विरुद्ध विग्रह नीति अपनानी चाहिए। कौटिल्य ही के शब्दो में 'विजीगीषु को चाहिए कि वह सम तथा अपने से शक्तिशाली राजा से संधि करे और अपने से निर्बल से विग्रह करे। अपने से अधिक शक्तिशाली से युद्ध करना हाथी पर चढ़े हुए और पैदल व्यक्ति के साथ युद्ध करने के बराबर है। दो सम राजाओं के बीच युद्ध दो कच्ची मिट्टी के बर्तनों के आपस में टकराने के समान होता है। अपने से हीन कमजोर के साथ विग्रह करने पर उसे प्रकार सफलता मिलती है जैसे घड़े पर पत्थर की चोट देने से घड़ा फूट जाता है।'

3. आसन-आसन का अर्थ है उपेक्षा करके शांत बैठे रहना अर्थात एक विशेष प्रकार की नीति के अन्तर्गत अपनी शक्ति बढ़ाने की दृष्टि से शांत रहना ही 'आसन' की नीति है। एक दूसरे को हानि पहुँचाने में असमर्थ संधि की इच्छा रखने वाले राजाओं को चाहिए कि वे विग्रह करके आसन का सहारा लें और जब दो पड़ोसी राजाओं में एक दूसरे को क्षति पहुँचाने की इच्छा न हो तो इन्हें 'आसन नीति का सहारा लेना चाहिए।'

4. यान-यान से अभिप्राय-चढ़ाई करना। जब विजिगीषु राजा यह देखे कि शत्रु वयसनों में फँसा हैं, उसका प्रकृति मण्डल की व्यसन पीड़ित है, राज्य आन्तरिक कलह में फँसा है, अपनी सेनाओं से पीड़ित उसकी प्रजा उसके विरक्त हो गई है तो वह उस पर चढ़ाई कर देनी चाहिए। यदि अकेले ही शत्रु पर चढ़ाई करने में असमर्थ है, तो दूसरे सहयोगी राज्यों से गठबंधन करके संयुक्त रूप से चढ़ाई करे।

5. संश्रय-संश्रय से अभिप्राय है-आश्रय। अपने को कमजोर पाकर किसी शक्तिशाली राजा का सहारा लेना चाहिए। शत्रु की शक्ति से अधिक रखने वाले राजा का आश्रय लेना चाहिए।

6. द्वैधीभाव-इसका अभिप्राय है-दुरंगी नीति। एक ही उद्देश्य की प्राप्ति के लिए एक के साथ संधि और दूसरे के साथ विग्रह करना द्वैधीभाव है।

नीति और चार उपाय-कौटिल्य ने अन्तर्राज्य सम्बन्धों के संचालन के लिए नीति के चार उपायो का विवेचन किया है। ये हैं- साम, दाम, दण्ड एवं भेद। इनका विवेचन निम्नलिखित है-

(1) **साम नीति**-इससे अभिप्राय है अपने व्यवहार मे दूसरों को संतुष्ट रखना और परिस्थितियों को अपने अनुकूल बनाना। साम दो प्रकार का होता है-पहला वास्तविक और दूसरा दिखावटी।

(2) दाम नीति-दाम का अभिप्राय दान से है। दाम सब उपायो में श्रेष्ट है। धन देकर किसी को वश में किया जा सकता है। दामवान राजा धन का प्रलोभन देकर शत्रुओं में फूट डाल सकता है।

(3) भेद नीति-यद्यपि दाम की नीति अत्यंत प्रभावशाली नीति है, तथापि कुछ राजा ऐसे भी होते हैं, जिन्हें धन से वशीभूत नहीं किया जा सकता, लेकिन भेद नीति का पालन कर उन्हें अपना बनाया जा सकता है। दाम-नीति सफल न हो, वहाँ विजिगीषु भेद नीति अपना कर शत्रु के संगठन को कमजोर कर सकता है। आचार्य कौटिल्य ने भेद नीति को अत्यंत प्रशंसा की है।

(4) दण्ड नीति–दण्ड का अर्थ दमन करना अर्थात शत्रु को समाप्त कर देना, उसको नष्ट कर देना, उसके धन का अपहरण कर लेना। जब शत्रु साम, दाम, और भेद तीनों उपायों से वश में न आये तो अन्तिम हथियार के रूप में उसे दण्ड नीति का प्रयोग करना चाहिए।

(1) पर राष्ट्र नीति एवं राजनय का प्रक्रियात्मक पक्ष–कौटिल्य ने पर राष्ट्र नीति एव राजनय के उपर्युक्त विवेचित सैद्धान्तिक पक्ष के साथ–साथ उसके प्रक्रियात्मक पक्षों का भी चित्रण किया है। कौटिल्य ने राजनय के साथ–साथ उसके प्रक्रियात्मक पक्षों का भी चित्रण किया है। कौटिल्य ने राजनय के प्रक्रियात्मक पक्ष को निर्मनिलिखित बिन्दुओं के अन्तर्गत स्पष्ट किया गया है–

1. दूत व्यवस्था–कौटिल्य ने दूतों को राजा का मुख माना है तथा उनकी श्रेणियों, उनकी नियुक्ति, रीति व आचरण के विभिन्न पक्षों का वर्णन किया है–

नियुक्ति–राजा के दूत की नियुक्ति अत्यंत सतर्कतापूर्वक करनी चाहिए। उसे व्यक्ति की योग्यता और निष्ठा का भली–भाँति परीक्षण कर लेने के बाद मंत्रियों से मंत्रण के पश्चात् करनी चाहिए।

दूतों की श्रेणियाँ–कौटिल्य ने दूतों की तीन श्रेणियाँ बताई हैं–1. निसृष्टार्थ–ऐसा दूत जो अमात्य की स्थिति में रखता है और जिसे राजा से संधि आदि करने के पूर्ण अधिकार प्राप्त हों। 2. प्ररिमितार्थ–ऐसार दूत जिसे किसी ऐसे निश्चित मामले पर समझौता कर सकने का अधिकार प्राप्त होता है, जिसके लिए उसे आदेश दिया गया हो। 3. शासन हर इसे किसी भी प्रकार के संधि या समझौता करने का अधिकार नहीं होता। यह केवल राजकीय संदेशों को पहुँचाने का कार्य करता है।

दूतों की योग्यताएँ–कौटिल्य के अनुसार दूत में साहस, निर्भिकता, अहंकार रहित व्यवहार, स्त्री तथा मधपान जैसे व्यसनों कें प्रति अनासक्ति, परिस्थितियों को पहचानने की क्षमता आदि गुणों का होना आवश्यक है।

दूतों के कार्य–अर्थशास्त्र में दूत का प्रमुख कार्य संधि विग्रह से सम्बन्धित माना गया है। उसके प्रमुख कार्य हैं–शत्रु देश के प्रमुख व्यक्तियों तथा नगर निवासियों से सम्बनध स्थापित करना, सेनाओं के ठहरने तथा भाग सकने के योग्य उपयुक्त स्थानों व रास्तों का पता लगाना, शत्रु के दुर्ग, शक्ति, आर्थिक स्थिति. सैनिक स्थिति आदि का पता लगाना तथा शत्रु के कर्मचारियों को अपने वश में मोड़ लेना आदि। इसके अलावा वे अपने राजा को संदेश पहुँचाने तथा संधियां करने, चुनौती देने, पराक्रम पदर्शित करने आदि का कार्य भी करते हैं।

दूतों की सफलता का निश्चय-दूत अपने मिशन में सफल अग्रलिखित बिन्दुओं के आधार पर हो सकता है-

(1) शत्रु की वाणी, मुख और दृष्टि में प्रसन्नता का गुण हो।

(2) यदि उससे उसके स्वामी की कुशलता एवं मंगलमयता के सम्बन्ध में प्रश्न पूछे जाये।

(3) अगर उसका समुचित रूप से आदर सत्कार हो।

(4) यदि दूतों के कार्यों पर विश्वास किया जाए।

(5) यदि उसे राज सिंहासन के निकट बैठने के लिए असान दिया जाये।

निर्देश-कौटिल्य ने अपने ग्रंथ अर्थशास्त्र में दूत को निम्नलिखित आदेश निर्देश दिये है-

(1) शत्रु को स्थान में शत्रु की स्वीकृति से ही प्रवेश करना।

(2) यदि शत्रु राजा उसे कोई कटु वाक्य भी कह दे तो भी उसे सहन करना चाहिए।

(3) यदि शत्रु राजा उसे जाने की जब तक आज्ञा नही दे दे तब तक उसे वहीं रहना चाहिए।

(4) शत्रुओं के बीच रहते हुए अपने आपको शक्तिशाली या बलवान नहीं समझना चाहिए।

गुप्तचर-अर्थ-जो स्त्री या पुरुष गुप्त दृष्टि रखते हैं वे गुप्तचर कहलाते हैं। विस्तृत रूप से जो व्यक्ति गुप्त रहस्यों को जानने वाले हैं, भेद एवं सूचनाएँ प्राप्त करते हैं। शत्रु की गतिविधियों की जानकारी रखते हैं उन पर पूरी नजर रखते हैं। पदाधिकारियों की शुद्धता का पता लगाते हैं, प्रजा के विचार जानने का प्रयास करते हैं। एसे स्त्री पुरुष प्राय: गुप्तचर कहलाते हैं।

गुप्तचरों के प्रकार-कौटिल्य ने अर्थशास्त्र में गुप्तचरों के दो प्रकारों का उल्लेख किया है-1. संस्थागत गुप्तचर 2. संचार गुप्तचर।

1. संस्थागतगत गुप्तचर-ये वे होते हैं जो एक ही स्थान पर अपने साथ अनेक लोगों को संस्था के रूप में रखकर अपने कार्य का संपादन करते हैं।

2. संचार गुप्तचर- जो सदैव संचारण करते हुए अपने कार्यों का संपादन करते हैं उन्हें सत्री गुप्तचर कहते हैं।

कौटिल्य के अनुसार राज्य की आवश्यकता व औचित्य

कौटिल्य ने राज्य की उत्पतित के सिद्धान्त को अपने ग्रंथ अर्थशास्त्र में उस स्थल पर प्रकट किया है, जहाँ उन्होंने राजा के प्रति प्रजा की क्या भावना है, इसे जाने का महत्व दिखलाया हैं, जहाँ उन्होंने राजो के प्रति प्रजा की क्या भावना है, इसे जानने का महत्त्व दिखलाया है। उन्होंने राजा को यह शिक्षा दी है कि वह प्रजा की जानकारी जासूसों द्वारा प्राप्त करे। यह स्थिति नगर और गाँव में रहने वाले दोनों ही प्रकार के लोगों से सम्बंधित थी। कौटिल्य न राजा को यह सुझाव दिया है कि ऐसे स्थलों पर जहाँ लोगों का समुदाय एकत्र होता है, वह अपने जासूस भेजे जिससे कि लोग दो दलों में बँट जाये। एक जासूस एक दल में मिलकर, उसकी ओर सक प्रश्न करे, सुनते हैं, राजा में सभी गुण विद्यमान हैं। पर ऐसे कोई गुण देखनें में तो नहीं आते, क्योंकि वह तो नगर में और ग्राम वासियों पर करभार बढ़ाकर उत्पीड़्न करता है। इस बात उन उसे अपने दल के लोग साधुवाद देंगे।

इस प्रकार इस कथन द्वारा कौटिल्य ने राजा को दैवीय गुणों से उत्पत्ति के सिव्द्धन्त की ओर संकेत किया है-

सामाजिक समझौते का सिद्धान्त-दूसरी तरफ जासूस जो दूसरे दल से सम्बंधित है, इस प्रकार भाषण दे, अराजक तत्व से सताये हुए लोग मत्स्य न्याय से पीड़ित हुए। तब उन्होंने विवस्वत् के पुत्र मनु को राजा के रूप में चुना। उन्होंने अपने अपने अन्न की पैदावार का छठा भाग और अन्य वस्तुओं के उत्पादन का दसवां भाग राजा को देना स्वीकार यिका। इस वृत्ति पर निर्भर रहकर राजा प्रजा को निर्भय कर सका और उसके पापों का नाश कर सका। अतएव ऋषि मुनि भी खेतों से छूटे हुए अन्न को बटोर कर उसका छठवां भाग राजा को देते हैं और कहते हैं-यह उसका भाग है जो हमारी रक्षा करता है। फिर यह राजा दण्ड तथा पुरस्कार प्रत्यक्ष रूप से देता है, अत: उसमे यम तथा इन्द्र का वास है। इन सबको जो नष्ट करता है, उसमें दैव दण्ड मिलता है। अत: राजा की निन्दा कभी न करनी चाहिए।

इस प्रकार उपर्युक्त भाषण में जिस अंश में मनु को मनोनयन हुआ और उन्हें अन्न की पैदावार का एक भाग देने की बात आई, वहाँ स्पष्टत: सामाजिक संविदा के सिद्धान्त का प्रतिपादन हुआ है। इसके अनुसार मौलिक प्राकृतिक अवस्था मत्स्य न्याय अर्थात अराजकता थी, उसके बाद राजकीय संविदा दिखाई गई है। लेकिन अंत में यह कहा गया है कि राजा में यम तथा इन्द्र का वास है, यह अति मानवता को प्रकट करता है। इसके अतिरिक्त राजा के प्रति तनिक भी अनादर करने वाले व्यक्ति को दैवी दण्ड मिलता है, इससे यह स्पष्ट दिखाई देता है कि इस प्रसंग में सामाजिक संविदा के साथ किसी दूसरे तत्व का भी जोर दिया गया है। 'यद्यपि राजा समाजिक संविदा के आधार पर शासक बना,

परन्तु उसे सर्वोच्च पद इसलिए प्राप्त है कि दो दिक्पालों-इन्द्र और यम का उसमें वास है, अतएव उसमें मानवोत्तर प्रकृति का भी अर्न्तभाव है। इसी कारण यह देवताओं का प्रिय होता है।

इस प्रकार स्पष्ट है कि कौटिल्य ने सामाजिक संविदा से पूर्ण की स्थिति को पूर्ण अराजकता की स्थिति बताया है। फिर लोगों ने द्विपक्षीय आधार पर राजा से समझौता किया है- कि वे अपनी पैदावार का छठवों या दसवाँ भाग राजा को देते रहेंगे। और राजा प्रजा को शांतिमय जीवन प्रदान कर सकेंगे। दूसरे शब्दों में, राज्य की उत्पत्ति के कौटिल्य द्वारा किये गये विवेचन में निम्नलिखित दो तथ्य अन्तर्निहित हैं-

1. राज्य मानवीय प्रयत्नों का परिणाम है और मनुष्यों ने स्वयं राज्य की सत्ता को अपनी सुरक्षा और कल्याण के लिए स्वीकार किया है।

2. लोगों द्वारा राज्य के बाध्यकारी नियंत्रण को, अपनी सुरक्षा और कल्याण के हित में स्वीकार करने के प्रस्ताव तथा 'मनु' द्वारा प्रथम शासक के रूप में इस प्रस्ताव को स्वीकार कर लेने के परिणामस्वरूप राज्य की उत्पत्ति हुई है।

स्पष्ट है कि कौटिल्य ने राज्य को अनुबंध का परिणाम माना है। कौटिल्य ने राज्य से पूर्व की अवस्था का जो चित्रण किया है, वह हॉब्स की प्राकृतिक अवस्था से मिलता-जुलता है। कौटिल्य ने स्पष्ट रूप से कहा है कि उस अवस्था में मत्स्य न्याय प्रचलित था, भौतिक शक्ति का बोलबाला था, बलवानों द्वारा दुर्बलों को पीड़ित किया जाता था। लेकिन कौटिल्य ने यह नहीं माना है कि उस अवस्था में समाज का भी अस्तित्व नहीं था। हॉब्स और कौटिल्य का प्राकृतिक अवस्था में यह एक महत्वपूर्ण अन्तर है।

राजा प्रजा का सेवक है-राजा के पद प्राप्त करने के बाद भी कौटिल्य के अनुसार राजा 'हाब्स' के लैवियाथन की तरह का संप्रभु नहीं बनता है, बल्कि वह जनता का सेवक ही रहता है। उसे अन्न का छठा भाग तथा अन्य वस्तुओं का दसवा भाग प्रजा की सेवा के बदले वेतन के रूप मे मिलता है। कौटिल्य यहाँ तक कहते हैं कि 'जनता की जो चीजें चोर आदि ले गए हों, राजा यदि उन्हें बरामद न कर सके तो राजा को स्वयं अपने पास से उस नुकसान की क्षतिपूर्ति करनी होगी।' इस विशेषता के कारण कौटिल्य का सामाजिक समझौते का सिद्धान्त हॉब्स के मत से भिन्न है और उससे कहीं अधिक विशिष्ट है।

❑❑❑

6

कौटिल्य के अनुसार मंत्रिपरिषद् के कार्य

कौटिल्य की मान्यता है कि शासन की शक्ति संस्थागत शक्ति है। वे राजा को सलाह देते हैं कि अपने समस्त राजकीय कार्य अपनी मंत्री परिषद् की सहायता से सम्पन्न करें। कौटिल्य ने मंत्रियों का महत्व स्पष्ट करते हुए उन्हें राज्य रूपी गाड़ी का दूसरा पहिया बताया है। उनके इस विचार से प्रशासकीय कार्यों में मंत्रियों का महत्व सपष्ट हो जाता है।

मंत्रिपरिषद् का गठन

1. मंत्रियों की संख्या-राजा को परामर्श देने के लिए कौटिल्य ने एक संस्था के रूप में मंत्रिपरिषद् की संख्या के विषय में एक निश्चित एवं व्यावहारिक दृष्टिकोण प्रस्तुत किया है। कौटिल्य मंत्रि परिषद् में तीन या चार मंत्री ही उचित मानते हैं। उन्होंने मंत्री परिषद् में चार ही सदस्य होने चाहिए, इसका तार्किक रूप से औचित्य भी स्पष्ट किया है। चार सदस्यों का औचित्य स्पष्ट करने से संदर्भ में उनका विचार यह है कि यदि एक ही मंत्री हो तो राजा का मंत्री से मतभेद हाने की स्थिति में राजा ठीक-ठाक निर्णय करने की स्थिति में नहीं रहता है। ऐसी स्थिति में उच्छृंखल भी हो सकता है। कौटिल्य ने स्पष्ट किया कि दो मंत्रियों की नियुक्ति भी उचित नहीं है क्योंकि यदि वे दोनों मंत्री परस्पर मिल जायें तो ऐसी स्थिति में राजा को सही-सही परामर्श नहीं देंगे जिससे राजकीय कार्य में भारी हानि होने का अंदेशा रहता है। कौटिल्य ने यह भी स्पष्ट किया है कि दो मंत्रि प्राय: दुरभि संन्धि कर सकेते हैं तथा वे राजा के विरुद्ध षड्यंत्र कर सकते हैं क्योंकि यदि उन दोनों मंत्रियों में मतभेद हो जाये तो राजा के सामने उनके निर्णय करने की गंभीर समस्या उत्पन्न हो जाएगी। आगे कौटिल्य ने यह स्पष्ट किया कि राजा को तीन या चार मंत्री ही नियुक्त करने चाहिए। इससे उक्त कठिनाइयों से उत्पन्न होने की आशंका समाप्त प्राय: हो जाती है तथा राजकीय कार्यों का संचालन भी ठीक तरीके से होता है। कौटिल्य

का मत है कि यदि मंत्रियों की संख्या चार से अधिक होगी तो विचार-विमर्श, परामर्श की गोपनीयता भंग होने का खतरा पैदा हो जायेगा।

मंत्रिपरिषद् की संख्या से सम्बन्ध में यद्यपि कौटिल्य ने चार मंत्री नियुक्त करने का परामर्श दिया है। फिर भी उन्होंने राजा को सलाह दी कि वह सदस्यों की संख्या के विषय में परिस्थिति और आवश्यकतानुसार व्यावहारिक दृष्टिकोण अपनाये। उन्होंने स्पष्ट कहा कि परिस्थिति एवं आवश्यकता के अनुसार राजा को मंत्रि परिषद् के सदस्यों की संख्या में की या वृद्धि कर लेनी चाहिए।

कौटिल्य ने राजा को सलाह दी है कि राजा को मंत्रियों की दो संस्थाएँ बनानी चाहिए-क. मंत्रियों की सभा या राज सभा तथा ख. मंत्रि परिषद्।

2. मंत्रियों की श्रेणियाँ-कौटिल्य ने मंत्रियों की तीन श्रेणियाँ बताई हैं- क. उत्तम, ख. मध्यम, ग. निम्न या क्षुद्र। कौटिल्य ने ऐसे मंत्रियों को उत्तम श्रेणी में रखा है जो अपेक्षित समस्त योग्यताओं से युक्त हों, अपेक्षित योग्यताओं में से तीन चौथाई योग्यताओं से युक्त मंत्री को कौटिल्य मध्यम श्रैणी में रखते हैं तथा जिन मंत्रियों की अपेक्षित योग्यताओं की आधी योग्यताएँ ही निहित है उन्हें कौटिल्य ने क्षुद्र श्रेणी में रखा है।

मंत्रियों के उपर्युक्त वर्गीकरण से यह स्पष्ट होता है कि कौटिल्य के अनुसार मंत्रियों की सभा में तीन श्रेणियों के मंत्री शामिल होते थे। नीति के व्यापक एवं जटिल प्रश्नों पर अथवा सामानय कार्यों में राजा मंत्रियों की सभा से परामर्श कर सकता था, परन्तु यदि कभी राजा के सामने कोई जटिल समस्या उत्पन्न हो जावे या कोई जटिल कार्य सामने आ जाये तो उसके लिए राजा को अपने उत्तम श्रेणी के मंत्रियों से गठित मंत्रिपरिषद् से परामर्श लेना चाहिए।

कौटिल्य ने मंत्रियों के कार्यों के महत्व को देखते हुए मंत्रियों की निम्नलिखित योग्यताओं का उल्लेख किया है-1. स्वदेश में ही जन्मा होना चाहिए। 2. कार्यकुशलता, 3. गंभीर तथा विद्वता, 4. आचरणों की पवित्रता होना चाहिए, 5. तुरंत निर्णय ले सकने की क्षमा होनी चाहिए। 6. प्रभावशीलता तथा उत्साह का होना 7. लोकप्रियता, 8. अकारण किसी से शत्रुता न बढ़ाने की प्रवृत्ति, 9. राजभक्ति होना, 1० चपलता तथा जड़ता नहीं होनी चाहिए। 11 मानसिक एवं शारीरिक क्षमता, 12 तुरंत निर्णय ले सकने की क्षमता आदि गुण।

कौटिल्य ने स्पष्ट किया कि मंत्रियों में उपर्युक्त समस्त गुण विद्यमान हों व वे उत्तम श्रेणी के मंत्री कहलायेंगे। उपर्युक्त के तीन चौथाई गुणों को धारण करने वाले मंत्री मध्यम श्रेणी के मंत्री कहलायेंगे तथा उपर्युक्त के आधे गुणों को धारण करने वाले मंत्री

प्राय: क्षुद्र श्रेणी के अन्तर्गत आते हैं। मंत्रियों की नियुक्ति के सम्बन्ध में कौटिल्य ने राजा को सलाह दी है कि वह मंत्रियों की नियुक्ति में केवल योग्यता को ही सर्वोपरि माने । कौटिल्य ने इसका भी स्पष्ट रूप से उल्लेख किया है कि वह मंत्री पद पर ऐसे व्यक्तियों को ही नियुक्त करे, जो शास्त्रों को विद्वान हो, पवित्र आचरण हो या वह मंत्री पद के लिए पूर्णत: योग्य हो।

कौटिल्य ने राजा को सलाह दी कि उसे मंत्रियों को उनकी योग्यता, राजभक्ति व जनता के कल्याण के प्रति निष्ठा का भली-भाँति परीक्षण करने के उपरांत ही नियुक्त करना चाहिए। राजा को चाहिए कि वह अपने मंत्रियों को स्थायी नियुक्ति देने से पूर्व उन्हें किन्हीं राजकीय कार्यों में नियुक्त करके उनकी बुद्धि, स्मरणशक्ति और कुशलता की परीक्षा ले लेनी चाहिए। उनके साथ शास्त्रों के सम्बन्ध में गहन चर्चा भी कर लेनी चाहिए जिससे उनके बोलने, व्याख्यान करने और शीघ्र उत्तर देने की शक्ति का भी परीक्षण हो जायेगा इसके अतिरिक्त राजा को चाहिए कि वह उनके समक्ष ऐसी परिस्थिति उत्पन्न कर दे जिससे उनके उत्साह, प्रभाव और सहनशक्ति आदि का भी परीक्षण हो जाये। उनके साथ अलग-अलग तरह से व्यवहार करके उनके हृदय की पवित्रता, मित्रता की भावना तथा उनकी निष्ठा का परीक्षण भी कर लेना चाहिए।

सुदृढ़ प्रशासन के लिए शासक को निर्णय से पूर्व मंत्रणा और सलाह लेने के लिए मंत्रिपरिषद् की महती आवश्यकता होती है। प्राचीन और मध्यकालीन भारत के विचारकों ने मंमिण्डल की महत्ता पर पर्याप्त प्रकाश डाला है। महाभारत में कहा गया है कि राजा अपने मंत्रिमण्डल पर उसी तरह आश्रित होता है, जैसे संसार के सभी प्राणी बादलों की वर्षा पर, ब्राह्मण वेदों के अनुशासन पर और स्त्रियाँ अपने पति पर आश्रित होती हैं।[1] कौटिल्य ने राज्य के सात अंगों में अमात्य (मुख्यमंत्री) की गणना की है। इससे लगता है कि राजा के पश्चात् दूसरा स्थान अमात्य का होता था। मानसोल्लास में भी स्वामी, अमात्य, सुहृद, कोष, राष्ट्र, दुर्ग एवं बल राज्य के सप्तांग बताये हैं।[2] कौटिल्य के अनुसार राजा की प्रशासनिक सफलता सर्वथा उसके योग्य मंत्रिमण्डल की राय पर निर्भर करती है क्योंकि प्रशासन का रथ एक पहिये पर आधारित होकर नहीं चल सकता। मनु का विचार है कि राज्य सम्बन्धी साधारण समस्या भी यदि किसी को अकेले ही सुलझानी हो तो वह जटिल प्रतीत होती है। इसलिए राज्य के सर्वथा विकास के लिए राजा को मंत्रिपरिषद् की सहायता अवश्य ही लेनी चाहिए।

शुक्रनीति में उल्लेख आता है कि राजा अकेले बुद्धिमान एवं नीतिज्ञ होते हुए भी सर्वज्ञ नहीं हो सकता। प्रत्येक व्यक्ति का अपना बुद्धि वैभव पृथक् होता है।

इसलिए राजा को राज्य की अभिवृद्धि की आकांक्षा से अपने सहायकों के रूप में मंत्रिमण्डल का गठन अवश्य ही करना चाहिए। इसके अभाव में राजा और राज्य दोनों का ही अहित होगा। सोमदेवसूरि के अनुसार परस्पर वैर-विरोध न करने वाले मंत्रियों के द्वारा जो मंत्रणा की जाती है, उनसे थोड़े से उपाय से उपयोगी महान कार्य की सिद्धि होती है। उसने लिखा है कि "इतिहास बताता है कि चन्द्रगुप्त मौर्य ने स्वयं राज्य का अधिकारी न होने पर भी विष्णुगुप्त नामक विद्वान के अनुग्रह से साम्राज्य-पद प्राप्त किया था।" नीतिग्रन्थों के अनुसार जैसे मकान की स्थिरता के लिए उसके खम्भे जरूरी होते हैं, उसी तरह राज्य को सुदृढ़ एवं संगठित रखने के लिए मंत्रियों की अनिवार्य आवश्यकता होती है।

हमारे अध्ययनकाल के एक महत्त्वपूर्ण साहित्यिक साक्ष्य समराइच्चकहा से ज्ञात होता है कि जब पराजित सामन्त दुर्गति अपनी गर्दन में कुल्हाड़ा बांधे राजा सिंह के दर्शन करने तथा अधीनता स्वीकार करने आया, उस समय राजा ने अपने मंत्री मतिसागर की ओर देखकर सलाह माँगी थी। तब मतिसागर ने कहा-"वह प्रवेश करे, इसमें क्या दोष है? राजा शरण में आये हुओं पर दयालु होते हैं।"[1] इस ग्रन्थ से ज्ञात होता है कि मंत्रीगण परामर्श तथा प्रशासनिक कार्यों में सहयोग देने के साथ-साथ न्याय कार्य भी देखते थे। कुवलयमाला से भी स्पष्ट है कि शासक बृहस्पति के सदृश मंत्रियों से सलाह लेता था। समराइच्चकहा में उल्लेख हुआ है कि राजा मंत्रियों की सलाह एवं विमल बुद्धि की प्रशंसा भी करता था क्योंकि वे नीति बुद्धि में कुशल होते थे। राजा अपने कार्य की उन्हें सूचना देता था।

राजा पर पूर्ण नियंत्रण का कार्य भी मंत्रिमण्डल करता था। उपमितिभवप्रपंचकथा में उल्लेख आया है कि कामोन्मत्त शासक धनवाहन ने जब पाप पथ से रोकने वाले मंत्रिमण्डल की उपेक्षा की तो विरक्त सामन्त, मंत्री महत्तम और पोरों ने सर्वसम्मत होकर उसके छोटे भाई नीरदवाहन को गद्दी पर बैठा दिया। मदिरा से मत्त धनवाहन को लोगों ने बाँध लिया। स्वजातियों, मंत्रियों और महत्तमों ने उसे कैद में डाल दिया और वहीं उसकी मृत्यु हो गई।[2] महेश्वसूरि ने अपने ग्रन्थ ज्ञानपंचमी कथा में एक शासक के मुँह से कहलवाया है कि "वास्तविक रूप से मंत्री ही इस संसार में शासन करते हैं, सेना एवं शाही अधिकारी उनकी आज्ञाओं का पालन करवाते हैं। यदि समस्याओं को दूर करने वाले मंत्री नहीं होते तो शासकों का नाम भी अधिक नहीं होता। विपदाओं के आने पर बहादुर शासक भी भयानक रूप से डर जाते हैं तथा सेना को एक तरफ छोड़कर मंत्रियों की सलाह लेते हैं कि क्या किया जाना चाहिए। अपनी बुद्धि से शासक के नाक में नकेल डालकर तथा अपने शब्दों रूपी रस्सी से

उसे बाँधकर मंत्री किसान की तरह कार्य करते हैं, जो कि शासक रूपी बैल को जहाँ वे चाहें, वहाँ ले जाते हैं।''

चौहान नृपतियों ने भी मंत्रिमण्डल के महत्त्व को स्वीकार किया था। स्वयं पृथ्वीराज तृतीय ने वामन और स्कन्द को मुख्य अमात्य का पद प्रदान किया था। मंत्रिपरिषद् राज्य के महत्त्वपूर्ण मामलों के निर्णय में भाग लेती थी। मंत्रिमण्डल उत्तराधिकार के मामलों का भी कभी-कभी निर्णय करता था। पृथ्वीराज विजय में उल्लेख है कि पृथ्वीराज द्वितीय की मृत्यु के पश्चात् राजसिंहासन के खाली होने पर मंत्रियों ने सोमेश्वर को गुजरात से लाकर अजमेर की गद्दी पर बैठाया था।[1] पृथ्वीराज तृतीय का मुख्य अमात्य दण्डनायक स्कन्द इतना महत्त्वशाली था कि उसने राजकुमार हरिराज को शाकम्भरी के राजसिंहासन पर अपने प्रयास से बैठाया था। चौहान रत्नपाल के सेवदी ताम्रपत्र से ज्ञात होता है कि शासकीय एवं सैन्य अधिकारियों, विधि विशेषज्ञों और राज्य के सभी शास्त्रज्ञ ब्राह्मणों के समक्ष राजा महत्त्वपूर्ण घोषणायें किया करता था।

इस प्रकार मंत्रिमण्डल का प्रशासन में बड़ा महत्त्व था। जब भी मंत्रियों की सलाह नहीं मानी गई, तब ही अनर्थ हुए और विपदायें बढ़ने लगी। उदाहरणार्थ रणथम्भौर के चौहान शासक वीरनारायण ने अपने चाचा वाग्भट की सलाह की अवहेलना कर इल्तुतमिश से दोस्ती का हाथ बढ़ाया, जिसके परिणामस्वरूप इल्तुतमिश द्वारा उसे जहर दे दिया गया।[2] किन्तु ऐसे उदाहरण अपवादस्वरूप ही थे। सामान्यत: शासक मंत्रियों का परामर्श स्वीकार करते ही थे। ऐसा करने पर राजा स्वयं प्रशासन सम्बन्धी समस्याओं का समाधान करने में सफल होता था।

मंत्री पद की योग्यताएँ

मंत्री पद के लिए अर्हताओं की सूची प्रस्तुत करते हुए कौटिल्य ने लिखा है कि वह उसी देश का नागरिक हो, अभिजात्य कुल का हो और प्रभावशाली व्यक्तित्व वाला हो, उसने शिल्पादि कलाओं में दीक्षा ली हो और शास्त्रों के अध्ययनादि के श्रम में बुद्धि को कुशाग्र करके विचारों की दूरदर्शिता अर्जित की हो। इसी के साथ उसमें धैर्य, शौर्य, वाक्पटुता, मैत्रीभाव, कष्ट सहन करने की क्षमता, गोपनीयता, विश्वसनीयता, शील, बल, स्वामी के प्रति आज्ञाकारिता आदि गुण होने भी वांछनीय थे। व्यवहार में ये सभी योग्यतायें एक व्यक्ति में होना सम्भव नहीं था, इसलिए कौटिल्य ने कहा है कि राजा को उपरोक्त आदर्शतम गुणों को केवल ध्यान में रखते हुए अपने मंत्री का चयन करना चाहिए।

गुप्त शासक चन्द्रगुप्त द्वितीय के कुलक्रमागत सचिव वीरसेन शाब को शब्दार्थ, न्याय नीति और अन्य शास्त्रीय तत्त्वों का ज्ञाता कहा गया है। इसी तरह यादववंशी शासक कृष्ण के प्रधानमंत्री नागरस के बारे में कहा गया है कि वह अनेक राजनीति शास्त्रों में वर्णित प्रशासन सम्बन्धी सिद्धान्तों और विचारों में सर्वथा अति निपुण था। राष्ट्रकूट शासक कृष्ण तृतीय के मंत्री नारायण को उसके समय के लेखों में राजनीति शास्त्र का पारंगत विद्वान और कवि बताया गया है।

मंत्री की सामरिक योग्यताओं के बारे में अभिलेखिक स्त्रोतों से ज्ञात होता है कि प्राचीन भारतीय राजाओं के मंत्री न केवल शास्त्रों में निपुण होते थे, अपितु वे एक कुशल सेनानायक भी होते थे। समुद्रगुप्त की प्रयाग प्रशस्ति से ज्ञात होता है कि उसका सान्धि-विग्रहिक कुमारामात्य हरिषेण न केवल उच्च कोटि का कवि, अपितु महादण्डनायक भी था। वारंगल के यादव राजाओं के मंत्री हेमाद्रि प्रसिद्ध धर्मशास्त्र कार होते हुए भी सामरिक योग्यता रखता था। वह न केवल एक साहित्यकार, कुशल सेनापति और हस्ति-शिक्षा-विशारद था, अपितु उसने अनेकों सामरिक संघर्षों में भाग लेकर अपने राजा के राज्य का विस्तार भी किया था।

कौटिल्य ने राजपूताने के साहित्य में मंत्री पद के लिए विभिन्न योग्यताओं की ओर संकेत किया गया है। आहाड़ के लेख[1] में मंत्री मत्तट और गुन्दल राजनीति में निपुण, व्यापार (राजकीय) करने वाले व राजधानी के भूषण बताये गये हैं। उपमितिभवप्रपंचकथा में मंत्रियों को नीतिशास्त्र में पारंगत कहा गया है। खरतरगच्छ पट्टावली में भी पृथ्वीराज तृतीय के मंत्रियों को नीतिशास्त्र में कुशल बतलाया है।

पृथ्वीराजविजय में मंत्री को राजनीति में प्रवीण व षाडगुण्यों में निपुण कहा गया है। नीतिकार सोमदेवसूरि ने मंत्री में निम्नलिखित योग्यताओं का होना आवश्यक माना है :-

1. राजनीतिज्ञ एवं विद्वान हो, किन्तु कायर एवं मूर्ख न हो।
2. वीर हो।
3. विपत्ति में राजा की सहायता करने वाला हो।
4. स्वामी की उन्नति के उपाय (कोष वृद्धि आदि) एवं दु:खों के प्रतिकार (शत्रु का नाश) जानने वाला हो।
5. कुलीन पुरुष हो।
6. देशवासी हो।[1]

सोमदेवसूरि ने कहा है कि अत्यन्त क्रोधी, व्यसनी, हठी एवं स्वेच्छाचारी आदि दुर्गुणों से युक्त व्यक्ति को मंत्री पद पर नियुक्त नहीं करना चाहिए।

शस्त्र विद्या में पारंगत होना भी मंत्री की योग्यता मानी जाती थी। जालौर के कान्हड़देव के अमात्य जैत ने अलाउद्दीन की गुजरात से लौटती हुई सेना पर आक्रमण कर परास्त किया था और इस प्रकार सोमनाथ की मूर्ति को पुनः अपने अधिकार में कर लिया था। प्रतिहार और चौहान शासकों के मंत्रियों की महादण्डनायक और महासामन्त जैसी उपाधियों से भी उनकी सामरिक योग्यताओं का पता चलता है।

वंशानुगत योग्यता :

सामान्यतया मंत्री के पुत्र या भाई को ही मंत्री पद प्राप्त होता था। चौहान शासक सोमेश्वर के समय का सान्धिविग्रहक अमात्य स्कन्द का पुत्र सोढ़ इसी पद पर नियुक्त किया गया था। सोढ़ का पुत्र वामन भी सान्धिविग्रहिक बनाया गया, जबकि सोढ़ का दूसरा पुत्र स्कन्द पृथ्वीराज तृतीय के समय सेनाधिपति (महादण्डनायक) बनाया गया। आहड़ के देवकुलिका लेख से ज्ञात होता है कि 'अक्षयपटलाधीश' मयूर के पुत्र श्रीपति को नरवाहन ने अक्षपटलाधीश नियुक्त किया था। आहड़ के जैन मन्दिर के देवकुलिका शिलालेख से स्पष्ट है कि राजा नरवाहन के अक्षपटलिक श्रीपति के दो पुत्र मत्तट और गुंदल हुए।

इस प्रकार स्पष्ट है कि मंत्री की नियुक्ति के लिए विभिन्न योग्यताओं के साथ-साथ वंशानुगत पात्रता को भी महत्त्व दिया जाता था।

जातिगत पात्रता :

सम्भवतः सभी जातियों के लोग मंत्री पद पर नियुक्त किये जाते थे, किन्तु ऐसा लगता है कि ब्राह्मणों को मंत्री पद के चयन में प्राथमिकता प्रदान की जाती थी। पुरोहित का पद ब्राह्मण को ही दिया जाता था। पृथ्वीराज तृतीय का मुख्यमंत्री कदम्बवास दाहिमा क्षत्रिय था[2] जबकि सान्धिविग्रहिक वामन तथा सेनापति स्कन्द नागर ब्राह्मण थे।

किन्तु शुक्रनीति का यह विचार उचित जान पड़ता है कि कुल और जाति का विवेचन केवल भोजन और विवाह के अवसरों पर ही करना उचित होता है। मंत्री आदि राजकीय पदाधिकारियों की नियुक्ति में अभ्यर्थी के गुण, कर्म और शीलादि को ही वरीयता देना श्रेयस्कर होता है।

मंत्रिपरिषद् की संरचना :

मंत्रिपरिषद् में अनेक मंत्री होते थे, जिनका विवरण निम्नलिखित है :-

1. महामंत्री या महामात्य :– प्रशासन में महामंत्री या महामात्य का पद सबसे महत्त्व का था। राजा भी उसका आदर करता था। राज्य के सभी मंत्री, सामन्त और उच्च पदाधिकारी उसे सम्मानपूर्वक महामंत्री कहकर अभिवादन करते थे। कुवलयमाला में महामंत्री को वंशानुगत वर्णित किया गया है।[1] नीतिवाक्यामृत के अनुसार द्विज, स्वदेशवासी, कुलीन, अव्यसनी, नीतिज्ञ, सदाचारी आदि गुणों से युक्त व्यक्ति को अमात्य पद पर नियुक्त किया जाता था।

जैन अभिलेखों तथा साहित्य से ज्ञात होता है कि राज्य शासन का सम्पूर्ण कार्य महामंत्री के अधीन रहता था। शुक्र के अनुसार वह सर्वदर्शी अर्थात् पूरी शासन व्यवस्था पर आँख रखने वाला था। वह राजकीय मुद्रा का प्रयोग करता था। उसका सभी विभागों विशेषकर राजस्व विभाग पर नियन्त्रण रहता था। लेख पद्धति के अनुसार महामात्य की पर्यवेक्षण सीमा में आने वाले विभागों में श्रीकरण, व्ययकरण, मण्डपिका करण और कोष्ठिक आदि प्रमुख थे। राजा अनन्तदेव (1095 ई.) का प्रधानमंत्री प्रधानकोष्यक्ष भी था।[2] उपमितिभवप्रपंचकथा में रामकेसरी राजा के अमात्य विषयाभिलास के बारे में कहा गया है कि वह राजा के सब कार्यों के सम्बन्ध में विचार करता था। उसका हुक्म सब लोगों द्वारा निश्चित रूप से मान्य होता था। प्राणियों को मोहित करने के सन्दर्भ में उसने खास अभ्यास किया था। अगर कोई पाप या अनीति का कार्य करना हो तो वह बहुत चालाकी तथा कुशलता से करता था। वह जो कार्य स्वयं करता था, उसमें किसी की परवाह नहीं करता था। इसी वजह से राजा ने राज्य का सब कार्यभार उसको सौंप दिया था।

समसामयिक साक्ष्यों में अनेक महामात्यों का उल्लेख मिलता है। चतुर्थ विग्रहराज के महामंत्री श्रीधर और राजपुत्र सलक्षणपाल के नाम क्रमशः ललित विग्रहराज नाटक और वि.सं. 1220 के शिवालिक स्तम्भ अभिलेख से ज्ञात होते हैं। अल्हण के राज्यकाल में नाडौल में लक्ष्मीधर महामात्य पद पर आसीन था। राजा केल्हण के शासन काल (वि.सं. 1249) में बालण महामात्य के पद पर नियुक्त था।[1] जालौर के इतिहास में यशोवीर और जेता देवड़ा महामंत्रियों के रूप में प्रसिद्ध हैं। प्रतापसिंह (वि.सं. 1213) के नाडौल ताम्रपत्र में श्री कुमारपाल देव के महामात्य बाहड़देव का उल्लेख है। तृतीय पृथ्वीराज चौहान के महामंत्री कदम्बवास का उल्लेख 'पृथ्वीराज विजय' तथा खरतरगच्छपट्टावली में हुआ है। 'खरतरगच्छपट्टावली' में उसे 'मण्डलेश्वर' और 'सर्वाधिकारी' कहा गया है।

वेतन के रूप में या उसके उच्च पद की गरिमा बढ़ाने के लिए महामात्य को बहुत बड़ी जागीर प्रदान की जाती थी। सैन्य सम्बन्धी सभी कार्य उसकी देखरेख

में सम्पन्न होते थे। उसकी सेवा में एक हजार राजपूत घुड़सवार सदैव उपस्थित रहते थे। उसे एक स्थान पर 'सचिव' भी कहा गया है।

पृथ्वीराज तृतीय के काल में रामदेव का भी मंत्री होना प्रमाणित है। जैन ग्रन्थों से ज्ञात होता है कि उसने जैन संघ के संचालकों को एक सन्देश प्रसारित कर अनुरोध किया था कि वे जैन मूर्तियों को रेत के टीलों में छिपाकर रखें, जिससे धर्मान्ध व्यक्तियों से उनकी रक्षा की जा सके।

2. सान्धि-विग्रहिक :– जैसा कि इसके नाम से ही स्पष्ट होता है कि वह राज्य सम्बन्धी सन्धि और विग्रह के मामले का प्रमुख होता था। सन्धि से शान्ति और विग्रह से युद्ध का तात्पर्य लगाया जा सकता है। अतः उसे शान्ति और युद्ध का मंत्री कहा जा सकता है। गुहिल शासक अल्लट का सान्धिविग्रहिक दुर्लभराज था। कल्याणपुर के गुहिल शासकों द्वारा दिये गये दानपत्रों में सान्धिविग्रहिक का उल्लेख किया गया है।[2] वि.सं. 1209 के किराडू अभिलेख का रचयिता सान्धिविग्रहिक ठाकुर खेलादित्य था। खेलादित्य का नाम ओझा दान पत्र संख्या दो में भी मिलता है। पृथ्वीराज के काल में सोढ़ का पुत्र वामन सान्धिविग्रहिक था। जगत अभिलेख (वि.सं. 1277) में सान्धिविग्रहिक विल्हण का उल्लेख है जिसने रूणीजा नामक गाँव एक मन्दिर को समर्पित किया था। अर्जुन वर्मा के सान्धिविग्रहिक बिलण और राजसलक्षण थे।[3] परमार अभिलेखों से ज्ञात होता है कि परमार सामन्त भी अपने-अपने सान्धिविग्रहिकों को नियुक्ति करते थे तथा योगेश्वर को यशोवर्मा का सान्धिविग्रहिक बताया गया है। बागड़ के सामन्त शासक विजयराज का सान्धिविग्रहिक वामन था।

सान्धिविग्रहिक के पद पर नियुक्ति करते समय यह ध्यान रखा जाता था कि वह अध्ययनशील, कुशल लेखक, भाषाविद् और विभिन्न लिपियों का ज्ञाता हो, विषमतम परिस्थितियों में भी विचलित न होता हो तथा सभी प्रकार की राजनीतिक गुत्थियों को सुलझाने में सक्षम हो। मानसोल्लास के अनुसार जो प्रगल्भ, बुद्धिमान, दक्ष, सभी भाषाओं में निपुण हो, जो सन्धि-विग्रह के तत्व को जानने वाला हो, लिपि का ज्ञाता व अक्षर को पढ़ सकता हो, सामन्त मण्डल तथा मान्यकों का विशेष रूप से आह्वान, विसर्जन तथा स्थापन करने में निपुण हो, षाडगुण्य विधि के तत्व को जानता हो, देशकाल-विभाग को समझने वाला, आय-व्यय, लोक तथा देश की उत्पत्ति को समझने वाला, धन की रक्षा में तत्पर, कृत्य तथा अकृत्य की विवेचना करने वाला हो, ऐसे कार्य विशारद को राजा द्वारा सान्धिविग्रहिक के पद पर नियुक्त किया जाना चाहिए।[1]

इस प्रकार स्पष्ट होता है कि शासक योग्य एवं विद्वान व्यक्ति को ही सान्धिविग्रहिक के पद पर नियुक्त करते थे।

कार्य :– सान्धिविग्रहिक विदेशी राजाओं के लिए अनुदान-पत्र, घोषणापत्रादि तैयार करता था। महिपाल के राज्यकाल में हड़ाला दान-पत्र सान्धिविग्रहिक महिन्दक ने तैयार किया था। कालान्तर में वह अपने स्वामी के साम्राज्य में हुए उपद्रवों या राजविद्रोह में गुप्तचर का कार्य भी करता था, किन्तु इसके लिए सान्धिविग्रहिक की नीतिपूर्ण तरीके अपनाने की आशा की जाती थी।[2] सान्धिविग्रहकों से विशेष प्रयोजन से विदेशी शासकों, अधीनस्थ शासकों और सामन्तों के पास भी भेजा जाता था।

इस प्रकार सान्धिविग्रहिक का कार्य आधुनिक सन्दर्भों में बहुत कुछ विदेश मंत्री जैसा होता था। याज्ञवल्क्य स्मृति की टीका मिताक्षरा के अनुसार सान्धिविग्रहकारी अमात्य राजा द्वारा निर्दिष्ट लेख को लिखने का कार्य भी करता था।

3. सेनापति (महादण्डनायक) :– सैनिक प्रशासन से सम्बन्धित विषयों पर राजा महादण्डनायक से सलाह लिया करता था। सामयिक ग्रन्थों व अभिलेखों में अनेक महादण्डनायक और दण्डनायकों के उल्लेख मिलते हैं। प्रतिहार साम्राज्य में कई दण्डनायक थे। महेन्द्रपाल द्वितीय के समय में तंत्रपाल महासामन्त महादण्डनायक माधव था जो कि उज्जयिनी में रहता था तथा प्रतिहार साम्राज्य के इस भाग में शासन करता था। अरब यात्री अलमसूदी के विवरण से ज्ञात होता है कि प्रतिहार साम्राज्य में चार दिशाओं में अलग-अलग सेनायें होती थीं जो अलग-अलग सेनानायक के नेतृत्व में होती थीं।[1] प्रतापगढ़ शिलालेख में महेन्द्र द्वितीय के 'कोकट्ट' नामक सेनापति का उल्लेख हुआ है।

साहित्यिक ग्रन्थों में चौहान शासकों के अनेक सेनापतियों के नाम मिलते हैं। विग्रहराज चतुर्थ का सेनापति सिंहबल था। अल्पवयस्क पृथ्वीराज तृतीय के काल में सेनापति का भार सम्भवतः भुवनैकमल्ल ने सम्भाला था। तत्पश्चात् इस पद पर स्कन्ध के आसीन होने का उल्लेख मिलता है। इसी सेनानायक की सहायता से पृथ्वीराज तृतीय के भाई हरिराज ने पुनः एक बार मुसलमानों से साम्भर की गद्दी प्राप्त कर ली थी।[2] घाणेराव के लेख से गुजरात शासक कुमारपाल के सेनापति वेजलदेव का पता चलता है, जिसको नाडौल में इसलिए नियुक्त किया गया कि चौहानों की शक्ति के विस्तार को रोका जा सके। चित्तौड़ से प्राप्त चालुक्य कुमारपाल के शिलालेख से उसके दण्डनायक सज्जन का पता चलता है।

रणथम्भौर के चौहान हम्मीर ने सेनापति जगदेव को वीरता के कारण अपना उत्तराधिकारी चुना था। हमीर महाकाव्य में जगदेव (जजदेव) की वीरता एवं स्वामिभक्ति की प्रशंसा की गई है। गुहिल शासक अपराजित का सेनापति वराहसिंह था। इसके अधीन साधनिक (साहणी), दुस्साधय या दुस्साधनिक (अश्वपति) तथा बलाधिप कार्य करते थे।

सेनापति के गुण व अवगुण

भोजकृत युक्तिकल्पतरू में सेनापति के गुणों का उल्लेख हुआ है। इसके अनुसार जो शस्त्र-अस्त्रों के प्रयोग में कुशल, बहु बन्धुवाला, उच्चकुल का, विद्वान, धर्मभीरू और किलों के निर्माण की जानकारी रखने वाला होता है, वह व्यक्ति राजाओं के सेनापति के रूप में प्रतिष्ठित होता है।[3] सोमदेवसूरि ने भी सेनापति के अनेक गुण बताये हैं। इसके अनुसार सेनापति कुलीन, राजविद्या-प्रवीण, साम-दामादि उपायों के प्रयोग में कुशल, शस्त्र संचालन, युद्ध एवं भिन्न देशवर्ती भाषाओं का ज्ञाता तथा समस्त प्रकार के कष्ट व खेदों को सहन करने में समर्थ होना चाहिए। पृथ्वीराज विजय में सेनापति को शास्त्र तथा शस्त्र में निपुण बताया गया है।

अवगुणों का उल्लेख करते हुए सोमदेवसूरि ने लिखा है कि सेनापति में जितेन्द्रियता शून्य, व्यसनासक्त, चिरकाल पर्यन्त परदेशवासी तथा राजहित चिन्तकों से ईर्ष्यालू आदि अवगुण होने पर राज्य की क्षति होती है।

सैन्य प्रशासन-संचालन हेतु राजधानी में एक कार्यालय था जिसे बलाधिकरण कहते थे। यह विभाग राजा और सेनापति दोनों के निर्देशन में कार्य करता था। 'सैन्य प्रशासन' के अध्याय के अन्तर्गत इसके अधिकारियों के कार्यों पर विस्तार से विचार करेंगे।

4. **अक्षयपटलिक** :– यह पदाधिकारी राज्य का सर्वोच्च लेखाधिकारी होता था। इसका प्रमुख कार्य राज्य के आय-व्यय का विवरण रखना था। इसके कार्यालय को अक्षयपटल कहा जाता था। इस विषय में भोज के सागरताल अभिलेख में कुछ संकेत मिलता है। लक्ष्मीधर के अनुसार उसे राज्य की आय-व्यय तथा उपज सम्बन्धी सभी जानकारी होती थी। वह अभिलेखागार का भी सर्वोच्च अधिकारी होता था और जागीरें तथा दानपत्रों की व्यवस्था करता था।[1] मेवाड़ के शासक अल्लट के पास मयूर और समुद्र नामक दो अक्षयपटलिक थे। नरवाहन के समय में मयूर का पुत्र श्रीपति और शक्ति कुमार के काल में श्रीपति का पुत्र मत्तट इस पद पर नियुक्त किये गये थे। अत: लगता है, गुहिल राजाओं द्वारा वंश परम्परानुसार इस पद पर नियुक्ति दी जाती थी और यही प्रवृत्ति प्रतिहार राज्य में भी प्रचलित रही होगी।

5. धर्मस्थ या धर्मस्थेय :– यह न्याय विभाग का उच्चाधिकारी होता था। वह राजा को न्याय करने में सहयोग देता था। उसका मुख्य कार्य यह देखना था कि किसी के साथ अन्याय न हो। तिलक मंजरी में "धर्मो धर्मस्थेयः" वर्णित है। सेन अभिलेख में उसका स्थान पुरोहित के पश्चात् बताया गया है। यशस्तिलक चम्पू में धर्मस्थ को "सकलविद्याव्यावहारवेदी", "दृषतश्रूतानेकाचार-विचार" और "यथार्थ-दर्शनस्थ" कहा है। लगता है इसका तात्पर्य क्रमशः सभी विधाओं और व्यवहारों का ज्ञाता, अनेक आचार विचारों को देखने वाला और यथार्थ को देखने वाला अर्थात् न्याय करने वाला है। इसके अनुसार भी वह एक न्याय मंत्री जैसा लगता है।

6. महापुरोहित :– राजा आध्यात्मिक और धार्मिक विषयों पर महापुरोहित नामक पदाधिकारी से सलाह लेता था। प्राचीनकाल से यह पद सम्मानजनक था। समराइच्चकहा से ज्ञात होता है कि क्षिति प्रतिष्ठ नामक नगर के यज्ञदत्त नामक पुरोहित का सब लोग बहुत सम्मान करते थे। समराइच्चकहा के प्रथम भव में उल्लेख है कि राजा गुणसेन ने सोमदेव पुरोहित को अग्निशर्मा के पास राजा के प्रति विचारों का पता लगाने के लिए भेजा था। हम्मीर महाकाव्य तथा कान्हड़देव प्रबन्ध में क्रमशः पुरोहित विश्वरूप और व्यास सोमचन्द्र के नामों का उल्लेख हुआ है।[1] लगता है पुरोहित को 'व्यास' के नाम से भी पहचाना जाता था। हम्मीर युग के रणथम्भौर में पुरोहित के स्थान पर पौराणिक नामक पदाधिकारी का उल्लेख प्राप्त होता है। कुवलयमाला के अनुसार राजा दृढ़वर्मन के दरबार में शुक्र सदृश महापुरोहित उपस्थित रहते थे।

महापुरोहित के गुण

समराइच्चकहा के अनुसार यज्ञदत नामक पुरोहित अनेक धर्मशास्त्रों का पाठी था, लोक व्यवहार तथा नीति में निपुण था, अल्पहिंसा एवं अल्प धन वैभव द्वारा जीवन-यापन करता था। युक्तिकल्पतरू में पुरोहित के गुणों पर बल देते हुए लिखा है कि "सदाचारी, कुशल, सभी शास्त्रों के अर्थ में पारंगत, नैमित्तिक कार्यों का कर्ता, पवित्र, शतुगामी, पिता और देवताओं के सम्मान में लगा रहने वाला, गुरु-भक्त, क्रोध को जीतने वाला, सदा विप्रहितकर्ता, दयावान, शीलसम्पन्न, कुलीन, महान् मति वाला, पर स्त्रियों से विमुख, दृढ़ संकल्पी, द्विज और अन्य वैदिक गुणों से युक्त व्यक्ति को ही राजाओं के द्वारा अपना गुरु बनाना चाहिए और इन गुणों से युक्त व्यक्ति को ही राजाओं का पुरोहित होना चाहिए।[2] सोमदेवसूरि के अनुसार जो कुलीन, सदाचारी, छः वेदांग ज्योतिष, निमित्त ज्ञान और दण्डनीति विद्या में प्रवीण हो एवं दैवी तथा मानुषी आपत्तियों को दूर करने में समर्थ हो, ऐसे विद्वान पुरुष को राजपुरोहित (राजगुरु) बनाना चाहिए। पृथ्वीराज विजय के अनुसार पद्मनाभ पृथ्वीराज तृतीय के

समय का पण्डित तथा कवि था। खरतरगच्छपट्टावली के अनुसार पृथ्वीराज तृतीय के दरबार में वाणश्विद, अनार्दन गौड़ और विद्यापति आदि राजपण्डितों के समक्ष खरतरगच्छ सम्प्रदाय के जिनपतसूरि तथा श्वेताम्बर सम्प्रदाय के पद्मप्रभ के मध्य शास्त्रार्थ हुआ, जिसमें जिनपतसूरि की विजय हुई।''

पुरोहित के कार्य :

समराइच्चकहा के अनुसार पुरोहित राज्य में उपद्रव तथा राजा की व्याधियों की शान्ति के लिए यज्ञ आदि का अनुष्ठान करता था। पुरोहित राजा के लिए दूत का कार्य भी करता था। विद्वानों से शास्त्रार्थ करना और ब्राह्मण विद्यार्थियों के अध्ययन की व्यवस्था करना भी उसका ही कर्त्तव्य रहा होगा। डॉ. अल्तेकर का विचार है कि 200 ई. से पुरोहित की गणना मंत्रियों में नहीं होती थी, फिर भी राजा पर उसका प्रभाव काफी था। आदर्श पुरोहित की घुड़की ही राजा को सत्पथ पर ला देने के लिए काफी समझी जाती थी।

7. भाण्डागारिक :– समकालीन ग्रन्थों में इस पद्राधिकारी को राजकीय कोष और आभूषणों से सम्बन्धित अधिकारी बताया गया है। समराइच्चकहा में छैल्ल भाण्डागारिक पदाधिकारी का उल्लेख हुआ है। वह राजकीय आभूषणों के भण्डार का पदाधिकारी होता था। डॉ. दशरथ शर्मा ने इसकी तुलना कौटिल्य-अर्थशास्त्र में निर्दिष्ट सन्निधाताओं से की है। हम्मीर महाकाव्य से ज्ञात होता है कि जाहड़ खाद्यान्न व कोष से सम्बन्धित था। नाडौल की चौहान शाखा के संस्थापक लक्ष्मण ने अपनी वैश्य स्त्री से उत्पन्न पुत्रों को राजकीय भण्डारों को सम्भालने का कार्य दिया था। वे भाण्डागारिक कहलाते थे। यही भाण्डागारिक पश्चातकाल में भण्डारी कहलाने लगे। ये परम्परागत रूप से खजाने तथा रसद से जुड़े रहे हैं।[1]

भाण्डागारिक के गुणों का उल्लेख नहीं मिलता किन्तु सोमदेवसूरि में छः दोषों से युक्त व्यक्ति को अर्थसचिव पद पर नियुक्त न करने का उल्लेख मिलता है। ये दोष इस प्रकार हैं :-

1. राजकीय धन खाने वाला (भक्षण)
2. उपेक्षण-राजकीय सम्पति नष्ट करने वाला अथवा धन प्राप्ति में अनादर करने वाला।
3. प्रज्ञाहीनत्व-जो राजनीतिक ज्ञान से शून्य हो।
4. उपरोध-जो प्रभावहीन हो, जैसे राजकीय द्रव्य को हड़पने वाले दूसरे अधिकारियों को उसके द्वारा रोके जाने पर भी वे लोग अनर्थ करने से न चूकें, ऐसा प्रभावहीन व्यक्ति।

5. प्राप्तार्थ प्रवेश–जो टैक्स से प्राप्त धन को राजकोष में जमा नहीं कराता हो।
6. द्रव्य विनिमय–जो बहुमूल्य सिक्कों की जगह अल्प मूल्य वाले सिक्के राजकीय खजाने में जमा करा देता हो।

यदि शासक इन दोषों से युक्त व्यक्ति को अर्थसचिव पद पर नियुक्त करता है तो उसका राज्य नष्ट हो जावेगा।

8. महाप्रतिहार या द्वौवारिक :– महाप्रतिहार या द्वौवारिक का उल्लेख तिलकमन्जरी में आया है। तत्कालीन राजपूताने की राजसभा में महाप्रतिहार या द्वौवारिक का बड़ा ऊँचा स्थान था। वह राजसभा का सर्वोच्च अधिकारी था और सदैव राजा के निकट रहता था। वह सभी दरबारियों से अनुशासित रहने की अपेक्षा करता था। बड़े-बड़े सामन्त और महादण्डनायक भी अपने स्वामी के महाप्रतिहार बनने के लिए इच्छुक रहते थे। सियादोनी का उन्दभट्ट: महासामन्ताधिपति होते हुए महाप्रतिहार पद पर नियुक्त था। बसन्तगढ़ से प्राप्त वि.सं. 682 के एक अभिलेख में प्रतिहार पदाधिकारी मोटक का उल्लेख है।

तिलकमन्जरी में महाप्रतिहारों के कर्त्तव्यों पर प्रभूत प्रकाश डाला गया है। इस ग्रन्थ में उल्लेख है कि महाप्रतिहार उन लोगों को मौन रहने की शपथ दिलाता था जो ज्यादा बोलते थे। वह सभी अधिकारियों को अपने कर्त्तव्य पालन का आदेश देता था। जो लोग राजसभा में रहने के अधिकारी नहीं थे, उनको राजसभा से बाहर निकालने का कार्य भी उसी के आदेश पर होता था। इसी ग्रन्थ में आया है कि जो व्यक्ति सम्मान के अधिकारी होते थे, उनको हाथ जोड़कर वह सम्मान व आदर देता था। वह अपना सम्मान रखते हुए निर्लज्ज लोगों को धमकाया करता था।

मंत्रियों की संख्या :

मंत्रिपरिषद् में मंत्रियों की संख्या के सम्बन्ध में साक्ष्यों में मतैक्य नहीं है। महाभारत में मंत्रियों की संख्या 8 बतायी गयी है। मनु के अनुसार मंत्रिपरिषद् की संख्या सात या आठ होनी चाहिए। यशस्तिलक में राजा को एक ही मन्त्री पर पूर्ण रूप से निर्भर न होने की बात कही गई है। इससे स्पष्ट है कि मंत्रियों की संख्या अवश्य ही अधिक रही होगी। समराइच्चकहा में यद्यपि परिषद् के मंत्रियों की कोई निश्चित संख्या नहीं दी गई है, किन्तु राजदरबार में एक महामंत्री तथा अन्य साधारण मन्त्री होते थे। अल्लट की सारणेश्वर प्रशस्ति में दो अक्षयपटलिकों एवं अन्य दो मन्त्रियों का उल्लेख हुआ है।[1] हम्मीर महाकाव्य से ज्ञात होता है कि मंत्रिमण्डल में 8 मन्त्री होते थे। सोमदेवसूरि के अनुसार राजा को तीन, पाँच या सात मन्त्री नियुक्त

करने चाहिए। शुक्रनीति में 10 मन्त्रियों का उल्लेख हुआ है।

किन्तु निष्कर्ष रूप में कौटिल्य का यह मत उचित लगता है कि मन्त्रियों की नियुक्ति आवश्यकतानुसार करनी चाहिए।

राजा और मन्त्री का सम्बन्ध : मंत्रणा पद्धति

राजा और मन्त्रियों के सम्बन्ध पवित्र और सहयोगात्मक होते थे। एक सफल राजा अपने मन्त्रियों से मंत्रणा करके ही निर्णय लेता था। मनु के अनुसार राजा को जिन विषयों पर मंत्रियों से मंत्रणा करना आवश्यक है, वे हैं-शान्ति एवं युद्ध, स्थान (सेना, कोश, राजधानी एवं राष्ट्र या देश), कर के उद्गम, रक्षा (राजा एवं देश की रक्षा), पाये हुए धन को रखना या उसका वितरण। नीतिवाक्यामृत का कथन है कि मंत्रणा से ये कार्य होते हैं-''जो न प्राप्त किया जा सका हो उसका ज्ञान, जो प्राप्त किया जा चुका हो उसको निश्चित बल देना, द्विधा में सन्देह मिटाना, एक ही अंश को देखकर सम्पूर्ण बात की कल्पना कर लेना।'' मानसोल्लास में कहा गया है कि मंत्रणा के पाँच तत्व होते हैं, जिन पर विचार करना चाहिए-कर्म के आरम्भ का उपाय, मनुष्य एवं प्रचुर सम्पत्ति, देशकाल विभाग, विनिपात प्रतिकार (बाधाओं को दूर करने के उपाय), कार्यसिद्धि (कार्य सिद्ध हो जाने पर राजा व प्रजा का सुख)।[1]

राजा मन्त्रिमण्डल से सामूहिक रूप से मन्त्रणा लेने के साथ कभी-कभी व्यक्तिगत रूप से भी मन्त्रियों से मन्त्रणा करता था। राजा मन्त्रिमण्डल के निर्णयानुसार कार्य करने के लिए बाध्य नहीं था। यद्यपि वह प्राय: उसके निर्णय के अनुसार ही कार्य करना उचित समझता था।

मंत्रिपरिषद् (13वीं से 16वीं शताब्दी तक)

13वीं व 14वीं सदी के मंत्रियों के लिए चित्तौड़ में हमें 'महामात्य' और 'प्रधान' नामक उपाधियों का उल्लेख मिलता है। ये मंत्रियों को प्रदान की जाती थीं। प्रधान सम्भवत: सैनिक कार्यों को देखता था और महामात्य राजकीय आदेशों से सम्बन्धित कार्य सम्पादित करता था। मेवाड़ का प्रधान भीमसिंह चित्तौड़ की पहाड़ी के नीचे लड़ता हुआ वीरगति को प्राप्त हुआ। जगद्देव प्रतिहार भी एक 'राज प्रधान' था, जिसने सपादलक्ष के विरुद्ध भीमदेव द्वितीय की सेना का नेतृत्व किया था।

हम्मीर पुरोहित विश्वरूप की सलाह लेता था और कान्हड़देव सोमचन्द्र व्यास की सलाह लेता था जो दूसरे मन्त्रियों से अधिक प्रभावशाली था। इस प्रकार पुरोहितों का प्रभाव पर्याप्त बढ़ा हुआ प्रतीत होता है।

मेवाड़ में शासक की सहायता के लिये मन्त्रिपरिषद् होती थी। प्राचीन शिलालेखों में मन्त्रिपरिषद् के मुख्यामात्य, अक्षयपट्टलाधीश, सान्धिविग्रहिक, वेदपति व भिषगाधिराज आदि सदस्यों का उल्लेख प्राप्त होता है।[1] कुम्भा के काल में मन्त्रिपरिषद् का क्या स्वरूप था? इसका प्रमाणिक वर्णन तो प्राप्त नहीं होता है, किन्तु तत्कालीन ग्रन्थ संगीतराज एवं सूत्रधार मण्डन रचित 'राजवल्लभमण्डन' में मन्त्रिपरिषद् के मुख्यमन्त्री, सचिव, राजपुत्र, राजगुरू, सेनापति, ज्योतिषी, पुरोहित और वैद्य आदि सदस्यों का वर्णन है।

शासक मंत्रिपरिषद् से राज्य की आन्तरिक सुरक्षा एवं बाह्य आक्रमणों से सुरक्षा सम्बन्धी सलाह लेता था, परन्तु मन्त्रियों की सलाह मानना या नहीं मानना शासक के अधिकार का विषय था। मंत्री अलग-अलग विभागों के अध्यक्ष होते थे। सूत्रधार मण्डन ने 8 प्रकार की राज-सभाओं का वर्णन किया है। इसके साथ ही उसने राजभवन के निर्माण सम्बन्धी वर्णन भी प्रस्तुत किया है।

मंत्रियों का समाज व राज्य में पूर्ण सम्मान था। आवश्यकता पड़ने पर मंत्रियों को युद्ध-स्थल में सेना का नेतृत्व करना पड़ता था। मंत्रियों के निवास स्थान शासक के निवास स्थान के आसपास ही होते थे, ताकि आवश्यकतानुसार मंत्रियों से परामर्श किया जा सके।

इसके अतिरिक्त विभिन्न शिलालेखों में कई मंत्रियों का उल्लेख प्राप्त होता है। इनके क्या कार्य थे? यह नहीं कहा जा सकता, परन्तु यह स्पष्ट होता है कि अधिकांश मंत्री जैन मतावलम्बी होते थे और धर्म के प्रचार में विशेष रुचि लेते थे।

मंत्रिपरिषद् के दायित्व एवं महत्व

शासन के लिए 'कौटिल्य' या उत्तम परामर्श को सफलता का सबसे महत्वपूर्ण आधार मानते हैं। मन्त्रणा या मंत्र के महत्व के सम्बन्ध में राजा को सचेत करते हुए कौटिल्य ने कहा है कि जो राजा मंत्रियों से परामर्श नहीं लेता वह अपने शत्रु कके चंगुल में फँस जाता है, इसके विपरीत जो राजा मंत्रियों से परामर्श लेकर कार्य करता है वह राजा अपने राज्य में वृद्धि करता है। कौटिल्य मानते हैं कि शासक को उचित परामर्श देना मंत्रियों का प्रमुख दायित्व है। कौटिल्य का मत है कि शासक को उचित परामर्श देना मंत्रियों का प्रमुख दायित्व है। कौटिल्य का मत है कि यदि मंत्री राज्य के हित में , बिना निजी हानि-लाभ पर विचार किये, निर्भिकतापूर्वक शासन को उचित परामर्श नहीं देता तो ऐसी स्थिति में राज्य के नष्ट होने की आशंका उत्पन्न हो जाएगी। इस बात को ओर स्पष्ट करते हुए कौटिल्य ने लिचखा है कि जब शासक स्वयं उचित व अनुचित का निर्णय लेने

में असमर्थ होता है, वह भ्रम में फँस जाता है तो ऐसे समय पर मंत्रियों का उचित परामर्श उसे दीपके के सामान रोशनी करके रास्ता दिखाता है।

कौटिल्य कार्यों में कौटिल्य ने मंत्रियों की निम्नलिखित भूमिका का उल्लेख किया है-

1. विषयों को पूर्णता से प्रस्तुत करना-मंत्रियों को चाहिए कि वे उन विषयों को पूर्णता के साथ और सही संदर्भ में प्रस्तुत करें जिन पर राजा को निर्णय लेना है।

2. निर्णयन में राजा की सहायता करना-मंत्रियों को चाहिए कि वे उपस्थिति विषयों पर निर्णय लेते समय पर राजा को निर्णय लेना है।

3. निर्णय का मूल्यांकन-यदि राजा ने किसी विषय के सम्बन्ध में कोई निर्णय ले लिया है तो मंत्री को चाहिए की वह राजा द्वारा लिए गए निर्णय का मूल्यांकन करके उस निर्णय की पुष्टि करनी चाहिए या फिर उस निर्णय के अनुचित होने पर उसका खण्डल करना चाहिए। इससे राजा मंत्री से आश्वस्त हो जायेगा तथा वह दृढ़तापूर्वक निर्णय लेने में सक्षम होगा।

4. मतभेद होने पर परामर्श-यदि किसी विशेष बात पर किसी प्रकार को कोई मतभेद उत्पन्न हो जाता है तो ऐसी स्थिति में मंत्री को इस प्रकार से राजा से परामर्श लेना चाहिए जिससे कि किसी प्रकार का कोई संशय न रहे।

5. निर्णयों का क्रियान्वयन-राजा द्वारा किये गये निर्णयों को क्रियान्वित करना भी मंत्रियों का प्रमुख दायित्व है।

राजा तथा मंत्रिपरिषद् में सम्बन्ध

कौटिल्य ने राजा को पाँच प्रकार के विषयों में मंत्रियों से परामर्श करने का आदेश दिया है-

(1) राजनीय कार्यक्रमों पर-राजकीय कार्यक्रमों की रूपरेखा तैयार करना तथा उन्हें प्रारंभ करने के उपाय राजा को झुकाना।

(2) उच्च पदों पर नियुक्ति-राजा को प्रशासनिक कार्यों को सम्पन्न करने के लिए उच्च पदों पर प्रशासकों नियुक्ति तथा करारोपण के सिद्धान्तों का निश्चय करने जैसे विषयों पर मंत्रि परिषद् से परामर्श करना चाहिए।

(3) परिस्थितिगों का मूल्यांकन-राजा मंत्रियों से राज्य में तथा पड़ोसी राज्यों में विद्यमान स्थितियों व परिस्थितियों के मूल्यांकन के सम्बन्ध में भी परामर्श करता है।

(4) संकटकालीन स्थिति में-जब राज्य के सकक्ष संकट उत्पन्न हो जाए तो ऐसी स्थिति में संकट के निवारण के उपाय सुझाने के सम्बन्ध में भी राजा मंत्रिपरिषद से परामर्श करता है।

(1) राजकीय प्रयोजनों के लिए नीति निर्धारण में-राजकीय प्रयोजनों के लिए जो नीति निर्धारित की जाती है उसके सम्बन्ध में भी राजा मंत्रिपरिषद से परामर्श करता है।

कौटिल्य ने मंत्रियों को परामर्श देने वाले क्षेत्र के उपर्युक्त पाँच आयामों को मंत्र के अंगों की संज्ञा प्रदान की है। मंत्र में इन पाँचों अंगों के अवलोकन से यह स्पष्ट होता है कि कौटिल्य शासन के समस्त महत्वपूर्ण कार्यों-नीति निर्धारण, योजना निर्माण, कर व्यवस्था नियुक्तियाँ तथा शांति व युद्ध आदि से मंत्रियों से परामर्श लेना अति आवश्यक बताते हैं।

कौटिल्य के अनुसार राजा को चाहिए कि उसे विषय की महत्पवूर्णता के आधार पर मंत्रियों से अलग-अलग या सामूहिक रूप से परामर्श लेना चाहिए। परन्तु रूप से ही लेना चाहिए। कौटिल्य ने यह भी स्पष्ट किया है कि किसी मंत्री के राज्य से बाहर होने की स्थिति में अर्थात उसे राज्य में उपस्थित न होने की स्थिति में राजा केा उसके पत्र के माध्यम से उचित परामर्श ले लेना चाहिए। राजा को चाहिए कि वह मंत्रियों द्वारा कहे गये कथनों का भी उचित विवेचन करे। राजा को अपने मंत्रियों के साथ करने वाली मंत्रणा को अधिक लम्बा नहीं खींचना चाहिए और न ही निर्णय लेने मे अनावश्यक विलम्ब ही करना चाहिए।

यदि किसी प्रश्न पर मंत्रिपरिषद ने सम्मति न हो तो ऐसी स्थिति में राजा को चाहिए कि वह उस प्रश्न का निर्णय प्रक्रिया को पूर्णत: लोकतान्त्रिक बनाने के पक्ष में है। राजा को कौटिल्य ने यह भी सुझाव दिया है कि वह कभी भी किसी मंत्री की निकटता के आधर पर उसे परामर्श को स्वीकार न करे। किसी भी परामर्श को स्वीकार करने से पहले राजा को उस परामर्श के गुण व दोष वाले पहलू पर दृष्टिगत अवश्य ही कर लेना चाहिए।

2. मंत्रणा की गोपनीयता-कौटिल्य की मान्यता है कि मंत्रणा प्राय: पूर्णत: गोपनीय रहनी आवश्यक है। इसी संदर्भ में कौटिल्य ने मंत्रणा के लिए उचित स्थान एवं उचित समय में चुनाव पर विशेष जोर दिया है। कौटिल्य का मत है कि जिस स्थान पर मंत्रणा की जाए वह स्थान इतना सुरक्षित होना चाहिए कि उस स्थान पर होने वाली मंत्रणा का एक शब्द भी कोई अन्य न सुन सके। कौटिल्य ने तो मंत्रणा को इतनी गुप्त रखने का विचार व्यक्त किया है कि मंत्रणा के समय उस स्थान पर कोई पशु-पक्षी भी नहीं रहना चाहिए। कौटिल्य ने राजा को यह सुझाव दिया है कि उसकी भाव-भंगिमाओं के माध्यम से भी अनेक बार गोपनीयता भंग हो सकती है अत: राजा को चाहिए कि वह मंत्रिपरिषद से परामर्श करने के पश्चात् जो भी निर्णय ले उन निर्णयों को क्रियान्वित से पूर्व अपनी भाव

भंगिमाओं के माध्यमें से वह बिल्कुल भी यह स्पष्ट नहीं होने दे कि उसने क्या निर्णय लिया है।

राजा को सतर्क करते हुए कौटिल्य ने यह भी कहा है कि अनेक बार मंत्रणा के सम्बन्ध में मंत्री भी अपने विश्वास के अन्य लोगों को बता सकते हैं अत: राजा को चाहिए कि वह मंत्रियों पर भी निगाह रखे, जिससे कि मंत्री मन्त्रणा की गोपनीयता को भंग नहीं कर सकें।

कौटिल्य मन्त्रणा की गोपनीयता को अत्यंत ही महत्वपूर्ण मानते हैं क्योंकि वे इसे राज्य की सुरक्षा एवं हितों से जुड़ा हुआ मानते हैं। कौटिल्य के अनुसार यदि कोई मन्त्रणा गोपनीयता को भंग करता है तो वह कठोर दण्डनीय अपराध का भागीदार होता है। कौटिल्य ने मंत्रणा की गोपनीयता को भंग करने वाले मंत्री के लिए देश निकाला या मृत्यु दण्ड निश्चित किया है।

3. मंत्रियों पर नियंत्रण–कौटिल्य के अनुसार यदि कोई मंत्री स्वार्थरहित होकर राजा को उसके हित कें उचित परामर्श नहीं देता है तो ऐसी सिंति में राज्य के हितों के समक्ष गंभीर संकट पैदा हो जाता है। अत: कौटिल्य ने राजा को यह परामर्श दिया ः राजा को यह भली भाँति सुनिश्चित कर लेना चाहिए या यह ध्यान रखना चाहिए कि उसके मंत्री कही राज्य के विरुद्ध कोई षड्यंत्र तो नहीं कर रहे हैं, अथवा वे किसी प्रकार के भ्रष्टाचार में लिप्त हो नहीं है। कौटिल्य ने स्पष्ट किया है कि राजा को गुप्त उपायों द्वारा अपने अमात्य और मंत्रियों के आचरण पर पूरा-पूरा ध्यान रखना चाहिए तथा समय-समय पर उनके आचरण का परीक्षण करते रहना चाहिए।

कौटिल्य ने सुझाव दिया है कि राजा को अपने अमात्यों की गुप्तचरों के माध्यम से समय-समय पर चार प्रकार की परीक्षाएँ लेते रहना चाहिए। यथा-

1. धर्मापधा–राजा स्त्री समागम के अवसर उपस्थित करके उसके चाल-चलन का परीक्षण करवाये।

2. धर्मोपदा–राजा को धर्म द्वारा समय-समय पर अपने अमात्य के हृदय की पवित्रता का परीक्षण करते रहना चाहिए।

3. अर्थोपदा–राजा को गुप्त उपयोग द्वारा अपने अमात्य को धन का लालच देकर समय-समय पर उसके आचरण का परीक्षण करते रहना चाहिए।

4. भयोपदा–राजा को समय-समय पर अपने अमात्य को भयभीत करके शासन के विरुद्ध आचरण करने के लिए प्रेरित करके मंत्री की निष्ठा का परीक्षण करते रहना चाहिए।

कौटिल्य ने राजा को यह परामर्श दिया है कि उसे उपर्युक्त चार प्रकार के परीक्षणों के पश्चात् ही उनकी क्षमताओं के आधार पर ही विभिन्न कार्यों में नियुक्त करना चाहिए परन्तु कौटिल्य ने इस बात पर विशेष जोर दिया है हे राजा को मंत्रियों पर निगरानी रखने के कार्य को अत्यंत ही सतर्कतापूर्ण करना चाहिए। राजा को यह भी ध्यान रखना चाहिए कि मंत्रियों के आचरण पर रखी जाने वाली निगरानी का मंत्रियों को मालूम नहीं होना चाहिए। ऐसा होने पर वे राजा से अप्रसन्न हो सकते हैं।

❑❑❑

7

कौटिल्य की प्रशासनिक व्यवस्था

कौटिल्य का 'अर्थशास्त्र' लोक प्रशासन की दृष्टि से एक अनुपम ग्रंथ है। कौटिल्य ने शासक से यह अपेक्षा की है कि वह राज्य के कार्यों के संचालन के लिये प्रशासनिक व्यवस्था को सुदृढ़ बनाये। कौटिल्य ने अर्थशास्त्र में एक सुसंगठित प्रशासनिक व्यवस्था का चित्रण मिलता है।

प्रशासनिक व्यवस्था

कौटिल्य ने अर्थशास्त्र में प्रतिपादित प्रशासनिक व्यवस्था तथा प्रशासन के सम्बन्ध में कौटिल्य के विचारों का विवेचन निम्नलिखित बिन्दुओं के अन्तर्गत किया गया है–

1. प्रशासनिक पद सोपानिक व्यवस्था–कौटिल्य ने राजा को प्रशासनिक व्यवस्था व्यवस्थ का शीर्षस्थ बिन्दु स्वीकार किया है। प्रशासनिक पदसोपान में राजा के पश्चात अमात्यों और विभिन्न श्रेणियों के मंत्रियों के सम्मिलित किया गया है। प्रशासनिक पद सोपान में राजा, अमात्य व मंत्री को सम्मिलित रूप से नीति निर्धारक मताि नीतियों के क्रियान्वयन पर निगरानी करने के उत्तरदायी माना गया है। प्रशासन के इस उच्च स्तर के अतिरिक्त कौटिल्य ने प्रशासनिक व्यवस्था का एक पद सोपान प्रस्तुत किया है जिसमें विभिन्न विभागों के अध्यक्ष तथा उनके अधीन कार्य करने वाले कर्मचारियों सम्मिलित है। इसमें विभिन्न प्रकार के राज्य अधिकारियों को निम्नलिखित श्रेणियों में विभाजित किया है–

अ. प्रथम श्रेणी–मंत्री, पुरोहित सेनापति और युवराज।

ब. द्वितीय श्रेणी–दौवारिक, अन्तर्वेशिक, प्रशास्ता समाहर्ता, सन्निधाता व विभिन्न विभागों के अध्यक्ष।

स. तृतीय श्रेणी–प्रदेष्टा फोजदारी व न्यायिक मामलों का न्यायाधीश, नायक, पौर, व्यापहारिक, कर्मान्तिका, सभ्य दण्ड पालन, दुर्गपाल तथा अन्तपाल।

कौटिल्य ने उपर्युक्त तीनों श्रेणियों के अधिकारियों का वार्षिक वेतन क्रमशः 48000, पण व 12000 पण निर्धारित किया है। उपर्युक्त तीनों श्रेणियाँ प्रशासनिक अधिकारियों की श्रेणियाँ हैं, प्रशासन के निम्न स्तर के कर्मचारियों को इन श्रेणियों में सम्मिलित नहीं किया गया है। कौटिल्य ने प्रशासन के विभिन्न विभागों में अधिकारियों के अधीन कार्य करने वाले कर्मचारियों की आवश्यकता के अनुरूप नियुक्त किये जाने तथा योग्यताओं के अनुरूप उनके वेतन के निर्धारण को उचित माना है।

कौटिल्य ने प्रशासन के इन उच्चस्थ अधिकारियों के दायित्वों और योगताओं का भी विस्तृत विवेचन किया है।

2. मंत्रिपरिषद-कौटिल्य ने अर्थशास्त्र में मंत्रिपरिषद के सदस्यों की संख्या कही निर्धारित नहीं की है। आवश्यकतानुसार यह घटाई-बढ़ाई जा सकती है। वैसे कौटिल्य का सुझाव यह है कि राजा को तीन या चार मंत्रियों से ही परामर्श लेना चाहिए।

मंत्रिपरिषद के सदस्यों अर्थात मंत्रियों के लिये कौटिल्य यह आवश्यक मानते थे कि वह उच्च कुल का हो, उसे धर्म का यथेष्ट ज्ञान हो, वह अच्छी स्मृति वाला, मेघावी, निर्भीक, विवेकशील एवं आकर्षक व्यक्तित्व वाला हो। वह ईमानदार, राज्य एवं राजा के प्रति निष्ठावान हो।

राजा आवश्यकतानुसार मंत्रिपरिषद की बैठकें आहूत करता था। कौटिल्य का यह स्पष्ट मत है कि सारे महत्वपूर्ण निर्णय मंत्रिपरिषद की बैठक में ही लिये जाने चाहिए तथा वे गोपनीय रखे जाने चाहिए और राजा के आदेशानुसार ही प्रकाशित किये जाने चाहिए।

3. स्थानीय प्रशासन-कौटिल्य ने राज्य की प्रशासनिक व्यवस्था में विक्रेन्द्रीकरण की आवश्यकता में विकेन्द्रीकरण की आवश्यकता पर बल दिया है तथा राज्य को स्थानीय और प्रादेशिक इकाइयों के संगठन का परामर्श दिया है। इन स्थानीय इकाइयों के प्रशासन को कौटिल्य ने क्षेत्रीय अधिकारियों के नियंत्रण में रखा जाना उचित माना है।

कौटिल्य ने मुख्य रूप से निम्नलिखित दो प्रकार के स्थानीय प्रशासनिक संस्थाओं को संकेत दिया है-

(1) पुर (नगर)-पुर या नगर को कौटिल्य ने कई भगों में विभक्त किया है और प्रत्येक भाग को स्थानिक नाम के अधिकारी की नियुक्ति की अपेक्षा की है तथा कहा है कि 20 कुटुम्बों के ऊपर एक गोप की नियुक्ति की जानी चाहिए। नगर के प्रधान अधिकारी को कौटिल्य ने नागरिक की संज्ञा दी है। नागरिक को नगर के संपूर्ण प्रशासनिक कार्यों, नगर के कानून व्यवस्था के निर्वाह तथा राजकीय कार्यों के लिये व्यवस्थाएँ करने के लिए उत्तरदायी माना गया है।

(2) स्थानीय प्रशान की ग्रामीण इकाई–कौटिल्य ने प्रशासन को ग्रामीण इकाइयों की एक शृंखला के रूप में संगठित करने पर बल दिया है। उसके अनुसार 1०० ग्रामों के बीयच एक स्थानीय दो सौ ग्रामों के समूह में एक कार्वटिक 4०० ग्रामों के समूह में एक द्रोणमुख और 8०० गांवों के समूह में एक संग्रहण नामक इकाइयों की स्थापना पर बल दिया है।

कौटिल्य ने स्थानीय इकाइयों का केवल संकेत किया है तथा इन इकाइयों के प्रशासन की व्यवस्था व इनके पारस्परिक सम्बन्धों का विवेचन नहीं किया है–

4. राज्य के अधिकारियों पर नियंत्रण–कौटिल्य ने प्रशासनिक अधिकारियों पर समुचित नियंत्रण रखे जाने को प्रशासनिक व्यवस्था के सुचारु संचालन के लिये आवश्यक माना है। उसने इन पर निम्नलिखित तीन प्रकार के नियंत्रणों की व्यवस्था की हैं–

1. समस्त कर्मचारियों के आचरण की गुप्तचरों द्वारा परीक्षण,

2. अधीनस्थ कर्मचारियों पर उच्चस्थ कर्मचारियों द्वारा नियंत्रण,

3. शासक द्वारा ऐसी संस्थाओं का गठन जो कर्मचारियों द्वारा किये गये कार्यों की जाँच करती है तथा उनके व्यवहार के प्रति जनता की प्रतिक्रिया का पता लगाती रहे। कौटिल्य ने प्रशासनिक शक्तियों का दुरुपयोग करने वाले कर्मचारियों व अधिकारी को कठोर दण्ड देने की व्यवस्था की है। उसने इनके अपराध की गंभीरता के अनुसार अर्थ-दण्ड, कारावास तथा प्राणदण्ड दिये जाने की व्यवस्था की है।

दूसरे, अधिकारियों व कर्मचारियों पर नियंत्रण को सुनिश्चित करने के लिये कौटिल्य ने एक ही पद और एक ही विभाग में किसी अधिकारी या कर्मचारी को लंबे समय तक रखने का निषेध किया है तथा उनके समयबद्ध स्थानान्तरण की नीति अपनाने की सलाह दी है।

तीसरे, कौटिल्य ने इस सम्बन्ध में राजा को यह व्यावहारिक नीति भी अपनाने की सलाह दी है कि राजा प्रशासन पर निगरानी रखे तथा कर्मचारियों के छोटे-छोटे अपराधों को अधिक तूल न दे। लेकिन जब लगे कि पद का दुरुपयोग या भ्रष्टाचार प्रशासन का सामान्य अंग बनता जा रहा है तो वह उसकी परीक्षा न करे तथा ऐसे कर्मचारी को पद से हटाने के अतिरिक्त उसे कठोर दण्ड भी प्रदान करे।

5. प्रशासन में कार्मिक व्यवस्था–कौटिल्य ने प्रशासनिक व्यवस्था के सुचारु संचालन के लिये कार्मिक व्यवस्था अर्थात् कर्मचारियों के चयन, प्रशिक्षण, वेतनमान, पदोन्ति आदि विषयों पर समुचित ध्यान दिया जाना आवश्यक माना है। यथा–

(1) कर्मचारियों का चयन तथा वर्गीकरण–कौटिल्य ने राज्य कर्मचारियों का दो वर्गों में विभाजित किया है ये वर्ग है–1. युक्त और, 2. उपयुक्त।

कौटिल्य का मत है कि युक्त युक्त और उपयुक्त दोनों प्रकार के राज्य कर्मचारियों को नियुक्ति प्रदान करते समय उनके पद के दायित्वों और कार्यक्षेत्र को भलीभांति नियुक्तियाँ की जानी चाहिए। कौटिल्य ने नियुक्ति से पूर्व उनकी योग्यताएँ तथा उनके आचरण की पूरी तरह जाँच कर लिये जाने को आवश्यक माना है।

(2) कर्मचारियों के लिये आचार संहिता–कौटिल्य ने राजकीय कर्मचारियों के लिए एक विस्तृत आचार संहिता का प्रतिपादन किया है जिसमें प्रमुख बातें ये हैं–1. कर्मचारी तथा निर्धारित क्षेत्र के अनुरूप कार्य करें, 2. सत्य भाषण करें, 3. व्यवहार में शिष्टाचार तथा शालीनता का निर्वाह करें, 4. गुटबं दी से दूर रहें, 5. सदैव राजा के हित चिन्तक रहें, 6. शासकीय हित की बात को निर्भिकतापूर्वक उच्चस्थ अधिकारियों से कहें तथा, 7. राज्य से द्वेष रखें।

(3) वेतन, वेतनमान तथा वेतन वृद्धि–कौटिल्य ने प्रशासनिक अधिकारियों व कर्मचारियों को उनके पद के अनुसार वेतन देने का समर्थन किया है। वेतन पर्याप्त हो तथ इतना हो कि उससे वे अपने परिवार का अच्छी तरह भरण पोषण कर सकें। इस हेतु वेतन निर्धारण की एक संतुलित नीति बनाई जानी चाहिए जिसमें राज्य की आर्थिक स्थिति कर्मचारी की जीवन निर्वाह की आवश्यकताओं तथा उसकी योगताओं को ध्यान में रखा जाए।

कौटिल्य ने वेतनमानों की छ: श्रेणियाँ स्वीकार की हैं तथा वेतनमानों की प्रथम श्रेणी व अन्तिम श्रेणी में गंभीर अन्तराल रखा है। उसने श्रेणी के पद के कर्मचारियों के लिये 48००० पण वार्षिक वेतन निर्धारित किया है तो छठी श्रेणी के कर्मचारियों के यि 5०० पण वार्षिक वेतन रखा है। अत: है कि कौटिल्य ने राजकीय कर्मचारियों के वेतन के मध्य लगभग समरूपता के सिद्धान्त का प्रतिपादन नहीं किया है, बल्कि गंभीर विषमता का समर्थन किया है।

कौटिल्य के वेतनमान निर्धारण के अतिरिक्त कर्मचारियों को समयबद्ध वेतनवृति प्रदान करना भी उचित माना है।

पदोन्नति तथा पदावनति–कौटिल्य ने शासन को परामर्श दिया है कि वह कर्मचारियों व अधिकारियों को, उनके कर्तव्यों के निष्ठापूर्वक पालन के आधार पर पदोन्ति देकर प्रोत्साहित करता रहे। पदोन्ति के लिये कौटिल्य के उनके कार्य को समुचित मूंल्याकन को आवश्यक माना है। यदि कर्मचारियों के कार्यों के मूल्यांकन के दौरान यह लगे कि वे अपने

कर्तव्यों का पालन नहीं कर रहे हैं तो उन्हें पदावनत भी किया जा जाना चाहिए।

(1) अपकाश–कौटिल्य ने कर्मचारियों को सवैतनिक आकस्मिक अवकाश, चिकित्सा अवकाश, पर्व–अवकाश दिये जाने का समर्थन किया है। उसकी यह भी मान्यता रही है कि यदि किसी अवकाश के दिन भी कर्मचारी से कार्य कराना आवश्यक प्रतीत हो तो उसे अतिरिक्त वेतन प्रदान किया जाना चाहिए।

सेवानिवृत्ति लाभ–कौटिल्य ने कर्मचारियों की आयु अधिक हो जाने पर तथा उनकी कार्यक्षमता कम हो जाने पर उन्हें सेवा से निवृत किये जाने की व्यवस्था की है। उसने राजा को परामर्श दिया है कि कर्मचारियों की सेवानिवृत्ति के पश्चात उनके भरण पोषण के लिये पेंशन की व्यवस्था करे।

उपर्युक्त विवेचन से स्पष्ट होता है कि कौटिल्य ने राज्य की प्रशासनिक व्यवस्था का स्पष्ट दृष्टिकोण प्रतिपादित किया है तथा एक संतुलित कार्मिक नीति भी प्रस्तुत की है। प्रशासनिक व्यवस्था के संगठनात्मक, प्रक्रियात्मक तथा कार्मिक पक्षों पर कौटिल्य के विचार एक उत्कृष्ट प्रशासनिक दर्शन को व्यक्त करते हैं।

प्रान्तीय शासन

प्रशासन की सुविधा के लिए इस काल में साम्राज्य को कई प्रादेशिक इकाइयों में विभक्त किया जाता था। इनमें मुख्य इकाइयाँ–भुक्ति, मण्डल, विषय, पथक चतुरशीतिका, द्वादशक इत्यादि का उल्लेख उस काल के अभिलेखों और साहित्यिक साक्ष्यों में हुआ है।

भुक्ति :

साम्राज्य की सबसे बड़ी इकाई भुक्ति होती थी। प्रतिहार अभिलेखों में कान्यकुब्ज, श्रावस्ती इत्यादि भुक्तियों का उल्लेख हुआ। बारा और दिधवा–दुबौली के लेखों में वर्णित प्रतिहार–कालीन भुक्तियों की प्रशासनिक व्यवस्था प्रायः गुप्तकाल जैसी लगती है। कुमारगुप्त प्रथम के समय के दामोदरपुर से प्राप्त ताम्रपत्रों में वर्णित पोण्ड्रवर्धन भुक्ति के प्रशासन सम्बन्धी उल्लेखों से इस विषय में पर्याप्त सूचनायें मिलती हैं। इसी लेख से ज्ञात होता है कि भुक्ति के प्रशासन का कार्यभार राजा द्वारा मनोनीत किया गया 'उपरिक' नामक अधिकारी सम्भालता था। उपरिक को भुक्ति के अन्तर्गत आने वाले अनेक विषयों का प्रशासन सम्भालने के लिए अधिकारी भी प्राप्त होते थे। सम्भव है कि यही व्यवस्था अन्य शासकों के काल में प्रचलित रही होगी।

दिल्ली के अतिरिक्त शेष साम्राज्य कई प्रान्तों में बँटा हुआ था, जिन्हें भुक्ति कहा जाता था। सामान्य रूप से राजपरिवार के कुमारों या राजा के निकट सम्बन्धी ही प्रान्तीय शासक के पद पर नियुक्त होते थे, परन्तु कभी-कभी राज्य के विशेष अनुभवी अधिकारी भी इस पद पर नियुक्त किये जाते थे। प्रान्त के प्रधान अधिकारियों की नियुक्ति का अधिकार राजा को प्राप्त था। प्रान्तीय शासकों के लिये सैनिक योग्यता अनिवार्य थी। ये अधिकारी अपने कार्यों के लिए एकमात्र राजा के प्रति उत्तरदायी होते थे।

चौहानों के समय राजपरिवार के सदस्यों की व्यक्तिगत सम्पत्ति भी भुक्ति कहलाती थी और इस भुक्ति के स्वामी को भोक्ता कहा जाता था।[1] कभी-कभी एक से अधिक राजकुमार सामूहिक रूप से अपनी भुक्ति रखते थे। उदाहरण के लिए राजपुत्र लखनपाल और अभयपाल सम्मिलित रूप से सिननव भुक्ति के स्वामी थे। साम्राज्ञियों की भुक्ति का भी उल्लेख मिलता है, उदाहरणार्थ नाडुल नरेश केल्हणदेव की साम्राज्ञी जाल्हण देवी को इसी प्रकार की भुक्ति की स्वामिनी बतलाया गया है। राजकुमार अपनी भुक्ति का शासन स्वयं करते थे जबकि साम्राज्ञियों अपने प्रतिनिधियों के माध्यम के उस पर शासन करती थीं। इसी प्रकार राजा की भी अपनी व्यक्तिगत सम्पत्ति होती थी, जिसे 'राजकीय भोग' अथवा 'स्वभोग' कहते थे।

मण्डल :

प्रत्येक भुक्ति अनेक मण्डलों में विभक्त थी। मण्डल के शासक 'माण्डलिक' या मण्डलेश्वर कहलाते थे। वस्तुतः इसका उल्लेख प्राचीन काल में भी मिलता है। महाभारत में कश्मीर को एक मण्डल के रूप में उल्लिखित किया गया है, जिसकी पुष्टि कालान्तर में कल्हण की राजतरंगिणी[2] ग्रन्थ में मिलने वाले उल्लेख से भी होती है। इस उल्लेख में ऐतिहासिकता न होकर साहित्यिकता ज्यादा लगती है क्योंकि उस समय इसे देश के रूप में ही जाना जाता था। किन्तु अभिलेखों में मण्डल को हमेशा भुक्ति से सीमा और विस्तार में छोटी और विषय से बड़ी इकाई मान। गया है। विग्रहराज तृतीय के आमगाछी से मिले दान पत्र में यद्यपि इन प्रशासनिक इकाइयों के उल्लेख के क्रम में पुण्ड्वर्धन भुक्ति के कोटि वर्ष विषय का उल्लेख उसके ब्रह्म ग्राम मण्डल से पहले आता है। फिर भी वहाँ पर मण्डल को ही विद्वानों ने बड़ी इकाई के रूप में वर्णित किया है। इसी तरह हीराचन्द शारत्री ने भी नालन्दा से मिले देवाल देव के ताम्रपत्र में उल्लिखित इन शब्दों की व्याख्या उक्त प्रकार से ही की है। कभी-कभी भुक्ति और मण्डल दोनों के नाम एक साथ ही मिलते हैं। उदाहरण के लिए हमें दिधवा-दुबौली लेख में श्रावस्ती भुक्ति और श्रावस्ती मण्डल का उल्लेख

मिलता है। अभिप्राय यह है कि भुक्ति के अन्तर्गत कई मण्डल अथवा जिले सम्मिलित होने के साथ-साथ भुक्ति का अपने नाम का मण्डल अथवा जिला भी होता था। अत: मण्डल वर्तमान जिले की तरह की प्रशासनिक इकाई होती थी।

गुर्जर प्रतिहारों के लेखों से चार महत्त्वपूर्ण मण्डलों के सन्दर्भ मिलते हैं। इनमें से एक कालंजर का मण्डल था, दूसरा श्रावस्ती, तीसरा सौराष्ट्र और चौथा कौशाम्बी का मण्डल था। सम्भवत: सौराष्ट्र के ही मण्डल में प्रतिहारों के साम्राज्य में पड़ने वाला राजस्थान का क्षेत्र भी सम्मिलित था। शाकम्भरी क्षेत्र भी सम्भवत: एक मण्डल था, जिसका शासक माण्डलिक कहलाता था। उपमितिभवप्रपंचकहा में महामांडलिकों का उल्लेख हुआ है। प्रतापगढ़ अभिलेख से महेन्द्र द्वितीय के एक प्रान्तीय अधिकारी महादेव का पता चलता है। आबू अभिलेख में चालुक्य महामण्डलेश्वरों, जैसे-लावण्य प्रसाद तथा बीरधवल का उल्लेख हुआ है।

विषय :-

मण्डल से छोटी प्रशासनिक इकाई 'विषय' थी। भारतीय संस्कृत कोषों में विषय शब्द की व्याख्या को स्पष्ट करने के उद्देश्य से देश, उपवर्तन, जनपद और राष्ट्र आदि पर्याय बताये गये हैं। वराहमिहिर ने अपनी वृहत्संहिता में लाट-सिन्धु-विषय का उल्लेख किया है। इसी तरह हितोपदेश में गौड़ विषय की चर्चा आती है। कल्हण की राजतरंगिणी में भी 'लहर' नामक विषय का उल्लेख मिलता है। इससे भी पूर्व महाभारत और पाणिनि की अष्टाध्यायी में विषय का सन्दर्भ मिलता है। कालान्तर में हेमचन्द्र ने प्रशासनिक महत्त्व के इस तकनीकी शब्द पर विचार किया है। इस प्रकार उपरोक्त साक्ष्यों के अनुसार विषय का तात्पर्य किसी देश या जनपद से निकलता है, किन्तु अभिलेखों में वर्णित विषय का अर्थ भिन्न है। उदाहरण के लिए मिहिरभोज के बाड़ा नामक स्थान से मिले लेख[1] में बलाकाग्रहार को कान्यकुब्ज भुक्ति के कालंजर मण्डल में आने वाले उदुम्बर विषय के अन्तर्गत बताया गया है।

अत: स्पष्ट है कि मण्डल से छोटी इकाई 'विषय' थी। वि.सं. 1030 के हर्ष अभिलेख में चौहान साम्राज्य के निम्नलिखित विषयों का उल्लेख हुआ है :-

1. पदृवद्धक (आधुनिक पटोदा जो सीकर जिले में है)
2. सरहकोट (पुरानी जोधपुर रियासत के मारोट डिवीजन में आने वाला आधुनिक सरगोट नामक स्थान)
3. दर्भवक्ष (सम्भवत: आधुनिक सीकर जिले में पड़ने वाला ढाकास नामक स्थान)

4. सट्टकूप (पुरानी जोधपुर रियासत के साँभर नियामत में आने वाला खटाऊ नामक स्थान)
5. जयपुर।

वि.सं. 1176 के सेवाड़ी ताम्रपत्र में सप्तशत विषयों का उल्लेख हुआ है। विषय का सर्वोच्च अधिकारी 'विषयपति' या 'विषयी' कहलाता था।

एक विषय में साधारणतया 700 ग्राम होते थे। यह प्रायः आधुनिक जिले के बराबर होती थी। इसके शासक को राजचिन्तक[1] भी कहा जाता था। विषय का मुख्यालय महास्थान कहलाता था। विषयपति का मुख्य कार्य राजकर का संग्रह करना तथा अपने विषय में शान्ति तथा सुरक्षा स्थापित करना था। इसके सहायतार्थ चोरोद्धरणिक और दण्डपाशिक जैसे पुलिस अधिकारी नियुक्त होते थे जो कि अपराधियों को पकड़ कर उन्हें न्यायालयों तक पहुँचाते थे। शान्ति और सुव्यवस्था स्थापनार्थ विषयपति के अधीन छोटा सैन्यदल भी रहता था। दण्डनायक जिनका नामोल्लेख लेखों में मिलता है, सम्भवतः विषयों में स्थित इन टुकड़ियों के नायक होते थे। विषय के प्रमुख व्यक्ति प्रायः विषयपतियों के कार्यों में मदद करते थे।

पथक :-

'विषय' के पश्चात् 'पथक' और 'खेटक' नामक इकाइयाँ उल्लेखनीय हैं। प्रतापगढ़ अभिलेख से ज्ञात होता है कि 'विषय' 'पथक' और 'खेटक' इकाइयों में विभाजित थे। इस अभिलेख में दशपुर पश्चिम पथक का उल्लेख है। इसमें खरपरपदरक गाँव सम्मिलित था। चालुक्य अभिलेखों में भृंगारिका चतुषः षटि-पार्थक, तालमदरिका, षटतरिशत पथक, चौंलिसा पथक इत्यादि का उल्लेख मिलता है। इससे स्पष्ट है कि 'पथक' गाँवों का समूह होता था। इनमें ऐतिहासिक या प्रशासनिक कारणों से गाँवों की संख्या का कम या अधिक हो जाना स्वाभाविक था। जिस गाँव के नाम पर उस पथक को सम्बोधित किया जाता था, वही गाँव 'पथक' के शासन का केन्द्र होता था।

चौरसियाव द्वादशक :-

राजपूताने में, विशेषतः मारवाड़ में 84 गाँवों का क्षेत्र 'चौरसिया' कहा जाता था।[2] इसका नामकरण प्रमुख नगर के नाम पर होता था। उदाहरण के लिए रत्नपुर चौरसिया, रत्नपुर के नाम पर था।

एक अन्य प्रादेशिक इकाई तूण कूपक द्वादशक का उल्लेख वि.सं. 1030 के हर्ष अभिलेख में हुआ है। जैसा कि द्वादशक नाम से स्पष्ट है, बारह ग्रामों का एक

समूह होता था। राजपुत्र कीर्तिपाल देव की नाडौल प्रशस्ति से ज्ञात होता है कि राजपुत्र अल्हणदेव और कुमार केल्हणदेव, राजपुत्र कीर्तिपाल देव को नड्डूल के अन्तर्गत बारहग्रामों अर्थात् एक द्वादशक को देकर अति प्रसन्न थे। सम्भवतः यह द्वादशक आधुनिक तालुका के बराबर होता था। कुछ अभिलेखों से एक मण्डल में 12 पथकों का होना भी ज्ञात होता है।

दुर्ग या कोट का महत्त्व :-

दुर्ग या कोट प्राचीन काल से ही राजधानी के रूप में प्रचलित रहे हैं। यह शासन की पृथक् इकाई थी। राजशासन में दुर्गों की बहुत महत्त्वपूर्ण भूमिका थी। सामरिक व अन्य दृष्टियों से दुर्ग का महत्त्व अत्यधिक था। मेधातिथि[1] के अनुसार राजधानी पर शत्रु के अधिकार से गम्भीर भय उत्पन्न हो जाता है, क्योंकि वहीं सारा भोज्य पदार्थ एकत्र रहता है, वहीं प्रमुख तत्त्व एवं सैन्यबल का आयोजन रहता है। अतः डॉ. काणे का मत है कि यदि राजधानी की रक्षा की जा सकी तो परहस्त-गत राज्य लौटाया जा सकता है और देश की रक्षा की जा सकती है। दुर्ग शासन व्यवस्था की धुरी थे। प्राचीन युद्ध परम्परा तथा उत्तरी भारत की भौगोलिक स्थिति के कारण ही राज्य के सात तत्त्वों में दुर्गों को इतनी महत्ता प्रदान की गई है। याज्ञवल्क्य के अनुसार दुर्ग की स्थिति से राज्य की सुरक्षा, प्रजा एवं कोश की रक्षा होती है। मनु के अनुसार दुर्ग में अवस्थित एक धनुर्धर सौ धनुर्धरों को तथा सौ धनुर्धर एक सहस्त्र धनुर्धरों को मार गिरा सकते हैं। राजनीतिप्रकाश बृहस्पति में आया है कि अपनी-अपनी रानियों, प्रजा एवं एकत्र की हुई सम्पत्ति की रक्षा के लिए राजा को प्राकारों (दीवारों) एवं द्वारों से युक्त दुर्ग का निर्माण करना चाहिए।

समसामयिक ग्रन्थ नीतिवाक्यामृत के अनुसार दुर्ग-विहीन देश सभी के पराजय का स्थान है, शत्रुकृत आक्रमणों के समय दुर्ग-शून्य राजा का समुद्र के मध्य में नौका से गिरे हुए पक्षी के समान कोई रक्षक नहीं है। मानसोल्लास[2] के अनुसार दुर्ग में पर्याप्त अन्न, औषध, आयुध, धन, घोड़े, हाथी, भारवाही पशु, ब्राह्मण, शिल्पकार, मशीनें (जो सैकड़ों को एक बार में मारती हैं), जल एवं भूसा आदि सामान होने चाहिए। नीतिवाक्यामृत का कहना है कि दुर्ग में गुप्त सुरंग होनी चाहिए, जिससे गुप्त रूप से निकला जा सके, नहीं तो वह बन्दी-गृह सा हो जायेगा वे ही लोग आने-जाने पायें, जिनके पास संकेत चिन्ह हों और जिनका हुलिया भली-भाँति ले लिया गया हो।

राजधानी (दुर्ग) का शासन :-

दुर्ग के स्थानीय शासन के सन्दर्भ में अनेक उल्लेख मिलते हैं। पहाड़पुर-पत्र (478-9 ई.) से ज्ञात होता है कि नगर श्रेष्ठी का चुनाव सम्भवत: स्वयं राजा करता था। दामोदरपुर के पत्र में नगर-सेठ का उल्लेख है। सम्भवत: राजधानी के शासक को शासन कार्य में सहायता देने के लिए पौरमुख्यों या पौर-वृद्धों की एक समिति होती थी। मेगस्थनीज ने पालिवोथ्रा (पाटलिपुत्र) नगर के शासन का वर्णन किया है। उसके अनुसार 5-5 सदस्यों की 6 समितियाँ थीं, जो क्रम से (1) शिल्पों, (2) विदेशियों, (3) जन्म-मरण, (4) व्यापार, बटखरों, (5) निर्मित सामानों एवं (6) बेची हुई वस्तुओं का दसवाँ भाग एकत्र करने अर्थात चूँगी का प्रबन्ध करती थी। राजधानी के शासन के सम्बन्ध में कौटिल्य का अर्थशास्त्र भी महत्त्वपूर्ण तथ्यों का उल्लेख करता है।

इस काल में दुर्ग के आस-पास का भू-भाग भी दुर्ग प्रशासन के अन्तर्गत होता था। वहाँ राज्य की ओर से 'कोटपाल' नामक पदाधिकारी की नियुक्ति की जाती थी। सीमा पर स्थित दुर्गों के प्रशासन के लिए राज-परिवार के विश्वस्त सदस्यों को 'कोटपाल' पद पर नियुक्त किया जाता था। चौहान काल में हाँसी के दुर्ग पर द्वितीय पृथ्वीराज के मामा गुहिलोत केल्हण को प्रशासक नियुक्त किया गया था। इसके कुछ वर्ष पश्चात् पृथ्वीराज तृतीय के भाई हरिराज को इसी पद पर नियुक्त किया गया था।

प्रशासन की सबसे छोटी इकाई ग्राम होती थी। ग्राम के प्रशासन का कार्य मुख्य रूप से गाँव का मुखिया करता था। हमारे अध्ययन काल के अभिलेखों व साहित्यिक ग्रन्थों में उसका उल्लेख ग्रामणिक, ग्रामिक, ग्रामकूट, पट्टकिल, महाट्टक और महत्तक नाम से हुआ है। गाँवों के समूह का अधिकारी 'ग्रामपति' कहलाता था। राजपूताने में ग्रामपति को तलवरगिक नाम से भी सम्बोधित किया जाता था। ब्राह्मणों को दान में दिये जाने वाले गाँव परम्परानुसार 'अग्रहार' कहलाते थे।

परमारों का मालव देश :-

परमारों का मालव देश भी अनेक मण्डलों में विभाजित था। मण्डल विषयों तथा भोगों में बँटे होते थे। इनके प्रशासक क्रमश: मांडलिक, वियपति और भोगपति कहलाते थे। याज्ञवल्क्य ने मिताक्षरा में 'भोग' के प्रशासक को 'भोगपति' लिखा है।[1] परमार अभिलेखों में अनेक मण्डलों का उल्लेख हुआ है। अभिलेखों से राजपूताने में मरुमण्डल और अर्बुद मण्डल की स्थिति की भी जानकारी होती है। विषय या भोग पुन: विभिन्न पथकों में विभाजित थे। 'पथक' में अनेक नगर कस्बे और ग्राम

सम्मिलित होते थे। 'पथक' पुनः अनेक प्रतिज्ञागणकों में विभक्त थे। प्रतिज्ञागणक अर्वाचीन परगनों के पूर्वरूप ज्ञात होते हैं। प्रतिज्ञागणकों का उल्लेख वि.सं. 1243 के रेवासा अभिलेख में तथा वि.सं. 1226 के बिजोलिया अभिलेख में हुआ है। नागदा प्रतिज्ञागणक का उल्लेख भी मिलता है।

इस प्रकार प्रतिहारों के समय के लेखों और अन्य राजवंशों में उद्धृत उपरोक्त प्रशासनिक इकाइयों का अध्ययन करने से ज्ञात होता है कि साम्राज्य में व्यवस्थित प्रशासन था। बहुत सम्भवत: उस काल में प्रतिहारों का विस्तृत साम्राज्य कन्नौज, श्रावस्ती, प्रतिष्ठान, सुराष्ट्र और डेण्डवानक आदि केन्द्रों में विभाजित था।

प्रशासनिक इकाइयों के अधिकारी :-

इस काल में किसी प्रशासनिक अधिकारी का स्पष्ट उल्लेख न मिलने पर भी यह सम्भावना व्यक्त की जा सकती है कि गुप्तकाल की भाँति इस समय भी प्रतिहारों के प्रतिनिधि अधिकारी अथवा सामन्त रूप में शासन कार्य देखते होंगे। कुछ विद्वानों के अनुसार कतिपय प्रादेशिकों की नियुक्ति की जाती थी जो सामन्तों से भिन्न थे। डॉ. बी.एन. पुरी का मत है कि प्रादेशिक अपने अधिकारों के कारण पद की दृष्टि से सामन्तों से उच्च कोटि के होते थे।

चौहान काल में प्रान्तीय शासक के पद पर सामान्य रूप से राजपरिवार के राजकुमारों या राजा के निकट सम्बन्धी[2] को नियुक्त किया जाता था। राजकुमारों के पास मंत्री तथा सभा थी। कभी-कभी राज्य के विशेष अनुभवी अधिकारी भी इस पद पर नियुक्त किये जाते थे। प्रान्तीय शासकों के लिए सैनिक योग्यता अनिवार्य थी। ये अधिकारी अपने कर्त्तव्यों के लिए एकमात्र राजा के प्रति उत्तरदायी थे। कुछ अन्य अधिकारियों के उल्लेख भी मिलते हैं :-

1. तंत्रपाल :- अभिलेखों से तन्त्रपाल पदाधिकारी के विषय में सूचना प्राप्त होती है। द्वितीय विग्रहराज के शासन काल में तंत्रपाल का होना प्रमाणित होता है। तंत्रपाल दहीक की नियुक्ति प्रथम महेन्द्रपाल ने की थी। उसने नक्षिस्वपुर के बलवर्मा और उसके पुत्र द्वितीय अवन्तिवर्मा के दानपत्रों पर हस्ताक्षर किये थे।[1] तंत्रपाल माधव ने उज्जयिनी के मन्दिर में दिये गये दानपत्र पर हस्ताक्षर किये थे। 'उपमितिभवप्रपंच कथा' में तंत्रपाल सन्तोष को महिपति कहा है। उसे साहसी कूटनीतिज्ञ, राजनीति में प्रवीण और सामरिक गुणों से सम्पन्न बताया गया है। स्पष्ट है कि प्रतिहार शासनान्तर्गत तंत्रपाल विशिष्ट पदाधिकारी था।

तंत्रपाल का प्रमुख कर्त्तव्य सामन्तों को नियन्त्रण में रखना और सीमावर्ती प्रदेशों में अपने स्वामी के हितों का ध्यान रखना था। माधव तंत्रपाल महा-दण्डनायक और महासामन्त उपाधियों से विभूषित था। डॉ. दशरथ शर्मा ने उसकी तुलना मुगलकालीन सिपहसालार या सूबेदार से की है। शाकम्भरी के चौहान सामन्त शासक प्रथम वाक्पतिराज ने केन्द्र के आदेशों की अवहेलना की थी, जिससे रुष्ट होकर तंत्रपाल क्षमापाल ने उसके विरुद्ध सैनिक कार्यवाही की थी।

2. दूतक :– प्रादेशिक इकाइयों के प्रशासन की दृष्टि से एक महत्त्वपूर्ण अधिकारी दूतक ज्ञात होता है। इसे सामान्य अर्थों में राजा का दूत अथवा वर्तमान सन्दर्भों में राजदूत कोटि के अधिकारी से समन्वित किया जा सकता है। उसके कर्त्तव्य विभिन्न लेखों में मिलने वाले सन्दर्भों से ज्ञात होते हैं। इनसे ज्ञात होता है कि वह किसी भी भूमिदान अथवा अन्य कार्य के सम्बन्ध में राजा की महत्त्वपूर्ण अनुमति की सूचना निवेदन करने वाले अधिकारियों को देता था। प्रतिहारों के समय के देवगढ़ स्थान से प्राप्त लेख से ज्ञात होता है कि प्रतिहार शासक नागभट्ट ने अपने युवराज होने के समय इस लेख में वर्णित दान सम्बन्धी राजाज्ञा का निवेदन ब्राह्मणों को दूतक के रूप में किया था। कालान्तर में दूतक के पद पर युवराज जैसे विशिष्ट व्यक्ति को भी नियुक्त किया जाता था।

दूतक के कार्य की समुचित विवेचना प्रस्तुत करते हुए प्लीट महोदय का विचार समीचीन है। उनके विचार से दूतक का कार्य वास्तविक रूप में दान के आगामी प्रमाण स्वरूप लिखे जाने वाले दान-पत्रों को स्वयं ले जाकर दान पाने वाले व्यक्तियों को देने जैसे सामान्य कार्य से सम्बन्धित न होकर राजा का अमुक-अमुक दल से सम्बन्धित सहमति और आज्ञा की महत्त्वपूर्ण सूचना का निवेदन करके, दान पत्र के लेख में दी जाने वाली शर्तों और विशेष प्रकार की छूटों आदि के साथ तैयार कराकर अपनी स्वयं की उपस्थिति में वितरित करना होता था। इसके अतिरिक्त वह प्रादेशिक शासक और राजा के बीच अनुदानों की अनुमति की सूचना देने का कार्य भी करता था।

3. भौगिक :– प्रशासन की ग्राम इकाई के सन्दर्भ में एक अन्य अधिकारी भौगिक भी महत्त्वपूर्ण लगता है। प्रतिहारों के हड्डला नामक स्थान से मिले लेख में हमें कतिपय प्रशासनिक अधिकारियों की सूची में भौगिक नाम के कर्मचारी का उल्लेख मिलता है। संस्कृत कोशों के अनुसार भौगिक गाँव के मुखिया के स्तर का अधिकारी होता था। इस तकनीकी अभिप्राय वाले शब्द का उल्लेख अन्य अभिलेखों में भी आता है। शैलोद्भव वंश के शासकों और उच्चकल्प के परिव्राजकों के लेखों

में भौगिक को इस प्रकार के तकनीकी मामलों से सम्बन्धित कोटि का अधिकारी कहा गया है। इसका सम्बन्ध प्लीट के अनुसार[1] राज्य के भोग नाम से ज्ञात क्षेत्र के प्रशासन से होता था। इसके कार्यों में राजकीय शासनों अथवा लेखों का लिखना और उत्कीर्ण करवाना सम्मिलित था। कई अन्य अभिलेखिक सूचनाओं के आधार पर ऐसा ज्ञात होता है कि यह पद आनुवांशिक होता था।

शासन संचालन :-

शासन संचालन में प्रान्तीय शासक साम्राज्य की साधारण नीति का ही पालन करते थे। इस प्रकार की नीति का निर्देश राजा संवाद-वाहकों द्वारा समय-समय पर करता रहता था। फिर भी यातायात की कठिनाइयों के कारण प्रान्तीय शासकों को पर्याप्त शासन स्वतंत्रता रहती थी। सामन्तीय व्यवस्था के अन्तर्गत सामन्तों और प्रान्तीय शासकों को अन्य राज्यों के साथ युद्ध तथा सन्धि करने का कोई अधिकार नहीं होता था। किन्तु डॉ. अल्तेकर का मत है कि यदा-कदा ये अपने मन से भी सन्धि-विग्रह किया करते थे।

प्रान्तीय शासक केन्द्रीय शासन के निर्देशानुसार प्रान्तीय अर्थव्यवस्था का निरीक्षण और नियंत्रण करते थे। वे राज्य कर को राजा के पास भेजते थे। अन्य प्रादेशिक शासक इनके अधीन थे। भूमिकर तथा अन्य राजकर मूलत: प्रान्तीय शासकों द्वारा ही एकत्र किया जाता था और अपना अंश अपने पास रखने के पश्चात् शेषांश केन्द्रीय शासक को भेज देते थे।

शान्ति, रक्षा और माल व्यवस्था के साथ-साथ प्रान्तीय शासक का प्रमुख कार्य सिंचाई के लिए बाँध और नहर बनवाना तथा अन्य सार्वजनिक हित में काम करना था। प्रान्त की समृद्धि बढ़ने और सुशासन से जनता में राज्य निष्ठा उत्पन्न होती थी, जिससे साम्राज्य का आधार सुदृढ़ होता था।

उपर्युक्त अध्ययन के निष्कर्ष स्वरूप कहा जा सकता है कि कौटिल्य ने राजपूताने में शासक प्रशासन के मामले में सर्वेसर्वा होने के पश्चात् भी अपने साम्राज्य को कई इकाइयों में विभक्त करके उनके अधिकारी नियुक्त करते थे। यह प्राचीन भारतीय आदर्शों की निरन्तरता ही कही जा सकती है। इस काल तक आते-आते सामन्तीय व्यवस्था और भी विकसित हो गई थी और परिणाम-स्वरूप प्रान्तीय शासन का सामन्ती स्वरूप अधिक स्पष्ट हो गया था। राजपूताने की राजनीति में छोटे-छोटे राजवंशों की छोटी-छोटी रियासतों का जो स्वरूप हमें मुगलों के समय में देखने को मिलता है, उसकी आधार-शिला किसी न किसी रूप में इस काल की प्रशासनिक व्यवस्था के ढाँचे में रखी जा चुकी थी।

प्रान्तीय शासन (13वीं से 16वीं शताब्दी तक) :-

13वीं शताब्दी के आरम्भ से ही राजपूताने की कुछ प्रादेशिक इकाइयों में सामन्तवादी प्रवृत्तियाँ जोर पकड़ने लगी थीं। इसका मुख्य कारण बार-बार होने वाले मुस्लिम आक्रमणों से बिगड़ती हुई परिस्थितियाँ थी। कान्हड़देव की सेना उसके प्रमुख सामन्तों की सैन्य टुकड़ियों से निर्मित थी। उदाहरणार्थ जब उलूगखाँ जालौर के रास्ते से दिल्ली जा रहा था तो सामन्तों की सेना ने ही कान्हड़देव की मदद की थी। इसी प्रकार अलाउद्दीन खिजली ने जब भिल्लमाल पर घेरा डाला तो कान्हड़देव की एक आवाज पर ही चौहान बाघेल, सोलंकी, राठौड़, परमार, झाला, हाला, मल्ल, बारड़, चावड़, हरियाड़, डोडिया, यादव, निकुम्भ, गुहिल आदि सामन्त युद्ध के लिए तैयार हो गये। इससे ऐसा लगता है कि ये सभी सामन्त पृथक्-पृथक् प्रान्तीय क्षेत्रों के शासक हुआ करते थे। कान्हड़देव के श्रीकरण (कायालय) के अधिकारी ने लेखे-जोखे की पुस्तक निकाल कर कुछ घोड़े 'बारगिरी' (स्वामी की सेवा में दी गयी वस्तु) में दिये थे। इससे स्पष्ट है कि जालौर एक प्रान्तीय इकाई थी। कान्हड़देव की अन्तिम लड़ाई में कुछ निर्वागों, चौरसिया, सेलहत और राठौड़ों ने भाग कर अपनी जान बचा ली थी, किन्तु प्रतिहार और सिंहलों ने अपने स्वामी का जीवनपर्यन्त साथ देकर प्रसिद्धि अर्जित की थी।

डॉ. दशरथ शर्मा ने सामन्ती सेनाओं की एक कमजोरी की ओर संकेत करते हुए कहा है कि सामन्तों की सेनायें अचानक किये गये आक्रमणों में ही सफलता प्राप्त कर सकती थी, किन्तु लम्बे समय तक चलने वाले संघर्षों में ये असफल रहती थी।

15वीं शताब्दी में मेवाड़ की सीमा घटती बढ़ती रही, इसलिये प्रान्तीय शासन प्रबन्ध का स्वरूप निश्चित नहीं किया जा सकता। परन्तु अनेक सूत्रों के अनुसार ज्ञात होता है कि शासन को सुदृढ़ करने के लिये राज्य को प्रान्तों में विभाजित कर दिया गया था। प्रान्तों में प्रान्तपति होते थे, जिनकी नियुक्ति शासक ही करता था। इनके अधीन सहायक क्षेत्रीय अधिकारियों के रूप में विश्वास पात्र सरदारों को नियुक्त किया जाता था।

उस काल में मुख्यत: 4 प्रान्त थे। प्रथम कुम्भलगढ़ था, जिसमें आबू-सिरोही, पीन्डवाड़ा, बसन्तगढ़ व समस्त गोड़वाड़ प्रदेश सम्मिलित था। दूसरा चित्तौड़ प्रान्त था, जिसमें बीच का सारा भू-भाग सम्मिलित था। तीसरा प्रान्त अजमेर था। अजमेर के क्षेत्र में मारवाड़, पाली, सपादलक्ष का भू-भाग आता था। चौथा प्रान्त जहाजपुर था, जिसमें बदनौर, हाड़ावती, गागरोण, माण्डलगढ़ व खेराड़ आदि क्षेत्र थे।[1]

क्षेत्राधिकारियों को शासन की आज्ञा का पालन करना पड़ता था। प्रान्तपतियों को वे ही अधिकार थे जो केन्द्र में शासक के पास थे। समय पर आवश्यकतानुसार सेना सहित उनको युद्ध स्थल में जाना पड़ता था। क्षेत्र का पूरा प्रबन्ध करना प्रान्तपति का कर्त्तव्य था। प्रान्त में भूमि कर वसूल करने की व्यवस्था भी क्षेत्रपति को करनी पड़ती थी। इस प्रकार क्षेत्रीय शासन सुदृढ़ था।

स्थानीय शासन

कौटिल्य ने राजपूताने के प्रशासन की एक महत्त्वपूर्ण विशेषता स्थानीय शासन प्रबन्ध माना। राजपूत शासकों के राजतंत्रात्मक शासन में स्थानीय शासन का अक्षुण्ण बना रहना प्राचीन भारतीय स्वशासन की निरन्तरता को प्रकट करता है। इस काल के साहित्यिक, अभिलेखीय और अन्य लेखों के साक्ष्यों में विभिन्न पारिभाषिक शब्दावलियों, अधिकारियों और संस्थाओं का उल्लेख हुआ है। इनके आधार पर हम स्थानीय शासन का स्वरूप और उसका कार्य-क्षेत्र निश्चित कर सकते हैं।

सर्वप्रथम हम प्रतिहारों और चौहानों के काल की ऐसी पारिभाषिक शब्दावलियों व ऐसे पदाधिकारियों का अध्ययन करेंगे जो गाँवों के स्थानीय शासन में बड़े महत्त्व की भूमिका निभाते हैं। प्रतिहारों के समकालीन हड्डला से मिले लेख से ग्रामपति, महत्तर, कुटुम्बिक और मध्यम जैसे अधिकारी गाँवों के स्थानीय शासन से सम्बन्धित होने की सूचना मिलती है। कड़ा नामक स्थान से मिले लेख में महन्त का उल्लेख मिलता है। राजौर से प्राप्त लेख में गमागमिका महत्तर और महत्तक जैसे अधिकारियों का उल्लेख प्राप्त होता है। 'कुवलयमाला' में ग्राम महत्तरों और जेष्ट महत्तरों का उल्लेख हुआ है।[1] ग्वालियर लेख से उद्धृत महामत्तक शब्द भी बड़े महत्त्व का है। इन सबके अतिरिक्त सर्वाधिक महत्त्व का शब्द 'पंचकुलिक' स्थानीय शासन के प्रसंग में ज्ञात होता है। 'ग्रामपति' को प्रतिहारों के पूर्व से ही मिलने वाले लेखों से उद्धृत ग्रामिक नाम के कर्मचारी के समान माना जा सकता है। यह ग्रामपति राजा का प्रतिनिधि अथवा राजकीय कर्मचारी होता था जो गाँव के प्रमुख के रूप में कार्य करता था।

'महत्तर' को पार्जिटर महोदय[1] ने गाँव के मुख्य और प्रभावशाली सदस्यों में से माना है। इन्हें ग्राम के बड़े-बूढ़ों की कोटि में भी रखा जा सकता है। ये अपने अवस्थागत अनुभवों और आर्थिक समृद्धि के कारण स्थानीय शासन में बड़ा हाथ रखते थे। इस प्रकार ग्रामपति की तुलना में महत्तर एक अर्द्धप्रशासनिक व्यक्ति होता था। इस प्रकार के कई महत्तर सामूहिक रूप से प्राय: ग्रामस्तरीय स्थानीय महत्त्व की संस्थाओं में सलाह देने का कार्य करते थे।

कुवलयमाला में उल्लेखित महत्तरों और ज्येष्ठ महत्तरों का विवरण तत्कालीन स्थानीय शासन में प्रजातांत्रिक व्यवस्था का आभास कराता है। इस ग्रन्थ की मायादित्य की कथा इसका प्रमाण मानी जा सकती है कि उक्त अधिकारियों का कार्यक्षेत्र अत्यन्त व्यापक था और वे जीवन की विविध समस्याओं के समाधान के लिए सलाह देते थे। इस कथा में मायादित्य नामक एक कपटी वणिक, जिसने अपने मित्रों के साथ अनेक बार विश्वासघात किया था, अग्नि में जलकर प्रायश्चित करने के लिये उत्सुक था। उसने ग्राम महत्तरों से सलाह ली। ज्येष्ठ महत्तर ने उसे गंगा की धारा में शरीर त्यागने की सलाह दी। अन्य महत्तरों ने भी इसका अनुमोदन किया। इसका अर्थ यह हुआ कि ग्रामों में महत्तर और ज्येष्ठ महत्तर होते थे और उनकी सलाह स्वीकार की जाती थी। वि.सं. 1244 के वीरपुर दान-पत्र में भी कहा गया है कि वह दान-पत्र महत्तम केल्हण और पंचकुल की अनुमति से लिखा गया था।

'मध्यम' और 'कुटुम्बिक' भी सामान्यतः प्रमुख गृहस्थों के सम्बोधन थे। लगता है प्रशासनिक दृष्टि से इनका स्थान कोई ज्यादा महत्त्वपूर्ण नहीं था, फिर भी पारिवारिक मामलों में उनकी सलाह अवश्य ली जाती थी।

'गमागमिक' शब्द स्थानीय शासन की दृष्टि से बड़ा महत्त्वपूर्ण है। इसकी समीक्षा विद्वानों ने भिन्न-भिन्न प्रकार से की है। डॉ. डी.पी. मिरांशी के विचार से यह राजसभा में अन्दर आने और बाहर जाने की अनुमति देने वाले किसी अधिकारी की संज्ञा थी। प्रो. वोगेल ने गमागमिक का अर्थ बार-बार आने और जाने वाले दूत अथवा धावक से किया है।[2] डॉ. दशरथ शर्मा ने इसे राजदूत या राजभृत्य माना है जिसका कार्य राजा के आदेश पत्रों को निर्धारित पदाधिकारियों के पास पहुँचाना था। किन्तु हमारे विचार से चूँकि प्रतिहार समय के राजौर लेख में इस शब्द का उल्लेख दूत शब्द से पहले आता है और साथ ही उत्पल भट्ट की वृहत्संहिता पर की गई टीका[1] में दूत को गमागमिक कहा भी गया है तथा बृहत्कथाकोष में भी इसका उल्लेख गतागत अर्थ में किया गया है, इसलिए इसे राजसभा से गाँव तक आने और जाने वाला दूत ही मानना युक्तिसंगत होगा।

'पंचकुलिक' बड़े महत्त्व का शब्द है। वस्तुतः यह पंचकुल संस्था के सदस्य की ओर संकेत करता है। पंचकुल संस्था का हम आगे विस्तृत अध्ययन करेंगे। डॉ. बुलर ने पंचकुलिक को कालान्तर में मिलने वाले कायस्तों की तरह गाँव से सम्बन्धित मामलों का लेखा जोखा रखने वाला लेखक माना है। यह अधिकारी विभिन्न सार्वजनिक क्षेत्रों के कार्यों का संचालन करते थे।

ग्राम का स्थानीय शासन :-

प्रशासन की सबसे छोटी इकाई ग्राम होती थी। इसका प्रमुख अधिकारी ग्राम का मुखिया होता था। ग्रामणी (मुखिया) को ही वैदिक काल में रत्नी कहा गया है। मुखिया को महन्त अथवा पट्टकिल भी कहा जाता था। पट्टकिल का विशेष उल्लेख रत्नपाल के संवत् 1176 के लेख में मिलता है। इसको ग्रामस्तर पर राज कर आदि की वसूली सम्बन्धित वर्तमान पटेलों की तरह का अधिकारी माना गया है।[2] इसकी नियुक्ति केन्द्रीय शासक द्वारा की जाती थी। प्राय: इसका निर्वाचन ब्राह्मण जाति को छोड़कर अन्य जातियों में से किया जाता था।

ग्राम शासन में मुखिया की भूमिका अत्यन्त महत्त्वपूर्ण थी। राजा ग्राम में भूमिदान करते समय उसके मुखिया को अवश्य सूचित करता था। मुखिया का प्रथम कार्य ग्राम की सुरक्षा करना था। वह ग्राम के चुने हुए नवयुवकों और रक्षकों का नेतृत्व करता था। दूसरा कार्य करों को संग्रह करना था। तीसरे, ग्राम से सम्बन्धित लिखित कार्यवाही की पत्रावली भी उसकी देखरेख में रहती थी। ग्राम पंचायत या ग्राम पंचकुल के सहयोग से वह वसूली का काम करता था। वेतन के रूप में उसे कर-मुक्त भूमि और ऐसे करों की आय प्राप्त होती थी जो अनाज के रूप में संग्रह की जाती थी। तैत्तिरीय संहिता में ग्रामणी (मुखिया), विद्वान-ब्राह्मण और राजन्य (लड़ने वाला) तीनों को समृद्धिशाली बताया गया है, किन्तु ग्रामणी पूर्णत: अनियंत्रित नहीं था। यदि ग्रामणी किसी व्यक्ति को बिना अपराध किये निष्कासित कर दे तो उसे 24 पण दण्ड-स्वरूप देने पड़ते थे।

स्थानीय शासन के लिए क्रियाशील संस्थायें :-

ग्राम शासन में महत्त्वपूर्ण भूमिका निभाने वाले इन अधिकारियों और ग्राम के प्रमुख सदस्यों के अतिरिक्त साहित्य और अभिलेखों में ग्राम सभा, महाजन सभा, पंचकुल, मण्डपिका तथा श्रेणी आदि संस्थाओं के उल्लेख मिलते हैं। ये संस्थायें ग्राम, ग्राम समूह तथा नगर शासन का संचालन करने के लिए सदैव क्रियाशील थीं। अब हम इनका अध्ययन करेंगे।

ग्राम सभा :-

ग्राम सभा पूर्णतया स्थानीय संस्था थी। केन्द्रीय शासन का प्रत्यक्षत: इसमें कोई हस्तक्षेप नहीं रहता था। मुखिया के कार्य में यह संस्था पूर्ण सहयोग प्रदान करती थी। ग्राम के प्राय: सभी सद्गृहस्थ इसके सदस्य होते थे। इसकी बैठक वर्ष में एक बार किसी मन्दिर या किसी बड़े पेड़ की छाया में अवश्य होती थी।[1]

ग्राम सभा का कार्यक्षेत्र ग्राम के चहुँमुखी विकास से सम्बन्धित सभी क्षेत्रों में फैला हुआ था। वह ग्राम की सुरक्षा का प्रबन्ध करती थी, राजकीय कर एकत्र करती थी, ग्राम स्तरीय कर लगाती थी, ग्रामवासियों के व्यक्ति विवादों का निपटारा करती थी, सार्वजनिक हित के लिए योजनायें बनाती थी, सार्वजनिक ऋण लेकर अकाल तथा अन्य संकटों तथा समस्याओं के समाधान के लिए उपाय करती थी, जनहित के लिए पाठशालायें, अनाथालय, औषधालय आदि खोलती तथा उनका संचालन करती थी। सांस्कृतिक तथा धार्मिक क्षेत्रों में विभिन्न कार्यों के लिए मन्दिरों के माध्यम से व्यवस्था करती थी।

इस प्रकार ग्रामवासियों के अभ्युदय और उनकी सर्वांगीण भौतिक, नैतिक तथा धार्मिक उन्नति के साधन में ग्राम सभा की भागीदारी महत्त्वपूर्ण तथा प्रशंसनीय थी। पी.वी.काणे का मत सत्य है कि ग्राम का स्थानीय शासन स्वतः संचालित था, केन्द्रीय शासन सामान्य नियंत्रण मात्र था।[2]

महाजन सभा :-

नगरों के स्थानीय शासनार्थ महाजन सभा होती थी जो एक सामुदायिक संगठन का परिचय देती है। ये संस्था प्रायः सभी बड़े नगरों में होती थी। गुप्तोत्तर काल से ही इस संस्था को प्रशासन में विशेष महत्त्व दिया जाने लगा था। नगर का प्रशासक नया कर लगाते समय इसकी सहमति प्राप्त करता था। दूसरी ओर ऐसे उदाहरण भी मिलते हैं, जब महाजनसभा ने राजा की स्वीकृति से नये कराधान किये थे। मेवाड़ के शासक शीलादित्य के एक अभिलेख (वि.सं. 703) से ज्ञात होता है कि श्रेष्ठ जेंतक ने अरण्यवासिनी देवी के मन्दिर का निर्माण करवाने के लिए महाजनसभा से स्वीकृति प्राप्त की थी। नाड्लडागिक की स्थानीय महाजन सभा ने ठाकुर राजदेव को महावीर चैत्य के प्रबन्ध हेतु नये कर वसूल करने की अनुमति दी थी।[1] एक अन्य अभिलेख के विवरणानुसार राजदेव ने महाजन सभा को साक्षी बनाकर आदिनाथ मन्दिर को एक विंशोपक और दो पलिका तेल दान दिये जाने की व्यवस्था की थी। इगनौड़ा अभिलेख (वि.सं. 1190) में आषाढ़ शुक्ल एकादशी के अवसर पर गोहडेश्वर महादेव के मन्दिर की व्यवस्था हेतु हिरण्य, भाग, भोग इत्यादि कर सहित आगासिया गाँव को भेंट दिये जाने का उल्लेख है। इस अभिलेख से राज्य द्वारा दिये जाने वाले अनुदानों की सूचना गाँव के समस्त महाजनों को दिये जाने की प्रथा भी संकेतित है। इस संस्था में प्रायः सभी जातियों के प्रमुख और प्रभावशाली व्यक्ति सम्मिलित थे।

नाडलाई अभिलेख के अनुसार चौहान पत्तरा के पुत्र विंसरा ने कलश के नाप

से मोरकरा गाँव के घाणक तेल का चतुर्थ भाग महावीर मन्दिर के निमित्त दिये जाने की व्यवस्था की थी। इसकी साक्षी महाजन सभा के प्रतिनिधि ने दी थी। नाडलाई के एक अन्य अभिलेख से ज्ञात होता है कि चौहान वंशीय रायपाल के दो पुत्र रूद्रपाल और अमृतपाल ने जैन साधुओं के लिए प्रति घाणी दो पलिका तेल दिये जाने की घोषणा की थी। इस कार्य में ग्राम या महाजन सभा के प्रमुख सदस्यों की साक्षी ली गई थी, जिनका अभिलेख में नामोल्लेख है। इनसे ग्राम या महाजन सभा के संगठन पर भी प्रकाश पड़ता है। महाजन सभा के सदस्य विभिन्न जातियों और व्यवसायों से मनोनीत किये जाते थे। गाँव से सम्बन्धित अत्यन्त साधारण व्यवस्था के लिए भी ग्राम सभा की अनुमति आवश्यक होती थी। वि.सं. 1233 के लालराई से प्राप्त अभिलेख में प्रत्येक रहट से उपज का कुछ भाग शान्तिनाथ की यात्रा के निमित्त पंचकुल के समक्ष अनुदान रूप में दिये जाने का उल्लेख है।

वि.सं. 1352 के जूनागढ़ अभिलेख के अनुसार सामन्तसिंह के अधिकारियों ने स्थानीय महाजन सभा की अनुमति से कुछ अनुदान दिया था। इसी प्रकार 19 वर्ष पश्चात् वि.सं. 1371 में अलाउद्दीन खिलजी द्वारा जालौर का घेरा डाले जाने पर महाजन सभा ने नगर को दैनिक आवश्यकताओं की पूर्ति का आश्वासन दिया और कान्हड़दे को तरूष्कों से युद्ध जारी रखने की सलाह प्रदान की थी।[2]

राज्य की ओर से महाजन सभा को जनप्रतिनिधि संस्था के रूप में मान्यता प्राप्त थी। राज्य-पदाधिकारी प्राय: इनमें उपस्थित रहते थे और इनके सदस्य के रूप में गौरवान्वित होते थे। वि.सं. 1172 के सेवाड़ी अभिलेख से ज्ञात होता है कि बलाधिप यशोदेव महाजन सभा और राजा द्वारा सम्मानित था। इसी प्रकार साहित्यिक साक्ष्य से भी ज्ञात होता है कि राजा सार्वजनिक हितों का कार्य करने वाली महाजन सभाओं को न केवल स्थानीय मामलों में पूरी स्वतंत्रता देते थे, अपितु उनके निर्णय का समुचित आदर भी करते थे। मोहराज पराजय में कुमारपाल चालुक्य ने अणहिलपाटन का महाजन सभा का महाजनस्य नियोग कहकर स्वागत किया है।

उपर्युक्त विवरण से स्पष्ट है कि महाजन और ग्राम सभाएँ अत्यन्त प्रभावशाली संस्थायें थीं और उनका स्थानीय शासन में विशिष्ट स्थान होता था। राजतांत्रिक व्यवस्था के समय में भी गाँवों, ग्राम-समूहों और नगरों आदि की सभाओं के पास स्थानीय शासन के ढेर सारे अधिकार हुआ करते थे। ये सभायें नये कर लगा सकती थी, अपने क्षेत्र में अपराधियों को दण्डित कर सकती थी, स्थानीय महत्त्व के विषयों पर बहस कर सकती थी और सार्वजनिक हित (मन्दिर निर्माणादि) के कार्यों के लिए दान की स्वीकृति प्रदान कर सकती थी।

पंचकुल का परिचय :-

महाजन सभा सम्भवतः अपनी विशाल सदस्य संख्या के कारण कतिपय व्यावहारिक मामलों में पूरी तरह उपयोगी न रही होगी। अतः महाजन सभा के सदस्यों ने मिलकर अपने अधिकार कुछ गिने-चुने प्रतिनिधियों को दे दिये। ये प्रतिनिधि कार्यकारिणी के रूप में एक लघु समिति गठित करते थे। इस लघु समिति को ही इतिहास में 'पंचकुल' की आख्या प्रदान की गई है। यह संस्था थोड़े हेर-फेर के साथ प्राचीन काल से ही चली आ रही है। कौटिल्य के अनुसार राजा को चाहिए कि वह प्रत्येक अधिकरण (विभाग) में बहुत मुख्यों (प्रमुख अधिकारी) की नियुक्ति करे जो न्यायिक जाँच करें, किन्तु उन्हें स्थाई नहीं रहने दिया जाये। मौर्यकाल में भी इसके अस्तित्व का संकेत मिलता है। मेगस्थनीज ने नगर तथा सैनिक प्रबन्ध के लिए पाँच सदस्यों की समिति का उल्लेख किया है। गुप्तकाल में भी पाँच सदस्यों की ग्राम समिति को 'पंचमण्डली' कहा जाता था।[1]

पंचकुल का गठन :-

इस काल में पंचकुल सार्वजनिक क्षेत्र में कार्य करने वाली प्रशासनिक संस्था थी। विशेष प्रयोजन के लिए अलग समितियाँ भी गठित की जाती थी। इस पद्धति का एक उदाहरण महाराजाधिराज रायपाल के समय (वि.सं. 1200) के नाडौल अभिलेख से प्राप्त होता है। इस अभिलेख में धालोप गाँव को आठ खण्डों (वार्डों) में विभाजित किये जाने का उल्लेख है। प्रत्येक खण्ड से दो प्रतिनिधि मनोनीत किये गये थे। उनमें से एक को अध्यक्ष रूप में चुना गया था। इस समिति का कर्त्तव्य अपने क्षेत्र में ही सुरक्षा का प्रबन्ध करना था।

सार्वजनिक कार्यों का सम्पादन करने के लिए पंचकुलों की एक कार्यकारिणी होती थी और उसका अध्यक्ष 'महंत' नामक पदाधिकारी होता था। अध्यक्ष का नाम प्रायः अभिलेखों में उत्कीर्ण किया जाता था। सिरोही अभिलेख में अजारी गाँव के काकलेश्वर मन्दिर को पंचकुल द्वारा, जिसमें जगदेव (अध्यक्ष) और अन्य लोग शामिल थे, कुछ रहट और द्रम्भ दान दिये जाने का उल्लेख है।[1] पंचकुल को स्थूलतः आधुनिक पंचायत का प्रारम्भिक रूप माना जाता है क्योंकि इसमें प्रायः पाँच सदस्य हुआ करते थे, यथा-सोमदेव के नीतिवाक्यामृत की एक टीका में 'करण' शब्द को पंचकुल का परिचायक निर्देशित करके निम्नलिखित पाँच सदस्यों का उल्लेख किया गया है :- (1) आदायक (जो आय प्राप्त करे), (2) निबन्धक (जो लेखा जोखा रखे), (3) प्रतिबन्धक (मुद्रा अधिकारी) (4) नीवीग्राहक (वित्त सम्बन्धी अधिकारी) और राज्याध्यक्ष (पंचकुल का अध्यक्ष)।[2] इसके अनुसार लगता है कि एक सदस्य राजा

या राज्य का प्रतिनिधि होता था, उसे राज्याध्यक्ष कहा जाता था। सम्भवत: वह राजा द्वारा मनोनीत किया जाता था।

धीरे-धीरे राजा का हस्तक्षेप नियुक्ति के सन्दर्भ में बढ़ता गया, यथा-भीनमाल से प्राप्त वि.सं. 1306 और 1336 अभिलेखों से संकेतित है कि पंचकुल के सदस्यों की नियुक्ति राजा द्वारा ही होती है। समराइच्चकहा में सार्थवाह चन्दन के घर चोरी हो जाने पर राजा द्वारा पंचकुल की नियुक्ति का उल्लेख है। इसी प्रकार मोहपराजय नाटक में कुमारपाल द्वारा पंचकुल को नियुक्त किये जाने का उल्लेख है। पंचकुल के सदस्य ग्राम अथवा नगर की सभा के प्रतिनिधि मात्र न होकर सम्भवत: अपने अधिकारों और निर्णयों के सम्बन्ध में राजा द्वारा अनुमोदित अधिकारों का उपयोग करते थे। उस समय के कतिपय लेखों में पंचकुलों को 'तन्नियुक्तक' विशेषण दिया गया है जो उपरोक्त सम्भावना की पुष्टि करता है।

पंचकुल की सदस्य संख्या कभी-कभी पाँच से भी अधिक होती थी। सदस्यों को कहीं-कहीं 'वार' या वारिक शब्द से भी सम्बोधित किया जाता था। 'वारिक' शब्द का सम्बन्ध इस समिति के सदस्यों के बारी-बारी से बदले जाने की पद्धति से लगता है। परमार कृष्णराज कालीन वि.सं. 1117 के भीनमाल अभिलेख में धारकूट के परिवार में जेल का पुत्र करणादित्य वारिक उसी वर्ष के लिए पंचकुल का सदस्य बना था। इसका अर्थ यह हुआ कि भीनमान में कार्यकारिणी (पंचकुल) के सदस्यों की प्रतिवर्ष नियुक्ति होती थी। भीनमाल से ही प्राप्त एक अन्य अभिलेख में सदस्यों द्वारा दिये गये एक अनुदान का श्रेय भावी सदस्यों को दिया गया है। ऐसा प्रतीत होता है कि इस समिति का सुनिश्चित समय पर पुनर्गठन हुआ करता था। सियोडनी से प्राप्त अभिलेख से ज्ञात हुआ है कि जो व्यक्ति वि.सं. 1024 में 'वारिक', थे वे वि.सं. 1026 में भी यथावत् बने रहे। उससे उनके कार्य के लम्बे काल का आभास होता है।[1] अत: स्पष्ट है कि स्थानीय आवश्यकतानुसार पंचकुल के सदस्यों की संख्या घटती बढ़ती रहती थी और सम्भवत: निश्चित कार्यकाल का भी प्रावधान रहता था।

वारिकों का एक पृथक् कार्यालय भी होता था, जिन्हें 'स्थान' के नाम से सम्बोधित किया जाता था। यहाँ नगर प्रशासन सम्बन्धी सभी दस्तावेज सुरक्षित रखे जाते थे। पेहोआ अभिलेख से ज्ञात होता है कि पेहोआ नगरी के अश्व व्यवसायियों ने धर्म कार्य के लिए स्वेच्छा से अनुदान संग्रह का निश्चय किया था। इस निर्णय सम्बन्धी परिपत्र की एक प्रति 'स्थान' में रखी गई, जिससे भविष्य में इसी के अनुसार चन्दा एकत्र किया जा सके। 'स्थान' के प्रबन्ध के लिए करणिक नामक एक पदाधिकारी (सचिव) नियुक्त किया जाता था। इस पदाधिकारी का कार्य नगर समिति

के लेख पत्रों आदि को सुरक्षित रखना और समिति की ओर से आवश्यक पत्रादि लिखना था। उसके अधीन सम्भवतः कई लिपिक रहते थे। 'कोसिक' नामक अधिकारी बाजार से कर वसूल करता था। यह कर नगर समिति की आय का बहुत बड़ा स्रोत था। कभी-कभी केन्द्रीय शासन द्वारा लगाये गये करों की वसूली भी इस समिति के माध्यम से की जाती थी। प्रबन्ध चिन्तामणि से ज्ञात होता है कि गुजरात में 'बाहुलोदा' नगर का यात्रा कर, जो 12वीं शताब्दी में लगभग 72 लाख था, नगर समिति द्वारा वसूल किया जाता था। हो सकता है राजस्थान में भी यह कार्य नगर समितियों के माध्यम से किया जाता रहा हो।

पंचकुल संस्था के कार्य :-

1. चोरी का पता लगाना :- पंचकुल संस्था कई क्षेत्रों में कार्य करती थी। साहित्य में पंचकुल द्वारा चोरी का पता लगाने का उल्लेख आया है। समराइच्चकहा (8 वीं शताब्दी) के चौथे भव में इस सन्दर्भ में एक कथा का उल्लेख हुआ है। इसके अनुसार जब राजा चण्डसेन के सर्वसार खजाने में चोरी हो गई तो बड़ी तलाश की जाने लगी, किन्तु कोई सुराग नहीं मिला। इसके पश्चात् नवागन्तुकों की भी तलाशी ली जाने लगी। एक बार कुछ लोगों को माल सहित पकड़ लिया गया और उन्हें पंचकुल के सम्मुख प्रस्तुत किया गया। इसके सदस्यों ने कई प्रश्न किये- ''सदस्यों ने पूछा, तुम लोग कहाँ से आये हो? उन्होंने उत्तर दिया, हम लोग श्रावस्ती से आये हैं। कहाँ जाओगे? उत्तर दिया कि सुशर्मनगर को जायेंगे। वहाँ क्या काम है? उत्तर दिया कि वहाँ राजा की आज्ञानुसार इस सार्थवाह के पुत्र को ले जाना है। तुम्हारे पास धन है? इस पर उत्तर दिया गया कि हाँ है।''

समराइच्चकहा के दूसरे भव के अनुसार चन्दन सार्थवाह के घर पर चोरी हो जाने पर ढूँढ़ी पिटवाकर सबको सूचना दिलवाने का उल्लेख है। राजा ने इसके बाद पंचकुल को नियुक्त किया, जिसमें नगर के प्रधान सदस्य थे। उन्होंने आधुनिक पुलिस की तरह पूरी जाँच की और चोरी गये सामान को प्राप्त किया और कई प्रश्न किये।

2. मन्दिरों की व्यवस्था करना :- मन्दिरों की व्यवस्था देखने का कार्य भी पंचकुल के सदस्य किया करते थे। वि.सं. 1192 के सेवाड़ी के लेख के अनुसार गोष्ठिकों को मन्दिर की व्यवस्था सौंपी गई थी।

3. निःसन्तान व्यक्ति के धन पर अधिकार करना :- निःसन्तान व्यक्ति के धन पर अधिकार करने का कार्य भी पंचकुल करती थी। मोहपराजय में उल्लेख है कि कुबेरस्वामी नामक श्रेष्ठी के निःसन्तान मर जाने पर एक वणिक कुमारपाल के

समक्ष उपस्थित होता है और कहता है, "हे राजन! आप पंचकुल को नियुक्त कीजिए, जो जाकर कुबेरस्वामी के धन पर अधिकार कर लें।"[1]

4. कर ग्रहण करने का कार्य :– शुल्क या कर संग्रह करने का कार्य पंचकुलों द्वारा यदा कदा किया जाता था। वस्तुतः यह कार्य मण्डपिकाओं द्वारा होता था। कभी-कभी धार्मिक कर संग्रह का कार्य पंचकुल द्वारा सम्पन्न होता था। पंचकुल के सदस्य मण्डपिका की आय में से कुछ राशि दान के रूप में दे सकते थे। उदाहरण के लिए वि.सं. 1335 के हठूंडी के लेख में "द्रम्मा: वर्षं वर्षं सभी मंडिपिका पंचकुलेन दातव्या: पालनीयश्य" वर्णित है।

5. साक्षी का कार्य :– भूमिदान के समय साक्षी का कार्य भी पंचकुल के सदस्य किया करते थे। मन्दिरों के लेखों से प्रकट होता है कि कई बार दानदाता स्थानीय अधिकारियों और पंचकुल को सम्बोधित करके दान देते थे।

6. व्यापार की सीमा निश्चित करना :– व्यापारियों के व्यापार की सीमा निश्चित करने का कार्य पंचकुल के धर्मकुलाधिकरण द्वारा किया जाता था।[1]

7. राजा को परामर्श देना :– राजा के साथ बैठकर मुकदमों की निगरानी और उचित निर्णय के लिए परामर्श देना भी पंचकुल का कार्य था।

8. राजा को सैनिक सहायता देना :– सपादलक्ष के राजा द्वारा गुजरात पर आक्रमण करने पर मूलराज द्वारा पंचकुल को बुलाकर सैनिक सहायता चाहने का उल्लेख मिलता है।

9. अन्य कार्य :– उपर्युक्त कार्यों के अतिरिक्त पंचकुल को और भी कार्य करने पड़ते थे। इनकी जानकारी हमें गुजरात के अभिलेखों और प्रसिद्ध दस्तावेज लेख-पद्धति से मिलती है। इसके अनुसार परस्पर विवादों का निपटारा करना, व्यापारियों को बिक्री करने के लिए अनुमति या स्वीकृति-पत्र प्रदान करना, गाँव में खेती का बँटवारा करना, राजकीय राजस्व का संग्रह करना, धार्मिक और इतर धार्मिक अनुदान पत्रों को मान्यता देना तथा इन्हें स्वीकृत करना इत्यादि कार्य पंचकुल द्वारा किये जाते थे।

मण्डपिका :-

हमारे अध्ययन काल में पंचकुल के अतिरिक्त एक स्थानीय संस्था मण्डपिका थी। इसे प्राय: 'माण्डवी' भी कहा जाता था। यह नगरों के मुख्य द्वारों पर अवस्थित थी। पंचकुल की भाँति यह संस्था भी बहुत प्राचीनकाल से चली आ रही थी। सम्भवत: इसका सम्बन्ध मौर्य काल से अवश्य रहा है क्योंकि शुल्काध्यक्ष

अपनी शुल्कशाला (शुल्क कार्यालय) को मंडपिका में अथवा नगर के मुख्य द्वार के पास एक शिविर में स्थापित करता था।[2] हमें यह तथ्य भी ठीक से ज्ञात है कि मेगस्थनीज ने दशांश एकत्र करने वाली पाँच सदस्यों की नागरिक समिति की चर्चा की है। कौटिल्य भी कहता है कि चार या पाँच शुल्क एकत्र करने वाले व्यक्ति व्यापारियों द्वारा दी गई सूचनाओं के आधार पर कर निर्धारित करने, राज्य को कर देने में धोखा देने वाले लोगों को दण्डित करने और उन्हें अर्थदण्ड देने का काम करते थे।

प्रतिहार काल में मिलने वाले सियाडोनी अभिलेख में उत्कीर्ण है कि एक पंचकुल मण्डपिका का प्रमुख था। इसी अभिलेख में एक कौसिक का उल्लेख बार-बार आया है। सम्भवत: वह एक पंचकुल का नाम था। लगता है मण्डपिका में भी पंचकुल की भाँति अधिकारियों की एक निश्चित व्यवस्था थी।

चौहानों के समय मण्डपिका का प्रमुख बलाधिप नामक सैन्य अधिकारी था और राजस्व का एक निश्चित हिस्सा लेने के लिए नियुक्त था। इसके द्वारा एकत्र किये जाने वाले कर को बलाधिपाभाव्य कहा जाता था।[1] लेखपद्धति में भी बलाधिपों का पंचकुलों के साथ मण्डपिका (शुल्क कार्यालय) में काम करने का उल्लेख आता है।

स्वरूप :-

मण्डपिका राजकीय संस्था थी अथवा अर्द्ध राजकीय, यह अभी तक निश्चित ज्ञात नहीं हुआ है, क्योंकि किसी भी साहित्यिक और अभिलेखीय प्रमाण से इसके स्वरूप पर पर्याप्त प्रकाश नहीं पड़ता। सम्भवत: उक्त संस्था राजकीय नियंत्रण के अन्तर्गत कार्य करती थी।

कार्य :-

मण्डपिकायें स्थानीय तथा सार्वजनिक संस्थाओं के लिए राज्य द्वारा निश्चित आयात-निर्यात कर (चुंगी) एकत्र करती थीं। सम्भवत: इसीलिए डॉ. दशरथ शर्मा ने इसे चुँगी-गृह की संज्ञा प्रदान की है। डॉ. बी.एन. पुरी ने मण्डपिका को नगर सभा भवन की संज्ञा दी है, जहाँ पंचकुल के सदस्य बैठकर अपनी समस्याओं के सम्बन्धी में विचार विमर्श करते थे। पुरी का विचार स्वीकार करने योग्य नहीं है क्योंकि अभिलेखों के अध्ययन से प्राय: निश्चित है कि मण्डपिकाओं के माध्यम से आयात व निर्यात शुल्क की वसूली की जाती थी। मण्डपिकायें ही विभिन्न प्रशासनिक विभागों के लिए धन-कोष निश्चित करती थीं। ये आभाव्यों की वसूली भी करती थी, जिससे तलार व बलाधिप आदि स्थानीय पदाधिकारियों को उनकी सेवा के बदले में वेतन दिया जाता था।

इस प्रकार निश्चित है कि मण्डपिका एक चुंगी-गृह थी और अनेक अधिकारियों के माध्यम से अपना स्थानीय चुंगी ग्रहण करने का कार्य सम्पादन करती थी। बहुदा ये सभी नगरों के मुख्य द्वारों पर अवस्थित होती थीं।

अन्य राजकीय पदाधिकारी :-

ग्राम एवं नगर प्रशासन से सम्बन्धित उपर्युक्त स्वायत्त संस्थाओं के सम्बन्ध में अनेक राजकीय पदाधिकारियों के उल्लेख यत्र-तत्र मिलते हैं, किन्तु यह स्पष्ट नहीं होता कि पंचकुल, महाजन सभा या ग्राम सभा और पदाधिकारियों में क्या सम्बन्ध था? फिर भी प्रशासन की दृष्टि से पदाधिकारियों का बड़ा महत्त्व होने के कारण इनका अध्ययन अत्यन्त आवश्यक है। ये निम्नलिखित थे :-

1. तलार :- तलार को गुप्तकाल और उससे भी पूर्व के लेखों में तलवर[1] कहा गया है जो त्रिविक्रम और हेमचन्द्र के अनुसार पुराध्यक्ष अथवा नगर रक्षक जैसा अधिकारी होता था। डॉ. डी.आर.भण्डारकर ने यद्यपि इसे छोटे-छोटे कस्बों (तल) का मुख्य बताया है, लेकिन पृथ्वीचन्द्र चरित, प्राचीन गुर्जर काव्य संग्रह और कान्हड़दे प्रबन्ध आदि से मिलने वाले तलार अथवा नगर तलार जैसे उद्धरणों के परिप्रेक्ष्य में देखने के पश्चात् उनकी राय युक्तिसंगत नहीं लगती। माणिक्य सूरी ने अपने ग्रन्थ, पृथ्वीचन्द्र चरित में प्रसंगवश तलारों के कार्यों का उल्लेख करते हुए इन्हें रात में नगर का पर्यवेक्षण करके चोर आदि को पकड़ने वाला आधुनिक पुलिस जैसा कर्मचारी बताया है। बलाधिप की ही भाँति तलार द्वारा भी राजकर, दण्ड अथवा चुंगी के रूप में वसूली गई धनराशि में से अपना अंश ले लेने के उल्लेख मिलते हैं। सम्भवतः राज्य द्वारा तलाराभाव्य नाम का कर भी लगाया जाता था जो तलार द्वारा वसूले जाने वाले करों के अतिरिक्त होता होगा।[2]

2. सेलहथ :- सेलहथ अथवा शल्यहस्त न्याय का अधिकारी राज्य के देशी (देहाती) इलाके का मुख्य कर्मचारी होता था। यह महास्थान नाम के प्रशासनिक केन्द्र पर नियंत्रण रखता था और राजकीय करों की वसूली से सम्बन्धित मुख्य अधिकारी होता था। पुरातन प्रबन्ध संग्रह में प्रताप सिंह नामक शल्यहस्त (सेलहथ) द्वारा पृथ्वीराज की ओर से उसका देय वसूलने का उल्लेख आता है। सेलहथ के प्रशासनिक अधिकारों का अनुमान इस बात से भी होता है कि पृथ्वीचन्द्र चरित[3] में उसका उलेख मांडलिक के तुरन्त बाद आता है। चौहानों के काल में हमें 'नड्डुल' और 'सत्यपुर' जैसे सेलहथों द्वारा अधिकृत महास्थानों का उल्लेख मिलता है।

3. रक्षाकर वहिकाधिकृत :– रक्षाकर वहिकाधिकृत के सन्दर्भ में हमें भीनमाल से मिले चाचिगदेव के लेख से ज्ञात होता है कि वह ग्रामस्तर पर भूमि आदि की पैदावार और उससे सम्बन्धित आय-व्यय का हिसाब रखने वाला कर्मचारी होता था। इसी तरह रायपाल के (सम्वत् 1198) लेख में उद्धृत रक्षाकर नामक कर्मचारी ग्रामस्तर पर चौकीदार का काम देखने वाला ज्ञात होता है।

4. पारिग्राहिन :– पारिग्राहिन नामक कर्मचारी का उल्लेख बिजोलिया से मिले लेख में आता है। इसको कुछ विद्वानों ने कर वसूलने वाला कर्मचारी माना है, फिर भी कान्हड़दे प्रबन्ध में इसका उल्लेख जिस सन्दर्भ में किया जाता है, उसे देखते हुए हम इसे कालान्तर के पेशकार के तरीके का कोई राजकीय कर्मचारी मान सकते हैं।

श्रेणी :–

इस काल में स्थानीय शासन के इन सब अधिकारियों और संस्थाओं के अतिरिक्त विभिन्न व्यवसायों से सम्बन्धित श्रेणियों का भी अस्तित्व था। इसके साहित्यिक और अभिलेखीय दोनों ही साक्ष्य उपलब्ध हैं। 'कथोकोष प्रकरण' से ज्ञात होता है कि नगरों में पूतिकापण (मिठाई बाजार), मद्यापण (शराब बाजार) और दोषि हट्ट (कपड़ा बाजार) पृथक्-पृथक् हुआ करते थे। सैनिक शिविरों में भी विभिन्न वस्तुओं के व्यापारी अपनी दुकानें अलग-अलग लगाते थे। फूल, फल, सुगन्धित पदार्थ, रत्न, वस्त्र, अन्न, दाल, घी, तेल, दूध-दही के विक्रेता विक्रय की सूचना अपने व्यवसाय से सम्बन्धित श्रेणी को देते थे।[1]

पेहवा अभिलेख से ज्ञात होता है कि बाहर से आए व्यापारियों के एक 'देशी' ने वहाँ अनेक मन्दिरों के निमित्त दान दिया था। इस लेख में प्रयुक्त 'नानादेशागत-भटाक व्यवहारक-देशी' की व्याख्या करते हुए दशरथ शर्मा ने 'देशी' शब्द का अर्थ 'श्रेणी' अथवा 'व्यापारियों की श्रेणी' माना है। वि.सं. 1200 के रायपाल के नाडलाई अभिलेख[2] और वि.सं. 1030 के हर्ष अभिलेख में इस शब्द का प्रयोग इसी अर्थ में हुआ है। सियोडनी अभिलेख में कंसाखु (ठठेरा), कंदुक (हलवाई) तम्बोलिक (तम्बोली), कल्लपाल (मद्य विक्रेता) और शिलाकुट (पत्थर काटने वाला) का उल्लेख हुआ है। वे सम्भवत: श्रेणियों में संगठित थे और संघबद्ध संस्थाओं के रूप में दान देते थे। कामा अभिलेख में कुम्हारों, मालियों और शिल्पकारों की श्रेणियों का विवरण दिया गया है। इन विवरणों से लगता है कि प्रत्येक श्रेणी के सदस्य एक ही व्यवसाय से सम्बन्धित होते थे।

श्रेणियाँ जनकल्याण के लिए कई कार्य करती थीं। वि.सं. 1143 के झालरापाटन अभिलेख में तैलिक श्रेणी के जनक नामक प्रमुख द्वारा एक वापी निर्मित कराये जाने का उल्लेख है। उसने दीपक द्वारा प्रकाश की व्यवस्था के लिए चार पल तेल और प्रति वर्ष एक मोदक लेने की घोषणा भी की थी। वि.सं. 1084 के शेरगढ़ से प्राप्त एक अभिलेख से ज्ञात हांता है कि तेलियों की एक श्रेणी के थीयक नामक प्रमुख ने सोमनाथ मन्दिर को दान दिया था।[1]

श्रेणियों के संगठन पर अभिलेखों से पर्याप्त प्रकाश पड़ता है। श्रेणियों का संचालन प्रमुख या मुखिया करते थे। ग्वालियर अभिलेख से ज्ञात होता है कि सर्वेश्वरपुर के तैलिकों के चार प्रमुख और श्रीवत्स स्वामिपुर के तैलिकों के दो प्रमुख थे। झालरापाटन अभिलेख में तैलिक श्रेणी के प्रमुख जनक (तेलोपट्टिकिल) का उल्लेख हुआ है। इसी प्रकार वि.सं. 1074 के शेरगढ़ (कोटा) से प्राप्त एक अभिलेख में तैलिकराज (तैलिक श्रेणी का प्रमुख) थीयक का उल्लेख हुआ है। राजकीय अधिकारियों की सलाह से श्रेणी प्रधान अपनी श्रेणी के सदस्यों पर कर लगा सकता था और उसकी ओर से सौदा तथा लेन देन कर सकता था।

समूह (श्रेणी) के मुखिया के महत्त्व पर 'स्मृतिचन्द्रिका' में प्रकाश डाला गया है। उस समय ऐसा कोई नियम नहीं था, जिसके आधार पर व्यापारी समूह के प्रधान के उच्छृंखल हो जाने पर समूह के सदस्य उसे निष्कासित कर सकें। वास्तव में उसके स्वेच्छाचारी आचरण पर प्रतिबन्ध लगाना असम्भव था। ऐसी परिस्थिति में राजा हस्तक्षेप करता था। वह मुखिया पर अर्थदण्ड लगा सकता था, और उसकी सम्पत्ति छीन सकता था।[2]

प्रत्येक श्रेणी का अपना एक भवन होता था, जहाँ सभी सदस्य एकत्र होकर व्यापार सम्बन्धी विचार विमर्श कर सकते थे।

इस प्रकार यह स्पष्ट ज्ञात होता है कि श्रेणियाँ अपने सदस्यों के सामान्य हितों के साथ-साथ व्यावसायिक हितों का ध्यान रखती थी। इनके सुनिश्चित नियम होते थे, जिनसे व्यावसायिक कार्यों का सुचारू रूप से सम्पादन होता था। यह ठीक ही है कि ये आधुनिक बैंकों का भी कार्य करती थीं। लोग उनमें ब्याज कमाने के लिए धन जमा कराते थे। अत: कहा जा सकता है कि श्रेणियाँ भी स्थानीय शासन से सम्बन्धित अन्य संस्थाओं की कोटि में ही आती थीं तथा व्यापारिक व अन्य क्षेत्रों में जन कल्याण के विभिन्न कार्यों का सम्पादन स्थानीय स्तर पर बड़ी सफलता के साथ करती थीं।

निष्कर्ष रूप में कहा जा सकता है कि उस राजतंत्रात्मक शासन में स्थानीय शासन की परम्परागत संस्थाओं का अस्तित्व अक्षुण्ण था। इससे तत्कालीन ग्रामों व शहरों के विकास में कोई बाधा उत्पन्न न हो सकी। इन संस्थाओं के माध्यम से धार्मिक, सामाजिक व राजनीतिक सभी क्षेत्रों से सम्बन्धित समस्याओं का समाधान स्थानीय स्तर पर कर दिया जाता था। यदि वर्तमान पंचायतों में भी वैसा प्रशासनिक संगठन पैदा किया जावे तो निस्सन्देह प्रजातांत्रिक शासन की स्थापना में अतीव सहयोग प्राप्त हो सकेगा।

स्थानीय शासन (13वीं से 16वीं शताब्दी तक) :–

कौटिल्य ने राजपूताने के गाँव और शहरों में कुछ स्थानीय संस्थायें थीं, जिनके द्वारा स्थानीय समस्याओं को सुलझा लिया जाता था। ये संस्थायें पूर्वकाल से ही परम्परागत रूप से चली आ रही थीं। इनका विवरण निम्नलिखित है :-

संघ :–

जैन अभिलेखों के आधार पर ज्ञात होता है कि गाँव तथा कस्बों में संघ नाम की संस्था थी। ग्राम के कुछ भद्र व्यक्ति इसके सदस्य होते थे। ऐसा उल्लेख मिलता है कि संघ में स्त्री व साधु भी होते थे।

संघ का मुख्य कार्य धार्मिक कार्यक्रमों की उचित व्यवस्था करना था। संघ का प्रमुख ही संघपति कहलाता था। इसके अन्तर्गत विविध कार्यों के सम्पादन के लिए अलग-अलग समितियाँ होती थीं, जिनका अध्यक्ष मंत्री कहलाता था। कभी-कभी कई संघों को मिलाकर एक समुदाय बना दिया जाता था। ऐसे समुदाय का अध्यक्ष समुदाय प्रमुख कहलाता था।[1]

गोष्ठी :–

ग्राम और कस्बों में एक अन्य संस्था गोष्ठी का उल्लेख मिलता है। विविध कार्यों से सम्बन्धित अलग-अलग गोष्ठियाँ होती थीं। इनका कार्य मुख्य रूप से धार्मिक और व्यावसायिक क्षेत्रों में देखरेख करना था। एक अभिलेख में आठ वर्ष के पश्चात् 'पंचमी बलि' नामक उत्सव का दायित्व मन्दिर के गोष्ठिकों को देने का उल्लेख प्राप्त होता है। इनके पास एक धनराशि भी रहती थी जो मण्डपिका के करों से या अनुदान से एकत्र होती थी और उसका उपयोग उस व्यवसाय से सम्बन्ध रखने वाले व्यक्तियों के लिए होता था। सुनारों, लुहारों, दर्जियों आदि की गोष्ठियाँ विशेष रूप से उन व्यवसायों के परिवर्धन में लगी रहती थीं।[1] ये व्यावसायिक गोष्ठियाँ पूर्व चर्चित श्रेणियों जैसा ही कार्य करती थीं।

ग्राम पंचायत :–

ग्रामों के शासन के लिए ग्राम पंचायतें होती थीं। ग्राम पंचायतों के कार्य में केन्द्रीय शासक का हस्तक्षेप बहुत कम होता था। उस समय के ग्रामिक (मुखिया), दांगिक व ठक्कुर आदि अधिकारियों का उल्लेख प्राप्त होता है। कुम्भा के काल में ग्रामों की संख्या बहुत अधिक थी। प्रत्येक ग्राम पंचायत को व्यापक अधिकार प्राप्त थे। दीवानी और फौजदारी दोनों प्रकार के मुकदमों का निर्णय पंचायतें कर सकती थीं। आगे चलकर ग्राम पंचायतें जातीय पंचायतों के रूप में बदल गई।

महाजन सभा :–

महाजन सभा का प्रभाव भी यथावत् बना रहा। 1295 ई. में सामन्त सिंह के अधिकारियों ने बाड़मेर में महाजनसभा को भगवान विघ्नमर्दन क्षेत्रपाल और चामुण्डराज के हित में कर लगाने के लिए आग्रह किया। दस ऊँटगाड़ी और 20 बैलगाड़ियों से अधिक के प्रत्येक कारवाँ पर एक 'पाइला' या 10 'भीमप्रिया विंशोपक' नामक कर लगाया गया था। 1371 ई. में महाजनों के सहयोग के कारण ही कान्हड़देव बहुत लम्बे समय तक अलाउद्दीन का सामना कर सका था।

पंचकुल :–

तेरहवीं से सोलहवीं शताब्दी के मध्य तक पंचकुलों का जो उल्लेख मिलता है, उससे यह लगता है कि स्वशासन के क्षेत्र में यह संस्था बड़ी प्रभावशाली थी। साँचोर अभिलेख (वि.सं. 1345) में उल्लेख हुआ है कि महाराजकुल सामन्त सिंहदेव ने हीरा आदि को पंचकुल नियुक्त किया था, जिसने स्थानीय दायित्वों का निर्वाह किया। इस समय सेलहथ कर्मचारी एक ऐसी धनराशि को सम्भालता था जो पंचकुल के पास रखी रहती थी। वह भगवान वैश्वर की यात्रा की देखरेख भी करता था। हटुण्डी के शिलालेख में पल्हार, सज्जन, धीरा, देवसिंह और उधनासिंह आदि के नामों का उल्लेख हुआ है जो उस गाँव में पंचकुल के सदस्य थे। इसी प्रकार साँभर के शिलालेख से श्रीकर्ण और लहाना के नाम ज्ञात होते हैं जो वहाँ के पंचकुल के सदस्य थे।[1] कान्हड़दे प्रबन्ध में भी हमें पंचकुल के ऐसे सदस्यों का नामोल्लेख मिलता है जो राज्य द्वारा पंचकुल में नियुक्त किये जाते थे और जन समुदाय का प्रतिनिधित्व करते थे।

महाराणा कुम्भा के समय भी पंचकुलों का उल्लेख शिलालेखों में प्राप्त होता है। इन पंचकुलों का चुनाव गाँव की जनता करती थी। कभी-कभी इनकी नियुक्ति

शासक द्वारा भी की जाती थी, पंचकुल के सदस्यों का सम्मान होता था। उनका निर्णय सबको स्वीकार करना पड़ता था। निर्णयों का पालन न करने वाले व्यक्ति को 'ब्रह्महत्या' का पाप लगता था। इन पंचकुलों को मन्दिरों की व्यवस्था के लिए गाँव पर कर लगाने व कर कम या ज्यादा करने का भी अधिकार था। महाराणा कुम्भा ने दस हल भूमि पुरोहित 'बोखा' तथा 'शाह शाहना' नामक पंचकुलों की साक्षी से दान में दी थी।[2]

पंचकुल के कार्य :-

पंचकुल के कार्यों के सम्बन्ध में तत्कालीन ऐतिहासिक साक्ष्यों से कुछ जानकारी प्राप्त होती है। देलवाड़ा लेख तथा कान्हड़दे प्रबन्ध से ज्ञात होता है कि पंचकुल आयात-निर्यात पर कर लगाती थी। डॉ. गोपीनाथ जी का विचार है कि पंचकुलों का प्रमुख कार्य भूमि से सम्बन्धित था, जिसमें भूमि का बदलना, उसकी नाप, उपज की व्यवस्था करना आदि था। केन्द्रीय शासन द्वारा जो भी आदेश भूमि सम्बन्धी होते थे, उनका परिपालन पंचकुल के द्वारा करवाया जाता था। इस संस्था द्वारा क्रय-विक्रय पर कर लगाये जाते थे और उसका कुल अंश लोकोपकारी कामों में व्यय किया जाता था।

मण्डपिका :-

इस काल में मण्डपिका दान के संग्रह और भुगतान का कार्य निरन्तर करती थी। चित्तौड़ के समरसिंह के अभिलेख (1278 ई.) से ज्ञात होता है कि रानी जैतल्लदेवी द्वारा निर्मित श्याम पार्श्वनाथवसही की जरूरतें चित्तौड़, तलहटिका, आघाट, खोहर और सज्जनपुर की मण्डपिकायें पूर्ण करती थीं।[3]

उपर्युक्त विवरण से स्पष्ट होता है कि 13 वीं शताब्दी के पश्चात् भी स्थानीय संस्थायें प्रशासन के क्षेत्र में महत्त्वपूर्ण भूमिका निभाती रहीं। इनकी सक्रियता के कारण ही ग्रामीण व कस्बों की जनता में संगठन की भावना बनी रहती थी। धार्मिक, सामाजिक एवं राजनैतिक सभी क्षेत्रों की समस्याओं का स्थानीय स्तर पर निवारण कर लिया जाता था।

सामन्तवादी व्यवस्था

मध्ययुगीन राजपूताने के प्रशासन की एक प्रमुख संस्था सामन्तवादी व्यवस्था थी। आठवीं से बारहवीं शताब्दी तक का युग सामन्तवाद के चरमोत्कर्ष का काल था। तेरहवीं सदी से आगे भी हिन्दू राजाओं के शासन में यही सामन्ती व्यवस्था निरन्तर

चलती रही। मध्ययुग में सामान्यत: राजा ही सर्वशक्तिमान शासक था, किन्तु केन्द्रीय सत्ता के कमजोर हो जाने के कारण सामन्तों की शक्ति तथा अधिकारों में उत्तरोत्तर वृद्धि होती गई और वे प्रशासन में भी महत्त्वपूर्ण भूमिका निभाने लगे।

यूरोप के स्न्द्वह्लस्त्र्ड्डद्यद्बह्यद्व शब्द की उत्पत्ति लातीनी शब्द स्न्द्वह्लस्त्रह्वद्व से हुई है। इसी से अंग्रेजी का 'फीफ' स्न्द्वद्गद्व शब्द बना, जिसका अर्थ ऐसे भू-भाग से लिया जाता है जो फौजी काम करने के लिए प्रदान किया जाता था। इस भू-भाग का उपभोग करने वाले समुदाय को ही 'सामन्त' कहा जाने लगा। इस वर्ग के अन्तर्गत मुख्य स्थान उन सरदारों का था जो अपनी सेनाओं की सहायता से भूमि के बड़े हिस्सों पर अपना अधिकार जमाये रखते थे और प्रशासन में भी अपना प्रभाव रखते थे।

भारत में सामन्तवादी व्यवस्था की ऐतिहासिक पृष्ठभूमि :-

कौटिल्य के अर्थशास्त्र व जातक कथाओं में सामन्त शब्द का अर्थ स्वतंत्र पड़ौसी नरेश से लिया गया है। 'मनुस्मृति'[1] व 'याज्ञवल्क्य स्मृति' में इस शब्द का प्रयोग उन विशिष्ट व्यक्तियों के लिए किया गया है जो ग्राम सीमा विषयक विवादों को हल करने में सहयोग प्रदान करते थे। 'रघुवंश' में इस शब्द का प्रयोग उन प[illegible] राजाओं के लिए हुआ है जो स्वामी नरेश द्वारा अपने अधीन कर लिए जाते थे। दक्षिणी भारत में 'सामन्तवाद' का प्रयोग 'सामन्त चूड़ामणय:' के रूप में शान्तिवर्मा कालीन (455-70) एक पल्लव अभिलेख में हुआ है।[1] गुप्तकाल के अभिलेखों में 'सामन्त' शब्द का प्रयोग महासामन्त के रूप में सर्वप्रथम वैन्यगुप्त के गुणैधर अभिलेख में प्राप्त होता है। मौखरि वंश के अनन्तवर्मा के तिथिविहीन बराबर अभिलेख और यशोधर्मा के मंदसौर अभिलेख[2] में इसका प्रयोग किसी स्वामी राजा के अधीन शासन करने वाले शासकों के लिए किया गया है। यह अभिप्राय बाद में और भी प्रचलित हो गया।

सामन्तवादी राजनीतिक व्यवस्था का स्पष्ट परिचय समुद्रगुप्त की प्रयाग प्रशस्ति से प्राप्त होता है। यद्यपि प्रयाग प्रशस्ति में 'सामन्त' शब्द अप्रकट है, परन्तु प्रशस्ति से स्पष्ट ज्ञात होता है कि महाराजाधिराज के अधीन अनेक महाराज और महाराजाओं के अधीन अनेक राजा होते थे। अधीन राजा सम्राट को सर्वकरदान, आज्ञाकरण, प्रणामागमन, आत्मनिवेदन व कन्योपायनदान, स्वविषय भुक्ति-शासन-याचन इत्यादि नीतियों के द्वारा प्रसन्न करते थे। समुद्रगुप्त ने अपने साम्राज्य में अनेक अधीन राजवंशों को स्थापित किया था। स्कन्दगुप्त के कहौम अभिलेख से स्पष्ट होता है कि उसके सभामण्डप में सैकड़ों राजा उपस्थित होकर सिर झुकाते थे। इन राजाओं के अधीन उनसे छोटे राजा होते थे। स्कन्दगुप्त के ही इन्दौर ताम्रपट्ट अभिलेख से ज्ञात होता है कि उसके काल में अन्तर्वेदी का शासन 'विषयपति' सर्वनाग देखता था।

गुप्तों के अन्तिम समय में सामन्तवादी व्यवस्था और भी शक्तिशाली हो गई थी। इसका एक कारण यह था कि अनेक प्रान्तीय शासक सम्राटों के दुर्बल हो जाने के कारण 'महाराज' की उपाधि धारण करने लगे थे। उनके पद वंशपरम्परागत माने जाने लगे। स्वयं सम्राट भी उनको प्रसन्न करके अपनी स्थिति सुरक्षित करना चाहते थे। एक मैत्रक अभिलेख में उल्लेख आया है कि मैत्रक वंश के तीसरे सदस्य ध्रुवसेन को अखिल भूमण्डल के स्वामी ने स्वयं आकर 'महाराज' पद पर अभिषिक्त किया था। दूसरा कारण यह था कि गुप्तकाल में ब्राह्मणों को जागीरें देने की प्रथा उत्तरोत्तर बढ़ती गयी। इसके परिणामस्वरूप ऐसे ब्राह्मण, जिनके पास काफी बड़ी जागीर हो जाती थी, धीरे-धीरे छोटे मोटे राजा बन बैठते थे। डॉ. गोयल ने स्पष्ट किया है कि मध्यप्रदेश के परिव्राजक और एरण के 'विष्णु' वंश के आदिपुरुष इसी प्रकार के वेदपाठी और मूलत: अपने जातीय कर्म में रत ब्राह्मण थे, परन्तु उनके उत्तराधिकारी धीरे-धीरे राजा बन गये थे।

बाण के 'हर्षचरित' व कादम्बरी में सामन्तवादी व्यवस्था का और भी परिमार्जित रूप मिलता है। विशेष रूप से हर्षचरित में बाण ने सामन्तों के अनेक प्रकारों (जैसे सामन्त, महासामन्त, आप्समान्त, प्रधान सामन्त, शत्रु सामन्त, प्रति सामन्त) और सम्राट के साथ उनके सम्बन्ध का विवरण दिया है। डॉ. वासुदेव शरण अग्रवाल ने भी हर्ष चरित के इस विवरण की स्पष्ट समीक्षा की है।[1]

सामन्ती प्रथा के विकसित होने के कारण :-

1. साम्राज्यवादी महत्त्वाकांक्षा :– राजपूत राजा महत्त्वाकांक्षी थे तथा अपना साम्राज्य विस्तार चाहते थे। अत: इस कार्य के लिये राजाओं ने अपने सम्बन्धियों को सामन्त मनोनीत कर सुरक्षा तथा साम्राज्य विस्तार में सहयोग प्राप्त किया।

2. राजनीतिक कारण :– राजपूत राजा एक दूसरे को अपना शत्रु समझते थे। अत: पड़ौसी राजा के आक्रमण का भय सदा बना रहता था। अत: इस कारण भी सामन्तवाद को बल मिला।

3. यातायात के साधनों की कमी :– विस्तृत साम्राज्य स्थापित करने की महत्त्वाकांक्षा तथा यातायात के साधनों के अभाव में साम्राज्य की सुरक्षा असम्भव थी। अत: राजाओं ने अपने सम्बन्धियों को विभिन्न क्षेत्रों में जागीरें देकर तथा वहाँ की सुव्यवस्था का भार उन पर छोड़कर सामन्ती व्यवस्था को प्रोत्साहन दिया।

4. भूमिपति तथा कृषकों के सम्बन्ध :– अधिकतर राजपूत राज्यों में किसानों की स्थिति दयनीय थी। वे भूमि के स्वामी नहीं थे, उन्हें स्वामी की भूमि पर बेगार

करनी पड़ती थी तथा उन्हें अनेक प्रकार के कर देने पड़ते थे। ऐसी स्थिति में राज्य के विकास का मार्ग अवरुद्ध हो जाता था तथा राज्य में अशान्ति व्याप्त रहती थी। भूमिपति तथा किसानों के सम्बन्धों में सुधार लाने के लिये भी सामन्ती व्यवस्था को बढ़ावा मिला।

राजस्थान में सामन्ती व्यवस्था का उद्भव एवं विकास :-

हर्षोत्तरकालीन पूर्व मध्यकाल में राजस्थान में एक विशिष्ट प्रकार की सामन्तवादी व्यवस्था का उद्भव एवं विकास हुआ, जिसका स्वरूप गुप्तकाल तक प्रचलित सामन्तवाद से सर्वथा भिन्न था। इस विशिष्ट व्यवस्था का उद्भव राजस्थान में पूर्वमध्यकाल में विकसित राजपूती राज्यव्यवस्था के विशिष्ट सन्दर्भ में हुआ। राजपूत काल में राजतन्त्र ष्टद्यड्डठ्ठ या 'कुल' पर आधारित था और राजा यद्यपि कुल या ष्टद्यड्डठ्ठ का प्रमुख होने के नाते अपना विशिष्ट स्थान रखता था, किन्तु कुल के अन्य सदस्यों का भी राज्य की भूमि व शासन में महत्त्वपूर्ण स्थान था। राजपूताने में पूर्वमध्यकाल में इन परिस्थितियों में विकसित सामन्ती व्यवस्था के स्वरूप को आलोकित करने वाली प्रचुर स्रोत-सामग्री अभिलेखों एवं साहित्य में उपलब्ध है। राजपूताने की इस सामन्ती व्यवस्था का अब हम ऐतिहासिक परिप्रेक्ष्य में अध्ययन करेंगे।

सामन्त प्रथा का महत्त्व :-

राजपूत राज्यों के संगठन में शासक के कुल का विशेष महत्त्व होता था। शासन का सम्पूर्ण कार्य-भार राजा के पास होने के कारण तथा कुल का नेता होने के कारण राज्य के संगठन में कुलीय भावना का विशेष महत्त्व होता था। राज्य के अधिकांश सामन्त तथा अधिकारी उसी वंश की विभिन्न शाखाओं के नेता होते थे। इस प्रकार राजपूतों के राज्य की अधिकतर जागीरों पर प्रभुत्व राजकुल के सगे-सम्बन्धियों का होता था। वे स्वयं को राजा का सामन्त मानने के साथ राजा का बन्धु, सम्बन्धी व सगोत्री भी मानते थे। ये लोग स्वयं को राज्य की सम्पत्ति का हिस्सेदार भी मानते थे। राज्य के विशिष्ट पदों पर अक्सर सगोत्री लोगों को ही नियुक्त किया जाता था, जिसके फलस्वरूप ये सामन्त राजा को मदद देने के लिए हमेशा तैयार रहते थे। सगोत्री व सम्बन्धी होने के कारण शासक व सामन्त के सम्बन्ध 'बराबर वालों में प्रथम' के समकक्ष थे। राजपूत शासक स्वयं से आयु में बड़े सामन्तों को 'भाईजी', 'काकाजी' आदि सम्मानित शब्दों से सम्बोधित करते थे, जिससे राज्य में सामन्तों के उत्तरदायित्व में वृद्धि होती थी और शासक व सामन्त के सम्बन्ध में समता का आभास होता था। राज्य कार्य में शासक प्रमुख सामन्तों से सलाह लिया करते थे। ये सामन्त राज्य को कुलीय सम्पत्ति मानते थे और इसकी सुरक्षा, समृद्धि व प्रगति में विशेष योगदान देते

थे क्योंकि राज्य के विस्तार व समृद्धि में ही उनका हित था। इस प्रकार राजपूत राज्यों में सामन्तों का विशेष महत्त्व था। राजपूत राज्यों में अन्य कुलों के राजपूतों को भी सामन्त बनाया जाता था, किन्तु इन सामन्तों को अस्थायी रूप से ही सेवार्थ जागीरें प्रदान की जाती थीं।

राजपूत राज्यों में कुलीन सामन्तों का महत्त्व उत्तराधिकार के प्रश्न के समय भी था। सामान्यत: राज्यों में ज्येष्ठाधिकार की परम्परा (राजा की मृत्यु के पश्चात् उसके ज्येष्ठ पुत्र को नया राजा बनाना) का प्रचलन था और इसमें भी कुलीय सामन्तों की सहमति लेनी आवश्यक होती थी। यदि कुलीय सामन्तों को ज्येष्ठ पुत्र की अपेक्षा अन्य कोई पुत्र योग्य प्रतीत होता था तो वे मृत राजा के योग्य पुत्र को ही सिंहासन पर बैठाते थे। इस प्रकार राजा को गद्दी पर बैठाने में भी सामन्तों की भूमिका का विशेष योगदान रहता था। इससे यह स्पष्ट होता है कि सामन्त राज्य को अपनी कुलीय सम्पत्ति समझते थे और राजा के चुनने में भी उनकी स्वीकृति आवश्यक होती थी।

प्रतिहार साम्राज्य में सामन्तवादी तत्वों का विकास :-

प्रतिहारों के शासन काल में सामन्तवादी तत्वों को बहुत प्रश्रय और शक्ति प्राप्त हुई। प्रतिहारों ने उत्तर भारत में ब्राह्मणों को बहुत से ग्राम दिये, जिससे इस वर्ग की शक्ति बढ़ी। वि.सं. 1836 में प्रथम भोजदेव ने कान्यकुब्ज भुक्ति के कालिंजर मंडल में एक पुराने अग्रहार को फिर से दान दिया। यह दान पहले द्वितीय नागभट्ट की अनुमति से दिया गया था, लेकिन रामभद्र के शासनकाल में इसका क्रियान्वयन बन्द हो गया था। इसी प्रकार भोज ने गुर्जरत्रा भूमि में अपने प्रपितामह द्वारा प्रदत्त एक अग्रहार के अनुदान को जो किसी कारणवश प्रभावी नहीं रह गया था, पुनः जारी किया। इससे स्पष्ट है कि इस समय तक अग्रहारों के अनुदान आनुवांशिक हो गये थे। उल्लेखनीय है कि प्रतिहार अनुदान पत्रों में दानग्राहकों को केवल अनुदत्त गाँवों में होने वाली आय ही सौंपी गई थी, उनको प्रशासन सम्बन्धी अधिकार कम से कम स्पष्टरूपेण नहीं दिये गये थे।

प्रतिहारों के सामन्तों के राज्यों में भी यह प्रक्रिया चल रही थी। वि.सं. 1016 में अलवर में प्रतिहारों के एक गुर्जर सामन्त ने एक मठ के गुरू और उसकी शिष्य-परम्परा के लिये एक गाँव दान दिया था। आर.एस. शर्मा द्वारा उद्धृत उदाहरणों से स्पष्ट होता है कि धार्मिक अनुदान देने की प्रथा राजाओं द्वारा प्रत्यक्ष रूप से शासित क्षेत्रों में जितनी सबल थी, उतनी उनके अधीनस्थ सामन्त राजाओं के क्षेत्रों में भी थी।[1] इस प्रथा में दान-ग्राहकों को गाँवों में कानून और व्यवस्था बनाये रखने का दायित्व सौंपा जाता था तथा विभिन्न करों की वसूली का अधिकार भी प्रदान किया

जाता था। इसके लिए दान ग्राहकों को कुछ कर्मचारी नियुक्त करने पड़ते होंगे।

अभिलेखों में अन्य अनुदानों का उल्लेख भी मिलता है। प्रतिहारों के एक गुर्जर सामन्त द्वारा दिये गये अनुदान से ज्ञात होता है कि उसे धार्मिक अनुदान के अतिरिक्त अन्य अनुदान भी मिला हुआ था क्योंकि उसने अपने क्षेत्र को 'स्वभोगावास वंशपोतक भोग' कहा है। स्पष्ट है कि साम्राज्यिक परिवार का सदस्य होने के नाते उसके प्रतिहार स्वामी ने उसके व्यक्तिगत उपभोग के लिए यह वंशपोतक क्षेत्र दे रखा था। उसके दिये गये दानपत्र से यह भी ज्ञात होता है कि उसे अपने क्षेत्र के प्रशासन का भी दायित्व दे दिया गया था।

उपसामन्त :-

प्रतिहारों के सामन्तों में अपने उपसामन्त बनाने की व्यवस्था भी प्रचलित थी। वत्सराज के शासन काल में एक दाता ने गुर्जरत्रा भूमि में अनुदान में प्राप्त अपनी भूमि का छठा हिस्सा भट्ट विष्णु नामक ब्राह्मण को दान कर दिया। सामन्त राजाओं में से कुछ सम्राट की अनुमति से अनुदान प्रदान करते थे और कुछ सामन्त राजा की अनुमति लिये बिना ही अनुदान देते थे। वि.सं. 1016 (959 ई.) में अलवर क्षेत्र में सामन्त मथनदेव ने राजा की अनुमति बिना ही अपनी जागीर से एक गाँव एक मठ के गुरू और उसके शिष्य प्रशिष्यों को दे दिया था। इस अनुदान में दानग्राही को भूमि प्रबन्ध के अधिकार का उल्लेख करते समय 'कुर्वतः कारयतोवा' वाक्यांश का प्रयोग है। इसका अर्थ है कि उक्त भूमि पर उसका निर्विघ्न अधिकार उपसामन्तीकरण करने के अधिकार सहित हो गया था और वह राजस्व वसूली अथवा खेती करने का उत्तरदायित्व किसी को भी सौंप सकता था।

एक भिन्न प्रकार के अनुदान का उदाहरण भी प्राप्त होता है। प्रतिहार साम्राज्य के एक उच्चाधिकारी माधव ने जो उज्जैन का शासक था, चौहान सामन्त इन्द्रराज के कहने पर इन्द्रराज द्वारा निर्मित एक मन्दिर को अनुदान दिया। इस अनुदान पत्र पर माधव ने विदग्ध नामक एक अन्य अधिकारी के हस्ताक्षर किये थे। इससे स्पष्ट है कि प्रतिहार साम्राज्य में प्रान्तीय शासक भी राजकीय अनुमति के बिना अनुदान नहीं दे सकते थे।

प्रतिहार शासकों के विरुदों से भी सामन्तवादी प्रवृत्ति का पता चलता है। कुछ परवर्ती गुप्त राजाओं की भाँति प्रतिहार शासकों ने 'परमभट्टारक', 'परमेश्वर' और 'महाराजाधिराज' आदि उपाधियाँ धारण की, किन्तु ये उनकी सत्ता में वृद्धि का द्योतक नहीं हैं।[1] इनसे केवल यह सिद्ध होता है कि वे छोटे शासकों-महाराजाओं

से अधिक शक्तिशाली थे। महादौस्साधसाधनिक, महाकार्ताकृतिक, महासान्धिविग्रहिक आदि पाल राज्याधिकारियों के पदनामों से पूर्व 'महा' शब्द जुड़े होने से प्रकट होता है कि वे धीरे-धीरे महासामन्त और महाराज जैसे सामन्तों की श्रेणी में आ रहे थे।

इस प्रकार प्रतिहारों के साम्राज्य में उच्च पदाधिकारियों के सामन्तीकरण की प्रवृत्ति बहुत प्रबल थी। द्वितीय महेन्द्रपाल का बलाधिकृत कोकट्ट 'परमेश्वर-पादोपजीवी' कहलाता था। इसका समकालीन माधव 'तंत्रपाल' तथा 'महादण्डनायक' होने के साथ 'महासामन्त' कहा जाता था। एक नगर का शासक उन्दभट्ट महाप्रतिहार के पद पर था, किन्तु वह महासामन्ताधिपति की उपाधि से भी विभूषित था। स्पष्ट है कि 'महासामन्त' पद काफी उच्च था क्योंकि प्रजानन जब किसी धार्मिक प्रयोजन के लिए स्तम्भ स्थापित करते थे तो सम्राट के साथ महासामन्त के शासन का भी उल्लेख किया जाता था।

शासक व सामन्तों का परस्पर सम्बन्ध :-

समराइच्चकहा से ज्ञात होता है कि कभी-कभी सामन्तों के लिए 'भृत्य' और 'सम्बन्धी' शब्दों का भी प्रयोग किया जाता था। इस ग्रन्थ से यह भी ज्ञात होता है कि पराजित सामन्त नरेश विजेता स्वामी और उसके सामन्तों के 'कुटुम्बी' मान लिये जाते थे। इस प्रकार एक ही राजा से सम्बद्ध दो सामन्त, जिनमें से एक शबर था और दूसरा वैश्य एक दूसरे के साथ 'सम्बन्धी' बताये गये हैं। इस प्रकार 'सम्बन्धी' शब्द स्वामी और उसके सामन्तों के बीच सम्बन्ध की अभिव्यक्ति करता है। समराइच्चकहा से यह भी स्पष्ट होता है कि सीमान्त क्षेत्र के विग्रह नामक एक सरदार ने अपने स्वामी के विरुद्ध विद्रोह किया तो उसके स्वामीपुत्र ने, जो विग्रह को ज्येष्ठ भ्राता समान मानता था, अपने लोगों को उसके विरुद्ध बहुत सख्त कार्यवाही न करने की मन्त्रणा दी। स्वामी-पुत्र ने कहा, ''यह विग्रह बहुत सामान्य सरदार है, लेकिन यह हमारे पिता को कर दिया करता था। इसलिए यह हमारा सम्बन्धी है और हमें उसके विरुद्ध कोई कठोर सैनिक कार्यवाही नहीं करनी चाहिए।'' इस उदाहरण से स्पष्ट है कि शासकवंश का एक क्षत्रिय राजकुमार अपने को शबर जातीय सरदार का अनुजवत् मानता था।

चौहान साम्राज्य में सामन्तवाद का विकास :-

चौहान काल में राजस्व ग्रहण करने के लिए साम्राज्य को कई इकाइयों में विभाजित कर रखा था। ये इकाइयाँ सामन्त नरेशों के अधिकार में होती थीं। चौहानों की शाकम्भरी शाखा के एक अभिलेख (वि.सं. 1030) से ज्ञात होता है कि सामन्त

नरेशों की भूमि उनके परिजनों के बीच में बाँट दी जाती थी। इसके अनुसार राजा सिंहराज, उसके दो भाई वत्सराज और विग्रहराज, दो पुत्र गण्डराज और गोविन्दराज तथा दूर के एक सम्बन्धी जयनराज ने एक शिव मन्दिर को अपने-अपने स्वभोग में से गाँव और पुर दान में दिये थे। इससे स्पष्ट होता है कि इनमें से प्रत्येक को अपनी पदप्राप्त और राजसेवा के अनुसार निर्वाह के लिए जागीरें मिली हुई थीं। साथ ही यह बात भी पता लगती है कि राजा के अतिरिक्त शासक परिवार के अन्य सदस्य भी स्वभोग से चाहें जितना अंश दान में दे सकते थे।

अभिलेखों में धार्मिक अनुदान के अतिरिक्त अन्य अनुदानों के उल्लेख भी प्राप्त होते हैं। उदाहरणार्थ एक अभिलेख से ज्ञात होता है कि श्रीतिहुणक नामक एक चौहान रानी को गिरास (ग्रास-भोजन और वस्त्र प्राप्त करने के साधन) के रूप में एक गाँव मिला था।[1] स्पष्ट है कि इस रानी को उसकी प्रतिष्ठा के अनुकूल एक निजी जागीर मिली हुई थी। वि.सं. 1161 के एक नाडौल दानपत्र में राजकुल के सदस्यों द्वारा दान दिये जाने का स्पष्ट उल्लेख है। इसके अनुसार 'राजपुत्र' अल्हणदेव और 'कुमार' केल्हणदेव ने संयुक्त रूप से 'राजपुत्र' कीर्तिपाल को बारह गाँव समस्त अधिकारों के साथ दिये थे। ऐसा लगता है कि कीर्तिपाल को यह जागीर सदैव के लिए दे दी गई थी क्योंकि जब उसने एक जैन मन्दिर को इन गाँवों द्वारा होने वाली आय से दो सौ द्रम्मों का वार्षिक अनुदान दिया, तब अपने उत्तराधिकारियों से अनुरोध किया कि वे उसके इस अनुदान की शर्तों का उल्लंघन न करें।

दसवीं शताब्दी के एक चौहान अभिलेख में बारह गाँवों की एक इकाई का उल्लेख मिलता है। शासक कुल के सदस्यों को भूमि अनुदान देने की प्रथा कीर्तिपाल के उत्तराधिकारियों के समय में भी मिलती है। वि.सं. 1176 के एक दानपत्रानुसार उसके दो पुत्र राजपुत्र लखणपाल और राजपुत्र अभयपाल सिनाणव गाँव के भोक्तृ थे। एक और गाँव पर भी, जिसका उपभोग ये रानी के साथ करते थे, इन दोनों भाइयों का स्वामित्व था क्योंकि इन तीनों ने उस गाँव के अरघट (यन्त्रकूप) से लाभ उठाने वालों से प्राप्त अपने हिस्से का संयुक्त रूप से दान कर दिया था। 'राजपुत्र' की प्रतिष्ठा पाने वाले को किसी न किसी प्रकार की भूमि अनुदानित की जाती थी।

भूमि अनुदान ऐसे सामन्तों को भी दिया जाता था, जिनसे राज्य की सेवा करने की अपेक्षा की जाती थी। महाराज कीर्तिपाल के पुत्र महाराज समरसिंह के शासनकाल में उसका मामा राजपुत्र जौजल 'राज्यचिंतक' पद पर कार्य करता था। डॉ. दशरथ शर्मा के अनुसार शासन का काम नाडौल परिवार चलाता था।[2] ये सामन्त मुख्यत: राजा के कुटुम्बी हुआ करते थे और उनसे आशा की जाती थी कि समय पड़ने पर

वे राजा की सहायता करेंगे। इसके प्रतिदान स्वरूप राजा उन्हें जागीरें दिया करते थे। 12वीं शती के बाद के काल में ये जागीरदार (सामन्त) युद्धकाल में अपने स्वामी की सहायता करते थे और जब कोई जागीरदार मरता था तो उसका उत्तराधिकारी उस जागीर पर अधिकार प्राप्त करने के पूर्व स्वामी को नजराना देता था। ये दो कर्त्तव्य पूर्ण करने के उपरान्त वे अपनी-अपनी जागीरों में छोटे-मोटे राजाओं की तरह लगभग निर्बाध रूप से शासन करते थे।

राजकुल के अतिरिक्त ऐसे उच्च पदाधिकारी होते थे, जिन्हें भूमि-अनुदान दिया जाता था और वे सामन्तों जैसा ही व्यवहार करते थे। वि.सं. 973 में महाराजाधिराज सिंहाराज के दुस्साध्य घंघुक ने अपने स्वामी की अनुमति से खट्टकूप विषय स्थित अपना एक गाँव शिव मंदिर को दान दिया था। घंघुक इस मन्दिर को दान देने वाले सात दाताओं में से एक था। शेष छः दाताओं में एक स्वयं राजा था और पाँच राजपरिवार के सदस्य। यही कारण है कि घंघुक के अतिरिक्त अन्य छः दाताओं को यह अनुदान देने के लिए किसी की अनुमति नहीं लेनी पड़ी थी। इससे स्पष्ट है कि घंघुक को और भी गाँव मिले हुए होंगे लेकिन धार्मिक अनुदान भी दाता की अनुमति के बिना नहीं दे सकता था। अत: उसके अधिकार सीमित थे।

मारवाड़ से प्राप्त वि.सं. 1110 के एक अभिलेख से स्पष्ट होता है कि अश्वराज के शासनकाल में अश्वशालाध्यक्ष उप्पलराज ने चार ग्रामों से अरघट-कर के रूप में प्राप्त होने वाला अपने हिस्से का जौ (यव) एक मन्दिर को दान दे दिया था। इसका तात्पर्य यह हुआ कि वे गाँव, जिनसे प्राप्त होने वाले कर का कुछ हिस्सा यह अधिकारी अपनी इच्छानुसार दान दे सकता था, राजा ने उसे सम्पूर्ण अधिकारों सहित प्रदान किये थे। चौहान शासन के अन्तिम दिनों में मन्त्रियों को बड़ी-बड़ी जागीरें दी जाती थीं। तृतीय पृथ्वीराज का प्रमुख परामर्शदाता कदम्बवास 'मण्डलेश्वर' उपाधि प्राप्त था। इससे प्रकट है कि या तो वेतन स्वरूप अथवा उसकी प्रतिष्ठा को ध्यान में रखकर उसे एक सम्पूर्ण मण्डल दे दिया गया था।

परमार राज्य में सामन्वादी तत्त्व :-

भोज के समय के वि.सं. 1067 के एक दानपत्र में वत्सराज को, जो सम्भवत: किसी राजपरिवार में उत्पन्न हुआ था, 'भोक्तारमहाराजपुत्र' कहा गया है। यह 'भोक्तृमहाराजापुत्र' का अशुद्ध रूप है। उसे मोहदवासक नाम की एक जागीर मिली हुई थी। वह तब से लगभग साठ वर्ष पूर्व तक सीयक का 'स्वभोग' था।

परमार राज्य में गाँवों की इकाइयाँ विद्यमान थीं। परमार अभिलेखों में कम से कम सात इकाइयों का उल्लेख मिलता है। इनमें से पाँच, बारह या बारह के बहुगुण

संख्यक ग्रामों वाली इकाइयाँ थी। सबसे बड़ी इकाई में 84 गाँव थे। दो इकाइयाँ सोलह अथवा सोलह के बहुगुण संख्यक गाँव वाली थी।[1] ये इकाइयाँ शासन कुल के अलग-अलग सदस्यों के अधीन स्वतंत्र राज्यों के समान थी। यह पद्धति विजित प्रदेशों को शासक परिवार के सदस्यों में बाँट देने की परिपाटी का परिणाम थी। अतः स्पष्ट है कि ये इकाइयाँ इन सदस्यों की जागीरें ही रही होंगी। परमार राज्य के अधिकारियों में से कुछ को ही भूमि अनुदान दिये जाने का उल्लेख उपलब्ध है। इनमें से एक 10वीं शती ईस्वी का महासाधनिक श्री महाइक था, जिसका काम सम्भवतः अपराधियों को दण्डित करना और अपराधों की रोकथाम करना था।

कुछ अभिलेखों में अधीनस्थ सामन्तों और सरदारों का भी उल्लेख है। इनमें से कुछ को प्रशासन के लिए बड़े-बड़े क्षेत्र दिये गये थे। शूरादित्य का एक सामन्त कन्नौज के श्रवणभद्र के परिवार का था और भोज या उसके पिता सिन्धुराज द्वारा संगमरवेट का मण्डलेश्वर नियुक्त किया गया था। इसके प्रतिदान-स्वरूप वह अपने स्वामी को सैनिक सहायता देता था। लगता है, यह यदा-कदा या नियमित रूप से कुछ कर भी देता था।

गुजरात के चालुक्य राज्य में सामन्तवाद :-

गुजरात के चालुक्य राज्य में नरेशों ने अपने सामन्तों और उच्च पदाधिकारियों को अनुदानस्वरूप बड़े-बड़े भू-खण्ड प्रदान किये थे। "लेख-पद्धति" नामक लेख संकलन से भी उपर्युक्त बात की पुष्टि होती है। इसमें संकलित प्रपत्रों के अनुसार महामात्यों और राणकों ने अपने-अपने सामन्तों को बड़ी-बड़ी जागीरें दीं और प्रतिदान स्वरूप उन सामन्तों ने अपने स्वामियों को एक निश्चित संख्या में घोड़े देने और अपनी-अपनी जागीरों में शान्ति और सुव्यवस्था बनाये रखने का दायित्व लिया। लेख पद्धति में ऐसे बहुत से अनुदान पत्रों का काल वि.सं. 802 बताया गया है। इससे स्पष्ट होता है कि 8वीं शती में गुजरात में सामन्तवादी प्रवृत्ति का विकास हो चुका था।

लेख पद्धति के एक प्रपत्र में महासामन्त लवण प्रसाद के जीवन और कार्यों पर काफी प्रकाश पड़ता है। उसका सामन्त के रूप में उल्लेख सबसे पहले अजयपाल के वि.सं. 1173 के एक अभिलेख में उपलब्ध है। उसे 'भैल्लस्वामी-महाद्वादशक मण्डल' में स्थित उदयपुर का दण्डनायक नियुक्त किया गया था, जहाँ उसने 64 गाँवों की एक इकाई में से शिव के नाम पर एक गाँव दान दिया था। लवणप्रसाद राजा की अनुमति के बिना भी अपने क्षेत्र में भूमि अनुदान दे सकता था। अतः उसकी प्रतिष्ठा किसी सामन्त राजा से कम न थी। लेख पद्धति में संकलित वि.सं. 1231 के एक प्रपत्र से ज्ञात होता है कि भीम द्वितीय के शासन काल में वह महामण्डलाधिपति

राणक था, और उसे अपने स्वामी से 'प्रसाद पत्तला' (जागीर) के रूप में खेटकाधार का पंथक मिला हुआ था। अजयपाल के शासन काल का अन्य शक्तिशाली सामन्त चौहान महामण्डलेश्वर वैजल्लदेव था। वह वि.सं. 1175 में राज कृपा से नर्मदा तटवर्ती प्रदेश का शासक था।[1] उसने अपने मण्डल में स्वामी की अनुमति के बिना ही एक गाँव दान दिया था।

मुगल आधिपत्य तथा सामन्ती व्यवस्था में परिवर्तन :-

16वीं सदी में राजपूत शासकों द्वारा मुगल संरक्षण स्वीकार कर लेने पर राजस्थान में सामन्त व्यवस्था भी प्रभावित हुई तथा उसमें परिवर्तन आया। मुगल शासकों ने राजपूत राज्यों के उत्तराधिकार नियम में हस्तक्षेप करना तथा अपने समर्थक को उत्तराधिकारी बनाने में रुचि लेना प्रारम्भ कर दिया। सम्राट अकबर ने उत्तराधिकारी के मस्तक पर 'टीका' लगाकर मान्यता देने की प्रथा प्रारम्भ की। यद्यपि ज्येष्ठ पुत्र को ही 'टीके की प्रथा' द्वारा उत्तराधिकार मिल जाता था, परन्तु ज्येष्ठ पुत्र की मुगल साम्राज्य के प्रति निष्ठा संदेहास्पद होने पर मुगल सम्राट अपने कृपापात्र व्यक्ति को 'टीका' देकर उत्तराधिकारी नियुक्त कर देता था। इस व्यवस्था के कारण सामन्तों का प्रभाव कम हो गया क्योंकि मुगल शासन से पूर्व सामन्तों की उत्तराधिकारी नियुक्त करने में स्वीकृति आवश्यक थी।

मुगल शासक के राजपूत शासन व्यवस्था में हस्तक्षेप ने राजा और सामन्तों के सम्बन्धों को भी प्रभावित किया। अब राजा और सामन्त बराबर वालों में प्रथम नहीं रह गये थे वरन् अब वे स्वामी और सेवक के रूप में मान्य थे। इससे पूर्व राजा और सामन्त अनेक कार्यों के लिये अन्योन्याश्रित थे। राजा को राज्य में शान्ति और व्यवस्था बनाये रखने के लिये सामन्तों पर निर्भर रहना पड़ता था, परन्तु अब वह मुगल सम्राट से सहयोग प्राप्त कर लेता था। जिस प्रकार मुगल सम्राट ने राजा को उत्तराधिकारी नियुक्त करने में 'टीके की प्रथा' प्रारम्भ की थी, उसी प्रकार राजा ने भी सामन्तों के लिए 'टीका प्रथा' के अनुरूप 'पेशकशी', 'दस्तूर', 'खड़गबन्धी', 'हुक्मनामा' आदि प्रथाएँ प्रारम्भ कीं। सामन्तों पर अनेक प्रकार के कर भी लगाये गये। मुगलों की मनसबदारी प्रथा के समान सामन्तों को भी अनेक श्रेणियों में विभाजित कर दिया गया। सामन्तों के पद अब उनकी जागीर से प्राप्त आय तथा प्रतिष्ठा के अनुरूप निश्चित किए गए थे। इस प्रकार अब राणा और सामन्तों के सम्बन्धों में कटुता आ गयी क्योंकि अब उनके सम्बन्ध स्वामी और सेवक के हो गये थे, परन्तु मेवाड़ ने मुगलों की अधीनता स्वीकार नहीं की थी, इसलिए वहाँ सामन्तों की शक्ति में वृद्धि हुई। महाराणा द्वारा मुगल सम्राट के विरुद्ध अनवरत संघर्ष में सामन्तों ने उसको

पूर्ण सहयोग दिया था तथा महाराणा ने भी सामन्तों की जागीरें स्थायी कर दी थीं तथा उनके अधिकारों में भी वृद्धि की थी। अन्य स्थानों पर सामन्तों की आर्थिक स्थिति पर अत्यधिक प्रतिबन्ध लगा दिये गये। जागीरदार को हुक्मनामा, रेख, न्यौत आदि के रूप में राजा को बहुत बड़ी रकम देनी पड़ती थी। नये सामन्त को राजा स्वयं खड़गबन्दी का दस्तूर हुक्मनामा या नजर के बदले करता था। यह हुक्मनामा मुगल प्रथा पेशकशी के ढ़ंग पर होता था। जागीरदार की मृत्यु के समाचार पर सरकार वह जागीर जब्त कर लेती थी तथा हुक्मनामा व अन्य कर निश्चित कर रकम की अदायगी पर नये सामन्त को जागीर का पट्टा दे दिया जाता था। इन दस्तूरों के अतिरिक्त सामन्तों की जागीरों का अनुमानित आय के आधार पर देय कर निश्चित किया जाता था, जिसे रेख कहते थे। रेख दो प्रकार की होती थी। प्रथम अनुमानित रेख जो जागीरदार के पट्टा पर लिखी रहती थी। इसे पट्टा रेख भी कहा जाता था। द्वितीय भरतू रेख जो पट्टा रेख के आधार पर राज्य खजाने में जमा कराता था। सामान्यत: 1000 रु. पट्टा रेख पर भरतू रेख 80 रुपये होती थी।

मुगलों की मनसबदारी प्रथा के आधार पर सामन्तों की उनके आय और पद के अनुरूप अनेक श्रेणियाँ बना दी गयीं। मेवाड़ में सोलह, बत्तीस और गोल के सरदारों की तीन श्रेणियाँ थीं। महाराणा अमरसिंह ने प्रथम श्रेणी के सरदारों की संख्या 16 निश्चित की थी तथा ये उमाराव कहलाते थे। बाद में इनकी संख्या 21 हो गयी। द्वितीय वर्ग के सरदारों की संख्या 32 होने के कारण वे बत्तीस कहलाते थे। तृतीय श्रेणी के सरदार गोल कहलाते थे। इन सभी सरदारों को दरबारी बैठक में बैठने की प्रतिष्ठा प्राप्त थी।

उपर्युक्त विवरणों से ज्ञात होता है कि मध्यकालीन राजपूताने और उसके सीमावर्ती प्रदेशों में अर्थात् गुजरात आदि प्रदेशों में प्राय: सभी राजवंशों के शासक अपने-अपने सामन्तों और पदाधिकारियों को उनकी सेवाओं के बदले में अनुदानस्वरूप गाँव दिया करते थे। 11वीं और 12वीं सदी के सामन्तों और पदाधिकारियों के वेतन के रूप में नियमित करों का कुछ अंश अलग कर दिया जाता था। चौहानों के समय यह प्रथा बहुत सीमित थी। उन्होंने बलाधिपों के लिए गाँवों से एक विशेष कर वसूल किया। वि.सं. 1162 के एक दानपत्र में कुमारपाल चालुक्य के सामन्त आल्हण ने एक गाँव का बलाधिपाभाव्य एक मन्दिर को अनुदान में दिया। इसके अतिरिक्त एक अन्य ग्राम का बलाधिपाभाव्य एक दूसरे मन्दिर को दिया।

सामन्तों में श्रेणियाँ विभाजन व उनकी प्रतिष्ठा :-

राजपूत राजाओं ने कुलीय भावना का त्याग करते हुए अपने सामन्तों की श्रेणियाँ निर्धारित कर दीं। इस प्रकार की प्रक्रिया का प्रचलन मुगलकाल में प्रारम्भ हुआ, मुगल सम्राटों को मनसबदारी प्रथा का अनुकरण करते हुए सामन्तों के पद व प्रतिष्ठा का निर्धारण करना प्रारम्भ कर दिया, जिसके फलस्वरूप राजा एवं सामन्त के सम्बन्ध का रूप स्वामी एवं सेवक में परिवर्तित हो गया। मेवाड़ में महाराणा अमरसिंह द्वितीय (1698-1710 ई.) ने अपने सामन्तों की तीन श्रेणियाँ बनायीं जो क्रमशः 'सोलह', 'बत्तीस' और 'गोल' के सरदार कहलाये। प्रथम श्रेणी के सामन्तों की संख्या सोलह थी और इनको उमराव नाम से जाना जाता था लेकिन उन्नीसवीं सदी के अन्त में इनकी संख्या 24 तक पहुँच गयी। इसी प्रकार द्वितीय श्रेणी के सामन्तों की संख्या 32 थी और तृतीय श्रेणी के सामन्तों की संख्या कई सौ थी। अतः इन सरदारों को 'गोल' के सरदार कहा जाता था। महाराणा ने इन सभी सामन्तों को जागीर देकर उनकी रेख कायम कर दी और सामन्तों ने अपनी सेवाएँ तथा उन्हें अधिकार भी प्रदान किये गये। दरबार में सभी सामन्तों की बैठक भी तय कर दी गयी और प्रथम श्रेणी व द्वितीय श्रेणी के सामन्तों को 'ताजीम' भी प्रदान की गयी। मेवाड़ के प्रथम श्रेणी के उम्मीदवार स्वयं को साम्राज्य का हिस्सेदार, संरक्षक व शासक का सलाहकार मानते थे। महाराणा का खास रुक्का मिलने पर ही वे राजदरबार में उपस्थित होते थे। इस प्रकार सामन्तों को अनेक विशेषाधिकार भी प्रदान किये गये। मेवाड़ के प्रथम श्रेणी के उम्मीदवारों को ताजीम का अधिकार प्राप्त था। ताजीम का अर्थ है कि जब कोई सामन्त दरबार में उपस्थित होता था तो महाराणा खड़ा होता था, वह सामन्त अपनी तलवार को महाराणा के सम्मुख रखकर उनकी अचकन को छूता था, तब महाराणा इस अभिवादन को स्वीकार करते हुए अपने हाथ उस सामन्त के कन्धों पर रख देता था। इस प्रक्रिया को 'बाँह-पसाव' भी कहा जाता था। इस प्रकार मेवाड़ के सभी प्रथम श्रेणी के सामन्तों को 'बाँह-पसाव' का अधिकार प्राप्त था। सभी सामन्तों को दरबार में बैठाने का एक निश्चित स्थान था और यह कार्य दरीखाने (सभागण) के दरोगा का था। महाराणा के दाहिने हाथ की बैठक को 'बड़ी ओल' तथा बायें हाथ की बैठक को 'कँवरों की ओल' कहा जाता था। उमरावों को बड़ी ओल में सबसे आगे की पंक्ति में बैठने का अधिकार दिया गया था और युवराज के बैठने का स्थान उमरावों के नीचे होता था। मेवाड़ के सामन्तों में सलूम्बर के रावत को राज्य में प्रधान का पद वंशानुगत रूप से प्रदान किया गया था और सलूम्बर रावत को यह विशेषाधिकार था कि यदि किसी को जमीन या जागीर दी जाती थी तो उस अनुदान पर उसकी

अनुमति आवश्यक थी। महाराणा की अनुपस्थिति में नगर शासन और प्रासाद की सुरक्षा का भार भी उसी का उत्तरदायित्व था। नये महाराणा का राज्याभिषेक भी सलूम्बर के रावत की सहमति से होता था। बेदला के रावत को भी कुछ विशेषाधिकार प्राप्त थे। नये महाराणा के शोक-निवारण का दस्तूर बेदला रावत के हाथ से सम्पन्न होता था। महाराणा के राज्याभिषेक के अवसर पर उनके मस्तक पर अपने अँगूठे को चीरकर टीका ऊन्दरी गाँव का गमेती भीलराज करता था। मेवाड़ में बागौर, शिवरती, करजली के सामन्त महाराणा के नजदीकी रिश्तेदार थे और इन्हीं के भाई बेटों को गोद लेने की परम्परा भी स्थापित हो गयी थी।

जयपुर में मुख्य रूप से सामन्तों का विभाजन 'बारह कोटड़ी' से मिलता-जुलता था। मुख्य सामन्त राजावत कछवाहा होते थे, जिनका शासक से करीबी रिश्ता होता था। उनके पश्चात् बारह कोटड़ी वाले नाथावत चतुर, भुजोत, खागरोट, कल्याणेट आदि थे। इसके अलावा शेखावतों, नरुकों, बाँकावतों, गोगावतों की कोटड़ियाँ थीं। भारमल के समय से जागीरों को कोटड़ी कहा जाता था। जयपुर राज्य में राजपूत जागीरदार ठाकुर कहलाते थे और इनको वंशानुगत पदवियाँ प्राप्त थीं। इनकी दो श्रेणियाँ ताजीमी और खासबाँकी नाम से जानी जाती थीं। ताजीमी सरदार की नजर को महाराजा खड़े होकर लेता था और ये सरदार पैरों में सोना पहन सकते थे। इन सरदारों को खास रुक्का भेजकर महाराज दरबार में बुलाते थे और इनको सिरोपाव देकर विदा किया जाता था।

कोटा में सामन्तों की श्रेणियों का विभाजन उनकी सेवा पर आधारित था। कोटा के सरदार देशवी तथा हजूरथी के नाम बाँटे गये थे। देशवी सरदार वह थे जो राज्य में रहकर रक्षा करते थे और हजूरथी राजा के साथ मुगल सेवा में रहते थे। कुटुम्बी राजवी कोटा नरेश के निकट के सम्बन्धी थे। अमीर-उमवार नाम से अन्य सरदारों को पुकारा जाता था। कोटा में ताजीमी सरदारों की संख्या 30 के आसपास थी और इनमें हाड़ा चौहानों की संख्या अधिक थी।

मारवाड़ में जागीरदारों की कई श्रेणियाँ थीं। राजवी, सरदार, मुत्सदी और गनायत इनमें प्रमुख थे। राजा के अपने परिवार के लोग, जैसे- भाई व अन्य सम्बन्धी राजवी कहलाते थे। इनको अपने भरण-पोषण के लिए जागीर प्रदान की जाती थी और ये तीन पीढ़ी तक रेख, चाकरी, हुक्मनामा आदि शुल्कों से मुक्त थे। तीन पीढ़ी बाद ये सामान्य सामन्तों की सूची में आ जाते थे। इसके बाद अन्य राठौड़ सामन्तों को 'सरदार' की संज्ञा दी गयी थी। 'मुत्सदी' वे जागीरदार थे जो अधिकारियों की सूची में आते थे। राठौड़ के अतिरिक्त अन्य शाखाओं के सामन्तों को 'गनायत' के नाम से जाना

जाता था। मारवाड़ के सरदारों को चार श्रेणियों में बाँटा गया था। 'सिरायत' प्रथम श्रेणी के सरदार थे। 'सिरायत' सभी राठौड़ सरदार थे। इनकी बैठक दरबार में अन्य सरदारों से पहले होती थी। दायीं मिसल के सिरायत महाराणा के दायीं तरफ और बायीं मिसल के सरदार महाराणा के बायीं तरफ बैठते थे। जोधा के भाई-वंशज दायीं मिसल और जोधा के वंशज बायीं मिसल के सरदार कहलाते थे। सिरायत सरदारों को महाराजा ने 'दोहरी ताजीम' प्रदान की थी। दोहरी ताजीम से अर्थ है कि जब सामन्त राजा के सम्मुख आता था तो उसके आने पर और लौटने पर राजा खड़ा होकर उसका अभिवादन स्वीकार करता था जबकि इकहरी ताजीमी राजा केवल सरदार के आने पर ही उनका अभिवादन स्वीकार करता था। कुछ सामन्तों को 'बाँह पसाव' की ताजीम भी प्राप्त थी। ऐसे सरदारों के उपस्थित होने पर या सरदार द्वारा महाराज के चरणों पर तलवार रखने और महाराजा के घुटने या अचूकन के पल्ले को छूने पर महाराज उसके कन्धों पर हाथ रख देते थे। इसी प्रकार जिसे हाथ का कुरब प्राप्त था, महाराजा उसके कन्धे पर हाथ लगाकर अपने हाथ को अपनी छाती की ओर ले जाते थे। इस प्रकार की ताजीमें सरदारों को बहुत बड़ी सेवा एवं बलिदान के बाद प्राप्त होती थीं। मारवाड़ में कहावत प्रचलित थी-''कुरब सिर साटे मिलता है, दाम साटे के नहीं।''

गनायत सामन्त वे थे जिनको जागीरें राजघराने से वैवाहिक सम्बन्धों के बाद प्राप्त हुई थीं अथवा वे पूर्व में मारवाड़ के स्वामी थे। बाद में उन्होंने राठौड़ों के प्रभुत्व को स्वीकार कर लिया। इस प्रकार समय के साथ सामन्तों के अधिकारों में भी बदलाव आ गया। उत्तर-पूर्वी राजस्थान के सामन्त मुगलों के प्रभाव के कारण शक्तिहीन हो गये थे, किन्तु दक्षिण-पश्चिम राजस्थान में सामन्तों के अधिकारों में विशेष उतार नहीं आया। कोटा, बूँदी, भरतपुर और धौलपुर के शासक शक्तिशाली हो गये और उनके सामन्तों का प्रभाव कम होता गया। इस प्रकार केन्द्रीय शक्ति का प्रभाव सामन्तों के अधिकारों पर प्रतिकूल ही पड़ा।

सामन्तों की विभिन्न श्रेणियाँ :-

सामन्तों की विभिन्न श्रेणियों का विवरण हमें 12वीं शती की कृति 'मानसार' में मिलता है। इसके बयालीसवें अध्याय में राजाओं की नौ श्रेणियों का उल्लेख किया गया है। इसमें सबसे ऊपर 'चक्रवर्ती', उसके बाद क्रमशः महाराज अथवा अधिराज, महेन्द्र या नरेन्द्र, पाणिक, पट्टधर, मण्डलेश, पट्टमाज, प्रहारक और अस्त्रग्राही अनुसूचित हैं। उनकी महत्ता के अनुसार यह भी निश्चित किया गया है कि वे क्रमशः कितने घोड़े, सैनिक, सेविकायें और रानियाँ रख सकते थे।

12वीं शताब्दी में भट्ट भुवनदेव ने भी अपनी कृति 'अपराजितपृच्छा' में नौ प्रकार के शासकों का महत्त्व क्रमानुसार वर्णन किया है। वे इस प्रकार हैं– महीपति, राजा, नराधिप, महामण्डलेश्वर, माण्डलिक, महासामन्त, सामन्त, लघुसामन्त और चतुराशिक। इनमें से प्रत्येक के पास कितना क्षेत्र होना आवश्यक है, यह भी इस ग्रंथ में बताया गया है। इसके अतिरिक्त इस ग्रंथ में सामन्ती राजसभा के गठन का भी वर्णन है। इसके अनुसार सम्राट की (जिसका विरुद 'महाराजाधिराज परमेश्वर' बताया गया है।) सभा में 4 मण्डलेश, 19 माण्डलिक, 16 महासामन्त, 32 सामन्त, 160 लघुसामन्त और 400 चतुराशिक होने आवश्यक हैं। चतुराशिक से नीचे के समस्त राजपुरुषों को 'राजपुत्र' कहा गया है। इसमें कुछ राजपुरुषों की आय के बारे में चर्चा है। इसके अनुसार लघुसामन्त की आय 5,000, सामन्त की 10,000 और महासामन्त की 20,000 होनी चाहिए। इसकी पुष्टि 14वीं शताब्दी के वास्तुकला सम्बन्धी ग्रन्थ राजबल्लभमण्डन से भी होती है। 'अपराजितपृच्छा' में सामन्तों द्वारा प्रजा से वसूल किये जाने वाले राजस्व की दर के विषय में कुछ नहीं कहा गया है, किन्तु इसमें राजनीतिक तथा आर्थिक सत्ता की दृष्टि से एक श्रेणीबद्ध समाज का चित्र अवश्य देखने को मिलता है।

ग्रासिये और भोमिये :-

ग्रासिये और भोमिये का राजपूताना की सामन्त व्यवस्था में उल्लेखनीय योगदान है। डॉ. गोपीनाथ शर्मा का मानना है कि ''ग्रासिये वे जागीरदार थे जो सैनिक सेवा के बदले शासन के द्वारा भूमि की उपज का जो 'ग्रास' कहलाती थी, उपभोग करते थे। ऐसी भूमि सेवा ढिलाई करने की आज्ञा का उल्लंघन करने पर छीनी जा सकती थी या फिर दी जा सकती थी।'' भोमिया राजपूत भी वे लोग थे जो राज्य की रक्षा हेतु अपना बलिदान करते थे। इन लोगों को राज्य की तरफ से भूमि प्रदान की जाती थी। उस पर उन्हें नाममात्र का कर देना पड़ता था। भोमियों को भी दो श्रेणियों में विभाजित किया गया था–बड़े भोमिये और छोटे भोमिये। ओगना पानरवा जवास आदि के जागीरदार बड़े भोमिये थे। छोटे भोमियों को डाक पहुँचाने, अन्य सरकारी कार्यों या खजाने को हिफाजत से पहुँचाने का दायित्व दिया जाता था।

सामन्तों की संख्या में वृद्धि के कारण :-

मध्यकाल में सामन्तों की संख्या में वृद्धि का सर्वप्रथम कारण उस समय संचार व्यवस्था के साधनों की कमी होना था। इसी कारण से नीति विचारकों ने कहा कि धर्म विजय करने वाले राजा को पराजित शासक का राज्य हस्तगत नहीं करना चाहिए वरन् अधीनता स्वीकार करने के पश्चात् उससे कर लेकर छोड़ देना चाहिए या मृत

शासक के उत्तराधिकारी या निकट सम्बन्धी को उसके राज्य की गद्दी पर बैठा देना चाहिए। विदेशी यात्री सुलेमान[1] ने लिखा है "जब कोई राजा पड़ौस के राजा को दबा देता है तो वहाँ वह पराजित राजा के किसी कुटुम्बी को राजा बना देता है और वह विजयी राजा के नाम से राज्य करता है, वहाँ के निवासी किसी उच्च व्यवस्था को सहन नहीं कर सकते।" चौहान शासक विग्रहराज चतुर्थ ने दिल्ली के तोमर शासक तथा चालुक्य शासक कुमारपाल ने नाडौल के चौहान सहजपाल को पराजित कर दिया, किन्तु शासन उन्हीं के सम्बन्धियों को दिया गया। दूसरा कारण यह था कि जब प्रान्तीय शासक आनुवांशिक होने लगे, और महाराज, महासामन्त या सामन्त आदि उपाधियाँ धारण करने लगे तब ये सामन्तराज्यों की श्रेणी में आ गये। तीसरे, शासक अपने भाई, पुत्र व निकट सम्बन्धियों को भूमि प्रदान करता था। चौथे, विभिन्न अधिकारियों को उनकी सेवा के बदले में भूमि प्रदान की जाती थी। इन सब कारणों से सामन्तवादी तत्त्वों की संख्या में वृद्धि होना स्वाभाविक था।

सामन्तों द्वारा स्वतंत्र बनने का प्रयास :-

सामन्त जब अपने को अपने प्रभु से शक्तिशाली अनुभव करने लगते तो वे स्वतंत्र होने का प्रयास करते थे। प्रतिहारों के अधीन चालुक्य वंश, चन्देल वंश, मालवा का परमार वंश, चेदिवंश, चौहान वंश, गुहिल वंश आदि सभी सामन्त प्रतिहारों के पतन-काल में स्वतंत्र हो गये थे। नाडौल का चौहान शासक केल्हणदेव चालुक्य शासक कुमारपाल की मृत्यु के बाद स्वतंत्र हो गया। नाडौल के चौहान कटुकदेव ने चालुक्य शासक जयसिंह सिद्धराज की मृत्यु के बाद स्वतंत्र होने का प्रयास किया। अत: कुमारपाल ने उसका राज्य छीन लिया तथा नाडौल को चालुक्यों के सीधे नियन्त्रण में ला दिया। नाडौल में दण्डनायक वैजल्यदेव को कुमारपाल ने नियुक्त किया था।[2] आबू का परमार शासक विक्रमसिंह भी चालुक्यों के खिलाफ साँभर के चौहान शासक अर्णोराज से मिल गया था। अत: कुमारपाल ने विक्रम सिंह को कैद कर उसके भतीजे यशोधर्मन को आबू का राज्य दे दिया। यशोधर्मन के पुत्र प्रसिद्ध धारावर्ष ने चालुक्य शासक कुमारपाल, अजयपाल व मूलराज द्वितीय की सहायता की, किन्तु भीमदेव द्वितीय के समय स्वतंत्र हो गये।

विद्रोही सामन्तों को पराजित होने पर या तो उनका राज्य छीन लिया जाता था या बड़ी लांछनायें सहन करनी पड़ती थी। कभी-कभी उनसे विजेता की अश्वशाला तथा हस्तिशाला में झाड़ू दिलवाई जाती थी।

सामन्तों पर नियंत्रण :-

शासक अपने पदाधिकारी तन्त्रपाल के माध्यम से सामन्तों पर नियंत्रण रखता था। सामन्तों के द्वारा प्रदत्त अनुदान में तंत्रपाल के हस्ताक्षर होने आवश्यक थे। चौहान शासक वाक्ष्पतिराज प्रथम ने प्रतिहारों के कुछ भू-भाग छीन लिये तो तंत्रपाल क्षमापाल ने उसे दबाने का प्रयास किया था। सान्धिविग्रहिक भी सामन्तों को अपने नियंत्रण में रखता था। सामन्तों के दरबार में सम्राट के हितरक्षा और सामन्तों के नियंत्रण के लिए सम्राट की ओर से प्रतिनिधि रहा करते थे। सुलेमान सौदागर के कथनानुसार सामन्त राजा इन प्रतिनिधियों की अगवानी सम्राटोचित सम्मान से करते थे। ये प्रतिनिधि गुप्तचरों द्वारा बराबर यह खबर रखते थे कि कहीं सामन्त राजा विद्रोह की तो नीयत नहीं रखता है।

सामन्तों द्वारा प्रशासन में सहयोग :-

इस काल के शासक प्रशासनिक और अन्य क्षेत्रों में कार्यों के सम्पादन में सहायता के लिए कतिपय सामन्तों की नियुक्ति अपनी इच्छानुसार करते थे। प्रतिहार शासकों के सामन्तों अथवा प्रादेशिकों द्वारा दिये गये दानपत्रों तथा अन्य अभिलेखिक उदा में उनके कई प्रशासकीय सहयोगियों की सूचना मिलती है। उदाहरणार्थ हमें हंसोट (जिला बड़ौच, गुजरात) से मिले भर्तृवद्ढ के दानपत्र में नागावलोक अथवा नागभट्ट के वहाँ का स्वामी (परमेश्वर) होने की सूचना मिलती है। इसी प्रकार की सूचना हमें उसके (नागभट्ट के) सामन्त अवनिवर्मन द्वितीय के ऊना से मिले दानपत्रों से भी मिलती है। भोज प्रतिहार के देवगढ़ से मिले लेख में कहा गया है कि उसने अपने अधीन सामन्त के रूप में विष्णु राम की नियुक्ति की थी और उसे महासामन्त एवं पंचमहाशब्दों की उपाधि भी प्रदान की थी।

किन्तु इस प्रकार के सामन्तों के अधिकार बहुत सीमित होते थे। सामन्तों को भूमिदान का अधिकार होते हुए भी वे दान देने से पूर्व अपने केन्द्रीय शासक से स्वीकृति लेने के लिये बाध्य थे। महेन्द्रपाल के समय के ऊना से मिले दानपत्र से ज्ञात होता है कि जब उसके सामन्त अवनिवर्मन द्वितीय ने अपने क्षेत्र में भूमिदान का संकल्प किया था, तब उसकी पूर्व अनुमति राजा के तंत्रपाल धीइक (धीयक) के माध्यम से ले रखी थी।

सामन्तों के विशेषाधिकार :-

उदयपुर, जयपुर, जोधपुर, बीकानेर आदि बड़े राज्यों के प्रथम श्रेणी के सामन्त स्वयं को कुलीय राज्यों का संरक्षक तथा राजा का सलाहकार मानते थे। वे राजा को

समय-समय पर महत्त्वपूर्ण समस्याओं पर सलाह भी दिया करते थे अथवा राजा उनसे सलाह आदि लिया करते थे। ये सामन्त इसको अपनी प्रतिष्ठा का विषय मानते थे। ये बड़े सामन्त राजा का 'विशेष रुक्का' प्राप्त होते ही राजदरबार में आते थे और राजदरबार में राजा उनका सम्मान, उनकी मर्यादा व पद के अनुसार करता था। ये सामन्त जब अपनी जागीरों को वापस जाते थे तो शासक उन्हें 'सिरोपाव' देकर विदा करता था।

शासक के राज्याभिषेक के अवसर पर, विवाह के समय तथा युवराज के जन्म के अवसर पर सामन्तों को 'सिरोपाव' प्रदान करना शासक के लिए आवश्यक था क्योंकि यह सामन्तों का विशेषाधिकार भी था। अपनी श्रेणी व पद के अनुसार सामन्तों को 'लवाजमा' प्रदान किया जाता था। लवाजमा के अन्तर्गत नक्कारा, निशान, चँवर-चँवरी, सोने-चाँदी की छड़ी इत्यादि आते थे। कुछ राज्यों में प्रथम श्रेणी के सामन्तों को सिंक्का ढालने का भी विशेष अधिकार प्राप्त था। जैसे कि जोधपुर के कुचामन और बूड़सू ठाकुर तथा उदयपुर में सलूम्बर ठाकुर को सिक्का ढालने का विशेष अधिकार प्राप्त था। कई सामन्तों को शराब की भट्टियाँ चलाने का भी अधिकार प्राप्त था। सामन्तों को भी अपने या अपने पुत्र व पुत्रियों के विवाह के समय भी अपने राजा से सिरोपाव और न्यौता की रकम प्राप्त करने का अधिकार था। इसी प्रकार, ताजीमी सरदार के नये उत्तराधिकारी को अपने राजा से सिरोपाव प्राप्त करने का पूर्ण अधिकार था और इन सरदारों के राज्य के सामान्य न्यायालय में उपस्थित होने की छूट भी प्राप्त थी और शासक की पूर्व अनुमति के अभाव में उन पर अभियोग नहीं लगाया जा सकता था। इसके अलावा अपने जागीरो क्षेत्रों में सामन्तों को विभिन्न न्यायिक अधिकार भी प्राप्त थे।

सामन्तों के अधिकार :-

सामन्तों के अधिकार निश्चित व नियंत्रित थे। वे अपने शासक द्वारा निर्धारित किये हुए करों को ही ग्रहण करते थे। वे अपने प्रादेशिक क्षेत्र के अन्तर्गत हुए विद्रोहों के दमन के लिए और मुख्य मार्गों की रक्षा के लिए तथा उनके न्यायिक क्षेत्र में आने वाले गाँव में खोई गई वस्तुओं की पूर्ति और उन्हें पुनः प्राप्ति के लिए भी सेना रख सकते थे। मुसलमानों के आक्रमणों से पृथ्वीराज तृतीय और जयचन्द्र के पराजित होने के पश्चात् सामन्तों की शक्तियों में और भी वृद्धि हो गई।

इस प्रकार स्पष्ट है कि इस युग में साम्राज्य के कुछ हिस्से शासक अपने सामन्तों को दे दिया करते थे, किन्तु सम्भवतः मुसलमानों के निरन्तर आक्रमणों के कारण चौहानों के शासन काल में इन ठाकुरों अथवा राणकों की स्थिति में स्वयं की सैन्य व्यवस्था होने के कारण लगभग अर्ध स्वतंत्र होने के भाव आ चुके थे। इस प्रकार के अधिकार

सम्पन्न ठाकुरों में सिवाना के सातलदे का दृष्टान्त इस बात का ज्वलन्त उदाहरण है।

सामन्तों द्वारा प्रदत्त सेवाएँ एवं शुल्क :-

सैनिक सेवा :– शासकों और सामन्तों के आपसी सम्बन्ध में सैनिक सेवा का विशेष योगदान था। सामन्तों द्वारा अपने शासक को प्रदत्त सैनिकों की उपलब्धता ही सैनिक सेवा के अन्तर्गत आती थी। मुख्य रूप से इस सैनिक सेवा के अन्तर्गत दो प्रकार की सेवाएँ आती थीं–एक युद्धकालीन सेवा और दूसरी शान्तिकालीन सेवा। युद्ध के समय सामन्तों को अपने सैनिकों सहित शासकों की मदद के लिए जाना पड़ता था और शान्तिकाल में राज्य के सामान्य कार्यों के लिए सैनिक तथा सवार देना आवश्यक था। सैनिक सेवा भी विभिन्न राज्यों में विभिन्न प्रकार से थी। जयपुर राज्य में पाँच सौ की आय पर एक सवार और एक हजार की आय पर एक सवार और एक पैदल के हिसाब से सैनिक सेवा प्राप्त की जाती थी। जोधपुर राज्य में एक हजार की सालाना आय पर सामन्त को एक घुड़सवार, साढ़े सात सौ की आय पर एक शुतर सवार और पाँच सौ की आय पर एक पैदल सैनिक से राज्य की सेवा करनी पड़ती थी। उदयपुर में प्रत्येक सामन्त को एक हजार की आय पर दो सवार और चार पैदल सैनिकों से तीन महीने की सेवा ली जाती थी। बीकानेर राज्य में सैनिक सेवा का कोई निश्चित नियम न होने के कारण शासक भिन्न-भिन्न सामन्तों पर अपनी मर्जी से सैनिक सेवा तय कर देते थे। जैसलमेर के सामन्तों को अपनी जागीरों से आय बहुत कम होती थी। अत: इन्हें जागीरों के बदले सैनिक सेवा नहीं देनी होती थी। यदि शासक सैनिक सेवा भी लेते तो राज्य को उनके सैनिकों का वेतन देना पड़ता था।

रेख :– सामन्तों और राजपूत शासकों के मध्य 'रेख' एक प्रकार का राजकीय माँगों का मानक था। सामन्तों से राजकीय माँगों का मापदण्ड 'रेख' पर आधारित होता था। वस्तुत: 'रेख' के दो अर्थ होते थे। एक अर्थ में रेख का अर्थ उस सैनिक कर से था, जो राठौड़ राज्यों में जोधपुर, बीकानेर और किशनगढ़ में सैनिक सेवा के बावजूद भी सामन्तों से वसूला जाता था। दूसरे अर्थ में रेख का अर्थ गाँव की उस अनुमानित वार्षिक आय से होता था जो कि शासकों द्वारा प्रदान किये गये जागीर के पट्टे में लिखी होती थी। रेख एक प्रकार का मानक था। जिसके द्वारा सामन्तों से उत्तराधिकार शुल्क, सैनिक सेवा, न्यौता शुल्क आदि का हिसाब-किताब होता था। रेख द्वारा निर्धारित मापदण्ड बाद में शासकों व सामन्तों के मध्य झगड़े का कारण बन गया क्योंकि जो वार्षिक आय पट्टों में दर्ज होती थी, उसमें और वास्तविक आय में काफी अन्तर आ जाता था। शासकों का मानना था कि वास्तविक आय रेख के अनुमानित आँकड़ों से अधिक है, जबकि सामन्तों का तर्क था कि वास्तविक आय और रेख में

काफी अन्तर है और गाँवों की वास्तविक आय रेख के मानक से कम है। जैसा कि रेख के दूसरे अर्थ में है कि जोधपुर राज्य में सामन्तों से नियमित सैनिक सेवा के बावजूद रेख नामक कर भी लिया जाता था। महाराजा विजयसिंह ने सर्वप्रथम 1755 में यह कर लागू किया था। इस सन्दर्भ में रेऊ ने लिखा है कि ''महाराजा विजयसिंह ने वि.सं. 1812 में जागीरदारों पर शाही जीजपे और मारवाड़ से बाहर के युद्धों में भाग लेने की सेवा के बदले में एक हजार की आमदनी पर तीन सौ रुपयों के हिसाब से 'मतालबा' नामक कर लगाया।'' यह कर जागीर की आय के हिसाब से वसूल किया जाता था, इसलिए कुछ समय पश्चात् इसका नाम भी रेख पड़ गया। किन्तु यह कर न तो निश्चित दर से वसूला जाता और न ही नियमित रूप से वसूल किया जाता था। अतः अलग-अलग राज्यों की दरें भी भिन्न-भिन्न थीं।

उत्तराधिकार कर :- यह कर जागीर के नये उत्तराधिकारी से लिया जाता था। वास्तव में उत्तराधिकार शुल्क या कर के विभिन्न नाम थे। राज्यों में यह 'हुक्मनामा', 'पेशकशी', 'कैद-खालसा', 'तलवार-बँधाई', 'नजराना' इत्यादि नामों से पुकारा जाता था। वस्तुतः उत्तराधिकार शुल्क मुगल शासकों की देन था।

उत्तराधिकार शुल्क का प्रचलन सर्वप्रथम मोटा राजा उदयसिंह (1583-1595 ई.) ने किया था। जागीरदार की मृत्यु पर उसकी जागीर शासक द्वारा अस्थायी रूप से ले ली जाती थी और मृत जागीरदार का उत्तराधिकारी जब पेशकशी की रकम शासक को देता था, तब उसे उस जागीर का नया पट्टा प्रदान किया जाता था। अतः उस समय इसको 'पेशकशी' कहा जाता था। महाराजा सूरसिंह ने (1595-1619 ई.) पेशकशी की दर जागीर के रेख के बराबर निश्चित कर दी। महाराजा अजीतसिंह ने उत्तराधिकार शुल्क का नाम 'हुक्मनामा' रखा और इसके साथ 'तागी रात' नामक एक नया कर भी लागू कर दिया था। महाराजा मानसिंह ने 'हुक्मनामा' की दर पूर्व की अपेक्षा दुगुनी कर दी थी। 1869 ई. में अंग्रेजों के हस्तक्षेप के द्वारा एक नई दर तय की गयी जो जागीर की वार्षिक आय की तीन-चौथाई रखी गयी। यदि जागीरदार उत्तराधिकार शुल्क को अदा करने में स्वयं को असमर्थ पाता था तो वह अपनी जागीर को एक वर्ष तक खालसा के अन्तर्गत रखकर शुल्क से मुक्त हो सकता था, किन्तु यह स्थिति जागीरदार के लिए असम्मानजनक होती थी। अतः वह हर स्थिति में शुल्क को अदा करने का बाध्य था।

जयपुर राज्य के सामन्त उत्तराधिकार शुल्क की अदायगी अलग रूप में करते थे। यह शुल्क 'नजराना' कहलाता था। बीकानेर में उत्तराधिकार शुल्क की राशि जागीर की वार्षिक आय के बराबर ली जाती थी, किन्तु जिन सामन्तों को खिराज से मुक्त

रखा गया था, उनसे उत्तराधिकार के शुल्क के बदले 'नजराना' वसूला जाता था। यह 'नजराना' जागीरदारों की अनुमानित वार्षिक आय का एक-तिहाई भाग होता था। उदयपुर के जागीरदारों के लिए उत्तराधिकार शुल्क दर भी निश्चित नहीं होती थी। अलग-अलग महाराजाओं ने भिन्न-भिन्न तरीके से उत्तराधिकार शुल्क लिया था। कर्नल टॉड का मानना है कि जागीर की वार्षिक आय के बराबर शुल्क वसूल किया जाता था। 1854 ई. में शासकों व सामन्तों के बीच नया कौलनामा सम्पन्न हुआ। इस कौलनामा के अनुसार जागीर की कुल वार्षिक आय का तीन-चौथाई भाग उत्तराधिकार शुल्क निश्चित किया गया। आमेट, गोगून्दा, बनेड़ा आदि के सामन्तों से 'नजराना' लेने की प्रथा का प्रचलन प्रारम्भ हुआ था। नये कौलनामा के अनुसार 'नजराना' भी निश्चित कर दिया गया था और 80 रु. प्रति एक हजार के वार्षिक आय के हिसाब से लिया जाने लगा। जैसलमेर के सामन्तों को उत्तराधिकार शुल्क के रूप में कुछ नहीं देना पड़ता था। अत: स्पष्ट है कि भिन्न-भिन्न राज्यों का अलग-अलग दर से और नाम से वसूल किया जाता था।

शासकों के लिए उत्तराधिकार शुल्क वास्तव में जागीर के पट्टे का नवीनीकरण था क्योंकि जागीरदार को पट्टा देने का अर्थ यह था कि उसे राजस्व वसूलने का अधिकार सौंप दिया गया। जैसे ही शासक को जागीरदार की मृत्यु की सूचना प्राप्त होती थी, दीवानी अधिकारी के नेतृत्व में कुछ कर्मचारियों का एक दल जागीर के मुख्य गाँव भेज दिया जाता था जो उत्तराधिकार शुल्क जमा होने के पश्चात् ही उत्तराधिकारी को जागीर प्रदान करता था। यदि जागीरदार इस मामले में अधिक समय लेता था तो उसकी जागीर तब तक जब्त रहती थी और जस्ती दल का सारा खर्चा जागीरदार को वहन करना पड़ता था। यदि जागीरदार को उत्तराधिकार शुल्क अधिक लगता है तो वह एक वर्ष के लिए अपनी जागीर को जत्ती के अन्तर्गतन रख सकता था, लेकिन इससे जागीरदार की प्रतिष्ठा को भारी धक्का लगता था। अत: कोई भी जागीरदार इस व्यवस्था के लिए तैयार नहीं होता था। अत: वह उत्तराधिकार शुल्क को देने के लिए विवश हो जाता था।

अन्य कर :-- राजपूत राज्यों में उपरोक्त करों के अतिरिक्त कुछ अन्य कर भी सामन्तों पर लगाये जाते थे। इन करों को अनियमित कर भी मान सकते हैं क्योंकि ये कर विभिन्न राज्यों में अलग-अलग प्रकार के थे। ये अनियमिति कर निम्न प्रकार हैं-राजा के राज्याभिषेक के अवसर पर नजराना, राजा के व उसके ज्येष्ठ पुत्र के प्रथम विवाह के समय नजराना, राजकुमारियों के विवाह के समय न्यौता, राजाओं की तीर्थराजाओं के समय उन्हें भेंट देना। इस प्रकार इन करों की अदायगी विभिन्न शासकों

के समय में भिन्न-भिन्न दरों में ली जाती थी। उदयपुर राज्य में नये राजा के राज्याभिषेक पर बड़े-बड़े सामन्तों को 500 रु. तथा एक या दो घोड़े और अन्य छोटे सामन्तों को एक हजार की रेख पर 20 रु. के हिसाब से नजराना देना पड़ता था। शासक व युवराज के प्रथम विवाह के समय उदयगुर राज्य में यह नजराना राज्याभिषेक की दर से ही अदा किया जाता था। राजकुमारियों के विवाह के अवसर पर उदयपुर राज्य में एक हजार की वार्षिक आय पर 150 रु. के हिसाब से न्यौता वसूल किया जाता था और राजाओं की तीर्थयात्राओं के समय सामन्तों से एक हजार वार्षिक आय पर 75 रु. के हिसाब से भेंट वसूल की जाती थी। जोधपुर राज्य में नये शासक के राज्याभिषेक के अवसर पर जागीरदारों को एक हजार की रेख पर 25 रु. के हिसाब से नजराना दिया जाता था। शासक और युवराज के प्रथम विवाह पर सामन्तों को प्रति हजार की आय पर 100 रु. के हिसाब से नजराना अदा करना पड़ता था। राजकुमारियों के विवाह के अवसर पर जोधपुर महाराज तख्तसिंह के शासनकाल तक एक हजार रेख पर 40 रु. के हिसाब से जागीरदारों से 'न्यौता' वसूल किया जाता था। इस प्रकार की दरें अन्य राज्यों में भी मामूली हेर-फेर के साथ सामन्तों से वसूल की जाती थी। सभी राजपूत शासकों ने उपर्युक्त करों की वसूली अपने जागीरदारों से की थी। ब्रिटिशकाल में सभी दरें निश्चित हो गयी थीं।

सामन्तों के कर्त्तव्य (सैनिक कर्त्तव्य) :-

स्वामी की सैनिक सहायता करना व उसके प्रति निष्ठा रखना सामंत का मुख्य कर्त्तव्य था। सामन्तों ने अपनी सेना के साथ प्रतिहार साम्राज्य की विरोधी शक्तियों के साथ संघर्ष किया था। प्रतिहार वंश के आरम्भिक काल में शक्तिशाली शासक नागभट्ट द्वितीय के राष्ट्रकूटों अथवा पालों के साथ हुए संघर्षों में प्राय: मण्डोर के प्रतिहार और चाटसू के गुहिल सामन्तों, जो प्रतिहारों के अधीन थे, ने उनकी न केवल युद्ध में स्वयं भाग लेकर, अपितु अपनी सेना द्वारा भी सहायता की थी।[1] इसी तरह सौराष्ट्र के चालुक्यों और शाकम्भरी के चौहान (प्रतिहारों के अधीन) शासकों (सामन्तों) ने भी प्रतिहारों के साथ सुदूर प्रान्तों में अनेक युद्ध लड़े थे। नागभट्ट के उत्तराधिकारियों में रामभद्र ने न केवल अपने सामन्तों से विपक्षियों के साथ हुए संघर्षों में सैनिक सहायता ली थी, अपितु अपनी सेना के विद्रोही सेनानायकों का दमन भी उसने इन सामन्तों की सहायता से किया था। प्रतापगढ़ के चौहान सामन्तों ने अपनी सम्पूर्ण जाति के द्वारा प्रतिहार शासक भोज प्रथम के राज्य को सुविस्तृत बनाने में योग देने का गौरवपूर्ण कार्य किया था।

उपरोक्त सामन्तों में उल्लेखनीय स्थान मण्डोर शाखा के कक्क सामन्त का है। उसने प्रतिहारों की ओर से मुंगेर में पालों से संघर्ष किया था। ऊना अभिलेख में एक अन्य महत्त्वपूर्ण सामन्त का उल्लेख हुआ है। जिसका नाम बाऊक धवल बताया गया है। उसने पाल शासक धर्मपाल तथा कर्णाट के शासकों से संघर्ष किया। कुल मिलाकर प्रतिहारों के प्रभाव के अन्तर्गत शाकम्भरी के चौहान, दिल्ली के तोमर, मेदपाट के गुहिल और महोबा के चन्देल जैसे शक्तिशाली सामन्त थे, किन्तु ये सभी राजा महाराजा और नरेन्द्र प्रतिहार काल के साम्राज्यवादी शासक भूचक्रवर्ती के नियंत्रण में रहते थे।

चौहानों के सामन्त महासामन्त, महासामन्ताधिपति, समधिगत, पंचमहा-जैसी उपाधियों से विभूषित किये जाते थे। इन सामन्तों को शासक के लिए युद्ध काल में पैदल सिपाही और घुड़सवार देने होते थे। यदि वे इस काम में अक्षम पाये जाते थे, तब या तो उनको दी गई जागीर वापस ले ली जाती थी या कभी-कभी कठोर रूप से दण्डित भी किया जाता था। लेख पद्धति से ज्ञात होता है कि चौहानों के समय में जागीरदारों (सामन्तों) को जिन्हें ठाकुर, राणक और भोक्ता कहा जाता था, अपने केन्द्रीय शासक को अनिवार्य रूप से पैदल सिपाही और घुड़सवार देने होते थे और न देने पर उन्हें वार्षिक रूप से राजा द्वारा निश्चित किया गया आर्थिक दण्ड भी देना होता था। कभी-कभी इनकी रियासतें भी छीन ली जाती थीं। इसी ग्रन्थ से ज्ञात होता है कि राजा बड़े-बड़े सामन्तों (देश, ठाकुरों, राणकों और भोक्ताओं) में अपनी प्रशासनिक शक्ति का कुछ भाग विभाजित करता था। इस प्रकार की व्यवस्था बहुत अंशों में स्थानीय आवश्यकताओं के कारण ही की गई होगी। तारीख-ए-फिरिश्ता से ज्ञात होता है कि पृथ्वीराज के 150 सामन्त थे।

पृथ्वीराज विजय के अनुसार चौहान नरेश दुर्लभराज ने गौड़ देश तक अभियान किया था और अपनी तलवार को गंगा और समुद्र के संगम में स्नान कराया था। इससे स्पष्ट है कि दुर्लभराज ने पालों के विरुद्ध अपने स्वामी की सहायता की थी। जोधपुर अभिलेख से स्पष्ट है कि मण्डोर का प्रतिहार शासक कक्क अपने स्वामी नागभट्ट द्वितीय की सहायता के लिए गौड़ों से युद्ध करने मुंगेर गया था, जहाँ उसने युद्ध करके कीर्ति प्राप्त की थी। चाटसू अभिलेख[1] से स्पष्ट है कि गुहिल शंकर गण ने गौड़ नरेश धर्मपाल को पराजित करने में प्रतिहार शासक नागभट्ट द्वितीय की सहायता की थी। प्रबन्धकोष में चौहान नरेश गूवक प्रथम को तथा खुम्माणरासो नामक ग्रन्थ में गुहिल खुम्माण को मुस्लिम विजेता बतलाया गया है। ये दोनों प्रतिहार शासक नागभट्ट द्वितीय के अधीन थे तथा नागभट्ट द्वितीय ने इनकी सहायता से मुसलमानों

के आक्रमण को विफल कर दिया। प्रतिहार शासक रामचन्द्र ने उद्धत और क्रूर सेनानायकों का दमन सामन्तों की सहायता से किया था। चाटसू अभिलेख में लिखा है कि गुहिल हर्ष ने गौड़ नरेश को एवं उत्तरी भारत के अन्य राजाओं को पराजित किया था तथा भोज (मिहिरभोज प्रथम) को घोड़े भेंट किये थे। पाणाहेरा अभिलेख[2] से ज्ञात होता है कि बागड़ के परमार मण्डलीक ने बलवान सेनापति कन्ह को पकड़कर उसके घोड़ों और हाथियों सहित जयसिंह (मालवा का परमार शासक) के सुपुर्द किया था।

आबू के परमार शासक यशोवर्धन ने चालुक्य कुमारपाल के शत्रु मालवे के राजा बल्लाल को मारा। आबू के ही परमार शासक धारावर्ष ने कोंकण के राजा मल्लिकार्जुन को परास्त करने में चालुक्य कुमारपाल की सहायता की। धारावर्ष के छोटे भाई प्रल्हादन ने बड़ी वीरता से लड़कर गुजरात की उस समय रक्षा की जबकि मेवाड़ के गुहिल शासक सामन्तसिंह के साथ लड़ाई में गुजरात का शासक अजयपाल घायल हो गया था।

इसी प्रकार बागड़, जालौर और किराडू के शासक मालवा के परमारों के सामन्त थे। प्रतिहार अभिलेखों में कुछ अधीनस्थ सरदारों और सामन्तों का उल्लेख है। इनमें कुछ को प्रशासन के लिए बड़े-बड़े क्षेत्र दिये गये थे। इसका एक उदाहरण शूरादित्य का एक सामन्त है। वह कन्नौज के श्रवणभद्र के परिवार का था। इसको भोज या उसके पिता सिन्धुराज द्वारा संगमरवेट का मण्डलेश्वर नियुक्त किया गया था। इस कृपा के प्रतिदान स्वरूप वह अपने स्वामी को सैनिक सहायता देता था। हो सकता है कि वह यदाकदा अथवा नियमित रूप से कर भी देता रहा हो। चालुक्यों के शासन में नाडौल, जालौर व आबू इत्यादि भी सामन्ती क्षेत्र थे। मेवाड़ के गुहिल शासकों के सामन्त इतने शक्तिशाली थे कि एक शासक को हटाकर उसके स्थान पर दूसरा प्रस्थापित कर सकते थे। अतः सिद्ध है कि गुहिल वंश में भी शासन के अन्तर्गत सामन्तों का हस्तक्षेप था।

सामन्तों के असैनिक कर्त्तव्य :-

सामन्त शासक को कर प्रदान करते थे। अभयतिलकमणि के अनुसार आबू के परमार शासक विक्रमसिंह चालुक्य कुमारपाल को एक लाख द्रव्य तथा भाग देता था। राष्ट्रकूट शासक गोविन्द तृतीय ने अपने सामन्त राजाओं से कर वसूल करने के लिए अपने साम्राज्य के दक्षिणी हिस्से का दौरा किया था।[1] नीतिवाक्यामृतम् से ज्ञात होता है कि प्रभु के घर पुत्र-जन्म या विवाहोत्सव के अवसर पर सामन्त दरबार में विशेष उपहार भेंट किया करते थे। राजकीय आदेशों का पालन तथा उत्सवों के अवसर पर

राजदरबार में सामन्तों की उपस्थिति भी उनके अन्य कर्त्तव्य थे। राज दरबार में उपस्थित होकर वे अपनी राजभक्ति का परिचय देते थे। सामन्त के दान-पत्रों तथा शासनों (फरमान) में सम्राट का नामोल्लेख करना आवश्यक था।

दरबार में उपस्थिति :-

सामन्तों को इन करों की अदायगी के अलावा कुछ अन्य कर्त्तव्यों को भी निभाना पड़ता था। इसमें मुख्य कर्त्तव्य सामन्त की दरबार में उपस्थिति थी। उनको प्रतिवर्ष एक निश्चित अवधि के लिए राजा के दरबार में रहना पड़ता था और इस काल में राजा की पूर्व आज्ञा के बिना वे राजधानी को नहीं छोड़ सकते थे। साथ ही कुछ विशिष्ट त्यौहारों जैसे अक्षय तृतीया, दशहरा आदि पर भी सामन्तों को दरबार में उपस्थित रहना पड़ता था। रनिवास की देखभाल का कार्य भी किसी भी सामन्त को राजा की राजधानी से गैर-हाजिरी की स्थिति में सम्भालना पड़ता था। साथ ही, रनिवास की महिलाओं की यात्रा आदि पर जाने पर उनकी सुरक्षा का कार्य और यात्रा-व्यवस्था आदि का कार्य किसी भी सामन्त को निभाना पड़ता था। सामन्तों को नया किला बनवाने के लिए शासकों से पूर्व अनुमति लेनी भी आवश्यक होती थी और यहाँ तक कि उनको अपने पुत्र-पुत्रियों का विवाह करने से पहले शासक को सूचना भेजनी पड़ती थी।

यूरोपीय सामंत पद्धति से अन्तर :-

यूरोपीय सामन्त प्रथा और राजपूताने की मध्ययुगीन सामन्त प्रथा में पर्याप्त अन्तर है। कर्नल जेम्स टॉड ने मध्ययुगीन यूरोप की सामन्त प्रथा की साम्यता राजस्थान की सामन्त पद्धति से की है। लेकिन वास्तव में दोनों में अनेक भिन्नताएँ हैं क्योंकि दोनों की उत्पत्ति अलग-अलग परिस्थितियों में हुई है। इसी सन्दर्भ में डॉ. गोपीनाथ शर्मा ने लिखा है कि ''इसमें कोई सन्देह नहीं कि यहाँ की सामन्त पद्धति और यूरोप की सामन्त पद्धति में कई साम्यताएँ हैं, जिसमें नेता के रूप में राजा रहता है और उसके साथ उसके वंशज या अन्य जाति के वंशज उसके साथी और सहयोगी बने रहते हैं। यूरोप में एक स्वामी के साथी आश्रित के रूप में रहते थे जिनकी स्वतन्त्र कोई स्थिति नहीं थी। यहीं एक प्रकार से राजा के सामन्त उसी या समकक्ष वंश के होने से राज्य के बराबरी के हिस्सेदार होते थे।''

अत: यह सत्य है कि दोनों में तुलना करने से भिन्नताएँ स्पष्ट रूप से दिखायी देती हैं। यूरोप में सामन्ती प्रथा का जन्म उस स्थिति में हुआ जब वहाँ के वातावरण में अराजकता का बोलबाला था। सरकार जनता की सुरक्षा करनें में असफल रही थी।

इस स्थिति में जनता के जान-मान की सुरक्षा का भार सामन्तों ने सँभाला। कर्नल टॉड व गिबन जैसे विद्वानों ने यह स्वीकार किया कि यूरोप में सामन्ती प्रथा का जन्म बर्बरतापूर्ण वातावरण के परिणामस्वरूप हुआ। यूरोपीय सामन्तों को अपने क्षेत्र में शान्ति-व्यवस्था के लिए अनेक अधिकार प्रदान किये गये। इनमें सिक्कों को ढलवाना, निजी तौर पर युद्ध लड़ना व सामन्ती कर के अलावा अन्य किसी प्रकार के कर न देना आदि अधिकार दिये गये। साथ ही अपने क्षेत्र के लिए कानून बनाना तथा न्याय प्रदान करना भी उनके अधिकारों में सम्मिलित था। अत: यूरोपीय सामन्त पद्धति राजा और सामन्त के मध्य एक प्रकार का समझौता थी और इस समझौते का आधार पारस्परिक सुरक्षा एवं सेवाएँ थीं। राजस्थान में राजा व सामन्त का सम्बन्ध रक्त व भाई-चारे का था। राजस्थान की सामन्त प्रथा की उत्पत्ति भिन्न परिस्थितियाँ में हुई थी जिसमें सामन्त पद्धति का जन्म राजा की शक्तिहीनता का कारण नहीं था। इसमें राजा व सामन्तों के मध्य बन्धुत्व का भाव था। किन्तु यह सत्य है कि राजस्थान के सामन्तों को यूरोपीय सामन्तों की भाँति अधिक अधिकार नहीं दिये गये।

यूरोप में भूमि का स्वामी राजा होता था जबकि राजस्थान में भूमि का स्वामी किसान था। राजा या सामन्त केवल भूमि की उपज का एक भाग ही ले सकता था। इसलिए इस भिन्नता के कारण राजस्थान के शासक भूमि के अधिकार का हस्तान्तरण नहीं कर सकते थे, वे केवल भूमि कर की वसूली को हस्तान्तरित कर सकते थे।

यूरोपीय सामन्तों के पास न्याय सम्बन्धी अधिकार प्राप्त थे जबकि राजस्थान में न्याय सम्बन्धी कार्य ग्राम पंचायत या जाति पंचायत के हाथों में था। सामन्त कभी भी इस कार्य में हस्तक्षेप नहीं करते थे। यूरोप में राजा की मदद सामन्त के समझौते के आधार पर करते थे किन्तु राजस्थान में राजा की मदद इसलिए की जाती थी कि वह उनके कुल का मुखिया था और उनका शासक से रक्त का सम्बन्ध भी था। राजस्थान के सामन्त राज्य को अपने कुल की सम्पत्ति समझते थे। जोधपुर के महाराज़ा ने जब अपने बहुत-से सामन्तों को अपनी जागीरों से बेदखल कर दिया तो इन सामन्तों ने ब्रिटिश सरकार को यह ज्ञापन दिया कि भूमि पर उनका कुलीय दावा है और शासक के साथ उनकी स्थिति बराबर की है।

अन्त में यूरोप में जब राष्ट्रीयता का विकास हुआ और राज्यों का स्वरूप राष्ट्रीय राज्यों में परिवर्तित हुआ तब सामन्तों का पतन प्रारम्भ हो गया और समय के साथ सामन्तशाही का अस्तित्व ही खत्म हो गया, किन्तु राजस्थान में सामन्त प्रथा का चलन अन्त तक रहा। कर्नल टॉड ने यूरोपीय सामन्त प्रथा से जो साम्यता स्थापित की है

वह पूर्णरूप से प्रामाणिक नहीं है। यूरोप व राजस्थान की सामन्त प्रथा के उदय व विकास में कोई भी सामनता नहीं थी। यूरोप में सामन्त प्रथा का उदय राजनीतिक कारण से हुआ था जबकि राजस्थान में सामन्त प्रथा का अभ्युदय सामाजिक व नैतिक कारणों से हुआ था। वास्तव में यह उस समय की सामाजिक आवश्यक थी जबकि यूरोप में सामन्त प्रथा उस समय की राजनीतिक आवश्यकता थी। डॉ. गोपीनाथ शर्मा ने इस सम्बन्ध में लिखा है कि "टॉड ने जिस समय इस प्रथा को देखा था, उस समय राजस्थान के सामन्त निर्बल हो चुके थे और उस समय इनकी स्थिति केवल एक राज्य के आश्रित के रूप में थी।" अत: इस आधार पर यह स्पष्ट रूप से कहा जा सकता है कि दोनों प्रथा में कोई समानता नहीं थी और दोनों की परिस्थितियाँ बिलकुल एक-दूसरे से भिन्न थीं।

सामन्तवादी व्यवस्था (13वीं शताब्दी से 16वीं शताब्दी तक)

तेरहवीं और चौदहवीं सदी में सामन्त अधिकारियों को महामण्डलेश्वर राउत और राणक कहा जाता था। आबू के धारा वर्ष के शासकों ने महामण्डलेश्वर की उपाधि धारण की थी। यद्यपि हम्मीर ने अन्त तक अपनी सेना स्वयं के खजाने के बल पर कायम रखी थी, किन्तु कान्हड़देव की सेना का निर्माण सामन्तों द्वारा दी हुई सैन्य टुकड़ियों से किया गया था। कान्हड़दे-प्रबन्ध में उल्लेख है कि जब उलूगखान जालौर के रास्ते से दिल्ली लौट रहा था तो सामन्तों की सेना ने उससे हुए संघर्ष में कान्हड़देव की मदद की थी।[1] इसी प्रकार जब अलाउद्दीन खिलजी ने भिल्लमाल पर घेरा डाला तो कान्हड़देव ने इसका प्रतिशोध लेना चाहा। कान्हड़देव की एक आवाज पर चौहान बाघेल, सोलंकी, राठौड़, परमार, झाला, हाला, मल्ल, बारड़, चावड़, हरियाड़, डोडी, यादव, निकुम्भ व गुहिल आदि सामन्त युद्ध के लिए तैयार हो गये। युद्ध में कान्हड़देव की सहायता न केवल उसके वंश वालों ने की थी वरन् सामन्तों के 36 राजवंशों ने उसका साथ दिया था किन्तु इन राजवंशों (सामन्तों) की सेनाओं की एक कमजोरी यह थी कि ये सेनायें अचानक किये गये आक्रमणों में ही सफलता प्राप्त कर सकती थी। लम्बे समय तक चलने वाले संघर्षों में ये असफल रहती थी।

इस प्रकार स्पष्ट है कि लगभग 14 वीं सदी के प्रथम दो दशकों तक राजस्थान के प्रादेशिक क्षेत्रों के सामन्त अत्यन्त प्रभावशाली रहे और कुछ दोष होते हुए भी समय-समय पर अपने शासकों की सैनिक सहायता करते रहे। पन्द्रहवीं शताब्दी के मेवाड़ में बड़े राजकुमारों को छोड़कर शासक के सभी छोटे लड़कों को विभिन्न जागीरें प्रदान की जाती थीं, साथ ही वीरता और स्वामिभक्ति प्रदर्शित करने वाले सैनिकों

को भी जागीरें दी जाती थीं। इसके अतिरिक्त राजघराने से सम्बन्धित सभी व्यक्तियों को जागीरें दी जाती थीं। जो ब्राह्मण विद्वान एवं धार्मिक कार्य में दक्ष होते थे, उन्हें भी जागीरें प्रदान की जाती थीं।

राजपूत जागीरदारों की जागीरें राज्य के अधिकार में रहती थीं। आवश्यकता पड़ने पर जागीरदारों को सेना लेकर युद्ध-स्थल में भी जाना पड़ता था। जो जमींदार या सरदार शासक की आज्ञा की अवहेलना करता था, उसकी जागीर छीन कर पुन: राज्य में सम्मिलित करली जाती थी और उस जागीरदार को देश से निर्वासित किया जा सकता था। सवामिभक्त सरदारों या सामन्तों को राव, राजा आदि पदवियों से विभूषित किया जाता था। जागीरदारों का जनता पर बड़ा प्रभाव था। वे बड़े शक्तिशाली थे। उन्हें यह अधिकार भी था कि अयोग्य अथवा अन्य कारणों से अमान्य शासक को गद्दी से हटा सकते थे।

मध्यकालीन सामन्तवर्ग की प्रशासन में भूमिका के सम्बन्ध में डॉ. गोपीनाथ शर्मा का मत उचित लगता है कि ''जब राज्य पर आपत्ति आती थी तो सामन्त अपने अनुयायियों सहित राज्य के लिए मर-मिटने को उद्यत रहते थे। वार्षिक कर देकर वे राजकीय कोष की पूर्ति करते थे। शांतिकाल में उत्सव और त्यौहारों में सामन्तों की उपस्थिति से राजसभा की शोभा बढ़ती थी।''[1]

□□□

8

कौटिल्य की राजस्व एवं सैन्य व्यवस्था

राजकोष का महत्त्व :-

राज्य प्रशासन के सफल संचालन के लिए व्यवस्थित अर्थतंत्र नितान्त आवश्यक है। प्राचीन विचारकों ने राज्य के विकास के लिए धन की आवश्यकता और राजकोष के महत्त्व को स्वीकार किया है। कौटिल्य के मतानुसार संसार में अर्थ ही प्रधान पदार्थ है, उसी के अधीन धर्म और काम है।[1] उनका मत है 'राज्य सम्बन्धी सम्पूर्ण क्रिया का आधार कोष होता है। इसलिए राजा सर्वप्रथम कोष-वृद्धि का चिन्तन करे और कोष-संग्रह करता रहे।' कौटिल्य ने राज्य के सात अंगों में कोष की गणना की है। महाभारत में भीष्म ने कोष के महत्त्व को स्वीकार करते हुए विचार व्यक्त किया है कि 'राजा प्रयत्नपूर्वक निरन्तर कोष की रक्षा करता रहे। कोष ही राजाओं का मूल एवं उनकी वृद्धि का हेतु होता है।' उन्हीं के मतानुसार राजा का मूल कोष और सेना है। सेना का मूल कोष है। सेना सम्पूर्ण धर्मों का मूल है और धर्म ही प्रजा का मूल है। इसलिए सबके मूल कोष की वृद्धि करनी चाहिए। गौतम के विचार से कोष राज्य के अन्य छः अंगों का आधार है।[2] शुक्र का मत भी उल्लेखनीय है कि राजा सेना, प्रजारक्षण और यज्ञ के निमित्त कोष का संग्रह करे। सोमदेवसूरि के अनुसार "निश्चय ही कोष ही राजाओं का जीवन है, प्राण उनका जीवन नहीं है।" राजा कोष की व्यक्तिशः देखरेख किया करते थे। इसी सन्दर्भ में राजतरंगिणी का विचार है कि कश्मीर का राजा कलश वणिक की भाँति आय-व्यय का ब्यौरा रखता था और बड़ी सावधानी बरतता था। उसके पार्श्व में सदा एक लिपिक रहता था, जिसके हाथ में लिखने के लिए खड़िया एवं भुर्ज (भोजपत्र) रहा करते थे।

कराधान के सिद्धान्त :-

राजकोष में विपुल धनराशि एकत्र करने का प्रमुख साधन कराधान होता है। प्राचीन भारत में कर ग्रहण करने के कई सिद्धान्त थे। हमारे अध्ययन काल तक भी सम्भवतः उन्हीं सिद्धान्तों का पालन हो रहा था। ये सिद्धान्त निम्नलिखित हैं :

1. निर्धारित कर ही ग्रहण करना :– स्मृतियों द्वारा निर्धारित कर के अतिरिक्त अन्य कर राजा नहीं लगा सकता था। पृथ्वीराज विजय में धन को हड़प लेना कठिन बतलाया गया है। मनु का कथन है कि "जिस प्रकार धीरे-धीरे दुग्धपान करते हुए बछड़े से गाय आनन्दित होती है, शनैः शनैः रक्तदान कर जोंक तृप्त हो जाती है और पशु को भी कष्ट नहीं होता, उसी प्रकार धीरे-धीरे प्रजा से धन लेकर कोष का संचय करने पर कोष की वृद्धि अधिक होती है।"

2. प्रजा की रक्षा के बदले प्रजा से कर ग्रहण करना :– मनु एवं शुक्र के अनुसार प्रजा की रक्षा करने के कारण ही राजा कर लेने का अधिकारी है।[1]

3. करों को उचित समय पर उगाहना :– मनु का कथन है कि व्यापारियों पर कर लगाते समय राजा को निन्नलिखित बातों पर ध्यान देना चाहिए–

"वस्तुओं के क्रय में कितना धन लगा है? राज्य में वस्तुओं की बिक्री कैसी होगी? कितनी दूरी से सामान लाया गया? मार्ग में खाने-पीने व सुरक्षा आदि की व्यवस्था में कितना धन लगा?"

4. करों में वृद्धि विपत्ति के समय ही करना :– शुक्र का कथन है कि विपत्ति के समय ही अधिक कर लगाये जावें, अन्यथा नहीं। निःसन्देह राजपूताने में उस समय में कई अतिरिक्त कर लगा दिये थे, जैसे तलाराभाव्य, सेलहथाभाव्यादि। उस काल में मुसलमानों के निरन्तर आक्रमण से उत्पन्न भय के कारण सेना पर अधिक खर्च करना पड़ता था। इसलिए करों में वृद्धि की गयी हो तो अन्यायपूर्ण नहीं कही जा सकती। किन्तु ऐसे प्रमाण भी मिलते हैं, जब शासकों ने किसानों को कुछ करों से मुक्त कर दिया था। नाडौल के चौहान शासक पृथ्वीपाल ने किसानों से लिए जाने वाले कुछ निश्चित करों को हटा दिया था।

5. चुंगी एक बार लेना :– शुक्र के अनुसार व्यापारिक वस्तुओं पर चुँगी एक बार ही ली जानी चाहिए। खरीदने के स्थान एवं वस्तु को सीमा पार कर लेने पर दुबारा कर नहीं लिया जाना चाहिए वरन् एक ही स्थान पर कर ग्रहण करना चाहिए।

6. आपात-कर की दरें ज्यादा न हों :– नीतिवाक्यामृतम् के अनुसार दूसरे देशों की चीजों पर अधिक कर नहीं लगाया जावे। ऐसा करने पर अन्य देशों से माल आना बन्द हो जाता है।

भू-राजस्व निर्धारण विधि :-

मेधातिथि का कहना है कि कर निर्धारण का कोई विशेष आधार नहीं होता है। जहाँ अधिक लाभ हो। वहाँ राजा को निर्धारित कर से भी अधिक कर वसूल करना चाहिए, लेकिन सामेश्वर ने मानसोल्लास में भूमि की प्रकृति और उत्पादन की मात्रा के आधार पर राजस्व 1/8, 1/12 और 1/6 भाग तक निर्धारित करने पर जोर दिया है। मित्रामित्र का भी विचार है कि भूमि के उपजाऊपन के आधार पर कर कम या अधिक हो सकता है। इसी प्रकार शुक्रनीति में भी कहा गया है कि राजा को भूमि की किस्म और उपजाऊपन के आधार पर भू-राजस्व निर्धारित करना चाहिए।[1] यहाँ कहा गया है कि राजा सर्वप्रथम भूमि को नापकर और उसके बहुत, मध्यम या कम पैदावार को समझकर तदनुसार कर का निश्चय करे। उसको कृषक से इतना ही कर लेना चाहिए, जिससे कि वह नष्ट न हो पाये।

अन्य ग्रन्थों में भूमि के नाप के अनुसार भी कर निर्धारण का उल्लेख मिलता है। अर्थशास्त्र में ग्रामों में रजिस्टर तथा अभिलेख रखने की व्यवस्था का उल्लेख मिलता है, जिससे अनुमान लगाया जा सकता है कि उस समय मौर्यकाल में भी किसी इकाई विशेष के नाप के आधार पर भू राजस्व का निर्धारण किया जाता होगा। हमारे अध्ययन काल के लेखों में 'परमेश्वरीय हस्त', निवर्तन, पाश[2] इत्यादि नाप की इकाइयों का उल्लेख मिलता है। कुछ अभिलेखों में बीज क्षमता पर आधारित नाप का भी उल्लेख है। इन नापों की इकाइयों के आधार पर भी सम्भवत: भू-राजस्व का निर्धारण करना चाहिए। यहाँ नाप के लिए प्रयुक्त किये जाने वाले साधनों को राजकीय चिन्ह से चिन्हित करने का भी उल्लेख किया गया है। डॉ. दशरथ शर्मा के इस मत से सहमति प्रकट की जा सकती है कि भूमि के उपजाऊपन के आधार पर भूमि का सर्वेक्षण करने की प्रथा भारत में पूर्वकाल से प्रचलित थी, जिसको बाद में मुसलमानों ने भी भारत में आने पर अपनाया। हमारे अध्ययन काल के एक अन्य ग्रन्थ लेख पद्धति के दस्तावेजों में भी भूमि के उपजाऊपन के आधार पर आठ भागों-समकर, पोछिल, उधखिल, खिल, नडियक, महिष गोचर, बलिवर्ह गोचर, वल्होडीया-छाली गोचर में विभाजित कर उसी के अनुरूप कर की दरों का विधान किया गया है।[1]

भू-राजस्व एकत्रीकरण की विधि :-

अभिलेखों तथा साहित्य से पता चलता है कि भू-राजस्व नकद तथा वस्तु दोनों रूपों में एकत्रित किया जाता था। प्रबन्ध चिन्तामणि में "राजदेय विभाग और शस्य-निदान निभूत दानी" का उल्लेख हुआ है। प्रबन्धचिन्तामणि ग्रन्थ के आंग्ल भाषा के अनुवादक सी.एच. टावनी के अनुसार उपरोक्त शब्दों का अर्थ राजा के उस भाग से है जो अनाज के रूप में लिया जाता था। इस प्रकार जो राजस्व प्राप्त होता था, उसको सुरक्षित रखने के लिये धान्याध्यक्ष, भाण्डागाराधिकृत के अन्तर्गत राज्य में अनेक कोष्ठक अर्थात् धान्यागार बने हुए थे।

हमारे अध्ययनकालीन विद्वान फार्बस ने रासमाला में लिखा है कि कभी-कभी राजा किसानों से सीधा भू-राजस्व प्राप्त करता था और कभी उसके मंत्री उसके प्रतिनिधि के रूप में भू-राजस्व एकत्रित करते थे। कभी-कभी ग्राम के अधिपति कृषकों से भू-राजस्व ग्रहण करते थे और राजा उनसे अपना अंश प्राप्त करता था। शुक्रनीति में एक ऐसे मध्यस्थ व्यक्ति की नियुक्ति की बात कही गई है, जो भू-राजस्व एकत्रित कर राजा को दे। शुक्रनीति में कहा गया है कि राजा प्रत्येक किसान को भू-राजस्व की रसीद लिखकर उस पर अपनी मुहर लगाकर देवे अथवा ग्राम की समस्त भूमि का कर निश्चित करके किसी एक धनिक से सम्पूर्ण कर ले ले और उस धनिक को किसानों का प्रतिभू (जामिंदार) मान ले जो कि सबसे अलग-अलग कर लेकर राजा को दे। अब उक्त व्यक्ति ही भू-राजस्व एकत्रित करने के लिये उत्तरदायी होता था और अगर वह सम्पूर्ण निर्धारित भाग एकत्र नहीं कर सकता तो स्वयं उस हानि का भागी होता था। इस प्रकार शुक्र ने धनाद्य व्यक्ति से "अग्रिम कर" व्यवस्था का भी उल्लेख किया है। इसी ग्रन्थ में राजा को मिलने वाले कर से छठा भाग वेतन के रूप में देकर ग्रामपाल या अन्य अधिकारी नियुक्त करने की बात कही गई है, जो भू-राजस्व एकत्रित करे। सम्भव है कि भू-राजस्व एकत्रीकरण की उपरोक्त विधि ही राजपूताने में प्रचलित रही होगी।

अकाल के समय भू-राजस्व नीति :-

इस काल में राजपूताने में पड़े सूखे तथा अकाल का उल्लेख भी मिलता है। जैन साहित्य के प्रसिद्ध विद्वान अगरचन्द नाहटा ने राजपूताने के एक प्राचीन नगर "श्रीमाल" का वर्णन किया है, जहाँ संवत् 1075 में भयंकर अकाल पड़ा था और इस समय कई श्रीमाल ब्राह्मण यहाँ से गुजरात जाकर बस गये थे। तेरहवीं शताब्दी में राजपूताने को अनेक बार अकाल का सामना करना पड़ा, जिसका तत्कालीन साहित्य में उल्लेख मिलता है।[1]

उपर्युक्त परिस्थितियों में राज्य में अकाल की स्थिति विद्यमान होने पर तत्कालीन शासकों द्वारा जनता की सहायता करने का भी समकालीन साहित्य तथा लेखों में उल्लेख मिलता है। सोमदेव ने नीतिवाक्यामृतम् में लिखा है कि अकाल के समय प्रजा की रक्षा के लिए राजा को पहले से ही अनाज का संचय करके रखना चाहिए। नारदस्मृति में भी अकाल के समय राजा द्वारा प्रजा की सहायतार्थ अन्न वितरित किये जाने का उल्लेख है। इसी प्रकार पुरातन प्रबन्ध संग्रह में अकाल के समय विसालदेव बाघेला द्वारा समय पर सहायता देकर लोगों को बचाने का उल्लेख हुआ है। विशाल देवरासो में भी उल्लेख है कि राज्य अकाल जैसी दैवी विपत्तियों का सामना करने के लिए पूर्व से ही आवश्यक कदम उठाता था लेकिन अकाल की इतनी भयानकता होती थी कि इस मध्यकालीन युग में सफलतापूर्वक उसका सामना करना असम्भव था। डॉ. दशरथ शर्मा ने मध्यकालीन राजपूताने में अकाल की स्थिति पर अपने विचार प्रकट करते हुए बताया है कि राजस्थान और देश के किसी अन्य भाग में किसी ऐसी व्यवस्था का विकास नहीं हो पाया था कि ऐसी दैवी विपत्तियों का सफलतापूर्वक सामना किया जा सके और न ही किसानों की आर्थिक स्थिति इतनी सुदृढ़ हो सकी थी कि वे एक या दो फसलों के बिगड़ने पर भी भूख या जन सहायता से बच सकें।[2]

उपर्युक्त विवेचन से स्पष्ट है कि दैविक विपत्तियों के समय कोई विशेष प्रबन्ध नहीं किया जाता था। हाँ, कभी-कभी राजा के ध्यान में आने पर किसानों के उस वर्ष के कर माफ कर दिये जाते होंगे।

करों में रियायतें :-

इस काल में समाज के कुछ वर्गों को करों से मुक्त रखने की प्रक्रिया थी। विशेष रूप से ब्राह्मणों को करों से मुक्त रखने का विधान दिखाई देता है। 1230 ई. के तेजपाल के आबू अभिलेख से ज्ञात होता है कि आबू के परमार शासक सोमसिंह ने ब्राह्मणों को कर से मुक्त कर दिया। सूंधा अभिलेख से ज्ञात होता है कि जालौर के चौहान शासक चाचिगदेव ने श्रीमाल में ब्राह्मणों से लिये जाने वाले करों को हटा दिया।

किन्तु ऐसा लगता है कि सभी ब्राह्मणों को कर-मुक्त नहीं रखा जाता था वरन् वैदिक ब्राह्मणों को ही करों से मुक्त किया जाता होगा। स्मृतियाँ भी केवल श्रोत्रिय या पुरोहित ब्राह्मणों से कर न लेने के लिए निर्देश देती हैं। नीतिवाक्यामृतं के अनुसार

जो लोग वनों में रहकर तपस्या करते हैं और खेतों में गिरा हुआ अन्न एकत्र करके अपना निर्वाह करते हैं, वे भी एकत्रित अनाज का छठा अंश राजा को देते थे, जिससे राजा उनकी रक्षा करता था।[1]

आय के साधन-कर व्यवस्था :-

हमारे अध्ययनकाल के अभिलेखों, दानपत्रों और साहित्यिक लेखों में राज्य की आय के अधोलिखित साधन उल्लिखित हैं :-

1. भाग या उद्रंग :- भाग और उद्रंग तकनीकी शब्द हैं। इनको अनेक प्रभति विद्वानों ने विभिन्न प्रकार से परिभाषित करने का प्रयत्न किया है। ए.एस. अल्तेकर ने उद्रंग को भोगकर की संज्ञा दी है। वी.वी. मिरांशी ने भी उद्रंग को भोगकर के अनुरूप ही स्वीकार किया है। डॉ. दशरथ शर्मा ने इस सम्बन्ध में अपना विचार व्यक्त किया है कि उद्रंग भूमिकर के रूप में उन व्यक्तियों से लिया जाता था जो अपने परम्परागत भूमि जोतते थे। यह भूमिकर अभिलेखों में उद्रंग के स्थान पर "भाग" भी कहा गया है। अतः अल्तेकर से सहमति प्रकट करते हुए अभिलेखों में भी उद्रंग और भाग को दो अलग-अलग करों के रूप में स्वीकार नहीं किया गया है। लल्लनजी गोपाल उद्रंग और भाग को अलग-अलग भूरि करों के रूप में स्वीकार करते हैं,[2] किन्तु उन्होंने इस मत के समर्थन में कोई ठोस प्रमाण नहीं दिये हैं। उनका कहना है कि "उद्रंग" और "भाग" दोनों शब्दों का एक ही स्थान पर एक गुप्तकालीन अभिलेख में उल्लेख हुआ है, परन्तु हमारे अध्ययन काल में उद्रंग और भाग शब्दों का राजपूताने के अभिलेखों में एक साथ प्रयोग देखने में नहीं आता। अतः इस युग के राजपूताने में उद्रंग और भाग एक ही भूमिकर का नाम था जो स्थायी किसानों से वसूल किया जाता था।

इस प्रकार भाग या उद्रंग एक निश्चित भूमिकर था। सामान्यतया यह उपज का 1/6 भाग लिया जाता था। इसे अनाज के रूप में वसूल किया जाता था। राजा इसे मनमानी इच्छा से नहीं ले सकता था। इसके लिए स्मृतिकारों ने निश्चित कर रखा था कि राजा को उपज का 1/6, 1/8 और 1/12 हिस्सा भाग के रूप में प्राप्त करने का अधिकार है। साहित्यिक ग्रन्थ राजनीति प्रकाश के आधार, 'विष्णुधर्मोत्तर' में कहा गया है कि राजा शूकधान्य (जौ, गेहूँ आदि) का 1/6 भाग, शिम्बीधान्य (दाल) का 1/8 भाग, वर्षों से न जोते गये खेत (बंजर भूमि) से उत्पन्न अन्न का 1/10 भाग तथा वर्षा ऋतु में उत्पन्न अन्न का 1/6 हिस्सा भाग के रूप में लेने का अधिकारी है। तृतीय पृथ्वीराज चौहान के वि.सं. 1236 के फलौदी अभिलेख में उपज का 1/5 भाग कर के रूप में लिये जाने का उल्लेख है। हमने ऊपर कहा है कि

राजपूताने में भाग को उद्रंग भी कहा जाता था। उद्रंग उन कृषकों से लिया जाता था, जिनका भूमि पर आनुवांशिक अधिकार होता था, परन्तु भूमि इस प्रकार की होती थी, जिस पर कोई भी व्यक्ति खेती कर सकता था। इस प्रकार की खेती से राजा ''भाग'' के रूप में जो कर लेता था, वह ''उद्रंग'' से कुछ अधिक होता था। इसका संकेत हमें राजौर अभिलेख में मिलता है।

2. हिरण्यक :– हिरण्यक भी एक भू-राजस्व था। राजा जब उपज का हिस्सा मुद्रा के रूप में लेता था तो वह कर ''हिरण्यक'' कहलाता था। द्वितीय ध्रुव के शक संवत् 757 के बड़ौदा दानपत्र में हिरण्यक और ''धान्य'' विपरीतार्थक शब्दों के रूप में प्रयुक्त हैं।[1] इससे यह स्पष्ट होता है कि हिरण्यक नामक कर मुद्रा के रूप में लिया जाता था। राजपूताने के अभिलेखों में 'हिरण्य' शब्द का प्रयोग इसी अर्थ में हुआ है।

3. भोग :– अभिलेखों एवं साहित्य में 'भोग' नामक कर का भी उल्लेख मिलता है। हरिषेण रचित 'वृहत्कथाकोष' में राजा के दशांगभोगी का उल्लेख मिलता है। अल्तेकर ने 'भोग' को 'उपरिकर' की संज्ञा दी है। परन्तु इसके कोई प्रमाण नहीं दिये हैं। वस्तुत: ग्रामवासी फल, सब्जी, पुष्प, दूध, दही, लकड़ी इत्यादि राजा को उसके सैद्धान्तिक भू-स्वामित्व के बदले दिया करते थे। इसे ही भोग कहा जाता था। कर्णदेव के वि.सं. 996 के नौसारी ताम्रपत्र में 'उपरिकर' और भोग एक ही कर थे। मथनदेव के एक दानपत्र में भोग और भाग का एक साथ उल्लेख है।[1] इगनौड़ा अभिलेख में 'हिरण्यक भाग भोग करदानी समेतम्' शब्दों का प्रयोग हुआ है। कल्हणदेव के साण्डेराव प्रस्तर अभिलेख में राजकीय भोग का विवरण दिया गया है।

4. दान और शुल्क :– ये दोनों आयात और निर्यात पर लिये जाने वाले चुँगी कर थे। ऐसे करों का 'मण्डपिका' में चुकारा होता था। एक राज्य में अनेक मण्डपिका होती थी। वस्तु-सामग्री को एक स्थान से दूसरे स्थान पर ले जाने के लिए कई जगह चुँगी देनी पड़ती थी। 'मण्डपिका' पर वसूल किये जाने वाले शुल्क से धार्मिक स्थानों की व्यवस्था के लिए कुछ धन राशि दिये जाने के उदाहरण भी मिलते हैं। नाडौल शासक अणहिल्लदेव ने इस नगर में स्थित षेडेरकगच्छ के उपास्यदेव भगवान महावीर की पूजा के लिए धूप-दीप की व्यवस्था हेतु मण्डपिका की आय में से प्रति माह 5 द्रम्म देने की घोषणा की थी।[2] प्रतापसिंह के नाडौल से प्राप्त वि.सं. 1213 के तामप्रत्र से ज्ञात होता है कि तीन जैन मन्दिरों के निर्वाह हेतु बादरी नगर की मण्डपिका से प्रति दिन एक रूपक का दान दिया जाता था। चालुक्य शासक कुमारपाल ने नाडौल

स्थित लक्ष्मणेश्वर मन्दिर को मण्डपिका की आय से एक द्रम्म प्रतिदिन दिये जाने का आदेश दिया था।

हस्तिकुण्डी के विदग्ध में 'परहित तथा जनकल्याण के लिये मण्डपिका के माध्यम से दान देने' की व्यवस्था थी। मन्दिर का निर्माण विदग्धराज ने अपने गुरू बलभद्र के लिए करवाया था। उसके उत्तराधिकारी ने भी इस पूर्व स्वीकृत दान को अनुमोदित किया था। उक्त अभिलेख में दान के स्वरूप का विस्तृत वर्णन इस प्रकार किया गया है :-

1. विक्रय के लिए जाने वाली प्रति 20 गाँठों पर एक रूपक,
2. प्रति गाड़ी पर एक रूपक (जो गाँव से वस्तु-विक्रय हेतु बाहर जाती हो अथवा गाँव में आती हो),
3. प्रत्येक घाणी से एक घड़े (तेल) पर एक रूपक,
4. पान विक्रेता भट्टों से 13 चौल्लिक,
5. धूतकों में एक एक पेल्लक,
6. प्रत्येक अरहट्ट से एक आढ़क गेहूँ व जौ,
7. पेडा से 5 पल,
8. प्रत्येक भार (जो 200 पलों का होता था) पर विंशोपक,
9. प्रत्येक भार (सूत, ताम्बा इत्यादि) पर 10 पल,
10. गेहूँ, मूंग, नमक, दाल इत्यादि के प्रति द्रोण पर एक माणक।

इस दान का 2/3 भाग मन्दिर को दिया गया था और 1/3 भाग बलभद्र को गुरू दक्षिणा स्वरूप दिया गया था। सम्भवतः राज्य को करों के रूप में होने वाली आय के उक्त अंश दान स्वरूप दिये गये प्रतीत होते हैं।

सारणेश्वर प्रशस्ति से ज्ञात होता है कि राजा ने मन्दिर की व्यवस्था के लिए उधर से गुजरने वाले प्रत्येक हाथी पर एक द्रम्म, घोड़े पर दो रूपक, सींगवाले जानवरों पर एक द्रम्म का चालीसवाँ अंश, लाटे पर एक तुला, वहाँ स्थित हट्ट से एक आढ़क अन्न, शुक्लपक्ष की एकादशी के दिन हलवाई की प्रत्येक दुकान से एक घड़िया दूध, जुआरी से एक पेटक, प्रत्येक घाणी से एक पल तेल, प्रति रंघनी (भोज) से एक रूपक और मालियों से प्रति दिन एक माला लिये जाने की व्यवस्था की थी। मँगरोल अभिलेख के अनुसार इस प्रकार के शुल्कों की अदायगी शुल्क मण्डपिकाओं में की जाती थी।[1]

पूर्वकाल से ही शुल्क राज्य की आय का प्रमुख स्रोत माना जाता था। शुल्क दरों के सम्बन्ध में स्मृतिकारों में मतैक्य नहीं है। 'याज्ञवल्क्य स्मृति' के अनुसार राजा आयात और निर्यात की जाने वाली वस्तुओं पर 20 प्रतिशत कर लेने का अधिकारी था। अग्निपुराण में कहा गया है कि विदेशी व्यापारियों से लिये जाने वाले शुल्क की दर अधिक होनी चाहिए। उसे 5 प्रतिशत से अधिक लाभ नहीं मिलना चाहिए।

उस काल में शुल्क दो प्रकार के होते थे। प्रथम वे जो स्थल मार्ग द्वारा लाये जाने वाले सामान पर लिये जाते थे। उनकी वसूली मण्डपिका के माध्यम से होती थी। दूसरे वे जो जल मार्ग द्वारा लाये जाने वाले सामान पर लिये जाते थे। इनकी वसूली घाटों पर स्थित चौकियों पर की जाती थी। परमार राज्य में प्रथम प्रकार के शुल्क को मण्डपिकादाय तथा द्वितीय प्रकार के शुल्क को घट्टादाय की संज्ञा दी गई थी।

परमार राज्य में चुँगी कर का कुछ विस्तृत ज्ञान अथूर्णा अभिलेख से होता है। इस अभिलेख में विभिन्न प्रकार के चुँगी करों और उनकी दरों का विस्तृत विवरण दिया गया है जो इस प्रकार है :-

1. कन्दयुक्त खाँड और गुड़ के प्रत्येक भरक पर एक वर्णिका लिया जाता था।
2. बंगाल, मंजिष्ठ, सूत और रूई के प्रत्येक भरक पर एक रूपक चुँगी कर के रूप में लिया जाता था।
3. नारियल के प्रत्येक भरक पर एक नारियल चुँगी के रूप में लिया जाता था।
4. नमक के प्रत्येक मूटक पर एक मानक की दर से कर लिया जाता था।
5. प्रत्येक एक हजार सुपारियों पर एक सुपारी की दर से चुँगी ली जाती थी।
6. तिल्ली के तेल और घी के प्रत्येक घटक पर एक पलिका चुँगी ली जाती थी।
7. वस्त्रों की प्रत्येक कोटिका पर डेढ़ रूपक चुँगी लगती थी।
8. प्रत्येक जाल (पूलों का गटा) पर दो पूलक चुँगी ली जाती थी।
9. प्रत्येक लगडा पर दो सन्त चुँगी कर के रूप में वसूली होती थी।
10. तेल के प्रत्येक कर्ज पर एक पाणक चुँगी लगती थी।

11. घास की प्रत्येक गाड़ी या बैल पर एक वृष विंशोपक चुंगी वसूल की जाती थी।

12. खाण्ड के प्रत्येक ढेर पर एक द्रम्म चुँगी ली जाती थी।

13. एक अरहट्ट पर जौ की उपज पर एक हारक की वसूली होती थी।

14. अनाज के प्रत्येक भरक पर एक छाँग,

15. प्रत्येक लगडा पर एक चकातर,

16. जौ के प्रत्येक मूटक या आटविक पर एक वाप चुंगी कर के रूप में ली जाती थी।

अथूर्णा अभिलेख से आबकारी कर का भी ज्ञान प्राप्त होता है। प्रत्येक वंवक पर चार रूपक की दर से कर वसूल किया जाता था।

समकालीन अभिलेखों में राहदारी या मार्गादाय (यातायात कर) जैसे कर लेने की परम्परा का भी उल्लेख मिलता है। इस विषय की जानकारी चालुक्य[1], गाहड़वाल तथा चौहान अभिलेखों से प्राप्त होती है। पनहेरा अभिलेख से ज्ञात होता है कि प्रथम जयसिंह ने राजपथ से जाने वाले लद्दू बैल पर एक विंशोपक की दर से कर वसूली करवाई थी। शेरगढ़ अभिलेख से ज्ञात होता है कि वरंग नाम के मार्गदाय कौप्तिक ने वि.सं. 1075 में भगवान सोमनाथ के मन्दिर में धूप और चन्दन की व्यवस्था के लिए मार्गदाय की निधि में से पाँच वृषभ दान किये थे।

चैत्र मास में केसर की दुकान से प्रति दुकान एक द्रम्म कर लिये जाने की जानकारी भी अथूर्णा अभिलेख से मिलती है। इसी प्रकार चैत्रमास में उत्सवों तथा उपनयन संस्कार हेतु स्थानीय बाजार के व्यापारियों से प्रति घर एक द्रम्म शुल्क लिया जाता था। इसी प्रकार का शुल्क व्यापारी संघों से भी लिया जाता था। अथूर्णा अभिलेख से ही ज्ञात होता है कि बाँसवा क्षेत्र में प्रत्येक द्यूतगृह से दो रूपक कर लिया जाता था। राज्य में प्रत्येक घर से द्रम्म की दर से गृह कर वसूल करने की प्रथा थी।

दान प्रकार का एक कर "चौलपिका" का विवरण भी हमें प्राप्त होता है। नगर के बाहर से आये प्रत्येक चौल्लिका पर 50 ताम्बूल पत्ते कर के रूप में लिये जाते थे। परमार शासक प्रतापसिंह के पटनारायण अभिलेख के अनुसार मण्डौली गाँव की 'चौलपिका' से प्राप्त आय को राजपुत्र गंगा और कदमसिंह ने पटनारायण मन्दिर में एकादशी के खर्चे के लिए दान में दी थी।

5. दण्ड :– दण्ड के अन्तर्गत वे कर आते थे जो अपराधियों से दण्ड के रूप में लिये जाते थे या जिन्हें पराजित शत्रु को देने के लिए बाध्य किया जाता था। इसमें

मुद्रा, द्रव्य, वस्तु, पशु इत्यादि सम्मिलित होते थे। स्मृतिकारों ने दस अपराधों का उल्लेख किया है। नारद ने इस अपराधों की यह सूची दी है-राजा की आज्ञा का उल्लंघन, स्त्रीवध, वर्णसंकरता, परस्त्रीगमन, चौर्य, बिना पति के गर्भधारण, वाक्पारूष्य (मानहानि), अश्लीलता, दण्ड पारूष्य (मारपीट) एवं गर्भपात। इन अपराधों के लिए अर्थदण्ड की व्यवस्था थी। यदि कोई व्यक्तिगत रूप से आवेदन न करे, तब भी राजा ऐसे मामलों में अपनी ओर से अनुसंधान कर सकता था। हमारे अध्ययनकाल के अभिलेखों व दानपत्रों में 'दशापराध' सम्बन्धी अनेक उल्लेख प्राप्त होते हैं।

वि.सं. 1209 के आल्हणदेव के किराडू अभिलेख और गुजरात के कुमारपाल चालुक्य के काल के रत्नपुर (मारवाड़) अभिलेख[1] के अनुसार महीने की कुछ विशिष्ट तिथियों (यथा अष्टमी, एकादशी, चतुर्दशी और अमावस्या) को पशुओं का वध अपराध घोषित किया गया था और ऐसे अपराधी से अर्थदण्ड लेने की व्यवस्था की गई थी। किराडू लेख में ब्राह्मणों, पुरोहितों, मंत्रियों और अन्य राजकीय सेवकों को भी इस अपराध के लिए 5 द्रम्म दण्ड देना निश्चित किया गया था। रत्नपुर अभिलेख में ऐसे अपराधी को 4 द्रम्म दण्ड दिये जाने का उल्लेख है।

जब कोई ग्राम कृषि कार्य के लिए किसी को दे दिया जाता था, तब सामान्तया उस गाँव की अर्थदण्ड धनराशि उसके स्वामी की ही समझी जाती थी जबकि उसकी वसूली वस्तुतः ग्राम "भोक्ता" द्वारा होती थी।

आभाव्य अथवा विभिन्न प्रकार के अन्य कर :-

आभाव्य शब्द का उल्लेख प्रतिहार महेन्द्रपाल द्वितीय के प्रतापगढ़ से मिले लेख में आता है, जहाँ इसके अन्तर्गत स्कन्धक और मार्गणक नाम के करों का विशेष उल्लेख है। इसी तरह कालान्तर में पश्चिमी भारत से प्राप्त लेखों में भी तलाराभाव्य, सेलहथाभाव्य और बलाधिपाभाव्य आदि का भी उद्धरण मिलता है। इससे ज्ञात होता है कि यह सम्भवतः एक प्रकार का अतिरिक्त कर होता था जो लोगों को तलार (नगर कोतवाल) सेलहथ (ग्राम क्षेत्र का पदाधिकारी) और बलाधिप (सैनिक अधिकारी) आदि राजकर्मचारियों को उनकी सेवाओं के लिये देना होता था। आभाव्य नामक कर का उल्लेख लक्ष्मीधर ने अपने कृत्यकल्पतरू में भी किया है।

इन आभाव्यों में कुछ का उल्लेख प्रतिहारों के सामन्त मथनदेव के राजौर से मिले लेख में आता है। इनमें से प्रमुख कर इस प्रकार हैं :-

1. स्कन्धक :- डॉ. आर.एस. त्रिपाठी[1] के अनुसार स्कन्धक नाम का कर एक कंधा भार के सामान पर लगने वाली चुँगी थी। बहुत सम्भवतः एक बहंगी (जो

कन्धे पर ले जायी जाती थी) सामान पर कुछ स्थानीय कर लगाया जाता रहा होगा जो स्कन्धकाभाव्य कहलाता था। डॉ. अल्तेकर के अनुसार 'स्कन्धक' एक लाग थी। ग्रामवासी दौरा करने वाले राजकीय अधिकारी का सामान ढोने का प्रबन्ध करते थे। उनका सामान कंधे पर उठाकर ले जाया जाता था। इसलिए इस लाग का नाम ही 'स्कन्धक' प्रचलित हो गया था। स्थानीय संस्थाओं को गाँव या नगर के सार्वजनिक उपयोगी कार्यों में इस बेगार (स्कन्धक) का उपयोग करने का अधिकार होता था।

2. मार्गणक :– इस प्रकार के कर को गुजरात और मध्यप्रदेश के कलचुरी शासकों के लेखों में अभिनवमार्गणक भी कहा गया है। यथा-अजयपाल द्वितीय के सं. 1231 के दानपत्र तथा कलचुरि शासक विजयसिंह के कुम्भी से मिले दानपत्र में विशेणीमादाय पट्टकिलादाय दुष्टसाध्यादाय अर्धपुरुषारिकादाय और दशापरा के लिये निश्चित विभिन्न दण्डों के साथ अभिनवमार्गणक का भी उल्लेख आता है। डॉ. घोषाल ने इसे प्रजा द्वारा स्वेच्छा से प्रस्थक और स्कन्धक करों से विपरीत दिया जाने वाला दाय अथवा कर माना है।[1]

डॉ. दशरथ शर्मा के विचारानुसार मार्गणक कर की उपरोक्त व्याख्या समीचीन ज्ञात नहीं होती। उनके अनुसार मार्गणक कर सम्भवत: लेख पद्धति में उद्धृत मलमार्गणक, जिसे उसके सम्पादक ने वर्तमान गुजराती भाषा का मलेवरो माना है, उससे समन्वित किया जा सकता है। मलेवरो लेख पद्धति के सम्पादक के अनुसार किसी राजा अथवा राजपुरुष के सम्मानार्थ एकत्रित किया जाने वाला कर था, जिसे ग्रामवृद्ध वसूल करते थे। डॉ. शर्मा इसे मुगलकाल की नज़र से सम्बन्धित मानते हुए मार्गणक शब्द को वर्तमान हिन्दी भाषा के माँगन अर्थों में समन्वित करते हैं। इस प्रकार मार्गणक एक प्रकार की माँग थी और अभिनवमार्गणक का अर्थ इस आशय की नई माँगों से था।

3. प्रस्थक :– यह कर सीधे कृषि उत्पादनों से सम्बन्धित था। इसके अनुसार फसल होने पर अनाज की तौल किये जाने के समय किसान को प्रति प्रस्थ (तौल) के अनाज पर एक प्रस्थक राजाधिकारियों को देना होता था। इस कर का आशय गाहड़वाल अभिलेखों में अक्षपटलीयप्रस्थ और प्रतिहार प्रस्थ करों के उल्लेखों से स्पष्ट होता है।

4. खलभिक्षा :– इस कर का उल्लेख मथनदेव के राजौर अभिलेख में हुआ है। करितलइ अभिलेख में चार खलभिक्षाओं के दान का उल्लेख है। इसके आधार पर यह कहा जा सकता है कि खलिहानों पर राजा का एकाधिकार होता था। किसान खेत से अपनी उपज खलिहान में लाता था। जब दाने अलग करने की प्रक्रिया समाप्त

हो जाती थी, तब राज्य को खलभिक्षा के रूप में कुछ अनाज दिया जाता था। राज्य के अतिरिक्त गाँवों के उन व्यक्तियों को भी खलिहान से निश्चित अनाज दिया जाता था जो कृषकों की सेवा करते थे, जैसे–गाँव के खाती, लुहार, कुम्हार, नाई, धोबी इत्यादि। प्रस्थक कर में लाभानुभागी राज्य था जबकि खलभिक्षा में लाभग्राही गाँव के खाती, लुहार इत्यादि भी होते थे।

छोटे कर :-

उपरोक्त, विभिन्न प्रकार के अभाव्यों के अतिरिक्त हमें तत्कालीन साहित्य और अभिलेखों आदि से कुछ अन्य छोटे-छोटे करों की सूचनायें मिलती हैं। यथा-राजौर अभिलेख में उल्लिखित है कि उत्कीर्ण लाग व करों के अतिरिक्त, अन्य करों का, जिनका यहाँ उल्लेख नहीं किया गया है, भोक्ता भी दानग्राही होगा। इसका अभिप्राय यह हुआ कि और भी अनेक कर लिए जाते थे। इस प्रकार के करों में निम्नलिखित प्रमुख थे :-

1. चौल्लक :– चौल्लक नामक कर का उल्लेख बलवर्मा के ऊना अभिलेख में आता है। 'वृहत्कथाकोष' में राज्य के प्रत्येक घर पर क्रम से भोजन करने वाले अधिकारी की ओर संकेत है, किन्तु राजौर अभिलेख में इसका साभिप्राय उद्धरण मिलता है कि बाहर से आने वाली प्रत्येक टोकरी या चौल्लिका (चोल्या) पर 50 पत्तियों (पानादि) का कर लगाया जाता था। चौल्लिक सम्भवतः बोझ (भार) का माप था। यह कर अधिकांशतः मन्दिरों आदि के द्वारा अधिक वसूले जाते थे।

2. वैणी :– बलवर्मा के ऊना अभिलेख में यद्यपि वैणी नाम के कर का भी सन्दर्भ आता है, किन्तु इसका वास्तविक अभिप्राय क्या था? यह स्पष्ट नहीं किया गया है। डॉ. शर्मा के विचार से यह सम्भवतः बाँस और उससे बनाये जाने वाले उपकरणों से सम्बन्धित कर रहा होगा।[1]

3. वैंगिक :– बलभवर्मा के ऊना अभिलेखों में वैंगिक कर का भी उल्लेख है, किन्तु इसका अर्थ भी स्पष्ट नहीं है।

4. कोश्य :– जब कुएं से चरस (चड़स) द्वारा पानी निकाल कर सिंचाई की जाती थी तो प्रत्येक चरस के हिसाब से कोश्य नामक कर लिया जाता था। अन्यत्र भी इसे चमड़े के कोश अथवा पुरवट से सम्बन्धित कर मानने का सुझाव दिया है।

5. मयुत :– मयुत नामक कर का अर्थ भी उक्त करों की भाँति अस्पष्ट है। राजौर अभिलेख में इसका उल्लेख मिलता है। मयुत शब्द का प्रयोग भोग के साथ

हुआ है। इसलिए रमाशंकर त्रिपाठी का कहना है कि यह कर फल या ईंधन के रूप में लिया जाता होगा।[2] घोषाल ने इसे 'भोग' की भाँति का कर बताया है।

राज्य की आय के अन्य साधन :-

1. दान :– चौहान अभिलेखों से भी राजस्व सम्बन्धी अनेक शब्दों का उल्लेख मिलता है। सम्भवतः दान (चुँगी कर) आदान का सूक्ष्म रूप था और कौटिल्य के शुल्क के अनुरूप था। 'दान' चौहान राज्य के आय का महत्त्वपूर्ण स्रोत था। आदान सभी प्रकार के दाय या चुँगी का द्योतक था। राजदेव की नाडलाई अभिलेख से ज्ञात होता है कि नगर के बाहर से आने वाले सभी 'लद्दू' बैलों पर आदान कर लेने की व्यवस्था थी।

2. आत्मपायल :– राजपूताने में रामपाल के राज्य-काल के नाडलाई पाषाण अभिलेख में 'आत्मपायल' शब्द का प्रयोग मिलता है। पायल कर 'भोक्तों' या जागीरदारों द्वारा लिया जाता था। इसी प्रकार राजा को भी पायल कर वसूल करने का अधिकार था। पायल एक तौल का परिचायक है, किन्तु ठीक से ज्ञात नहीं कि यह कर किन वस्तुओं पर लिया जाता था।

3. लाग :– अभिलेखों में 'भाग' से भिन्न 'लाग' का उल्लेख हुआ है, किन्तु इसका भी साभिप्राय उल्लेख अभी तक प्राप्त नहीं हुआ है।

4. तलपड़ :– एक अन्य महत्त्वपूर्ण शब्द 'तलपड़' का प्रयोग आल्हणदेव के वि.सं. 1218 के नाडौल अभिलेख में हुआ है। एक वलभी अभिलेख के आधार पर कीलहान ने तलपड़ को 'स्वतल' का पर्याय माना है और इसका अभिप्राय भूमि से बतलाया है। यू.एन.घोषाल के अनुसार यह वह भूमि थी, जिसकी आय का पूर्णतया मूल्यांकन हो चुका होता था।

5. हलसही :– हलसही कर एक हल द्वारा बुआई की उपज पर आँका जाता था। यह आभाव्यों की तरह से 'वहीकाधिकृत' को दिया जाता था।

6. देशबन्ध :– 'देशबन्ध' कर आय के दसवें भाग के रूप में लिया जाता था। वि.सं. 1200 के नाडौल अभिलेख से ज्ञात होता है कि राणक मन्दिर की नर्तकियों को देशबन्ध कर से मुक्त कर दिया था।[1] लेखपद्धति से ज्ञात होता है कि घोड़े की बिक्री पर 'देशबन्ध' उसकी कीमत पर आँका गया था।

7. देवदाय :– यह धर्म सम्बन्धी कर का द्योतक है जो मुद्रा या वस्तु के रूप में वसूल किया जाता था, यथा-कल्हणदेव की रानी जल्हणदेवी ने अपना घर

पार्श्वनाथ को भेंट कर दिया था। इसी तरह से पल्हिया छीपदेव चन्द ने अपना ... रथशाला के निमित्त भेंट कर दिया था।

8. डोहलिका :– 'डोहलिका' में दी गई भूमि का भोक्ता सभी करों ... मुक्त होता था। डोहलिका शब्द का प्रयोग वि.सं. 1223 के बामनेरा ताम्रपत्र, वि.सं. 1126 के बिजोलिया अभिलेख तथा वि.सं. 1236 के फलौदी अभिलेख में मिलता है।

9. निधान :– निधान भी एक कर था। यू.एन.घोषाल ने इसे कृषि भूमि पर एक प्रकार का कर माना है, परन्तु वि.सं. 1223 के केल्हणदेव के बामनेरा ताम्रपत्र से ज्ञात होता है कि इसका सम्बन्ध निखात निधि से था। लेख पद्धति में नव निधान शब्द का उल्लेख मिलता है। परम्परा से भू-गर्भ में नवप्रकार की निधि मानी जाती थी, जिस पर राजा का अधिकार समझा जाता था।

10. खनिजों से वसूलने वाला कर :– **'अभ्यान्तर सिद्धि' शब्द द्वितीय** भर्तृवड्ढ़ के हाँसोट ताम्रपत्र में मिलता है। इससे यह ज्ञात होता है कि खनिज रूप में उपलब्ध भू-गर्भ निधि राजकीय सम्पत्ति है तथा उस पर कर लगाना राजा का अधिकार है। दानपत्रों में इस अधिकार को भी भोक्ता को दिये जाने का उल्लेख है।

चौहानों की आय का एक प्रमुख साधन साँभर झील थी। राज्य में खानों एवं खनिज पदार्थों की कोई कमी नहीं थी। अतः इनसे राजकीय आय में वृद्धि अवश्य हुई होगी। कुछ शास्त्रकारों ने भूमि के अन्दर की सारी खनिज सम्पदा का स्वामी राजा को होना बताया है।[1] मनु ने राजा को खानों से निकली सम्पदा के बहुत बड़े भाग का अधिकारी बताया है। अतः अध्ययन काल का अभ्यांतर शब्द एक प्रकार के कर का परिचायक है और खनिज पदार्थों पर लगाया जाता था।

सामन्तों से प्राप्त होने वाली आय :-

राज्य की आय का एक अन्य मुख्य स्रोत उस युग में सामन्तों से प्राप्त निश्चित वार्षिक धनराशि, भेंट, उपहार इत्यादि थे। इसके अतिरिक्त युद्ध में लूट से भी पर्याप्त धन प्राप्त हो जाता था। यथा नाडौल के परमार सोमेश्वर के वि.सं. 1218 के अभिलेख में उल्लेख है कि सोमेश्वर ने जज्जक से 1700 घोड़े लिए, जिनमें एक पंचनखा और आठ मयूर सीनेदार भी सम्मिलित थे। इनके साथ-साथ तणुकोण और नवसरा के गढ़ भी प्राप्त किये थे। वि.सं. 1239 में तृतीय पृथ्वीराज ने चन्देलों की भूमि को लूटा था। पाणहेरा अभिलेख वि.सं. 1116 में कहा गया है कि परमार माण्डलिक

ने बड़े बलवान सेनापति कान्ह को पकड़कर हाथी और घोड़ों सहित जयसिंह के सुपुर्द किया, परन्तु यह साधन भी अनिश्चित व संदिग्ध प्रतीत होता था।

राज्य व्यय :-

राजा या राज्य के उपरोक्त आय के साधनों से जो धन प्राप्त होता था, उसे यथोचित व्यय करने की व्यवस्था थी। व्यय किये जाने वाले मदों का विवरण निम्नलिखित है :-

1. सेना पर :- राज्य की आय का अधिकतम भाग सेना पर खर्च होता था। उस समय चल रहे निरन्तर युद्धों से यह बात ज्ञात होती है कि राजा प्रजा की बाहरी आक्रमणों से रक्षा करने के लिए सैन्य व्यवस्था पर बड़ा ध्यान देता था और सैन्य संचालन पर बड़ी धनराशि खर्च करता होगा।

2. वेतन देने में :- राजकीय व्यय की एक मद राज्य-कर्मचारियों को वेतन देने में खर्च होती होगी। न्यायाधीशों की नियुक्ति आदि की व्यवस्था भी प्रजा को निष्पक्ष न्याय दिलाने के लिए की जाती होगी।

3. राजसभाओं पर :- राजसभाओं की भव्यता पर धन खर्च करने का अनुमान भी सहज ही लगाया जा सकता है। राजा स्वयं और अपने परिवार के सदस्यों पर भी धन की बहुत बड़ी मात्रा खर्च किया करते थे। 'मानसोल्लास' के अनुसार राजा को सामान्यत: आय का केवल 3/4 भाग खर्च करना चाहिए और शेष 1/4 भाग स्थायी या सुरक्षित कोष में जमा करवाना चाहिए।

4. जनहित में :- जनकल्याण में भी राजकीय धनराशि अवश्य खर्च होती होगी। प्रतिहारकाल में विभिन्न दान-पत्रों के माध्यम से दिये गये दानादि का अध्ययन हम कर ही चुके हैं। हमें यत्र तत्र पृथ्वीराज चौहान के काल में जनकल्याण पर व्यय किये जाने का विवरण प्राप्त होता है। 'पृथ्वीराज विजय' से ज्ञात होता है कि पृथ्वीराज ने अपनी राजधानी तथा राज्य के अन्य भागों में अनेक मन्दिर, तालाब और झीलों का निर्माण किया था। उन सबके रख-रखाव और व्यवस्था के लिये उसने भूमि दान में दी थी और साथ ही राजकीय कोष से भी खर्च किया।

राज्य में शिक्षा की व्यवस्था के लिए पाठशालायें और विद्यालय राज्य की तरफ से बनाये गये।[1] ब्राह्मणों को गाँवों के दान दिये गये थे। कुछ विद्वत्जनों को न्यायालयों में नियुक्त किया जाता था तथा उन्हें उनकी सुन्दर लिखावट पर राज्य की तरफ से अच्छे पुरस्कार भी वितरित किये जाते थे।

गरीब एवं निरीह लोगों को दान देने के लिए राज्य में अनेक भिक्षु-गृहों का निर्माण किया गया था।

चौहान नृपतियों द्वारा कला और वास्तुकला को भी प्रश्रय दिया गया था। इसका प्रमाण तत्कालीन सुन्दर बने हुए नगरों के भग्नावशेष हैं। अत: यह स्पष्ट है कि चौहान काल में जनकल्याण के लिए बहुत अधिक धन व्यय किया जाता था।

राजस्व व्यवस्था (13वीं से 16वीं सदी तक) :-

पन्द्रहवीं शताब्दी के अन्त तक राजस्व विभाग बहुत महत्त्वपूर्ण था। खेतों को नापने की प्रथा थी। नापने के लिए कई प्रकार के गज काम में आते थे। गज की लम्बाई मुख्यत: 22ट्ट इंच होती थी, जिससे भूमि नापी जाती थी।

राज्य की आय का मुख्य साधन शासक द्वारा निर्धारित कर होते थे। तत्कालीन शिलालेखों तथा अन्य स्रोतों से कई राजकीय करों का वर्णन प्राप्त होता है। मुख्यत: ये कर चार भागों में बाँटे जा सकते हैं–

1. भाग-भोग :– यह कर भूमि की उपज पर लगाया जाता था। इस कर के रूप में किसान से पैदावार का कुछ अंश राजकीय कोष हेतु लिया जाता था, परन्तु मेवाड़ में बटाई, नाप और ठेका तीनों प्रकार की कर निर्धारण करने की प्रथायें प्रचलित थीं। यह कर नकद या उपज के माल के भाग के रूप में वसूल किया जाता था। दक्षिण द्वार प्रशस्ति में इस प्रकार के कर वसूल करने का वर्णन है।

2. बिक्री कर :– दूसरे प्रकार का कर बिक्री कर था। बाजार में बेचे जाने वाले माल पर कुछ प्रतिशत कर लिया जाता था। कुम्भा के काल में विभिन्न वस्तुओं पर बिक्री कर वसूल किया जाता था। इनमें नमक व वस्त्र पर क्रमश: 2 एवं 1 टंका कर लगता था। सोने, चाँदी के आभूषणों व तारों पर, अफीम एवं रेशमी वस्त्रों पर भी कर लगता था।

पशुओं में हाथी, घोड़े एवं सींग वाले सब ही पशुओं के क्रय-विक्रय पर भी कर लिया जाता था। इसके अलावा 5 टंका स्थानीय मण्डपिका का कर व 4 टंका मापा आगम कर आदि का भी शिलालेखों में उल्लेख मिलता है। कर वसूल करने के लिये अधिकारी नियुक्ति किये जाते थे।

3. धार्मिक कर :– 15वीं शताब्दी से पूर्व भी मेवाड़ में धार्मिक कर वसूल किया जाता था। वि.सं. 1506 में राणा कुम्भा ने देलवाड़ा (आबू) स्थित आदिनाथ तेजल वसही मन्दिर की यात्रा करने वाले मंत्रियों से कर वसूल करना बन्द कर दिया परन्तु आबू के अचलगढ़ के मन्दिरों की व्यवस्था हेतु धार्मिक कर वसूल किया जाता

था, जिसे 'ग्रास' कहा जाता था।

अन्य कर :– उपरोक्त करों के अतिरिक्त मध्यकाल में मेवाड़ में अन्य कर भी लिये जाते थे, जिनमें गोचर भूमि पर पशु चराने का कर, जंगली पैदावार पर कर आदि प्रमुख थे।[1]

करों के अतिरिक्त आक्रमणों में लूट कर लायी गई सम्पत्ति भी 15वीं शताब्दी में राज्य की आय का मुख्य साधन थी। साथ ही नि:सन्तान मर जाने वालों की सम्पत्ति भी राज्य की सम्पत्ति हो जाती थी। अपराधी पर किया गया आर्थिक दण्ड भी राज्य की आय का एक साधन थी।

इस प्रकार 15वीं शताब्दी में मेवाड़ में राज्य की आय प्रचुर मात्रा में बढ़ गई थी। इसके परिणामस्वरूप राणा कुम्भा व साँगा सुसज्जित सेना एकत्रित कर शत्रुओं से मेवाड़ की रक्षा करते हुए अनेक व्यय साध्य रचनात्मक कार्य सम्पन्न कर सके।

सैन्य व्यवस्था

सेना (दण्ड) का महत्त्व :-

राजनीतिशास्त्र के ज्ञाताओं ने राज्य के सात अंगों में दण्ड (सेना) की गणना की है।[1] शुक्रनीतिसार में सेना (बल) को राज्य का 'मन' कहा है। पी.वी. काणे ने राज्य की रक्षा के लिए बल को आवश्यक तत्त्व माना है। सेना का महत्त्व प्रतिपादित करते हुए कामन्दक का कथन है कि परिपूर्ण कोष के रहने पर राजा क्षीण सेना को बढ़ाता है, अपनी प्रजा की रक्षा करता है और उस पर उसके शत्रुगण भी आश्रित रहते हैं। बलशाली सेना के रहने पर मित्रों एवं शत्रुओं की सम्पत्ति तथा स्वयं राजा के राज्य की सीमायें बढ़ती हैं, उद्देश्यों की शीघ्र एवं मनचाही पूर्ति होती है, प्राप्त की हुई वस्तुओं की सुरक्षा होती है, शत्रु की सेनाओं का नाश होता है तथा अपनी सेनाओं की टुकड़ियाँ एकत्र की जा सकती हैं।

शुक्र ने भी सेना के महत्त्व का प्रतिपादन करते हुए कहा है कि "सेना के बिना राज्य, धन और पराक्रम इनमें से कोई भी स्थिर नहीं रह सकता है और जबकि सभी लोग बलवान पुरुष के ही वशीभूत होते हैं और दुर्बल पुरुष के शत्रु हो जाते हैं, तब फिर थोड़ी सेना रखने वाले राजा के लोग शत्रु नहीं होते हैं क्या?"[2] अर्थात् शत्रु अवश्य होते हैं। शुक्र ने यह भी कहा है कि राज्य की आय का 50 प्रतिशत अंश सैन्य व्यवस्था में व्यय किया जाता था।

सेना के अंग :-

प्राचीन भारत में सेना के चार अंग होते थे- हस्ति, अश्व, रथ एवं पदाति। इसको चतुरंगिणी सेना कहा जाता था। इसकी पुष्टि पंत महाभाष्य से होती है।[1] हमारे अध्ययन काल में भी इसके प्रमाण मिलते हैं। समराइचकहा में उल्लेख है कि राजाओं के पास चतुरंगिणी सेना की उचित व्यवस्था थी। परमार राजा अर्जुन वर्मा के एक अभिलेख में कई प्रकार के योद्धाओं का उल्लेख है। वहाँ परमार सेना की पदाति, अश्वारोही और जल सेना की ओर संकेत किया गया है। हम्मीर के विरुद्ध अभियान के समय चौहान नरेश विग्रहराज चतुर्थ की सेना में एक सहस्त्र गजारोही, एक लाख अश्वारोही और एक लाख पदाति थे। खरतरगच्छपट्टावली में पृथ्वीराज तृतीय की सेना में सत्तर हजार घुड़सवार तथा भारी संख्या में हाथियों का होना बताया गया है। तारीख-ए-फिरिश्ता में पृथ्वीराज तृतीय की सेना में तीन लाख घुड़सवार और तीन हजार हाथियों का होना बतलाया गया है।[2]

इस प्रकार स्पष्ट होता है कि इस काल में चतुरंगिणी सेना का अस्तित्व था, किन्तु अश्व व हाथियों की सेना का अधिक महत्त्व था। पदाति को सामान्य सेना माना जाता था। चतुरंगिणी सेना बहुत बिरले राजाओं के पास ही रही होगी।

सेना के अष्टांगिक होने की अवधारणा :-

महाभारत के शान्तिपर्व में सेना के आठ अंग बताये हैं-हस्ति, अश्व, रथ, पैदल, विष्टि (श्रमिक जो बेगार करते थे और जिन्हें भोजन के अतिरिक्त कोई पारिश्रमिक नहीं मिलता था) नाव, चर एवं देशिक (पथ प्रदर्शक), किन्तु हमारे अध्ययन काल में इसका अस्तित्व था या नहीं, इस बारे में प्रमाणों के अभाव में कुछ नहीं कहा जा सकता। सम्भावना यह व्यक्त की जा सकती है कि प्रथम चार अंग तो चतुरंगिणी सेना के थे। शेष चार अंगों को यदि युद्ध में उपयोगी होने वाले साधन मान लें तो नि:सन्देह आलोच्यकाल में भी अष्टांगिक सेना का अस्तित्व स्वीकार किया जा सकता है।

आटविकबल :-

आटविक सेना का तात्पर्य पहाड़ी प्रदेशों के लोगों की सेना से है। कामन्दक के अनुसार आटविक दल स्वभावत: अधार्मिक, लोभी, अनार्य एवं सत्य से दूर रहने वाला होता है। प्रसिद्ध विचारक पी.वी. काणे ने आटविक दल के सन्दर्भ में कहा है कि इस दल के लोग उत्तरकालीन मुगलकाल अथवा अंग्रेजों के शासन स्थापित होने से पूर्व के पिण्डारियाँ एवं ठगों के समान थे।

प्रस्तुत काल की अध्ययन सामग्री मानसोल्लास में आटविक सेना के बारे में कहा गया है कि आटविक सेना में निषाद, म्लेच्छ आदि पहाड़ी प्रदेशों में रहने वाली जातियों के लोग रहते हैं।[1] अन्य किसी स्रोत में इसका प्रमाण नहीं मिलता।

सेना के विभिन्न अंगों का विवरण :–

1. पदाति सेना :– मानसोल्लास में पदाति सेना के 6 भेद बताये गये हैं, यथा– मौल, भृत्य, मित्र, श्रेणी, आटविक तथा अमित्र। इसके अनुसार वंशक्रम से आयी सेना पैतृक अथवा मौल कहलाती थी, धन देकर एकत्र की गयी सेना भृत्य, मैत्री भाव से एकत्र की गयी सेना मित्र, श्रेणियों द्वारा संगठित एवं निश्चित समय पर सहायता देने वाली सेना को श्रेणी, पर्वत एवं अरण्य प्रदेशों में रहने वाले निषाद, भिल्ल, शबर आदि से संगठित की गयी सेना को आटविक एवं शत्रु सेना से आक्रान्त होकर भागे हुए सैनिक यदि दष्यु भाव स्वीकार कर लें तो उनके द्वारा संगठित की गयी सेना अमित्र कहलाती थी। नागदे से प्राप्त वि.सं. 718 के एक शिला-लेख में कहा गया है कि गुहिल शासक अपराजित ने महाराज वरसिंह जैसे शक्तिशाली नरेश को परास्त कर उसे अपने अधीनस्थ सेनापति नियुक्त किया। नेमिचन्द्र शास्त्री ने 6 प्रकार की पदाति सेना का उल्लेख किया है।[2]

राजपूत काल में उपरोक्त में से मौल और भृत्य सैनिकों का उल्लेख अधिकांश मिलता है। मौल सैनिकों के पूर्वजों को उनकी सेवाओं के बदले में राज्य में करमुक्त भूमिखण्ड दिये जाते थे। ये सैनिक सदैव व्यायाम और अभ्यास करते रहते थे। राजा के इन सैनिकों को व्यक्तिगत रूप से भूमि नहीं मिलती थी वरन् राजा सेना के बड़े अधिकारी को 'गाँव' दे देता था। वह अधिकारी सभी सैनिकों को भूमि का वितरण कर देता था। इस तरह सैनिकों के रख-रखाव की सुविधा रहती थी। 'भृत्य' सैनिकों को राजकीय सेवा के बदले में धन देकर रखा जाता था। परन्तु लगता है कि इस सेना की विश्वसनीयता संदिग्ध होती थी, क्योंकि ये वेतन के आधार पर किसी भी शासक का साथ दे सकते थे। परमार स्रोतों में 'मौल' और 'भृत्य' सेनाओं का उल्लेख हुआ है।[3]

2. हाथी सेना :– हमारे अध्ययन काल में हाथी सेना का महत्त्वपूर्ण अंग माना जाता था। हस्ति सेना से शत्रु-सेना को रौंदने का काम लिया जाता था। वि.सं. 1136 के अथूर्णा अभिलेख से संकेतित है कि उस समय के प्रतिष्ठित व्यक्ति (सेनापति, राजा एवं बड़े सामन्त) हाथी पर बैठकर युद्ध करते थे। इस काल की धारणा थी कि राजा की विजय और शत्रु सेना को छित्र-भिन्न हाथियों की सेना ही कर सकती थी।[1] हाथी-सेना की इस काल के साहित्य में बहुत प्रशंसा की गई है, किन्तु यह

भी लिखा है कि अगर हाथी बहुत अच्छी तरह प्रशिक्षित नहीं हों तो वह धन (बहुत चारा व अन्य खाकर) एवं जन (अपने ही सैनिकों को युद्ध में कुचल कर) का नाश कर देते हैं।

3. घुड़सवार सेना :– इस काल में घुड़सवार सेना भी अत्यन्त महत्त्वपूर्ण थी। राजकुमारों को घुड़सवारी की शिक्षा देना उनकी सैनिक व्यवस्था का महत्त्वपूर्ण अंग माना जाता था। घुड़सवारी में निपुण राजा की बहुत प्रशंसा की जाती थी। व्यापारी लोग अच्छे घोड़ों का व्यापार भी करते थे। तराइन के दूसरे युद्ध में जैसा फिरिश्ता के विवरणों से ज्ञात होता है कि घुड़सवारों के होने के कारण चौहानों को काफी राहत मिली। चौहानों के एक अभिलेख में नाडौल राज्य की सतशतभूमि को अच्छी नस्ल वाले घोड़ों की खान कहा गया है।[2] सेना में घोड़ों की महती आवश्यकता के यथार्थ का रूप राजपूत शासकों के सिक्कों पर अंकित घुड़सवार के चित्र में देखा जा सकता है। समराइच्चकहा में वाहलीक, तुरुष्क, वज्जर तथा कम्बोज आदि जातियों के घोड़ों का उल्लेख हुआ है।

4. ऊँटों की सेना :– राजपूताना प्रदेश के बालुकामय भौगोलिक क्षेत्र को ध्यान में रखते हुए सामरिक आवश्यकता के कारण ऊँटों की सेना का महत्त्व उस समय घुड़सवारों के बाद आता था। सेना सम्बन्धी रसद सामग्री के लाने-ले जाने के लिए ऊँटों का उपयोग अधिक होता था। मरुस्थल में अनिवार्य रूप से ऊँटों की अपनी उपयोगिता का अनुभव यद्यपि भारतीय युद्धशास्त्र के सन्दर्भ में कौटिल्य के समय से किया जाना शुरू हो गया था, फिर भी सेना में उनके उपयोग के उद्धरण हमें प्रतिहारों के समय से बहुतायत के साथ मिलने शुरू होते हैं। चौहानों की सेना में भी प्रतिहारों की भाँति ऊँटों की सेना की[3] अलग टुकड़ी निश्चित रूप से रखी जाने लगी थी। पृथ्वीराज विजय से ज्ञात होता है कि गोड़पुर के विरुद्ध अभियान में पृथ्वीराज ने ऊँटों का प्रयोग किया था, किन्तु लगता है कि प्रत्यक्ष युद्ध में प्रयोग न किया जाकर यहाँ भी सामान लाने ले जाने के लिए ही ऊँटों का प्रयोग हुआ था। डॉ. शर्मा के विचार से ऊँटों का सामरिक उपयोग बहुत सम्भवतः सबसे पहले पारसीक एवं दुर्रानी लोगों ने 18वीं शती के आस-पास करना आरम्भ कर दिया था।

सैन्य व्यवस्था का सामन्तीकरण :–

हमारे अध्ययन काल के राजाओं के पास अपनी निजी राजकीय सेना पर्याप्त नहीं होती थी। अतः सेना के लिए उनको सामन्ती-सेना पर आश्रित रहना पड़ता था। यह

प्रवृत्ति गुप्तकाल में प्रस्फुटित हुई थी, किन्तु हर्षवर्धन के काल तक सम्पूर्ण उत्तर भारत में फैल गई। प्रतिहार, चौहान, गुहिल आदि राजाओं को युद्धों में सामन्तों द्वारा दी गई सहायता से यह बात और भी स्पष्ट हो जाती है।

प्रतिहार काल में सामन्तों द्वारा सैन्य सहायता :-

प्रतिहार सामन्तों एवं मित्रों की सेना का उल्लेख कई अभिलेखों में हुआ है। प्रतिहार शासक नागभट्ट द्वितीय के शासनकाल में मण्डोर के प्रतिहारों, चाटसू के गुहिलों, सौराष्ट्र के चालुक्यों और शाकम्भरी के चौहान शासकों ने, जो प्रतिहारों के अधीन थे, अपनी सेनाओं के साथ सुदूर प्रान्तों में अनेक युद्ध लड़े।[1] रामभद्र ने अपने सामन्तों की सेना की सहायता से विद्रोही तत्त्वों को कुचलने का सफल प्रयास किया था। भोज प्रथम को महान बनाने में प्रतापगढ़ के चौहान सामन्त शासकों का योगदान रहा था। उसकी उत्तर भारत की विजय में गुहिल हर्षराज नामक सामन्त ने भाग लिया था, जिसका उल्लेख चाटसू अभिलेख में हुआ है। इसमें कहा गया है कि हर्षराज ने उत्तरी दिशा के सभी राजाओं को जीत कर भक्तिपूर्वक भोजराज को घोड़ों की भेंट दी थी। परमार राजा भोज ने अपने मित्र कलचुरि और चोल शासकों की मदद से चालुक्य शासक जयसिंह से संघर्ष किया था। परमार देवपाल ने भी चालुक्यों से युद्ध करने के लिए मित्रबल का संगठन किया था।

सामन्ती सेना द्वारा चौहानों की सहायता :-

चौहानकालीन अभिलेखों, साहित्यिक ग्रन्थों और विदेशी यात्रियों के विवरणों से ज्ञात होता है कि चौहान राजाओं की सेना का अधिकांश जागीरदारों की सेना पर आधारित था। जागीरदार राजा को आवश्यकता पड़ने पर एक निश्चित संख्या में पैदल सिपाही और घुड़सवार अवश्य देते थे। यदि वे इस कार्य में अक्षम पाये जाते तो उनकी दी गई जागीर वापस ले ली जाती थी।[1] लेख पद्धति से हमें ज्ञात होता हैं कि चौहानों के समय में जागीरदारों को जिन्हें ठाकुर, राणक और भोक्ता कहा जाता था, अपने केन्द्रीय शासक को अनिवार्य रूप से पैदल सिपाही और घुड़सवार देने होते थे और न दे पाने की स्थिति में उन्हें वार्षिक रूप से राजा द्वारा निश्चित किया गया आर्थिक दण्ड देना पड़ता था।

डॉ. दशरथ शर्मा के विचार से चौहानों के शासन काल में मुसलमानों के निरन्तर आक्रमणों के कारण ठाकुरों अथवा राणकों की स्थिति में स्वयं की सैन्य व्यवस्था होने के कारण लगभग अर्द्ध-स्वतन्त्र होने का भाव आ चुका था। इस प्रकार के अधिकार सम्पन्न ठाकुरों में सिवाना के सीतलदेव का दृष्टान्त इस बात का ज्वलन्त उदाहरण है। साहित्यिक अनुश्रुतियों के अनुसार चौहान शासक पृथ्वीराज तृतीय की सेना की

विशालता इस बात से आँकी जाती थी कि उसमें स्वयं की सेना के साथ-साथ उसके शताधिक सामन्तों की भी सेना सम्मिलित थी। अरब यात्री फिरिश्ता के अनुसार पृथ्वीराज की सेना में उसके झण्डे के नीचे लड़ने वालों में डेढ़ सौ से अधिक राजाओं की सेना सम्मिलित होती थी।[2]

सैन्य प्रशासन :-

सैनिक-प्रशासन का संचालन बलाधिकरण नामक सैन्य विभाग द्वारा होता था। यह विभाग राजधानी या केन्द्र में स्थित होता था। सेनापति तथा अन्य सैनिक पदाधिकारियों के निर्देशन में सभी कार्य संचालित होते थे। सेना का सर्वोच्च पदाधिकारी स्वयं राजा ही था। सिद्धान्ततः वह युद्ध काल में सेना का नेतृत्व करता था।

सैन्य अधिकारी :-

सेना का कार्यभार निश्चित ही सैनिक पदाधिकारी सम्भालते होंगे। समसामयिक साहित्यिक ग्रन्थों और अभिलेखों में विभिन्न सैनिक पदाधिकारियों का उल्लेख है। सेनापति या महादण्डनायक के सम्बन्ध में केन्द्रीय प्रशासन की संरचना के अन्तर्गत उल्लेख किया जा चुका है। यह अधिकारी केन्द्रीय प्रशासन से सम्बद्ध था। इसे वाहिनीपति, दण्डाधिपति, सेनानायक, सैन्यपति आदि भी कहा गया है। अन्य पदाधिकारियों का अध्ययन निम्नलिखित है :-

1. दण्डनायक :– महादण्डनायक के निर्देशन में अनेक दण्डनायक कार्य करते थे। भण्डुण्ड अभिलेख में दण्डनायक श्रीविजाक का घाणेराव अभिलेख[1] में दण्डनायक वैजलदेव का तथा बिजोलिया अभिलेख में दण्डनायक सोलण का उल्लेख हुआ है। निःसन्देह दण्डनायक सेना का एक उच्च पदाधिकारी था। दण्डनायक शब्द की व्याख्या विभिन्न प्रकार से की गई है। प्रिन्सेप के अनुसार वह जाँच पड़ताल करने वाला (आन्वीक्षी) न्यायाधीश था। प्लीट उसे सेनानायक मानते हैं तथा ओरल स्टीन उसको पुलिस आयुक्त बताते हैं। धनपाल ने अपनी पुस्तक 'तिलकमंजरी' में दण्डनायक को मूलतः सेना का ही पदाधिकारी माना है, परन्तु आवश्यकतानुसार उसे नागरिक प्रशासन सम्बन्धी कार्य भी करने पड़ने थे। डॉ. दशरथ शर्मा ने उसकी तुलना सल्तनत कालीन 'इक्तेदार' से की है।

दण्डनायक को विजित क्षेत्र में सैनिक कार्यों के साथ-साथ नागरिक प्रशासन का दायित्व भी सम्भालना पड़ता था। चौलुक्य कुमारपाल ने चित्तौड़-विजय के पश्चाताप दण्डनायक सज्जन को चित्तौड़ का प्रशासक नियुक्त किया था।[2] महेन्द्रपाल द्वितीय के प्रतापगढ़ अभिलेख में तंत्रपाल महासामन्त महादण्डनायक माधव की

नियुक्ति उज्जयिनी में होना उल्लिखित है। वह प्रतिहार साम्राज्य के उज्जयिनी क्षेत्र का प्रतिनिधि था। नाडौल में दण्डाधीश वे जलदेव ने चौलुक्य शासक के प्रतिनिधि के रूप में शासन किया था। चौलुक्य भीम ने अर्बुदमण्डल पर अधिकार कर प्राग्वाटवंश के दण्ड ायक विमल को प्रशासन हेतु नियुक्त किया था। तिलकमंजरी में दक्षिण और उत्तर में क्षेत्रीय सैन्यबल रखने का उल्लेख हुआ है।[3] सम्भवत: परमारों के शासनकाल में भी यह व्यवस्था थी। प्रतिहार साम्राज्य की सुरक्षा हेतु चार क्षेत्रीय सैन्यबलों की व्यवस्था की गई थी। क्षेत्रीय सैन्यबल दण्डनायक के नेतृत्व में कार्य करता था। प्रतिहारों द्वारा राष्ट्रकूटों की गतिविधियों पर ध्यान रखने के लिए एक सेना दक्षिण में रखी गई थी। मुसलमानों का प्रतिरोध करने हेतु पश्चिमी क्षेत्र में भी दण्डनायक के नेतृत्व में सेना रखी गई थी। दो ऐसे सैन्यबल थे, जिन्हें आवश्यकतानुसार किसी भी दिशा में साम्राज्य की सुरक्षा हेतु भेजा जा सकता था।

2. बलाधिकृत :– बलाधिकृत एक मुख्य सैनिक अधिकारी होता था। हर्षचरित व तिलकमंजरी में इसको सेनापति से भिन्न बताया गया है। कक्क द्वितीय के आन्तरोली छारोली ताम्रपत्र में पदक्रमानुसार बलाधिकृत को सेनापति से नीचे और चौरोद्धरणिक के ऊपर बताया गया है।[4] 'उपमितिभवप्रपंचकथा' में बलाधिकृत को नगर-शासन-अधिकारी कहा गया है। शासन कार्य में उसकी सहायता के लिए एक महत्तम (महत्तर) की नियुक्ति की जाती थी। प्रतापगढ़ अभिलेख में बलाधिकृत कोक्कट के अधीन श्रीशर्मन द्वारा उज्जयिनी के मण्डपिका का कार्यभार सम्भालने का उल्लेख है। एक अन्य प्रतिहार अभिलेख में तत्तक नामक बलाधिकृत का उल्लेख हुआ है। वह कोटपाल अल्ल के सहयोग से कार्य करता था। चौहान अभिलेखों में बलाधिकृत अथवा बलाधिप को नगर स्थित सैनिक टुकड़ी का नायक तथा मण्डपिकाओं से सम्बन्धित पदाधिकारी कहा गया है। इसी अभिलेख में बलाधिप यशोदेव का भी उल्लेख हुआ है। एक स्थान झँवर से प्राप्त एक अभिलेख में बलाधिप सोलं(की) जस (धवल) का उल्लेख हुआ है।[1] 'लेखपद्धति' बलाधिकृत पद पर प्रभूत प्रकाश डालती है। इसमें उसे पंचकुलों के साथ मण्डपिका का अधिकारी कहा गया है।

3. महायुद्धपति :– बलाधिकृत के पश्चात् सेना में अस्त्र-शस्त्रादि से सम्बन्धित भाण्डागार के प्रमुख की उपाधि 'महायुद्धपति' मिलती है। 'समराइच्चकहा' में महायुद्धपति को शस्त्रागार का प्रमुख पदाधिकारी कहा गया है।

4. पीलूपति :– पीलूपति हस्ति सेना का और अश्वपति घुड़सवार सेना का प्रमुख था। ये दोनों प्रतिहारों से पूर्व ही भारतीय सेना में अपनी व्यावहारिक उपादेयता के कारण अपना अमिट स्थान बना चुके थे। प्रतिहारों के काल में इनकी महत्ता और भी बढ़ गई।

चौहान अभिलेखों में नाडौल राज्य को (सप्तशत भूमि) घोड़ों की खान कहा गया है।[2] इस प्रकार मध्यकाल में गजबल और अश्वबल का अत्यधिक महत्त्व था।

5. स्यन्दनपति :– यद्यपि रथों की उपादेयता इस काल से काफी पूर्व ही समाप्त हो चुकी थी, फिर भी यत्र तत्र रथ सेना का प्रबन्ध देखने वाला 'स्यन्दनपति' नाम के अधिकारियों का उल्लेख मिलता है। 'समराइच्चकहा' में रथों की व्यवस्था का प्रबन्ध भी महायुद्धपति के ही हाथ में बताया गया है, जिससे स्पष्ट होता है कि रथ सेना का पृथक अस्तित्व प्राय: समाप्त हो चुका था।

6. साधनिक :– एक अन्य पदाधिकारी 'साधनिक' का भी उल्लेख मिलता है। वह अश्वदल की टुकड़ी का नायक होता था।

7. पायकाधिपति :– पैदल सेना (पदातिसेना) का अधिकारी 'पायकाधिपति' कहलाता था।[3] यह अधिकारी प्रतिहारों के काल में अस्तित्व में था।

8. कोटपाल :– कोटपाल नामक अधिकारी दुर्ग का प्रधान था। डॉ. दशरथ शर्मा ने इसे आधुनिक कोतवाल का पूर्वरूप माना है। अल्ल, जिसने अपने पिता से मर्यादाधुर्य का कार्यभार सम्भाला था, ग्वालियर के दुर्ग का कार्यभार भी देखा करता था। चण्डियन नाम के एक कोटपाल ने अपने स्वामी गुणराज के हितों की रक्षा करते हुए मधुवेणी नदी के तट पर हुए युद्ध में आत्माहुति दी थी।

यद्यपि वर्तमान में कोटपाल पुलिस का अधिकारी होता है, जिसका सेना से कोई सम्बन्ध नहीं होता, किन्तु प्राचीन भारत में कोटपाल पूरी तरह से सेना का ही अधिकारी होता था। वैसे कोटपाल के सेनाधिकारी होने और कभी-कभी पुलिस का भी काम करने के प्रमाण हमें हरभद्र रचित 'धर्मबिन्दु' के टीकाकार मुनिचन्द से भी प्राप्त होते हैं। इसने कोटपाल और गुप्तिपाल दोनों के ही कार्यों को खर-कर्म कहकर सम्बोधित किया है और कहा है कि इस प्रकार का काम निष्ठुर हृदय वाले लोगों को ही सौंपा जाता था।[1] अधिकांशत: कोटपाल का कार्य ऐसा होता था, जिसमें न केवल निष्ठरता अपितु नीति कुशलता और प्रत्यासन्न बुद्धि की भी आवश्यकता होती थी। कोटपाल के कार्यों की महत्ता का अनुमान इसी से लगाया जा सकता है कि जब कभी राजा राज्य से बाहर जाता था, तब वह अपनी राजधानी की सुरक्षा का भार कोटपाल को सौंपकर जाता था।

9. मर्यादाधुर्य :– प्रतिहारों के काल में मर्यादाधुर्य नाम के अधिकारी के बारे में पता चलता है। बैलभट्टस्वामी के अभिलेख में मर्यादाधुर्य का उल्लेख हुआ है। ऐसा प्रतीत होता है कि उसे राज्य की सीमा सुरक्षा के लिए नियुक्त किया

जाता था। डॉ. दशरथ शर्मा ने उसे मौर्यकालीन अन्तपाल के समान मानते हुए उसे सेना के प्रयाण सम्बन्धी प्रबन्ध का भी प्रमुख माना है। मर्यादाधुर्य का पद कोटपाल से ऊँचा होता था इस बात के प्रमाण भी हमें बैलभट्ट स्वामी के अभिलेख से मिलते हैं। इससे ज्ञात होता है कि बैल्लभट्ट का पुत्र अल्लट जो उसके समय में गोपाद्रि का कोटप था, उसके बाद उसका उत्तराधिकारी हुआ था। डॉ. शर्मा के विचार से अन्तपालों की ही भाँति साम्राज्य की सीमा की रक्षा के लिए बहुत सम्भवत: एक से अधिक मर्यादाधुर्य रहते होंगे। कोटपाल द्वारा मर्यादाधुर्य से अधिकार सम्भालने के सन्दर्भ में भी यह सम्भावना है कि अधिकांशत: मर्यादाधुर्य भी राज्य की सीमा पर स्थित किसी दुर्ग अथवा कोट में ही अपने कार्य का पर्यवेक्षण करते रहे होंगे। मर्यादाधुर्य का प्रधान कर्त्तव्य राज्य की सीमाओं की रक्षा करना था। कभी-कभी सीमा-रक्षा का कार्यभार राजा के अधीनस्थ सामन्त भी देखते होंगे, जैसा कि हमें तेरही लेख में वर्णित गुणचन्द्र और सौराष्ट्र के चालुक्यों के बलवर्म्मन आदि के उदाहरणों में देखने को मिलता है।

प्रशासन के अन्य अधिकारी भी कभी-कभी सेना से सम्बन्धित कार्यों को करते थे। शक्ति कुमार के शिलालेख से ज्ञात होता है कि अक्षपटलाधिपति मत्तट और उसके भाई गुन्दल दोनों ही राजकार्य में शक्ति कुमार की सहायता करते थे तथा ये दोनों भाई 'कटक' (सेना) के भूषण थे।[1]

सेना की पोशाक व साजसज्जा :-

सेना की पोशाक व साजसज्जा के सम्बन्ध में तत्कालीन साहित्य से पर्याप्त प्रकाश पड़ता है। इस प्रकार की सूचना देने वाले ग्रन्थों में जिनेश्वर कथाकोष और सोमदेव के 'यशस्तिलक चम्पू' आदि का विशेष योगदान रहा है। इनमें भी कथाकोष की अपेक्षा 'यशस्तिलक चम्पू' से प्राप्त होने वाली सूचना अधिकांश यथार्थपरक और विशद होने के कारण अधिक उपयोगी प्रतीत होती है। सोमदेव विरचित इस चम्पू के अनुसार गुर्जर प्रतिहार सेना के सैनिकों की पोशाक व साजसज्जा की अभिज्ञा बहुत कुछ निम्न प्रकार से निश्चित की जा सकती है :-

1. प्राय: इस सेना के सैनिक अधोवस्त्र के रूप में धोती पहनते थे जो उनके घुटनों तक लटकती थी।
2. वे अपनी कमर में भैंस के सींग के बने हत्थों वाले कटार बाँधे रखते थे।

3. उनका शरीर नैसर्गिक रूप से उगे बालों (रोमराजि) से ढका होता था जो उन्हें एक प्रकार की सुरक्षा प्रदान करते थे।

4. उनके सिर पर उगे लम्बे बालों तथा दाढ़ी और मूँछ के बालों से उनका पूरा मुँह, कान और नाक ढका होता था।

5. उनके कंधों से पीछे की ओर ऊँचे, ऊँचे दो तरकश टँगे रहते थे, जो दूर से ही स्पष्ट करते थे कि वे धनुर्विद्या में दक्ष होते थे।[2] इसी लेख में आया है कि उत्तरापथ के सैनिकों के पास वेगवान घोड़े, भाले, तलवार तथा धनुष आदि थे।

अस्त्र शस्त्र :-

समराइच्चकहा एवं यशस्तिलक चम्पू में कुछ अस्त्र शस्त्रों का उल्लेख है जो प्राचीन सैनिकों के प्रधान आयुध थे। इनमें से अधिकांश आयुध हमारे अध्ययन काल तक प्रचलित थे। इनका वर्णन निम्नलिखित है :-

1. छुरिका :– यह कटार की भाँति छोटी एवं तेज नोंक तथा धार वाला आयुध था। इससे चुपके से तथा करीब से प्रहार किया जाता था।

2. मण्डलाग्र :– यह एक प्रकार की तलवार थी, जिसका अग्रभाग मण्डलाकार होता था।

3. कारवालि :– यह आधुनिक करौती थी जो तलवार से छोटी होती थी। यशस्तिलक में इसे कौक्षेपक कहा गया है।

4. खड्ग :– तलवार का ही दूसरा नाम खड्ग है।

5. धनुष-बाण :– यह प्राचीन काल का प्रधान आयुध था। रामायण तथा महाभारत काल में बाण-विद्या को युद्ध कला का श्रेष्ठ अंग माना जाता था।

6. शूल :– यह भाले के आकार का तेज और नुकीला हथियार होता था। सम्भवत: शूल से ही शूली बना है, जिस पर लटकाकर अपराधी को मृत्युदण्ड दिया जाता था।

7. त्रिशूल[1] **:–** इसके अग्रभाग पर शूल के समान ही तीन तीक्ष्ण धार होती थीं।

8. परशु :– यह तीव्र घाव करने वाला फरसा होता था।

9. कटार :– यह छुरिका से बड़ी तथा तलवार से छोटी तीक्ष्ण धार तथा नोंक वाला शस्त्र होता था।

10. शक्ति :– शक्ति भाले के समान तीक्ष्ण हथियार था।

11. चक्र :– यह तेज किस्म के लोहे से निर्मित पहिए की तरह गोल आकार का अस्त्र होता था। इसको फेंक कर शत्रु को मारा जाता था।

12. असि :– यह एक प्रकार की छोटी तलवार थी। यशस्तिलक में असि धेनुका नाम दिया गया है।

13. गदा :– इसे मुद्‌गर भी कहा जाता है। महाभारत में भीम गदा युद्ध में निपुण थे। इसका प्रयोग एक से एक लड़ने के लिए होता था।

सामरिक व्यूह रचना :–

1. दुर्ग निर्माण :– मध्यकालीन सैन्य प्रबन्ध में दुर्गों का विशेष महत्त्व था। राजपूत राजा दुर्ग और गढ़ बनवाने में पूरी रुचि लेते थे। प्रतिहार नरेशों ने दुर्गों के निर्माण पर विशेष ध्यान दिया। परम्परागत सूत्रों के अनुसार नागभट्ट प्रथम द्वारा निर्मित जालौर का किला इस बात को स्पष्ट करता है।[1] हरिश्चन्द्र के चार पुत्रों ने जीते हुए मण्डोर के किले के चारों ओर एक मजबूत ऊँची दीवार बनाई थी। इसी तरह मिहिरभोज के समय से लेकर बाद के काल तक गोपगिरी अथवा गोपदुर्ग (ग्वालियर) प्रतिहार की सेना का सुरक्षित दुर्ग बना रहा। उस समय के अन्य दुर्गों में कन्नौज बारी तथा कालंजर आदि का मुख्य स्थान है।

चौहानों के काल में भी अभेद्य दुर्गों के उदाहरण मिलते हैं। सैन्य सुरक्षा की दृष्टि से स्थापित किये गये चौहानों के समय के दुर्गों में तबरहिन्द, समाना, नागोर, मण्डोर, सिवाना, जालौर, अजमेर, नाडौल, कोहराम और सिरसा आदि स्थानों के दुर्गों का विशिष्ट स्थान है। इनके मजबूत किले मजबूत दीवारों के पीछे रहते थे जिससे कि राजपूत मुसलमानों से युद्ध भूमि में भारी पराजय प्राप्त करके भी अपना सामर्थ्य बराबर बनाये रखते थे।

इन दुर्गों में से यद्यपि कुछ दुर्ग तो बहुत बाद तक अस्तित्व में रहे, किन्तु अधिकांश दुर्ग पृथ्वीराज तृतीय की तराइन के दूसरे युद्ध में पराजय होने के बाद सामरिक एवं नैतिक दोनों ही रूपों में अपनी शक्ति खो बैठे और मुसलमानों के हाथों में चले गये थे। हमें हम्मीर महाकाव्य से ज्ञात होता है कि चौहानों के कुछ दुर्गों में सुरक्षित सेना काफी दिनों तक विपक्षियों से संघर्ष करती रही। इस संघर्ष में वे कभी विपक्षी आक्रान्ता सैनिकों पर दुर्ग की दीवारों से गर्म तेल छोड़ते थे तो कभी दुर्ग के अन्दर स्थित धनुर्धर सैनिक अपने जलते हुए तीरों के द्वारा उनके शिविरों को आग लगाकर जला देने का उपक्रम करते थे। इसी तरह हमें कान्हड़दे प्रबन्ध[2] से ज्ञात है कि वे

कभी-कभी यंत्रचालित तोपों (जिन्हें काव्य में ढींकली कहा गया है) से भी गोले फेंककर शत्रुओं की सेना का ध्वंस करने का प्रयास किया करते थे।

2. सैन्य प्रयाण :- उस समय की सेना के प्रयाण के सम्बन्ध में हमें बहुत कुछ जानकारी भोज परमार के राजाश्रित कवि धनपाल द्वारा रचित तिलकमंजरी में दिये गये एतद्विषयक वर्णनों से मिलती है। सम्भवतः परमारों की 10वीं शती के आस-पास की सेना के प्रयाण की स्थिति और उससे थोड़ा पहले और बाद के काल की स्थिति में कोई विशेष अन्तर नहीं रहा होगा। हम देखते हैं कि राजकीय सेनाओं के प्रयाण और तज्जनित प्रभाव से पीड़ित सामान्य नागरिकों की दशा में बाणभट्ट के समय (7वीं शती) और धनपाल के समय में कोई विशेष अन्तर नहीं आया था। यह बात प्रस्तुत विवरण से और भी स्पष्ट हो जाएगी।

धनपाल की तिलकमंजरी से ज्ञात होता है कि उस समय में राजा की सेना जब किसी भी दिशा में प्रयाण करती हुई छोटे-छोटे ग्रामों आदि के पास से होकर निकलती थी, तब थोड़ी देर के लिए हाथियों पर सजधज कर बैठी हुई वेश्याओं और अच्छे-अच्छे वस्त्र पहनकर छतरी लगाये साथ में चलते हुए रसद का प्रबन्ध सम्भालने वाले व्यापारियों आदि को देखकर ग्रमीणों का मनोरंजन तो अवश्य होता था, किन्तु जिन लोगों के हरे-भरे खेत सेना के मार्ग में पड़ने के कारण ध्वस्त हो जाते थे, उजाड़ दिये जाते थे, वे इस बात से बुरी तरह संत्रासित भी होते थे। इस प्रकार के हरे भरे खेतों में से कभी अश्वपाल के सहायक साधनिक घोड़ों को खिलाने के लिए चारा आदि बलपूर्वक ले लेते थे तो कभी दूसरे सैनिक गन्ने के खेत को पूरी तरह साफ कर देते थे।

धनपाल आगे वर्णन करता है कि इस प्रकार की बरबस आने वाली आपत्तियों के अभ्यस्त ग्रामीण और कृषकगण प्रायः अपने ग्राम के निकट से सेना के प्रयाण का समाचार पाते ही अपना सारा सामान विशेषकर खाद्य-सामग्री आदि सुरक्षित स्थानों पर छिपाकर पहले से ही रख देते थे। यहाँ तक कि वे गोबर के बने उपले आदि तक दरवाजे से उठाकर घर के पीछे बने अहाते में डाल देते थे और घरों के आस-पास उगाई गई सब्जी आदि भी तोड़कर घर के अन्दर रख लेते थे। इसके अतिरिक्त बहुमूल्य सोने चाँदी के जेवर आदि वे प्रायः किसी ताँबे अथवा पीतल के बर्तनों में मुहरब करके गाँव के मुखिया अथवा बलाधिकृत के घर में धरोहर (न्यास) के रूप में रख छोड़ते थे। सम्भवतः सैनिक प्रयाणों की यही स्थिति हमारे सम्पूर्ण अध्ययनकाल तक बनी रही होगी।

3. सेना के शिविर :– प्रयाण के अन्तर्गत राजा को कभी-कभी दीर्घकाल तक राजधानी से दूर अपनी सेना के साथ शिविर में रहना पड़ता था। कुमारपाल के चित्तौड़ से प्राप्त एक अभिलेख में कहा गया है कि जब उसने शाकम्भरी के राजा को हरा दिया और सपादलक्ष का मर्दन कर दिया, तब वह शलिपुर नामक स्थान पर गया और अपना शिविर डाला। ऐसे शिविरों या स्कन्धावारों का विस्तृत विवरण माघ के 'शिशुपालवध' से प्राप्त होता है। राजा का तम्बू बीच में रहता था। उसके चंदोवे के साथ तने वितान से ऊपर राजकीय ध्वज फहराता रहता था जो उसकी स्वयं की स्थिति की सूचना देता था। सेना के शिविर में सेनानायक एवं सामन्तों के मनोरंजन हेतु न केवल राजा स्त्रियाँ और वेश्यायें होती थीं, इसके अतिरिक्त विलास की हर सामग्री का प्रबन्ध होता था। सेना के साथ में चलने वाले व्यापारी और सौदागर सैनिकों की आवश्यकतानुसार हर प्रकार की चीजों का समुचित प्रबन्ध करते थे।[1] सैनिक-साज-सामान को एक स्थान से दूसरे स्थान पर लाने ले जाने के लिए अधिकांशतः बैलगाड़ियों का प्रयोग होता था। माघ के इन वर्णनों की पुष्टि जिनेश्वर द्वारा अपने कथाकोष में वर्णित जयसेन के सेना-शिविर सम्बन्धी विवरणों से भी हो जाती है।

युद्ध प्रणाली व उसके गुण-दोष :-

चौहान सैनिकों के एक उच्च सैनिक चरित्र की विशेषता यह थी कि वे शत्रु के समक्ष अपने आप को समर्पित करना अपनी शान के विपरीत समझते थे। इसके बजाय अन्तिम क्षणों में दुर्ग के दरवाजे खोलकर जौहर व्रत धारण करके विपक्षी को मार डालने अथवा स्वयं को समाप्त कर देना श्रेयस्कर मानते थे। रणथम्भौर, सिवाना और जालौर के पतन का इतिहास इन्हीं आदर्शमयी वीर गाथाओं से भरा हुआ है।

डॉ. दशरथ शर्मा ने चौहान दुर्गों के पतन के इतिहास की समीक्षा करते हुए विचार व्यक्त किया है कि शायद चौहान सेनानी जितने खुले संघर्ष में दक्ष थे और वीरता का परिचय देने में कुशलता दिखलाते थे, उतना दुर्गों के भीतर रहकर अपनी आत्म रक्षा करने के कुटिल-शास्त्र में निपुण नहीं थे अन्यथा यह जानकर आश्चर्य होता है कि तबर हिन्द के जिस किले पर कब्जा करने में पृथ्वीराज तृतीय को एक वर्ष से भी ज्यादा समय लगा था, उसी को मुहम्मद गौरी ने कुछ दिनों में ही अपने कब्जे में कर लिया था।

प्रतिहारों की भाँति सेना प्रयाण के समय चौहानों में भी विलासपूर्ण जीवन व्यतीत करने का दोष दिखाई देता है। सम्भवतः इसी विलासिता के कारण तराइन के दूसरे युद्ध में पृथ्वीराज तृतीय पराजित हुआ और चौहान शक्ति, हमेशा के लिए विलुप्तप्राय: हो गई।

बर्बरता और कठोरता के लक्षण भी चौहानों की सेना में कम न थे। यदि जयालन द्वारा दिये गये वर्णनों की सत्यता स्वीकार की जाये तो ज्ञात होता है कि पृथ्वीराज तृतीय ने अपने विद्रोहियों और विपक्षियों के सिरों की एक माला अपनी राजधानी अजमेर के राजद्वार पर टँगा रखी थी। इस प्रकार निर्मम रूप से मारे गये व्यक्तियों के सिरों में कई उसके कनिष्ठ भाइयों तथा सम्बन्धियों के सिर भी थे। पृथ्वीराज विजय[1] के अनुसार गुड़पुर का शासक पृथ्वीराज का कनिष्ठ भ्राता था, जिसकी हत्या करके उसके सिर को दरवाजे पर टाँग दिया था।

इसी तरह बिजोलिया से प्राप्त लेख में लेखक जैनयती ने स्वयं जैन होते हुए भी विग्रहराज चतुर्थ की विजयों का उल्लेख करते हुए उसके द्वारा उनके राजाओं की छोटी-छोटी राजधानियों को जलाकर नष्ट कर देने की बात का भी उल्लेख करने में संकोच नहीं किया है।

प्रतिहार सेनाओं के प्रयाण के समय की अनुशासनहीनता चौहानों के सैनिक प्रयाणों में और भी बढ़ गयी थी। इसका मूल कारण उनकी सेनाओं में सामन्तों द्वारा नियोजित सेना का होना था, जिससे भिन्न-भिन्न क्षेत्रों से आने वाली सेनाओं में द्वेष व हठधर्मिता के कारण संगठित होकर चलने का भाव नहीं रह पाता था।

अंत में चौहानों की इस सामरिक संस्था की एक सर्वांगीण रूप से समीक्षा करते हुए देखते हैं कि इनकी सेना अधिकांशत: सामन्तीय स्रोतों पर आधारित होने के कारण असंगठित और अनुशासनहीन थी। सेना में तत्काल किसी भी आकस्मिक अथवा अनापेक्षित आक्रमण जो उस समय देश की उत्तरी सीमा से आने वाले मुसलमानों के कारण निरन्तर ही हो रहे थे, का सामना करने को तैयार होने की क्षमता और स्फूर्ति का सर्वथा अभाव था। इन मौलिक कमियों के साथ-साथ सेना में व्याप्त विलासिता का वातावरण भी सैनिकों के मनोबल और सतत संघर्ष करने की अपनी जिजीविषा को क्षीण करता था। तीसरा मौलिक दोष, जिसकी ओर राजपूत इतिहास का विवेचन करने वाले अधिकांश विद्वानों ने इंगित किया है, वह था राजपूतों का अपनी हस्ति सेना पर उसकी सम्भावित क्षमता से भी ज्यादा भरोसा करना और तत्स्वरूप सेना के अन्य अंगों को इतर मानकर प्रोत्साहन न देना।

सैनिक व्यवस्था (13वीं से 16वीं सदी तक) :-

13वीं और 14वीं सदी में सैनिक व्यवस्था दो प्रकार की थी। एक राजा की स्थाई सेना और दूसरी सामन्तों की सेना। इस सन्दर्भ में हमें पर्याप्त जानकारी कान्हड़दे-प्रबन्ध से मिलती है। इस ग्रन्थ का उल्लेख न केवल जालौर की सैनिक व्यवस्था के लिए सही है वरन् बाद के राजपूत राजाओं के लिए भी उचित प्रतीत होता है।

सेना का मुख्य भाग अश्वारोही दल होता था। इसके लिए घोड़े सिन्ध, पैठन, देवगिरि, खुरासान और तुर्की से आयातित होते थे। जालौर के 25,000 प्रथम श्रेणी के घोड़े राजपूत योद्धाओं को दिये गये थे जो सूचना पाते ही राज्य की सेवा करने आये थे।[1] राजपूतों के अश्वारोही सैनिक सशक्त और सुसज्जित घोड़ों पर सवार होकर देखने योग्य दृश्य उत्पन्न करते थे। छोड़ों की काठियों से लटकी चमड़े की बोतलों में वे पानी रखते होंगे। घोड़ों की काठियाँ पाँच प्रकार की होती थीं- रण-पखर, जिन-पखर, गुड़ि-पखर, लोह-पखर एवं कतलियालि-पखर। गुड़ि पखर रक्षा कवच धातु के छल्लों से, लोह-पखर लोहे के पत्तरों से और कतलियालि-पखर सूत या ऐसे ही किसी अन्य धागे से बनी होती थी। इनकी उपयोगिता एक सी ही थी किन्तु कुछ की बनावट आकर्षक होती थी। काठियों के साथ ही पीतल के रेकाब (पादधारिणी) का विवरण मिलता है।

राजपूत योद्धाओं की योग्यताओं का भी उल्लेख प्राप्त होता है। उनकी उम्र 25 से 50 वर्ष की होती थी। वे तीव्र-गति से तीर चलाते थे। उनकी मूँछे कानों तक तथा दाढ़ी नाभि तक पहुँचती थी। वे दूसरों की स्त्रियों को अपनी बहिन के समान समझते थे। पहले चुनौती देने के पश्चात् वार करते थे। गिरे हुए दुश्मन को मारना मरे हुए पर वार करने के समान मानते थे। राजपूत सैनिक बड़े स्वामिभक्त होते थे। वे अपने स्वामी के लिए मरना और मारना दोनों जानते थे। उनका सिद्धान्त था कि 'मरो, किन्तु मारकर । विशेष अवसर पर राजपूत राजा बीड़ा उठाने की पद्धति भी अपनाते थे। बीड़ा उठाने वाले सैनिक से यह आशा की जाती थी कि वह अपने जीवन की कीमत पर भी राज्य की रक्षा करेगा।

राजपूत योद्धा प्रायः 36 हथियारों के संचालन में दक्ष होते थे, किन्तु तलवार, भाले, तीरकमान, कटार व ढाल से युद्ध करना विशेष रूप से सीखा जाता था। पद्मनाभ ने रक्षात्मक कवचों के लिए जिरहजिन, जीवन साला, जीवरखी, अंगरखी, करांगि, वज्रांगी और लोहबद्धगुडी का विवरण दिया है। इनके अतिरिक्त हेलमेट के लिए 'टोपा' शब्द का प्रयोग हुआ है।

सैनिकों को अपना वेतन रावलों और ठाकुरों के माध्यम से प्राप्त होता था। ये रावल और ठाकुर 'ग्रास' और 'भूमि' शासक के पास आजीविका के रूप में प्राप्त करते थे।

राजपूत सैनिकों के ठाठ-बाट का भी विवरण प्राप्त होता है। उनके सैनिक अधिकारी मुगल मनसबदारों की तरह ऐश्वर्य से रहते थे। उनकी तलवारों के सोने का हत्था और रेशम की म्यान होती थी। हीरे लगी हुई कटार, आसमानी रंग की

ढाल, बहुमूल्य जूते और मोजे व भाले उनके पास होते थे। वे शाही बैंचों पर बैठकर वैभवशाली भोजन करते थे।

हस्ति और पदाति सेना का उल्लेख कान्हड़दे प्रबन्ध में आया है, किन्तु निरन्तर होने वाले युद्धों में अश्वारोही दल के समान वे दोनों सेनायें उपयोगी नहीं थीं। राजपूत राजा आक्रामक युद्ध घुड़सवारों से ही लड़ते थे। पदाति सेना का उपयोग तो दीवारों के पीछे से लड़ने के लिए ही किया जाता था।

15वीं एवं 16वीं शताब्दी के प्राप्त साधनों से ज्ञात होता है कि इस समय तक सैनिक व्यवस्था सुदृढ़ बन चुकी थी। सेना का प्रधान सेनापति शासक होता था। शासक के बाद अन्य सेनापति थे, जिनकी नियुक्ति स्वयं शासक करता था। शासक ही अधिकांशत: सेना का नेतृत्व करता था। सेना में विभिन्न राजपूत वंशों के सैनिक नियुक्त होते थे। सैनिकों की भर्ती शासक स्वयं करता था। सेना तीन भागों में विभक्त थी- हाथी, घोड़े और पैदल। पैदल सैनिकों की संख्या अधिक होती थी।[1]

जागीरदारों के पास भी उनकी अपनी सेना होती थी। उन्हें भी शासक के आदेश पर सेना सहित शासक की सेना में उपस्थित होना पड़ता था। सैनिकों को नकद और जागीर दोनों प्रकार से वेतन और पारिश्रमिक प्रदान किया जाता था।

युद्ध में काम आने वाले शस्त्रों में मुख्यत: तीर-कमान, तलवार, बर्छी, ढाल, भाले, छुरी आदि थे। शरीर की सुरक्षा हेतु सैनिक लोहे एवं चमड़े से निर्मित कवच आदि पहनते थे।

राजधानी में सैनिकों को रहने, खाने-पीने एवं शस्त्रों का पूरा प्रबन्ध रहता था। शासक कभी-कभी सैनिकों का निरीक्षण भी करता था।

किले :-

इस युग के राजपूत किलों की अभेद्य मजबूती और कलात्मक बनावट से उनकी सुरक्षा व्यवस्था व रणनीति की कुशलता का पता चलता है।

जालौर का किला सिवाना पर्वत के अन्तिम छोर तक खड़ा था। पद्मनाभ व कर्नल टॉड दोनों ने ही इसकी मजबूत व ऊँची दीवारों का उल्लेख किया है। किले में कई बड़े पानी के भण्डार थे, जैसे झालवाव, जाबली कुण्ड, साहन-वाव आदि। इनसे पूरे वर्ष तक पानी का वितरण होता था। मीनारों में दो विशेष उल्लेखनीय हैं- साभित बुर्ज और काकराओ-बुर्ज। रामपोल, पाटनपोल, चित्तौड़पोल और दिल्ली-पोल आदि के उल्लेख भी प्राप्त होते हैं। सैनिक यंत्रों में प्रमुख रूप से मधरीबी, ढेंकुली और जूझाबाण थे। किला अच्छी तरह सब साधनों से युक्त था क्योंकि कभी भी घेराव

की आशंका हो सकती थी। कान्हड़दे प्रबन्ध में उल्लेख आया है कि मुस्लिम आक्रमण के समय सैकड़ों राजपूत सैनिक अन्तिम दम तक किले की रक्षा के लिए बड़ी बहादुरी से लड़ते थे।

रणथम्भौर का किला अत्यन्त मजबूत था क्योंकि वह पहाड़ी दर्रे में खड़ा था। सब तरफ से पहाड़ियों से घिरा हुआ था जो उसकी बाहरी दीवारों का कार्य करती थीं। अबुलफजल ने उसके बारे में प्रसिद्ध कहावत के आधार टिप्पणी की है- "जब सब किले अरक्षित रहते हों, यह खूबसूरती से सुरक्षित रहता था।[1] झाईन् घाटी और रिण पहाड़ी की वजह से किला प्राकृतिक रूप से ही बहुत सुरक्षित था। किले और पहाड़ी की चढ़ाई करना बहुत दुरूह था। किले में पानी की कमी कभी नहीं आती थी। घेराव के दौरान आक्रमणकारियों को भगाने के लिए उन पर जलता हुआ तेल फेंकना, अग्निबाण फेंकना, भैरव-यंत्र (मधरीबी) से पत्थर फेंकने जैसे उपाय किये जाते थे।

चित्तौड़ का पहाड़ी किला भी बहुत प्रसिद्ध है। मूल रूप से इसे चित्रांगद मोरी ने बनाया था। यह किला समुद्र सतह से 1850 फीट ऊँचाई पर अवस्थित है। इसमें 80 पानी के भण्डार हैं। इन भण्डारों का निर्माण अलग-अलग आकारों में हुआ है। इनसे सेना के द्वारा पर्याप्त पानी प्रयोग किया जा सकता था, किन्तु एकान्त जगह में अवस्थित होने की वजह से उसका घेराव आसानी से हो जाता था और अन्ततः भुखमरी के कारण पराजय हो जाती थी। आधुनिक इतिहासकारों के अनुसार क्रमशः रत्नसिंह प्रथम, विक्रमादित्य और उदयसिंह के काल में इस पर तीन आक्रमण हुए, किन्तु अन्य किलों की भाँति इसके लिए भी यही बात सिद्ध थी कि राजपूत युद्ध में नहीं हारे, किन्तु घेराव के दौरान किलों में फैली भुखमरी के कारण उन्हें आत्मसमर्पण करना पड़ा।

चित्तौड़ के किले में ऊपर जाने वाली सड़क, उसकी दीवार और द्वारों की मरम्मत महाराणा कुम्भा ने कारवाई थी।[2] किले के पूर्व की ओर सूरजपोल का बड़ा दरवाजा है और दूसरी ओर लाखोटा बारी है जो किले में प्रवेश को रोकती है।

दुर्ग प्रबन्ध :-

15वीं शताब्दी में बाहरी आक्रमणों से रक्षा करने के लिए दुर्गों का बड़ा महत्त्व था। मण्डन ने अपने ग्रन्थ में चार प्रकार के दुर्गों-भूमि दुर्ग, जलदुर्ग, गिरि दुर्ग, गव्हार दुर्ग का वर्णन किया है। इस काल में मेवाड़ के महत्त्वपूर्ण 32 दुर्गों का निर्माण हुआ।[1] दुर्गों का निर्माण सीमावर्ती पर्वतों की चोटियों पर किया जाता था। इससे वहीं से

आक्रमणकारियों को खोजा जाना सम्भव हो जाता था। दुर्ग की सुरक्षा हेतु सुदृढ़ परकोटा बनाया जाता था। दुर्ग में दुर्ग-रक्षक होता था। इसके पास सेना भी होती थी। कहीं-कहीं दुर्ग से कुछ दूर सैनिक चौकियाँ भी होती थीं। दुर्ग में कई द्वार होते थे और प्रत्येक द्वार पर सैनिक नियुक्त होते थे। दुर्गों में रहने वाली जनता एवं सैनिकों के लिए रसद व पानी का पूरा प्रबन्ध होता था। दुर्ग का क्षेत्रफल पर्याप्त होता था। प्रत्येक दुर्ग में शस्त्रों सहित प्रचुर मात्रा में सैनिक रखे जाते थे। मेवाड़ के अधिकतर दुर्ग सुदृढ़ और कठिन स्थानों पर थे। उन्हें विजय करना बहुत आसान नहीं था। गुजरात के शासक कुतुबुद्दीन को कुम्भलगढ़ विजय करना असम्भव समझकर बिना विजय किये ही गुजरात लौट जाना पड़ा था।[2] इस प्रकार 15वीं शताब्दी में सैनिक दृष्टि से दुर्गों का बड़ा महत्त्व था।

□□□